ERSHIYI SHIJI
ZHONGGUO WENXUE DAXI

顾　问

丁　帆　陈思和　林建法　洪子诚

总主编

何言宏

总策划

何言宏

策　划

丁亚芳　王政红　王欲祥

编委会成员

丁亚芳　丁晓原　王　尧　王光东　王政红
王家新　王彬彬　王欲祥　吕效平　何言宏
张学昕　张清华　张新颖　陈晓明　施战军
徐　蕾　黄发有　彭志斌

（以姓氏笔画为序）

二十一世纪
中国文学大系

2001—2010

总主编 何言宏

中篇小说卷2

本卷主编 张新颖

南京师范大学出版社
NANJING NORMAL UNIVERSITY PRESS

图书在版编目(CIP)数据

二十一世纪中国文学大系：2001～2010．中篇小说卷．2 / 张新颖主编．—南京：南京师范大学出版社，2014.8

ISBN 978 - 7 - 5651 - 1775 - 6

Ⅰ．①二… Ⅱ．①张… Ⅲ．①中国文学－当代文学－作品综合集 ②中篇小说－小说集－中国－当代 Ⅳ．①I217.1 ②I247.5

中国版本图书馆 CIP 数据核字(2014)第 116521 号

书　　名	二十一世纪中国文学大系(2001—2010)·中篇小说卷2
本卷主编	张新颖
责任编辑	张　莉
出版发行	南京师范大学出版社
地　　址	江苏省南京市宁海路 122 号(邮编:210097)
电　　话	(025)83598919(总编办)　83598412(营销部)　83598297(邮购部)
网　　址	http://www.njnup.com
电子信箱	nspzbb@163.com
照　　排	南京理工大学印刷照排中心
印　　刷	南京爱德印刷有限公司
开　　本	660 毫米×970 毫米　1/16
印　　张	26
字　　数	374 千
版　　次	2014 年 8 月第 1 版　2014 年 8 月第 1 次印刷
书　　号	ISBN 978-7-5651-1775-6
定　　价	55.00 元

出版人　彭志斌

南京师大版图书若有印装问题请与销售商调换

版权所有　侵犯必究

目录

逝者的恩泽　鲁敏 / 001

乐师　艾伟 / 043

月色撩人　王安忆 / 102

凤在上　龙在下　榛子 / 199

桃园春醒　阎连科 / 240

黑白电影里的城市　陈河 / 278

长江为何如此远　林白 / 318

沿河村纪事　魏微 / 356

逝者的恩泽

鲁 敏

一

在东坝这样小而旧的镇上，每增加或减少一个人，都会成为一个事件，其中的主角与配角总会在人们的嘴上辗转相传、反复咀嚼，像一种吞下去又可以吐出来、你尝完了他又可以再吃的神秘食物。这食物，让东坝的人们在漫长的日月天光里多了一点稀薄而发自内心的快乐。

因此，当古丽和她幼小的儿子达吾提带着陌生的异域气息出现在小镇上时，几乎所有的人都为之暗中一喜，这喜悦是如此真诚且强烈，以致人们不想虚伪地加以掩饰，他们中的一些急性子和无所事事者甚至尾随着古丽和那个男孩。在古丽的身后，很快出现了一支松散的小型队伍，人们的脚跟和脸颊上共同散发出一股善意的好奇之心，并一直弥漫到冷冰冰的空气中，钻进达吾提的鼻尖，让小男孩的鼻翼像蜂鸟一样地鼓起来。

达吾提拉拉古丽的衣角，他对着妈妈抽抽鼻子，脸颊飞速地皱起，然后又突然拉平。古丽像听到了什么，她回过头。这样，镇上的人们得以第一次看清古丽的脸。

此时正是冬季，这个苏北小镇，路边铺着枯黄的小草，树枝杂乱地伸向天空，街面的店铺们覆盖着一整年的厚厚灰尘，呈现出黯淡的色调，触目所见，了无生趣。

而古丽回过头，忽然改变了这一切似的——她的面孔着实美丽。她没有微笑，但人们还是感到一种春天般的和煦，宛若草长莺飞，大家不由自主地回报以更加暖和的笑容。

这显然鼓励了她，她迟疑了一下开口问道：请问陈寅冬家往哪里走？

她的口音如此奇怪，像是北方官话，又像是某种侉子方言，有些别别扭扭的，人们听得费劲极了，也兴奋极了，如同刚刚进行了一场智力测验。

不过，陈寅冬！她问的是陈寅冬？这是一个死去男人的名字呀！而且，他死在异乡，死于一场意外！人们几乎无法自持了，这是多么重大的事件！陈寅冬的名字立刻变成了一枚密制的上等酸梅，他们每个人的嘴巴都因此变得更加湿漉漉了。惊愕与狂喜使得这一瞬间出现了冷场，人们再次仔细地打量她。她穿着一件长长的外套，色彩鲜艳，或许这是条裙子；她的头发被一条更加艳丽的头巾缠住，只在头巾的下方垂下一个沉甸甸的结，如果她把头发放下来，一定会长得超过镇上所有的姑娘。有人还注意到她耳朵上的银饰，同样是长长的，在空气中逶迤，跟这里妇女们常用的耳钉截然不同。

队伍中比较富有阅历和威信的一位站出来答了，因为小心翼翼，语速有些慢吞吞的，不那么自然了：您不晓得吗？陈寅冬已经过世了，过世都一年多了。您这是……

哦，我知道。我只是找他的家。古丽继续用那难懂的口音答道。

那么，您是……

是啊，她是谁呢？这镇上的每户人家，每户人家的家庭成员，每个成员的每个亲戚，大家都是了如指掌的。可是真的没人听说，陈寅冬竟有这么一位漂亮的……亲戚？

陈寅冬，父母早亡，且无同胞，很早就出门做工，后来在镇上娶了同样失怙的黄姑娘，生了女儿，然后仍是出去做力气活，跟着一个工程队到很远的西北修筑铁路——在镇上人的眼中，他几乎是个完全陌生的邻里，每年只有春节才会在镇上度过，有点孤僻神秘的样子，然后便继续远赴那不可知的西北，直到有一天，从那里传来他突兀的死讯。

他一共活了四十八年，可在镇上人看来，却似乎只活了一个春节，他的生命在人们的记忆中只有几十天——从腊月到正月，他活在镇上，然后，他消失了。在这个世上，他只留下母女两个，其余的便再无枝蔓。那么，这个女的是从哪里说起呢，并且还带着个七八岁的孩子？荒诞不经的想象力、五彩缤纷的推测，在人们的头脑中，像爆炸后的碎片般飞散开来，瞳孔慢慢放大，他们目不转睛地盯着古丽，像盯着一幕即将开场的好戏。

在一个孩子的殷勤带领下，古丽和达吾提被带到了已故的陈寅冬的家，带到了陈寅冬留下的那对母女前。

陈寅冬的太太，即前面说到的黄姑娘，名叫群红，她长得有些老相，从做姑娘时便老相，加之长陈寅冬两岁，镇上的人都称她为红嫂，这一叫，一直叫到五十岁。

女儿呢，已经十九岁了，应当是最娉婷的时候，却生得不太好看，头发稀而黄，又偏瘦，这在东坝镇上，是一种不可原谅的容貌。她上过几年学，名字是陈寅冬起的，叫陈青青，照镇上人们的审美，这青青，连名字也是有些小气了，不那么喜庆。

红嫂站在大门口，青青站在侧门口，她们一起看着古丽和小男孩，注意力很快被分散到古丽的脸及衣饰上，一时间竟忘了盘问她的来意，是啊，谁不会被古丽的模样给迷住呢。但站在不远处的人们有些不耐烦了，有人咳嗽起来，另外有人吐了一口浓痰——这有效提醒了红嫂，红嫂意识到她担负有开口询问并给人们一个说法的责任。

红嫂于是开口问道：您到我们家找谁呢？

古丽把男孩往身边拉了拉，答非所问：我们从新疆来，这是陈寅冬的儿子。

青青在侧门口那里闪了一下，把自己关到房里——这是她的一个习惯动作，也是在红嫂多年要求下的一种条件反射，作为一个十九岁的少女，对一切可能出现的丑闻都应当回避，或装着视而不见、无动于衷，最多，最多只可以躲在门缝里偷看。

青青能够躲进小屋，做母亲的却不能够。红嫂的身子晃了一晃，脸上虽还是笑着，却明显没了力气：真的？她轻声地嘀咕一句，像是用嘴巴在问自己的耳朵：刚才听到的是真的吗？陈寅冬真的在外面生了个儿子？

真的。古丽再次把小男孩往前拉拉，那动作让人们联想到她是在出示一个人证或物证。人们在不觉中被引导了，注意地看起那个男孩，这一看，事情好像更加严重了：这个男孩，里里外外哪里有一丁点儿像陈寅冬呢！他的眼睛明显地凹进去，头发是微黄带卷的，肤色白皙得过分，连血管都要透出来似的。这一看，所有的男人几乎都要笑出声来，哈。哈哈。这个男孩，他的父亲怎么可能是这镇上的任何一个男人呢，他的种子必定来自古丽所在的那片土地。

围观的人们流露出看出破绽的神情，他们明显地放松下来，互相捅捅胳膊，几个妇女甚至叽叽咕咕地笑起来。这些镇上的妇女们，一辈子都是贞洁的，乏味的贞洁，廉价的贞洁，但她们自认为永远有理由在那些身份不明的女人面前表现出大大咧咧的骄傲。比如，这个古丽，并且她竟然扯起这么不高明的谎。

红嫂抬起了眼皮，又耷下去眼皮。不知为何，邻里们的神情与笑声让她感到了不快，她不喜欢人们这样对待跟陈寅冬有关的人或事。这对她也是一种间接的冒犯不是吗。

于是，红嫂重新抬起眼皮，轻轻拉过那男孩：既是这样，进家里说吧。古丽自然地也抬起脚跟着进去了。大门在她们身后被缓慢地关上。

人们张开的嘴巴在半空停住，舌头几乎变得寒凉。这是怎么说的？这是怎么说的！红嫂竟然就信了那女人？她不仅信了，而且还容了那女人，拉着那孩子，让她们进了屋？唉呀，这话是怎么说的，他们感到自己都要变得结巴了，他们在惊愕中彼此对视，同时，感到一种接近高潮般的满足——今天的这个热闹，可真是看得足了，饱了，撑着了，都要打嗝了，都要半夜睡不着觉了。

古丽显然是累了，并且很饿。那个男孩也好不到哪里去。

红嫂一言不发地替她们准备了一些吃的，热气腾腾地端上来，窗户上很快弥漫起雾气，像是黄昏提前降临到这间屋子。

古丽神情自若，真像是回到了自己的家似的，左手抓着包子，右手捧着大碗，发出极为享受的吞咽声。那男孩则像只小狗似的，每吃一样东西，都会极为小心地先凑上去用鼻子闻闻，上下嗅嗅，像在对气味进行鉴别与记忆，然后才慢条斯理地吃起来。

青青倚在侧房的门框上，像在瞧一张画片片，或者像在舔一个棒棒糖，用了那种节俭的、流连的眼光，从细枝末节开始，然后才慢慢地集中到画面中间——对她而言，这是多么奢侈的风景。这么些年，她所能看到的他人，仅仅是母亲，或是一些邻居的侧面与背影。

她首先注意到古丽放在屋角的布包袱，她下意识地进行了猜测，她想象着，那里面一定是更多的衣服和首饰，会把整个镇子都惊呆……接着她把眼光移到桌子下面，古丽的脚与男孩的鞋，这是两双沾满灰尘的鞋，这是哪里的灰尘呢，一定超出青青所能想象到的最远地方吧，比邻镇远，比县城远，比省城远，比天边还远……青青欢喜地看了又看，她甚至愿意自己就是那两双鞋，是鞋袢儿，是鞋底儿。只要，她能够一直那样走啊走啊，走到最远的地方……

古丽吃东西的声音分散了青青的注意力。红嫂曾教过青青，女孩子吃东西一定要无声无息，走路要无声无息，笑起来也要无声无息，睡觉更要无声无息（特别是跟男人睡时，不过，这一点红嫂没有说得那么明确）——红嫂的这种家训在这个小镇上当然显得有些阳春白雪了，不合时宜了，但青青并不清楚这种差异所导致的滑稽和荒诞，事实上，她是个没见过任何世面的姑娘，对这个世界的肮脏与荒淫一无所知。红嫂的长年独居生活像是一个沉闷的巨大温室，青青在其中温顺地、不为人知地独自生长，她对母亲的一切教导奉为圭臬。

不过，此刻，她不能不感受到古丽吃东西的声音——一个年轻女人，她咂摸着嘴巴发出模糊的哼唧声——这在想象中，本是多么典型的粗俗之举！可是，不，听听古丽，看看古丽，她所传达和散发出的一切多美呀，如此舒服！自然！那是对简单食物的满足，对热汤热水的感恩，对健康肠胃的呼应……青青简直看得入迷了，呆住了，好像第一次从古丽这里知道：吃饭原来可以变成这么豪放的一件事。

怔忡之中，青青把眼珠流转过去，像是慢慢移动的光线。刚才，在观察古丽的同时,青青用余光注意到,达吾提对味道有着特殊的爱好。筷子,他会闻闻。菜叶,他会闻闻。红嫂拿来的抹布、红嫂放在桌边的围裙、古丽突然打出的一个饱嗝——他也会飞快而认真地嗅嗅鼻子。多么奇怪的爱好呀。青青正想好好研究一番,小男孩却刚巧吃完,也正抬起眼睛盯着她呢。这让青青有些猝不及防——男孩的眼睛大而亮,并且湿漉漉的,像是家中院子里那专门接天水的一口大缸似的,青青竟能照到自己的身量和影子。青青不由自主地走上前去,摸摸达吾提的脑袋,那黄而微卷的头发毛茸茸的,细腻而伤感。

——青青对古丽及达吾提的好感是没有实际意义的。太多的悬疑与敌意仍在屋子里四处窜动,伴随着红嫂走来走去的身子。红嫂在收拾碗筷,红嫂在抹桌子,红嫂在整理凳子,她的每一个动作都像是一个饱满得快要坠下来的水滴,或是正在发酵的谷物,酝酿着无声的诘问与指责:你跟陈寅冬到底是什么关系?凭什么说这男孩就是他的儿子?今天找到这里来又是什么意思?寻亲么?认门么?闹事么?

古丽仔细地盯着红嫂,像是聋人在读唇语,并且,真像是听懂了每一句潜台词似的,她轻轻地打了个嗝,神色平静地开始回答,口音别扭而吃力,因此显得极为慎重。

大嫂,这儿的地址是陈寅冬给我的。他说过:如果想离开新疆的话,就到这里来找你们。

我认识陈寅冬的时候就知道他是结过婚的,他跟我说起过你们。但我还是跟了他十一年,一直到他去世。

我们那儿有好多女人都这样,十几岁便早早地出来做活,跟着铁路线上的工程队过日子,给工程队的男人们烧饭、洗衣……铁路线从没有人烟的荒地间穿过,我们天天儿只能看到那些男人,男人们也只能看到我们……工程队沿着铁路线从东往西一里一里地变长,我们跟那些男人也开始一对一对地好上了,我们都知道这些男人们是结过婚出来的,可是,那有什么关系呢,在那大荒漠里头?

咱们的这种好,就真是跟夫妻一样好的,各门各户的,像过日子一样的，像外面的胡杨树一样的，像外面的风沙一样的，不知道怎么开始的，也不知道最后会怎么结束。或许，等到铁路修完了，那结局也就自然到来了，要么是散了，要么仍然在一块，那谁能说得准呢……

可是我跟寅冬，我们俩的结局却提前到了。那铁路还没修完呢，那工程队还好好地在着呢，那工地上还热火朝天着呢，他却突然死了。您一定知道的，吊机上的一捆轨道枕木，像是瞄准了很久似的，一直等到他路过，才不偏不倚地掉下来……

你是说瞄准！他在瞄准枕木吗？红嫂冷不丁地插了一句，像是早就等着什么似的。

不是！不是！您听错了，怎么可能呢！当然是枕木瞄准他！你想，那条走道宽宽的，那枕木为什么不前不后偏偏就掉下来落到他头上呢！古丽急迫地反驳起来，并且紧紧地盯着红嫂，她怎么会这样想呢，有谁会去找死吗？

你刚才是说，陈寅冬在死之前就把这里的地址给了你，他难道早就知道自己要死？红嫂仍是紧紧地盯着古丽。

这世上，谁都知道自己最后是要死的呀！只是没想到他会那么早，其实，他死后不到一年，那铁路就修好了，现在都开始通车了，他若是没出事，就再也不会出事了……古丽仍是有些混沌的样子，丝毫没有听出红嫂的潜台词。她的简单与迟钝，像是未开口的刀似的，有点可笑，却又带着巨大的善意。

红嫂沉默了一会儿，她想到了工程队寄给她的一笔钱。那可是个大数目，她至今不敢跟镇上的任何人说出真实的数目，就像她至今不愿跟人谈论陈寅冬的死亡，因为，那听上去多么不真实呀！她想象中的死亡应当有病床与药罐，有尸体与寿衣，有守灵夜与坟头草。可是丈夫呢，他这个死可真是别出心裁呀，只有一张薄薄的电报，来自人们从未到过的地方，一张电报把他的死全部概括进去了，随后跟着的是一大笔款子——陈寅冬被枕木砸扁的身体好像并没有被埋进那片荒凉的沙地，而是变成了一张汇款单，变成了汇款单之后的一张张票子，千里迢迢地慢慢地随着魂魄飞回故里。

　　红嫂想起来，在陈寅冬的最后一个春节里，在床上，他曾经跟红嫂说过一句莫名其妙的话：无论我做什么，你都要体谅我。一切都是为你们几个好，为了你们将来好。

　　这话听上去有些拗口，而且陈寅冬一贯沉默寡言、不善表达，夫妻之间也一向温和平静，这话就令红嫂很是惊异了，她有违妇人之道地主动搂起陈寅冬，钻进他羸弱的胸膛，却突然感到耳根处多了几滴眼水。是陈寅冬流泪了。

　　当时的情景在陈寅冬死后一再重现，像是陈寅冬以一种特别的方式在对红嫂耳语：一切都是为了你们好，为了你们将来好。红嫂心有所感，疑惑与哀痛之情如惊涛拍岸：他为什么要这样呀？没有那笔抚恤金不也能照样过日子吗？当然这话她从未向任何人提及，或许也是因为缺乏更多的佐证。

　　可是，现在，此刻，这个女人以及她所带来的讯息，无疑再一次印证了红嫂此前的猜想——不是枕木在瞄准陈寅冬，而是陈寅冬在瞄准枕木。这是一次蓄意的死亡。

　　一阵复杂的滋味向红嫂袭来——一来，她的某种猜测得到了印证，但与此同时，又有了新的发现，陈寅冬口中所指的"你们"并不仅仅指的是红嫂和青青，还有眼前的这个女人和那个男孩子，而正是这四个人，这矛盾而现实的存在，这无法兼得的两端，以及不可调和的将来，促使丈夫选择了与枕木的拥抱。

　　在红嫂的沉默之中，古丽又往下接着她的叙说：我没能看到陈寅冬的身体，说是脸被砸得太烂，他们匆匆忙忙的就把寅冬的后事给办了，我连最后一面都没见到……我哭了一个星期，后来就不哭了，日子还要过呀，达吾提还得养活呀……我还是跟在工程队后面替他们缝缝补补、烧烧洗洗，替我和儿子挣些生活费……不过，这样的日子也没过长，还不到一年吧，那条铁路就修好了，工程队就散了，他们一下子就全走了……我怎么办呢，我能到哪里去呢，这样子能再嫁人么，嫁了人达吾提还会有好日子过么？

这样的，我便找出他给我的地址了……我想我就来吧，就在他的家里跟你一块儿过日子吧……即使这辈子，人们都会说我是小老婆，说达吾提是个私生子……可是，这是他说过的，叫我们到您这里来……

古丽一口气说完了，这似乎是她所能说出的全部解释，现在她嘴里空空荡荡，再没什么好说的了。天上为什么飘来一朵云，地上为什么少了一只羊，一切不都是清清楚楚的吗？她看看红嫂，等待后者的答复。

红嫂不看她，也不回答，她在看着达吾提。达吾提这孩子累坏了，这会儿正趴在桌上打瞌睡，他的脸被胳膊压得有些变形，薄薄的嘴唇边，一条清亮的口水在渐渐浓重起来的暮色中缓缓拉长，最终滴到地面上，形成一个铜钱大小的水迹。

古丽这次明白了红嫂的潜台词，她顺着红嫂的目光也看着达吾提：是的，这孩子不像陈寅冬，一丁点儿都不像，他甚至都不太像我，真奇怪，他像我二哥……我二哥就是这样，白皮子，卷头发，凹眼睛……

那么，我凭什么相信你呢？相信你是陈寅冬的女人，相信这孩子是陈寅冬的血肉？

古丽想了想，忽然不合时宜地微微一笑，像荒凉山坡中开出的一朵山茶。她走到红嫂身边，把嘴巴凑到红嫂耳边，她轻轻说了一句：他在床上，喜欢用脚……

站在门边的青青尽量地张开耳朵，可是真可惜，她连一个字都没有听到。但这句话显然极为重要，她看到，红嫂突然松弛下来，并轻轻地搂住古丽，两个女人为了一个共同的秘密而同时笑起来，笑得都有些暧昧了，到最后，又变得像哭一样。

凭着这句话，红嫂认定古丽的确是陈寅冬的人，而达吾提，是个长得不太像父亲的孩子。

红嫂真的留下了古丽和达吾提。

清晨稀薄的空气里，镇上的人们在简短的相互招呼过后，互相谈论起事件的这个结果，像是谈论起昨夜的一个共同的梦境，梦里，他们想象着古丽和男孩在这个小镇上今后的日子。古丽进入了小镇的梦，这也许是某种标志：她现在不再是外乡人了。

好奇心继续存在着，宽容却同样在生长，大多数人们故意忽略掉男孩可疑的容貌和值得推敲的身世，同时，对红嫂的大度表现出由衷的满意。人心都是肉长的呀，哪能真的就让古丽和那男孩再回到新疆去呢，她们不投奔这小镇，还能投奔哪里呢。

当然，有人想到了经济的问题。原先，红嫂是靠陈寅冬的工资养活的，陈寅冬去世之后，红嫂就出来做起了小营生，主要是走街串巷地卖小吃物，冬天卖元宵汤团，春秋包饺子馄饨，夏天是酸梅汤果子露……这种小买卖，红嫂和青青两个是够吃了，这下，再添出两个人丁来，恐怕就拮据了吧……念及红嫂这么些年的贤德，人们不免又替她感到委屈，她这一辈子，哪里享过什么福呢，小时候没个父母疼爱，成家了基本就是长年守活寡，守到最后，倒成了真正的寡妇，这都五十多岁的人了，临了，却还要替陈寅冬的小老婆私生子操心……

但也有人提出了不同的看法，认为这事对红嫂来说未尝不是件好事。您想啊，那青青终归是要出嫁的，而这红嫂，眼看着也就是要衰老的，天上掉下个古丽和男孩，不是给她轻轻松松就旺了人丁、添了子嗣么！再说了，人，生来是吃饭的不错，同样，也是能挣钱的呀，那古丽，哪会真的就来白吃白喝呢，红嫂呀，也算是多年的苦债换来个善终……

这些贴心贴肺的话自然传到了红嫂的耳里——这是镇上人们的美德，人们酷爱窃窃私语，同时也愿意把善意加以放大和传播。

红嫂对此不置一辞，也未表现任何伤感、忧虑或沾沾自喜。担着吃食筐子，走在无人的小巷，她会对着虚空露出会心一笑。她是想到了那笔秘密的抚恤款子，到现在，她都还没动过一分一毫呢，她把它们放在那里，放在一个干燥妥帖的角落……只要有了那笔款子在垫底，她也就不怕了，就有退路了，她相信她能带着四个人过得好好的，不动用陈寅冬一分钱；而只要这笔款子没动，红嫂就感到心定神安，好像陈寅冬还在某个地方呆着似的，他只是不再回来过春节而已……

红嫂的背影在巷子里被斜照过来的阳光拉长，一直拉到墙上，像是一张变形的面饼或是一片云彩的意象——这个妇人关于陈寅冬的想象也同样具有某些后现代的意味。是啊，谁知道呢，谁见过陈寅冬的尸首呢？连古丽都没见到，谁说他就是真的死了？也许他就是没有死，他只是用这种死的方式，活在某个地方，他希望由于他的消失，能够促成一个家庭的壮大，能够让红嫂与古丽、青青与达吾提在同一个屋顶下吃食与睡眠。他活着的时候，没有父母、兄弟、姐妹；但他死后，他有了一个兴旺的宅子，他有两位太太，有一对儿女，他异乡的坟上将会青草丛生、小鸟啾啾，如果能够这样，谁又能说他是真的死了呢？

二

进入腊月了，镇上的人们喜欢在这种季节吃汤圆，红嫂的生意好像更加好了一点似的。人们在买东西时会跟她搭讪几句，他们主要会询问关于古丽的事情，古丽彩色的头巾在这个镇上总不免令人浮想联翩。同时，对于她与陈寅冬的故事，其开始与结局，情节与细节，他们就像现今的记者一样，总会有着孜孜以求的兴趣。

红嫂秤着汤圆，找着零钱，一边笑起来：你们不都看到了嘛，就是那样的呗……

红嫂对这些一再重复的问题极有耐心，但她很少进行详细的解说，她发现，古丽的故事简直像是汤团里的馅，不确定、被包裹、回味弥久的……让人们在想象中垂涎欲滴，而这对一个吃食摊子来说，难道不是一笔挺可爱的财富吗？当然，红嫂其实并没有什么商业头脑，但她有直觉，她几乎是下意识地，富有技巧却又浑然天成地保护着古丽的神秘性；为了不让人们扫兴，她又会善解人意地指指汤团：喏，这可是古丽帮我揉的面，古丽帮我包的馅儿……

哦，真的呀！人们好像因此得到了些许安慰，于是心满意足地提了汤团回去，在晚餐的桌子上，男人会端详着汤匙里白胖的汤团，想象着古丽的手掌正在一遍一遍地搓动，从而感受到一种不可言传的快乐。

是啊，红嫂并没有骗他们。晚上，红嫂总会带着一家人和馅儿、搓团子。她踮起脚把油灯高高地放到灶顶上，这样整个屋子都能亮堂了。光来自高处，桌椅的阴影因此显得小了，但人脸上的阴影却变得大了，古丽的睫毛像刷子似的投在她的脸上，青青的刘海则像帘子，她的眼睛躲在帘子后面，悄悄地盯着古丽，并把古丽与母亲红嫂作着对比。女人与女人之间的巨大差异总让这少女心有所动，继而联想到另一个世界的父亲，在他的眼里，红嫂与古丽又各是怎样的角色与位置？

夜晚有些凉了，屋子里却充满着令人沉醉的香甜气，糯米、豆沙、芝麻，它们像比赛似的各自散发出淳厚的味道。每到这样的时候，达吾提就会像一只蜜蜂似的，在屋子里绕着圈子转来转去，拖着蝙蝠般扁扁的影子。他把头伸到红豆沙的盆子里，他把鼻子凑近芝麻的木臼里，贪婪地无休止地闻着。或者，他会闭着眼睛，拿起一个又一个包好的汤团，凑近鼻子闻一下，然后宣布是豆沙馅还是芝麻馅。他的鼻子花瓣一样紧紧皱起，完全沉迷在这不断重复的简单游戏中。

达吾提的鼻子属狗。古丽仰起头对红嫂说，这是一场聊天的开场白。这样刮着风的夜晚，总是古丽第一个打破沉默，像在夜里划亮第一根火柴。

古丽一开口，红嫂总是突然一怔，她看看对面的古丽，会在一瞬间感到迷茫和不解：这女人是谁呀，怎么坐在我家里呢？这世上，除了女儿青青，怎么还有别的人在这里？到底是五十岁的人了，在一天的走街串巷之后，她是有些困倦了，以致出现了短暂的失忆与幻觉。当然，她很快就清醒了。

达吾提的鼻子真是狗鼻子呢！古丽接着往下说。从小就是，别人是用眼睛认路，他好像是用鼻子，到哪儿都会在各处角落各样家什上嗅嗅，木头味儿，丝绸味儿，柴火味儿，轮胎味儿，生瓜与熟瓜的味儿，甜葡萄与生葡萄的味儿……那时在工程队，一大堆男人里面，他就是能闭着眼睛把寅冬给挑出来，他总说，每个人的味儿都不一样，闻一闻就知道了。男人和女人，老人和小孩，好人和坏人，都各有各的味道，他一闻就能闻出来……

红嫂笑起来，困倦都去了一半似的，她看看那孩子，手里握着两个汤团，头却已耷下来，睡着了。青青于是赶紧洗洗手，把达吾提弄到里屋的床上去了。

　　屋子里现在只剩下红嫂和古丽了。即使是晚上，后者还是穿着齐整的长裙。她从新疆带来的那个包袱，像是个无穷无尽的宝囊似的，腰带与头巾，披肩与下围，总会被她别出心裁地变出令人眼前一亮的装束，像个女魔术师似的……她偶尔会走上街头，左顾右盼地东张西望，婀娜的背影像冬季盛开的桃花。但是，在一个陌生的小镇，在她所投奔和寄居的人家家里，她难道不应该表现得沉郁一些吗？比如，她应当唯唯诺诺，她应当低头而行，她应当谨慎地只穿深色衣衫……当然，议论归议论，人们并不真的希望古丽那样，对于超出常理与常识的事，人们保持着矛盾的心态，一方面，他们指指点点，另一方面，他们有所期盼和鼓励，甚至在暗地里十分激赏。

　　红嫂看看古丽，再看看自己。她像青青一样，不是用自己的眼睛，而是用陈寅冬的眼睛。难怪呀，年纪、容貌、衣饰、性情，她跟古丽怎堪一比？陈寅冬怎么可能不喜欢上古丽？甚至，红嫂现在都有些不确定了，有了这么一个古丽，陈寅冬后来是否还在喜欢她呢……

　　红嫂回忆起她跟陈寅冬的婚后生活，是否有过如胶似漆的时光？尽管聚少离多，但每次的团聚并不总是激动人心的，陈寅冬似乎并不特别热衷床帏之事，他身量不高，亦谈不上强壮，他似乎有一种与生俱来的抑郁与忧戚，他经常在半夜突然醒来，然后坐在黑暗中的床头一言不发。

　　红嫂对他甚为恭敬，即使是夫妻，他对她而言仍有着某种程度上的神秘——他长年在外，过着与镇上人完全不同的日子，对菜肴，他有一些特别的口味，谈话中，他有时会说出那个地方的口头语。有时，红嫂会觉得陈寅冬是个陌生的男人，他们在床上亲热，相互摸索着寻找方位与节奏，全无默契，更谈不上放松与放纵。那么，是否这其实就是一种迹象，是他对古丽心有所绊的迹象？

　　对这些事情，红嫂从前似乎都没有如此明白地想过，不知为何，在这样的晚上,看着面前这样的古丽,红嫂忽然体味到一种迟来的感悟——她这一辈子,或许真是前所未有的荒凉吧,惟一的男人,即使只是在那些短暂的春节假期里,他也没有真正的在疼爱她。包括他的死,他通过死所换来的抚恤金,或许更多的也只是为了古丽和那个男孩呢。

按理,明白并接受这样一个现实应当是悲痛和委屈的吧,可是真奇怪,红嫂也并没有感到特别的心酸,她只是微微叹口气而已——本来嘛,对她来说,陈寅冬死与不死,不都是一回事儿!他活着,也只活在古丽那里,对红嫂来说,相当于是死了;他死了,对她红嫂而言,仍跟从前一样,他活在那里,她活在这里,她并没有特别少掉什么……

红嫂发现自己笑了,在高处灯火的影子下,她在心底笑了:陈寅冬的死,怎么就变成了一件若有若无的事呢?

每个晚上,都是青青把打着盹的达吾提抱上床。小男孩的身体热乎乎、沉甸甸的,血液在皮肤下穿行,眼皮微微半张,有着麻雀般的敏感与软弱。青青的身量和气力足够抱起男孩,却又总觉得使不上力气,反倒显得有些笨手笨脚。

她用脚推开古丽和达吾提的房间,老式的床宽大而陈旧,发黄的蚊帐如眼帘低垂。她把达吾提一直送到床最里边贴墙的地方,为了防止达吾提着凉,青青又爬上去,细心地在靠墙处放上一块垫子。她的身体从达吾提身上越过去——每每都是这样的时刻,达吾提突然睁开了眼睛,他醒了。他的眼睛正对着青青的上半身。

怎么的?青青连忙缩回来,跪坐在大床的外口。

我闻见你了。

什么?青青有些羞恼,但达吾提的眼睛那么清亮,干干净净的,让她都没法作恼,也不知要说些什么才好。

但她其实并不要说什么,达吾提像在做梦一样地一串串往外说着呢:我闻见你了。你身上有各种各样的味道。木桶。麻绳。竹竿。皂角。水草。豆子。灶火。

青青这下子笑起来，可不是呢，她这一天里，一大早用木桶到河里挑水，然后用皂角洗衣裳，晾到竹竿上。下午，跟红嫂一起搓了会儿麻绳，晚上，又把红豆沙给漂洗了几遍，然后在锅里煨上了……

小东西，瞎说！这哪里是你闻见的？这一天里，我到过什么地方，做了些什么，你不都像个小尾巴似的跟在后面……能说出这些来有什么稀奇！

这是第一层的味道。还有第二层呢……达吾提说着重新闭上眼，像走入了一个梦中的花园。你的头发是芝麻味。你的眼睛是露水味。你的嘴巴是……是……

达吾提皱起眉头，好像迷了路，他慢慢地抬起身，把他的鼻子靠近青青的嘴唇，在那里停了停，蹭了蹭，然后才接着说：你的嘴巴是番茄味儿。

青青被达吾提方才的动作给呆住了，她噤在那里，甚至都没有听清达吾提所说的那些味道……达吾提的鼻子凉凉的，那冷而湿润的感觉仍停留在她的唇上，她几乎感觉到那就是一个吻，一个不成形的小男孩的亲吻，带着某种同情与体谅似的。

青青舔舔自己的嘴唇，不知为什么，泪突然流下来，青青的青春期就这样给达吾提的鼻子给唤醒了，她的胸脯在瞬间鼓胀起来，那是陌生的呼唤与刺激，她感到说不清楚的寂寞与疼痛。

她仍旧跪在床上，而达吾提，似乎又重新睡过去了，均匀的呼吸轻轻拂过黑暗中的空气，有着小野兽般的天真劲儿和热乎劲儿，像是一种闻不见的芳香。

到了黄昏，小街小巷里的寒风就更甚了，刮在人脸上，像是小柳条在抽打似的，担着有些累赘的筐子走在风里，感觉就有些凄苦了，但红嫂并不在意，她认为吃苦是天生的，是必须的。酸胀的腰背、变质的剩饭剩菜、缝补得不像样子的内衣、总是会倒炝烟的灶台，以及冬天寒风的这种刺冷——生活中处处充满不适，这不适反倒让她感到某种安全和踏实。

有时，红嫂在寒风里都一直走到天快黑了，每条巷子都走过两遍了，仍会剩下一些汤团，红嫂倒也不恼，便将计就计带回家去做晚饭吃。

每到这样的时候，古丽总是最高兴的，她会早早地把米桂花、白绵糖一起摆到桌上，又找出配套的磁碗和磁勺，然后才掀开热气腾腾的锅盖，给每只碗都盛上六个汤团，摆成梅花的模样。接着，她会第一个捧起碗，舀出一个囫囵着放进嘴中，闭上眼睛慢慢地咬破皮子，用舌头把芝麻和糯米搅在一起，然后重新咀嚼，唇齿间发出轻微的咂摸声，再慢慢地咽下去，体味它们在喉咙中停滞和下滑的滋味……

就像来到镇上的第一天一样，古丽吃东西的模样总是如此沉醉、心无旁骛，让红嫂和青青甚为惊异。不仅仅是这些有馅的汤团，就是用剩下的糯米屑子搓成的实心小元宵，面条锅里的面汤，用咸菜帮子和一些肉杂碎做成的浇头，她都会有滋有味、全心全意地投入享用……

对吃是如此，对睡眠、穿衣亦是有过之而无不及。每个早晨，她都会狠狠地一直睡到日上树梢，在被窝里伸长长的懒腰、把被子都伸得拱起来，然后大声叹息着对一夜无梦表示满足。然后，她精心地把那些裙子摊到床边，对着屋子里那缺了一角的镜子反复比划，一边伸出头去问青青外面的天气，如果太阳很好，她就穿橙色的，如果有些阴，她穿绿色的，如果有小鸟叫了，她就穿带大花儿的……她对生活的每一刻都特别经心，带着感恩与珍重，一定要别出心裁，让所有的人都高兴似的……

青青，这依然生涩、含苞未放的少女。红嫂，这饱受苦难、几乎不知何为生之乐趣的母亲。古丽的奔放与热烈带给她们的到底是什么呀！——无疑，青青从不掩饰她对古丽的崇拜，她总是悄没声息地盯着古丽，随时准备替她接接拿拿，随时准备应答她各种各样的感叹或提问，少女依然穿着从前的旧衣裳，梳着从前的独辫子，走起路来微微的有些含胸，可是，青青，真的有什么地方跟从前有些不一样了。就像一个孩子，读过书与没读过书的那种差别。古丽就是青青的启蒙老师，正是在古丽明媚的背影之后，青青的性别意识开始了苏醒，对风月有了一知半解的领会，对神情、体态有了自觉的把握与训练……

至于红嫂，一下子很难说得清楚。她本来以为自己是要生气的，特别是要生陈寅冬的气，他为什么会喜欢上这样的女人呢，简直是自己的反面，她吃没吃相、睡没睡相，缺乏起码的妇道礼数……可是细想想，又说不出古丽具体的什么不好来，后者总是那么欢天喜地的，带着股大大咧咧的孩子气似的……看着她像蜜桃一样的身体，连红嫂都有些愉悦起来，瞧瞧自己，这裂了口子的手指头，眼睛下深褐色的眼袋，在头顶上闪闪烁烁的白发……唉，有些人，就是要像古丽那样活的，享乐、精致、风流；而另一些人，则是像自己这样活的，克己、粗糙、本分。在古丽面前，她一方面有着道德和良心上的优越感，但同时，也有着对另一种风流生活进行张望和入侵的欲望。

这样，等达吾提和青青睡下之后，红嫂会主动跟古丽说起话儿来，寒夜漫漫，她们没有男人，只有时间，可她们又能靠什么来打发时间呢？

红嫂不动声色地聊起一些闲话，周密地一步步把话题往隐秘处推进。不过，红嫂大可不必如此花费心机，古丽哪里需要她引导呢，她几乎是径直地就往红嫂最想听的地方去了。

唉，红嫂，要说起来，陈寅冬更在乎的可能还是您呢！比方说吧，好好的正趴在我身上呢，他会突然就叹起气来，把眼睛往黑乎乎的窗外看，不知要看到哪里似的，整个人都萎下去了……

怎么可能呢！怎么可能呢！红嫂不必要的大声分辩起来。她认为古丽这是在安慰她。况且，就算古丽说的是真的，红嫂意外地发现，她对此也并不感到多少的高兴——奇怪吧，她并不真的在乎陈寅冬更喜欢谁。喜欢人家古丽，那是对的是正常的；喜欢她红嫂，那就叫她不踏实以至不舒服了……

其实吧，我有对不起陈寅冬的地方，谁叫他有两个老婆呢，他能有两个老婆，我就不能有两个男人吗是不是？

这么说，你还有另外一个……红嫂趣味盎然，她很高兴古丽转移了话题。古丽的这个理论显然是经不起推敲的，要在白天，红嫂都会吐唾沫的，可是怪了，现在，红嫂就觉得古丽说得有道理，她做得更有道理。

是啊，每年，我也会离开工程队一阵子，赶几十里路回家里看看父母，一方面是看父母，另一方面当然是看他……他呀，可比咱们陈寅冬厉害多了，每次都让我受不了了呢、撑死了呢，我都全身发抖了呢……不像咱们陈寅冬，他身量小，气又短，到后来就只能用脚了，他就爱把脚趾头当家伙使……古丽的用语粗俗而直接，神情却坦诚而大方，像是仅仅在谈论一顿美食或一段面料似的。所以说呀，红嫂，您看看，在这个世上，让人舒服的东西可真多呀，好饭好菜，好衣好裳，好觉好睡，哪一样我都喜欢极了，特别是睡觉的事呀，一个人睡有一个人睡的甜，两个人睡有两个人睡的美，我哪一样都爱死了，爱到骨子里去了……

　　昏暗的油灯有效地替红嫂遮住了她一再腾起的红晕，她多喜欢听古丽这么说话呀，她还从来没听人这样说过话呢，她还从来没想过这些事儿呢……好像就是从古丽这里，她才肯承认，对呀，原来，那也是件舒服的事儿呢……不过，她在陈寅冬那里感到过舒服了么？难道那过去的几十年，她竟一直是无知无觉的么？就连陈寅冬喜欢用脚的这一习惯，她也没有去多想……那些春节，外面有着呼呼的风，陈寅冬忽然从她身上软下来，然后，像是例行仪式似的，他举起脚来，从上到下地抚摸着她，最后，停在那里……这回忆如此清晰，宛若仍在床榻，最令红嫂沉湎不已的是，她想到，那陈寅冬，对古丽，竟也是这样的呢……一个喜欢用脚的男人，她们的男人……

三

　　红嫂原以为古丽可以像她一样，满足于每晚的回忆与叙述，并且，她们可以依靠这回忆共同过活，她进入老年，而古丽进入中年。事实上，春天来了之后，红嫂发现：她可能错了。古丽，在骨子，就是跟她不一样的女人，这不是谁更好谁更坏的问题，只是，彼此不同。

　　是啊，春天来了，东坝小镇的春天带有明目张胆的鼓动性，互相攀比着似的，这里绿了，那里红了，空气里都躁躁的，让人感到口渴和焦灼，非要干点什么事似的。这跟古丽的家乡是全然不同了，古丽一下子就被打昏了，她再也坐不住了。

　　她积极的几次三番的向红嫂要求，由她出去卖吃食，再不出门走走，她就要"霉掉了"、"烂掉了"。

红嫂看看古丽，后者已经换上春季的衣服了，一方面显得单薄了，另一方面又更加丰满了，红嫂几乎看得欢喜起来，有心要放她出去走走，但又总觉得哪里不大妥当，好像这话一答应下来，就是同时还应承了别的什么似的。

青青在一边看着，想替古丽说情，开了口却又是站在红嫂这边的样子：妈，你都五十多了，再出去跑来跑去，吃不消吧。正好，也让古丽熟悉熟悉，这镇上，她走得还没达吾提多呢！

红嫂扶扶自己的腰，好像突然间就疲惫了起来，这疲惫来得有些违心，又有些存心，总之，她想现在是应当累了，该回到屋子里了，那外面的天地，就给古丽去飘摇吧。

因是春季，这时候，红嫂做的小吃食不再是汤团了，改成炸麻团和咸花卷了，春天日头长，人们走着走着，很容易的就会饿了，如果正好迎面碰上个吃食担子，他们就会买上几个，一路慢慢地走着也就吃光了。

古丽对巷子着实不大熟，走起来有些犹犹疑疑、左顾右盼的，这就跟镇上妇女们大步流星的样子大不同了，人们在后面看了，在侧面看了，在前面看了，都感到一种与众不同的好，他们不免就停下来，喊住古丽，慢慢吞吞地挑上几个包子，慢慢吞吞地掏钱。他们喜欢听古丽说话，因为古丽的话听上去别扭、拗口，他们还注意到古丽鼻尖上的小汗珠，以及她头上随便别上的一朵蔷薇花。她在他们眼中，要比手中的吃食更要耐人寻味。

古丽的生意当然是出奇的好了，比红嫂从前卖出的要多出一倍，还没等红嫂来得及高兴，好好数数那些多出来的钱，古丽就自作主张地开始花钱了。

经过小百货店，她会进去看看，路过布店，停下来东摸西看，经过鞋铺，她又会倚在人家的门前，问这问那。然后，回家的时候，她会一五一十眉飞色舞的重现她所看到听到想到的一切，并且，她的担子里还会多了些别的东西，塑料拖鞋，发亮的发夹，彩色的虾片，能吹出泡泡的糖——

不用说，这些新奇玩意儿本身是有着令人激动的魔力的，而且，古丽的行事方式又增加了这种魔力性。比如，她买东西完全没有规律，她并不是每天带，或是隔天带。当大家满心以为她今天是要买什么了，她却空着手回来了；而当大家没指望的时候，她却突然把篮子伸到大家面前。古丽还喜欢把那些新玩意儿们藏在篮子的布幔下，然后，让他们摸。让达吾提猜颜色，让青青猜是吃的、用的还是玩儿的，最后让红嫂猜：这礼物是买给谁的？

——对于古丽突然爆发出来的购买欲，红嫂是拦都来不及拦了，也是拦不住了，脚在她身上，钱在她身上，这可真是糟透了！红嫂虚张声势的在心中感叹：她这辈子都没有这样大手大脚花过钱呀，这镇上也没人这样不要命了似的花钱吧！镇上的习惯和风气是这样的：如果能赚上五块钱，一定只能过五毛钱的日子，或者更低，一毛都不花才好，要低于能力，要低于环境，要低于需要，那才是正经过日子的道理，可看古丽这样子，分明是不想过了！

感叹归感叹，生气归生气，红嫂心里却明白得很，她不是真的生气，她不是还有陈寅冬的那笔钱在垫底嘛！就是古丽一分钱都赚不到又怎么样，她们四个人照样可以过得舒舒服服的不是嘛……这样想想，红嫂就真的定下心来，她只是假装舍不得、假装懊恼，可其实呢，在她心底里，却跟青青和达吾提一样每天都等着盼着古丽从外面回来……

再说，古丽其实也没有花很多的钱呀，但真的，每样东西都让大家叹为观止，生活好像因此多了无穷无尽的乐趣似的！您说，买回来总不能不用吧！那才是真的作孽呢！红嫂于是起了油锅，炸虾片，眼睁睁看着单薄的虾片突然弯卷着像笑脸一样膨胀开来。她穿上了平生第一件的确良褂子，她还试了试青青的红色塑料拖鞋，并偷偷地把达吾提的泡泡糖揪下一块放到嘴里……

粘粘的泡泡糖让红嫂惊讶得差点吞下肚里，她慌张而笨拙地从嘴里抠出来，笑话起自己这个乡下女人，她弯下腰尽量不出色地笑着，竟笑出了眼泪，她伸出粗得有些糙人的手抹去泪珠，接着，她真的流起泪来——这迟来的乐趣呀，如此细小、真实，可是，却又残酷地让她意识她前面那些年月的孤独与虚度。

当然，从前的日子跟陈寅冬无关，怪不得他，但眼下的日子，也许倒要谢谢陈寅冬，是他在那遥远的地方结识了古丽，是他通过死亡把古丽带到这个镇上，带到她的身边，陪伴她即将开始的老年。

达吾提吃得很多，睡得也很好，但他的个子却一直不长，好像就准备永远停在那个高度，也许是因为他走动得太多——从仲春直到初夏，他总像是丢了什么东西似的，逼着青青带着他到外面游游荡荡。他抽着他的鼻子，像一只肩负神秘使命的小狗，在清晨，在正午，在迟暮，一天中的不同时分。在阴沟边，在桃林里，在石灰厂，在屠户的案板边，在织布厂前，在邮筒边，在小镇的不同地点，他都会流连忘返，逗留不去，一边专注、努力地抽动鼻子，像人们深情地凝视某处即将永别的地方。

青青有时会走在他的身后，不过，她跟达吾提的趣味全然不同。这个春天，青青是完全的发育了，心理上的发育。她开始懂得轻轻垂下眼皮，开始晓得自己胸脯的美，开始知道微微提起臀部——大多数时候，她是在不自觉地模仿古丽，因此她需要走到巷子里，在没有人看见的地方好好练习，她满心期望着，不久以后，她会成为一个跟古丽一样漂亮的女人，有着一个跟达吾提一样的孩子……

达吾提，你看我好看吗？青青想起古丽头上的花来，她摘下一朵那种同样粉红的蔷薇，同样地别在头上同一个位置，她偏过头去问达吾提。

达吾提从某种专注中勉强地拉回自己，他眯着眼看青青，眼睛越眯越小，像有阳光钻进去了似的。最终，他还是走近过来，把鼻子凑到青青身上，他闻了闻，然后才说：好看，香。

那比你妈妈呢？青青这是有些贪心了。

达吾提严肃地看看青青，他虽睁大眼睛，却视若无物，然后不置可否地又转回身研究他的味道去了。

青青把花取下来在手里握住，她忽然想起方才达吾提的眼睛，他为什么要眯那么小呢，并且，她想起来，这段时间，他总是这样，当他无所事事时，他会睁大双眼，却有些空洞。但当他想看看什么时，却会越来越小地眯起，脑袋向一边歪过去，吃力而别扭……这里面，有什么问题吗？

在这家新开张的裁缝店前，古丽迷路了。因为迷路，她认识了张玉才。

事实上，这段时间，这镇上的巷子她来来回回已走了不知多少遍了，但古丽不记路，因为她每天走的路线都不太一样，她不是根据居民区的分布来决定路线，而是看哪里好玩了、没见过、没来过，她就停下了，看一看，张一张，然后歪打正着地，摸索着找到回去的路。

让古丽迷路的这家裁缝店，大得超出镇上所有人的想象，缝纫机是一溜排开的，"咔嚓咔嚓"，声音此起彼伏，好听得很。厅堂上方的绳子上挂着有女人的春秋衫、格子裙，男人的中山装、列宁装，甚至还有一套白色的西装，气派极了。就连两个小伙计，都穿着一式一样的对襟褂，脖子里搭根软尺，看人喜欢从下到上，打量一圈，像用眼睛在掐尺寸似的。古丽把担子放在门口，走进去摸摸那些料子，看看那些样式，简直喜欢死这家店铺了。

她磨磨蹭蹭地看了又看，终于想到放在门口的吃食担子，这才不得不提脚走了出去。这一出门，发现天色已经不早了，看看担子里还有不少花卷呢，有些急了，见路就走，东拐西拐，这样走了一大圈，发现自己竟又回到了裁缝店前。古丽倒也不慌，她想了想，换个方向继续走，可是事情真是怪了，好像注定她今天就得结识上张玉才似的。她走了第二圈，似乎走得很远，都要到镇子边上了，可一抬头，瞧，这不还是那家新开的裁缝店嘛！

天色真是一层层暗下来了，古丽看看担子里的花卷，虽说没剩几个，可这于她，可还是没有过的事哩，竟然会卖不完！而且还找不着路了，天天走的个小镇，连问人都不好意思开口！古丽有些恼了，恼自己，恼这些花卷，还恼那家裁缝店，她四处看看，正不知怎么开口问人呢，张玉才却主动走上来了。

古丽，我都跟你走了两大圈子，你兜来兜去到底是要到哪里去？张玉才身量不算高，却挺干净，棉毛衫外面翻出白衬衫的领子。

这镇上的人，在称呼上一直让古丽很不习惯。如是很熟悉的人，他们会喊成亲戚似的：什么婶，什么叔，什么姑，什么爷。如果是不认识的呢，他们一律喊：嗳！对于古丽，他们把她划归到后者。

嗳，买四只豆沙麻团。嗳，你帮我换个零钱吧。嗳，你家那小男孩几岁了。

可是，"古丽"！这个小青年竟这样喊自己。像一个男同学在喊一个女同学，像是认识了很长时间似的。再看看他的干净模样，想想他竟然不声不响地跟了自己两圈。古丽忽然觉得自己整个人都活泛起来，松动起来。

你管我想到哪里去呢，你跟着做什么？古丽有心想让他带个路，嘴上却是不饶人。要说跟男人耍嘴逗趣，她一向是擅长的，从前在工程队，那些姑娘们个个泼辣、能说会道，要不然也不敢到男人堆里讨生活，她在其中也算是个佼佼者。只是自从陈寅冬死了，自从来到这个小镇，因为背景与环境的变化，她竟有些疏于此道了，这会儿见了张玉才，那本领倒一下子复活了。

那么，是我搞错了，以为你迷了方向。再说我看天色晚了，也怕你一个人不太安全。张玉才话虽说得体己，神情却是不卑不亢。

这一来一往，就知道对方的深浅了。想不到这个年纪轻轻的一个小伙子，竟也有这样的胆识。到这个镇上以来，还从来没有人跟古丽这样说过话呢——有趣味，有分寸，有想头！两个人说着话，一边就往前走了，自然，是张玉才略略走在前面带路。

走了一程，张玉才忽地想起什么似的，侧过身掀开古丽筐子上的布，看到里面还有几个花卷，于是，伸手在身上摸摸，掏出一毛钱来：正好，我全买了吧。

古丽这下是真的触动了，这个张玉才，何止是有趣，心思还这样细巧！这样贴心！

送到红嫂家，青青跟达吾提早就站在屋檐下心神不宁地张望了，古丽一到，他们全都如获至宝地叫起来，连红嫂都从屋子里搓着手出来，毕竟，古丽还从没回来过这么晚。

古丽顾不上理会红嫂的询问，又把扑到怀里的达吾提拉开，她忙不迭地要招待她在这镇上的第一个客人。喝茶。请坐。请进来。噢，这是红嫂，你认识的吧？她的招待明显有些失了秩序。

张玉才却还是那么定定心心的，站在那里，他听着古丽把红嫂、青青和达吾提一一介绍完，笑吟吟地点点头，才不急不忙地招呼一声告辞走了，竟是连门都没有进的，他举举手中的花卷：我也要回去吃晚饭呢！

一家人就这样被丢在门口，有些眼睁睁的样子看着他走了。张玉才的背影在暮色中一会儿就看不清了，只有达吾提还在嗅鼻子，并显出若有所思的样子。

这以后，古丽跟张玉才就算是熟人算是朋友了。说也好玩，不认识的时候，大街上所有的脸都一样，古丽好像从没有在巷子里见过他。认识之后，他的脸总是老远就会从人群中浮出来，几乎天天都要碰面了。

古丽慢慢知道，张玉才可是正经的初中毕业生，因为读过书，家里人又有些脸面，正托人找了个老会计在学打算盘做账，看样子，以后是要做会计了。会计，这在小镇上，跟老师和医生一样，最是受人尊敬的行当。张玉才想来也是知道这一点的，他的神情之中因此比一般的人又多了几分自信，更添了他与众不同的一点气魄。

认识张玉才之后，古丽倒好像是天天都要迷路了，反正她心里有底，到了黄昏，总会碰上他——或者是他在找她呢！古丽只当不知道，她好像习以为常般地，一边说说闲话儿，一边跟着他走，从小巷走，从人家的屋子后面走，从河道边走，从小桃林里走，也不知是抄了近路还是绕得更远。

张玉才经常一边说话，一边回过头频频地看古丽，带着突如其来的激动凝视她微凹的眼睛。这样的时候——走在张玉才身后，走在这样僻静的小道上，感受张玉才的频频回头，古丽总是很快活的。她想，这便是日子里的好滋味呀，跟吃好东西、睡好觉是一样的……至于今后跟张玉才如何如何，她从来不想，一秒钟都不想，想了又有什么用？她结过婚，她有个儿子，她比张玉才大上十二岁，想这些干什么，不是白白让自己过不好日子么……

可是，有个姑娘，她却开始想了，她想得具体极了，美好极了，一直想到了结婚，想到了生孩子。是啊，这姑娘是青青。那天，她在门口第一次看到张玉才，她看到他笑吟吟地冲她点头。

在一秒钟前，什么处对象、谈恋爱呀这些事，离青青还有十万八千里呢，可是，等到这张玉才对她点了点头，一秒钟的样子，她突然就感到，一下子就来了，她的事情、她的命就这样定下来了，就逼到眼跟前了。她只愿意让这个小伙子娶她，她只愿意嫁给他。

青青的想法有些太过突飞猛进了，就像一个还不会走路的孩子，一下子却跑起来，还飞起来。因此，青青是完全把持不住了，她的内向、拘谨、生涩好像都给挤到一边去了，只要是跟张玉才有关的事情或细节，她都会像个不会吃东西的人一样囫囵吞枣地一口吞下去，不分青红皂白，不分酸甜苦辣。然后，等到夜深了，她才会一个人缩在被窝里，慢慢地一小块儿一小块儿地重新咀嚼回味。

自然，她所能得到的任何有关张玉才的信息，来源者只可能是古丽，青青一向对古丽是信服的、崇拜的，而古丽，想想吧，每当她说起张玉才来，用的又是什么样的语气和角度呢？这对青青来说，更加是顺风吹火、火上烧油了！可光是这样听听又怎能满足？可怜的姑娘，她的胆子真是大得都要发了狂了，她开始悄悄地跑到街上，寻找张玉才的身影……

好在她是在这镇子上从小泡大的，在张玉才还没有跟古丽碰面之前，她会先一步找到张玉才的踪迹。她看见他把手插在兜里走路。停在路边跟人说话。别人给他散烟，他客气地摆摆手。走过一家玩具摊，他孩子气地蹲下去，拿起一只会叫的塑料鸭挤出响亮的声音……青青着迷地盯着看，觉得他的每一个动作，每一个姿势，都再好不过了！

这少女的相思之情啊，太过猛烈，太过茂盛，她完全沉浸在自以为是的想象中，她以为这便是处对象了，她以为这样便是可以结婚了！青青闪在拐角口，按着像青蛙一样乱跳的心……一直要等到张玉才跟古丽正好"碰"上后，她才仓促地结束她的追寻之旅。因为，有古丽跟张玉才在一块儿，她就放心了，她知道古丽回家后会重述她跟张玉才之间的对话，她什么都不会漏过……

青青以为她正在浇灌着一个秘密，这秘密是她的，也是张玉才的，这世上切切不可有第三者知道。可是，这世上怎么可能有不泄露的秘密呢。秘密是什么？是空气，是风，是水，是沙子，只要有一点点可能的空间，它们就泄了，悄悄地弥漫开来，众所周知，满城风雨。到最后，只有制造与守护秘密的那个人，还像守着风中之烛般地，在小心翼翼地用两只手围着、罩着，死了命地护着。

最先识破青青秘密的是达吾提，这个小小的气味收集者。还是在睡觉之前的那一小段时间，当青青把熟睡的他抱到床上，他睁开眼睛，这次他没有看青青，只是看着前面的黑。

青青刮刮他的鼻子：又醒了？

达吾提短促地呼了口气：你的味道不对了。

嗯？青青笑起来，说实话，对于达吾提关于气味的各种说法，她从来都不当真，他不过是在玩游戏罢了。一个七八岁的孩子，不正是游戏的年纪吗，就像别的孩子喜欢木手枪喜欢弹弓，而他，则喜欢玩玩味道。这样想着，她便会装出认真的样子，陪着他玩。

怎么就不对了呢，你从前不是说过的？我的头发是芝麻味，眼睛是露水味，嘴巴是番茄味儿。

现在不对了。你身上满是大街的味儿。

大街的味儿又怎么了？

你的味儿乱乱的，糊里糊涂、傻里傻气的……嗳，我问你，你为什么整天到外面转悠？

小东西，你倒管起我来了……青青有一点慌乱，但想想达吾提毕竟是个孩子，应当是无妨的，他哪里就能看破她的心思？

我不管你，谁会管你呢？达吾提的声音里忽然流露出一种深深的忧戚与同情，好像只有他才能真正替青青着想似的。

青青被达吾提的情绪噎住了，这八岁的孩子，像是最柔弱的，却又像是最犀利的。他为什么会流露出那种发自内心的悲伤？

青青，你不要出去了，不要再跟着他了。他来的那天，我闻过了，我就知道，他不会喜欢你……这个人与那个人，他们的味道，就像这个人对那个人的脾气一样，有的是天生合得来的，有的是永远都凑不到一块儿的……

你瞎说什么呢。青青小声地回应道。隔了一会儿，她终于忍不住问道：那你说他喜欢什么样的味道呢，我能变成那种味道吗？

你难道真的没看出来？他喜欢的，是我妈妈的味道。达吾提把他温热的小手伸到青青的胳膊上，他轻轻地抚摸着青青，隔着皮肤，传递出单薄而纯粹的亲爱。

少女却在突然之间枯萎了下去，软软地跌到达吾提一侧，她的头落到古丽的枕上，古丽的味道像无知的蛇一样钻进她的鼻孔。

青青的萎靡与消瘦带着少女期的苍白，她因此变得好看了起来。晚饭桌上，古丽一边美美地吃着，一边飞快地看了她两眼，这对餐中的古丽而言，是难得的分心。

红嫂，看见没，青青长成大姑娘了，身量长长的，眼色水汪汪的。她兴高采烈，嘴里包得满满的，说得有些口齿不清。

哼。做母亲的有一点点得意，却还是压下去。红嫂知道，再平常的女人，在做姑娘时，总有那么三四年，看上去是相当迷人的。

青青低着头，她不敢抬头，也不敢开口，生怕会招出眼里的一泡泪。听到古丽夸她漂亮，她自然是高兴的。就是到现在，她依然还是那么崇拜古丽，后者说的每一句话，她都会毫无保留的喜欢。

这几天，她慢慢地有些想通了，不那么绝望了，不那么怨怪张玉才了……他喜欢古丽，这哪里就能怪他？更不能怪古丽，要怪，只能怪自己，长得不好，味道不对……

等下了饭桌，用茶水冲过了嘴，又呆坐着舒舒服服地消化了一会儿，古丽的注意力才算完全地清醒过来。她暗暗地瞧着正在洗碗的青青，后者的动作有气无力，动作慢吞吞的……即使只是个侧影，也能感觉到青青被克制着的某种情绪。

那是什么？她在忍受什么痛苦呢？

古丽想了想，转到房间里去，达吾提正睁着两只眼呆在黑地里。

古丽正想点灯，孩子却喃喃的说：不要点，看到灯，我眼睛就会疼……

古丽于是也呆在了黑暗里，她仍在想方才的问题。一个十九岁的姑娘，会为什么伤心？自然，应当是年轻人的心事。那么，又会是谁呢？在这个镇上，青青会为了谁？她都认识些谁？这么稍稍推理了一两步，答案就水落石出了。古丽为自己的聪明高兴起来……可是，等一等，这么说，事情的结局要提前到了，在她与张玉才之间？

张玉才现在已经不再假装是偶然碰到古丽了。他与古丽之间，实际上已经有了默契。他们会在那家裁缝店前碰面，然后一起漫无目的地东走西走。

古丽喜欢向张玉才回忆她从前在铁路工程队的事情，她那时，比现在更年轻、泼辣，敢当着一大群男人的面就跳起舞来；头上的纱巾从来都跟别人不重样，走在荒地里，人们老远就会认出她……张玉才笑微微地听着，一半是折服于古丽的塞外风情，一半是沉醉在双方的爱慕中——他们没有拉过手，好像也不曾想过要拉手，更不要谈别的。他们好像真的只是简简单单的爱慕与喜欢，这爱慕，真实、轻松，而不必担心来路与去程，因为结果是明摆着的，他们都一清二楚：他以后会娶一个别的姑娘，而她，则会继续像阳光一样明媚地活着……

可是，古丽现在明白，结果要提前到来了——她必须让张玉才对青青有所反应。这事情虽不是她的乐趣和愿望，但她怎么能不帮青青一把呢？她和她可是一家人，都是陈寅冬的家里人呢。

张玉才对古丽的话表示了巨大的诧异，乃至愤怒。他看着古丽的唇，像是头一次注意到她有两片这样的唇似的，她的唇，竟然也能说出违心的话？这还是他天天陪着走的那个古丽吗，百无禁忌、由着自己性子的？

她的唇说：你该成个家了吧！先成家后立业么，成了家再好好把会计工作做好。

接着说：我替你说个姑娘，保证是最适合你的。因为我最了解你，也了解她。她一定会是世上对你最好的人。

又说：你可能见过她的。就在红嫂家，她女儿。也是……我女儿。你要相信我，我帮你看的，肯定没错。我不会害青青，更不会害你。还说：你不要不好意思。这种事情，男的总归要主动一点对不对。我帮你，你写张纸条，或者说个口信，我一定帮你好好带到，约她出来，你们见面。

张玉才把目光移开，他不能不感受到古丽的心肠，那种像天一样大的善，以及不假思索的傻，这其实还是率性了——所以，这还是他的古丽，那两片唇还是她的唇。他的心一开始还气得发红呢，这会却软下来了，疼起来了，都不能碰呢。

青青，自己应当是见过的，但模样记不清了，这说明她长得可能很普通，并且相当内向。不，也不是说他张玉才就一定要将来的新娘能像古丽这样，但是，他，怎么能平白无故的就去约一个几乎还是陌生的姑娘？

但是，这是古丽对他的要求，是古丽的决定，是古丽的性情所在，也是古丽对他的情谊所在，她把他都当成自己的人了，她能做到的，她想他一定也会做到——对某事的放弃。对某人的慈悲。这是她代表他们二人所做的决定。张玉才看着古丽的眼，他点点头：那我听你的。然后，他就哭起来，很失体面、很没出息了，往日的镇定与自信一下子没了。他把手紧紧地缩在口袋里，防止自己一下子失控了，会走上前搂住心爱的古丽。

四

现在，红嫂是完全闲下来了，从来没有过的闲。这一闲，日头似乎就显得无限的长了。家里面的那种空空荡荡，都能听见灰尘在往下落了。红嫂坐着,几乎要瞌睡了,却又不敢睡,生怕夜里睡不着。现在,她经常的就在夜里突然地醒了,特别是凌晨四五点的样子,醒了便只好想东想西,想从前的许多事情,想得心里空落落的,什么事情都不踏实似的。

是因为青青吗?要说起来,红嫂倒是家里最后一个注意到青青的消瘦的,像张薄薄的纸片,总呆在屋里不出来。注意到之后,红嫂却又连忙装作毫不在意。

自然,红嫂并不知道这里面有张玉才的缘故,但她自有她的逻辑——毫无疑问,女大当嫁,女孩子家十六岁就可以说合婚事了,而青青,眼看着就二十出头了,可到现在,连个上门提亲的都还没有,这在东坝,已算有些迟疑和困难了……

这镇上,男女的姻缘还是要靠媒婆来牵线搭桥的,而那媒婆,也像生意人似的,自然也要找出色些的男男女女,一来路子轻巧,二来容易成交,说出来更加响当些。而从一个媒婆的专业角度看来,青青这样的条件可能是有些尴尬的吧:模样长得平常,父亲亡故,家中人丁又多,关系可疑,唯一的男丁只是个才八岁的孩子……不过,红嫂几乎是骄傲地微微笑起来,不过,她们知道她红嫂有一笔款子么?那要是拿出来,都能吓她们一大跳!吓完了之后,她们准会一个接一个地上门来,给青青说合这镇上最有出息的小伙子。

是啊,红嫂曾经跟自己说过,不到万不得已,她决不动那笔钱,只是,不知道,青青的这事,算不算是万不得已呢?再说,陈寅冬当初的意思又是如何,这笔钱,红嫂要是拿出来用作青青的嫁妆,对古丽和达吾提来说就不太过意了,看看,达吾提,才那么小,保不定以后会有什么吃紧的事急着要花钱呢。

红嫂想了一会,没个头绪,浑身却开始燥热起来,头皮痒,后背痒,胳肢窝痒,脚趾丫也痒,毕竟一个冬天都没有洗澡了。看看日头还早,红嫂决定洗把澡。她到灶间烧了满满四瓶开水,又把房间的厚帘子放下,她这里开始洗了,又叮嘱青青继续在厨房烧水。

氤氲的热气顺着木桶的边缘升上来,红嫂脱了衣服,坐了进去。这还是今春的第一把澡呢。红嫂往身上撩了些热水，她低下头看看自己的身子，有些陌生似的，这是从没人细看过的身体，就是陈寅冬，每年他回来，总是冬季，他只在被窝中默默地摸索……也许，这木桶，这热气，便已是红嫂最亲密的抚摸了，她这辈子，不会再有别的了……

而古丽，她倒是未必的，她的身体，或许还会遇上新的目光吧……

这段时间，红嫂注意到张玉才跟古丽的交往，自然，他们并没有什么。但红嫂能够看出古丽从中得到的愉悦，这也许是到目前为止，她在这个小镇上所能得到的最大乐趣吧，她的生活里，如果没有一个相当的异性，那也是太不公平了……

镇上有一些人也注意到了古丽与张玉才，他们看了一会儿热闹，对古丽的大胆感到瞠目结舌，不可思议。这样看了一阵，又有些不安了，觉得如果再看下去就对不起道德良心了。于是，他们做出串门的样子，来到红嫂这里，寒暄几句，接着直奔主题，有些不好意思般地，提起古丽跟张玉才的事：张玉才还是个小伙子，他不懂事也就罢了，可古丽！陈寅冬死了，您这里好心收留下她，她怎么能这样？她这个样子，别人不好说，你红嫂可是要出来讲一讲的，要按老理儿说，她算是小的，是偏房，您是大娘，该服你管的……

红嫂带着些笑，点着头听他们说完，再寒暄几句别的，最后客客气气地送了他们出门。然后，她便把他们的话给忘了。

在这件事上，红嫂打算好了，主意定了，她永远都不会讲古丽半句……没有人会相信，她其实是希望古丽这样的，她在暗中瞧着，高兴着，并朦胧地分享到一些新鲜的气息……古丽是红嫂不可能的生活，是她下辈子的理想，一个人为什么要阻止她下辈子的理想呢？

快要洗完了，红嫂才马马虎虎地洗起了她的胸部。一向以来，对胸部及私处，她总是有着很强的羞耻感，几乎不喜正视。这会儿，她偶然地低下头，吃惊起来——明显的，她的胸部比从前大了许多……而实际上，自从生下青青，她这里便基本是软塌塌的了……红嫂涨红着脸，骂起自己，这种岁数，这里怎么就能大了呢……一边勉强地隔着毛巾摸摸，唉呀，竟摸到些硬硬的肿块，像是没烧烂的肉砣砣似的，怪不得，这些日子总感到胸前有些坠坠的胀，总以为是冬天衣服穿得多，她又往胳肢窝方向移了移，真是蹊跷，连腋下都有块块肉了，而且还疼起来……红嫂感到一阵恶心，对反常肉体的恶心……当然，还有淡淡的疑惑，这难道也算是病么？要瞧医生么？要撩起衣服给别人瞧？嗨，哪能做那种事呢！红嫂飞快地想了一下，立即把这想法给拍死了。同时很快地开始擦干身子，她不想在这方面再作任何的纠缠，一个五十多岁的老寡妇了，竟还要为了胸脯里多了些块块肉而大惊小怪，那不要把全镇的人都要笑话死了，她以后还要不要出门了？反正，平常要是不碰到，也并不感觉怎样的疼痛，而一个正经女人，哪里会想到碰这种地方呢？

青青隔着门问还要不要烧水，红嫂也就一下子忘了她的胸部了，坚决而彻底地忘了。是啊，青青，她现当应该集中精力去想的是青青。她回到洗澡之前的思路上，为了青青的终身大事：是否，该把那笔钱跟古丽说出来？看她能不能同意，先让青青占个肥嫁妆的好听名声……

青青在厨房烧水。对着灶里熊熊的火焰，她发起了呆。从昨天晚上到现在，不论看见什么，她都会发呆。

就在昨天晚上，她刚刚把达吾提放到床上，替孩子整理好被角，正准备下床，古丽突然进来了。青青正准备张口，她"嘘"的一声，把食指放到了唇边，似乎不想让红嫂听到她将要说的什么。她手上的戒指在夜色中一闪，带着不可思议的迷人。

青青，有小伙子喜欢上你啦！你猜猜是谁？古丽压低嗓子，神秘地凑近青青，她的夸张像热气一样地朝着青青的脸颊扑来。她为什么这么激动？青青回头看看达吾提：他今天怎么真的睡着了？要不然，他也许可以嗅出，古丽的这股热气，是否意味着别的什么？

……

你猜不出？不敢猜？古丽咻咻地喘起气，显得有些焦急起来。

……

张。玉。才。他。喜。欢。你。古丽一字一顿的，并把青青的脸扳过来一点，使她正对着门缝里透过来的灯光。古丽想看到青青对"张玉才"名字的反应。

青青却垂下眼去，像一个人拉上了窗帘。在这短短的几个月里，青青的身子是单薄了，心却丰厚起来。就在听到"张玉才"名字的一瞬间，她就宛若天助地得出一个判断：古丽说的不是实话。

真的。这种事怎么可能骗你。就在今天下午，张玉才，他，托我捎口信给你，约你出去。古丽开始加重分量，她误读了青青拉下的眼帘，以为那仅仅是少女的害羞。

……

你不信？傻姑娘，你想想，要不是因为你，这么些天，他怎么会一直盯着我呢！我都跟过陈寅冬了，我都是达吾提的妈妈了，你说，他没事跟着我干什么呢？他呀，花着心思呢，就是想从我这儿打听打听你的情况，问问你都平常喜欢吃什么？什么时辰起来？晚上睡得好不好？喜欢什么样儿的人？

古丽沉浸在一种自我牺牲的情境中，以致出口成章地进行了突发奇想的虚构。她把张玉才问过她的那些话统统回忆起来，并一股脑儿换到青青身上。甚至，像生怕青青不乐意似的，她还煞有其事地夸起张玉才来。

要我说，青青，找对象也不要太挑。要说这个小伙子呢，还真是要长相有长相，要工作有工作，要人品有人品，绝对是这镇上数一数二的，你跟他呀，我看挺般配……

你们呀，先到裁缝店后面的固桥那里见个面，边走边说说话，你要觉得还行呢，人家张玉才可就要正儿八经地托了媒上门了……

这种牵线搭桥的话儿，一旦起了头，往下说起来就有些滔滔不绝了，夜色之中，古丽的眼睛闪烁起光芒，她几乎说服了她自己，她几乎相信她说的就是真的。

青青终于抬起眼睛，看着古丽，专注而冷静，后者因此不安地停下叙述。

你对我实在太好了……青青有些慢吞吞地说。

没什么，也是受人之托嘛。也是顺水人情嘛。青青神色中的黯然让古丽感觉些什么，她突然感到一阵气短和懊恼，她想她刚才也许说得有些过了。有些时候，就是这样，用力不当，用力过猛，都会中途坏事。那头，好不容易才说服了张玉才，总不能在青青这头给断了吧。这一想，古丽更加急了，却不得不忍着性子欲扬先抑，把方才的热烈猛地削去一半。

当然了，青青，这终身大事，主要还是看你自己。所以你看，我特地先跟你悄悄儿地说，还瞒着红嫂呢，你这两天好好想想。想定了，把回话儿给我，我再给你捎给他，好不好？

然后古丽就急急忙忙地出去了。她不想让青青现在就把话给说死了。她相信青青只要睡一个晚上，只要做一个短短的梦，只要稍微想一下张玉才的背影和走路的样子，她就会克服害羞与不自信，她就鼓起勇气来，会吞吞吐吐地找到自己，答应那个在裁缝店后固桥边上的约会。

当晚的青青没有梦到张玉才，因为她根本没有真正睡着。从夜里到白天，她一直都在紧张而低效地思考：那个固桥边的约会，去？还是不去？

古丽所说的一切，她知道，是不真实的，这一定是古丽，为了帮助（同情）自己，而硬生生地把张玉才给拉过来的。可是，情感怎么就打不过理智呢？青青同时又在想：万一，万一！古丽说的就是真的！那人就是真的喜欢上自己呢……而且，就算真的假的都不管，为什么自己就不能跑去跟张玉才见上一面呢！只要跟他一起站上那么一小会儿，看看固河里的水草，看看他的鞋子和裤脚，哪怕一句话不说，那不就够了嘛，这辈子难道还指望别的什么吗？

青青默不作声地坐在厨房，一动不动，只看着灶膛里的火，左摇右摆，忽上忽下，她想，那火里烧的哪里是柴？分别就是自己的心了。

忽然，外面传来达吾提的脚步声，青青微笑起来，想到一个好办法，她的心终于可以不必再这样被焚烧下去了。

青青几乎是轻松地站起来，问东厢房里正在洗澡的红嫂：还要再加烧一锅水吗？

达吾提蹲在院子的墙角下。院子外各色各样的气味像一大群顽皮的伙伴似的，在竭力地呼唤他引诱他，可是没办法，他没法出门。他真的没法再忍受外面的阳光了。

不过才是暮春，阳光为什么就这样刺眼呢，像嗡嗡叫的蜜蜂似的，像浓得让人头晕的油菜花似的，达吾提蹲在墙脚下，他小小的身子蜷成了一个拳头。他紧闭起眼睛，并用手掌遮住阳光，这样，他才稍微感到舒服一些。

达吾提一直在想着，他得跟谁说说他的眼睛。他的眼睛，让他很吃力。白天，远的东西他压根看不见，近的东西又总是模糊的。而过分强烈的光线，都会让他的眼睛不由自主地发痛，像有针在刺，他揉一揉，眼泪就成串地掉下来，但达吾提知道：他是个男子汉，这不是在哭。而到了晚上，情况就更为奇特了，所有发亮的东西，油灯、磁碗的边缘，古丽的耳环，青青眼里的水，这些亮闪闪的东西就全都被放大成一团团的光晕，到处朦朦胧胧、影影绰绰⋯⋯

好在，他有鼻子，他的鼻子就是他的眼睛，红嫂给他端热汤了，青青给他穿衣服了，路上有小狗来了，前面有条木桥了，旁边来了辆自行车了，他的鼻子都会提前告诉他⋯⋯

但是，但是，达吾提真的很想找个人说说他的眼睛，他感到他快要失去它们了。可是跟谁说呢？红嫂，不。青青，不能。古丽，更不能——在达吾提看来，家里那三个女人，某些地方，总让他觉得可怜，是不能依靠的，他不能把他的问题再加给她们⋯⋯

因此，当青青向达吾提提出一个请求——代替她到固桥边去跟张玉才见面——达吾提几乎要跳起来了，是啊，怎么没想到，其实可以跟一个外人说说，说说他的眼睛。

达吾提答应下来，同时，他嗅出青青嘴中的腥气，根据他的经验，这种气味往往源自那样一些人：情绪紧张或者身体不够舒服。

去见他……嗯，做什么呢？达吾提提问，事实上他愿意帮青青做任何事，以报答她每天晚上抱他上床、帮他掖被子。

不做什么……我想，就是见一面，跟他站一会儿。反正，你只管去就行了，千万不要乱说话……青青沉吟着胡乱地答道。显然，她仅仅才想到了第一步，事情的下一步她胸中无数，也无能为力。再说，一个八岁的孩子，她能指望什么呢。

奇怪的是，达吾提发现，当妈妈古丽发现是自己代替青青去见张玉才时，她突然显得很失措，一会儿钻到青青的房间低声嘀咕，几乎在哀求着什么，一会儿又脸色不定地跑出来发愣。看到事情的无可挽回，终于有些怒气冲冲的样子：你这孩子，真不懂事，怎么就当真要去了呢？你这回是帮青青倒忙了！同时，达吾提闻到：妈妈的嘴巴同样带着焦灼的腥气。

她们都在因为着什么而如此异常呢。

达吾提带着两个女人的不安赴约了。

固桥下面的河就叫做固河，河水看上去并不那么清澈，这是下游，穿过整个小镇之后，在这里，河面聚集着菜帮子、竹竿、木片以及一些泡沫。河水并不深，但仍然拍打着桥墩，有哗哗的声音，并散发出混浊的气味。

固桥上的两个人，都还没有说话。

达吾提脸俯向河面，像一个小酒鬼似的，深深地嗅着发酵的河水。而张玉才，则跟他相反，他把脸冲着街面，路上基本没人。固桥这里，其实是很适合男女第一次私下约会的——古丽所选的地点倒是很不错的。

想到古丽，又看看旁边的达吾提。张玉才感到了一丝惆怅，其中又夹杂着庆幸与疑惑。无疑，那个叫青青的女孩子是不来了。从表面上看，他是被拒绝了。不过，对这结果，他感到亲切，并隐约体味到那个姑娘的聪明与骄傲，她是个好姑娘，他钦佩她，不过，这跟其它情感没什么关系。

张玉才现在搞不懂的是：面前这个男孩子，古丽的儿子，他到底是谁的使者？

张玉才犹豫着，决定还是先等这个孩子开口。

其实，我看不清你长什么样儿。所以，我也不知道她们到底喜欢你什么？达吾提突然回过头说。

你说什么？张玉才往前走了一步，这孩子的口音跟古丽一样，带着异乡的底子。她们？

达吾提答非所问：不仅是你，我现在谁都看不清啦。我眼睛坏了。现在我只能看见一点点光了……达吾提说着又把头冲向河面儿了，好像他是在跟河里的那些脏东西说话似的。看样子他今天只想跟人谈谈他的眼睛。

张玉才听出孩子声音中的痛苦。这痛苦真实、细小，富有感染力。于是他把他的疑惑丢到一边。你……是说，你眼睛不舒服了？那，跟她们说了没有？

这是治不好的。我从小就不好，她们都没发现。我甚至可以继续这样睁大眼睛装下去，只要我有鼻子，她们可能永远都发现不了……

你还小呢！哪里就治不好了！我估计是近视吧，一种假性近视，可以治的……张玉才想起他仅有的一点关于眼睛的常识。

达吾提似乎根本就不听张玉才的话，他只是需要说。跟一个人说出来。

……从前，在工程队，那是我从小长大的地方，我们小孩玩瞎子游戏，把布条往脸上一蒙，不管是比赛摸人，还是摸东西，我总是最快、最准……从小到大，那是我最喜欢的游戏了……到了这镇上，一开始我还有些害怕呢，什么都看不清楚，但没关系，幸好我有个好鼻子，那就行了……我花了两个月的时间跟着青青，走遍这里的每个地方，我用鼻子记下每个路口的味道，这样，以后我就会认路了，你知道吗？我从不会迷路，这点，我妈妈不如我……

达吾提对着河水，在谈论他眼睛与鼻子的过程中，他提到了青青，又提到古丽。每说到一个，都会让张玉才有点分神，他想，也许接下来这孩子就会谈谈她们当中的一个，这样，他或许就能听出：古丽所操纵的这次约会，真正的背景到底是什么？当然，这并不重要，只是，作为一个年轻的男子，他在情感深处的一点点虚荣。

可是，达吾提不说，眼睛的伤痛使他淡忘了他的角色，他完全忘了他所肩负的重托，忘了在他出门之前，青青左一遍右一遍帮他梳头、整理衣服，而古丽，则在一边焦躁地转着，欲言又止……等他一切准备停当，准备走出院子，青青终于飞快地在他耳边轻轻地说了一句：记着帮我拉拉他的手。

可怜的小达吾提，他都忘了拉张玉才的手了，倒是张玉才，慢慢地蹲下来，捧起达吾提的小脸，看他脸上凹进去的眼睛，湿漉漉的，像清晨起了大雾的水面——多像古丽的眼睛呀，只是，他从来没有机会这么近地靠近古丽的眼睛……达吾提也在看着他，两个人对视着，固河的水在旁哗哗着。

达吾提突然笑起来，慢慢闭上眼睛，皱起鼻子：你瞧，这么近，我都没法看清你，不过，我现在知道她们为什么喜欢你了……你闻起来就像秋天的麦草垛，干干的，厚厚的，很暖和……

听着孩子突如其来、莫名其妙的比喻，张玉才不知为什么特别地难过起来，可能他还没有习惯达吾提的这种表达方式，也可能是他想到了别的什么，总之，他突然把达吾提搂到怀里，把他像麦草垛一样干燥火热的嘴唇贴到达吾提的眼睛上，这双跟古丽一模一样的眼睛。

半个小时之后，当达吾提回到家中，当青青悄悄拉起他的小手准备放到嘴上时，达吾提却抽出手来，把自己的眼睛送上去：对不起，我忘了拉他的手了，不过，他亲过我这里。

于是，青青冰凉的唇像张玉才一样再次贴到达吾提的眼睛上。这两个吻啊，这么相像，这么接近，却又如此遥远，相隔万里。他和她都没有吻到他们的心上人，永远吻不到。只有达吾提，他感觉到那极为陌生的颤抖，像火与冰在瞬间的拥抱，这是他无法记忆和保存的气味。

张玉才还想再见古丽一次，跟她说说达吾提的眼睛。可是，他发现要见上古丽一面现在有些难了。

她不再出现在裁缝店一带，不再出现在他们从前有过默契的任何地点，显然，她在有意地躲避他。有时，在一个巷子里，他走进去，恰好看见古丽挑着吃食担子的身影，他加快步子走上前，古丽却更加快速地往前走，因为挑着担子，她有些吃力，但仍不肯放弃，鞋子危险地拍打着石板路面。张玉才只得停下来，他害怕古丽跌倒。

　　张玉才不知道，古丽把上次那个约会的失败归罪于己。为了给自己一个惩罚，古丽决定：不再见张玉才，永远告别跟张玉才在一起的那种快乐与放松。这其中，有对青青心思的难以理解，也有对张玉才不够热络的失望，更有对自己的怨恨与自责。她想：如果没有她古丽，如果她从头到尾都没有跟张玉才说过话、走过路、谈过心，说不定，那张玉才，就会顺利地喜欢上青青，他们会按部就班地请媒、相亲、订婚……是她毁了青青可能的美满婚姻。

　　张玉才决定停止对古丽的追寻——真要追到她，哪里会难？这个小镇，她怎么也不会熟过他的。但是，张玉才停下了，他想，或许他该遂了古丽的愿，不再见面。

　　——在骨子里，张玉才其实还是悲观的，从迷上古丽的第一天起，他就在等这个结果，只不过，这结果来得早了些、突然了些。从热络到分手，这里面的必然性，不是情感浓度的问题，不是忠贞与否的问题，而是这小镇的道德，是这小镇的风尚。他，张玉才，二十三了，从现在开始，他得正经准备他的婚姻了。此前的一切，在人们的眼里，都算是花絮与练习，是不作数的，是可以原谅同时也是要被故意忽略的……张玉才本非纵情之人，他并不想去突破和违背这些，他只是希望，能够再跟古丽说几句，他想告诉她，这些天，他跟她一起走过的那些路，他会一直记得，记一辈子……当然，还有达吾提的眼睛。

　　张玉才只得去找红嫂去了。

　　这是他第二次到红嫂的家。上一次，是第一次结识古丽的那天，也是看到青青的那天。张玉才感到这次上门是有些尴尬的，这个时机也是非常不当的。但他还是逼着自己敲起了门。他一定得让大家一起来替达吾提的眼睛想办法。

　　红嫂正坐在厅堂里拣红豆，看见张玉才，她想站起来，不知为何，她僵在那里，整个人都不能动弹的样子。于是她大声喊起来：青青，来扶我一下。

青青出来了。她扶起红嫂。自然，她看见了张玉才。但她就有这个本事，脸都没红一下，眼皮都没抬一下，像是根本没有这个人似的，像是根本没看见一样，又进了里屋。倒是张玉才，脸皮明显地红了，像是心虚起来。

红嫂身子是有些不便，眼睛却还是灵的。青青，可从来没有这么无礼过呀！她在心里拍着大腿恍然大悟，原来青青还有这番心思。只是，唉，红嫂看看张玉才俊俏而坦荡的眉眼，想起了古丽，她在心里叹口气，岁月之事，她虽不精，但这样一个青年，结识过古丽之后，要让他再跟青青好上，是有些难了，就是有那笔钱拿出来做嫁妆，都是不妥当、不厚道的，都是要委屈人的，既委屈青青，也委屈这小青年。

红嫂正在心里徘徊着，张玉才急急忙忙地开了口：红嫂，跟您说个事，达吾提，他眼睛得病了，怕是很严重呢，我昨天问过我一个城里的亲戚了，他这种情况，像是弱视，虽然现在有些迟了，但也不是没得治，不过要抓紧，要到城里去开刀矫正……我……因为见不到古丽，所以就来找您了……

我说呢……这孩子，不论什么东西，都不是用眼睛看，却是用鼻子在闻……红嫂喃喃自语。她现在觉得她胸脯那里是一点不痛了，或者说，这痛，跟达吾提的眼睛比，算什么呀，达吾提，才八岁呢，又是个男孩子，是陈寅冬脉里惟一留下的个苗苗了……

你问过了，开了刀，还能有治？红嫂现在只担心那笔钱够不够用了，以前总觉得那钱是永远也花不完的，现在倒担心了，眼睛呢，那肯定是要花大价钱的。

有治，肯定有治。张玉才斩钉截铁地说。其实他也并没有那么大的把握，但他愿意给人以好的念想。再说，他看到，青青忽然从门里冲出来，眼睛里一下涨满沉甸甸的泪珠，那样急迫而信赖地看着他……

现在，红嫂甚至连转身都有些困难了。特别是左边半个，那种钝钝的疼，带着无限的重量似的，拉着她的胳膊，她的后背，她的腰。她从凳子上站起，她挂个篮子，她铺床被子，都是一次比一次更艰难的挣扎，她终于不得不呻吟起来。

达吾提站在红嫂的身后，红嫂走到哪儿，他就跟到哪儿。终于，他把古丽和青青都拖到红嫂跟前，他声音有些发尖：红嫂病了，很重。真的，我闻到她身上病的味儿了。

达吾提的样子还跟从前一样，他以为他还装得像一个健康的人，像那许多有着明亮双眼的孩子。他看不见青青在他的后面掉眼泪，看不见古丽像桃子一样肿起来的眼。当然，他曾经闻到过空气中泪水的味道，但他像大人一样不以为然地摇了摇，以为那是女人们又在为了张玉才在烦恼……

家里人不跟达吾提谈论他的眼睛，好像那只是他的一个小秘密似的。而现在，在达吾提的秘密边上，又长出了红嫂的另一个秘密，像并蒂莲似的，雪白雪白，从黑亮的污泥中生长起来。

保密。你们谁也不准往外说。这是丑事，一说出去，就等于脱光我的衣服……古丽，你知道的，我们家青青还没办事呢，咱们达吾提还小呢，别让这种事在外面传来传去的……记住，不要找医生瞧，不要搭理别人的问长问短……你们就让我慢慢地这样病着好了，到最后，该怎么样就怎么样，我不会怕的……红嫂以一个别扭的姿势坐在床边，她逐个地把家里人一个个地看过去，寻找她们眼中的承诺。

古丽让青青带着达吾提离开。她关上门，拉上厚窗帘子，她含泪解开红嫂的衣衫，她要看看并且摸摸红嫂……一个老年妇人的身体，松弛而迟钝……但在胸部，那女人身上本该最柔软的地方，却古怪地坚实起来，一坨一坨的，像打结了，像结冰了……

古丽看看红嫂，脸色突然涨得通红，憋了很久才说出来：红嫂，您还是去看看吧，人都这样了，还留着那钱做什么……您就把那……把陈寅冬的那笔钱拿出来去瞧病！你放心，我跟达吾提保证不会要其中的一分钱，达吾提的眼睛，那是没有救了，他没有眼睛也照样能过活……等您身体瞧好了，我们一起多做些吃食卖，夏天，我还要批发冰棍儿卖，我好好儿地卖，不再跟任何人在外面瞎逛，我保证一天能卖两天卖三天的钱，咱们几个好好地赚，钱呼呼的不就来了……古丽滴下热泪，像要把红嫂胸前的硬块块儿给化了似的。

　　红嫂先是愣住了，愣了好一会儿，上上下下地看了古丽一会儿，然后，快活地张开嘴巴大笑，可是这一笑，她的肋骨又给拽得吃不消了，痛得她泪都涌出来：好个古丽，原来你知道有那笔钱，可你从来没提过，你真是个坏家伙……看你出的什么主意！那钱要用在我身上，就等于是拿钱去打水漂了，你看看我的脸，看看我这身子，再多花一分都是作践呢……不过，好妹妹，有你这句话，我就感到好受多了……哪天呀，你吃食卖得快了，得空了，你就早点回来，我们要好好合计合计，咱们朝着西北方向敬灶香，也远远地跟陈寅冬说说，他那笔钱呀，咱们要用在达吾提身上，带他到城里去开刀，让他的眼睛，比你的还要亮还要好……我们还要用在青青身上，给她置份好嫁妆，让她找个好婆家，要她将来的对象呀，最起码，跟张玉才差不多……

　　她们一起轻轻地笑起来，像不知名的花儿，散发出淡而哀伤的香气。

（原载《芳草》2007 年第 2 期）

乐 师

艾 伟

一

二十年前，西门街曾发生过一起血案。肇事者吕新是永城越剧团的一名乐师，人很随和，也很热情，可只要一喝上酒，便成为一条糊涂虫。那天，乐师刚结束一场演出，酒瘾发作，但身无分文，就跑回家，翻箱倒柜，终于在妻子的化妆盒里找到了二十元钱。妻子回家时，发现化妆盒里的钱包不翼而飞，知道是乐师偷了。这钱女人是用来给女儿参加音乐比赛报名用的，现在被乐师拿去喝酒，非常生气。于是她找到正蜷缩在街头喝酒的乐师，两人争执起来，正被酒瘾折磨的乐师已失去理智，他拿起酒瓶向妻子砸去。不料女人一命呜呼。

杀人有罪，乐师为此被判了无期徒刑。

就这样，好端端的一户人家便家破人亡了。善良的西门街居民对此事十分感叹，满怀同情。当然人们最同情的是他们的女儿吕红梅，她还只有十五岁。母亲死了，父亲被囚，从此后，她在这个世上孤苦一人，无依无靠。她今后怎么办呢？

二

二十年后的一个深秋，乐师吕新被释放了。他又回到了西门街。

如他预料的，家里没有一个人。他的女儿吕红梅一无踪影，不知道如今在何方。他想她大概还恨着他吧。在里面的头一年，他给女儿写了很多信，但都没有回音。一年后，他终于收到了红梅的信，信里只有一句话：

"我没有你这个父亲。我恨你。"

他忘不了他被公安抓走时，女儿的表情。在她那张幼稚的脸上写满了无助、怨恨和恐惧。他以为她会哭，但她没有，她转身回了屋。这二十年来，吕新一直回忆着这一幕，他觉得她转身的样子，像一个跳楼的女人。或者她身后的房子正在燃烧，她一头扎进了熊熊之火中。被关的头年，他真的担心她会自杀，直到收到信，他才松了口气。

过去的邻居大都搬走了，都是陌生面孔，他们也不知道他从哪里来。也许他们孩提时候见过他。他走的时候是四十岁，现在六十岁了。他头发花白，满脸皱褶，已显出老态。他们认不出他来了。这样很好。

监禁生活把他的坏习惯都纠正了。没法不被纠正。在那个环境中，吃的用的都受限，所有的口腹享乐都降到最低的程度，躁动的心思便沉了下来。倒真的要感谢这二十年，二十年的改造，让他可以过简单的生活了。只要能吃饱，他就可以活下去。他什么苦都能吃了。

吕新不大出门，他慢慢开始整理屋子。这屋子同他走的时候没什么两样。一些物件让他回忆起从前的生活。比如墙上挂着的那把二胡和古琴。他在乐器方面有天赋，什么乐器只要拿到手上，一玩就学会了。他都有二十年没碰乐器了。他不敢动它们，好像这些乐器里有魔鬼，他一碰，就会给他带来晦气。他在女儿的房间里找到一只洋娃娃。这玩具唤起了他心中的柔情。他的眼眶泛红了。红梅降生的时候，他正在和朋友喝酒，并且喝醉了。他是第二天醒来才得知消息的。他赶到医院，满怀愧疚地抱着女儿——他一开始就欠了女儿一笔债。他满心欢喜地迎接女儿的到来。他觉得女儿真好，如果是儿子，他都不知道怎么办，怎么做父亲。女儿让他很快找到做父亲的感觉。他记起来了，这洋娃娃是为她十一岁生日买的。她的每一个生日都是他内疚的日子。那时，他因为喝酒，经常身无分文，买这玩具的钱还是向朋友借的。当女儿拿到他的礼物时，她小脸上呈现的喜悦，现在想起来还令他心酸。

他明白，这辈子他不但把自己毁了，也把红梅毁掉了。他离开时，她才十五岁。她怎么生活呢？她去了哪里？她活得好吗？他欠她的太多。

这样与世隔绝生活了一个月后，他步出了家门。初冬，满大街都是落叶,风一吹,落叶满天飞。空气显得干燥而清冷。这让他有一种回到从前的幻觉。奇怪的是,从前的生活在他的回忆里竟有了安静而温暖的气息。他的心里突然涌出一个念头,他要找到女儿。他想看看她,至少应该知道她生活得好不好。他抬头看了看天。天色昏沉,像是要下雨了。一阵风吹到他的脸上,痒痒的。他意识到自己流下了眼泪。

从牢里出来的这段日子,他总是容易感动,好像他忽然之间变成了一颗多情种子。

三

他们都说不知道吕红梅去哪里了。他们说他进去后,红梅就离家出走,不知去向。中间好像回来过一次。有一个人说,吕红梅早已去了省城,还说在省城碰到过她,不过没打招呼。吕新问是哪里碰到的。那人态度暧昧,支支吾吾的。吕新说,你直说吧。那人下了很大的决心,说:"是舞厅。因为认识反而不好意思,所以没打招呼。"

那人说完这话似乎有点过意不去,安慰道:"她具体在做什么,我也不清楚。"

那人的安慰让吕新难堪。他低下头,不敢看那人的眼睛。

"是哪家舞厅?"他问。

"名字忘了,现在舞厅名字都差不多。"那人想了想,说,"地方倒是有印象,好像在城北立交桥附近。是好几年前的事情了。"

他不想再多打听了,到省城再说吧。

一个晴朗的早晨,吕新锁上家门,找女儿去了。

二十多年没来省城了。省城当然同他二十年前所见不一样了。有一种完全的陌生感。这种陌生感其实同满眼的高楼大厦、宽阔的马路、拥挤的街道无关,可能缘于他的心里。生活对人来说其实只是一个习惯,在里面,他慢慢习惯了一切,好像他的生活本来就应该是这个样子的。里面的一切都很有规律,起床、睡觉、干活、吃饭。他出来后,反倒不适应了。过去,他的耳边都是管教人员的吆喝声,现在没有了,但他的耳朵总是竖着,总觉得警察随时会出现在他面前，教训他。这让他显得有些鬼鬼祟祟。

他来到城北，他首先要寻找的是那人所说的立交桥。他小心地穿行在城北的马路上，东张西望，显得有些焦虑。此刻在他的心里，立交桥是一个复杂的形象，这个形象和女儿的形象合二为一，好像他的女儿变成了一座固定的桥在那里等着他。就像他在女儿课本上读过的神女峰的故事。这一想象让他的心里暖洋洋的。

有人拍了拍他的肩。他吓了一跳。他回头，看到一个年轻人神情诡异地对他笑。他不由得一阵紧张。他不知道自己做错了什么。后来他才知道，这个年轻人是向他兜售旧西装。他还没反应过来，就被年轻人拉进了一间黑暗的房间。他对黑暗非常敏感，视觉一下子变得敏锐起来。他看到这屋子里堆满了旧衣服。有一股生石灰的涩味弥漫其中。

当他出来的时候，身上穿了一件旧西服。他是花一百元钱买的。他不能不买，那个年轻人把他的衣服扒去了，替他换上了这件衣服。他看着镜子里的自己，有一种新奇的陌生感。他确实比以前精神了不少。那年轻人显然很高兴，说他穿上西服后看起来像个艺术家。年轻人还问他来省城干什么？他说，来找人。他还问立交桥在什么地方。年轻人说就在附近，他可以带他去。

立交桥果然在附近。其实不是立交桥，是人行天桥，并且已非常破旧了。他站在立交桥前，有些茫然。立交桥究竟不是红梅，在阳光下它显得相当笨拙，相当漠然。是啊，他到哪里去找红梅呢？他看了看附近，有好几家舞厅。看到舞厅，他好像嗅到了红梅的气息，心中又涌出希望。

夜幕降临了，舞厅的霓虹灯亮了起来。霓虹灯一亮，就显得相当暧昧，也给人一种幽深曲折的感觉，又有诱惑又让人难以靠近。吕新是壮了胆子进去的。但看门的不让他进入，他再三哀求也不行。他说他找人。他们问找谁，他报了女儿的名字。他们说，没这个人。

几家舞厅几乎都是同样的情况，让他非常失望。也许是因为幻觉，他似乎嗅到了女儿的气息。这气息让他感到既孤独又忧伤。他觉得女儿就在附近。他打算等到舞厅打烊，在鱼贯而出的人群里寻找红梅的影子。

舞厅里出来的女人都非常年轻。有的是被男人带走的。有的是三三两两结伴出来的。她们衣着裸露而时髦，身上的香气让人窒息。他意识到红梅今年应该已有三十五岁了，她不可能与这些女人为伍了。他想象不出三十五岁的红梅是什么样子，也许已经是个中年妇女，像所有家庭妇女一样，蓬头垢脸，邋里邋遢。总之，红梅大概不可能像这些女人那样光鲜吧。他想。

他来到在立交桥附近的广场。夜晚的广场依旧聚集着人群。大多是一些外地来这个城市打工的人，一时找不到工作，因这里离火车站近，就聚集在此。吕新奔忙了一天，也有点累了。他没找旅店，他打算像他们一样，在广场上将就着躺一宿算了。

那个卖旧西服的年轻人又过来了。他十分严肃地问吕新有没有找到人，好像吕新寻人的事对他很重要。吕新摇了摇头。小伙子问，你找谁啊？吕新说，找女儿。

"你女儿跟人私奔了？"小伙子来了兴趣。

"不，我们有二十年没见面了。"

"怎么回事？你出事了？"小伙子的目光里隐含着一丝狡黠的光亮，好像他早已把吕新看透了。

"是的，我坐牢了。"

"我看出来了。看你的样子也像是从里面出来的。刚出来吧？"

吕新点点头。

"你满脸是里面的气味，外面的人脸上都是油亮亮的，眼睛贪得要命。你没有。"

吕新觉得这个人挺有意思的。抬头仔细看了他一眼。此人长得很壮实，眼睛很细，说话的时候不喜欢盯着人看，但偶尔瞥过来一眼，目光里会射出一缕锐利的光。这会儿，他满身洋溢着热情，好像吕新是他久未谋面的朋友。

"你犯什么事进去的？"

"嗨，说来话长。"

"待这么久，杀人了？"小伙子内行地问。

他点点头，又摇摇头。

"你别不好意思。像你这样的我见多了。我也是从里面出来的。"

说着，小伙子递给吕新一张名片。

吕新接过来。名片上写着一个名字：黄德高。看到这名字，吕新差点笑出声来。他把表情尽量装得庄重一些，继续看。名片上毫不客气地写着黄德高的头衔：德高公司董事长、总经理。

"有什么事，你找我。"

吕新小心把名片藏好，然后点点头。

"你晚上住哪？"

吕新踌躇了，他不好意思告诉那人他将在广场将就一宿。小伙子似乎看穿了他，他爽快地说："没地方住吧？到我仓库里住一晚吧。和小日本的西服住一晚总比待在广场强。你放心，西服没有艾滋病，都消过毒了。"

小伙子说完，就转身走了。吕新觉得如果不跟上去，会对不起这个叫黄德高的人。他觉得在这件事上，小伙子真是道德高尚。他不由得迈开脚步，紧跟着小伙子，朝那条幽深的弄堂走去。

这天，他是第二次糊里糊涂来到这间屋子了。他进屋后，小伙子也没同他多说，关上门走了。明天见。小伙子说。他还没回答，门就砰一声关闭了。他站在那里，半天都没回过神来。

这天晚上，他躺在弥漫着旧衣服特有霉气的屋子里，想着女儿吕红梅。她在哪儿呢？明天怎么办？继续找下去呢还是回家？后来，他就不去想这些了。他有一种奇怪的感觉，好像他又进入了肮脏的看守所里面。不过，这种气味倒是他熟悉的。不久，他就睡过去了。

四

那个名叫黄德高的小伙子到了九点钟才来开门。吕新早已醒了。他空着肚子，呆呆地站在里面，看着光线从天花板上射下来。

"想好了吗？"小伙子问。

"什么？"

"找你女儿啊。留下来继续找？"

他想了想，然后点点头。

"这样吧，你帮我一起去街头兜售得了，我不会亏待你的。"

他没表态。他觉得自己不行。他不像这小伙子那样能说会道，会把人引到屋子里，逗得他们觉得不买一件旧西服相当于这辈子白白来人世间走了一遭。他觉得自己木讷的形象会把人吓跑。

他想了想说："这样吧，我帮你忙，不要你钱，只要晚上让我睡这里就可以。"

"OK，没问题。我们是朋友。"

老房子隐藏在那幢高耸的镶嵌着玻璃幕墙的大楼后面。吕新穿过这建筑左侧的弄堂，就来到广场上。像昨天一样，广场上乱哄哄的。一些民工模样的人席地躺着，他们直愣愣地古怪地看着他，好像他有什么地方不对。他们的目光让他不好意思向他们推销。

可能里面呆惯了，开始时他对人多的场合有种本能的惧怕，但慢慢地，他喜欢上热闹了。他觉得热闹的地方有一种暖融融的气息，有一种安全感。

他发现经常有一个人来这里找民工。这人长着一张马脸，眼睛很大，眼珠子布满了血丝。这人很瘦但骨架子很大，看上去精力非常充沛。他一来，大伙儿就围上去，就好像这人是他们的大救星。那人的表情严肃，一副大权在握、主宰着他们命运的样子。马脸男人的眼神里有一股子看待牲口那样的散漫之气，严肃中显得随意。"你。你。你……"他操着四川口音，指着围着他的人，然后转身就走，那些农民赶紧卷起铺盖，屁颠颠跟着他。

吕新很想向这人推销一件西服。这人看上去来头这么大，但衣服太差，如果穿上西服，就像一个官人了。吕新认为，权威是要靠衣装来衬的。比如，在牢里，吕新觉得他怕的不是某个教官，而是他们的制服。这个人如果穿上一件西服，那他会显得更加威风。吕新于是拦住他。结果，被那人狠狠骂了一通。

"你把我当成谁了？我会要你的破衣服？告诉你，老子家里新西服有七八件。老子不爱穿。"

吕新被骂得一愣一愣的。那些民工围在一边看，咧着嘴笑，一副没心没肺的样子。他们的笑容中充满了媚态，是一种毫无目标的讨好神情。吕新被那人骂得无地自容，好像他犯了天大的错误，好久才平静下来。他觉得自己是多么没用，实在有些对不起那个叫黄德高的"董事长"。他满怀愧疚地掏出小伙子的名片，自言自语道："这口饭也不好吃呢。"

等到那人带着一帮农民离开，没被带走的人开始和吕新搭腔。吕新想，也许他们看中他的旧西服了，就和他们聊了起来。吕新问他们都找些什么活儿干。他们回答说主要在建筑工地上干活，每天可赚三四十元钱，只是老板总是会拖欠工资。吕新觉得还不错呢，他有点羡慕他们，说："你们赚的钱比我多。"

他们不反驳，心满意足地乐呵呵地笑。

他这样忙碌了一天，终于推销出两件旧西服。黄德高大大地夸奖了他一番，认为他是一个推销天才。黄德高还算上路，吕新卖出一件，可以得三元钱。这样如果一天能卖掉三四件的话，就完全可以解决吕新的生计问题了。

吕新慢慢习惯了现在这份工作，推销的方法也开始熟练起来。广场一如既往地人多。他喜欢向农民工兜售。同他们身上穿着的皱巴巴的衣服相比，这旧西服笔挺、体面，穿上后他们会不认识自己。

他整日在立交桥广场附近转悠。他认定女儿红梅就在附近。

五

这样过了一星期。

一天下午，吕新向东边的一条小巷子走去。这一片是老街区，房舍破旧，道路狭小，有的地方还是石板路面。这时，空气里传来一丝隐隐约约的小提琴声。他停住了脚步，侧耳细听。那音乐就是从老街的巷子深处传来的。他听出来了，是肖邦的《马祖卡舞曲》。他突然心头一热，有一种往事重现的幻觉。是的，他对《马祖卡舞曲》是熟悉的。红梅当年最擅长的乐曲就是这一首。红梅继承了他的天分，对音乐非常敏感。当年，红梅参加手风琴比赛，就选用了这首曲子。这是一首欢快的乐曲，音乐跳跃而欢闹，有点俗气，但又有一种浪漫气质。听着这音乐，你会觉得有无数人聚在一起尽情起舞。此刻，这音乐把这安静的老街照亮了。

吕新不自觉地顺着音乐走去。音乐是从一间两层楼的老房子里发出来的。楼下开了一家理发店，楼上的窗子开着，一个男孩在拉琴。吕新站在老房子前面，抬头朝窗子里看。男孩还很小，大约八九岁，琴拉得很专注。走近倾听的感觉和远处稍有不同，从远处听，断断续续、隐隐约约的，反倒有一种神奇的流畅的感觉，但在近处听，吕新还是听出男孩琴艺的生涩来。特别是在乐曲的高潮处，双弦技巧部分，有几个音一直不是太准。

这时，一个女人的身影出现在窗口。吕新的心不禁狂跳起来。他虽然还没有看清这个女人，但他已预感到她可能就是他要找的人。也许真的是她。他熟悉她的背部，她的肩比一般孩子要瘦削，形成一个好看的圆弧。他被抓的那天，这圆弧消失在他想象的火焰之中。现在，这圆弧又出现了，他试图和多年前的那一个重叠。二十年了，她当然会有变化，她现在蓄了长发，衣服还算讲究，是羊毛外套，但显得有些旧了，看得出来已穿了多年。

后来，她终于转过身来。她淡漠地向窗外张望了一下。他终于看清了她。那是一张疲倦的脸，虽然她精心化了妆，但还是可以看出她的眼眶发黑，眼神暗淡，没有神采。

没错，那人就是红梅。

他站在那里。此刻，他是揪心的。这揪心其实源于他的无所适从。他一直在找红梅，可是他真的准备好见她了吗？他有资格见她吗？她会认他吗？他想她一定还在恨他。也许连恨也不恨了，早已把他从记忆中抹去了，毕竟，他是她惨痛的回忆。在她的心中，他或许早就死了。他觉得这之前想得太轻易了，以为找到红梅就可以相见、相认，其实根本不可能。此刻她就在他前面，但他无脸喊叫她的名字，也无脸走近她。

吕新站在那里老泪纵横。

六

他想，这就是他的报应。他实际上已经失去了父亲的资格。他没有资格去打扰她，把她平静的生活搅乱。

但是，他再离不开这地方了。他像一棵树一样，立在街头，迈不开脚步。当然，他不可能永远立在街头，他唯一可做的是在附近住下来。

红梅家对面有一家旅店。旅店是私人开的，很简易，有地下室。地下室每夜五元钱。这个价，他是可以承受的。地下室的上部有窗，窗和外面的马路一样高。他要了一个窗口对着理发店的房间。房间里有五张床，是通铺的格式。这里生意好像不是太好，房间里没有人味，倒是有一股子潮湿的气味。其中有一张床床单乱着，说明这里应该还住着另一个客人。

他打开窗。理发店就在他的头上。他非常满意。他长时间凝望着窗外。已经是傍晚了，在昏暗的夜幕下，这一片旧城区显得相当破旧。但因为红梅住在这里，他产生了一种亲切感，好像他已在这里生活了好多年。

他回到床上，躺了下来。他觉得这样也不错，住在这个简陋的旅舍里，这样和红梅保持一点距离，他感到一种人生的温暖。他终于可以看着她生活了，就好像在这样的注视下，红梅的生活才是令他放心的。他的心里充满了某种因愧疚而产生的感动。

后来，吕新迷迷糊糊睡了过去。

他是被房间的动静弄醒的。他睁开眼一看，发现一个男人趴在一个女人身上。他连忙假装睡着，一动也不敢动。他们的动静越来越大，气喘得越来越急。听着这种声音，吕新有些不习惯。他已经有二十多年没干这种事了。他都忘记人世间还有这桩事情。他希望自己快快睡着，但他们弄出的声音实在刺激耳膜，让他浑身燥热。

一会儿，地下室安静下来。他听到那个女人穿好衣服出门了。那男的靠在床头，一脸疲惫地抽着烟。他茫然的脸在烟雾中显得越发茫然。吕新感到内急，他想他们完事了，可以起来了。他穿衣服的时候，同那人点了点头。他们几乎同时认出了对方。这个男人就是广场上给民工介绍活儿的家伙。这会儿,男人还赤裸着上身,身上的肋骨一根根绽着,那张没有腮帮子的脸,看上去显得相当滑稽。

"是你啊?你怎么住到这里来了?"那人问。

"这里便宜。"

地下室没有厕所。厕所在一楼。吕新上完厕所,刚回到地下室,一根烟就向他飞来。

"旧西服还有吗?给我搞两件嘛。"

吕新吓了一跳。他有点疑惑地看了看这个人。这个人几天前还训他有眼无珠呢。他谨慎地问:"你想要?"

"对头。"

那人啪地打开打火机,点上烟。吕新凑过去想借个火,但那人没给他点。吕新只好自己掏出火柴,点上。

"我明天给你带来。"

那人深深吸了一口烟,表情像大人物一样。一会儿,那人问:"你哪里的?"

"我是永城来的。"

"永城,去过,不错的城市。"又说,"刚才不好意思。我知道你醒着。"

吕新的脸红了一下,说:"没事。"他想了想,又问:"是你媳妇?"

"哪里是媳妇嘛。媳妇搞起来有啥子劲嘛。是小姐。"

"小姐?"

吕新想,刚才那女人这么胖,应该有些岁数了,怎么还是小姐?

那人一脸惊讶地看着吕新,说:"怎么,你没耍过小姐?"

吕新有点不好意思。

那人说:"你连小姐都没耍过?今天没得空了,哪天我带你去见识见识,舞厅里多的是。给点钱就跟你走。"

那人狠狠地掐灭烟头,穿上衣服,出门去了。那人说,他还要去谈点业务。

地下室又留下吕新一个人。吕新再也睡不着了。他趴在窗口，看着对面。马路上行人不多，偶尔有人走过，最先进入眼帘的就是脚和鞋。平时看人，他总是先看别人的脸。现在不一样，他总是先看到鞋。看着各式各样的鞋，他总是忍不住想知道鞋的主人长什么样。小街在夜晚显得越来越冷清了。对面的窗口已熄了灯。他猜想，红梅已睡了。

七

吕新观察着红梅的生活。

他发现红梅的丈夫是一个瘸子（当然也不算太瘸，但走路还是能看出其僵硬和不便来），叫屠宝刚，小楼下面那家理发店就是他开的。理发店门面简单，可以想见男人的发艺一般，也就是给人剪一个普通发式的水平吧。屠宝刚为人非常热情，话多。令吕新感到安慰的是，他们的生活看起来其乐融融，夫妻俩关系不错，可算得上彼此体贴。

对于红梅找了一个瘸腿男人，吕新开始有一点点排斥，但因为是红梅的男人，心里自然也有亲切感。多看几眼也就适应了，屠宝刚走路一摇一摇的样子，还挺憨厚的。他身上有一种乐天的气质把他感染了。

吕新看到红梅出门后，小心地进了理发店。他得理个发，把自己整干净一点。理发店比较简陋，墙壁上有明显的水渍斑痕，墙的角落上放着几只假发套。有一个孩子在靠窗的位置做作业。他知道这就是那个拉提琴的小家伙。他不禁多看了孩子几眼。吕新看着孩子感到很亲切。他从这孩子身上看到自己的影子。那眉毛，那硬硬的发质，都像极了自己。

屠宝刚正在读一张过期的晚报，见有人进来，霍地站了起来，眼中露出喜悦的光芒。大爷，理发？他抖动发围，让吕新坐。吕新沉默着坐下了。屠宝刚迅速地替他围好，像是惟恐他改变主意。好久没人待他这么热情了，吕新有种受宠若惊的感觉。当屠宝刚的推子开始在吕新的头上移动时，他的话匣子也打开了。

"大爷，我好像没见过你。这一片我没不认识的，我记忆力好，看一眼就认得。"

吕新没回答。他也插不上嘴。屠宝刚几乎在自说自话，也不在乎他答不答。吕新通过前面的镜子，观察着这个人。镜子里，屠宝刚上半身还是挺精神的。吕新很想问问他这腿疾是怎么落下的，但他觉得这样贸然问人家不是太合适，所以就憋住了。

屠宝刚却是闲不住嘴。他一边理发一边和吕新话家常。

"大爷是外地来的吧？来游玩吗？"

吕新不知如何作答。他只好点点头。

"听口音，大爷好像是永城人。"

听了这话，吕新的心怦怦地跳起来。好像这句话把他和这一家真切地联系起来了。这句话挑动了他的愿望。他多么想了解红梅的一切。他很想问这个瘸子有关红梅的情况，但他知道这事只能转弯抹角，只能慢慢来。他说："师傅去过永城吧？"

"我老婆是永城人，我们已有好多年没去了。"

"噢，怎么不去老家看看？"

"我老婆是孤儿，老家已没人了。"

听了这句话，吕新觉得身子发凉，微微颤抖了一下。屠宝刚很敏感，问："怎么了？大爷身体不舒服吗？"

"没事，没事。"

这时候，进来一个顾客。顾客好像很着急的样子，问屠宝刚，要等吗？吕新见此人似乎想急着离开，说，不用，我快完了，你先理吧。说完站起来，让给他。那人好像有点不好意思，犹豫了一下，还是坐下了。

"不好意思，那我先理了。唉，实在太忙了，连理个发的时间也没有。"那人解释道。

"忙才有钱赚啊。先生做什么生意？"吕新在一旁问。

"噢，炒股。"那人一脸兴奋，"今年牛市，整天泡在营业厅，就像他娘的泡在蜜罐里。"说完，他呵呵地笑了起来。

从镜子上看，吕新未剪完的头发显得有些滑稽。但吕新顾不了那么多，他来到孩子身边，看孩子做作业。他看到孩子的脸白白的，嘴唇紫紫的，皮肤细得像个姑娘，很好看。他真想抱一抱这孩子。不过，他如果这么做，会把孩子吓坏的。他摸了摸孩子的脸。孩子也没回避。吕新觉得孩子的体质不够强壮，需要锻炼。

这时，屠宝刚插话了，说："这孩子，心肠好，只是身体太弱，学校里面吃亏。"

"现在这世道，心肠不能太好。"那炒股的人说，"老实人吃亏啊。"

"是啊。"屠宝刚附和道。

"只有流氓才活得自在。"炒股人显然对这话题感兴趣，他来劲了，"老子现在是看穿了，他娘的，老子现在五毒俱全，什么都玩，有妞就泡，有酒就醉，有享受不放过。"

这话不但让吕新刺耳，也让屠宝刚感到不适。理发这份活儿，同人打交道，屠宝刚见识过的人不算少，但像眼前这位如此露骨、夸张的人真还少有。屠宝刚觉得孩子听了这些话总归不好。他再没接茬。他对儿子说："你去外面玩一会儿吧？"

孩子显然很高兴，他合拢课本，溜出了理发店。吕新顾不得他理了半拉子的难看的头发，也跟了出去。孩子没走远，在老街的石阶上坐下来。吕新也坐下来。吕新目不转睛地看着孩子。他觉得挺神奇的，自己不知不觉竟有了外孙。孩子似乎知道他在看着自己，对他笑了笑。

"我好像在哪里见过你，你的面挺熟的。"孩子说。

这话从这个稚气的孩子嘴里说出来，特别好玩。他笑了，说："你叫什么名字？"

"屠小昱。"

吕新摸了一下孩子的头，问："你会拉肖邦的《马祖卡舞曲》？"

"你也会拉吗？"孩子的眼睛亮了一下。

吕新点点头，问："学几年了？"

"快三年了。"

吕新问孩子是不是可以把小提琴拿来。孩子高兴地向楼梯奔去。一会儿，孩子捧着提琴下来了。吕新拿过琴来，习惯性地弹了一下琴弦，发出几个简单音阶。吕新已有二十年没拿琴了。他原来细嫩修长的手指因多年劳作已变得粗糙不堪。他把琴夹在脖子下，试着拉了一下，他有些找不着调。但当他拉出《马祖卡舞曲》的第一乐句时，迅速地找到感觉。那乐句穿透了他的胸腔，唤醒了他年轻时代的记忆。他发现他的手指仿佛有着自己的思想和意志，熟练地在琴弦上跳动着。他粗糙的手指变得如此优美，他自己都感到奇怪，就好像一个老人突然回到了青年时代。他闭上眼睛，倾听自己演奏出来的音乐。这曲子虽然古老，但显得热情洋溢，他感到空气中有无数笑脸和无数个金黄色的光斑在移动。在快要结束的时候，他睁开眼看了一下孩子。孩子抬头看着他，他的小脸涨得通红，眼神里流溢着一种崇拜的神色。

"原来你是个音乐家。"

吕新刚拉完，屠宝刚就说话了。吕新在拉琴时，他停下了手中的活儿，在一旁倾听。

吕新笑了笑，有点不好意思。

"小昱，你赶紧跪下拜师啊，让爷爷教教你。"

孩子看了看吕新，似乎真想跪下来了。吕新拉起孩子，开始教他。他告诉孩子他哪个地方拉错了，让孩子练习。孩子是有感觉的，他拉琴的架势非常自信。

这就对了，这才是他吕新的外孙！

八

白天，吕新还是帮黄德高兜售旧西服。晚上，他回到旅店的地下室住。

一段日子下来，吕新和屠宝刚、屠小昱倒是混熟了。他也知道红梅这样早出晚归是在干什么。他跟踪过她。她在做钟点工，帮人家打扫卫生。他想，她生活得并不如意。

红梅现在的样子同他多年来思念中的那个女儿差别很大。在他的想象中，她柔弱无助，是一个受害者的形象。现在，她的动作和神态已没有了女性的柔顺，相反倒有一种男性的豪放。毕竟二十年过去了，什么都会改变的。他反观自己，自己不也和过去大相径庭？也许红梅即使碰到了也难以认出他来了。

他不知道怎样接近吕红梅。他的心里是矛盾的。他多么希望和红梅相认，又害怕红梅真的认出他来。有几次，他和红梅在狭小的街头擦肩而过，他非常紧张。红梅似乎并没有注意到他的存在。红梅行色匆匆，走路的时候似乎总在想着心事，很少注意周围的情况。有一次，他们靠得实在太近了，她甚至看了他一眼，但她依然没有任何反应。他想，这怪不得红梅，红梅不会想到他还可以减刑出来。红梅一定认为他将终死在牢里。

他经常去屠小昱读书的学校，站在围墙外，或教室的窗口，向里张望，试图捕捉屠小昱的身影。小学坐落在一片旧屋中间，校舍布局混乱，把校园切割成一块一块的，空间相当局促。三面是围墙，朝东的是铸铁围栏。他发现屠小昱体质不好，只要跑几下就气喘吁吁。

有一次，他对屠小昱说："你应该多锻炼锻炼。"

"我有病，不能这样。"

"是吗？什么病？"

"我不能告诉你。我妈不让我告诉别人。"

孩子大概看到吕新脸上的忧虑，安慰道："不过，没什么的，我身体好好的，你放心吧。"

在学校门口的宣传栏上挂着屠小昱拉提琴的照片。屠小昱看上去非常可爱，他百看不厌。很多时候，他来学校其实是看不到孩子的，他只是为了看看这张照片。

这天，吕新在广场上待了一个上午。中午在街头胡乱吃了一碗阳春面后，来到屠小昱的学校。吕新站在围栏前，看到一些孩子在相互追逐。屠小昱站在西边的一个角落，安静地看着操场上的一切。这时候，有一个男孩跑到屠小昱跟前指手划脚，还狠狠地踢了屠小昱几脚。屠小昱只是看着那人，没有还手。吕新血液一下子冲到脑门。怎么可以欺负人呢？这孩子，怎么这么老实。他吼了一声，想也没想，爬上围栏，跳入学校。那孩子看见了他，拔腿跑了。屠小昱眯着眼，奇怪地看着吕新。刚才在操场上跑来跑去的孩子也都停下来看着这个闯入者。吕新就冷静下来。他看了看周围，怕老师或门卫把他抓起来或赶出去。

他走过去，拉住屠小昱的手。屠小昱的小手紧紧地捏了一把他的手，好像反过来在安慰他。

"那个人是谁？"

"他是我同学。"

"他为什么打你？他怎么可以打人的？"

屠小昱低着头不回答。

"你为什么随他打的？你不会还手吗？人不犯我，我不犯人，人若犯我，我必犯人。懂吗？"

"同学都怕他，连老师也管不了他。他爸爸坐过牢的。"

"你说什么？"吕新的脸上露出惊愕的表情。

"他爸爸坐过牢，老师怕他。"

他对孩子有这样的看法感到非常奇怪。怎么会这样的？他都有些搞不懂了。

"坐过牢的就那么狠？"

"反正比我们班所有人的爸爸都狠。"

"他经常欺侮你吗？"

孩子点点头。

"告诉过爸爸妈妈没有？"

孩子摇头。

"为什么？"

"爸爸妈妈要伤心的。"

"要不要我帮你？"

孩子点点头，然后又摇摇头。他说："你打不过他爸爸。"

有一个孩子把吕新爬围栏的事告到门卫那儿。门卫向他走过来，警惕中还算客气，问吕新是怎么回事？吕新要解释，屠小昱拉他的衣服，似乎不想让他说。他只好沉默。门卫又问屠小昱，他和吕新是什么关系。屠小昱茫然地看吕新。吕新说，我是屠小昱的亲戚。门卫向屠小昱求证，屠小昱说："他是我外公。"

吕新吃惊地看着孩子。感到自己的心里像是什么地方被捅了一下，暖洋洋的。屠小昱的小手又重重地握了他一把，像是在提醒他不要紧张，他只是撒了个小谎。他很想告诉孩子，他不是在撒谎，他说的是真的。他差点儿流出泪来。

一会儿就放学了。屠小昱回教室拿书包。屠小昱出来见吕新还在那儿，就拉起了吕新的手。

屠小昱说："今天，老师在班上读我的作文了。"

"是吗？我可以看看吗？"

屠小昱从书包里拿出作文本，递给吕新。吕新翻开本子。作文的题目是《我的爸爸》：

我是个虚荣的人。我喜欢妈妈到学校来接我，喜欢妈妈来开家长会。因为妈妈长得很好看。但我不喜欢同学看到我爸爸，因为爸爸的脚有残疾，走路一高一低的。我觉得他很丢我的脸。

我问过我爸爸，他的脚怎么会这样的。爸爸说，他年轻的时候去南方参加过"自卫反击战"，同越南人打过仗。他在一次战斗中，中弹负伤了。爸爸说，他还立过三等功呢。

我不相信。爸爸一点军人气质也没有，他很随和，很平常，丝毫没有战斗英雄的样子。在我们的课本里，英雄都是高大的，英俊的，可我的爸爸，只不过是个理发师。他围着油油的围布——那围布好多年都没洗了，像一个厨师一样修理那些老头、老太太的头发。而他自己的头发经常乱乱的。

可有一天，我翻箱子的时候，我真的看到了一身漂亮的军装，真的还有胸章呢，还有立功的证书。我觉得像做梦一样。这么说来，我的爸爸真的是一个英雄呢。

爸爸在我的眼睛里顿时高大起来。我觉得他走路一拐一拐的样子，也变得与众不同了……

读到这儿，吕新心里酸涩无比。他克制住自己的情感，摸了一把孩子的头，鼓励道："写得很好。"

这时，孩子站住了。他在看远处的某个地方。吕新抬头看去，发现红梅正站在那里，正看着他。她的目光里，有一种令人陌生而疑惑的神色。一会儿，她的眼眶似乎有点微微泛红。吕新也愣住了，这样骤然相遇，让他紧张得浑身发抖，好像此刻他的酒瘾又发作了。他涨红了脸，不知如何是好。孩子好奇地看了看他，然后向他母亲跑去。

"你别跑，慢慢走。"红梅好像很着急。

孩子跑到红梅跟前，回头向吕新挥手告别。红梅再没看吕新，她低着头，带着孩子走了。走了几步，红梅突然转过头来望了他一眼。她的眼里有一种奇怪的神色，一种控制着的漠然。她似乎犹豫了一下，然后迈开步子，坚定地走了。

吕新站在那里。他像是大病了一场。他感到虚弱不堪。

他不知道红梅是不是认出了他。

九

吕红梅认出了吕新。

她有一种做梦的感觉。二十年前的事件已经十分遥远了，遥远得像是发生在别人身上。她也很少想起，在这个世上，还有一个亲人活着。有时候，她甚至真的相信自己是一个孤儿，没有来处。她想，他出来了。怎么会出来呢？不是判了个无期吗？她的思维一时适应不过来，好像全身被抽空了似的，有一种麻木的感觉。

事实上，这几天她一直有一种异样的感觉，她总觉得有一双眼睛跟着她。现在她知道她的感觉没错。她想起来了，这几天，屠宝刚和儿子一直在说对面的旅店住着的一个老头儿，琴拉得很好，人也很友好。原来是他。他出来了，找上门来了。

回到家，吕红梅对屠小昱说，她有点累，想在床上躺一会儿。屠小昱以为她病了，很担心。吕红梅说，你做作业去吧，我只是有点疲劳。

吕红梅躺在床上。最初的麻木慢慢消失了，她的肚子痉挛起来。随着肚痛，被埋葬的往事又回来了。她已经有好久没这样了，这病根是父亲把母亲杀了后因为惊恐而落下的。那时候，她真是想不通，自己会出生在这样一个家庭，会有这样一个父亲。

日子过得真的很快，转眼二十年过去了。想起自己这些年来的生活，她竟然有一种陌生感。

那年，吕红梅离开永城，只身来到这个城市。她干过很多活儿：饮食店的服务员、服装厂的粗工、晚报发送员。这些活儿都非常辛苦，且没有任何保障，老板说走人就得走人，走的时候甚至都拿不到当月的工钱。直到有一天，她来到屠宝刚的理发店。那时候，理发店的生意比现在好得多。那年头，大家都还比较朴素吧，理发不怎么讲究，屠宝刚理的发干净、大方，比较适合人民大众的口味。不过，屠宝刚慢慢发现，这个城市出现了很多"温州发廊"或"广式发廊"，这些发廊都有年轻的姑娘在里面洗头按摩。屠宝刚是很能跟得上形势的人，所以，就拟了一个广告，欲招一名姑娘做洗头工云云，结果把吕红梅引来了。过了两年，吕红梅就和屠宝刚住在了一起。吕红梅到了法定婚姻年龄，两人就领了结婚证书。屠宝刚娶吕红梅这样一个外来妹的原因当然是因为他略有腿残，娶一位本地姑娘似乎是件困难的事。至于吕红梅，因为家里出了这么大的事件，自认为是一个孤儿，对人生没太高的要求和欲望，她看到屠宝刚人老实、朴素，也乐观，就把自己嫁出去了。

最初，他们俩的日子过得安静而温馨。不久，他们有了屠小昱。屠小昱是个乖孩子，品性温和，几乎从来没让爹妈生气过。可是，幼儿园时，有一天上舞蹈课，屠小昱由于太兴奋，突然晕倒了，几乎停止了呼吸。吕红梅接到老师的电话，听到老师电话里说话带着哭腔，知道儿子病情紧急，她连忙赶到医院。医生告诉她，孩子患的是先天性心脏缺陷，最好的办法是去大医院做一个手术。不做手术的话随时有危险。

屠小昱第二次晕过去是一年后。这次吕红梅和屠宝刚都看到了，真是可怕啊，刚刚还活蹦乱跳的，顷刻之间脸色煞白，不省人事。吕红梅见了，差点也晕过去。她真恨不得把自己的心脏掏出来，给儿子。不过，她怀疑自己的心脏是否还健康，自从知道儿子得这种病以后，她总是心神不定，老是觉得自己的心脏脆弱得像要破裂，她因此经常感到呼吸急促。当然，她对自己从来不以为意。她甚至幻想，她得病可以换取儿子的健康。

这事让吕红梅下决心给儿子做一个手术。吕红梅开始想尽办法积钱筹钱。她省吃俭用，家里除了日常必不可少的费用，几乎没有什么支出。虽说手术也有风险，但总比这样一直提心吊胆的好。那真是受折磨啊。吕红梅为此去了一趟上海的医院，见了医生，了解了手术的费用。由于屠小昱心脏残缺严重，手术相当复杂，需要分几次做，所以，费用不菲，大约需要十几万元钱。对他们这样的人家来说，这几乎是个天文数字。她曾动过把老家的房子卖掉的念头，这必须去监狱见吕新，相关手续需要他出面签署。她实在不想再见那个人。她一直有一个信念，以为她会有好的日子，好的未来。她一直在求证这样一个结果，想证明父亲加给她的不幸毁不了她。

从某种意义上说，吕新的出现，对吕红梅是件残忍的事情。现在，当她回顾二十年来的生活，她发现她的生活一团糟。她连为儿子治病的目标都无法达成。

想起自己这么多年来受苦的源头就在这个人的身上，她心中那熟悉的怨恨又出现了。怨恨是那么强烈，就像她的胸口变成了一个火山，正在激烈地运动，正要喷薄而出。她在心里尖叫："我不能原谅他。我无法原谅这个人。"

大概儿子把她躺床上的事告诉了屠宝刚，屠宝刚上楼来看她，问她哪里不舒服。吕红梅突然发火了，说："告诉你们我没事。你们烦不烦！"

吕红梅脾气火暴，屠宝刚已习惯了。他猜想今天红梅可能受了东家的气。她能发火说明她身体没问题。他说："那你休息一会儿吧，我下面有客人。"

吕红梅看着屠宝刚一拐一拐地下楼，心里涌出一种歉疚来。她遏制不住流下了眼泪。她明白，面对这艰难的日子，流一流泪，便可以面对了，可以重新开始了。泪水总是可以把一切抚平。

流完泪，身体内部的不平和怨恨似乎也跟着消退了些。她稍稍平静了一点。这时候，她开始回忆刚才那一幕。当时，她几乎是一眼认出了他。二十年不见，他变得苍老了许多，但他的眼神没有大的变化，依旧有一种孩子式的天真和固执。这种气质有时候让他显得可怜巴巴的。是的，当他看着她时，他眼神里的孤单，令人怜悯。

这时候，她听到楼下传来音乐声。是屠小昱在练琴。这段日子她太忙，顾不得陪儿子练新曲子。屠小昱在拉一首新曲子。柴可夫斯基的练习曲。屠小昱拉得断断续续的。一会儿，琴声突然流畅起来。她熟悉这声音。她马上猜到是他在拉。听着这熟悉的琴声，她的小腹里竟然涌出温暖的感觉。她记得小时候，他教她拉手风琴的情形。他把她抱在腿上，他的胡子经常扎痛她的脸和脖子。她从床上爬了起来，来到窗边。他站在理发室外面，在给小昱示范。

示范毕，他蹲下来和屠宝刚聊天。他摸出一支烟，递给屠宝刚。两个人吞云吐雾地说着什么。经常有屠宝刚的笑声从楼下传上来。他没笑，即使笑起来也挺压抑的。吕红梅猜不出他们在聊什么。不过，她看出了他的心思。他关心她的一切。他没来认她，但他已把她包围了。

她一直看着他，直到那人步履蹒跚地走向地下室。看到他如此苍老的模样，她还是感到辛酸。她虽然恨这个人，但这个人毕竟是她的父亲。他在牢里呆了二十年啊。他也为自己的行为付出了代价。她的心软了一下。

她开始做晚饭。她做晚饭时，想那个人晚饭都吃些什么。

夜幕很快就降临了。城市的灯火向远处伸展，越远越灿烂。这个黑暗的街区像一个被人遗弃的孤岛。忙了一天，这会儿她真的有些疲劳了。屠宝刚还在理发店。她先上了床。一直是这样的，她是个嗜睡的女人，只要一空下来就睡觉，好像一辈子都没有睡够。但这天，她怎么也睡不着。她辗转反侧，直到屠宝刚进来。

"还没睡着？"

"嗯。"黑暗中，她的眼睛亮亮的。

屠宝刚好久没有见到妻子这样的眼神了。这眼神让他感到陌生。他去儿子那里看了看。儿子已经睡着了。他对红梅说："今天生意还不错。"

"嗯。"

"有一个家伙特逗，身架子很大，头很小，一定要我给他理个光头。我说不好看的，头这么小，理个光头就像个火柴头。那家伙说，他失恋了，要削发做和尚。"

"后来呢？"

"理了一半，他就后悔了。"

"那怎么办？"

"没办法，只好全理掉，后来他在店里买了个假发套。"

吕红梅笑了一下，笑得很压抑。

屠宝刚草草洗刷了一把，钻进被窝。红梅关了灯。他躺在那里，睁着眼一动不动。这时，红梅的手伸到他的胸口。他们夫妻已有很久没过性生活了。每次他回来，红梅都睡着了。他即使有欲望，也不敢把红梅弄醒。红梅一直对这事没什么兴趣。自从儿子查出这样的毛病，红梅的脾气变得不好。结婚以后，这个家慢慢由红梅主导着，一切听红梅的。红梅除了性冷淡，算是个好女人。她为这个家也是操碎了心。他奇怪今天红梅怎么有了兴趣，怎么这么主动。

完事后，屠宝刚想问红梅今天是怎么啦？不睡觉还等着他。但觉得可能会自讨没趣，就忍住了。红梅好像还没睡意。在黑暗中，她眨巴着眼，好像在回味什么事。

"宝刚，刚才那个老头儿同你说什么来着？"

"啊？想不起来了。对了，他一直在和小昱玩。"

"他住在对面的旅店吗？"

"是的，他在帮人推销旧西服。"

"他好像挺关心你的嘛？"

"是个少有的好人。经常到店里来剪头发,这个月来剪了三次了,其实他的头发够短的了。我都不好意思收他的钱。但他不肯,一定要给我钱。"

"噢,你上次说他是永城人?他没说起永城的事吗?"

"没有。"屠宝刚想了想,又说,"他挺喜欢小昱的。"

"是吗?"

"他琴拉得挺好的。这个老头,看不出来,还有这一手。"

吕红梅的眼圈红了,她怕屠宝刚发现,苦笑了一下,说:"不早了,睡吧。"

十

每天早上,吕红梅去替别人家做钟点工。她一天要做三家,连续干十几个小时的活。

自从她认出吕新后,她的情感相当复杂。她自然会不自觉地关注这个人。当吕新同丈夫和儿子说话时,她会竖起耳朵。她也想过去认他,但她发现这很难。这事让她觉得害怕。她不知道自己为什么害怕。再等等吧。她一直对屠宝刚和屠小昱说,她是个孤儿,现在突然多出一个爹来,她不知如何同他们解释。她只好继续假装不认识这个人。

她发现吕新的老板是黄德高,她是认识这个人的。几年前,她在一个舞厅里坐台,听姐妹们说起过这个人。姐妹们说黄德高神通广大,有很多走私物品。她曾通过姐妹买过一些水货,然后推销给客人。总之,这个人背景相当复杂。吕红梅有点担心吕新和这样的人混在一起会没有好果子吃,弄不好又会犯出什么案子,被抓去坐牢。

她在广场边的一幢高楼里有一家客户。每个星期四她得来打扫一次。每次,吕红梅来这家干活都碰不到主人,要到每月拿工钱的时候,才见到女主人。女主人名叫叶晓奕,人长得很漂亮。从墙上的照片看,她应该是演戏的。这一家的卧室里,有一张婚纱照。照片上的男人应该是女人的丈夫。有一次这个叶晓奕曾说起过,她的丈夫不在这个城市里。照片上,她的丈夫很矮小,看上去甚至有些猥琐。每次看到这张照片,吕红梅都会有

"一朵鲜花插在牛粪上"的感叹。当然墙上挂着的主要是女主人各式各样的照片，有的是戏装，有的是艺术照。照片上女主人倒是挺风光的，可她家装修得其实非常普通，家里也经常弄得乱七八糟的，可以看得出来，女主人很懒。

照片上女主人脸很细腻，但现实生活中女主人的脸却是非常倦怠。吕红梅有时候觉得这是纵欲的结果。当然，她这样想没有根据。她只是觉得这么漂亮的女人，老公又不在身边，外面没有男人才是怪事呢。

因为一般碰不到女主人，吕红梅在这里打扫时总是非常放松。还有这里的乱，也让吕红梅觉得亲切。她偶尔会翻看女主人的东西。这天，吕红梅发现他们家的保险柜开着，她就打开来看了看，里面什么也没有。她倒是有些奇怪的，但又想，这家的女主人似乎是个粗心的人，也就见怪不怪。她把保险柜关上了。

她按部就班，在屋子里擦洗。一会儿，她就擦拭到了东边的窗台上。站在窗口可以看到广场上的一切。立交桥广场像往日那样混乱而热闹。她看到吕新正和那些外地人坐在一起，有说有笑。这时，人群突然骚动起来。她看到一帮人围住了另一帮人。她知道他们这是在打群架。她有好几次见到这些人打架。安徽人和四川人打，都动了刀子。她很替吕新担心，她希望吕新别参与其中。他这么大岁数了，有个三长两短就完了。还好，吕新站在一边，很安静，他甚至没去围观。

中午的时候，吕红梅把这一家的活儿全干完了。她坐下来，从包里拿出一只铝盒子，这是她自带的中饭，她打算吃完后去另一家做。她吃得非常简单，菜都是昨晚吃剩下的。为了替儿子积钱，她已习惯了过俭省的生活。

她从高楼下来，发现吕新正在啃一个白面包。也没水，也没菜，但他似乎啃得津津有味。他大口大口地往下咽，喉结鼓得高高的。他一边吃，一边还同那些乡下人开着玩笑。某一刻，他似乎意识到有人在观察他，他抬起头，看见了红梅。他停止了嚼动，脸上露出一种柔软的表情，就像一只狗在讨好主人。红梅赶紧移开了目光，假装什么也没看见。她加快步子，迅速离开了广场。

街头已经能感觉到浓郁的冬天气息了。人们都穿起了厚棉衣，把自己裹得紧紧的，他们走在大街上，看上去像一只只企鹅。

十一

吕新不像开始时那样对红梅小心翼翼了。他熟悉了这一带的环境，熟识了屠宝刚、屠小昱，他慢慢有了一种安定下来的感觉，好像这里是他的家。他也不回避红梅了。他还是不能确认红梅是否认出了他。有几次，他和屠小昱在一起玩的时候，红梅的脸是漠然的。

一天，吕新见理发店没生意，又要叫屠宝刚剪头发。屠宝刚说，这么短时间你都理了好几次了，不好意思再赚你的钱了。吕新说，没事，你给我洗洗头，吹一吹，年纪大了，我得学会享受。屠宝刚说，老头，要享受你要找发廊，那儿有小姐。吕新问，我都老了，哪还有这样的心思？屠宝刚呵呵一笑，说，老头，你不老。

吕新问屠宝刚："你怎么不去开一家发廊？你守着这个店也不是个事，这里太偏僻，生意不好。"

"老头，不瞒你说，前几年我和红梅在广场边上开过一家，但不行，开发廊的都是俊男靓女，我一个残疾人在发廊里一站，那些时髦男女都不来。"屠宝刚一边说一边苦笑。

吕新听了，无言。一会儿，他问："你这腿是南边打仗落下的？"

好像是说到屠宝刚的痒处，屠宝刚马上兴奋起来，眼睛闪闪发光。他说："他娘的，年轻时吃了豹子胆，根本不怕死，在子弹缝里钻来钻去。"

"你是个英雄。"

屠宝刚嘿嘿一笑，开始讲述他的英雄史。战争在他的嘴巴中打响，分外壮烈。不知怎么的，吕亲突然有一种悲哀的感觉。

屠宝刚正说到兴头上，吕红梅进来了，叫屠宝刚帮她卸货。吕红梅进了一批货，是洗发液之类的物品，叫了辆三轮车，把货运到了门口。屠宝刚说，我这里有生意，你替大爷洗个头。红梅说，好吧。

吕红梅进入理发室，才知道那个洗头的人是吕新。她愣了一下。她发现他似乎也很紧张。他低着头，脸一直浸在水中，好像怕她认出他。她都担心他这样会憋坏。她心软了一下，就过去给他洗头。当吕红梅的手触碰到吕新的头发时，吕红梅的心像是被什么扎了一下，有点隐隐作痛。这是她二十年来第一次触摸吕新的身体，手仿佛有着自己的记忆，随着她的手在吕新的头发上移动，过去的感觉又回来了。她闭上眼睛。眼前浮现出从前的一幕。他还没酗酒的时候，她喜欢抚摸父亲的头发。他的头发比以前硬多了。以前一头浓密的黑发，如今已经灰白夹杂。她对头发的性质是非常了解的。头发越来越硬的人，一般来说是吃了大苦的人。这二十年，他一定是吃尽了苦头。她替他的头按摩，做得相当仔细。

吕新猜不透红梅的心思。不过，慢慢地，他放松下来。他闭上眼睛，仔细体味红梅的抚摸。那是他日思夜想的女儿的手啊。他的心暖洋洋的。他觉得眼泪都要流下来了。幸好，他的脸上还有水珠，看不出来。他抬头朝镜子里看了一眼。红梅脸色苍白，看上去相当疲劳。有一回，他的眼神和红梅的眼神对在了一起。他发现红梅的眼眶红红的，显得有些慌乱。似乎怕吕新发现，她迅速把头转了过去，和正在搬东西的屠宝刚说了几句话。

一会儿，屠宝刚搬好货，回到了理发室。

"我来吧。"他说。

红梅拿起毛巾，擦了擦手，让给屠宝刚。

"你去歇一会吧，你气色不太好。"

"没事。我还得去做事。"

说完，红梅走出了理发店。吕新舒了一口气。红梅出去后，他觉得理发店变得冷清了许多，空旷了许多。好像理发店一下子有了一种人去楼空之感。他有点失望。他和红梅这么近，但红梅似乎依旧没有认出他来。

镜子里，吕新的眼睛红红的。屠宝刚细心，问，怎么啦？他掩饰道，是沙眼，经常发作。他说，沙眼没有办法，快一辈子了，随它去了。吕新说话时，一直盯着自己的胡子看。

他认为红梅没认出他来或许同他蓄了胡子有关系。红梅没见过他养胡子的样子。他打算把这胡子理掉。

屠宝刚说:"老头,你养着胡子还挺好看的,刮掉了可惜。"

他摇摇头,说:"刮掉刮掉。"

屠宝刚似乎还想劝他。他说,不要再说了。屠宝刚于是拿着刮胡子刀,左看右看,他不知从哪里下手。吕新催促他快点,别像个娘们似的。屠宝刚摇了摇头,开始动手。

刮完胡子,吕新照镜子。镜子里的自己有些让他陌生了。他的左脸有一道伤痕,是在某天酒醉后,酒瓶子划伤的。这道伤疤让他看上去有一股子邪气。

"老头,我说过,你养胡子好,和和善善的。你现在的样子,像……"屠宝刚不好意思再说下去。

吕新刮完胡子,来到广场上。好多人都认不出他来。有些人见到他甚至有害怕的表情。他的老板黄德高见到他愣了有几分钟。他说:"你现在的样子才像一个杀人犯。"

最近几天,那个马脸男人一直没来地下室住。这天,吕新在广场上碰到了马脸男人。他穿着吕新给他带去的旧西服,显得神气活现。他好久才认出吕新。他对吕新说,你这条疤痕好,别人都会怕你。他告诉吕新,这几天他手气特别好,赢了一大把钱,现在他住在五星级酒店里。他说这话时,已像一个大佬了。

十二

几天以后,黄德高要请吕新喝酒。吕新觉得自己哪有资格喝黄董事长的酒,连连推托。黄德高亲热地搂着吕新的肩,说:"我早说过,我们一条道上的,是朋友,你客气什么呢。"又说,"凡是里面出来的,都是朋友。这世道,没朋友寸步难行。"

吕新拗不过黄德高,就跟着他进了附近一家小饭馆。黄德高点了酱爆螺蛳,油炸花生,盐水鸡爪等家常菜,又叫了一斤黄酒。

吕新一动不动坐在那里。黄德高给他倒酒,他连忙把杯子捂住。他说,我不会喝酒。黄德高像看怪物那样看着他，说，喝一点，喝一点。于是，把吕新的酒杯倒满了。吕新看着酒杯里黄黄的液体，一时心思复杂。他出事后，真还没喝过酒。虽然牢里面也是可以搞到酒喝的，但他没碰过这玩意儿。这玩意儿真是香啊，香气从鼻腔里进入，迅速把他全身的细胞激活了，好像这些细胞有着自己的主张，根本不受他的控制。这感觉他太熟悉了，有些让他害怕。

黄德高端起酒杯，和吕新碰了一下，说，喝。然后一饮而尽。吕新用嘴唇碰了一下酒。他尽量不去闻香味，尽量把自己的味觉和嗅觉取消，就当自己在喝一杯白开水。

一杯酒下肚，黄德高的话多了起来。开始他的话题飘浮、空洞，以感叹人生为主。慢慢地，黄德高倾诉起自己的经历来。他说："你应该留着胡子，胡子让你看起来像个艺术家。"

说完这句话，他诡秘地笑起来，说："我是一个诗人。"

吕新感到有些新鲜。他怎么也难以把一个卖旧西服的人和一个诗人联系在一起。

"怎么，你不相信？我确曾写过诗，出过好几本诗集。"

黄德高替自己斟满酒，又牛饮了一口。酒从喉咙下去时，喉结愉快地涌动了一下。吕新能想象出酒在口腔滑动的快感。

"我最擅长写爱情诗。我可怜的身体，如此消瘦，像这个国家一样贫瘠，一如我的出身，饥饿是我的灵魂。忍受匮乏，罪孽深重。亲爱的，你是我渴望的滋润，让我清洁……"

吕新知道他在背诵诗歌了。他听不懂。不过，意思大致听出来了，这家伙在诗歌里很消瘦，可实际上很壮实，像一个董事长一样油光可鉴，所以感觉反差极大。

"写得如何？"

吕新好脾气地笑了笑，说："我不是太懂。"

黄德高说："诗歌没有懂和不懂，就像音乐，是用来听的，用耳朵。"黄德高又说，"你不懂，女人们懂。"

吕新说:"那你应该朗诵给姑娘们听。"

黄德高脸上露出意味深长的笑,指着吕新说:"我经常这样干。"

于是,话题转到女人身上了。喝酒、谈女人真是人生乐事啊。再说,关于女人,黄德高真有一肚子话啊。黄德高开始他的女性之旅。"女人是世上最美好的事物。"他断定,"在女人面前,所有的比喻都显得蹩脚,所有的诗歌都黯然失色。"他的语言华丽。接下来,他谈女人的气质、容貌、身体、器官及在女人身体里的感受。他这样谈的时候好像眼前站着一排女人供他指点江山。后来,他谈起了自己的遭遇。

"他们都说我是个风流鬼。你知道我是怎么关进去的吗?"

吕新摇摇头。

"搞女人进去的。我搞了一个军婚。那女人的老公是个军官,上尉。结果,被判了刑。纯粹是冤案。"

说完,黄德高十分满足地笑起来,好像坐牢对他是件无上光荣的事。吕新觉得黄德高今天特别可爱,他都怀疑他喝醉了。

吕新就慢慢放松了。他本来以为黄德高有事找他。或者会向他问一些问题。现在看来,黄德高找他喝酒,纯粹是需要一个听众。

但吕新错了。黄德高胡言乱语了一通后,突然变得严肃起来。他说:"同你说点正经事。"

吕新又紧张起来,看着黄德高。

"想挣钱吗?"

吕新当然想挣钱,不知黄德高葫芦里卖的是什么药。

"我这里有一单子。你干不干?"

"什么单子?"

黄德高严肃地看了吕新足足有一分钟。然后,他就讲了所谓的单子:有人出钱想把一个仇人做掉。黄德高认为吕新杀过人,又坐了二十年牢,缺钱花,也够狠,是个合适的人选。

吕新听了,竟然有些委屈。他想,亏黄德高想得出来,竟然把他当杀手。他有那么可怕吗?他当场否定这个提议。他说,他已洗心革面,只想做个守法公民。

但黄德高似乎认准了吕新,反复做他的思想工作。他说,那个家伙是个坏人,死有余辜,任何人杀他都是为民除害。黄德高开始列举了那家伙所干的坏事。他在城郊结合部出租房子给外地人和小姐。组织外地人,利用小姐敲诈嫖客。可以说无恶不作。最重要的是诱奸了当事人的女儿。当事人决定出十万元钱,把他做掉。

吕新安静地听了半天,然后一口把杯子里的酒干了,说:"你另找别人吧。"

十三

一天傍晚,吕新和屠小昱在理发室门口闲聊。屠小昱说起班里的事。屠小昱说,他们班上有好几个同学都去过澳大利亚、新西兰、东南亚什么的。屠小昱说起这个事来,一脸羡慕。屠小昱说,他什么地方都没去过,还没离开过这个城市,连火车都没坐过呢。吕新听了,有些心酸,问屠小昱,最想去的是什么地方。屠小昱说,上海。吕新想了想,悄悄对屠小昱说,过些日子,我带你去玩。屠小昱脸上兴奋了一下,但马上又暗淡下来。他说,我妈不会同意的。吕新说,我们瞒着她,当天去当天回,没有人会知道的。屠小昱的眼睛放出光芒来。

这时,一个女人气冲冲地朝这边走来。女人很漂亮,衣着时髦,看上去比较张扬,也很惹眼。她在理发店门口站住,看了看手中的纸条,然后进了理发店,问屠宝刚,吕红梅是不是住这里?楼上吕红梅听到有人找她,赶紧下来。

来人是叶晓奕,就是广场那人家的主妇。吕红梅不知道叶晓奕为何突然来找她。吕红梅看着叶晓奕来者不善的样子,小心地问,你有什么事吗?叶晓奕说,我家东西被人偷了。吕红梅想起前几次打扫卫生时,她家保险箱门打开着,心猛然跳起来。吕红梅说,什么东西?叶晓奕说,是首饰和一部分现金被人偷了,价值大约两万。吕红梅说,报警了吗?叶晓奕恶狠狠地看了吕红梅一眼,说,你跟我去我们家。吕红梅想了想说,好吧。

两个女人从楼上下来时，吕新在一旁看着她们的脸色。吕红梅神色严峻，好像出了什么大事。等两个女人走远，吕新问屠宝刚："刚才那女人是谁？"

"不清楚，好像是一个雇主吧。"

"出什么事了？"

屠宝刚摇摇头。

后来，吕新回到了地下室。不过，他一直没有睡。他站在窗口，观察着对面小楼的情况。他或多或少有些不安，刚才那女人的气势，好像要把红梅吞吃了似的。红梅会不会遇到什么麻烦呢？

红梅是过了十一点才回来的。她看上去非常疲惫也非常担忧。她回到家，就和屠宝刚在诉说着什么，说着说着还哭了起来。这让吕新非常焦虑，他甚至想去红梅家里问一下情况。但这显然是不妥的。他以什么身份去问他们呢？他去了也许反而给他们添乱。他看到红梅和屠宝刚在忧心忡忡地讨论问题，他们一边叹息一边摇头。直到凌晨，他们才关灯睡觉。这天晚上，吕新没睡着觉，他忧心忡忡地猜想着红梅究竟有什么麻烦。

第二天，吕新没去广场。屠宝刚的理发店刚开张，他就往那儿跑。他几乎是冲过去的。屠宝刚脸黑黑的，一副心事重重的样子。吕新就问屠宝刚，昨天那女人究竟什么事？于是屠宝刚就把情况告诉了吕新。

"那女人怎么会认为是红……你老婆偷的呢？"

"门没有被撬过，除她之外只有红梅有她家的钥匙。"屠宝刚说，"红梅连说也说不清楚。"

"那女人想怎么办？"

"女人要红梅把她的首饰和现金还给她，否则她要把红梅告到警察那儿。"

"让她去告好了，没偷就是没偷啊。"

"我也这么对红梅说。"

"那你们打算怎么办？"

"只好让她去告了。没办法，晦气来了，躲也躲不掉的。"屠宝刚无奈地苦笑了一下。

"你老婆呢？"

"干活去了。家政公司安排好的，她不去的话，会被开除的。"

吕新隐约感到这件事不会那么简单。如果弄到警察那儿，红梅未必能说清楚。他同警察打过交道，知道警察是怎么办事的。他们可不管是不是冤枉了你，他们总有办法让你承认的。

吕新看了屠宝刚一眼。这个男人这会儿一副逆来顺受的样子。他突然对屠宝刚有些生气。不过后来想想，要怪也怪不得屠宝刚。一切的源头都在他这里。是他害了红梅，让她过着这样的生活。而他对她目前的处境无能为力。他因此很恨自己。

十四

下午，吕新躺在地下室的床上，茫然地看着天花板。街区非常安静，安静得让他感到不真实。在牢里面，吕新最怕的就是这样的安静，安静往往意味着有什么事正在酝酿。在狱友们中间，经常会有磨擦发生，如果大张旗鼓地吵闹，那没事，如果两拨人马安静下来，那事情就大了。安静的时刻是吕新最为警觉的时候，这已成了他的一种本能反应。现在，吕新觉得在安静的深处有一些他无法控制的事件正在酝酿之中。

下午四点钟左右，那个马脸男人又回到了地下室。他的样子有点鬼鬼祟祟。吕新因为心里不踏实，同马脸男人打了声招呼后，就不想说话了。马脸男人看上去有些惊恐，仿佛是为了抵抗恐惧，他和吕新喋喋不休起来，让吕新不胜其烦。

马脸男人说，他住到这个下三烂的地下室完全是为了躲避。他说他现在有的是钱，他这段日子赢的钱他一辈子都花不完。住五星级宾馆没问题。他说，他手气太顺了，顺得他自己都害怕。他一开赌，赌场的钱都往他口袋里流。他赢得太多了，有人都眼红了。他们说他做千。他们要他把钱吐出来，否则要杀了他。他没办法，只好先躲起来。马脸男人说，躲过这一阵就没事了。

这时，窗外一阵骚动。在傍晚的光线下，两个穿着制服的警察，开着一辆110警车来到理发店面前。巷子里一下子窜出一帮看热闹的居民，刚才还很安静的街道顿时变得热闹起来。吕新心里一个格登，抛下马脸男人，迅速走出地下室。两个警察面无表情地和屠宝刚说着什么。一会儿，红梅从楼梯走下来。她的脸色苍白，但显得还算从容，好像她早已想到会有这一幕发生。吕新一直看着红梅，红梅没看他一眼。警察轻声地同红梅说明来意，然后带着红梅，上了警车。围观的人们开始议论纷纷。他们做着种种主观臆测，什么样的说法都有。听着这些无中生有的话，吕新很想给他们几个耳光。

屠宝刚这会儿显然已没了主意。吕新把屠宝刚叫到一边，让他赶紧去派出所，先把情况打听清楚再说。屠宝刚点点头，关了理发店的门。吕新告诉屠宝刚，小昱他会照顾的，让他放心好了。屠宝刚重重地握了握吕新的手，说，红梅的事，先不要告诉小昱。吕新说，知道，我就告诉他，他妈妈有事出远门了。屠宝刚说，谢谢你，你是个好人。

吕新回到地下室。他想先喝口水，再去接屠小昱。

那个马脸男人刚才没出门。他怕有人认出他来。他一直趴在地下室的窗口看热闹。他见到吕新回来，就从窗口跳了下来。

"我认识那个女人。"

吕新愣了一下，问："谁？"

"就是警察带走的那个。"

"你怎么认识的？"

"跳舞时认识的。四五年前吧，她做过陪舞。"说到这儿，马脸男人的表情突然变得下流起来，"我不但认识她，还睡过她，她是一只鸡。"

"你说什么？"吕新的脸一下子变得漆黑，他目光锐利地看着那男人，问，"你说什么？"

马脸男人见吕新板下脸来，感到有些莫名其妙，他又轻轻说了一句："她是一只鸡。"

吕新突然发力，掐住了马脸男人的脖子。

"你想干什么，你想干什么？"

马脸男人拼命挣扎，后来变成了呜咽。吕新这二十年都在干体力活，手劲很大。马脸男人根本没办法招架。马脸男人的脸越来越红，慢慢地变成了紫色，连他的眼睛都要绽出来了。这时，吕新放手了。

"你他娘的管好你的嘴巴。"

吕新压了一下手指，就出门了。

马脸男人拼命地喘气，然后呕吐起来。马脸男人在背后吼道："你等着瞧，老头，你没好下场！"

吕新头也不回，去接屠小昱了。

十五

如吕新预感的那样，红梅的问题果然很严重。

屠宝刚回来对吕新说，警察认定保险箱里的东西是红梅偷的，因为保险箱上都是红梅的指纹。

"她在打扫卫生，当然会留下指纹。"吕新说。

"警察说，连保险按钮上都是红梅的指纹。"

"那怎么办？"

"警察一时半会儿不会放了红梅。"

"这怎么行？在里面你老婆要吃苦头的。"

屠小昱见两个大人慌慌张张地说话，就出来问，出了什么事？屠宝刚说，没事，我们聊会天，你做作业去吧。屠小昱发紫的嘴唇抖动了一下，又问，妈妈究竟到哪里去了？屠宝刚苦笑了一下，说，妈妈去永城了，有事儿。屠小昱继续追问，妈妈永城不是没亲戚了吗？屠宝刚有些不耐烦了，说，你怎么这么烦人啊，你放心吧。屠小昱看了看吕新，吕新说，进去吧，你妈妈明天就回来。

吕新要屠宝刚再找找那个叫叶晓奕的女人，她不能这样冤枉人啊。屠宝刚是在剧院里找到那女人的。那女人根本不理屠宝刚。

吕新突然有了一个新的想法。红梅没干这事，那一定有人干了，否则保险箱里的东西不会自动溜走。只要找到那个真正的贼，红梅就没事了。

吕新在牢里面待了二十年。这二十年虽然与世隔绝，但对这个社会的了解比没进去之前要来得深入和透彻。从那些狱友身上，他知道这个社会看不见的地方存在着所谓的"暗流"，这些"暗流"并非杂乱无序，而是自有其规则。凭感觉吕新觉得黄德高应该是个神通广大的人，他或许能弄清楚这桩事情。

黄德高不在广场。吕新就打他的手机。黄德高问吕新有什么事，吕新说想找他谈谈。黄德高似乎挺兴奋的，说你想通了？吕新不置可否地嗯哈了一下。

一会儿，黄德高来到广场。他们找了个偏僻的地方。吕新就谈了红梅的事，希望黄德高帮忙查一下究竟是谁偷了那女人的东西。黄德高似乎有些不高兴，但最终他还是答应了。他说："好吧，我去查查。老头，你欠我情了。"

吕新说："我会报答你的。"

黄德高满意地点了点头。

黄德高很快就查出了那女人失窃的原委。偷走首饰和现金的不是别人，是女人的情人。这男人比女人年轻十岁，是某保险公司的理赔员。这个人能说会道，会哄女人，可以说是个专吃软饭的高手。叶晓奕被这个人哄得晕头转向，以为找到了真爱，对这人宠爱有加。这个人最大的毛病是嗜赌，但他近来手气不好，输红了眼，有一天见叶晓奕保险箱没锁，就顺手牵羊，拿走了所有物件和现金。

黄德高交给吕新一袋资料，有男人赌钱的照片，还有叶晓奕丢失的首饰的照片。可谓证据确凿。

十六

吕新虽然对这个叫叶晓奕的女人很不满，但知道真相后，还是挺同情她的。他了解这些女演员。从前他所在的剧院都是像叶晓奕这样的女人。她们漂亮艳俗，喜欢占小便宜，以为可以玩男人于股掌之中，但她们毕竟是戏子，她们只不过是自作聪明罢了，到头来，她们发现受骗上当的是她们自己。这是她们的宿命。

吕新知道，如果他把这些材料交给警方，那么叶晓奕将会身败名裂，像她这样的人也算是社会名流，折腾不起的。也许因为他自己在剧院里待过，他愿意站在叶晓奕的角度想问题。他决定去找叶晓奕，这件事私了比较好一点。

天气越来越寒冷了。走在街头，瑟瑟的北风吹在脸上，肌肤都有点生痛。街头的树枝，光秃秃的向天空伸展，寂寞地在风中摇晃。一会儿，吕新来到了剧院。

他进去的时候，叶晓奕正在舞台上排戏。剧院里面显得很暗，后排有一扇窗大概坏了，光线坚硬地射入进来，那光柱的样子就像一根倒在地上的石膏柱子。舞台下面空空荡荡的，前排有几个老头老太在观看排演，大概他们就是所谓的铁杆戏迷。吕新在后排找了个位置，坐下来等。

吕新有一种重回往日的幻觉。舞台、乐器、观众、演员，这一切他是多么熟悉。从前，他就坐在后台的某个角落里，和那些乐师们一起，随着剧情的发展演奏着音乐。他是剧团的多面手，他既会拉二胡，又会敲扬琴，有时候在乐队里同时兼任这两种乐器，忙得不亦乐乎。从乐师们的位置，可以清楚看到台前及台后所发生的一切。刚刚还在缠绵悱恻倾诉衷肠的那一对，到了后台也许就会大打出手。后台的戏比前台要有趣得多。吕新常发感叹，演员们的美好只在舞台上，在现实中，她们比谁都难以忍受。

他们正在排一出民国戏。叶晓奕扮演一个疯女人。在剧中，女人因为失去儿子发了疯，错把女儿当儿子。后来家人把疯女人关了起来。有一天，疯女人逃出来，把女儿带走了，她们藏匿在桥下的一条破船上，疯女人靠偷窃为生。是一部关于母爱的戏。应该说，叶晓奕无论唱腔和演技都还不错，情感投入，唱功也算深厚。吕新甚至有些被叶晓奕迷住了。

一会儿，到了休息时间，排练暂停。吕新知道，演员们可能去化妆间补妆了。吕新凭着对剧院设施的熟悉，顺利地找到了化妆间。有些演员正在换衣服，有些穿着三点式，旁若无人地走来走去。他太熟悉化妆间里的事了,他一点异样感也没有。他不声不响来到叶晓奕身边。

吕新的出现把叶晓奕吓了一跳。叶晓奕虽然不高兴,但她以为吕新是她的戏迷,所以,也没有把情绪表现出来,反而笑容满面地问他有什么事。吕新就说:"我想和你谈谈。"

"什么事啊?"这回,叶晓奕真的不高兴了。

"吕红梅的事。"

"你是谁啊?"叶晓奕高叫起来。她看到别的演员好奇地朝她这儿张望,她压低了声音,"不谈不谈,有什么好谈的。到警察那儿去谈。"她不耐烦地挥了挥手。

"你不要激动。"吕新显得气定神闲。"你看看这个再说。"

"什么啊?"

"你看看就知道了。"

叶晓奕有些迟疑,就好像这信封里面装着某种不祥的东西,可她究竟有好奇心的,一会儿,她小心地打开了信封。她看到照片,没有吃惊,好像信封里昭示的事实早在她的预料之中。某一刻,她表情木然,好像思维已经凝固了一样。一会儿,她的眼泪大颗大颗地滴落下来,把她脸上的妆都冲洗得斑驳迷离。

"他怎么可以这样?我对他那么好。"

她好久才轻轻地说出这句话。然后突然尖叫了一声,哭出声来。好像是怕周围的人看到,她冲出化妆间。

吕新拿起信封,跟了上去。周围的人不知发生了什么事,看着吕新。她们的表情是冷漠的。从这种表情中,吕新感觉到这个叫叶晓奕的人处境并不好,至少周围的人对她并不友善。

叶晓奕站在通向厕所的一个角落里压抑地抽泣。看得出来她在努力地控制自己,但显然她是个控制能力特差的人。吕新有些可怜她。

"其实我感觉到了的,只是不敢相信,也不想去相信……"

吕新一直沉默地立在一旁。他不知如何劝这个女人。后来,这个女人好像下了天大的决心,一把擦干了眼泪。她的眼里面寒光闪烁。她说:"你想怎么办？"

"我是为你好，这事传出去总归不太好，懂吗？但你也不能冤枉吕红梅，她是个好人，你去派出所把案子销掉。"

她点点头，说："对不起。"

吕新想，这个女人究竟还是善良的。他想了想，叮嘱道："如果警察问起来，你就说，是好朋友拿了，现在又放回去了。"

她点点头。

"不过，你得下决心离开那个男人，他是个浑球。"

她说："谢谢。"

十七

傍晚的时候吕红梅从派出所放了出来。

那个叫叶晓奕的女人告诉了她事情的真相。她虽然吃了一点苦头，但她原谅了叶晓奕。她觉得这女人的命也不好。吕红梅虽然日子过得拮据，但她有的是同情心。当然她这么有同情心还同她内心的感动有关。她从吕新的行为中感受到一种久违的关心，一种温暖的依靠。而这种关心和依靠，在她十五岁之后从来没有再指望过。她想，不管他有多么可恶，不管她曾经多么恨他，他毕竟是她的父亲（虽然她很难开口叫他父亲），她无法割舍去这份联系。

从派出所出来，吕红梅下定决心，打算认吕新了。但她还面临一系列问题，就是如何向屠宝刚及小昱解释。多年来，他们一直认为她是个孤儿，现在，突然说她有一个刚刚从牢里出来的杀人犯父亲，他们听了一定难以接受。她想，她得找个机会先好好同屠宝刚谈一谈。待屠宝刚接受下来，才能把吕新接到家里来。在小昱这里倒是容易解决，因为吕新和小昱似乎玩得特别好。吕红梅看到老小俩在一起，他们的动作和行为方式也有颇多相似之处，感叹血缘这东西真是奇妙。

对吕新这么快找到作案者，吕红梅相当吃惊。她没想到他还那么神通广大。

吕红梅在派出所呆了一天一夜，人很疲劳，也有点饥饿。但家里没吃的东西。她也不想再做饭了，她想慰劳一下自己。她把屠小昱叫过来，让他去街头买几只肉包子。她本来想买三只的，她一只，屠小昱一只，屠宝刚一只。又想了想，就让屠小昱买五只。屠小昱来到她面前时，神色有些古怪。脸色像平常那样苍白，没有血色。看到这张脸，吕红梅就会焦虑起来。

"妈妈，你昨晚去哪里了？"

"妈妈去外地了，有事。"

屠小昱瞥了吕红梅一眼，他低下头。他好像想说什么，又忍住不说了。

"你快去买包子呀。"吕红梅催促道，"你还有什么话吗？"

屠小昱就一声不响地走了。

吕红梅有些疑惑，这孩子今天怎么啦。

屠小昱买回包子后，吕红梅递了一只给屠小昱。屠小昱贪婪地吃了起来。红梅问儿子，香不香啊？儿子心情这会儿好多了，快活地点点头。然后，她又拿出其中的两只，对儿子说："你把这个送给教你提琴的老头儿，去谢谢他。"

屠小昱高兴地拿着包子来到地下室。吕新正在和马脸男人吵嘴。马脸男人对自己差点被掐死一事耿耿于怀。他一脸严肃地要吕新道歉。他说："你道歉了，我原谅你，否则，你不会有好果子吃。"又说，"我现在不方便，等我方便了，你就完了。"

听着马脸男人喋喋不休的四川话，吕新心里就厌烦。他在牢里面呆了二十年，什么没见识过？难道还会被这样的言词吓着。吕新根本不理睬那人。这时，他看到屠小昱拿着包东西进来。他不想让屠小昱听到马脸男人胡言乱语。他这张乌鸦嘴什么话都说得出来。吕新拉着屠小昱来到一楼。在爬楼梯时，屠小昱交给吕新一包东西。

"这是什么？"

"你打开看看。"屠小昱说着咽了一下口水，"我妈让我给你的。"

吕新听了这话，心里暖了一下。他站住了，颤抖着打开纸，里面是两只热气腾腾的包子。不知怎么的，吕新心里涌出既甜蜜又委屈的暖流，这种情绪同一个淘气的孩子受到母亲意外的奖赏有点类似，他顿时老泪纵横。现在，他确信红梅已经认出他来了。

孩子奇怪地看着他。他赶紧把泪水擦掉。他笑起来，笑得分外灿烂。

"谢谢你妈妈。"

他把其中的一只塞到嘴里，把另一只包子递给屠小昱。屠小昱起初不接受，但吕新一定要屠小昱吃，屠小昱伸手接住了——他其实心里是很想吃的。后来，他们坐在旅店的石阶上，啃着包子，看着人来过往。

吕新发现屠小昱小脸色严肃，似乎有点不高兴。他问："小昱，你怎么了？"

"没事。"

"你肯定有心事。"

屠小昱想了想，抬头看着吕新，他的眼神显得天真而忧郁。他说："我同学说，我妈是小偷，被警察抓走了。我同学骂我是小偷的儿子。"

孩子显得非常难受。吕新的心像是被什么揪了一下。他安慰道："你妈妈不是小偷，我向你保证。"

"我也不相信。可我的同学说，他们是亲眼看到我妈妈被警察抓走的。"

"你的同学眼睛都瞎了。他们看错了。"

见吕新如此断定，屠小昱似乎心情好了一点。他一口把包子咽了下去，然后老成地拍了拍手，说："我回去做作业了。"

吕新点点头，说："你妈妈是个好女人，她怎么可能做小偷，你说呢？我们不能冤枉好人，是不是？"

屠小昱笑了。

屠小昱踉跄地回家了。他瘦弱的身体看上去很笨拙，像一只刚出壳的雏鸡。这个形象让吕新心痛。吕新想起屠小昱曾说他连火车都没乘过，想，他没办法让屠小昱出国，坐一趟火车总还是办得到的。他在劳改农场呆了二十年，劳改农场发给他的一点可怜的补助，他都积攒了下来。他打算带屠小昱去上海玩一趟，去看看东方明珠。现在红梅认出了他，他可以尽点责任了。他带屠小昱出去，红梅应该不会太担心的。

<h2 style="text-align:center">十八</h2>

红梅虽然很累，却没了睡意。她坐在床头，一直在看屠宝刚。这让屠宝刚感到非常奇怪。

"你怎么啦？"

"没事。"红梅欲言又止。

屠宝刚不清楚红梅是怎么放出来的。不过，对他来说只要放出来就好。听红梅说，那个叫叶晓奕的女人找到了丢失的首饰，这样，红梅的冤屈就洗刷了。洗刷了就好，他们也不会怨恨那女人。像他们这样的人，只要别人不找他们麻烦就算是好的了。一切过去了，日子还是从前的日子，苦，但不是没盼头。屠宝刚是满意这样的生活的。

吕红梅对屠宝刚说："小家伙今天好像不太高兴，心事重重的样子。"

"是吗？"屠宝刚挥了挥手，说，"没事，小孩子有什么高兴不高兴的，睡一觉就没事了。"

吕红梅笑了笑。笑得有些勉强。沉默了一会儿，吕红梅又说："宝刚，如果我有什么事瞒着你，你怎么想？"

这话让屠宝刚觉得有些刺耳。他不知道红梅是什么意思。

"你外面有男人了？"

红梅白了他一眼，说："想哪里去了。"

"那些东西真的是你偷的？"

"神经病。你怎么这样！"吕红梅不高兴了，"睡吧，睡吧，不早了。"

吕红梅钻进了被窝，背对着屠宝刚。她又说："其实我挺复杂的，你到时候不要吃惊。"

屠宝刚被她弄得很纳闷。不过，他一向不喜欢想那些烦心的事。他也钻进了被窝。没一会儿，他就睡着了，并且响起了鼾声。

第二天，红梅像往日一样去各家各户做钟点工。到了中午时分，她想起叶晓奕曾给过她一张戏票。来到这个城市后，她从来没看过一场戏。这会儿，她有一种很强烈的看戏的冲动。她见时候还早，决定去戏院看看。

她的童年可以说是在戏院度过的。那时候，吕新酗酒还不是很厉害，她经常跟着吕新，在剧院里钻来钻去。她觉得舞台上的一切都是美好的。头顶射下的灯光追打在演员们的身上，使她们看起来超凡脱俗，一尘不染。她们随着音乐舞动，水袖犹如波浪，身段若柳枝，就好像音乐是风，她们是风中飘荡的一朵白云或一枚羽毛。

吕红梅进入戏院的时候，戏已经开场了。她路过售票台，看到了这出戏的广告，叶晓奕那张漂亮的脸非常突出地印在广告上，戏名叫《秋月》。吕红梅找到自己的位子，坐下。她收了收心，专注地看了起来。她渐渐看出了名堂。叶晓奕扮演的是一个可怜的女人，是一个发了疯的女人。母爱是多么本能啊，她只知道带着女儿走，不知道这样会伤害到女儿。她替她们揪心。那个美丽的疯女人因偷窃食物被人发现了，他们要抓疯女人。这时，女儿拿起一根棍子向那人砸去，把那人砸死了。疯女人于是惊醒过来，恢复了神志。有人报告给官府，官府来抓杀人犯了，女人把一切都承担下来……

吕红梅看得泪流满面。特别是最后一场，当女人奔赴刑场，天上下起了大雪，她抬头望天，看到风雪中死去的儿子的面容，她的脸上露出一种满足的微笑，好像她这不是去死，而是去天堂和儿子相会。

随着舞台的灯光变化，吕红梅脸上的泪光也在不断地变幻着。她不知道自己为什么有这么多泪水。这二十年来，她很少哭泣，好像泪水在她十五岁那年已经流光了。这二十年来，她被生活拖累着，很少去感受。现在，她却突然变得多愁善感起来。她觉得这人世间真的就像一场戏，有着太多的变故，太多的偶然，太多的伤心，太多的愤恨，就像这出叫《秋月》的戏，人间就是一出大悲剧。

这天，吕红梅从剧院里出来，真的觉得自己做了一个长长的梦。

十九

吕新认为吕红梅认出了他，但让吕新伤心的是吕红梅依旧没"认"他。

吕红梅似乎在回避他。有时候，眼见着他们迎面相逢，红梅却突然转向，朝另一个方向走去。仅有的几次狭路相逢，红梅神色慌张，眼眶泛红。吕新猜不出红梅的心思。他只是想，她还是没有原谅他。他理解红梅，他做了如此伤天害理的事情，害得她这辈子命运多舛。他真的是不可原谅的。连他自己都难以原谅自己。

不过吕新还是想带屠小昱去上海玩一次。屠小昱也同意了。他们约定了一个日子，各自去做必要的准备。

他们是一个星期后出发的。那天是星期三。火车票早已买好了。屠小昱背着书包出来，就被吕新接走，一老一小直奔火车站。虽然这天阳光灿烂，但天气非常寒冷。气象预报说，近日可能会降雪。屠小昱戴着和棉衣连在一起的帽子，围着围巾，看上去像个天外来客。

一会儿，他们就在火车上了。屠小昱第一次坐火车，显得相当兴奋。屠小昱几乎坐不住，到处看来看去。列车上各式人都有。有人在看报，有人在聊天，有人在抠脚丫子，有人一上来就打扑克。屠小昱只在电影上看过列车内的场景，他有一种做梦似的感觉，脑子里充满了各种各样同列车有关的旋律。只要是他听过的音乐，他总是能回忆起来。他在一部俄罗斯电影里看到过一群人在开往西伯利亚的火车上唱俄罗斯民谣《山楂花》，列车外是白皑皑的雪地。屠小昱认为这场景迷人极了。这会儿火车已在田野上飞速奔驰，屠小昱趴在窗口，看着窗外一掠而过的风景。他的眼睛亮晶晶的，眼神里充满了喜悦。孩子的喜悦让吕新非常满足。

后来，屠小昱沉寂下来。他的脸变得十分苍白，因此嘴唇看上去显得更紫了。他似乎还有点心神不定，眼神里有一丝忧虑。吕新问，你身体不舒服吗？屠小昱犹豫了一下，说，没有。吕新说，你这身体，主要是缺乏锻炼。他让屠小昱靠在他身上，睡一觉休息一下。屠小昱点点头。

他们很顺利地到了上海，很顺利地登上了东方明珠。他们坐电梯上去时，屠小昱显得呼吸急促。吕新想，大概小家伙太激动的缘故。他抚摸了一下小家伙的头。屠小昱突然说，爸爸、妈妈会找我们吗？吕新说，你不用担心，即使他们知道了也没事，包在我身上。屠小昱说，要么我们回去吧？吕新说，小傻瓜，都上来了，总得看一看啊。

屠小昱心事重重地从电梯出来。吕新牵着屠小昱的手，跟着人群来到东方明珠观景台。从这里看上海，上海的高楼突然变小了，连那黄浦江看上去也小得像一条水沟。江上的船只像一只只鸭子，在游来游去……屠小昱这会儿又兴奋起来，脸上有了红晕，但他的呼吸还像刚才那样急促。吕新问他，好看吗？屠小昱点点头。吕新指了指远方说，那就是外滩。屠小昱点点头。

一会儿，屠小昱又心不在焉起来。他好像下了天大的决心，对吕新说，他要打个电话到家里，他身体不舒服。刚说完，屠小昱就瘫倒在地上。这可把吕新吓坏了。他拼命地叫，小昱，你怎么啦，小昱，你醒醒。围过来的人群中有一个医生，他按了按孩子的脉搏，说，可能是心脏病，要赶紧送医院。观景台的工作人员也挤了进来，她对吕新说，医务室就在楼下。吕新抱起孩子，在工作人员的引导下，把孩子送进了医务室。

现在，吕新知道孩子是什么病。医生都告诉他了，孩子的心脏先天性心缺陷。医生说，这病得早点做手术，否则随时有生命危险。得知屠小昱有这样的毛病，吕新心痛得不得了。怪不得孩子平时老是气喘吁吁的，一副弱不禁风的模样；怪不得他的嘴唇老是发紫，我还认为好看呢；怪不得这一天来，孩子的眼中充满忧虑……好好的，怎么会得这样一种病呢？老天啊，真是不公啊。

现在没有办法了，吕新是瞒不过去了。他必须给屠宝刚打个电话了。他都不知道如何对他们说……

二十

大约三个小时后，宝刚和红梅赶到了医院（吕新已把屠小昱转到附近的一家医院）。那时，屠小昱病情控制住了，他的意识已经清醒，呼吸基本恢复了正常，不过还使用着氧气。吕新在观察室外等候。

屠宝刚一见到吕新就抓住吕新的衣襟要揍他。吕新还算比较灵活，向后退。屠宝刚涨红着脸，一拐一拐地向吕新冲撞过去。他骂道："你怎么可以这样？你怎么可以骗孩子出来？你想干什么？"

这时，吕红梅也冲了过来，挡在两人之间，制止屠宝刚。她吼道："屠宝刚，你给我住手。你凶什么？"

屠宝刚没想到红梅会对他发火。他说："他差点把孩子害死，你知道吗？"

医生见有人吵架，一脸严肃地出来制止。屠宝刚于是安静了下来。

吕红梅征得医生同意，进了观察室。她来到孩子床边，摸了一把孩子的脸。

"还难受吗？"

"没事的，妈妈，我好多了。"

屠小昱又说："你们不要怪他，是我自己想来的，他是好心。"

吕红梅点点头。吕红梅问了医生一些情况，确认孩子没大碍后，出了观察室。

屠宝刚和吕新在门口等着。屠宝刚依旧满脸怒容。吕新一脸羞愧，像一个做错事的孩子。吕红梅看了吕新一眼，向走道尽头走去。吕新跟过去。

一时，他们感到千言万语无从说起。吕红梅强忍着眼泪，没有吭声。吕新却再也控制不住，眼眶泛红，泪流满面。他没有想过，他和红梅会在这样的情形下相认。他想，她刚才对屠宝刚发火就是"认"了他，虽然她至今没叫他一声"爹"，但他知道，她认可了他们之间的关系。红梅还是大度的。她是个好女人，好女儿，可老天待她不公。她一个女人家怎么能担负那么多呢？老天怎么会忍心用这么多的苦来折磨她呢？想起造成红梅受苦的罪人就是自己，吕新恨不得打自己耳光。

"小昱的病要早点治啊……医生说早点做手术成功率更高……"

他说得相当艰难。他知道这些是废话，红梅一定比他更清楚这一点。

"你放心吧，我们会想办法的。"

"为什么不早点给小昱做？这样要误事的。"

红梅沉默了。难道她不知道要误事吗？难道她想这样拖着吗？这样拖着对她来说是天大的折磨啊。她过的是什么日子啊，成天提心吊胆的，就好像家里埋了个定时炸弹，时间在嘀嘀地走动，但引信一直没有拆除。

"是没有钱吗？"他小心地问。

红梅再也忍不住了，她失声痛哭起来。此刻，所有她受过的苦都被唤醒了。她感到不平，对他的问话也很抵触。她突然高叫道："你别问了！你问来问去又有什么用？你能起什么作用？你能解决吗？你除了给我添乱还会干什么？什么也不会。害得我还不够吗？你怎么能自说自话把孩子带出来呢？有个三长两短怎么办？啊？"

红梅的话一句句像刀子一样切割着吕新。但不知怎么的，吕新竟然有一种畅快感。他觉得红梅这样对待他是应该的。她有权恨他。让她发泄吧。

"我难道不想治吗？我举目无亲，连个户口也没有。我怎么办啊？我去偷，去抢？"

此刻，红梅的脸看上去非常狰狞。她大口大口喘着粗气。吕新觉得这样急促的呼吸同她身体里面的痛苦有关，就好像她在尽量通过呼吸排解痛苦，否则她会窒息而死。她眼中的泪水已经干涸，只留下纵横交错的泪痕，就好像这张脸此刻已经碎裂。

一会儿，她的脸又柔和下来，泪水重新回到她的眼眶。她开始自责起来，"本来我们今年可以给孩子治病了的。可是，我是多么蠢，我怎么会想到去做传销呢？我本来想赚一笔钱的，但没想到他们是骗子，他们把我仅有的一点钱骗走了。我从他们那里进了一堆垃圾后，再也找不到传销公司……我是多么蠢……"

见红梅这样，吕新想抱住红梅，想安慰她。但他怕红梅不接受。他把手伸向空中。手在空中犹豫地颤抖着，然后小心地向红梅的身体靠近。最后，他终于下了决心，在红梅的肩上轻轻按了按，然后又迅速地缩了回来。动作像触电一样。

红梅感受到了他的关心。她抬头看了他一眼。他的样子沮丧而悲哀，眼中流露着孩子式的可怜兮兮的神情。红梅被这样的眼神软化了。她闭上眼，摇了摇头。她想，怪他又有什么意思呢？他也够可怜的。她知道他带小昱出来是想让小昱高兴。刚才说的话过分了。作为女儿，她知道他的脾性，他本质上也算个善人。他也够可怜的了。她擦去泪水，没有再说下去。他们就这样沉默相对。

一会儿，红梅的情绪稍稍平静了一点。她轻声问道："你这些年都还好吧？"

二十年来没有人这样关心过他了。吕新的眼睛又红了。他像一个孩子一样看着红梅，好像红梅是他的依靠，他摇摇头又点点头。

回来的路上，没有谁说话。火车轰隆隆地穿越南方的田野，窗外一片绿色。屠小昱身体还很弱，靠在红梅身上，眼珠子黑溜溜地看着吕新，眼神里有一丝惊恐，好像他在为明天担忧。红梅没有表情。屠宝刚知道眼前这位老人是谁了。他不时观察吕新，他的脸色已经很温和了，温和中还有一种歉意。

吕新的心中充满了悲哀。现实就是这么残忍，残忍得让人无法面对。他有一种深刻的无力感。他的存在对红梅来说毫无作用，他帮不了她任何忙。他伤害了她，但他无法弥补她。他是多么无能。

吕新在牢里的时候也琢磨一些人生问题。里面空间狭小、安静，同那个喧腾的人世拉开了距离，再加上他有的是时间，所以，他在不断地回顾自己的生活。那时候他最放不下的就是红梅，他认为人生的所有问题都源于心中的牵挂。现在他不这么看了。他的牵挂对红梅来说没有任何意义。他的存在只能给红梅添乱，徒增红梅的困扰。他应该在红梅的身边消失。他甚至觉得自己还是呆在劳改农场更好一些。也许一辈子不出来，红梅会更安宁一点。他也会更安宁一些。这样，也不用面对残酷的现实了。

他想，他得回永城去了。

二十一

回到省城，吕新去立交桥广场找黄德高。

天气还是非常寒冷。天空阴沉沉的，好像要下雪的样子。这个地区有好几年没下雪了。广场上，北风呼啸，人群还像往日那样拥挤，只是这些外地人聚在这里不是想找个工作做，而是在等回乡的车票。吕新这才意识到快过年了。

这天，黄德高穿着一件黑色皮夹克，戴着一副墨镜，看上去像一个黑社会老大。黄德高派一支烟给吕新，然后问他有什么事？

吕新说："没事。我想回去了。"

"不干了？"

吕新点点头。他茫然地看了看广场，说："不干了。快过年了，我想回去了。"

"就为这事？"

吕新点点头。吕新不再说话，但他没有走的意思。

有一只狗在广场上跑来跑去。它像是迷路了。它跑到一头，叫几声，又跑到另一头，叫几声。吕新想起牢里的日子。牢里面养着好几条警犬，但牢里的警犬从来不叫。吕新说："你说奇怪不奇怪，这几天我挺怀念牢里面的日子的。"

"老头，你脑壳坏掉了不是？"黄德高显得相当吃惊，他骂道，"谁他娘的怀念那种日子，不是变态吗？"

吕新笑了笑，低头沉默。他从地上捡起一根小木条，在地上专注地划着什么。一会儿，他轻声地说："上回你让我做的那个单子有人接了吗？"

虽然吕新说得很轻，好像不经意，但黄德高听清楚了。他知道这才是吕新找他的目的。他笑了，他说："怎么，缺钱花？"

"那人被做了？"

"做了。"黄德高很遗憾地回答。

吕新"噢"的一声，有些失望，又好像突然轻松了一些。他长长地吁了一口气，然后站了起来，说："那就算了。我这算是同你告别了。"

"你别急。"黄德高拉住吕新，"我手头上还有呢……"

吕新的心紧缩了一下。

黄德高让他去干掉一个四川人。他向吕新交待时，态度突然变得十分庄严，好像他这件事事关重大，关系到全国人民的命运。他说，现在是返乡时间，人员流动大，公安很难查到。这里的人以为此人回家过年了，家乡的人以为他在这里过年,是个好机会。如果干的话,可以得到六万元"人头费"。

这六万元钱让吕新的心怦怦跳了起来。他多么需要一笔钱啊。如果他得到这笔钱,那么意味着屠小昱就可以去上海做手术了。

可他还是有些踌躇的。他倒是不怕再犯罪。他都这么大岁数了,死了也就死了,看着红梅在受难,活着有什么意思呢?问题在于,他要杀的人也是一条命啊,他无论如何还是感到有些下不了手。

黄德高好像看穿了他的心思,他解释道:"这人实足一人渣,你这是替天行道。"

接下来,黄德高从各个角度论证此人如何人渣。他说这个四川人开始挺好的,但近几个月来,这人纠集了一帮老乡,专门敲诈建筑工地老板,他们垄断劳动力市场,借为工地提供民工做幌子,让这些承包商支付高额工资,否则工地的安全就有问题,随时可能丢失机械设备。承包商发给民工的工资统统进入他们的腰包。近来,此人强迫承包商参与赌局,他在赌局中做了手脚,因此赢了不少钱。总之,这人把码头都搞乱了。此人心狠手辣,气量极小,如果你动他一块指甲,他就要你一只手指。

黄德高从皮夹克里取出一个文件袋,递给吕新。他说:"你看看,里面有他的照片。就是这个家伙。"

吕新看了看文件袋,觉得黄德高这家伙还真是个文化人,什么事到他手里,都像大机关似的,很正式。他打开文件袋,取出照片看,吓了一跳。竟然是那个马脸男人。上面写着这个人的名字,叫胡文斌。吕新第一次知道这人的名字。黄德高眼尖,问:"你认识他吗?"

吕新摇了摇头。他觉得黄德高说的应该是真话。这个人实在是令人厌恶的。他想起来了,有一回,在广场,一帮安徽人说起过,他们干了几个月的活儿,一分钱都没拿到。问老板要,老板说已给了他们的头。但他们的头(应该就是这个马脸男人)说没拿到老板一分钱。他们也没办法,只好两手空空回家过年。吕新忽然有些好奇,他问:"谁想杀这个人呢?"

"这家伙得罪的人太多了。好多人都想他死。老板们已受不了他,安徽人的地盘越来越小，也想废了他，就是他们四川人也想开了他。这人已是丧家之犬……"

吕新把文件袋收起来，塞到自己的衣袋里面，说："我回去想想。"

黄德高脸上露出满意的笑容。他知道，既然吕新接受了文件袋，也就意味着他接了这单生意。他拍了拍吕新的肩。

"你杀过人的，再杀一次还不是小菜一碟？我看出来了，你是这个料。"他说着，把一只信封塞给吕新。"你放心，没事的，钱一分也不会少。这是定金。"

吕新接过钱，点点头，然后消失在广场的人流中。

二十二

这天晚上，吕新回到地下室，那个马脸男人还在睡觉，呼噜打得山响。吕新见到他有一种异样感。他仔细看了看那张马脸，那张脸此刻非常紧张，好像在某种恐惧中。也许那人意识到有人瞪着他看，突然一个激灵，猛然坐起，警惕地看了看四周，见是吕新，长长地舒了一口气，又重重地倒在床上。

"快过年了，你不回去？"吕新问。

那人没回腔。好一会儿，才传来他的声音："你在同我说？"

"是呀。"

"你狗日的怎么不回去？"

吕新听了有些刺耳。他想，这家伙真是没人情味。

见吕新不回答，那人又说话了："你赶紧回家去吧，离老子远一点，否则，等老子躲过这阵子，会杀了你。"

"我家里没人了，回去不回去一个样。"吕新说："你呢？你家里没老婆孩子？"

"你管得着？"那人没好气地说。

要是以往，吕新肯定也发火了，但现在他的心平静得出奇。那人只是他手中的猎物，他没必要同他计较。吕新说："有老婆有孩子真好。我什么也没有了。"

那人白了他一眼，没回话。

"我这辈子，想起来也真是荒唐，不怕你笑话，我年轻的时候是个浑球，有一次我喝醉了酒，把老婆杀了。我把家毁了。"

那人抬起头来，看了他一眼。

"我在牢里待了二十年。我原以为这辈子不会活着出来了。但出来后，也没劲啊。"

"老头，怎么突然说起这个来了。"

"快过年了吧。我感到孤单。你呢？你孤单吗？"

"老子不孤单。"

"你真是幸运。"吕新淡然地说，"说出来你不相信，我年轻的时候是个乐师，音乐你知道吗？这东西不能碰的。这东西会缠着你，耳边总是有一些声音缠来绕去，你老是想去捕捉这样的声音，但你会发现，你根本抓不住。那是空的，就像人喝醉了酒时的幻觉，都是空的。不过，我说这些你也许不会懂。"

"谁说老子不懂。老子懂。"

"那你是我的知音。"吕新一本正经地说，"怎么样，陪我去喝一杯？我有好久没喝酒了。自从我酒醉杀了老婆后，就没喝过酒。我真想大醉一场。"

那人竟然答应了。他说："好吧，老子陪你喝一杯。老头，你这么说，我有点喜欢你了。"

又说："不过，你差点把我掐死，这仇一定要报的。我不会放过你。"

吕新起床穿衣。两个人摸索着出了地下室。已经是午夜了。天空像白天一样阴沉沉的，天上飘下一些闪亮的东西。下雪了。终于下雪了。他们俩在街头寻小酒店。附近的小酒店都关门了。两个人盲目地走着。慢慢地，地上开始积起一层白雪。脚踏在路面都有了沙沙声。他们穿过这片老街，终于发现了一家日夜超市。他们进去买了两瓶老白干。天很冷，他们打开白酒暖身。一口酒下肚，他们的身体暖和起来。这里已经是城乡结合部。

北面是田野。雪越下越大，黑暗中的田野已有白皑皑的模样。那人突然停住了脚步。他说："这里像我的老家。"

"你老家也下雪吗？"

"是的。"

他找了个地方，坐下来。他喝了一口酒，说："我已有五年没回过家了。我都不知道他们成啥模样了。"

"你想念他们吗？"

吕新又喝了一大口酒。老白干非常冲，他差点呛着了。酒气刺激着他的血液，他只觉得有一股力量在往脑袋上涌。他又听到了各种各样的声音。垂死的声音。狗日的声音。声音让他变得有点儿混乱。这种感觉是久违了。

"人在江湖，身不由己。想念有个屁用。"

这会儿，吕新站在那人的后面。那人长长的脑袋就在伸手可及的地方。他的手颤抖起来。他只要拿起酒瓶砸向那人的脑袋，那人就会没命。或者，他只要拿出口袋里的绳子，勒住那人的脖子，那人就根本没有逃生的机会。吕新酒也喝得差不多了。头脑上那些缠绕不清的音乐还在。此刻，他觉得那个脑袋就是他要抓住的东西，充满了诱惑。那人浑然不觉。

当吕新举起酒瓶时，那人慢悠悠地说："老实告诉你，我儿子死了，一次地震，一根梁落在儿子的头上，当场死了，脑浆流了一地。我当场昏了过去。"

吕新被这句话击中了。他闭上眼，摇了摇头，试图让自己清醒些。

"做人狗日的没有任何意义。你说呢？你说做人能抓住些什么？"

说完，那人站了起来，说："老子今晚说得太多了。我们回去吧。"

吕新还愣在那里。见那人走在前面，就急忙地追了上去。

回到地下室，他们再也没有说话。也许由于酒精的刺激，那人上床不久就睡了过去。地下室一下子充满了那人的鼾声。他的鼾声非常奇怪，像机关枪一样，哒哒哒哒的，好像地下室是一个碉堡，他们正处在战争中。

吕新没睡着，他的内心在挣扎。他放过了一次机会。要是在城乡结合部解决，是最完美的，尸体可以就地埋葬，谁也不会发现。他想，他真的不应该打听他的情况，现在叫他如何下得了手。

他已站在那人的床边。那人熟睡中的脸像婴儿一样软弱。那人的脖子也比别人长，他掐过那人的脖子，肉肉的，像某种软体动物。这说明，那人没有什么力气。他只要掐住那人，心不软，那人的命就完了。

但吕新实在下不了手。他走出地下室，大口大口地呼吸。雪还在下个不停，午夜的空气非常新鲜。他混乱的充满了酒精的头脑也跟着清醒了些。

第二天，吕新在这个城市消失了。

二十三

吕红梅有几日没见到吕新了。上海回来后，她一直在找他，想和他好好聊聊，但他好像躲着她。

这天早上醒来的时候，吕红梅有一种莫名其妙的空虚感，好像又有什么事降临到她的头上。她想起来了，昨晚她做过一个梦。她梦见吕新整夜站在她的楼下，眼泪汪汪地看着她家的窗。天在下雪。雪把他染成了白色。他这样一动不动地站了一夜。

吕红梅推开窗，发现果然正在下雪。同梦里一样。雪花从天空拥拥挤挤地落下来，平添了几分热闹。放眼望去，街上已积了厚厚的一层雪。吕红梅这才意识到，再过几天就要过年了，但吕新去哪里了呢？

红梅打算去立交桥广场找吕新。一路上，到处都是孩子们的欢笑。令人奇怪的是，这雪给她的感觉不是寒冷，而是温暖。

因为下雪，立交桥广场没有几个人，同往日的热闹比，显得分外落寞。她站在广场上，想，如果他在的话，应该看得到她的。她想，他可能走了。他走了为什么不说一声呢？

她回家后叫屠宝刚去地下室问问那个四川人，吕新究竟去哪里了。本来她想自己去问的，但她有些怕那个四川人。那个四川人看她的眼神好像是想把她吃了去。屠宝刚去问了。但那人说："老子不知道。"

"他是不是回永城了？"

"他狗日的去哪里，老子管不着。"

屠宝刚不想同这个满嘴粗话的四川人多言。他觉得这个四川人似乎心情不好。这样的人还是不去惹他的好。屠宝刚回家，对红梅说："你不要着急，他可能回永城了。"

"那他应该来告个别啊？"

"下雪了，他可能只是回家去处理一些事，马上会回来的。快过年了，他一个人多孤单啊，他会回来看小昱的。"

吕红梅觉得屠宝刚说的有道理。

自从吕新从这个城市消失后，吕红梅觉得自己的身后变得空荡荡的了。她已习惯了他的无处不在的注视，现在，这种注视消失了，她竟然有一种空旷的孤独感。

转眼就到了除夕。吕新再也没有在他们身边出现。一整天，街头都是爆竹声。前几年，这个城市禁放烟花，今年总算得以开放，所以，人们对爆竹分外热情，好像要把前几年没放的一下子补回来。屠小昱站在理发店门口，看人们兴高采烈地在雪地上玩耍。雪已经停了，但地上的积雪还没有融化。雪球像爆竹一样满天飞。

晚上，烟花在空中寂寞开放，像无人欣赏的孔雀开了屏。吕红梅心里很不踏实。她一直想着吕新。他去哪里了呢？应该回老家了吧？他不能在外面过年啊。吕红梅想起这几个月来的事，觉得自己真的做得过分了。他在她身边这么长时间，她都没把他叫过来吃一顿饭。她什么时候变得这么狠心了呢？除夕之夜，吕红梅心里充满了内疚感。

二十四

正月初二那天，吕红梅坐火车回了一趟永城。永城，大雪初霁，天空明亮。街道边堆满了积雪，房屋上盖着厚厚一层雪被。

她几乎有二十年没回老家了。她曾发誓一辈子不再回来，但她还是回来了。这世上的事，真是奇怪啊，谁能说得清楚呢。她曾是那么恨他，努力想忘记他。她几乎花了十多年才把这个人的阴影从心里抹去，可是，当他出现的时候，她无法当他不存在。

永城早已不是原来的样子了，满眼看到的都是陌生的建筑和街道，连河流似乎也变了样，已难觅记忆里永城的模样了。但她毕竟在这城市出生，住了十五年，这个城市的气味她是熟悉的。这气味在她靠近永城，靠近西门街时已嗅到了。她从这个城市的气味里分辨出了那些咸腥味和酒味。这曾是她讨厌的气味，但这会儿，她却感到亲切。记忆随着这些气味渐次打开。她已有很久没回忆十五岁以前的事了。一直以来，她把她的童年和少女时代取消了，就好像她是突然长大，突然之间变成了一个必须面对残酷现实的成年人。没有梦想。没有明天。所有的目标只是把今天过完。

一个鞭炮突然在积雪的屋顶上炸响，显得分外响亮。好像是受这声鞭炮的启发，很多人出来开始放鞭炮，于是鞭炮声此起彼伏地在四周炸响了。她觉得这种现象犹若狗吠，一声狗吠总是能引来一片狗吠。一阵风吹来，传来浓重的火药气味。她深深地吸了一口。她喜欢火药味。火药有一种特殊的芬芳。是一种温暖的气味。

在她十岁之前，吕新酗酒还不算太凶。他们家一切还是正常的。过年的时候，她喜欢放鞭炮。但二十多年前，生活比现在还要艰苦，大家都没几个钱。他们家的钱由母亲管着，母亲是舍不得花钱买鞭炮玩的。那时候父亲很孩子气，他会偷偷塞点小钱给她。她拿到钱后，就兴高采烈地奔向西门街的糖果店，那里可以买得到鞭炮。她承认，十岁之前，她是幸福的。但后来，情况就变了。父亲迷上了酒精。父亲满大街找酒喝，有时候还去西门酒厂偷窃，甚至去卫生院偷医用酒精喝。

她是坐三轮车到西门街的。快到西门街时，她听到了音乐声。是《马祖卡舞曲》。听到这音乐，她差点掉下眼泪。她第一次从这热烈而欢闹的曲子中听到了一种寂寞的气息，一种盛宴即将结束、欢歌不再、曲终人散的气息。那是他演奏出来的吗？或者他收了新的学生？终于到了那幢灰色的旧楼。刚才的音乐已经停止了。她的家就在一楼。她停下来看了看，家里的窗子关着。她想，音乐不是从这里发出来的，而是来自于隔壁。她想他一个人孤单地过这个年，一定没出过门。也许他正躺在床上睡大觉。她感到心酸。

她敲门。然后等着里面的动静。没任何回应,她继续敲。还是没有回音。

"有人吗?"

一阵鞭炮声把她的声音淹没了。她发现边上站着一个孩子,手里拿着一把烟火,好奇地看着她。小孩子头圆圆的,虎头虎脑的样子。

"里面有人吗?"

小孩子摇摇头,说:"里面没有人。这已是我们家的房子。"

"噢。怎么会是你们家的呢?你骗我吧。"

"我没骗你。住在屋子里的老头走了。他把房子卖给我们家了。"

吕红梅愣住了。但她想,小孩子的话不好全信。她将信将疑。她问:"你住这里?刚才是你在拉琴?"

"对。我住隔壁。"小男孩突然压低了声音,说,"告诉你,这老头儿是牢里放出来的。"

吕红梅听了,感到相当刺耳。这么小的孩子怎么也这么势利。这时,隔壁的门打开了,出来一个中年男人。她认识他。当年,他们在同一学校里读书,这个男人还追求过她,给她写了十几封情书。不过,他现在发福了,看上去像一个小官僚。

"是你。"

"是的。"她一时不知从何说起。

"你都好吧?多年不见了。"

"还好吧。你呢?"

"还行。"那人神情相当愉快,又说,"我正要去找你呢。"

那人把吕红梅叫到屋里。他从保险柜里拿出一份合同,递给吕红梅。吕红梅拿过来阅读。是一份房屋出售合同,上面有吕新的签名。

"他把房屋卖给我了,合同价十万元钱。他让我把钱寄给你。他说你在省城,把地址也给我了,你来了正好,我不用寄了,待会儿,我去银行把钱取出来。"

吕红梅一时有点反应不过来。她问:"他留给我?"

"是的。他没同你说起过？"

"他人呢？"

"我不清楚。他告诉过我，他已找好地方，住过去了。住在哪里，他没告诉我。"

吕红梅跟着那人去了一趟银行。当吕红梅手捧着这叠钱时，已是泪流满面。

那人问："你怎么啦？"

"没事。"

她赶紧把泪擦掉。

"你父亲琴拉得好，听他拉琴，心里酸酸的。"

她点点头。她答非所问，说："我会找到他的。"

二十五

一个星期以后，永城的晚报上刊登了一则新闻。新闻的篇幅挺大的，放在"拍案惊奇"栏目里。题目是"利令智昏竟然抢劫银行，出狱老人重又吃上牢饭"。内容如下：

〈本报讯〉近日，本市出现一桩不可思议的事情。一个出狱老人，竟然拿着玩具手枪，试图抢劫西门农业银行。歹徒名叫吕新，他对自己所犯之事供认不讳。目前已被有关方面收押。

农业银行门面小，只有一个窗口，平时顾客比较少。午后时分，进来一个满脸胡子的老头，拿出随身携带的手枪，对准窗口服务员，要她把钱拿出来。服务员迫于无奈，只好听从。可是歹徒胆大妄为，和警察玩起猫鼠游戏，他把枪口对准服务员，要叫她报警。服务员以为歹徒是在开玩笑，或试探她，怕他一枪毙了她，所以没有动弹。谁知，歹徒是玩真的，一定要她拨打。服务员于是战战兢兢地拨通了银行报警专线。

一会儿，警车响着警铃来到银行。据在场人士称，这时候，歹徒脸上露出的笑容非常奇怪，让人捉摸不透。歹徒拿起装钱的包，大摇大摆向大门走去，结果被警察当场抓住。来自警方的消息称，歹徒的枪不是真的，只是一把玩具手枪而已。

歹徒的行为匪夷所思，令人百思不得其解。警方称歹徒思维正常，排除了患精神病的可能。

据警方介绍，歹徒曾在二十年前犯过一桩杀人血案。他在某劳改农场服刑二十年。几个月之前才得以释放。据劳改农场的教官述说，歹徒曾在缓刑释放的第三个月来监狱要求继续劳改，被农场当场拒绝。过了几天，发生了如前所述的这一幕。

歹徒的种种令人不解、不合常理的行为究竟是为了什么？其动机究竟如何？目前还是一个谜。警方正在加紧审理此案，相信不久可真相大白……

（原载《收获》2008年第3期）

月色撩人

王安忆

一

现在，他们的餐桌上，就有她的一个位子。他们都是她的朋友，大朋友，年龄在她之上二十、三十，甚至接近四十岁，是她的上代人，对她怀着上代人的喜爱。在这样慈悲的爱意中，她暂且安定下来。

她，一个叫提提的女人，是谁拾到他们餐桌上来的？事情已经有些模糊了。似乎是，一个人拾起她，交给第二个人，再传第三个，最后，到简迟生这里，落了座。听起来，很像是豌豆公主，被皇家卫队拾起，交给大臣，呈上国王。简迟生，坐在提提旁边的那个就是，体魄魁梧，将一张扶手椅坐得满满的，全白的头发剃成平顶，于是，显出特别粗壮的脖颈，几乎与腮长在了一起。面部的轮廓还是清晰的，皮肤没有松弛，而是绷紧了。眼睛里也有光，这是一双北方人的单睑的长眼，退回到三十年前，这光是相当锐利的，如今却柔和了，有了一些笑意，同时，这笑意将嘴角牵动起来，整个脸部都温存起来。

坐在餐桌那一侧的呼玛丽越过桌面看这张脸，在有意布暗的灯光下，这张脸又增添了几分暧昧，她不禁感到惊讶：这是他，简迟生吗？他竟然也会有这表情，什么表情？温柔。他从来不曾给过她温柔，却给了这个小女人。可是，她一点不忌妒，她从这温柔里窥出了软弱，是的，简迟生可是软弱多了，他原来是多么骄矜，不可一世——是与呼玛丽在一起的，她拥有他最热血的生命阶段，她也是以最强悍的一段与其相对。那时候，他和她，谁能比啊！青春，这就是青春，轻浮的，夸张的，如涌的活力，一点不懂得量入为出，于是，透支了。

后来，她去了日本，看见樱花，听日本人对樱花的解释，她觉得就像她和简迟生的爱情，一下子绽开，一下子谢落。她又想到，汉语多么美丽，将花的败落称之为"谢"。真的就是一个"谢"字了得，谢天地，谢彼此。只是，她觉得樱花无论花形与颜色都太孱弱，过于娟阁气了，她和简迟生却是如同火山爆发。不过，在樱花盛开的那几日，她还是被感动了。那樱花漫天满地，只有一个字可形容——此时，她又感到汉语的不足，不得不借用比喻，那就是"雾"。也是相当壮观的，它是积少成多，以量取胜，正当越积越浓之时，陡地收住。如那些品花人所说，有的花开相好，有的则败相好，而樱花没有败相，不等凋敝之意来临，刹那间，幕落了。

　　这个开设在最时尚的商业广场里的餐馆，老板是台湾人，七十年代中后期，台湾被逐出联合国时，留学美国的一代人。正值台湾经济起飞，他们有充裕的可兑换美元的新台币，却陷入身份认同危机，精神迷惘。其时，美国接嬉皮后续，兴起雅皮风尚，是将现代艺术概念赋予物质主义。这是一个微妙的和解，以反叛的姿态臣服，对资本化社会进行诠释的同时，这诠释再被资本化社会起用，于是，冲突被消解。在台湾的漫游者接受雅皮文化的背后，有着另外的亚洲的痛楚，是嫁接的意思。这位台湾老板学的是艺术，在这家餐馆里充分地运用现代和后现代的概念。整座餐馆统是用透明半透明的材质装潢，晶莹剔透，与其相对或者说相佐，灯光极弱，暗藏在吊顶和地坪里，投向透明的四壁、桌椅、碗盘杯盏，以及杯中的酒，以反光照明，所以，又是扑朔迷离。惟有人脸是清晰的，浮在暗光中，显得很白，很小，又很突兀，就像面具。于是，餐桌上的人也成了这现代艺术场景中的细节部分。

　　奇异的是，即便抽象成面具，这些脸部依然呈现出差异，但因过于表面化，这差异不是作为性格，而是作为形式呈现出来，同时呢，又将性格的因素夸张和固定了，就像中国京剧里的脸谱。还是有一种生气，从这图案中散发出来。

　　提提的那一张脸，极白，极小，好像从聚焦处迅速地退，退，退往深邃的底部。依然是清晰的，平面上用极细的笔触勾出眉眼，极简主义的风格。看起来相当空洞，可是又像是一种紧张度，紧张到将所有的具体性都克制了，概括得干干净净。

她是从哪里来的呢？这个芭比娃娃，呼玛丽想。大街上尽是这样的小女人，闭着眼睛指一个就是，时尚潮流淹没了她们的个性，连气味都是一种，所谓国际香型，需要有加倍的激情才能突破覆盖，露出脸部的特征。现在，这张脸来到了他们餐桌边，这张后现代的餐桌边，就像简迟生的小娃娃，魁伟的简迟生一把就可将她裹入怀中。只有呼玛丽知道，他的魁梧其实来自松弛，内瓤耗得差不多了。在这一幕抽象的画面里，简迟生却是以立体的造型进入呼玛丽的眼帘，就像先前所描述的——那是出于了解。她知道，简迟生的力度不可抵挡地松懈下来，他只够拥呵那些体积小材质轻的，比如芭比娃娃，这种大和小的悬殊造成保护与倚赖的假相。她想他当年，从头到脚，紧得像一张弓，他可不打算呵护谁，而是处处为敌。他轻视女性，与其说是出于男权思想，毋宁说是物理性的力学概念，因为女性不能与他同等量级。渐渐地，他需要女人了，需要越来越年轻的女人。

后来，当他们俩再度成为单身，有好事者为他们撮合，简迟生抱歉地说，他只能够接受年轻女人，这是男人的臭毛病！呼玛丽能说什么呢？简迟生已经拒绝在先，她要再拒绝就像是负气。事实上，经历过这个男人最辉煌的时期，很难再承受他的衰微了。

在他们这张餐桌前面，一幅垂地的竹帘子，如同绢一般细和薄，后面是丝竹乐队，真正的丝弦和竹膜，奏的是《春江花月夜》。幽微的光将人和乐器的影投在帘幕上，声和形都是绰约的。在这花月朦胧中，却间杂着一些尖锐的噪音，时不时地穿透出来，这个东方主义的夜宴便有了破绽。餐厅的音响传声也做了特别的装置，无论来自哪个方向的声音都是送上穹顶，再均匀散布，与立体声效果背道而驰，立体声是为制造真实，而这里是为制造不真实。呼玛丽看见简迟生低头俯向身边的小女人提提，这张纤巧的小脸被埋在简迟生的身影之中，而她就此循到噪音的源头，小女人在发飙。她忽然感到一阵快意，这一个悬浮的夜晚就此而有了实在感，许多真相在假相之下兀自活动，消长着成因。这小女人不满意呢！那一张小瓷脸里憋着火，就是这火才让小瓷脸有了生气。可不是吗？在她小小的身子里储着许多能量呢，却压在简迟生的梢上。这会儿。小女人提提也在呼玛丽眼帘里立体起来，也是出于某种程度的了解。被后现代解构了的存在又自行结构起来。

要是追根溯源，引来提提的人就是在她斜对面的那一个，脸在幽暗中拓开较为宽阔的一面，头发向后束成马尾，额上留出一个发尖，着一身黑，更显得脸白，是一种牙白，密度更大，占位就深邃了一些。当目光渐渐凝聚在上面，他的五官便鲜明地进入视觉，漆眉星眸皓齿。你难免会心惊，一个男人如此的美艳是令人不安的。这美艳还不在于长相，更在于一种眼风，你简直不敢看他，那眼睛里的光一波三折，摄人魂魄，哪里来这样的尤物！"尤物"这两个字就像为他而造，一般以为尤物都是女性，这实在是成见，真正的尤物是没有性别的，而且，没有年龄。你就说不出来他在哪一个年龄段上，二十？三十？四十？五十？都不是。他在你的注视下渐渐放出光芒，将其他的脸都映暗了，因为其他的脸有现实感，而他是超现实的。他扶在餐盘——那是珠润玉滑的玻璃盘，他扶在盘边的手也显出来了，纤长的五指，不是女性的，女性的太孱弱，质地也太稀薄；也不是男性的，男性的就粗糙了。他的手，敏感而有力度，这样的手能做什么呢？做什么都不合适，是专被供养着赏识用的。就是这般虚无的美，像一个深渊，引人坠落，坠落。

他的名字叫子贡，和孔子的弟子同名。这名字给他增添一派古风，穿越几千年，忽又显得很现代，那就是没有时代局限的意思。子贡是这张餐桌上的过客，夜宴进行到三分之二的时候，他就要离席。他先与他的左右邻座贴了贴脸颊，又用眼睛向四方宾客告辞，然后站起身，似乎只是在一瞬间里，消失了。幽暗迅速将他留下的空隙弥合了。

子贡快步滑过玻璃地面，地面下是一盏盏的灯，犹如步步生莲。楼梯也是，要换了常人就要眼晕了，都不敢举步，可子贡却像猫一样溜了下去。穿行过餐桌之间，及时地接住一个从托盘上掉落的空酒杯，那小服务生显然是新来的，黑制服上的折叠的线还硬挺着，不等他说出"谢谢"，人已经到了门外。在这水晶宫前站了片刻，判断一下方向，径直走去了。他还要去赴另一场夜宴，那场夜宴才刚开始呢！

人潮涌动，全是美艳的男女，不知从哪个方向过来的光，在人群中折返。新铺然后又做旧的卵石地，砖壁的市井式的建筑，瓦楞下是一面一面橱窗，橱窗里立着没有面目的模特，像梦魇似的。无法想象，就在这方城池之外，是万籁俱寂的千家万户的睡眠，这里则是城市的夜游症。子贡走出这城中之城，走到清寂下来的街边，那里停着一串亮着空牌的出租车。一辆车悄然过来，门开了，屈身入座，车门关上，旋即，街灯如同静流，从车窗外驶过。子贡的脸掩在车内的黑暗中，这不夜天就好比熄了一盏灯。

方才储留在视网膜的景象，还有一霎的拖尾，是提提的影像。绷着一张小脸，里面积蓄着愤怒。他无奈地耸了耸肩，即便是在无人看见的时候，他依然做出这么个戏剧化的动作：都没搞清楚谁是谁呢！她就硬上，真是鸡对鸭讲。想到这里，他不禁笑了一下，觉着很妙，当然，有些猥亵了。所以，只此一次，下不为例，子贡纠正着自己的言行。然后，他又一次回忆在汉堡，走在火车站那一带，有几个光头男人对他喊，喊什么？喊他"小灵耗子"。他喜欢这喊法，小灵耗子！他是一只小灵耗子。谁都知道他是"小灵耗子"，只有提提不知道，她什么都不知道，就凭了一股子外乡人的蛮劲，硬上。

车灯像流萤，扑面而来，到了跟前又分开向后去了。这暗香浮动的夜晚，他都能听见窃窃的笑语。这才刚刚拉开帷幕，而方才那边已近尾声，还当是夜晚的主人呢！那是前朝夜生活的遗老了，他们不知道，时代在发展，夜生活也在发展。不过，他尊敬他们，就像尊敬传统。他们有过辉煌的历史，同时，不可避免地，也有历史的局限性。比如说，他们就无法深入夜生活，接触到那里面的核心，而他能够。

车在一幢三十年代欧陆风格的庭院前停下，他付了车资下车。庭院坐落在僻静的街角上，铁栅栏门虚掩着，他一闪身，身影到了砂石地面上。庭院里是一幢石砌小楼，窗洞很深，有塔型的窗檐，门开在侧边，他登上台阶，推了进去。挑空的穹顶底下，是黑橡木的桌和椅，不铺桌布，可见粗大结实的榫眼榫头和木板的拼缝。正中一架木梯，通向二楼周边廊下的楼座，壁龛里点着烛形灯，就像一座中世纪的城堡。乐队，在木楼梯前的一方空地上，正在调音，萨克斯管像蛇一样扭动着上行和下行。他来得正好，有人在叫他：子贡，子贡，是外国腔的中国话。他在中国人里算得上高，可在外国人中间却只是中等，那一堆人显得黑影幢幢，是由几张桌子，以及几伙客人拼起来的。他们彼此并不认识，但来到这里，就是朋友。子贡落了座，沿着桌沿由近及远地打招呼，此时，他说的是德语。喊他的是他的德国朋友，出门在外，听见自己的母语，是多么亲切啊！他们个个把子贡当成自己的亲人。他要的饮料送到了，歌手也唱起来了——一个二十来岁的中国男孩，发出"娃娃腔"的中性的音色，这也是中世纪风的，类似阉人歌手。唱完一支，又唱一支，掌声响起，再响起。在这缩小体量玩具样的哥特式穹顶下，穿行着细若游丝的声音，泛音呈光谱状一波一波荡漾开来。

　　左邻右舍争着与子贡碰杯，白色的泡沫从巨大的啤酒杯沿淌下来，好像圣诞节的雪。子贡不喝啤酒，他喝汤力水，他不能让身材走形。这些德国人肥大的肚腩，还有垂挂下的眼袋，缺乏光泽石灰白的肤色，就是啤酒的作用。外国人就是这点好，他们不会逼你喝酒。而且，他们都知道这城市有一个喝汤力水、说德语的中国男——他们介绍子贡给朋友，朋友再介绍给朋友的朋友，一传十，十传百，子贡是他们在这个陌生的远东国度里的一点熟悉。说起来也很奇怪，出国不就为的见识没见过的人和事？可结果怎么呢？都在努力寻找自己认识的东西。掉过头来也是，中国人到了国外就找中国餐馆。这个中国男，对他们德国，尤其是汉堡，很熟悉呢！有时候，一个黑森州，或者巴伐利亚人，听他谈汉堡，听得就像是个乡巴佬。问他，怎么知道那么多，他就回答，我们和汉堡是姐妹城市啊！这回答很外交，也合乎德国人审慎的民族主义口味。

　　谁能知道他心中的汉堡呢？

　　汉堡在记忆里是阴晦的。在那最晴好的日子，湖面上闪着白帆，就像是个璀璨的梦魇，倒是灰暗的火车站更接近于现实，因是他能够理解的。他发现，全世界的火车站都如出一辙：人迹混杂，肮脏拥挤，气味难闻，充满了各种犯罪，而且，有一股戚容。在那里，聚集着人世上所有的无归所的日子。那一对中国夫妇，严格说是中国丈夫和混血妻子，他们还在那个小旅馆里？混血妻子——老实说一眼看去就是个中国女人，中国的北方女人，粗糙、笨拙、操劳，挟一股豪气。她的那一半犹太血统，似乎完全被中国遗传掩盖了，其实是这两种血缘中的东方格调在某一点上相合了。她坐在迎门的柜台里，那深褐色的木制柜台以及护墙板，都已经陈旧了，柜台上的绿灯罩台灯、拍纸簿、打字机、铅笔，也是旧的，好像是连同这一爿旅店一起从上一个店主手里盘下来的。中国丈夫穿一身西装上上下下地照应，应当说他算得上清秀，可却气色不佳。不知因为生计辛劳，还是受白种人的衬托，汉堡的中国人大多是萎黄的脸，就像是种族的标志。但无论是混血妻子粗糙的脸抑或中国丈夫萎黄的脸，都含有着沉静的气质，表明他们来自知识阶层。经过柜台走进狭窄的走廊，不要上楼梯，而是向左，有一扇门，门里是早餐间，餐台上有一口巨大的稀饭煲，盛着滚烫的黏稠的大米粥，扑鼻的粳米的香，几乎让人落下泪来。

　　住店的大多是来自中国大陆的客人，因为没有语言的障碍，真是有宾至如归的心情。早餐过后，出门之前，客人会在早餐间停留一时，和老板和老板娘聊天，主要是听，听这夫妇俩讲述生平。看见中国来人，夫妻俩也感到亲切，大约这也是他们选择开旅馆的原因之一吧！混血女人的母亲是犹太人，二次大战希特勒排犹，他们举家迁往父亲的家乡北京。刚出生的她，完全是在北京长大，其实就是个北京人。她会说德语，因为要与母亲对话，是当方言来说的，到德国的前夕，她还不能阅读，就像一个德国的文盲。她在大学最后一年的时候，文化大革命开始，父亲被当作特务批判，又送去郊县劳动，染上了痢疾，仅一天一夜，泻到脱水，来不及送回北京，就死在生产大队的赤脚医生诊所里。在此期间，德国对二战时期流亡的犹太人优惠补偿，特许带家眷回国。母亲未必对自己的国家有什么眷顾，她的大半生都是与一个中国人度过，可这个中国人已经逝去，北京也成伤心地,而且,女儿和女婿——他们是大学同学,夫妇俩一个在北京,一个在河南,不知道什么时候能团圆,工作和专业又都不对口,为孩子们的生活计,她带着女儿女婿,一并回了家乡汉堡。聊天时,犹太母亲静静地坐在一边。三十年生活在北京,似乎磨灭了她的异族血统,她的脸相也像是中国人,中国老人。只是在她这样的年纪,中国女人不会穿着得如此盛丽——她一袭长裙,脸上化了妆,就像要去参加舞会。她很少说中文,是不是能听懂?对了陌生人说家中的事,于她大概是不惯的,可是如此传奇的一生,她都不相信是发生在自己身上,这么一遍一遍地诉说,就像是在说服她承认下来,所以,她倾听的表情是相当专注的。

那时候,他总是在火车站一带游荡,在流动的人里面,他似乎有一种归宿感。这家挂着中文招牌的旅馆,是他经常出入的,有时是借用厕所,有时是问路,还有时是借打气筒给自行车瘪了的轮胎打气,再有时,只是坐坐,聊聊天,就这样,他听来了关于他们家庭的故事,以及其他更多的,怎么说,称得上是隐私吧。

汉堡,在他记忆中,并不是个日耳曼人的城市,而是壅塞着中国人的脸,男女都穿着定制的浅灰色的西服,八十年代的西服,跨肩松懈,腋下鼓了出来,后背阔而平,垂出一些僵硬的褶,看得出中国剪裁平面的观念,而西服是立体三维的——穿着中国式西服的中国人从旅行车里鱼贯而下,带着谨慎的表情,将好奇与惶惑压抑在心里。就是这些中国人的脸,构成了汉堡的印象。与此相反,在这里,这个中国城市,却换上了日耳曼的脸——年轻时就像爱神,渐渐上了岁数,肤白便成了岩壁般的粗砺的白。

那个德国律师,也是个犹太人,看起来挺落魄,粗线呢格子的外套袖口磨出了毛边,公文包的皮面皲裂了,布着网状的裂纹。他那个小小的,只他一个人的事务所,专为中国人、土耳其人、越南人等等的外国人承办移民和避税的案子。他来到这间火车站的中国旅馆,就坐在早餐间里,用手拈着盘子里的灌肠,一片接一片填进嘴,听老板和老板娘询问关于纳税制度里有哪些可趁之机,他呢,为他们作翻译。他毕业于外国语学院的德语系,来到德国才发现,他学习了四年本科,不过是在学习德国普通话,除此，学什么都要从头来起。当然，德国普通话给了他另一种方便。这样，他做翻译。他们的德国母亲在中国生活数十年，结果似乎是中国话没学会，德国话也生疏了，而他已经是他们家的朋友。这个清秀的年轻人挺得他们的好感和同情，甚至，差不多成了他们的早餐客。那一大煲粳米粥，配一点台湾腐乳，如何的美味——同样的奇怪，当他回到中国，粳米粥唾手可得，他却成了西餐爱好者——很快，不久，他们便知道了这年轻人的危险。

和律师谈话的第三天，年轻人向他们夫妇提出一笔交易，那就是让他在旅馆做一份工，当然不是劳力的工，而是，比如接待啊，做账什么的，他朝门口柜台的方向歪一下头；倘若他们不能给他这份工，他就向税法部门举报他们逃税的行为。他说话的神情相当平静，甚至称得上和悦，就像商量一个挺好的建议。他的眼睛坦诚地看着他们，他们这才看出这年轻人长着一双女性的丹凤眼，萎黄的脸色掩盖了他的俊俏，这俊俏是可怕的。怎么办？他们来到这国家不久，还没有，也许永远不可能融入社会，他们只能沿着边缘走，规避着严厉的法律，同时，也丧失了保护。当他们向他索要身份证件办理用工手续时，方才发现他的护照已过了签证期限，不得不表示爱莫能助，他们不能雇用黑工，触犯移民法。他向他们笑了一下，这一个笑可称得上妩媚，他说：你们不已经违法了？从此，进门处，那褐色护墙板前边，柜台里面就换作一个年轻男人的俏丽面孔，为这家陈旧的小旅店添上一点暧昧的东方情调。

那"娃娃腔"一直在唱，如此纤细的声音却没有一点撕裂和喑哑的迹象，听久了，就觉得不是人声，而是一种兽类，小小的、软软的、一点威胁也没有的，却是叵测的。这就是夜生活。说是夜生活，其实已是凌晨，黎明前黑暗的时候，星月与太阳正作交割，留下一个三不管地带，太阳系所有的行星都远离地球。

"陶普"画廊在这城市嶙峋的建筑群中的一个犄角上。"陶普"这名字来自英文"TOP"，是这幢楼的顶层，而这幢楼却几乎埋没在楼群里面，但是，通过楼群的缝隙，却正面向江对岸，于是，对岸的灯火从水泥壁的隧道里，穿越而来。亮度没有削弱，反因为逼仄通道的挤压变得锐利，同时也改变了形状和质地，抵达陶普的窗户——陶普的窗户被外墙上交叉的黑色钢筋凌割了，留下一格一格不规则的窗洞，被对岸渡来的光染成红、白、蓝、黄的色晕。这很好，陶普就成了一个大魔术盒子。你看不见魔术师的手，可是，不知道什么时候，奇迹发生了。

魔术师收进一条手绢，放出来的却是一只鸽子。许多人这样地进来，却那样地出去。趁着窗外映着的色晕，这些色晕渗进来，经过各种几何形状的窗格子，进来以后又交错纵横，盒子就变成一个五彩盒子。地上有一些积木块似的桌和椅，墙上呢，有巨幅的画，也是色晕，简直分不清画里和画外。也有一些精致的小东西，豆大的人形，瓷和陶土做的，搁在一面墙的壁架上。壁架上下排列有上百个小龛，放着小东西，好像千佛洞。当然，小东西不会有佛的庄严，而是谐谑的。你细细看过去，个个都在窃笑似的，做着鬼脸，一刹那间，失去了人形，成了一些碎颗粒儿。画廊的壁就是魔术盒子里的机关。所以，虽然没有人，可是，其实，众声喧哗。

这是艺术啊！人和人生的蝉蜕，里面空无一物，却是透明的，象形的，残余了生物的体温，疼痛的记忆。你说它不够肖真，是因为人和人生都在趋于变形，现代主义的经典作品《变形记》里不是写了，一个人最后留下了一条虫的干瘪的壳。就是这个意思！艺术的本质并没有改变，还是蝉蜕。可有一件事情不容忽视，就是魔术。自从魔术的因素参加进来，艺术的本质没有变，结果却有了大变化，那就是蝉蜕有了生殖力，它繁衍下一代，下一代再繁衍下一代，子子孙孙，没有穷尽。生态学有一种说法，说的是一个物种濒临灭亡之际，反映出来的恰是疯狂地繁殖。可是，当你看见如此旺盛的产出，怎么能相信这话呢？就是这样，蝉蜕源源而生，将空间占领。你忍不住要算一笔账，就是世界上总共有多少面墙，可以容纳这些存放在壁上的蝉蜕，也是爬墙虎的一种。然后，你发现不用发愁，空间也在繁殖，数学里说的"立方"，就是空间繁殖的概念，也是空间繁殖的方式。在实有的世界之上，还有着理论的虚拟的世界，那是无限制的存在，这就是艺术的寄生所在。

所以，你别看这魔术盒子挤在密匝的水泥丛林，蜂巢似的一个格子，其实内里有着无限的容量，那巨幅的图画中心，看进去，看进去，深不见底，千佛洞则是一千个深不见底。不规则几何图形的窗玻璃上的色晕，就像雨后的虹，却是干涸的，渐渐稀薄了似的，是晨曦的效果，最初的晨曦起来了。你知道了吧，夜生活的最深处是晨曦。晨曦微明，魔术盒子回复到本来面目。壁上沟壑复为平面，千佛洞里的小人形规矩下来。灰白的天光里，"哗"一下注满成亿计的尘埃粒子，均匀布开。灯熄了，这城市裸露出坚硬、粗砺的质地，就像礁石从海水中突兀出来。你这才知道，魔术师的手已经来过了，又走了，玩意儿都变出去了，或者是收进夹层里了，空空荡荡，可是，玄机处处。

魔术盒子空着，门外挂着"CLOSE"的牌子，耐心等着。那浮尘粒子其实也挺有看头，随了光的移动、强弱，它们显出不同的形状。什么没有形状啊！最微贱的菌种，也有着形状，是被生命撑出来的。也不定是什么时候，这浮尘粒子忽就哗然起来，推挤起来，打了皱，又抻开，涌到这，涌到那，有人来了！声音起来了，摆桌子摆板凳，杯盏相碰，清脆得就像杯中凛冽的酒。声音从壁上折回来，四面都是回音壁。还有一些气味，不是被人带进来的，而是原有的，是另一种浮尘，物质的密度更大，要重一些，被翻动了，就喳喳然地起来了。外壁上黑色的金属架子上，有飞禽的小脑袋朝里张望，在它们看来，这建筑就像一个巨型的鸟笼，里面是巨型的鸟。它们这样的生灵，最能敏感到将要发生什么了。好了，舞台正在布置，下一轮的魔术将要开场。

二

子贡就是在陶普画廊认识了提提。那一晚，陶普画廊举行行为艺术展，只一个作品，题名：最后的晚餐。这个私人画廊，老板很神秘地隐在幕后，由一个操弄文字的人主持，因名字里有个"潘"字，人们称他潘索，从英文"PENCIL"过来，听起来就像是"蜡笔小新"的前辈。潘索是在上世纪八十年代自由思想背景下成长起来的艺术先锋，到了本世纪初一浪接一浪的思潮兴起然后退潮，形成然后瓦解，二十年里积累起的价值资源被挥霍得差不多了，而他已经及时地奠定地位，拥有了话语权。这是时运里一个很微妙的悖论，就是说他在八十年代对传统的激烈反叛，正好够用于土崩瓦解的今天，承当权威的角色。似乎时代在转换中，忽然打了一个盹，后来人们经常用的"一不小心"的说法，大约就来自这里——"一不小心"，潘索从上一个时代囫囵到了下一个时代。陶普画廊因有了他，而有了革命的身份，足以吸引天才的年轻人，陶普的资金实力，也让它有耐心等待天才的甄别、筛选然后最终实现价值。关于那个投资者，人们有许多猜测，有说是瑞士银行家，有说是纽约苏荷区的经纪人，也有说是中国权力高层人物，总之，与美协美术馆等等体制内的机构没什么关系，也和大众传媒系统没什么瓜葛，可是，在艺术人的圈子里，却相当活跃，并且颇具影响力。

九时不到，陶普已聚满了人，大多是艺术家和策展人，也有领馆的外交官，因和潘索有私交，以朋友的身份前来助兴。人们手里端着葡萄酒杯，有两个小妹托了干果盘穿行其间。此时，这间画廊就显得局促了，几乎只能贴壁而立，时常有碰翻酒杯的事发生，乱一阵又各归其位。展厅的正中则很奢侈地空着一大张长桌，堆着十来把椅子，长桌和椅子都是黑漆木制，直角直线。人们调侃道，莫非这就是展品？"最后的晚餐"——副题为"主客均逃逸"，有人加上一句戏谑。这时才发现，潘索不在场，哪里都没有他那个猫头鹰似的大脑袋，宽阔的前额里不晓得藏着多少奇思。不在场也不要紧，陶普里的气氛已经够好的了，人们喝着葡萄酒，忌酒的人喝饮料加冰块，聊着艺术和生活。于是，又有人猜想，会不会这就是作品，每个人都在其中，那么，为什么要称"最后的晚餐"呢？很快，也许就在明天，至多后天，大后天，他们又会聚在这里。可是，当然，明天的晚餐就不是今天的晚餐了，哲学家不是有一句名言：人不可能两次涉入同一条河！这样说来，每一次晚餐就都是"最后的晚餐"了。想到自己就是作品的细节，不由觉得很滑稽，有一点被愚弄的感觉，可是也很兴奋，这简直是脑筋急转弯的题！

说话间，两个小妹开始打理餐桌了。将椅子翻下，排在长桌的一边和两头，呈现出受观看的格局，古典主义格局。一数，正是十三把椅子。人们安静下来。排好椅子，再摆放餐具，每个座位前放一个大白瓷盘子，两边是刀叉。盘子在亚光黑漆的桌面上扣下一轮瓷白，分外耀眼。小妹们的装束原来也是黑和白，黑衣裤外面罩着白色帆布大围裙，就像作坊里的工人。发完餐具，餐桌后方的冷光灯亮了，灯下贴了壁是一道阶梯，正方形的黑木块搭成，通往房屋的半腰位置的平台，稍事停息，从台阶鱼贯而下一队人，一律裹着一袭白色斗篷，顺序步入席间，正好十三个。坐定，小妹们上菜来，每个盘里扣一大勺泥状的食物，十三个人埋头吃起来。斗篷的帽子罩了他们的脸，只看得见嘴动——张大，送进一团泥，再又合上。盘中的泥状物越来越少，直至全无，叉和刀还在盘上刮着，发出令人牙酸的尖啸声。于是，人们笑了，一直紧绷着的气氛松弛下来。最后，十三个人一并将刀叉放下，褪去斗篷的帽子，露出脸来。原来，坐在耶稣位置上的就是潘索。最意外的是，犹大位置上竟是个女孩，就是提提。

提提，十九，还是二十岁，一张精瘦的小脸，头发从中间分开，编成两根乡俗的小辫，搭在窄细的肩头，直着腰背，套着白色的大斗篷，就像坐在一顶帐篷里。她抿着嘴唇，眼睛亮着，左右转动，完全是小孩子的得意和高兴。有人发问说：为什么犹大是个女人？不知谁回答道：因为女人的本性就是背叛！紧接着一片嘘声起来。一个外国人用发音夸张的中文说：中国文化里是不是有一种对女性的警惕，比如，红颜祸水。就有中国人反驳说：基督教文化不也有性别歧视，犹大的儿媳妇她玛，不是诱奸犹大乱伦？犯下了他的第一宗罪，之前，他还是仁义之士呢！于是，就起了这样一种猜测，"最后的晚餐"中那一个女人其实就是她玛，是犹大的变体。那么，耶稣是不是耶稣呢？倘是变体，又是谁？接下去，其他使徒的身份也都可疑起来。这时候，潘索探身向提提，双手握住她臂肘的上方，像提一个布娃娃似地将她从斗篷里提起来，放到他——耶稣的位置上，提提的空斗篷在椅面上撑持一时，然后颓然坍塌下来。

你们说，潘索向着人们，你们说，现在她是谁？不等人们明白过来，潘索下结论道：她可以是任何人！先是静了一下，然后就有人紧问上来：为什么是她，而不是你？潘索说：也可以是我，甚至可以是你！那人没有被搞晕，坚持问：可事实上就是她，不是我，也不是你！人们都笑了，事情本来到此可以结束，但潘索却不，他是那类，在任何争辩中都要说最后一句话的人。他说：是的，事实上就是她——他伸出手，端住提提的脸，使她面向所有人，是她，毫无疑问，有没有听过歌剧《费加罗的婚礼》？里面有一个角色，伯爵的侍从，一个年轻人，可是历来都是由女性扮演，唱女中音声部——那是出于音色的考虑，有人应声道。潘索笑了：这不结了？还是他说最后一句话。餐桌顶上的射灯应声而灭，一阵桌椅碰撞，"使徒"们离座散席。他们走到人群中，饮酒聊天，依然套着斗篷，"最后的晚餐"还在继续。

潘索未及离开餐桌边，就被人包围住了，在暗了灯的影地里，他的两个大圆眼镜镜片忽而闪烁一下。嫌斗篷妨碍走路，他将下摆提起来，在腰间打个结。他的行为举止，有一种孩童般的稚气，显得很可爱。还是那个外国人，说中国人警惕女性的，又提出新问题：在中国的京剧里，男性扮演女性，是出于什么样的用意？潘索有点怕外国人，他们知道一点，就抓住不放，穷追不舍，最后不知把你逼到哪里去！他敷衍道，在旧式社会里，男女不能同台，所以，只能由男性来扮女角。可那外国人却没那么好打发，他说，他看过一本中国清朝人写的书，《品花宝鉴》，写的就是男人欣赏男旦的故事，这其实是中国男人的趣味，这趣味意味着什么呢？你说！潘索真有一丝胆寒，本来对中国戏曲没什么热情，这外国人又扯得更远，这就是西方式的逻辑思维，推雪球似的，豆大的一点可推成雪娃娃。但是潘索并不是怕事的人，相反，他亢奋起来，将腰间挽的结紧了紧，有点摩拳擦掌的意思。他说：我倒有另一种看法，男性演女性可以更客观地表现，女性往往不知道什么才是自己的美，因为没有审视的空间距离，中国有一句古诗，叫作"不识庐山真面目，只缘身在此山中"！一旦把话说得复杂，外国人就全同意了，很赞赏地点着头。潘索这才得以脱身，从暗处走出来，向小妹要了一杯酒。

潘索有一张明朗的脸，眉宇宽阔，额头饱满，嘴呢，轮廓很好，有点像北魏石刻的观音，无论多么表情肃穆，依然有着宁和的愉悦感。这种愉悦感不止是来自脸相，更是由内涵决定，或者说，聪明人自有好脸相。他有着极好的天赋，感受能力超强，思辨能力也超强。倘若他生在古代，就是哲人，都能通天地，可惜如今的世界太多的物质，壅塞了人的耳目。而他又气场大，元气旺盛，特别能吸纳，吸纳的就都是二手货。今天就是一个二手货的世界。因为思想的锐度大，进入到了事物的较深处，他就常常感觉到受阻。思想被囚在牢笼里，左冲右突，撞不开一丝缝隙，于是，他体验到了思想的黑暗。怎么解决呢？就是回到感性的最表层——官能中来，在官能的快感中他暂时缓解了思想的焦虑。所以，他在是思想者的同时，还是一个感官主义者。很幸运，他具备了很好的感官条件，身体好，胃口好，耳聪目明，能辨声色。幸亏有了这些，否则他就将坠入虚无，而现在，他前脚踏入，后脚及时收住。也是有这些，他就有了一个人性的弱点，就是避苦趋乐。因晓得思想的艰苦且无结果，便在感官上更倾向。但是他又不能闲置思想于不用，思想于他，渐渐也成了一种官能。那么，就在虚拟的游戏中使用思想，实现思想的价值。这游戏大体上说来是这么一回事，就是整个过程都是严格的逻辑推论，和最古老最经典的哲学方法一致，但是，前提却是莫须有，于是，事情便悬置起来。

要说，现代艺术真是应他而生，要没有现代艺术，潘索到哪里去做他的思想游戏？现代艺术，特别适合运用潘索们的思想才能。或者，甚至可以说，现代艺术就是由潘索们设制的。陶普的幕后老板真是有眼光，也有运气，从茫茫人海中将潘索大浪淘沙似地淘了出来，给他一个大游戏场，任他嬉耍玩乐。这里也有一个奇妙的悖论，潘索们的思想游戏是在虚拟的前提下发生，可是它却又必须依仗现实的物质形式——没有比现代艺术更具有消费性的了，这老板实力非凡。

好了，潘索要了一杯酒，正喝着，提提从身后解开他白布袍襟的结，钻进斗篷，抱住他的腰，从腋下伸出小脑袋。就像一只出壳的小鸡仔，抖一抖身子，湿淋淋的绒毛一下子干了，张开了，放出纯洁的纤细的柔嫩的光。谁都看出来,这孩子正得潘索的宠呢!谁也都知道,不定什么时候,这孩子就会失宠。倒不是说,潘索逢场作戏,而是他是个大食量的人,一个提提远不够填的,十个、百个提提也不够填。如此广种却决不薄收,每一次他都能收获极大的激情。没有一次是肤浅的,全是深刻的情感,还有情欲。所有这些女性就像是灵感一样从他思想中闪耀起来,焕发出灿烂的光辉,没有一次是稍逊色一点点的,全都势均力敌。可是,谁能与他对抗呢?方才说过,他是有超常天赋的人,事实上,他所选择的,或者说受吸引的,也都是有一定天赋的,孱弱者压根儿不会进入他的视野。就好像拳击手,总是要和同一量级的人对峙。然而,差异在于,她们几乎是聚集了之前和之后,整整一生的激情的量,而他,只是一个阶段的激情,就够打个平手了。潘索的女性们,在这一阶段里,消耗了她们所有的能量,成了个人壳子,也是蝉蜕。在她们极其漫长的余生,这余生几乎可说就是她们的一生,因为这个阶段是极短暂的,转瞬即逝——在她们的余生里,当然还会发生感情事件,那又是什么呢?和艺术一样,是蝉蜕所生殖的,蝉蜕的蝉蜕,它们只是在外形上有着感情的特征。在他的身后,留下了一串的皮影似的人壳和爱情壳子。所有这些女性的命运,都不能为后来者提供前车之鉴,总是有奋勇者投入潘索的怀中,应该这么说,是被潘索攫来怀中,而她们束手待毙——潘索的蛊惑力就在此,在他是瞬间,你却相信是永恒。

提提的脸挨在潘索的下巴颏儿,显得格外的纤巧和青白,鼻梁上横着淡蓝色的筋脉。老话说,青筋包鼻子,往往是小孩子生病的前兆。自从提提跟了潘索,就总是处于生病的前兆中,却终于没有生病,好比箭在弦上,悬而不发。看上去,储量已经掏空的样子,可是连潘索都感到惊讶,这孩子的内储掏空又生出,掏空又生出,似乎有一个神秘的泉眼,无穷无尽。很少有人能跟上潘索汹涌澎湃的能量,他总是超出一个,再超出一个,而他感觉到提提拚力不让他超出,她紧紧地跟定他,这让他感动,又为她难过,他知道,这无济于事。他终于是要超出她的。事情开始时,他就知道了结局。

在西南最繁荣的商业区,商厦拥簇中的美食广场,这一家日本料理

"味千拉面"的餐桌，从店内铺到店外，就这样还排起等座的长队。穿一身红的小姑娘们穿梭在客人的吆喝下，脚不点地，应接不暇之间，却有一个，经过店门前，对着"味千"娃娃，那大红卡通人站住脚，面对面的，好像要做找朋友的游戏，然后歪头一笑，摸摸它顶上黑漆染的头发，又脚不点地走过去。这个动作让潘索的眼睛停了一下，他认定这个女孩子的身上会发生故事。后来的几天，他连着去"味千拉面"，因不是星期六和星期日，生意略要清淡些，气氛便也松弛许多。他每次去只要一样，猪手汤面，他喜欢，熬白的浓汤里调进大量的蒜茸，他是一个口重的人。吃着猪手面，看那女孩子往来于桌椅之间，受店长和客人的训斥，而她总是一副好心情，显然没把他们放在眼里。她的眼睛特别大，一回头，看着你，就又睁大一点，含着呼之欲出的惊喜，好像遇见了老熟人。当知道你不过是向她要一个醋瓶，她转身就去取，送来时，微翘着脚尖，摇摇地走过来，勤快里带着些讥诮，好像说：不就是个醋瓶吗？潘索不知道他是为吃猪手面来，还是为欣赏这女孩。有一次，他只是有事从美食广场穿过，距"味千拉面"十数米远，就见溶溶的红光里，那女孩在向他热切地招手，他不忍拂她的好意，只得走过去，坐下，吃了一碗猪手面。埋单的时候，他对女孩说：其实我已经吃过饭了，看见你招手，忍不住又吃了一顿。女孩笑着收下面钱跑开了。他看见她跑到她的伙伴跟前，笑得弯下腰去，她的伙伴都回头看他。潘索晓得是在说他的笑话，不由地也笑了。这个女孩的快乐很有感染力。后来，他又来到"味千拉面"，却没看见女孩，向其他小姑娘打听，她们告诉他，那女孩不过是趁假期替人顶班，现在学校开学，就回去读书了。这样，潘索就知道，女孩其实是个学生，在市里一所大学读专科，名字叫苏提，大家都喊她提提。

　　这还不算是开始。其时，潘索有女朋友，一个绘制卡通的电脑操作工。潘索并没有认真想过，他自己是做艺术这一行，但他的女朋友却都不是艺术家。似乎，潜意识里是抵制艺术家，或者抵制女艺术家。关于这问题，将来会有机缘高手相逢，专门展开讨论。这个绘图员，原来是做文字输入的，打着一手飞快的五笔字型，打得生厌了，潘索把她安排到朋友的工作室做电脑绘图。这女孩子连高中都没有考上，读的是技校，也和电脑无干系的，但是却奇怪地很与电脑通缘，一旦上手，学什么是什么。这般看来，潘索的女朋友学历也不高，但是，却有点奇才。潘索和她经历了爱情的高潮，趋向平静，这一段平静虽然缺乏激动，但有一种甜美。怎么说，有一件事情带有隐喻性，那就是吃饭。最初的约会，他们吃的是鱼翅，第二次是龙虾，然后大闸蟹，再然后牛排，接下去就是猪排，最后是鱼香肉丝，什锦砂锅，两人面对面坐着，端了碗埋头扒饭，有一种亲情生出来了。原来他们只是平常的饮食男女，在这茫茫人海间相携相挈渡人生。同时，危险也在迫近，事情又要跌入窠臼，窠臼就是日常生活。那是潘索所惧怕的。他曾有过一次婚姻。那时他还年轻，对婚姻充满好奇，他带着实验的心情进入婚姻。实验很快就完成了，诞下一子，体尝了为夫为父的情感，还有什么可期待的？除去日复一日，年复一年。于是，退出婚姻。令潘索感到沮丧的是，每一次的开头都很特别，但结局都是一样，总是落入窠臼。不过，沮丧不会攫住潘索太久，很快，他就又崛起，怀着新鲜的希望投入下一次的开始。生活总是厚待他，为他制造契机。

就这样，事过一年之后，他走在淮海路最喧腾的一段，竟又看见了那个叫提提的女孩。她站在临街的门厅，门厅里一道楼梯直上二楼，楼梯边的墙上张贴了餐厅的广告，写着"加州牛肉面"的字样。因是在二楼，路人通常注意不到，就专派人在楼下门厅里大声宣扬，提提就是干这个的。

这一回，她穿的是绿衣绿裤，因是天冷，外面罩一件羽绒服。她双手插在羽绒服口袋里，背靠墙，嘴里嚼口香糖，大声对路人喊叫：加州牛肉面，物美价廉，天下第一面，过口不忘，保准再来！她一迭声地叫嚷出一串，然后陡地收住，停一时，再起来。她的叫嚷恶狠狠的，好像对每一个路人有仇。她的脸还是原先的，精巧的小脸，可是那时的快乐没有了，取而代之的是怨忿的表情。她下巴颏抵在胸前，抬着眼看面前的世界。这一排街面，都是餐馆，门前立着女孩，大声宣讲广告词，此起彼落，其中就有一个提提。潘索看见提提，第一个反应就是，这小姑娘将要发生故事了。

当他过去招呼她时，有一瞬间怔忡，她想：这人怎么知道我的名字？

很快她认出他来,眼睛一潮,哭了。他也有些触动,这一年的时间倏忽从眼前经过,有些苍狗白云的意思。他抬手摸摸她的头,江南的暴冷天里,四处冰凉,她的小小的头颅却是温暖的,痒痒地刺着他的手心。她侧起脸,将眼泪擦在他手心里,脸是冰凉的丝滑。他喜欢她这个动作,有一种稚气的性感。他期待她再来一下,可她的脸却离开手心,向着街面又吼出一串:加州牛肉面,物美价廉,天下第一面,过口不忘,保准再来!他乐了,笑出声来,她也笑起来,问他怎么知道自己的名字,不是吗?他们其实还是陌生人呢。

他们站在门厅里聊天,耳畔是各类餐点的宣讲声,间或提提也要来上一段"加州牛肉面",鼻腔里壅塞着加州牛肉面浓重的香料味,隔壁丸子汤锅的胡椒味,还有卡布基诺咖啡味,意大利匹萨的番茄酱味。中间,楼上下来一个年轻男孩,戴着厨师的白高帽子,下到楼梯半途,探身看提提,被提提的眼神逼回去了,过一时,又下来。潘索一眼看出在男孩俊朗的外表下是平常的资质,和提提不能同日而语,随即将他放在一边。又过了一天,潘索再来到加州牛肉面馆,将提提带走了。

提提在上海就读的是内地企业委托办班的两年制大专,读完回原地安排企业内就业,照理是很好的出路,事实上也是企业专为职工子弟安排。提提却不喜欢那个专业,也不喜欢自己生长的地方,她喜欢上海。两年读完,她放弃就业,滞留下来。父母为逼她回家工作,断了供给。提提早就有防备,打工加节省,攒了一些钱,是给自己预留的失业金。提提的两年制大专文凭,有和没有差不多,所学的技术,又很狭隘,只能用于单一门类里的基础工种,但提提有一个优点,她对职业没有成见。出于一种多少是盲目的自信,她相信眼前的都是暂时,前景一定是远大的。所以,倒也不难找到工作,像"味千拉面","加州牛肉面",还有"振鼎鸡","沈记靓汤"——听起来就可知道,都是餐饮业,从打第一份工开始,就定了终身。一方面是不稳定的漂泊的生涯,另一方面又是千篇一律,从一而终,不会有预期之外的可能性发生。这些打工的经历,不止是辛劳,也还含有着难为外人道的痛楚,这就是提提脸上怨怼表情的来源。然而,潘索的出现及时挽救了提提的信心,她想,可不是"暂时"的!二话不说,收拾起东西就跟潘索走了。

潘索将提提带到陶普画廊,做一名小妹。虽然也是扫地抹灰,端茶送水的活计,但却是换了人间。画廊里的作息和餐馆里的差不多,或者更甚,就是乾坤颠倒。一个上午都是没人,午后也大多没人,偶尔有人推门,显然也是无意撞上,表情茫然地绕一周,又退出去。向晚的时候,潘索会过来,带着一张睡意蒙眬的脸。事前,提提就煮好一大壶咖啡,他一杯接一杯喝完,仿佛枯树浇上了水,一抖擞,活了。然后,潘索约的人也陆续到了,有时寥寥几个,有时则满满地挤一大桌。他们来到这里,只做一件事情,谈话。提提感到很惊讶,他们的谈兴如此高涨,可以一径这么谈下去,忘记了时辰。谈饿了,就让提提打电话叫外卖,或者一起出去吃,也叫上提提。

往往已经是宵夜的时间,从陶普过去两条马路,是著名的食街,人声鼎沸。晃晃的灯下,立着招徕生意的人,以女孩为多。提提不由会想起自己,不久前,自己也是其中的一个,可是现在,她却是和潘索的朋友们在了一起。潘索和他的朋友们随意推开一扇门走进去,围桌坐下,继续谈话。他们谈的什么,提提并不能懂,但她很喜欢。喜欢这些费解的、拗口的字词,被他们熟稔流利地说出;还喜欢他们飞扬的或者颓丧的神态,因为他们飞扬与颓丧的原因全为她所不懂,这不懂的东西有一个命名,就是艺术;她喜欢艺术。晚餐的时间也很漫长,应该说他们又忘了时辰,直到四下里的客人都走净,四下里的餐桌也收拾净,厨房显然熄了火,小姑娘们打着瞌睡等他们离去。外面的喧嚣也已偃息,窗户上寂寥地映着霓虹灯,这已经是个不夜天了,可他们比不夜还不夜。等他们终于走出饭店,还要回陶普喝一轮茶。走在安静下来的食街上,提提又要想起打工的生涯——餐馆打烊,最末的班车开走了,只得步行回住处,路面在路灯下水洗似的明亮,她的小影子行行地过去,向着未来——现在,就是那时的未来吗?

他们在陶普喝茶,有喝多的会突然唱起来和哭起来——他们喝茶也能喝醉呢,唱起来和哭起来,互相揪着衣领和搂着脖子。最惊人的是陆地从椅子上跳起来，扑向壁上的画，操起一把水果刀，向画布刺去。马上就要触到了又软弱下来，任凭水果刀从手里落地，"当"一声响。人应声坐到地上，然后躺下来，直直的一条，等人要去拉扯，地上的人却已响起鼾声，睡熟了。这时候，连提提也困顿了，她趴在吧台上，下巴颏儿抵着手背，半合着眼睛。那些拗口的字词还在耳边飞行，人影在墙上打架。她盹着了，只一小会儿，再睁开眼，人都没有了，灯光静静照着空空的画廊。桌上倒翻的空杯子，咖啡和茶的污渍，烟缸里的烟蒂烟灰，分明表示这里曾经有过激烈的活动。

　　提提伸一个懒腰，头脑清明。她从吧台后面走出，将杯盘一个个收起，桌子擦净，椅子摆正。她又去开了窗，从外墙上黑色铁架之间望出去，望得见江岸的轮廓线。隐隐地，有一点音乐传来，不知是真实还是幻觉。忽然，有什么从铁架的相交处扑刺刺飞起，把提提惊一跳，原来是只栖脚的飞禽，向着灯光处飞去，连禽类都乱了时辰。到下半夜，提提才歇下来。她歇息的地方在储物间里面，收拾出五六平方，用花布帘子拉上，放下一张钢丝床。画布的浆水味，中国画的墨臭味，颜料的醋酸，还有一些杂七杂八的气味，透过帘子充斥了这小空间。提提大大地吸了一口，再小口小口地吐出来，没有吐完，就沉入了梦乡。

　　潘索将提提安置下来，除了必要的吩咐，就不再与她多话。他就好像一时趁兴将提提带回来，然后就忘了。甚至有一次，他对着吧台里的提提，还喊了另一个人的名字。多少是令人失望的，但是同时，不消说，也让人放心。提提原先以为潘索对她抱着那种兴趣，她们做餐饮的女孩子，再怎么淳朴都懂得男人的这种兴趣，而且，小心里面，也懂得如何利用这种兴趣，很多机会是来自于此呢！此外，她们还能有什么机会？现在，提提隔了吧台，望了笼罩在香烟的烟雾中的潘索，他的铮亮的脑门在烟的氤氲里闪现，想：这是个什么人呢？

　　这一天的中午，潘索去画廊。他平时极少在这个时间出门，这一回的例外是因为到机场送人。那个电脑操作手，终于去了深圳，在那里，有成千上万的动画工作室。送走女朋友，潘索就去了画廊。出租车停在步行街口上，他下车走路穿过，就是陶普画廊所在的大楼。一出车门，阳光就灼了他的眼睛。他是个长期生活在夜晚和室内的人，没料到太阳会有如此的锐度。他渐渐移开遮阳的手，睁开眼睛，景物如此鲜明而且立体，忽然间，有一股欣悦从心中生出。商厦刚开门，步行街上已经有些熙攘，有一辆冰淇淋车停在路边，还有观光电瓶车从石子路面驶过，车型是卡通式的，车身上也是卡通的人物图案，带着孩童的喜气。潘索走在街上，身心很轻松，觉得什么都很新鲜，左顾右盼，就被前方一幅图画吸引了眼睛。

在步行街的水泥地桩上，立着一个人，摆出夸张的姿势，引身向上，双手在背后拧成麻花，形成一座雕塑，而且是现代雕塑。雕塑下面，还有一个人，一个男孩，仰头看着。停了一会儿，雕塑活动了，跳下水泥桩，越过街面，跳上对面的水泥桩。这一回的雕塑换了造型，是抱膝坐着，全身蜷成一个球。男孩看了一会，也跳上一个水泥桩，趴成一个蛤蟆。"球"滚下来，再换一个基座，站一个大字。"蛤蟆"起身也换一个基座，来了个鲤鱼打挺。两人追逐着向前跑去，跳上跳下，就像两头矫健的小兽。潘索不由被他们吸引，尾随而去，那"现代雕塑"跑过步行街，跑入一丛楼群，男孩追了几步停住，然后折返身向回跑，正和潘索打了个照面。潘索觉得面熟，那男孩也像是认得潘索，很警觉地绕开走了。潘索忽想起是在"加州牛肉面"的门厅里，几次下楼探身看提提的男孩，这样，他才发现，"现代雕塑"是提提，她一径跑去的正是陶普画廊。

所有关于提提的印象都回来了，原来她是这样一个活泼泼的女孩子。他还发现提提所扮演的雕塑，全出自画廊中的画和圆雕的造型，难怪会这么引他注意，她模仿得真有那么个意思。潘索站在太阳地里兀自笑了。接着，提提新的印象被摄入了。晚上，人们离去之后，提提挥动手臂驱散缭绕的烟雾，不时跳跃起来，两脚都离了地面，好像那烟雾是飞翔的鸟类。她的影投在四壁与天花板之间，犹如一个精灵。潘索站在门口看了一时，拉开门走了。走在空寂的过道，电梯行行地上和下，带走了最后一个人。很奇怪地，他觉得陶普画廊有一种魅，就像童话里的娃娃房，等人走净了，娃娃便活过来，快乐地玩耍，干下许多淘气事。第二天再去，看见提提，就觉得她的平静是佯装的，是假正经。千真万确，她眼睑下的皮肤泛着青蓝，分明是一夜未睡，光顾着捣蛋的痕迹。潘索又一次地想——这是一个会发生故事的娃娃。

三

提提到陶普画廊三个月，第一次有大老板那边的人过来。事前潘索就关照，第二天要早起，果然，上午十点钟光景，潘索就带人到了。来人是女性，约摸三十岁出头，穿一身意大利CRAIG灰色条纹两件套装，妆容清爽。发式是短发齐耳，梳平，额前有两缕染成栗色，用一枚墨绿的小发卡拦住，与她纤巧的瓜子脸型很相配。潘索因是奇人奇相，有特别的气场，在她跟前还不至于土俗，那两个跟着的画家，一派刻意求新的风格，此时不禁显出粗陋，而且神情萎顿。即便是潘索，态度也有了几分谨慎，多少是谦恭地，陪老板的代表看壁上的画，作着注解。老板的代表很少说话，只是听和看，脚步移动时，鞋后跟才发出"笃"一声轻响。很少有的，画廊里生出一种肃穆的气氛，看了一周，然后围桌坐下。那女人说话柔声细语，音量很轻，听不见他们在说什么，去添茶的时候，有零星字句进了耳朵，却也不明白意思。但是，显而易见，一些严肃的事情在悄然进行。

谈话进行得并不长，中午十二点就结束了。吃饭的时间，老板的代表却谢绝了潘索的邀请，坚决地辞去了。从这点看，谈话不甚顺利，有一些不可通融的意思。潘索们送女人下楼，复又上来，三个人坐在椅上，摊开了手脚。方才的紧张这时松弛下来，松弛过头，形骸都散了的样子。就像是干了场出力的重活，筋疲力尽，喘息了一阵，那两个开始骂人。骂了一阵，出了气，便笑。忽然想起了抽烟，才发现已经禁烟一上午了，于是，再骂。眨眼间，画廊里云遮雾绕。潘索进门就趴在桌上，等两人安静下来，就听见他的鼾声。他哪有这样早起的，等于是熬夜。那两人兀自吩咐提提叫了外卖，正吃着，又来了几位。潘索还在睡，保持着这个很不舒服的姿势。有人建议将他放平在桌上，无奈搬不动他，他就像长在椅子上了。又好像他是醒着，故意抵制大家，只得随他去了。大家一松手，他倒动起来，手脚并用爬上桌子，将两个盘子碰在地上，翻个身，仰天躺着。整个过程中，鼾声一直没有间断。这样，潘索躺在桌上，庞然一大物，其他人围桌而坐，好像在吃他。看起来很滑稽，将刚才的严肃性缓解了。这一觉，直睡到下午四五点，窗外炸响一声，哪一家商厦在搞促销活动，放了一个热气球，正好在陶普窗外爆破。停在金属架上的麻雀鸽子惊起，犹如一片云样掠过。潘索的鼾声戛然止住，他坐起来，说了句：我不是不赚钱，我只是赚得比较慢。然后，头垂在膝间，又不动了。不动了一时，他爬下桌子，上厕所一趟，回来之后，没有上桌，而是钻到桌子底下，在人们的腿之间躺下，又睡着了。

　　潘索再一次醒来，人都走净了，四周十分安静，窗外照进薄薄的光，染在他身上，他就像浸在水里。他睁开眼睛，看着上方的黑暗，心里一片空明。有一些市声从墙缝和窗缝里渗进来，更加衬托出陶普里的静谧。他渐渐认识到他的环境，是在桌子底下，他甚至辨出在他顶上，桌子背面的一个漩涡状的木纹，从暗中浮出来。他侧过脸去看周围，却看见离他很近的一张脸，在薄光里几乎是平面的，像一张纸面具，但是有轻微的温暖的鼻息。五官也从暗中浮现起来，有了立体占位，于是，变得生动了。是提提，她伏在地板上看他，眼神好奇，带着探究和疑问。他向她龇牙做了个狰狞的兽脸，她笑了，因为这是一头和善的大兽。她笑出了牙齿，牙尖上有细细的锯齿，是一头小兽。他一伸手搅住她，拥进怀里。她与他一起躺在桌子底下，脑门抵着他的下巴，他在她脑门上亲了一下，除此再没有进一步的动作。她想：这是个什么样的人呢？她嗅着地板的蜡香，还有这个人的体味，辛辣得呛鼻，很奇怪的，含着一丝沁甜。她试图也去亲他，可他是那么厚重和结实，而且庞大，她的亲吻简直轻如鸿毛。结果，她是在他下颌啃了一口。

　　天亮时分，他回家去了，她爬出桌肚上了自己的小床。傍晚光景，他再来的时候，就好像没有发生过昨晚的事情，态度正常。他与她，并不因此而有一点亲密。提提在吧台里边，手肘撑在台面，托着下巴，看那个坐在桌边的人，抽着烟斗。烟草的气味弥漫开来，她又嗅到了他的体味，辛辣中带一丝甜。她这才发现，陶普里四处都是他的体味。当潘索偶一回头，正看见提提转头向空中嗅着鼻子。他忽然想起了昨晚那一个玩偶之夜，他真的是与这娃娃度过了一个夜晚。这一晚，他留下了，但不是在桌子底下，而是在提提的小床上。他们玩的是正常男女之间的那一套游戏。这可说是祛魅的一夜，两人都脱去了神秘性，变成可理解的了。

　　过去一段日子，潘索才想起，提提和他并不是第一夜。他不禁也有些好奇，这个精灵娃娃，似乎还没有来得及游历人间，她是在哪一个节骨眼上度过她的第一次呢？潘索是个明朗的人，又生活在艺术的世界里，他对人世间其实耳目蒙塞，他根本无从想象提提那一类人的生活，他们是通过虚拟的形式进入他的认识。对世界写实性的一面，潘索不求甚解，略微碰壁，思想便转移开了。就像前面说的，他的思想是在虚无与感官的两极，中间的现实一段是越过的，所以，一旦脱离开玄思，他立刻进入肉欲。每一次新鲜的经验都带给他盎然的情绪，而和提提，在盎然之外，又生出惊喜。这女孩子有一股特别的生气，几乎可以和他打平手呢！他不知道，这其实就是粗鄙。在她那个纤巧的小身体里面，藏着连她都不自知的野心，勃勃然鼓胀着，一旦叫醒，就会冲击出极大的力度。

　　在最初的时候，这种积压之后的爆发没有让潘索意识到危险，它激发了潘索的欲望涵量。倒也不是说提提在性爱上有什么登峰造极的表现，她一个小女孩子，纵然是赶不及地生活，又能有多少经验？难得的是她那么渴望经验，抱着学习的热情。每一次结束后，她眼睛里都发出征询的光芒：我还好吗？潘索鼓励地摸摸她的脸，她的脸就在潘索的手掌里滚动，这动作让潘索想起加州牛肉面馆门厅里的那一幕。那时脸上是湿漉漉的眼泪，如今是干燥与火烫着，他隐约感到有一股热力在释放出来，似乎不止是针对潘索，而是面向更广，更远，因而有些渺茫。他觉出"我还好吗？"这个征询里的客观态度，除去关心潘索满意的程度外，还是想了解她成绩如何，有没有进步，能打多少分。这让潘索觉着有趣，除祛的魅又回来了，罩蔽了事情的常态。事实上，在这魅里面，有着一双冷静的眼睛。

事情又落回到提提认识的窠臼里了，这让提提有了信心。多少有一些小孩子充大人的，她想：男人嘛，就是这么回事。就像她和一同打工的小姊妹，还有学校同寝的女生们，聊起男生时说的话。但这一回，毕竟有所不同，潘索是这么一种奇异的人，虽然她以为只是外部形式不同，可她真有些迷惑了。她的世故是天真的，另有一种纯情，向往超凡脱俗的人和事。潘索为她拓开一个新天地。她的心就像小兽一般鼓动着，意识到要有什么事情改变了，而她必须为这改变做好准备。这是提提的智能与活力超出平均线的地方，她一方面相信命运，另一方面相信事在人为。这些交织的性质对潘索来说，显得复杂了，他又不屑于去多作了解，他用一个"魅"字就全当了解释。潘索对女性其实是概念化的，他认为她们是神秘的，一旦破除了神秘，他便抛下了，再去破下一个神秘。而提提神秘的壳，剥了一层又有一层，所以，他便滞留了下来。

　　他揉着提提的小脑袋，揉出许多细碎的绒毛，扎着他的大手掌，就像一种带刺的植物。小脑袋从手掌里昂起来，说出一句话：艺术就是弄虚作假！潘索移开手，看着她的脸，她脸上有一种讥诮的表情。她一挺身，站在床上，小床都没有动一下，潘索想：她真是轻啊！她说：人本来是这样的——她直着身子，两手贴了腿，赤裸的皮肤底下几乎见出淡蓝的筋脉，晶莹剔透，潘索伸手摸了摸，这身子暖暖的。她推开潘索的手，将腿绞在一起，手臂也在胸前绞成一股麻花：艺术非要把人变成这样！人不人，鬼不鬼。潘索笑起来。"麻花"陡然间解开，又躺平在他身边：四不像，就是艺术！潘索笑得更厉害，提提越发得意，继续发挥：真的人很不值钱，你到人力市场上去看，推过来，拥过去的都是真人，谁也不要，吐口要一个人，几百张表格飞过去；一旦把人做成假的，纸上画的，木头刻的，石头雕的，烂泥巴捏的，价钱就上去了！潘索止了笑，她的胡搅蛮缠里藏着几分算得上真知灼见的东西呢！提提又捏了他的大鼻子说：你就是一个大艺术！潘索喜欢她这个评语，一冲动，他就告诉提提一个秘密。什么秘密？关于陶普的老板。你知道陶普的老板是什么人？温州人，靠卖鞋起家，如今资产以亿计！

由于潘索的鼓励，提提很长了胆子，真以为得了要领，竟然有时候也参加进他们的讨论，一本正经地说着什么色彩啊，笔触啊，意蕴啊。远开八千里的，连边都沾不上。可现代艺术不是讲颠覆的吗？不是离经叛道的吗？沾不上边也不要紧。再说，她又有潘索的背景，就有了话语权。谁都知道她和潘索的关系，甚至在他们开始之前，人们就已经知道，现在，又知道了他们的结局。这个周期在旁人了然于心，只是潘索自己，每一次都像是第一次。就这样，提提要和他们谈艺术，有什么办法？听着吧！潘索不会制止她，非但不制止，还很欣赏——女人是这么一种不自觉的动物，盲目地说和做，由着原始的动力，没有目的地漫流，你完全不能预测她向什么地方去。有一回，提提对一个画家带来的新作品郑重其事地说出三个字：太像了！潘索不由吃了一惊，她无意中说出了艺术的真谛，你能说她没有到达彼岸吗？这个提提，有着什么样的本能啊！

潘索的情绪又逐渐高昂起来，和老板之间，严格说是和老板的代表之间的芥蒂度过去了。其实老板未必真的对潘索有什么不满，开办画廊本来就是一种预期性的投资，向潘索施加压力是提醒他的受雇佣地位。接着，潘索就策划了那一幕"最后的晚餐"。

子贡是从一个德国人嘴里知道陶普画廊的，然后再介绍给另一些外国人。外国人来中国旅游，自有"旅游指南"之外的一套路线，是由着各人单独的经验汇总而成。许多去处都是从外国人嘴里得来，比如，一家名叫"可可树"的酒吧，不是在酒吧密集的著名的街道上，而是位于弄堂内，外面看起来和左右民居无甚两样，推进门去，却见暗中有无数烛光，烛光中多是金发碧眼的异族人，其中有带子贡来的，也有子贡带来的。那中世纪城堡样的夜总会也是得知于外国人，再告知给外国人。这些奇情异致的空间嵌在城市的隐蔽处，钥匙捏在外国人的手里。同时，应运而生子贡这样的人。他们专事打通这些隐秘的如同秘室的空间，穿针引线，他们是秘密通道。这些通道是城市主动脉之外的毛细血管，以曲折间接的路径输送血液。经常会有破裂和栓塞发生，可是不要紧，主动脉承担着主要功能，所以，它们不定什么时候又会自动修复，畅通。就这样，处在自生自灭之中，是城市的生态之一种。

潘索对子贡的印象首先是，开脸开得很好——从发际经耳鬓，至腮和颔，无比的端正，秀丽，就像吸取了犍陀罗艺术的中国石佛，融会贯通东西方的美学要件，集为一体；其次的印象为，材质优良，他肌肤莹润，散发着贝类的光泽，令人目眩，是造人艺术的极品。绝色之下，其实隐匿着某些反常的因素，但这是现实领域里的内容，处于潘索略过的地带，潘索只觉着这张脸赏心悦目。举办展览时，有时会吩咐一声：给那开脸开得很好的人寄一张请柬！于是，子贡便来了。子贡对潘索有着崇拜之心，他感受到潘索身上照射过来的亮光，这是一个真正的明朗的人。像子贡这样，生活在阴湿地里的人，对光明最为敏感。他自己都不觉察地，具有着相当锐利的辨识能力，辨识那类与他截然不同的人，潘索就是其中一个。受到潘索的邀请，子贡总是很高兴，高兴中夹着一点酸楚，许多不期然的委屈忽然间泛上心来。他对潘索有着依恋般的感情，这感情让他生怯，他不能走近去，而是远远地站在角落里，和他领来的外国人说笑。潘索铮亮的大脑门上的光，总是在他的余光里。

有时候，他的外国朋友希望与潘索交谈，请他做翻译。他听见自己的说话声，好像在听另一个人说话，声音打着颤。他的外国朋友问潘索对当代国际潮流了解不了解，那都是些拗口的字眼，他完全可能翻错了。潘索直接说不知道，然后也列举出一系列人名，问他们知不知道。这些汉语化的拉丁字，在他的转述中，变成了另外一些名字，外国人也说不知道。他们谈着彼此不知道的人和事，好像要向对方证明自己的合法性。外国人占着地理和历史的优势，可潘索气势却更逼人，子贡刻意弱化了他言辞的激烈，可是他那铮亮的脑门，就像公牛的犄角，一冲，一冲，直向对方的胸膛冲去。最后，外国人讪讪笑着走开去，子贡向潘索抱歉道：我的艺术素养不好，理解力也有问题，可能会造成误会。潘索说：没你的事，外国人忒老卯！说罢，按住子贡的肩膀，将他向外国人的方向一推，子贡感觉到他手的有力。

还有的时候，没有外国人的驱策，是他自己，鼓起勇气，与潘索攀谈。他请教潘索某幅画的涵义，他的问题显然很初级，因他已经看见潘索脸上宽容的微笑——在子贡的社会里，男人们的微笑通常是应酬的，相当程式化，而他，这微笑就像一道光，照亮了周围，子贡几乎要瑟缩了。潘索说：要回答你的问题，需要从美术史讲起。子贡不禁感到无限的抱歉，耽误了潘索宝贵的时间，有那么多人需要他，和他洽谈生意，讨论艺术，喝酒和胡扯——即便是胡扯，都比回答他子贡的问题有价值。由于不安，他一个字也听不进潘索的解释，只看见他生气勃勃的脸，子贡觉得自己在委顿下去，就像一支马上要燃尽的蜡烛，转眼间变成一摊油，没有形状。潘索为了更好地回答子贡的问题，就将他所发问的那幅画的作者唤来，让他们直接交流。子贡敏感到，潘索在打发他，心中就升起一股愤怒。而几乎是所有的艺术家，都有着一副肮脏的外表，简直是委琐的，把子贡当成画商了，于是急煎煎地向他说着自己的人和自己的画，全不像潘索那么豁朗大方，将全世界艺术家当成一家的胸襟。子贡很快倒了胃口，也采用和潘索同样的手法，把他转让给另一个人，那人恰巧从身边走过。画廊的酒会上，四处都是端了酒杯，无所事事，走来走去的人，一旦有人搭讪，就像觅了一个宝。

　　子贡被潘索打发过一次，就再也不主动上前，他变得格外骄傲。有一段时间，他不再去陶普画廊，潘索呢，也好像忘了他，没有向他发送活动请柬。在这受冷落的日子里，子贡渐渐软弱下来，本来就是负气，对方又是浑然不觉，苦了自己而已。所以，有一天，不期然间收到陶普的请柬，子贡还是去了。这一回去，他打扮得分外亮丽：一件驳壳领，瘦腰身，黑平绒的西装，双排银扣；里面白缎衬衫，胸前是一层层的蕾丝，翻卷出来，好像一丛盛开的百合花。橄榄油保养过的手是象牙的白和细腻，送到潘索的手心里。潘索说：真是惊艳啊！他抽出手翩然走开，感觉到身后的潘索赞赏的目光。他已经知道，潘索是双鱼星座，双鱼座的男人，感情的边界是模糊的，他们都是唯美主义者。只是，子贡的美在了潘索跟前，便迅速地崩溃腐朽，这是个阳气旺盛的男人，而子贡是阴湿里的一朵花。

但是，很奇怪地，子贡并不对潘索的女孩子生妒，他在旁边看得很清楚，这些女孩子都是过眼烟云，而潘索天长地久。这么点琐细的鱼水之欢，于潘索，连面上的触及都谈不上。他的体量太大了，密度也太大了，简直天下无敌手。然而，那一晚，就是"最后的晚餐"那一晚，他看见钻进潘索斗篷里的提提，满脸得色，心下却不由有气，一半是气提提太自不量力，另一半，多少也是有醋意——理论上是"过眼烟云"，事实上，潘索与女孩子们亲昵的具体的景象，还是有刺激的。他受不了潘索看她们，尤其看提提的眼光，他也觉察到潘索对提提的心情不同于往常，可是，这有什么两样呢？根本的性质并没有改变。提提，铆足了劲，小脸都绷青了，也还是够不上潘索的一个小手指头。当然，潘索自己并不清楚，他正是将自己缩成小手指头的那个节上，一旦过了那个节，他又膨胀开来，成了个庞然大物。提提，一个小蜥蜴，那小尾巴上的吸盘，再也吸不住，只有坠落。可是，哪怕潘索对子贡有对提提的一半的爱意——他只对子贡赞赏，就像赞赏画廊壁上，或者底座上的一件艺术品，巧夺天工，而那些小女孩子，则是自然天成。所以，也是难免，子贡对这些小女孩子都不怎么样，挺挑剔的，经过一番挑剔之后，就不再放在眼里。对提提，挑剔得就更严格了。

此时，提提沉浸在潘索的怀抱里，对什么都视而不见。子贡，一个美艳的男人，当然，要是美艳的女人又另当别论，一个男人如此之夺目，多少有些浪费，简直暴殄天物。她钻回自己的斗篷，端着点心托盘在来宾中穿行，停在子贡跟前，看他的手在托盘上挑拣，她感到自己的手和脸都变得萎黄了。可她还是高兴自己是自己，多么美妙啊！她有着这样的奇遇，就是遇到潘索。

然而，她又懂得潘索多少呢？别看她与潘索朝夕相处，可她并不比子贡多懂一点。子贡看见她在与人谈论艺术，觉得很好笑，他承认他也不懂艺术，可他至少懂得缄默，潘索他，就在他的缄默里。《圣经》"箴言"篇，第二节"给年轻人的忠告"，第一句就是"敬畏耶和华是知识的开端"。他是有畏的，所以才有希望有知，而她，无知者无畏。提提经常拿潘索的话来打趣子贡，称他"开脸开得好"。子贡高兴听到潘索的赞美，只是经过提提的嘴，就受了一层玷辱，变得猥亵，这加深了他对提提的嫌恶。有一次，他找洗手间，推错了门，推开了那一间储物室，里面是提提的床。床单斜拖到地上，上面扔了几件衣物，有一股气味扑鼻而来，肉欲的气味。他退出来，心跳着，回到人群里，提提那张青白的小脸，钉子一样，尖利地凿进他的眼睛。

下一次，提提再来调侃他，他带着阴沉的微笑，问：什么是开脸啊？提提一时答不上来，就有些僵，僵了一会，转身走了。提提并不十分了解子贡的心情，但自从受潘索专宠，她领受了好意，也领受了敌意，晓得多少人气她不过。提提缺乏细腻的感情，但却有足够的世故，懂得世态炎凉，所以吃子贡呛不在她意外，也就不怎么生气，还觉得好玩，决定将"开脸"的游戏玩下去。

正是开春吃蚕豆的季节，她剥了粒大蚕豆，在豆粒的嫩皮上切几刀，蚕豆粒就变成一张戴帽子的侧脸。这是她们小时候的把戏，因这顶帽子颇似钢盔，就称这豆子为"美国兵"。提提将蚕豆摁在子贡的手心里，说：送你一个美国兵！"美国兵"的叫法刺痛了子贡，含有一种影射似的，怒意又从子贡心底升起，他强捺着，不把"美国兵"扔回给提提，问道：什么意思？提提答说：这就是"开脸"。子贡这才发现这颗蚕豆的妙处，提提的回答也很机智，不由笑了。子贡到底是个有幽默感的人，对提提的芥蒂也就释然一半，他看出这确是个有趣的女孩。最重要的是，他已经觉察出提提的失意了。

不能不承认子贡有先知先觉，其时，潘索和提提还在热头上呢！然而，却有一件极小的事情，微妙地触动两人的关系。那一日，潘索与提提一同去一个官方画展的开幕式，时间还早，就在附近随便走走。开幕式的场馆坐落在新开发区，宽阔平坦的马路两边多是高层的写字楼，空旷而清寂，两人在广场样的马路上漫无目标地走了一阵，无意间一转，转进一个商场。这商场是一座家具城，因地处新区，少有人光顾，数层高的穹顶之下，只听自动扶梯隆隆地运行。两人一层一层上去，每一层有无数商铺，围楼梯口排列一周，铺面敞开，陈列各款各色家具，有布置成客厅，有布置成内室，做成是人家，被抽去了一面墙。但因家具是簇新，格式又统一，没有过日子的气氛，就更像是舞台布景。走上第三还是第四层，迎面就是一间敞开的卧室，提提跃出自动扶梯，直奔过去，将自己抛在中间那一架大床上。大床铺得极其厚软，整个人都陷在深红与墨绿再加姜黄的各种织物的铺盖中。她脸朝下地趴了一会儿，又一跃而坐起，回头向潘索一笑。

潘索有片刻的怔忡，这一款红木家具镂雕十分复杂，通体是螺钿与铜饰，一具大橱面大床而立，侧卧一具五斗橱，相对一具梳妆台，空隙处是各种几案，坐凳，还有床前的踏脚。满堂油色，一团红光。是一户新富的乡下人家，洋溢着浅薄和天真的喜气，提提就是这家的新嫁娘。潘索怔忡着，提提已经起身，两人再又顺时针方向绕一周，眼看着开幕式也差不多到时间。这一幕很快被他们抛在脑后，但其中却极富隐喻，隐喻着一个结果，那就是，潘索和提提之间，无论是怎么开头，又怎么走过中途，最终还是落入男女关系的窠臼。而子贡却不会，因为开头就不是，所以最终也不会蹈入寻常的结局。这本来是使他孤寂的，这时则给他不期然的安慰。他想：只有他子贡才能知道潘索要什么，并且给潘索他所要的，那就是一个"无"字！"子贡"这名字来自孔子的门徒，却崇尚老庄。无论儒道，他其实都是向外国人学的，他不是在德国留学吗？德国，这个盛产哲学的国度，遇见中国人，一是想到中国菜，二是孔孟与老庄。入乡随俗，他就得学一点。

好！他耐下心来，等待潘索与提提的爱情寿终正寝。有一天，真的，潘索来找他了，他血都凉了，不由空攥着两个拳头，抑制心跳。可是，很快，他又镇定下来，心跳恢复正常，血液匀速循环。他没有料到，可是事情不是这样又能是怎样？潘索来找他，是为了把提提托付给他。子贡，潘索恳切地说，换了别人，他会舍不得，然而——因为是你呀！子贡眼睛一潮，随即又干了，是的，惟其是他，潘索不会生妒。潘索接着说：提提不如你美艳——说到这个词，潘索看他一眼。这一眼，流露出——怎么说呢？要放在别人身上就算得上淫邪，可潘索是如此坦坦荡荡的一大块，"淫邪"这个词就显得卑琐了，他是公然的好色。你是美艳，他说，提提不美，但很有趣;她的有趣,足够弥补姿色上的缺憾;而且,她还小,再长个十年八年,说不定长成什么样,是另一种尤物;你们是一对,你要好好栽培她!这一段话都是淫邪的,可在潘索,就全改了样。他实在是现实之外的一种人,寄生在现实,不得不借用现实里的材料和方式,因此,所有写实的字词于他都对,又都不对。子贡在极度的失望中,依然能注意到这些。他无比地惋惜,却又十分清醒地意识到,这就是潘索,他只能是这样,什么样?笔笔中锋,而他子贡,则是偏锋。

潘索说:你不要以为我对你说这些话是轻松的,我对提提还是有爱,但我给不了她要的,而她有权利得到她要的。她要什么?子贡问。她要什么?潘索怔一下,然后说:她要生活,而我恰恰给不了她这个,你知道,有一次她是怎么说我的?潘索兴奋起来,额头又变得铮亮。她说,你是个大艺术!说"艺术"是好听的,其实我是个大虚空。子贡差一点就要说出口:我也是!可是让潘索滔滔不绝的演说堵住了——我过的是一种虚拟的生活,你可以说我怯懦,惧怕真实性,我承认,我是个胆小鬼,缩货!单是胆怯倒还问题不大,问题在于同时我又有大胃口,我贪婪,食欲旺盛,真实性还不够填我牙缝,我需要有丰沛的量,那只有靠虚拟了;虚拟的假设的生活,有着繁殖力,鸡生蛋,蛋生鸡,甚至都不是鸡和蛋这种代际繁殖,而是数学式的,平方,立方,这才对付得了我的食量,我就是这样被喂养着,然后我发现我已经变成了一个虚拟人;你知道庄周梦蝶的故事?庄周最终不知道自己是庄周还是蝶,梦是真,还是真是真;我母亲,一个一生相夫教子的女人,在晚年曾做过一个梦,梦见一个老太婆,素不相识,走到跟前,与她说,我也是在梦里——所以,你说,谁能确定,我们现在,是不是在虚拟中?

子贡终于插进嘴了:那么你就把提提也当作虚拟,她所要的生活就是虚拟的一种,不就结了?潘索笑了,在子贡的肩上拍了一下,子贡又一次感觉他手的有力:你在向我挑战!伙计,我告诉你,虚拟与真实有着明确的界限,混淆不得,这是两种决然不同的命运,提提她,是铁打的真实,你别想混水摸鱼!她这个真实,比你我在这里说话这个事实,还要确定无疑，简直，直接就是"实有"的"实"；我担不起她的人生，我是个纸糊的人，不经压的，不过，怎么说呢？这孩子吸引我也就在这一点，那一塘浑水，里面有料呢！她其实过着一种十分生动的人生，我的人生不及她的生动，我的生动性是摹仿她们的而来，这就是虚拟的问题，它不自产，它是攫人家的果实做种，然后繁殖；并且，这孩子还有一种不兼容的天性，不像大多数的女孩子，她们很快地变成虚拟的，不是变成，而是摹仿；你想，虚拟本来就是摹仿，她们摹仿摹仿，在两重摹仿底下，还是那个真实，却已经不新鲜了；提提，从来不打算摹仿，从来是第一手的，我真有些舍不得她，可是没办法，我与她，是水和油，不能交融；是我把她带到这里来，我不后悔，我要把她安排好。潘索神情颓然下来，一旦遇到现实问题，他总是不由自主地颓然下来。

静了一时，子贡问：为什么是我？

你不会拒绝我。潘索回答。

原来他都知道。子贡看了一眼潘索，他看见了一个苦恼的男人，低着头，往烟斗里填烟丝。他们坐在街边的酒吧，身前身后是行人和车辆，熙攘却与他们无干系。

我有什么办法呢？子贡说。

爱她。潘索简洁地回答。

为什么是我？子贡再一遍问，但问的是另一层意思，就是，为什么是要我爱她？

她会爱你。潘索回答。

子贡觉着了荒唐，他讥诮道：这是行为艺术吗？

潘索说：艺术有着极大的濡染力，它完全可能实现为生活，这就是我们身处的时代。

子贡一直期望能和潘索这样近距离地接触，现在，这愿望终于实现了，不料竟然是那样的内容。

四

事实上，潘索有了新女友，一个时尚业的造型师。提提已有觉察，可是有什么办法呢？一条鱼活生生地从手掌里游脱，无论多么使力气，也握不住了。这是男女关系的另一个窠臼，只是潘索会有新的诠释。诠释使得事物脱出窠臼，具有了独创性。只是诠释骗不了提提，她才不信这些鬼话呢！但是她承认现实，她相信，千条江河归大海，无论与潘索的故事如何传奇，终究是一个成或者不成。这样说来，提提对潘索和她的关系，也有着自己的诠释，潘索最终也没有走出提提的诠释。

潘索带着新女友去深圳，借口看那边的画廊，躲避开目下尴尬的局面。子贡领了任务来到陶普，令他意外，提提的情绪并不很激动，甚至，称得上平静。她在吧台的电插头上插了一个电煲锅，煲着一锅粥。粥的米香，一下子将子贡带到汉堡火车站，那一个中国旅店的早餐间，那灰暗的，杂沓的，满目都是旅人仓促的身影，隐匿着犯罪的，却奇怪地生出安全感的火车站，子贡离开它有多么久了？可他知道，它还在，丝毫不会有改变。这城市，怎么说来着，从二次大战到如今，就没有变过。而中国，真是日新月异啊！这就是发展中国家。他甚至嗅得见那股子气味：香水，烟草，芝士，外国人的浓重体味；还有声音，不是明确的什么是什么，而是混沌成一片，就像地声一样自下向上涌起。子贡油然生出一种类似同情的心情。

白昼的陶普，魔力尽失，和普通的房间无异，只是比普通的房间更寂寥。所有的物件，因是抽象的风格，就都显得突兀，毫无来由。只有那锅粥，有点由头，因是和人的生活有关。粥显然是从前晚开始煲的，乳白色的米油从锅边溢出，淌下来一些，就像烛蜡。提提披了头发给子贡开了门，并不理会他，返身回进储物室，也是她的居室，复又出来，进了洗手间。在洗手间和储物室往返着，就有一股凛冽的清新气息散发开来，是牙膏的薄荷味，香皂的薰衣草味，还有洗漱过的爽洁的体味。她换了一件无袖的直统统的棉布裙，头发挽起来，在脑后打了个结，脸色不像方才那么黄了。她走进吧台，拔了电饭煲的插头，盛出一碗粥，再从一个腐乳瓶里攃出两块豆腐乳，坐下来吃粥。

粥很烫，她吃得很慢，也很仔细。子贡看她的筷子尖将碗沿凝成膜的粥赶在一堆，攃起来送进嘴，下一层粥又在碗沿凝成膜。她每送进嘴三筷子粥，就翘起一根筷子在豆腐乳上啄一下，嘬进嘴。这样一层一层地吃完了一碗粥。粥是盛在一个大陶碗里，这碗更像是一件工艺品，做成朴拙的彩陶时期的样式，却很鲜亮，宝蓝的晶莹的釉色，于是有了现代感。这一碗几有大半锅的容量，等提提将一碗粥吃下去，子贡就知道，她没事了。

潘索离开的日子，子贡还来过几次。没有潘索，画廊显得很空寂。展览和聚会没有了，画家和画商也不上门，连偶尔撞进门的顾客，都不再有，看上去，它已经歇业很久似的。子贡和提提隔了吧台坐着，提提给子贡斟一点酒喝，自己抽一支烟。她抽烟，与其说因为苦闷，不如说是制造一种风格。她手肘搁在吧台上，侧过脸，挺直脖子，够着手指间的烟，吸一口——多少夸张地，嘴唇尖起，脸颊收进去，再拉长下来。是程式化的颓废，有些像演剧。她吸一口烟，吐在半空中，斜眼看了子贡，说：男人嘛，就是这么回事！看起来，她挺喜欢这个角色，陶醉的心理抚慰了失去潘索的痛楚，而且，一定程度上，激发了新一轮的激情。所以，在这颓废的表象之下，其实是昂扬的心情。

子贡看着这造作的小女人，心想，女人到底是一种什么动物，是以什么样的特质吸引了潘索？这简直是像陷阱一样，多么阴险啊！这小东西，手腕细得就像一枝铅笔，胸腔扁平，隔了紧身羊毛衫，几乎可见鸡肋般的肋骨，那眉眼是用最小号的中国画笔描出来的，描在透光的宣纸上，所谓吹弹得破。在子贡看来，只觉得羸弱和稀薄。可潘索偏偏吃这个！他都不知道自己的价值。

子贡曾经在汉堡的赌场里看过一场美国歌舞团的表演，那些美国女人壮硕的裸体并没有博得子贡的好感，他觉得她们不过是体魄大一些的动物，骡子马一类的牲口，倒是其间插演的一个魔术节目，使他激动了一阵子。那所谓的魔术师，一个杂耍艺人，奔走在江湖，临时加盟到这个表演团，与整场表演的华丽气质很不相符。他最拿手的技艺是射箭，闭眼可将箭头射中靶心，那只不过是热身，正式的表演是反射。就是设一个机关，箭头弹开机关，放出第二枝箭，直射靶心。这已经出奇制胜了，而魔术师并不收手，要来个二次反射。设两个机关，反射两次，第三枝箭击中目标。魔术师在台上，专心摆动他那些自制的装备，就像一个给野兽下套的猎人，激烈的电子音乐一刻不歇地响着，他却充耳不闻。终于摆定了，返身面向观众，音乐止住了。他向观众发出邀请，有哪一位自愿者上台担任箭靶，头顶一个苹果，就是靶心。他再三再四地邀，眼睛在四下里搜寻，人们谨慎地微笑，躲避着他的目光。不是不信任他的箭术，他肯定天下无双，可是，俗话说得好，人有失手，马有失蹄，谁也不能拿脑袋开玩笑。魔术师点了第一排左侧桌上的先生，受到了婉拒；魔术师又点了第一排右侧桌上的先生，也婉拒了。子贡坐在第一排正中的桌上，他浑身起着战栗，等待魔术师点他，心里激烈地斗争，去还是不去，玩命还是不玩命。可是魔术师放弃了观众，他带着一副对人世失望的表情转过身去，将这个大苹果搁在架子上，然后发射——箭射中机关，机关出击第二枝箭，射中第二个机关，出击第三枝箭，转眼间扎在了苹果正中。掌声雷动，音乐声大起，魔术师从架上拿起苹果，拔下箭头，咬了一大口，随手向台底下一抛。这一回，千真万确，抛向了子贡，子贡伸手一接，接住了。在表演余下的时间里，这只苹果一直放在子贡的手边，他小心地不去触碰它，也不看它，可它散发出浓郁的苹果的气味，还有魔术师口涎的气味。他极想吃它，可是有一种羞怯阻挡着他，最终，他还是把苹果留在了桌上，没有带走。他对潘索的心情，就类似这样。

　　你很美——他听见提提的声音。一惊，回过头去。提提的眼睛越过他看着远处：你是个美人，她说，简直像个假人。你这话是什么意思？他问。就是这个意思，不像真的，像假的。我还是不懂。提提一笑：不懂就不懂！转而问道：你有女朋友吗？他着恼了：有怎么样，没有怎么样？提提斜下眼睛，瞄着他：我看没有。为什么？因为你就是个女人，大美女！这回他真的恼了，不再理她。提提将烟掐灭，做出一个嫌恶的表情：他可真丑！谁？子贡问。还有谁？她的五官扭曲了，显得立体和生动起来：丑死了，一个大丑男！她低下头，将脸埋在手臂之间，手臂在台面上伸直了。这动作很戏剧化，在这夸张的肢体之下，掩饰着真实的痛楚。提提侧过脸，脸颊贴在吧台的台面：他就是个男人，你知道，什么是男人吗？她并不要子贡回答，自己一径向下说：男人就是小孩子，很小很小的小孩子，自以为很聪明，聪明过所有人，他那些把戏，逃得过谁的眼睛？他那些把戏呢，不是为别的，就是为贪嘴，多吃多占，因为他有个大肚子，当然就要占人家的份额了；占了人家份额，他也不好意思，要编造理由，说这本来就是他的，或者说谁先看见是谁的，再蛮横些，就动手了，动了手，还要强辩，你说是你的，你喊它，它应你不应？所以，男人还是强盗，大强盗！大强盗是不需要讲道理的，也不是不讲道理，而是大强盗的理只有他自己认，别人都不认，可他有力气，你认不认他就这样了，你看着办吧！这就叫明火执仗。提提不时将脸颊抬起，移一点地方，再贴下，让吧台的大理石面冰着她的脸颊，脸颊迅速将台面捂热。她在发烧，眼睛灼亮着。

你对他就没办法，你说有什么办法？他是个小孩子，你就是他妈；他是个大强盗，你就是抢来的奴隶，你总是强不过他；千万别以为女人是弱者，我他妈的最痛恨这句话，女人是弱者；女人所以对他没办法完全不因为是弱者，你知道是什么？是因为女人有感情，感情又是什么呢？提提陷入了沉思，有一阵子，子贡以为提提睡过去了，凑过脸看她。她睁开眼睛朝他一笑，子贡不由悚然，赶紧退回去。感情是个累赘。提提回答了自己的问题，我们应该卸下累赘，轻装上阵；所以，同时，女人又是理智的，很懂得人生的意义，你呀！她向子贡翘起一个指头：你是个假面女人。

子贡想生气，结果却笑了起来，他觉得很滑稽，坐在这里，听一个小女孩子胡说八道，还尽是侮辱。他为什么不走呢？因为是潘索要他来的，他不能违抗潘索。但也不全是，小东西的胡说八道有一点听头呢！吧台里的射灯从她身后照过来，她趴在台面上的身体，拉得很长，像一种软体动物，子贡心里有些起腻，他移开了眼睛。

其实啊，她从两条手臂间抬起脸，下巴抵在台面上，头发披散着，像一种人面兽，她说：其实女人是真正的强者，她们才不用说理呢！道理藏在她们的骨头里面；要和女人讲道理，那是白搭；你听听他那些道理，骗小孩子，骗比他还小孩子的小孩子吧！他自己都未必相信；他以为他是谁？不就是个臭男人——她向空中嗅嗅鼻子——臭死了！我只要嗅嗅鼻子，就知道是哪一路男人；子贡，你没有气味，你是一朵无色无嗅的花，不像他，他的气味可稠了！我原先打工的餐馆里，我们小女孩子专用气味来说男人，一个字，"膻"，膻死了！越劲大越膻。说着她咯咯地笑起来：尾巴越大越膻！她笑得更厉害了：潘索就是一头大尾巴羊！子贡不禁有些吃惊，吃惊这小女孩子的下流，这下流让他有一种满足，尤其是那一句"潘索是一头大尾巴羊"，他跟着笑起来。

　　下一次，就是子贡讲，提提听。提提很摩登地仰着头，将香烟一口一口吐到半空中，射灯的冷光中，烟一蓬蓬地盛开，透明的花瓣舒卷，伸展，摊平，游动，有时候掠过子贡的脸，他的脸一阵模糊，犹如镜中月，水中花，然后洞穿出来，清晰极了。提提有意朝子贡脸上吐去，态度轻慢，子贡被自己的说话吸引了，并不在意。他说：潘索这个人，不是在男和女的关系中，而是在有和无中。

　　男和女的概念对于他太过狭隘了，容纳不下他，他是那种体量特别大的存在，无所谓男女，男女这点差异早被他消解了，他处在更为巨大的差异里，那就是"在"和"不在"，"是"和"不是"，TO BE OR NOT TO BE。他勿管提提懂还是不懂，兀自往下说，提提呢，就用越来越密集的烟雾来回答他。烟雾就像丝一样将他缠成了一个蛹，他的声音也被裹在了蛹里，微弱地传出来。

　　有趣的是，子贡说，他那么一个结结实实的存在，体现出来的却是虚无的精神，这精神有着极大的濡染力，可将周遭的事物全都虚化，从有到无；有没有看过大变活人的魔术——他怎么又想到了魔术，就像是宿命一样的鬼东西——大变活人，一个大活人，装进匣子里，没了，然后又有了；不要告诉我物质不灭的道理，所谓唯物主义就是机械论，而讽刺的是，前提恰恰是假设的，假设有一只推动地球的手，于是，事情才能开始；事情开始得那么草率，接下去却要亦步亦趋，环环相扣，真是个大滑稽！再回到"大变活人"，那大活人装进匣子，魔术师推着匣子，这才是推动地球的手呢！大活人一忽儿有了，一忽儿没了；你知道怎么回事？曾经有个魔术师——这是第三个魔术师，他遭遇过多少魔术师啊！——魔术师对我说过这么一番话，他说，魔术师其实很简单，就是让你看见要你看见的，不让你看见不要你看见的，你看见的，就是有，你不看见的，就是无！这就是世界观，有和无决定你怎么看世界；所以，潘索从根本上说，不是一个男人，甚至不是一个人，而是，世界观！

子贡说得那么多，其实是喝了提提勾兑的酒。她将几种威士忌掺在一起，又添了点伏特加，加上冰块，还在杯沿插了一颗糖渍樱桃，送到子贡跟前。子贡头痛欲裂，话却涌到嘴边，一张嘴就吐出来，就像绕口令说的："吃葡萄吐葡萄皮，不吃葡萄不吐葡萄皮"——虚无的世界观不是从开始着眼，而是从结束着眼，就像一棵树，你怎么看得到它的根？唯物主义的眼睛只能看到树身，而虚无的眼睛是悠远的，他看到的是梢，潘索看的，就是这一点；梢上是什么，就是终了，消失在空虚茫然中；你听我说话，每一句，每一字，一旦出口，便无影无踪；时间，每一分钟延续，都是流逝；空间，你以为很肯定，那是你看不见，潘索就能看见，那墙壁里，屋顶下，地基的内部，都在土崩瓦解；这就是潘索的思想，你了解吗？你只了解他的皮囊，一个臭皮囊！

提提又给子贡斟上一杯酒，是用完全不同的几种酒掺和的，她认真地切了一片柠檬，插在杯沿。在陶普画廊，所有一切都是形式主义。这两个人，就在一个大形式里说话。

你以为潘索就是你看见的那样？你看见的潘索是你要的那一个，真实的潘索完全可能在你视野之外另一个地方，另一个形态，一个超出你掌握的形态；你看到的是实有，他却是一个空洞，大空洞，因为他是逆行的，他从终了出发，往我们这里来，与我们邂逅，他来自的地方究竟是什么样的？这是天机，天机不可泄漏，连他都不自觉，他只是觉得空虚；他生而带来一些极其空虚的问题：生活的意义是什么？人为什么要生？人生的目的是什么？合起来就是个大空洞，他在里面东碰西撞，抓挠着，想抓挠住什么救自己；你，你们，都是他的救命稻草，短时间里有一点安全感，很快他就发现是错觉，于是松开手，再抓挠，抓挠到的还是同样的东西；说来也可怜，一个人在黑暗中行走——这本来是哲学的命题，本来是在书斋里，让哲学家们研究，哲学家都是一拨没有心肝肺的人，他们没有一个人在黑暗中行走，他们都很安全，是隔岸观火，苦的是潘索这样的，生在哲学里的人；就是说，哲学是个苹果，他就是苹果里的虫子，钻啊钻，钻不进去也钻不出来，哲学家则是操刀手，一刀把苹果切开，皮是皮，瓤是瓤，核是核，虫子呢，什么都不是——他想起赌场里那个魔术师，他的射击，经过两次反射，射中了那个苹果，几乎洞穿——哲学就是射击手！他补充了一句，一阵眩晕，他再无力支撑，倒在吧台上，提提调和的酒终于击倒了他。朦胧中，他看见一张小脸，贴近了他，眼睫毛几乎扫到了他的鼻梁，可是眼睛却在远去，不停地后退，退进一个隧道。一切都那么诡异，没有潘索，陶普变成什么了？尽是一些线条，几何图形，立体块，颜色，光，四散着，是潘索这个人，让抽象变成具体的存在。

潘索不在的日子里，子贡和提提就这样在陶普厮混。他们挺合得来，甚至生出一些儿亲密的感情。他们彼此都挺放肆，开着粗鲁的玩笑，好像终于从潘索的压力下解放出来，还是因为互相都没什么诱惑力，就格外的轻松了。高兴起来，提提会要求子贡抱抱自己，两人都体会不到有什么热情，便放开了。但不妨碍之间的那一种愉快，并不完全由对方而引起，更来自于他们中间的那一个媒介，潘索，他们不是因为他走到一起来的吗？他离开了，可是留下了这画廊，好像蜗牛留下它的壳，他们就在里边嬉耍。他们闹出不小的动静，但这壳依然是空寂的，所以，是谁的壳就是谁的壳，谁也别想鸠占鹊巢。等潘索估摸着差不多回来的时候，子贡已经将提提带走了。潘索推进门来，什么都是原样，就好像没发生过任何事情，这两人收拾得很干净，从潘索的生活中隐匿了。过后有一日，潘索看见一个年轻男孩，在画廊门口踯躅，回头看见他，一跃身，翻过楼梯栏杆，在自动扶梯里三步并两步下去。潘索从他的背影认出，是提提那个加州牛肉面朋友，他本能地跟随而去。男孩几乎是从自动扶梯直接跳到地面，转眼不见了。潘索又追了几步，止住了，茫然想道：追他做什么呢？于是返身回去。这就是提提最后的余韵吧！

子贡为提提找到了新去处，在一家私营书店做店员。书店是由几名社科院研究员和出版社编辑辞去公职合股开办的，专做文史哲，文化理想加经营策略，使它迅速在一批私营书店中脱颖而出，乘胜追击，东西南北中开出分店，形成连锁，简直如星火燎原。书店专设于地铁站，和地铁同时段营业，头班地铁发车开门，末班地铁进站关门。地铁站是个晨昏不计的空间，镇日灯光璀璨，且不见天日，时间的概念模糊了。人群熙攘，如同潮水涌动，却又有一种寂寞，似和世间隔离着，也令人恍惚，不知身在何处。子贡领提提走在地铁站的人流里，忽对身后这小女孩子生有同病相怜之感。人世如此广大和苍茫，邂逅的同时就是分离，这就是车站的戚容所在。他放慢脚步，好让提提跟上，可回头一看，提提紧贴他身后，半步也没落下。就这样，两人相跟着走进书店。

书店有宿舍提供给外地的店员，但床位也有限，目下全满着，要数日以后会有一个辞职的女生空出。提提一时住不进来，先要租房过渡。两人从地铁口走上街面，太阳当头，照得人目眩。邻近的商厦正在做促销活动，搭了台，拉出高音喇叭，又歌又舞，十分的蒸腾。这才想起，正是星期天的下午。喧哗声中，更觉得心意阑珊。站了一会儿，子贡说，跟我走吧！提提跟他又转身下了地铁口，搭上去浦东的地铁列车。

子贡带提提去的住处，在浦东的高级住宅区里，一幢三十层公寓楼里的一套。开进门去，只见客厅里的家具都罩了白布单，房间门紧闭，子贡开了其中的一扇门，家具也蒙着白布单。子贡只让提提使用这一间卧室，并且嘱咐她不许用电话，也不许接电话，然后就离去，留下提提一个人在房间。这房间不大，倚墙一张单人床，再横一具书桌兼梳妆桌，床脚墙上开一扇长窗，几近落地，望出去，楼宇间，正悬有一轮橘红的日头。因是下午四五时光景，所以这间卧房是面西，应是公寓里的客房。提提踅出房间，来到客厅，蒙了白布单的家具，看上去就像停尸房。面南整座玻璃幕墙，可见极远处有一线氤氲，是黄浦江。忽听见咯啦啦一声响，冰箱在启动，是这公寓里唯一的活物。她循声而去，走进了厨房，拉开冰箱门，空空荡荡，半包火腿熏肠，几片芝士，再有两瓶矿泉水，不知什么时候留下的。提提决定去找超市，于是，收拾收拾出门。楼厅里没有一个人，揿了按钮，电梯悄然上来，开门，没有人。中途停了一次，门打开，立了一个外国女人，犹豫着要不要和陌生人同乘，不等她决定，门已关上。下到底，开了门，却是车库。大半车位空着，提提沿着车道出去，上了地面。满眼绿荫，落日的橙黄的光，穿越过来，剖成一线线金针，蹿上蹿下。走出小区，踏上宽平的马路，一眼都看得到地平线。十字路口，红绿灯在绿荫中转换，马路两边，绿树后面，是高层公寓楼。现代建筑材料的外墙反光性特别强，本已经微弱的残照一旦触及，又变得锐利起来。那些光的金针，就是从楼体上迸裂出来的。所以，这些建筑并不因为它们的高度与庞大而变得木讷，而是明快的。路上很少行人，车流无声地淌过，有一种辽阔的静谧。

　　提提过了一个街口，又过了一个街口，并没有一个商店的影子。太阳已经落到底了，却还释放出充足的光，天空显得格外高远。她走到一个车牌底下，正好驶来一辆公交车，也不问去哪里，一脚登上去。车门悄然合上，向前驶去。驶过二三个站，车前方的电子屏幕滚出了地铁线的站名，提提下了车，找到地铁口，下去了。底下是又一个天地，似乎地面上所有的人都集中到了地底下，熙来攘往。糕点铺，书报亭，百货杂物，音像制品，沿过道排开，人声喧哗。列车进站的广播则凌驾人声之上，遍及每一个角落。提提有回到人间之感，她并没有搭乘地铁，只是随人流走动，她已经判断出自己所在的位置。地铁，就是一幅立体的城市地图，一旦迷失，就下到地铁，准保找到方向。

　　子贡让提提借居的房子，是他替别人看管的。在这一片住宅区，多的是这样空着的公寓。有的房主隔一段来住一时，还有的一去不来，来和不来的都是为投资所计，投资者也多来自境外，以他们先发展的经验，预见到这个沿海城市在新的经济政策下，房产市场蕴含着极大的升值空间。本地人看来是匪夷所思的房价，在他们正够置放闲钱，当然，他们的那些闲钱的量，足以使房价迅速增长，于是，升值空间再度扩张，与本地人更无了干系。这城市的房产，就这样提前地进入资本全球化的体系。

提提睡在这间小小的客房，落地长窗上有一片薄光，并不来自于灯光——这一片地区一旦入夜，在天空阔大的穹顶下，灯光就显得弱了，长窗上的亮是玻璃本身的材质的光所形成，也不够照亮周围，所以四下里依然十分的暗。提提躺在暗中，万籁俱寂，惟有冰箱的启动那一点响动，可厨房又离得远，反增添了渺茫。提提是生活在喧哗里的人，这样的静和暗让她感到的不是安宁，而是警醒。半睡半醒中，忽然一阵电话铃响，惊得她险些跳起来。她想起子贡的嘱咐：不能打电话，也不能接电话。电话铃兀自响着，客厅里，厕所里，厨房里，锁着的房间里，各有分机，几架分机的铃响先后衔接，就像是一串回音，终于停息了，那寂静重又涌起，掩埋了无边的暗。

第二天夜里，差不多同样的时间，电话铃又响了。提提躺在床上，睁着眼睛，听那一串铃声响了一阵子，再又停息。第三、第四天，都是在夜深人静中，电话铃响起，就好像出于某一个约定似的。大约第七天的时候，提提没有睡下，而是坐在客厅的沙发上，守着茶几上的电话机，她不相信那电话还会来，岂不料，电话上的接通灯竟按时亮了，紧接着，铃声响起。看着闪烁的红灯，提提再按捺不住，她一下子提起了话筒，气汹汹地问道：谁？听筒里传来一个温和有礼的声音，原来是大楼的物业，问这里是不是有人入住，倘若是的话，要到物业处登记一下证件。放下电话，提提呼出一口气，说不出是失望还是不安，一个人静静地坐一时，然后起身回房上床。此后，夜里便安静下来，再无电话打扰。这一日早上，提提刚要出门，电话响了，提提已经放松警惕，以为还是物业，顺手便抓起话筒，"喂"了一声。听筒里一片沉寂。提提又"喂"一声，依然没有回答，只有气流轻微的拂动，似乎是鼻息声，然后，"咯"的一下，电话挂断了。提提意识到接了不该接的电话，心里有些骇怕，却已经收不回了。就在当天晚上，子贡来了。

提提断定子贡是为她错接电话事来，准备好认错道歉，但子贡并不提这事，只问她怎么还不搬去书店的职工宿舍。提提就也变了策略，不回答子贡的问题，直接问电话里人是谁，先发制人的气势。子贡说：关你什么事！口气有些粗暴,是以前不曾有过的。提提冷笑说:子贡你过着一种神秘的生活!子贡真变了脸,加紧说了一句:关你何事!提提就说:下回再来电话,我就告诉说,我是你的女朋友,有话由我转告。子贡放弃地一挥手:随你的便。他颓然坐倒在沙发里,背着玻璃幕墙,外面是沿江大道的远景。光从他身后过来,逆光中他脸部的轮廓显得幽深美妙。提提坐到他身边,捧起他一只美手,说:我们为什么不能做恋人?她的态度无限诚恳,却藏着一种戏谑。子贡想起潘索的话:她不是美,但是很有趣!他哭笑不得地看着这件潘索的遗物,叹了一口气,翻过手掌握了握她的小手:认识你真是我的荣幸。提提抽出手,抱住他的脖颈:你令我心醉神迷。说罢,鸡啄米似地在子贡脸上胡乱亲着,子贡好不容易挣开,提提又扑过去,子贡再挣开,从沙发上站起,提提就起身吊到他颈上。子贡甩不脱她,只能告饶:动口不动手!提提说:谈判!子贡答应:谈判。提提这才从他颈上下来,两人各在一边正襟危坐。

怎么谈?子贡问。怎么谈?提提问。子贡说,女士优先。于是,提提说,保证不再接电话,要是再接电话,立马走人!子贡断然说,接不接电话,都得走人,这件事没什么可商量!提提作势又要上前吊住他,被他机敏地让开了:你先住职工宿舍,我替你租到房子以后,再搬出来。提提说:先租到房子,直接从这里搬过去。子贡坚持:先搬出去,再租房子。提提又要上去,她已经知道子贡怕什么了,子贡赶紧站起来,坚执说:这里不能住了!再住三天!提提央求。子贡有些心软,嘴上还硬着:不行,这不是我的房子。我保证做隐身人!提提举手发誓。子贡说:又何必如此,职工宿舍挺好,都是你一般大的女孩子,也有伴了。提提说:我再不能住集体宿舍了,我恨集体宿舍,没有隐私可言!子贡说:豆大的人,有什么隐私可言?提提说:有过潘索以后,我就有隐私了,他是我的大隐私!她眼睛里有了泪光,扭过脸去,子贡亦一阵黯然。提提屏住泪,狠声道:他把我从茫茫人海中捞起来,现在又扔回去,休想!这不是我的错,子贡说。我没有说你!提提气咻咻地说。停了停,子贡说:可是,你侵犯了我的隐私。提提看他一眼,说了声:对不起!她早准备好的歉词此时说出口了。

两人不说话地坐着，都感到委屈，却互相给不了安慰。按说，是相同的命运，但这命运不使他们更近，反而更远。良久，子贡说道：你叫我把你放到哪里去呢？提提说放到随便什么人的隐私里面去。子贡又一次体会到这小女孩子的有趣，这有趣却有一种可怕，一种可以不管不顾的可怕。这是一个鄙俗的生命，惟其鄙俗，才强悍有力，这才是真正触动他的。最后，他还是依了提提，让她再住三天，无论三天内租不租到房子，提提都必须搬出来。谈判结束，子贡走出公寓，提提要送下楼，他非不要。提提知道他是怕人看见，就非要送。两人纠缠了一会，还是子贡让步，不料他前脚走出公寓，后脚提提说声"再见"，把门关上了，倒有一时的惘然。提提从警眼里看着子贡，正好笑，也不料，警眼里贴上一只眼睛，不由骇一跳。那只眼睛后退去，退成子贡的脸，变形的滑稽的俊美的脸。这两人其实正是一对，有着相同的质地：结实，柔韧，厚颜，无耻，所以合得来。

　　子贡揿了电梯的钮，电梯静静地上来，静静地开门和关门，然后向下。由于速度快，轻微地颤栗着，隐约可听见电梯井里的风声，子贡觉着自己正从大楼的体内直落而下。没有人，无论是门厅，电梯，大堂，子贡没有遇见一个人，可是他就知道，有无数只眼睛看着他，谁的眼睛？隐私的眼睛，四下里埋伏着不知多少隐私。也许，谁说得准呢？其中就有一个，是提提将蹈入的。他大踏步走在小区的水泥甬道，黑色的树影里间隔有灯，黄黄的，满月般一轮，一轮。他的身影不断从灯下蹿出，又被他自己的脚踩过去。小灵耗子！他耳边响起声音。我是一个小灵耗子！他身心变得轻快，风一阵出了小区。

　　三天之后，子贡再来到公寓里，提提不在了，东西也都带走了，白布单重新罩上家具，一切保持原样。子贡顿感轻松，难免有一点抱歉，四处翻检一遍，决定去书店看提提，请她吃一顿饭。可是，提提不在。书店里说提提从没有来上过一天班，甚至，人们多还不认识提提。子贡走出书店，正是夜间地铁运行，灯火通明，无一点夜色。人总是多，呈浩荡之势，自动检票口的铁栏杆咯啦啦地响，脚步纷沓。站台上的连锁糕饼店散发出浓郁的香精和奶精的廉价香味，灯光下的人脸都发出青白色，布满倦意，而且显得五官不正。子贡墨线描过一般的俊脸,肌如凝脂,漂浮在人流之上。

五

　　这城市还是要看夜晚,灯光是它的植被,覆盖了钢筋水泥的干涸的表面,开出晶莹璀璨的花朵,连起来,就是河,铺开来是苔藓,飞溅而成流萤。可以想见,是如何繁荣的生态。夜晚里的人,就是夜猫子,是人类里的另一类。他们在这样的人工生态中长成,有着另一种生物钟,和自然背道而驰。这又有什么呢?他们所身处的也是自然,第二手的自然,是从第一手里派生出来。知道人工钻石怎么生产的?摹拟天然钻石的发生环境:温度,湿度,矿物质成分……美丽的钻石不也生产出来了?有了夜猫子,夜才有了生活,就叫做夜生活。

　　夜生活这名字听起来有一股颓废劲,是消极的人生,但它其实是城市的影子。传说里不是说,两个人走夜路,一个发现另一个没有影子,原来是鬼魂。一样的道理,城市倘若没有影子,就成了鬼城——可被光线穿透的虚枉之城。是影子落实了占位,虽然是平面的,可是在不同方向的光源之下改变着形状,经过计算,可得出立体占位的总量,所以,它亦有着隐匿的三维性。并且,甚而至于,它还能反映占位的质,质的疏密,软硬,强弱,厚薄,其实都在改变着影子的质。看起来,影子是实体的投射,同时,它又证明着实体,这就是两者之间的关系。所以,有多大的现实,就有多大的虚无。一个城市越是积极进取,就越有颓废气;这颓废是与理性作平衡的感性那一部分;是人性受到约束同时,放纵的那部分;是相对于功用的无用的那一部分;相对于创造的消耗的一部分。比如说,没有爱迪生的发明创造,没有电,没有照明系统,颓废的夜生活就无处存身;还有电报,电话,这些信息工程的原初形态,打下了一个虚无世界的现实地基——爱迪生要是知道,今天有多少多余的话语在空中飞行,他真要高兴死了。灯光这一种植被,在爱迪生的原理之下,繁殖越来越快,多么丰饶啊!"颓废"因此而明艳旖旎,是一种畸恋样的美,在伦理之外的和谐秩序,蚕食着主流社会,腐蚀着主流意识形态。然后,很奇怪地,它渐渐成了主流,而在边缘的末流的位置，滋生出又一种颓废的蔓草，就像是影子的影子。这城市的灯光重重叠叠，影子也是重重叠叠，就好像亮了还能再亮，暗了也还能再暗。夜晚的影影幢幢，就是颓废气更替交互而形成。

夜晚的无数重帷幕，透出暧昧的轮廓，不知是哪些人和哪些事，结成哪些成因，要演出什么样的戏剧，这戏剧将有什么出人意外的情节！许多悬念埋伏在光和影的静息处，按捺着声气、哭和笑，潜行着，向着终局。有什么在等着啊！它们将怎么解开，如许惊人或者平淡的答案。有的只是空置，叫你扑一个空，白费一路走来的脚力和精神，还有无数的创伤。没有人看见，凡看见的都是一些不见天日的眼睛，哑了的喉舌，说也无法说，只能烂在肚子里。夜晚的戏剧就此变得郑重，严峻，甚或酷烈，那就是隐秘所至，孤寂所至，在趋往公共空间的路程，必通过的封闭隧道。最终，走出隧道的其实只是一些躯壳，魂都留在了隧道中。所以，主流社会其实是一些躯壳构成，然后是躯壳的躯壳，美丽的蝉蜕般的躯壳，汇成时尚潮流，汹涌澎湃。这城市的白昼也变得鬼魅了，就是白日梦。苍白枯瘦的白日梦，在天光之下的水泥沟壑里茫然行走，没了灯光的惠泽，城市可是乏味了。阳光里满是浮尘，墙面的砖石裸露出粗大的毛孔，建筑形成嶙峋的天际线，颇有些狰狞的。白日梦可不如夜猫子幸运，它们在退了海水的礁石间磕碰着，撞出遍体鳞伤，而且收干了水分，迅速地风化，那喑哑的市声，就是它们的哀鸣，等不及夜晚降临，华灯初上。它们都是短命的，和萤火虫反一反，萤火虫是一个夜晚，它们是一个白天。这些白日梦，有一半时间在苟延残喘，然后灰飞烟灭。这就是城市的现实性，唯物主义。早说过了，这是夜晚的世界，夜猫子的人间。

子贡是其中穿针引线的人，他可说是这个昼伏夜出的族群里，先驱一样的人物。在这城市的夜晚沉寂着，偃息着声色的年代，他已经在另一个城市里初涉夜生活。这城市的夜生活可说是由无数个子贡，东一点，西一点，积攒收拢来的。他们白手起家，拿一点，用一点，身体力行，走在空旷的无人的街道上，留下可疑的身影，让世人侧目，付出名誉的代价。可现在——子贡真是想不到啊！这城市竟然也会有如此辉煌的夜晚，这辉煌还不在表面，相反，表面是安静的，然而，以子贡这样的夜晚的慧眼，他可看出在平静中隐匿着秘密的通道，通向芯子里的璀璨。所以，何止是辉煌，分明是晶莹剔透，水晶宫一样。甚至于，令他诧异地，当有一次他回去那座给予他夜生活启蒙的欧陆城市，他竟感到了陈旧。哪有这城市绚烂啊！这夜生活的新生阶层，就喜欢新，簇新的夜生活，流光溢彩，飞扬着夸张的喜悦。这样说来，我们约可估摸出子贡的年龄。可是像子贡这样的人，已经滑出了时间的轨道，以他在空间跨越的速度与广度，爱因斯坦的相对论可证明这点。他是没有年龄的人，我们就不要去猜测了，这属于宇宙的秘密，天机不可泄漏。

子贡想，还是咱们自己的夜晚好啊！在那异国的夜空下面，壅塞了异族人浓郁的体味，这体味几乎有着原始性，表明着强悍的种族特性。他，亚洲的小灵耗子，就像从魔术师的大口袋里变出来的。子贡一挥手，将那异国的夜晚印象从脸前拂去，就又是一片簇新。子贡几乎是看着这灯一盏一盏亮起来，忽然一日，遍地灯海，他，就仿佛修行者看见遍地莲花。

子贡在哪里邂逅简迟生的？还需要好好想一想，是在那国领事馆举办的统一日庆祝会上。秋末的时节，凉风习习，在西区某家酒店的草坪上，扎着大白布帐篷，里面摆着吃的和喝的，宾客端了酒杯四散开来。随了天色渐晚，草坪渐黑，几近墨色。在这城市的中心地带，难得有这样大块的敞开的空间，灯光都显得微弱了。帐篷里的光映黄了周边一圈的草地，越往外越暗，终于暗成墨黑，融入更大面积的草地。声音也弥散开了，相隔不远的距离，看起来就如同默片。顶上的天空倒越来越明澈，有点点星光，却濡染不到底下来，地下还是墨黑。于是，空间分成上下两色，分别升起和沉淀，越来越离开。子贡，他这位民间外交家，在黑色的草坪上梭行。前几日下过雨，草里暗藏着一些小水坑，免不了高一脚低一脚，高脚杯里的酒晃荡着，是暗里的一点幽光。来宾一半是那国的侨民，驻外的商社公司代表，拖家带口的，东一架，西一架的童车里，躺着熟睡的婴儿；另一半来宾里有本地的外交官员，经济联营伙伴单位，社会名流，有三五成群，也有一个人默默走动,这里看看,那里看看,寻找熟人。草坪上笼罩着谨慎的空气,其实是生分和拘束的,却又都做出热情随便的样子,惟有子贡是轻松的。在这里,他是半主半客,看他满脸盈盈的笑,真是抢眼。暗里,有他白亮的脸;光里,有他飞扬的身姿。他把这个人介绍给那个人,把那个人又引荐给这个人。人们心中狐疑,这人是谁?是本国人,还是外国人?可是,有谁敢把这问题问出口?就好像是这里的生客似的,要知道,今天来到的,都是熟客啊!是这领事馆的老朋友。

子贡就是在那时候看见一个人,站在帐篷的进口处,光映在他的头上,从他平顶式的短发中穿过去,那发是灰白,却很粗硬。他忽然想起汉堡火车站中国旅馆的老板,其实无论是身型还是相貌都不像,可是,他就是想起了他。那人就是简迟生。简迟生穿一件白衬衣,西服脱下来挽在臂上,衬衣的硬领,还有领带箍得他不舒服,总是看他将两个手指伸进前领里抻一抻,子贡注意到他粗壮的脖子。从绷紧的衬衫可看出他腰腹上已长出赘肉,可依然是结实的,没有松弛下来。他的单睑的眼睛并不大,却有聚焦力,目光集中,稳定。他有一种正直的表情,对了,就是这一点,让子贡想起中国旅店的老板。在他们这样的年龄,新朝开元之际出生长成,都有着这样的表情,朗朗乾坤的气象,应该叫做共和国气质吧!

子贡从简迟生跟前过去,简迟生正和对面的人说话,子贡从这正直的目光里穿过,没有留下任何痕迹。简迟生没有注意他。帐篷里食物的热气在灯光下形成氤氲,人和物的质地都缓和下来,有一种松软的暖意,变得性感了。子贡感受到简迟生的体温,几乎是可触摸的有实体的物质——这是他与中国旅店老板,那个航空专业"文革"前大学生的区别,那一个是枯干的,生活榨取了浆液,萎黄下来;而这一个,依然饱满,并且更加浓稠。子贡没有走远,就站在近处,与一个奥地利红酒商人说话,说的是今晚的天气,虽然晴朗,可却有些潮。子贡告诉他,这就是亚洲,北面北冰洋,东临太平洋,南向印度洋,西靠地中海和黑海,无论北季候风,南季候风,都带来海洋的水分,温暖温润。红酒商说,是不是像酒窖?亚洲是个大酒窖!两人都大笑起来,发出喧哗而空洞的笑声,因为是极少的一点笑料，都称不上笑料的笑料。子贡一边笑，一边用余光扫视简迟生，有一些字句进了耳朵，谈的是生意，原来是个生意人。这一点，也像中国旅店的老板，从共产主义公有制理想社会走出来，经历时代嬗变，进入私有化经济体系，多少有一些屈抑，但也还好，挺过来了。像中国旅店老板，他显得更为屈抑，身处彻底资本化的社会，经验的是欧洲经典资本主义生产关系，但也正因为此，内里也许是泰然安定的；这一位，简迟生，是要轩昂许多，其实呢，是在一个半蛾半蛹的体制里，随机性很大，可说风雨飘摇，形势略改，便无从立足。幸好，幸好有那一股子共和国气质撑着，那时代出来的人，无论受何种挫折变故，似乎都能保持操守，有一股气节。那是一个天下为公的时代，人都是赤子之心。

　　帐篷里的光的氤氲映着简迟生的轮廓，柔化了一些粗砺的细节，他的矮额、短鼻，笨重的下颚，彼此协调，甚至是好看的。他手指头插在喉部抻衣领的动作也好看，而且性感，子贡对于性感有着敏锐的识别力。他的余光里，满是简迟生的身型和动态，心生激动，同时，也生出伤感。他着迷的对象，几乎无不例外，都着迷于异性，比如潘索，所以，总是一无所有。这是一种命运，他所渴求总是不得，所得都是所不求。余光里的这个人，别看是那种禁欲时代的正直的产物，可在那苦行僧似的清简的外表之下，藏着原始的本能。这一点又和潘索接近，但潘索是虚无的，而这一个，实实在在。子贡的悲剧就在于，他趋向本能，可他又违反了本能的普遍原则。潘索，一个艺术者，生活在假想的世界里，他能够接受这种反常，子贡却不敢保证，简迟生能不能。所以，子贡感到了极大的危险，这个人，是比潘索更深的陷阱。简迟生笑了，子贡几乎是一惊！周围的氤氲颤动着，突然间揿下了消音器，没有声音，所有的动静都偃止了，可是他的笑，铺满在整个姜黄色的灯光里，子贡被笼罩其间。

　　帐篷口的这团光，在四下的暗里，有一种凝聚力，凡身在其中的，都是亲人，相濡以沫的人，眼睫上闪着暖融融的金晕。子贡和奥地利人，离简迟生仅一臂之遥，只需两三次眼神传递，便相识了。这就与潘索有所区别了，潘索有一股拒斥的力，推阻子贡接近，他不敢前往。潘索太华丽了，浑身都是坚硬锐利的光的芒刺，令他胆寒。而简迟生的力是吸纳性的，他有一个宽广的容量，子贡不由自主地靠拢过去，明知道那是个陷阱，可是他抵抗不了。他面含笑容，听简迟生和人说话，好像本来就是谈话圈里的人。酒会其实是共产主义的社会，所有的话题都是敞开共享，没有私人的概念。听着听着，他就插进话去，简迟生都没有发觉这是一个陌生人，一个美艳的陌生人。直到后来，他们成了相熟的人，简迟生也没有留意过子贡的美貌，那可是令所有人惊诧的。这是他和潘索又一个区别，他是一个受成规限制的人，而潘索是唯美主义者。

　　他们谈的是装修。简迟生想给公司做一个会馆，委决不下做成哪一路风格。他承认他在这方面没什么见识，属于商场上的行武，讲的是实效，还不会享受趣味，如今略有余暇，就要来涮洗身上的铜臭了。倘不是有充足的底气，万不敢有这样的自嘲。奥地利人建议会馆建一个酒窖，子贡笑道，专进贵公司的红酒！奥地利酒商却正色道：这倒不是，大公司的酒都是行货，真正好的酒都是在自家的葡萄园里酿成，至尊的极品是没有牌照的私酒，你们知道，他的蓝眼睛在面前的中国人脸上来回移动——在奥地利与德国南部接壤的乡间，有一个修道院，那里的僧侣私酿的利口酒，由一个专门通道，进贡给路德维希二世国王，它的配方，还有酿制法——他眨了眨蓝眼睛——是个秘密！说完，转身走出帐篷，消失在黑暗的草坪上。四重奏乐队在演奏耳熟能详的小步舞曲。简迟生说：看，这才是贵族呢，我们是资产阶级。

　　大约一周以后，子贡和简迟生第二次见面，在苏州河边的旧仓库里，这是子贡介绍给简迟生的设计工作室。设计师是台湾人，早年留学美国，当上海刚刚崭露出复兴的征兆，便很有预见地移来纽约苏荷区的模式。比他预见的更速，几乎一夜之间，苏州河岸集拢了大大小小的艺术工作坊；又是一夜之间，河岸，以及以河岸为中心辐射出去的地皮大幅升值，政府意欲收回，发展房产和消费区域。艺术家们就又移往下一处去开垦，此地暂时凋敝下来，等再度兴起，则是另一番面目了。苏荷区百年的历史在此迅速走完一个周期，每一个阶段都不曾遗漏，只是都缩短了。这一家工作室不过数十年时间，已称得上经典了。因是始祖的身份，政策对他网开一面，也是作为一个标志，所以还在。工作室依然是仓库的格式，进口面对河埠，上百级的楼板直通库房，都是整块的松木，不刨光也不上漆，用粗大的铁钉固定。走上去，顶下的梁和椽亦是整根的料，地板也是整段整裁，一气排开，楼板和楼板间留有疏阔的缝隙。看上去，好像昔日的仓库腾空了直接就搬进去，定睛一时方才发觉有细腻的景致，穿墙而过，那是来自几扇窗户——窄长的竖窗里是灰色的瓦面，整齐的瓦楞一层一层铺排上来；另一扇宽扁的横窗里嵌着柳丝，垂直下来，是天然流苏；再一扇天窗，呈斜坡势，一泓空白的天光——沉郁的四壁破开了几个缺口，流淌进活跃的空气。于是，城市开埠之初的蛮荒景象陡然化为现代。再看室内的桌椅台柜，茶具灯盏，且格外的精巧光滑，每一处细节处理都十分仔细熨帖，是日本的格调，又给现代感规定出东方形式。那空旷的空间就这么被收服，收服，收进可触可感之中，终于一把握在手心。

就这样，简迟生的视线集中到对面的小个子男人，他亲手替客人们斟茶。斟茶的手续很繁琐，桌边一具小电磁炉上坐着一壶水，咕突地顶着壶盖，先用煮沸的纯净水冲洗茶盘上的茶壶和茶盅，茶盘是竹材的一个屉格，洗涮过的水从屉格渗下茶桌，桌上自有一个下水眼疏通。然后，茶壶里填上茶叶，第一道茶不喝，用来再冲洗一遍茶器，第二道茶方才蓄入茶盅，猫食般的一口，入嘴便无，但觉满颐留香。简迟生笑道：这才叫品，通常我们那是"牛饮"。小个子男人眼睛一亮，听出这话的出处，是《红楼梦》里，妙玉论茶的一节，说：简先生原来熟读"红楼"啊！我以为大陆人多是"三国"派的。简迟生说：我本也不读"红楼"，中学时的女朋友却是个"红楼"迷，在她驱使下，硬了头皮读一遍，为证明读过，还画了一张家谱图表。小个子男人说：坊间闺阁还是重"红楼"啊！简迟生点头道：先生这么说很有趣，大约真是如此，"三国"是朝，"红楼"是野。子贡在旁听两人这一番谈吐，看出彼此投合，就不需要多作介绍。这两人从"三国""红楼"谈到朝野之分，又从朝野谈到古今、南北、天地，像有无数的话题，反把今天的来意放在了一边，子贡就也不提。

不知怎么山重水复一转，这两人竟谈起了禅。小个子男人来自日据五十年的台湾，他的家乡花莲，山形水貌都有些接近东夷，日本侨民带去饮食习俗，建筑的格式，火车站一带的街道，店铺林立，商幡招展，绰约就如京都。他虽然生于光复之后，但水土留存，潜移默化，自然得日本人的精神遗韵。他指着四壁上的窗，说：任凭弱水三千，我只取一瓢饮。简迟生不能苟同：三千是三千，一瓢就只一瓢，窗里的景致，只是管锥，如何概括大千世界，这可不能偷换概念。小个子男人与他说拈花微笑的故事，简迟生回答他的是阿拉伯神话《一千零一夜》，说那姑娘要救自己，必得一夜一夜将故事说下去，每晚还必留一个尾巴，吊住那暴君的胃口，要等听完故事再杀她，一点松懈不得，好比《国际歌》中所唱："从来就没有什么救世主，也不靠神仙皇帝。要创造人类的幸福，全靠我们自己！"两人在这一点上犯了顶，可越顶越兴奋：小个子男人信仰顿然间的觉悟，简迟生坚持扫帚不到，灰尘不会自己跑掉；小个子男人谈玄，简迟生说的是实证；小个子男人称他是机械论，他说小个子男人自欺欺人！两人说得又生气又高兴，从坐着说到站起，从桌边说到廊下，再一路说着走下松木楼梯，楼板在他们脚下空空地响，就好像当年搬运工的脚步的回音。苏州河边人车稀少，暮色渐起，两人的争论终于息止，在清寂的天光中笑着，握手告辞。

简迟生没有提设计会馆的事，以后也没再提起，这个计划搁下了。简迟生的许多计划，都是这样在热情的讨论中形成，却于实施前搁下了。他的秉性并不怎么合乎生意之道，似乎更在士大夫风气，喜欢清谈。但因过人的精力，容易受社会运动的吸引，不自主便投入到时代的潮流之中。当年的红卫兵，之后的上山下乡，再然后的下海经商——苏东解体，开放自由经济，他是最早往俄罗斯经营民间贸易的一伙，挣了几票。其时，中国的劣货假货以及粗鄙的中国暴发户，惹怒了俄罗斯民众，发生了血洗中国商人住宅大楼的事件。很幸运，简迟生在事发之前正巧离开莫斯科，他是在从海参崴往大连的轮船上，听到消息。他强烈地感觉到弥漫四周的敌意，不由心生恐惧。倒不是怕遭抢杀，而是怕天罚。一帮子个体户，竟去欺凌泱泱大族，简直是欺天地。就在这一刻，他领略到这个民族的震撼力。这震撼力向来都在日常的摩擦中零碎了,零碎成欲望的眼神,宿醉不醒,酒徒脸上的酡红,粗鲁的笑和哭……可是它其实一直潜藏着,沉默不语。终有一日,终有一日,就像睡眠中的火山口。简迟生再没有回那里去,公司还挂着,当然是个空壳子,有些账也没收回来,他也不要了。他雇用的两个职员——两个退休的大学汉语老师,在中苏交好时候学习的汉语,那时候,他们还都是青年——他想起都胆寒,他怎么敢!两个职员在找他,不知道他还用不用他们,他不再与他们联系。总之,了断一切。好在,他的资财已够他下半生衣食无忧,零打碎敲地做几单买卖,不过是为了社交。这一年,他不到五十岁,正在年富力强,但其实,已过着一种隐退的生活了。这样的生活,在财力,精力,最重要的是在道义上,不再负有风险性,同时呢,也吞噬着人的活力。虽然外表上看起来,简迟生还很抖擞,但事实上,意志却松懈了。他不再有野心。

很奇怪的,简迟生是从周围人的身上,看见自己的衰老的。妻子,朋友,昔日的同学,生意伙伴,甚至于有一日,他发现他女儿十八岁的青春也变得脆弱了。五十岁这一年,他告别了婚姻生活,和老情人呼玛丽也彻底分手。先是与三十岁的女朋友同居,没过几年,就换了二十六岁的新欢。与此同时,他搭伴的朋友也呈现年轻化的趋势,他们都是由他的女朋友带进生活的。这些与他差不多相距一代人的青年男女,有着完全不同的趣味,因这个时代与简迟生的时代亦是完全不同的。简迟生的时代什么都匮乏,只有青春,以及青春的不可及的空想富足;而今天,什么都是过剩,大把大把地挥霍着,相形之下,青春便显得短暂而且仓促——这一种匮乏在时间的某一个局部还体现不出来,局部里壅塞着如许丰富的生活,外部的生活,令简迟生兴奋。他的精神活跃起来,兴致勃勃。他的那些小朋友啊!总是给他惊喜,许多地方,都是他们引领他去,然后他再介绍给他的同龄的老朋友们。要不是小朋友,他真不知道这城市藏着这许多奥秘,感官的奥秘。这就是小朋友们的时代,一个感官的时代。许多感官的词汇产生了,比如说"郁闷",小朋友们总是说:"郁闷","我很郁闷"。简迟生时代里,年轻人是迷茫,迷茫是发生在精神的范围,太抽象了。而"郁闷"直抒胸臆。还有"爽",真"爽"啊!从头到脚洗一个澡的感觉。简迟生时代的人,讲的是"快乐",也是抽象的。小朋友们将"奋斗"说成"搏",这个字好!直接,声色动情,"奋斗"这个词就概念化了。总之,简迟生们是概念的时代,小朋友们的时代则是肉感的,简迟生有如新生。

那么,小朋友们又是如何看简迟生的呢?这个体魄高大,气度宽宏的男人,大约与他们的父亲同辈,可是与他们的父亲完全不同。在他们看来,父亲这类人多是少见识的,又是叫人扫兴的,而这一个,则有着开放的胸怀。虽然他不说,可是很明显,他的经历相当传奇。他所来自的年代——那是多么遥远的年代啊!时间的紧凑性使得单元缩小,十年,二十年,更别说三十年,几个世代都过去了。他们对历史还是有敬意的,只不过他们的父亲都是历史中最无味的人,这一个,不消说,是历史中的英雄人物。你看他,有一种古典的气质——犹如简迟生从他们身上汲取的是感官的生动性,他们从简迟生身上,恰恰汲取了概念,历史的,时间的概念。其实双方都是意识形态的,但内容有所不同。他们彼此需要,简迟生需要周围簇拥着年轻的脸,年轻的声音,年轻的气息,他们也需要有简迟生这样的长者,他带给他们经典主义,这城市不是正流行经典吗?这城市的殖民时期,二十年代与三十年代,正成为时尚的想象——天晓得,他们都不知道简迟生生长的四十年代末和五十年代,与他们共处同一社会体制之下,要说经典也是社会主义的经典。在他们看来,二十年代,三十年代,以至四十、五十年代,都是一个时代,那就是过去。简迟生是过去的人,好比一个活化石。

在小朋友里面,亦有真正倾心于简迟生的人,那是一些女性小朋友。她们年届三十,对女性来说,这是一个微妙的年龄,倘若在婚姻中,那就是风华正茂,倘在闺中,便青春行将凋敝。她们大多对爱情有着过多的幻想,蹉跎了岁月,等到回进现实,方才发现适龄的伙伴多已走入婚姻。男性总是比女性少幻想一些,对婚姻的要求比较适当。四顾茫然之际,简迟生来了。她们其实是真正能领悟简迟生的魅力的,她们的年龄,是胞浆胞到了一定浓度,既已经懂得,又没有衰退情感。简迟生第一个同居的伙伴,不正是三十岁吗？然而，不幸的是，此时非彼时，现在，这个年龄，以及这个年龄里对简迟生的同情之心，更加让他意识到迟暮的悲哀。因此，他对她们的倾心，均视而不见。这就是简迟生在社交圈里的处境，可称之为误解的欢迎。

那天从苏州河沿岸的设计室走出，简迟生就和子贡交上了朋友。方才说过，子贡是没有年纪的，这并不是说他年轻，而是指他处于时尚中坚。简迟生的小朋友们只是追随普遍性的潮流，而他是潮流中的精英，少数人的阶层。小朋友们有什么思想？不过是人云亦云，当然，他们是潮流中的大众，是基础，而子贡是象牙塔尖上的人物。表面看起来，他甚至是老派的，"郁闷"、"爽"一类的流行语，从不挂在他嘴边，在他，连"快乐"都是肤浅的。他说，人们说"新年快乐"，"生日快乐"，"圣诞快乐"，将"快乐"这个词用于某一个特定的日子，里面有着一种短暂的，稍纵即逝的意思，那么——人们问，怎么才是长久的？幸福，子贡说。他就是用这样的词汇：幸福。而小朋友们都会觉得，"幸福"太老土了！和任何潮流一样，凡大众都是急先锋，来不及地要抛弃老旧的概念。惟子贡使用这概念不会显得落伍，反而有经典的意味，子贡是潮流里的经典。子贡的经典和简迟生的不一样，简迟生是化石，人类学、社会学意义上的标本，子贡是精髓、要旨，简迟生和子贡，就在"经典"这一点上相逢了。

子贡和简迟生就能够讨论"幸福"这一观念。简迟生听子贡说他是学德语的，便说从小读过德国的格林兄弟童话。子贡告诉道格林兄弟的家乡卡塞尔还有个世界著名，就是每五年举行一次的卡塞尔文献展，来自全世界各国的实验艺术家纷纷前来参展，是那小城的盛大节日，子贡曾经驱车去过，在他的印象里，整个展览都表达出对现代生活强烈的怀疑，而格林兄弟——子贡说：他们的童话的结尾，总归是，从此，人们过着幸福的生活！简迟生笑起来，他大约也已经很久没听见"幸福"这个词了，面前这个时髦的男子竟然说出这么一个朴素的观念。就好像要进一步加深简迟生的疑惑，子贡又说：幸福就是简单。

你说的是极简主义？简迟生问。不是"主义"，就是简单，子贡回答。简迟生看着他的精致的轮廓，他将他的精致归于时髦，在他那个时代，工农政府的草创阶段，是没有这么精致的脸相的。他也注意到子贡发际上那个小小的发尖，他不会像潘索用"开脸"这样技术性的词汇，他只是单纯地感觉有一种人工化。当然，他不是指整容，也不指修饰，还是出自于自然的手，子贡的脸却给他雕琢之感，这可说是一种时代的象征。子贡也端详他，这个从禁欲的时代里走出来的人，有一种修士般肃穆的面容，自然，也是显而易见，他开戒了，正过着放纵的生活，可精神并没有涣散，还收紧着，所以，不时地和欲望作抵抗，企图将感官的生活转变成思想的生活。

子贡接着说：现在的生活太复杂了。简迟生持怀疑态度：复杂吗？我倒是觉得单纯。那要取决于从哪方面看，子贡说。从哪方面看？简迟生很有兴趣地等子贡解释。很多复杂性是从社会分工开始的，子贡思索着试图阐述：双年展上有一个作品，题目叫做"到五百海里处抛物"，作品是以录像的形式展出，拍摄一艘船在海里行驶，一直行驶到五百海里远，然后从船上推下一块一块石头……多么复杂啊！本来，船在海上自有它的目的，要不要抛物也取决于需要，所有的行为在天地间留下图画，生发出人和自然的关系，生产、劳动、艺术、哲学，全融为一体；社会一分工，事情就来了，一部分人从事生产劳动，一部分人从事艺术，另一部分人思考存在意义，由于这几项互相割裂，生产劳动的人不知道精神价值，做艺术的人不知道物质生活的意义，思想者苦于将这两样联系起来，分析出因和果——他的话使简迟生兴奋起来：可是，一个个体的人要容纳这所有的物质精神活动，负荷是不是太沉重呢？于是乎，就要用归纳法将所有所有归纳成一件事物，就像苏州河岸那个台湾人，他谈禅，你也在旁边听见了，大千世界，凡凡种种，全九九归一；看似简单了，事实上是作了删节，根据什么原则删节？各取所好，各取所需，世界因此支离破碎，然后等待英雄出世，重整山河；还是分工好，这是理性的社会，各在各位，用我们那时代的说法，做一颗永不生锈的螺丝钉！生活依着轨道进行，每个人都是安全的——可是，子贡发问了：幸福吗？

事情又回到"幸福"的观念上来了。

虽然他们思想有分歧,但两人都对谈话满意,这种没有情欲的激动,纯思想的交锋,使他们活力充沛,心灵却很安宁。简迟生是没法和小朋友们谈这些的,老朋友们又都是过来人,不屑于谈;子贡和谁去谈?那些外国人吗?别看他外语流利,但外国语都是些语言的壳子,飞过来,飞过去的,就是空壳子。这两个彼此绝不相像的人,此时倒成了知音似的。各人有着各人的寂寞,交谈也解决不了什么问题,依然是寂寞着,说是交谈,其实是各谈各的。不过,熟稔的语言是有暗示性的,这样热烈地你来我往,藏匿深处的思想便被撩拨了。

从思想上接近简迟生,子贡又高兴却又感到遗憾。他想,思想的途径是理性的途径,可达至比感性更深刻的接触,但也正因为是理性的,于是妨碍了激情,激情往往是盲目的。而他知道,像简迟生这样的人,具有着大容量的激情。他看着他身边的小朋友们,深知道没一个人配得上简迟生的激情,没一个人与他同量级。和潘索不同,潘索是情欲,简迟生是激情。惟有他这种正直的气质,才可拥有高品质的激情,那是经过禁欲的淘洗,好比沙里淘金。同样,也因为过于正直,他是不会留意到子贡的魅力的。这是太过正面的性格,略微超出常规,就会被视作猥亵。这真是成也萧何,败也萧何,最吸引子贡的亦是最排斥子贡的。子贡常常想:谁能和简迟生打平手啊!直到有一天,看见呼玛丽,子贡明白了,就是她!

六

呼玛丽长着一张满人的狭长脸,吊梢的长眼,颧骨略突起,更显出瘦削的脸颊,是古人们称颂的"秀骨清相",看上去有一种肃杀,是她金戈铁马的祖先遗留给她的气质。但这肃杀之气延至她的嘴角却缓和了,她的嘴角略有些下陷,脸颊在这一部分变得丰腴,于是形成两个明显的笑涡。下巴上翘,但角度正好,使整张脸有了种稚气。这是来自于优良的血统,经过多少轮优胜劣汰,最后集精华而后传。由于中国历朝历代多是建都北方,王室多是北地种姓,北方人的遗传总体上优于开发较晚的南方。很难确定呼玛丽是不是皇族的后裔，甚至连她家的籍贯都有些混淆，履历表上，向来填的是"江苏"。但有一次，她父亲在医院拍胸片，拿到一名老医生面前，老医生看了胸片说：你们家是满人。

在温婉的江南，呼玛丽的长相并不能得到普遍的赏识，尤其市井坊间，多是喜爱那类玲珑剔透的女孩儿，呼玛丽显见得是超量了。她个头大，脸型大，轮廓又过于醒目，是用大一号的笔勾出来的。可是，人们不得不承认她的夺目，不仅是形状，还是颜色，漆眉星目，红唇皓齿。无论你喜不喜爱，她要在场，周围一切都黯然了。她是不够婉转，相比别的女孩，她还显得笨拙。动作太大，说话音调也太高，可人们第一眼看见的还是她。在一群标致的小丫头里，你可说她是丑小鸭，也可说是鹤立鸡群。人们很难说她"漂亮"，她不属于那一类漂亮的女孩，在发育的某个阶段——她比一般女孩发育得早，在某个阶段，她甚至显得难看，因为粗砺，皮肤疙疙瘩瘩，身体粗壮，脸盘肿大，突破了这个荷尔蒙失调的阶段，她则焕发出格外的光彩。这一回，人们就折服了，远远看她走出弄堂，这弄堂盛不住她的光辉似的，变得颓圮和灰暗，人们想：这是谁啊！想不到就是她。

这一年，是她初中二年级，文化大革命开始，学校停课。她是第一批的红卫兵，率先造了学校老师的反，却犯了路线错误，先说左倾，后说右倾，原来是要造学校领导的反。正晕头转向，大串联开始了，于是，纠结了一帮同学去北京见毛主席。大串联起始的时候，还有秩序，火车也不像后来挤得可怕，甚至每个人都有个硬座，一路唱着歌，兴致十分高昂。途中却发生了一个小事故，向晚时分，饭车推进车厢，其时，大串联的火车上还供应客饭。学生们纷纷起身接饭盒，邻座一个男生嫌盒中的菜太淡，说自带了榨菜，要请大家下饭。他立起来，从行李架拉下军用书包摸榨菜，摸出一个纱布包，不认识是什么东西，正拿在手里翻看，却被对面的女生劈手夺去，愕然间一抬头，那女生扬手就是一个大嘴巴。两个人通红着脸，男生脖子上的筋都粗起来，伸了几伸脖子，却笑了，说：我不打女人！这话里藐视的意味十分清楚，女生也笑了，说：我就打男人！第二掌又要上去，被双方的同学拥开了。原来是男生拉错了书包，这时节，男女生都流行用草绿色的仿军用书包,弄错的事情经常发生,不巧的是,男生摸出来的不是别的,而是妇女卫生用品。这时节,你要说禁欲也罢,知羞也罢,总之,女生将性别视作极私密的事,又是在这样娇嫩的年纪,更是感到不堪。男生呢?蒙塞得很,嘴上说"不打女人",其实并不知道何为女人。就这样闹将起来,双方直着喉咙乱骂,也不知乱骂什么,最后,邻车厢的红卫兵齐声唱起一支"我们都是来自五湖四海"的语录歌曲,歌声涌进,先后应合上去,偃止了吵骂。这时,火车已过长江大桥,夜幕降临,车灯洞穿,在茫茫中开出光明隧道。汽笛声四下里散开,就像遥远处的号角,引领着前行。盈耳是车轮与铁轨撞击的铿锵,车身震荡。歌声渐渐沉寂,睡眠笼罩了车厢。年轻的身体互相倚赖着,拥簇着,随着车身,就好像乘在一个巨大的摇篮里。大时代孕育的男女,有着超乎寻常的气象。

夜间,火车停靠枢纽站加水,有人醒来,看见车窗外的灯光,检修工的铁锤叮叮当当敲击车轮,有疏朗清晰的说话声。看了一会站台,再掉头看那边的窗外,是裸露的铁轨。车厢里睡意酣畅,年轻的呼吸使空气变得肥腴丰饶。对面也有人醒了,抬头来回地看,眼睛遇上了眼睛,正是方才吵架的一对,简迟生和呼玛丽。

简迟生刚认识呼玛丽时,以为她与自己同年级,甚至长于自己,事实呢,呼玛丽要比他低三个年级。从形貌上看,呼玛丽已是个成熟的女性,似乎是与此平衡互补,她的内心,却十分天真,比她实际年龄更单纯。这一点,简迟生很快就发现了,那是叫他又喜欢又困窘的。这一趟普通快车,天明以后,还需过一个白昼,才抵达终点,北京。火车在北地进发,沿途的田野,越来越过广漠和萧瑟,难免令人疲乏。好在年轻人是不甘寂寞的,他们有的是热情,离家远行刺激着他们,革命也刺激他们。他们一路唱歌,有时是一起唱,有时是一伙一伙地互相拉歌。邻车厢有音乐学院附中的一帮学生,携带了手风琴,沿车厢一节一节领唱,气氛热烈极了。在激昂的歌声中,简迟生和呼玛丽又互望了几眼,神情是欢快的,并不是忘记了前一日的芥蒂,而是这芥蒂成了他们之间的一个默契,由这默契,他们就有了别人不可介入的特殊关系。年轻人的感情不需要多少养料,只需要契机,然后，彼此看上去不讨厌，不讨厌之外，再有一些吸引，差不多就够了。接下来的情形，则取决于各人的性格。就这样，简迟生和呼玛丽完成了邂逅，帷幕拉开，性格登场了。

向晚时分，火车吐着一团团白雾，制动闸咬着车轴，发出尖锐的摩擦声，火车进了站台。站台已经亮了灯，昏黄的灯光加重了暮色。男女孩子们拥在车窗，看站台从旱桥底下徐徐移出，旱桥从头顶过去，渐渐止住。有一刻静默，似乎不相信到了北京，然后，不知谁带头，一轰而从车窗散开，争先向车门拥去。在这铁匣子里关了两日一夜，再也按捺不住，简直想飞！犹如哗变一般，无数面旗帜在挥舞，召集麾下的兵；无数个高音喇叭在响，播报各接待站的地点与名称；无数条喉咙在叫喊，哨子声，军号声，歌声……又有数列客车相继到站，无数人流最终汇集起来，向出口奔腾而去。首都北京赫然显现眼前，只觉得大，天是高广，如此庞大的一块暮色，灯在里面变得疏落而稀薄。地是宽广，十大建筑的北京站并不显其宏伟，反觉得玲珑有致。街道开阔，一眼过去，几乎可望到地平线，跑着甲壳虫大小的车，人就是豆大，窸窸窣窣地移动。车站广场停着无数卡车，车壁上张着欢迎的标语，人们奔向卡车，翻身上车，转眼间，车斗蓄满了人，车就发动起来。这时，便迎来了首都的风，浩浩荡荡，从无边无际的天地里生起，席卷而来。人们张开了歌喉，却没有一点声音，歌声让风吞没了。唱着无声的歌到了地方，呼玛丽的同学发现呼玛丽不见了，他们在航空学院的接待站，里里外外找了一个遍，没看见呼玛丽的身影，也没有人想得起来，最后看见呼玛丽是在什么时候。

此时的呼玛丽，身在北京的另一端，西边一所大学的接待站，校园里有著名的湖泊，记忆着近代史上许多重大事件和人物。她挤进了简迟生的一伙，那是另一所学校的高中学生，以为她是跟错了队伍，却也无法帮她找到同伴，呼玛丽便名正言顺地留下来。之后的十数日，呼玛丽就跟着他们一起行动，步行去各个院校看大字报，看军事博物馆，爬长城，凌晨时分集合在天安门广场等待毛主席接见——在这些活动中，呼玛丽并没有与新集体融合起来，而是始终保持着距离。她本是投奔而来，多少有被收容的意思，应该有所迎合才对，可她却很傲然，对人视而不见，只和一个人接近，就是简迟生。除去晚上就寝，必得在女生宿舍，其他时间，她都粘着简迟生。简迟生呢，自然是有些难堪，可很快，就弃之不顾，两人公然亲密起来。

这样年纪的男女，都开始向往异性，但多是悄然之中，谁敢像他们坦然大胆。再说，又有谁能有他们的幸运——这一对简直天造地设，散在人堆里看不出来，单挑出来，便觉着惊人的相配，而且相得益彰。都是俊朗的长相，气象恢宏，两人在一起，世界都变小了。所以，周围人就持敬而远之的态度，纵容得他们更加忘形，眼中只有你和我。在天安门广场，等待检阅的人海中，四下里都看见一个女生骑坐在男生脖颈上，那就是他们俩。女生挺着背，安然俯视；男生呢，脖子上压着一个人，并没有一点屈抑。一上一下，四只手相握着，做出欢呼的姿态。这就是大动乱中的骄人春色。

接受过检阅，这一对男女便离开了伙伴，不知他们去了哪里。

子贡看见呼玛丽时，呼玛丽已是另一番形容。由于削瘦，脸显得格外长，眼窝瘪下去，鼻梁锋利，嘴唇周围起了褶。脂粉搽得极厚，掩住了枯和黄，却泛上一层死白，反变得有些可怕。最盛丽的花衰落时，往往会格外的凋敝，触目惊心的残败，那都是因为不节制。美，青春，活力，能量，在放纵中消耗殆尽。看它如今枯竭到什么程度，就可知道当年饱满到什么程度。那种丰沛啊，几乎要绽破表面，挣脱一切束缚，无边无际地弥漫开去。就像火山喷涌岩浆，火热滚烫，流淌到哪里，哪里就成焦土，化为火成岩。这还不够，还有热力，继续燃烧，最后将自己燃尽了。根据物质不灭的原理，不是燃尽，而是燃成灰烬。现在的呼玛丽，就是这灰烬，硬实的，保持着原先的形状，质地和颜色不再，却不垮塌。比较之下，简迟生并没有如此尖锐的衰老迹象，要和缓许多，但正是这和缓，流露出一种妥协。好像是，他与某种对抗的力量讲和了。在呼玛丽的枯槁的面容——就好像鲜活的泥土烧成了砖瓦，在这失尽水分汁液的面容里，一双眼睛却出奇地亮着，不是余烬的那种灼热的亮，而是潜深流静，就像易朽的生命最终被不朽所占位。

呼玛丽和简迟生没有结婚，却成功地促成几次离婚。婚姻这种日常的形式对于他们的激情，容易太小，材质也太脆弱。可人世间除了婚姻又还有什么结合的形式呢？所以，他们虽然没有结婚，却又一直在向婚姻的目的冲刺，临门一脚时候，则共同对目标生疑，不明白那究竟是不是他们所要的，于是，刹住了脚。他们彼此承认，婚姻还是适合比较平静的感情，而他们，就像在火上煎烤的热油，互相伤害。第一次机会——大多数男女都是在蒙昧状态下稀里糊涂蹈入的婚姻，可惜他们错过了。他们一边在谈婚论嫁，一边几乎是同时地，各有新欢。婚姻当然是谈不上了，取而代之的是妒嫉，狂怒，谩骂，厮打，甚至寻死。接下来有一段宁静的甜蜜时光，事情就好像又回到最初的一见钟情的日子，那两个新欢丢在了一边，完全被遗忘了，就像是一对倒霉的牺牲品，被他们临时抽签抽来，好作逃避婚姻的盾牌。出于一种动物性的本能，他们预感到婚姻的危险。

后来，他们还是结了婚，不是和对方，也不是和新欢，新欢是他们的伤痛，他们彼此更是伤痛，到处是不能愈合的伤痛，在那样脆弱，易感，又求完美的年轻时候，其实是怯懦的，惧怕生活。于是，分手，选择了不那么爱却也不伤害的对象，进入日常人生。大约有整整十年的时间，没有见面，也不通音信。他们天各一方，呼玛丽去了日本，跟随研究远东地质历史的丈夫作陪读。这所私立大学给予研究员的待遇很优厚，包含陪读的家属学习日语的费用。呼玛丽学了日语，生了儿子，儿子上幼稚园之后，就在银座商业街一家工艺品店找了份工，虽然没有决定究竟在中国还是日本定居，但丈夫读完学位以后的聘任一直在延续，目下还是安定的。这样就到了九〇年，丈夫领了个课题到中国漠河地区考察，她就带了孩子在上海娘家，也为了让孩子学中文。有一天，她带孩子去公园，孩子在前头奔跑，她在后面走，那孩子跑到远处必定会折过头回到她跟前，再返身跑去。正跑着，甬道岔路口，从冬青树丛后面转出一对老夫妇，孩子没刹住脚，一头撞到老人身上。老人很健硕，没被撞倒，倒是一把扶住了孩子。呼玛丽加紧脚步迎上去道歉,忽然间,听老人喊出她的名字,不由一怔。老人说:这不是我儿子的同学吗?样子一点没变,而我们老了,老到已经认不出我们了。呼玛丽定睛认去,认出他们却是简迟生的父母,一对山东南下干部,满口胶东口音,原本在工业局里任领导,文化大革命中,自然是挨批斗,受审查。那年,呼玛丽和简迟生大串联回来,父母都关进了牛棚,呼玛丽还随简迟生去工业局看人。造反派不让看,简迟生就坐在门口马路沿上,呼玛丽陪他坐着。工业局设在外滩附近,殖民地时期的石砌建筑内,欧洲古典浪漫主义风格的楼房,挟持着街道,顶上是窄窄的天空,非常阴郁的气氛。戴着红袖章的人们从大理石门厅里进出,对这两个人视而不见。此时此刻,简迟生和呼玛丽臂上的红袖章没给他们增添威仪,反是有一种嘲弄的意味,使他们显得滑稽可笑。过了中午,又过了下午,傍晚了,没有人来理会简迟生,结果是呼玛丽硬把他从地上拉起,拖走。简迟生就像个耍赖的顽童,一步一蹭,好不容易蹭过一个路口。呼玛丽先是在前面扯,后又在后面头顶他的背,这时候,就有些像嬉耍了。推拉着又过了一个路口,改成简迟生追,呼玛丽跑,跑了一阵,没见后头有人上来,疑惑着返回去,却见简迟生在一个门洞里,头抵着墙,一动不动。呼玛丽硬把他扳过来,面对面抱住他。暮色陡然间降下来,路灯亮起。这个门洞似乎是被废弃的,没有人进出。两个人相拥着在这窟穴般的门洞里,就像两只受伤的小兽,互相舔着伤口。后来,呼玛丽在简迟生家里,看见从牛棚里出来的他的父母,其时,压抑之下的激情平息了,简迟生和父母的关系呈现出日常的平淡状态,他们彼此甚至都不太说话,他们对呼玛丽也不像有特别的注意。在这对父母隔离审查的日子里,这个家庭已成为逐渐长大的儿女的天下,壅塞着儿女的朋友,半大不小的男女孩子。他们对这些孩子持一种冷淡的平等态度,倒是像对自己家的孩子,出于山东人敦厚的秉性,多少也来自工农政权朴素的长幼尊卑关系。多年过去,他们显然已经从领导岗位退下来,过着安闲的含饴弄孙的晚年生活,不免会感到寂寞,于是,面对长大成人的晚辈,就变得热切,甚至的,有一些纠缠。

就这一会儿,偶然相逢,站住脚说的话,要超出过去多少年里,呼玛丽在他们家来来往往的招呼。他们向呼玛丽报告了简迟生的工作、婚姻、家庭等等情况，也问了呼玛丽的，细细端详了她的儿子，开始以为是女儿，因为留了一个及耳的刘海发式。他们还谈了他们自己，如何打发时间，最近回去一次老家，说是老家，其实是战争中驻留过的地方……话题漫无边际地延伸开去，孩子已经在他们跟前来回跑了几趟，用日语叫喊着要吃冰淇淋，呼玛丽也觉得站久了，趁机与老人告别，在老人颇为不舍的目光里，带孩子走开。第二天，简迟生就来了。

简迟生骑一架自行车，停在她家窗口下，一叠声喊她的名字。呼玛丽推开窗户，看见他在楼下院墙外的弄内，仰起着头，夹竹桃的花影画在他脸上。时光似乎退回去，退回到少年时分。这时，他们都年届四十，可是，两人都没怎么大变样，依然是好看的，是这个年龄里的人骏。尤其是呼玛丽，她的长相——在她年轻的时代里不怎么被看好，却正合当下的审美，高身，宽肩，略失匀称的长脸型，眼睛里的风情——她无疑是性感的。性感这个词长久以来被蒙昧着，如今惊现，变成最崇尚。呼玛丽的美在此时获得正名，她是公认的美人了。简迟生呢？和所有的男人一样，进入了黄金的成熟期。两人年富力强，仪态万方，就像希腊古典的雕像，男神和女神。过去的，应该说是偃息着，如同冬眠一样休憩着的爱情，又复苏了。而且，经过十年时间的养息，这爱情更加壮硕，饱满，蓄满了浆汁，一触即发。十年的间隔一越而过，根本不需要温故知新，他们又是一对情投意合的男女。

这一回的爱恋比年少时更加甜蜜和热烈，犹如春风沐面。他们变回到初恋时节，每天早上，简迟生来到呼玛丽家的窗下，高呼一声，就听噔噔的脚步声，楼板都要踏穿，转眼站在他的面前。她斜坐在简迟生自行车的前杠上，她这样的体魄坐在前杠委实太庞大了，可简迟生还是能拥她入怀。两人合一架车，虎虎生风，骑出弄堂，不知道往哪里去了。此时，简迟生已经辞职下海。他在恢复高考的第一年，考入本市一所大学的经济系，毕业后分在社会科学院经济所做研究员。这个职业对治学兴许不错，可他是个热衷行动的人，市场经济大潮一起，他都没看准发展方向，便辞去公职。

他是有妻室的人了，女儿出生才两岁，整个家庭都被带入风险中。他的妻子，也是当年的同学，能够容忍他的一切任性，是驯顺惯了，无从抵抗，不如就相信简迟生的魄力，所以多少是有惰性。总起来看，这是个性格平淡的女性，也惟有如此，才可与简迟生相安无事多年。这相安无事的实质毕竟是脆弱的，包含着苟且的意思，现在，简迟生与呼玛丽旧缘重续，几乎没有想到过妻子这个人的存在。呼玛丽也将丈夫搁置脑后，当丈夫的课题完成，从东北回上海，准备携妻将雏东渡日本，呼玛丽方才想起她的生活不在此地，终要和简迟生分别。这段忘乎所以的日子，他们被快乐迷惑住了，不想快乐竟是如此短暂，转眼间落潮，留下干涸的沙滩，尽是旧人旧事的坑洼，不堪入目。他们相拥着，亲了又亲，哭了又哭，抱怨着命运。抱怨抱怨，忽然心头一亮，他们为什么不能在一起？如此的相爱，为什么，为什么不能在一起？不就是离婚吗？两人平静下来，发现事情还有出路，无尽的希望生起，再无边地蔓延开去，转眼间，他们又是最幸福的男女了。于是，离婚。

两人都是快刀斩乱麻的性格，又有着热烈的感情支持着，离婚这桩繁琐纠缠的事情，并没怎么伤他们的筋骨，个中所难避免的麻烦和伤痛，又全作为代价，计入他们的感情。这一阵子，他们果真是亲密无间，人人看了都要羡慕。呼玛丽将儿子留给丈夫，只分了极小部分的存款，可说净身出户，只身回到上海。在日本期间，她虽然只是做主妇，单是日常起居，也感受到资本主义经济运营模式的轮廓，后又在银座地区工艺品店打工，对细节就也有了解。回来不久，在南京路盘下一小块铺面，开出一爿精品店。同时，又佐助简迟生，为他提供切实可行的建议，他和朋友们合伙的生意，也走上正途。

简迟生同样净身出户，其时，上海城市的商品房方才起步，他们的经济实力也不足购买房子，两人就寄居在呼玛丽的小店里。店面很小，打烊以后才能放下一张床垫，开门前就要收起。这一段惨淡经营的日子是他们的好时光，假如将"文革"中那一段称作"白银时代"，这一段就可称"黄金时代"。当年，他们的人生还没开头，囊中无物，只有炽烈的感情，多少是有些空洞的，而现在，他们有了阅历，性格越加鲜明，在那超大的感情体量里，充实了内容。他们都是那种爱的能力巨强的人，可以为感情作出忘我的牺牲，再反过来为悲壮情怀折服。事实上，他们具备悲剧的性格，像莎士比亚戏剧中人的性格，特别能创造并且感动于不寻常的价值。当这悲剧性格积极追求价值的时候，很快就发现这价值已然受损。他们就好像化身成一个男奥赛罗和一个女奥赛罗，同时被妒嫉打击。他们忽然间彼此生恨，因为对方前一次的婚姻，尖锐地痛苦着。他们意识到，之间的感情原来有着这么一个巨创，丧失了完美性，而他们又都是完美主义者。他们第一次分裂的理由以及场景又回来了，程度更加激烈。他们不能容忍缺陷，总是以更大的破坏来抵抗缺陷。就像有一种小孩子，心爱的玩具缺了一只角，就干脆砸了它，然后是无限的痛惜，可是那心爱的宝贝已成一堆碎片，抱在怀里，捧在手心，怎么也捏不拢了。都不晓得，事情是怎么走到这一步的。他们互相抱着、拥着，彼此是对方的碎片。像他们这样强度高的感情，同时有一个弱处，就是脆，一折即断。还是亲了又亲，哭了又哭，这一回，可是什么出路都没有了，前途一片漆黑。

  他们还是没有结婚。简迟生就是在这时候去了俄罗斯，呼玛丽留下来，继续经营精品店——到处都是爱的遗痕，每每扑面而来，伸手一抓，却是一个空，情何以堪。然而，如简迟生，不闻不见，难道就好受了吗？其实更不堪。火车在无边无际的西伯利亚平原行驶，从太阳升，到太阳落，一大片空旷，盛的全是情和爱，却全是无形无迹。

  不久，他们都各自结了婚，好像是赶紧要将创伤遮掩起来，不让它继续刺痛，所以都显出匆忙。呼玛丽找的是个香港商人，比她大出十多岁，是她的客人。那种南亚人瘦小精悍的形状，铁铸的一样。在体量上与呼玛丽十分不配，但在内里，却力度相当。这里的力度指的是欲望，他们是一对欲望的男女。这一点，在整个婚姻生活里也许微不足道，可在他们，却是契合的关键点。简迟生呢，是一同跑俄罗斯做生意的，一个大连姑娘，东北人的形与呼玛丽是有些接近，性格也有些接近，热情，开朗，泼辣，但这其实都是表面，呼玛丽内涵的量级，一般人不可企及。所以，事实上，他们两个人都在下意识中寻找替代品,两个替代品也能体现出他们之间的差异:呼玛丽重视的更为本质,简迟生则停留在外部。不过,结果是一样的,二三年后,他们还是各自离婚,原因依然是两人再次相遇,重续前缘。历史重新上演,只是周期缩短许多。这一次也依然没有结成婚,理由却有了变化,所以,历史是不会完全重复。就像那种民谣体的诗和歌,大部分是重复,惟有一小点变化,事态便转化了。比如《诗经》里的《摽有梅》——

　　　　摽有梅,其实七兮。求我庶士,迨其吉兮。
　　　　摽有梅,其实三兮。求我庶士,迨其今兮。
　　　　摽有梅,顷筐塈之。求我庶士,迨其谓之。

　　其中的变化只在某些字,可量变达到质变。

　　当他们再一次相遇,激情涌动,但其实已是余烬了。他们再是有能量,总量终是有限,如他们这般不节制,迟早要见底。他们消耗得过头,将自己和对方都榨干了。到了这一节,他们两人又一次表现出差异,呼玛丽榨干是榨干,但她还能再生,似乎她的泉眼更深。此时,她倒显出一种平静,耐心地等待泉眼再度蓄满。而简迟生就没了这样的从容,激情退潮,简迟生发现了呼玛丽的衰老。她头发变成花白,因来不及染,她常常用一条长绸巾从额际拦住,向后围去,系一个结,尚余下二三尺长,垂至腰间,很有些戏剧化。也就是呼玛丽了,换了任何人,都撑不起这份奇色,她就行。她的妆容越来越浓,一是需要掩饰衰老,另也是视力减弱,便选择鲜丽的颜色。她也意识到身材在臃肿,于是多穿着宽身大袍,越发变得庞大。猛一看是粗鲁,再看则有壮丽的气象,已经脱出了浪漫剧女主角的形骸。简迟生依然是男主角。

　　这一次离婚,就像淬火的铁发出最后的挣扎的闪烁,他们一无缱绻,分手了。呼玛丽没有结婚,简迟生则开始一轮又一轮的同居的生活。就像前面说过的,简迟生是在周围的人,尤其是女人的脸上,看见自己的衰容,于是，他的女友越来越年轻。就像那些艺术生命长久的芭蕾舞女明星，她越来越老，而男舞伴越换越年轻，因为托举她需要越来越有力的身体。这确实给他带来良性的暗示，使他觉得自己还很年轻。看上去，他和呼玛丽不断拉大差距，本来是他年长三岁，如今呼玛丽则比他要长出一辈人。她就像个老太婆，那种童话里的老妖婆，掌握着某种魔法，可以生出奇迹。她和简迟生之间风平浪静，简迟生那些艳遇，一点伤不着她。她看他的小女朋友，怀着一点悲悯的心情，既是为她们，也是为简迟生。她们和他的关系，几乎是苟且的，算得上什么呢？性，是的，性，不再是他们当年那么单纯，甚至于蛮荒，像两个小畜牲，全是本能。如今，性不是仅仅指性本身，这一桩官能的活动含有了复杂的意味。在简迟生——呼玛丽只对简迟生有兴趣，那些小婊子们还没有积蓄人生的内容，但也不像他们当年那么单纯，而是社会化了的，所以不是小畜牲，而是小婊子——性在简迟生，更像是一个顽抗，抗御时间。所以我说，简迟生面对时间，没有呼玛丽的从容。

后来，呼玛丽认识了潘索。她做的精品店的生意，和现代艺术沾些边的——现代艺术是从抽象的概念出发，却最容易被具体的生活效仿，那就是时尚——于是，邂逅潘索。这两人倒挺投缘，当然，与性无关，也有关，但不在实际的行为，而是虚拟的意义。潘索是生活在虚拟的生活里，此时此刻，呼玛丽也走入了虚拟。前者多少是回避真实的生活而选择虚拟，后者则是生活过了，穷尽了现实的存在，然后走入虚拟。出发点不同，归宿也有所不同，但在某一个程度上，他们挺谈得来。

呼玛丽点起一支烟，她的食指和中指之间的皮肤，已让烟熏黄了，就像一个老烟枪。这双手，骨骼很大，指节很长，指尖灵敏，拈放自如。当她侧过脸，抬起下巴去够手指间的烟，绸巾从脑后垂直下来，有一刹那的静止不动，轮廓和色彩极夸张，就生出一种抽象的意味。潘索凝视着这幅现代画面，画中人转回来，变成正面，一些生动的细节回来了，抽象感退去。呼玛丽向他笑一笑：小弟弟，想什么呢？潘索从没被人称作"小"过，此时，他完全驯服于这称呼。这"小"不是指年龄的长幼，而是道出潘索的实质,就是天真。呼玛丽是大的,这"大"也不是年龄的概念,又不是成熟度的概念,是什么呢?似乎是容积的概念。潘索觉着,呼玛丽完全可以装进个自己,当然,也不是体量上的意思。

小弟弟,想什么呢?呼玛丽问。小弟弟想的是你这么个女人,谁能消受!潘索粗着嗓子说,这并没有使他变大一点,反是更显稚气,就像那种童话里边充大人的小东西,比如《白雪公主》里的小矮人,都是老头的形貌,可谁会将他们当老头呢?

反正不是你!呼玛丽笑道。

为什么?你看不起我!潘索说。

给你,拿去吧!

你这样的态度,我怎么能要你!潘索故作委屈地说,心里不得不承认呼玛丽说得对,她不是自己所要的女人。虽然,他欣赏她,非常非常欣赏。

唉,你们这些小弟弟!呼玛丽怜惜地看他一眼,说道。

不,拜托不要用"你们"这个复数!潘索抗议道。

哦?呼玛丽夸张地抬了抬眼睛,"你"和"你们"有区别吗?

很大的区别!潘索坚持,我承认我也不能消受你,但是出于完全不同的原因。

什么样的原因?呼玛丽问。

我和你太相像了,我们是同一种人。潘索回答道。

哦!这一回,呼玛丽是真的惊愕了,她睁着眼睛,嘴微张着,少女时的表情又回来了。

我们——

不!拜托,不要用"我们"这样的复数!呼玛丽半真半假地说。

就是"我们",我们是一类人,我们这一类人是在这实有的世界之外的——他用手叩了叩桌面。他们是在陶普画廊,陶普画廊没有变,壁上的画与装饰自然是新换了,吧台里打杂的小妹也是新来的,除此,还是原样,一个大魔术盒。

我们——潘索继续说,我们是虚无的存在,存在于虚空茫然中,现实的世界太有限了，而我们的存在是一种有机体的状态，它们无限、无限地伸延，伸延，最终，逃脱出去。

不！呼玛丽反对道，我从来不逃脱，我从来、从来，直面现实。听起来，她并没有理解潘索的意思，他的"逃脱"和她说的"逃脱"不是一回事，但确实都是"逃脱"，所以，他们就这样谈下去了——我从现实中破出一条路，当然，有时候，许多时候，是我破了，头破血流，可以说是鸡蛋撞石头，可就这样，我也不逃脱。

好的——潘索让了一步，你不逃脱，你破出路来，最终你超越了现实，好不好？

我也不超越，超越也是一种逃脱，不过是从上面逃脱；小时候，我们有个同学，每逢跳高，一跑到横杆跟前，他一定是从横杆下钻过去；假如世界颠倒过来。他就是从横杆上过去了，就是超越了。

潘索觉着呼玛丽很是纠缠不清，可是，怎么说呢？他还没想好怎么说，呼玛丽又逼过来——

你凭什么说我们就是脚踩地头顶天？也许地是天，天是地，我们其实都是倒悬着，只不过受地心引力，拨转了我们的认知——

你说得很好，潘索兴奋起来，所以，我们现在身处的完全可能不是一个实有的世界，而是另一个——虚空茫然，说有就有，说没就没，可存在也可不存在——亚里士多德的话，这就是艺术！

呼玛丽对潘索的意思认真起来，她手托着下巴，她的下巴多长啊！失去了匀称，就是这种不匀称，让她变得不真实。为什么？她问，为什么是你和我，就是"我们"逃脱了？

因为你我都不真实，潘索终于有了肯定的措辞，你我都不真实，我们过着不真实的生活，我们拥有着一种虚拟的人生价值。

呼玛丽懂了，可是真正的分歧也产生了——我的人生价值在现实里。

什么？

幸福。呼玛丽回答。

什么是幸福？

不知道，呼玛丽老实地说。

潘索笑了：这不结了？

这才是现实，"不知道"，而你，企图制造一个"知道"！

潘索不笑了，他被呼玛丽击中了。

呼玛丽得意了，她乘胜追击：你的那些个女孩子，什么都不懂的，帮助你一起蒙混，蒙混着你相信那个"假知道"。

潘索说：我要的是女人，又不是百科全书！

你惧怕知识！呼玛丽大声叫道。他们吵到两下里去了，可是，不是这里，就是那里，触及到了一点真相。

说得对，我最怕知识，知识是虚伪的。

你在说你自己呢！呼玛丽高呼道，这女人看上去像死了的火山口，底下还有岩浆呢！你其实是怕自己，你从来不和做艺术的女人亲密，因为你和她们是一类，不是和我，是和她们，全是假惺惺的东西，你自己说的，虚伪！她们就像镜子里的你自己，是你的变相，就像观音，有男相也有女相；还有画皮，分明是厉鬼，却化作女身，而且是美女身；没有她们，你就看不见自己，你就可以盲目，盲目地爱自己，你是一个大骗子！由于亢奋，呼玛丽的脸更加变形，几乎变得狞厉，可却有一股绝艳。潘索，很奇怪地，一下子想起了提提，就好像被电击中似的，他微微打了个颤，趴倒在桌上。呼玛丽推他，他不动。装死！呼玛丽骂。

七

那种特别强烈的性格，在平凡中轮回显现，是异常的天象，亦可说是稻麦里的稗草。不晓得经历多少复杂的排序演变，方才形成，其中的规律掌握在自然手中。大自然让它们轮回显现，大约就是保护生态。这些稗草，虽然不顶用，无助甚至有损于收成，碍着庄稼人的眼，可是天知道为什么，庄稼地里总是有它们在，给农人们添一份活计，终也挡不住收获。它们一点用也没有，作乱也作不了大乱。它们这样全力生长，四周都是异族，没有同类，就这么孤寂寂地长，长，长成完整的形态，难道就为了有一天被连根拔出来，扔在一边，碾作泥，回进土里！这种基因异化的生物，生长的力量是很强大的，它们违反着普遍性的规律，只依着自己独一份的，如果没有合情合理的动机，怎么能如此生机勃发？它们自行一套，另成秩序，看上去真是扎眼得很，将均匀整齐，密不透风的视野，扎出一个破绽。

轮回真的很神秘，全然不相干的事物，突然间闪现出一种关联的迹象，又转瞬即逝，而原本完整的表面，就此破成碎片，这里少一角，那里缺一块。如果有可能从全局看的话，总量还是相等的，只是需要重新分配，然后再重新组织。然而，那新的逻辑在哪里呢？这就是我们认识的黑洞，里面藏着不可知的世界，也许比我们眼见的世界还要广大。谁知道呢？在无穷的生生息息之中，有一些特别不谐和的因子，破坏着既定的秩序，硬行穿越，为了它们格外强烈，强烈到野蛮、有违人道的欲望，开辟出自己的生息通道。你根本找不到它们的踪迹，那是太古怪、太古怪的运动，但肯定不是灵异，而是有着实体，却是错综的，所以就混淆着视听。我们的视听被尖锐地割裂了。

子贡再遇见提提，已经两年过去。在这城市繁华地段，新起的购物广场的星巴克内，壅塞着午餐的人，全是周边写字楼里的白领，其中就有提提。她一身办公室小姐的装束，浅荷色短裙套装，头发剪短了，大圆蘑菇似的发型底下，一张粉白的小脸，眉眼画得格外醒目，看上去像一个日本偶人。足下踩一双高跟鞋，后跟尖细，将身量拔高了。她一个人守一张圆桌，一边用餐一边办公。子贡起初并没有认出她来，店堂里满是这样装束和作派的女性，可是，还是有一种不调和穿透出来。她身旁的公文皮包尺寸太大了，是男用的；桌面上铺的文件也太多了；端咖啡的手，小手指翘得太高；看文件的神情则太过严肃……这一切都有些佯装，带着讥诮，忍着笑，好像说，逗你们玩呢！子贡不由回头看她一眼，这一眼就认出来了，原来是提提。提提却早已经认出他来，凡看见子贡一眼就再不会错过，余光里，子贡走来，绕过桌子和人，到了她跟前。提提低着头，子贡以为她在哭，不料，却是笑，倒在了沙发上。子贡问她笑什么，她不回答，笑得更厉害，蜷起腿，双手抱着，滚来滚去，完全是小孩子耍弄大人得逞的狂喜。子贡忍不住也笑了，用手拨一下她的脑袋，说：你在干什么呀！即刻他就为自己的轻率后悔了，提提一下子跳起来，捉住他的手，拉到跟前，蒙住自己的脸。他感觉到提提的睫毛在手心里刷了两下，然后，手被放开了，是假睫毛，而且是两层。

你这是在做什么！子贡又一遍地问，这一遍他不敢轻举妄动，只是用手将桌面上的文件拨乱了，眼睛一扫，看见多是些楼市信息，就晓得提提在做售楼小姐。提提的脸掩在蘑菇型的头发里，这发式对于她的脸型太厚太重，垂下来，只看见一个尖尖的下巴在颤动。终于笑到笑不动，停下来，先是那双重帘的假睫毛从发丝后面伸出，然后张开。她的眼睛比先前大和亮，是稍许丰腴了些，或者相反，是瘦了，脸部的线条显出一种柔媚。她漂亮了，有了女人气，但这也像是佯装，小孩子装大人样。她抬手掠开头发，子贡看见她手背上的淡蓝的筋络，还是一双孩子的手，不知道节制，耗尽了精气神，也不懂得体面，沾一手灰和泥。如今灰和泥洗净了，留起了长指甲，仔细涂上指甲油，发出贝类的光泽，可是，那股子淘气劲还在。

你藏在哪里，我都能找你出来！子贡说。找出来，然后扔回去！提提说。子贡说：我没有扔你回去，是你自己跑走的！提提说：我等你来扔我啊？子贡再次声辩：我没有扔你，我只是不知道把你怎么办！因为他说了实话，提提就放过他，不再纠缠。停了一会，提提叹了一口气道：我有什么难办的，难办的是你们，不知道自己要什么。也是小孩子说大人话，却有几分道理。子贡回她：你倒说说看你要什么？提提没有立即回答，而是从大公文包里取出一盒烟，抽出一枝点上，两条腿架在一起，眼睛看着翘起的鞋尖，慢慢说道：一个人要什么哪能是自己说了算的呢？要凭机缘造化。这一回，轮到子贡笑了，他当然不能像提提那么放肆，只是用双手掩住脸，笑得眼泪都下来了。虽然相隔两年，提提又摇身变成一个白领，可就像那个古老的关于花生的谜语："一重墙，二重墙，里面睡个小红娘"，剥开外面的壳，里面还是个她。她和他，还是合得来。两年前，各人有各人的伤痛，现在呢，愈合了，余下的是快乐。

午休时间过去了，星巴克里的人少下来，变得空寂，他俩还在斗嘴。

提提管自己说下去：不知道自己要什么是一回事，知道却要不到又是一回事！子贡还是要她说清楚到底要的什么，提提的回答是：就是自己要不到的东西。那么，什么是要不到的呢？子贡逼问。就是你要的东西，提提再次回答。两个人就像中国武术中的"推手"，推过去，推过来。能不能说得具体些，子贡要求。提提认为已经很具体了，不过，假如子贡还不明白，那么她可以为它取个名字。什么名字？就叫它"子贡"吧！提提说罢，瞄他一眼，很风骚的。子贡纠正她，还是叫"潘索"吧！话出口知道说错了，也收不回了。提提眯起眼睛：潘索是谁？哦，想起来了，那个大胖子！子贡知道，潘索在于提提，是已经过去了，又永远不会过去。

星巴克的下午客上座了，多半是买东西买累了，进来歇脚的，携着大包小包，子贡提醒她，是不是要去售楼了。提提说，今天不想售楼，想和老朋友好好聊一聊。子贡站起身说，已经聊得差不多，该走了。提提就要跟他去，动手把桌上的楼市资料拢起来，胡乱塞进公文包。子贡说：你知道我去哪里？就也要去。提提紧随他身后，说不管他去哪里，总归甩不脱她了。两人相跟着出了星巴克，又出了商厦，来到马路上，人车熙攘，甚嚣尘上。提提说：你好不容易找我出来，怎么能又失去我？子贡没和她油嘴，他想起两年前的一日，他带提提去地铁书店，也是这样明媚的太阳底下的闹市，心里生出苍凉。他用手揽过提提的肩臂，这瘦削的小男孩似的肩臂，两人就这么走去。

子贡将她带到了简迟生那里。

提提是江苏海门人，本名叫王艳。当地人称女孩子习惯在名字后面带一个"官"字，王艳就叫艳官。这有一些明清曲坊的风味，但到今天大多人都不识，只觉得土。如提提，本来就不喜欢自己的名字，以为平凡，喊一声，众声应，四面八方都是王艳，再加一个"官"字，直接就是乡下人。人小力薄，拗不过人们喊，万般不甘，也只得做了"艳官"，和左邻右舍的"官"们一起玩耍，长大，进学校读书。女孩子间的事都是一阵风的，一阵风地穿某一种衣裤鞋袜，或着背某一种包以及包上的挂件；一阵风地追捧某一位港台或是内陆的明星,可以凑起一班人搭长途车到南京赴歌会,坐在体育馆的梯形看台上,挥着闪光棒嘶声喊那歌星的乳名;又一阵风地迷上某一样手工,比如千纸鹤,将花纸裁成齐方,埋头折成一挂一挂,倘若是幸运星,就是一瓶一瓶,再如是将一分钱的纸币,折成角,一个一个套起来,可套成一艘帆船——走进哪一户人家,凡柜上架上有着这些物事的,家中必定有一个"官",或者"官"的朋友。在这信息通畅的时代,已经没有什么偏僻的角落了,外面的世界兴什么,这里也紧跟着兴起,而且,由于对大世界的向往,兴起得格外热情与蓬勃。比如外面有大马路,这里也要有,宽,直,平坦;外面有高楼,于是,这一幢,那一幢,也是玻璃幕墙,也叫什么什么"广场",带着一股子铁定的决心。就这股子决心,看出乡下人的耿劲,是这摩登小世界里的质朴。

虽然是这么一阵风,提提,也就是艳官,还是显出特立独行的个性。在一个没大有主宰力的孩子,这种个性往往表现为别扭,人家向东,她偏向西,人家南,她偏北,人家扎堆,她则面隅。因此,她就不那么合群。有一回,那是略长大一些的时候,小学校组织到南通狼山游春,中途和谁闹了气,老师又没有公断,转身就走。等老师发现少了一个人,立刻分头去找,一个搜山,一个守渡口,一个带学生继续游玩,另一个急速回海门告知她父母。她家父母都在上班,并不知道发生什么事情,此时赶到家,见她自己吃了午饭,正在床上午睡。这个不合群的人,全年级第一个,初一时候有了男朋友,一个高二男生。这男生其实生性平庸,并无兴趣与她攀扯,还要经受非议和耻笑,所以,多半是她在瞎折腾——等在校门口与他一同骑车回家,再等在他家门口与他一同骑车上学。她的千纸鹤和幸运星也是叠给他的,再有一分钱纸币叠成的帆船。她还给他写了无数张字条,用浅蓝和浅红的信笺。那些信笺到了男生那里就好比石沉大海,无声无息,但当艳官负气向他讨要,却绝不肯归还。就是这不归还,拖住了艳官,以为男生是与她同心。接下去的,依旧是躲避,冷淡,或者公然地拒绝。这一场似是而非的早恋,竟然也拖延了两年,终于心灰意懒,彻底放弃,包括那些情书——事情一旦过去,这些信件就不再和她有关系,她都想不起来它们。初三时候,一是年龄增长,二也是风气更趋开放,学生们都成一对一对的,艳官却已经失恋,又落了单。一个人寂然度过一阵,好比养精蓄锐,她又开始了第二场恋爱。

这一场恋爱不同凡响之处,在于对象是她的老师,教物理的。她物理成绩不好,常常被留下开小灶。老师是师范大学刚毕业的本科生,家在乡下,住学校单身宿舍,有时艳官就到老师宿舍里补习功课。她坐在靠床的老师的书桌前,老师坐在床头,手指着课题一句句教她。老师的手,虽然出生于农家,因为从小读书,没出过蛮力,所以是一双斯文的手。指甲剪得整齐干净,骨骼匀称,甚至有些绵软,在艳官眼睛里移动着。然后,她就嗅到了老师的气息,不吸烟也不喝酒,年轻健康,吃食又简朴的清新的气味,但毕竟是男性,且是成熟,自有着特别的分泌。这么补习着,艳官的物理没有什么进步,其他科目也在下滑。此时已临中考,师业和学业都在关键时刻,师生是乘在一条船上,荣辱与共。物理老师几近哀求她多多用心,很聪明的人,为什么总是犯愚笨的错误?她的回答是:抱抱我吧,我很乖。

老师正当婚龄,乡下的父母对他的婚事催逼也很紧,他当然是要找一个城里的受教育的妻子,从此过上与父辈完全不同的生活。但他从来没想过要在学生中物色,一是犯校规,二也是中学女生还很年幼,等她们长成,不知等多少时候,又发生多少变故。农村出来的青年多半头脑实际,也比较守规矩。可是,挡不住周围的形势啊!四下里全是早熟的女生们,热衷于实践伤感电视剧里的情节,这一个,就是艳官,又自有一种大胆的吸引。再讲,老师也是看过电视剧的,哪个年轻人不是伤感主义的?两人这么好上了,事情进行得很机密,如果不是后来发生意外,应该说这段恋情对艳官是有益的。她安静下来,异性的温情,冒险的亲密关系,满足了她骚动的心。她真的变得很乖,与同学们相处和顺起来,各门功课,尤其物理,成绩见长。这一段日子,是艳官整个求学生涯中最光明的一段。早晨起来,骑车往学校去,一路上景色鲜艳,风和日丽,一些不起眼的小事,尽变得风趣可人。幼儿园门口,不愿与母亲分离的小孩的哭脸,相骂的路人,店铺门楣上缺字的招牌，都引她发笑。暗地里，与老师甜言蜜语，海誓山盟，激情一泄千里。在老师都是真实的前景，他已经铁定心等学生长大，娶媳妇进门。乡下人的颟顸更加激动艳官，使她感到老师的深情，两人越来越缠绵，终于有一天，艳官发现自己怀孕了。其时，艳官升入高中不到一年，年龄是十六岁。

谈情说爱在艳官是精神活动，不曾想会生出如此具体的后果，全不为她所预计。老师呢，忽然明白与学生结婚成家是太遥远的事情，要经历多少煎熬。他从网上搜索到上海一家解放军医院设有少女意外怀孕求助，记下电话地址，两人摸了过去。到了解放军医院，看艳官走进去，自己只敢等在马路的树底下。夜里，在私人小旅馆阴暗的客房，守着发热的艳官，口口声声说着将来结成夫妻，做牛做马地待她，却看不见一点将来，无限渺茫。艳官本不是为人妻母的人，听到"夫妻"两个字只会加倍厌烦。事情发展到此，于双方有违初衷，从上海回去后，两人就都淡了。好在，艳官所读高中是在另一所，如不是刻意，见面也见不着。

这一场事故先是将艳官吓了一吓，过去以后则丰富了她的阅历，从此，她看同龄的男女生，就有了过来人的心情，看学校生活，则是曾经沧海的感慨。她身心经历了蜕变，从少女到女人，这蜕变完成得过于仓猝了，许多准备都没有做好，就略过去了，最后的成形就多少是缺损的。就是说，她其实并没有认识男女关系的真正意义，却已经看轻了它的价值。同样，对人生也是，她也不怎么太了解，便早早放弃了它的严肃性。但是，她毕竟还年轻，又有数倍于人的元气，不管她自觉不自觉，新鲜的经验还是汲入生活，修复着创口。倘若是积极的、正面的经验，也许能使她有比较鼓舞的命运；若是负面消极的，那么，平复的创口底下，潜藏着的阴暗性，就会如沉渣泛起。

大约一年之后，在大街上，艳官与老师不期而遇。老师身边走着他的妻子，戴着近视眼镜，看起来也像是他的同行。她穿了一件孕妇衫，手挽在男人的臂肘里，看起来挺幸福的样子。艳官停下自行车，脚支在地上，眼睛直逼着昔日的爱人，看着他躲闪了目光从身边走过，然后掉转车头，跟在身后徐徐地骑去。爱情早已经灰灭，复燃起的是一蓬炉火。老师撑持着走了一阵，脚下加了速度，越走越快，几乎拖了妻子小跑到家。他的家不在别处，正是在学校里他原先那一间单身宿舍。艳官在操场中心，遥对着老师宿舍停下了车，宿舍的门紧闭，也在躲着她。过了很久，门开了，老师的妻子走出来，泼出一盆水，看了艳官一眼，心想，星期天放假，这学生到学校里来做什么？复又转身进去。这一回，门没有关，半敞着，有一些声息传出来。那其实是艳官不屑的生活，可这时却觉得是她的被人抢走的宝。第二天，早上第一堂课的时候，她推进老师的教室，对了他的脸就是一巴掌，然后扬长而去。

老师为了他的妄想和冲动终于付出了代价。他被调到一所乡镇中学任教，妻子闹了场离婚之后，在双方家人的劝说下同意生下孩子再办手续。当然，有了孩子以后就另当别论，谁愿意自己的孩子没有父亲或者没有母亲呢？其时，正好分居。乱了阵子渐渐平息下来，生活在向既定轨道的方向靠拢。艳官则在一夜之间成了地方上的名人，进来出去，都有人认出和议论。父母曾动念把她转到相邻县级市的中学就读，遭到她本人的强烈反对，她未必是不赞成转学，只是要反对父母。有几次争执到父母要去当地报纸刊登声明，从此脱离亲属关系，她却提前将此变为现实——改换了姓名。她原本就讨厌"王艳"这个名字，内心里无数次为自己取名，此时就在其中选了最喜欢的一个："苏提"。"提"字通"媞"，都是形容美好舒宛的样子，而"媞"字又太直露，所以就定了"提"字。"苏"姓是用来配"提"，读起来音同西湖的"苏堤"，那里有着许多美丽传说。这名字其实有些像花名或者艺名，寄托了年轻女子的风月情调。

她还没到办身份证的年龄，修改主要是在户籍和学校名册。老师没习惯她的新名字，却已忘了旧名字；同学本来与她疏离，其时越加冷淡，并不叫她；父母更是与她如同陌路；街坊邻居本是叫小名的，由于她出了这么件大事，都侧目着，出口十分谨慎，于是，在这一个阶段里，她成了个无名的人。"苏提"这个新名，是在她新识的人里头叫开的。

现在，她在校外结识了一些人。有一次，她骑车在街上，听见后面有人喊"苏提",回头一看,是一伙骑车的男生。她问,叫她做什么?那领头的说,交个朋友!她说,谁认识你?接着往前去。领头的说,谁不认识你,大名鼎鼎的"苏提"。她便笑了,下车说:怎么样?他们全下了车,站成一堆,就这么说起话来。小地方的人,彼此都有几分知道,曲里拐弯的,也攀得上些关系。那领头的男生,是提提家所住大院里邻居家孩子的同校同学,事实上,他只是这所学校的复读班学生。这样的复读班,他已经上了几年,全是无果,到后来不是为了高考,不过找个地方打发时间,反正父母有钱交纳学费,也有人情疏通关系。他既不想工作,读书也读疲掉了,年龄则在长上去,形貌是个大人,但心智却还停留在孩童阶段。在他麾下的这一伙里,多是这样尴尬的孩子,身心不是这里,就是那里脱了节,行为乖戾莽撞,倒也形不成大害,却是叫大人着急。他们平时也在街上招惹女生,女生们大多是矜持的,至多骂一声,他们也已经很满足。而这一个苏提,竟搭上话来,则是始料未及。

一旦搭话,彼此就都探得虚实。提提看出这一伙人不过是虚张声势,而他们没想到,一个小女生,被人戳脊梁骨,株连家人都抬不起头,却如此神定气闲。他们仗着人多,试图想占她的上风,结果勉强打个平手。这样倒也好,有些做朋友的意思。在他们心里,已开始对异性有向往;提提呢,在这般孤立的处境里,别看外表不在乎,实是相当苦闷的,现在,他们至少可以替她排遣寂寞,仅此而已。当那头儿向提提表示倾慕,希望增进友谊的时候,提提感到一阵好笑:他懂什么呢?当然,她也没有给他难堪,她只是以微微惊愕的口气说:我们现在不就是好朋友吗?那头儿便知难而退了。

提提伙上这么一帮社会上的男生,在众人眼睛里,就完全是个堕落的人,"提提"——就是由他们叫出来的,这个名字简直是黑话一般无疑。而提提有心要气气人们似的,一点不规避,反而更加招摇。每天放学,校门口就等着这一伙,她的自行车一出来,呼啦啦地迎上,将她拥走了。其时,她已成了他们的灵魂人物,连头儿都对她恭敬着,别人有什么话说?所以,当提提多次流露对她们班上的女班长有所不满,他们都没征求提提的意见,兀自行动了。他们在女班长回家的路上,将她拦住,当街呵斥和羞辱,命她第二天向提提鞠躬致歉。女班长当然不会向提提鞠躬致歉,而是向老师做了汇报。就这样,提提在这个安宁的小城里,又一次掀起风波。这一回,提提被学校记了大过,记就记,有什么呢?只会使提提更加没顾忌。面对社会的非议,原本茫然的青春反叛,倒有了具体的目标,她简直意气风发。倘若事情一径这么下去,真不知将怎样收场。

这时候,已是高三下半学期,提提将何去何从?父母所属企业的系统在上海一所高校委办大专,读完回原地就业。提提的父亲在企业某部门里任个小职,和领导还说得上话,再又格外地下了番功夫,为提提争取了一个报考名额。虽然提提与父母早已做了对头,没一句话说得上来的,但在这个问题上提提却意外地很合作。终究人生大事不可忽视,四周围高三年级的紧张气氛感染着每一个人,提提再与社会抗衡,也不能和自己过不去。还有一个原因是,提提想去上海。那一次去上海堕胎,是灰暗的经验,但依然敌不过宏大瑰丽的想象。那是另一个世界,有着许许多多的可能性,而这一个,提提自小生活长大的小城市,什么都是可以预测,一眼就看到底。人生的严肃性以及对上海的向往,使前途有了展望,提提和那一伙人断了往来,投入到迎考的功课里。夜里,母亲睡醒一觉,起来如厕,走过伏在桌上用功的女儿,一盏灯融融地罩着,束起的马尾辫散下柔细的碎发,粘在后颈上,好像又嗅到襁褓里的乳香,那个乖乖的小小的人,眼泪都要出来了。她们依然互不理睬,不叫也不应,要告诉女儿的事情,是用父母间问答的方式传达出来,知道她在注意听。她没什么要和父母说的,凡事都想在了她前面,放在她手边,唾手可得。就这样,他们相安无事,度过了高考前的艰巨的日子。提提的分数刚刚过线,进去了。

和许多家长一样,父母也要送女儿去上海报到,提提却不允。两下里都很坚执,就在坚执中,他们开始搭话,一句去,一句来,拉锯中达成折衷。他们送提提到南通上船,由提提自己完成下一半旅途。行程其实变得复杂,但这表明他们在一定程度上和解了,而且不放弃立场。在南通住了一天,他们一家三口甚至去了一趟狼山,一路争吵不休,每一个细节都产生分歧。后来洗出当时拍的照片，没有一张提提是笑着，父亲和母亲则笑得很努力，好像要代她笑，又好像是向她赔罪。到后半截，提提已按捺不下，早早就要去码头，到了码头就要上船，无奈不放行，只得等在候船室里，把行李丢给父母，自己不知跑到哪里去，等放行时才回来。总之，她来不及地要离开父母，父母就是她的一对大累赘。终于上了船，找到舱位，安置好行李，回到船舷，船已离岸。望着江面，提提吁出一口气，心情舒畅起来。就在这时，船转了身，她所在的一侧船舷向了江岸，高高的堤坝上有一对人影，熟悉又陌生，是爸爸和妈妈。猝然间，她抽泣起来，眼泪大颗大颗地滚落。四下里都是行旅中的陌生人，爸爸妈妈也未必看得见她，她放肆地号啕起来，浩荡的江声吞没了她的啼哭声，连她自己都听不见。江鸥的翅膀缭乱着，江水浓稠的水腥气，携着潋湿，裹了她一身。

　　传说中熠熠生辉的上海，尤其从海门看上海，更为旖旎，具体到个人所在的局部，声色就黯淡了。就像方才说的，提提第一次来上海，是那样的遭际之下，无论处境还是心情，堪称阴郁。这一回，是读书，学府里的生活自有一种简素，都与上海的华丽丰富不沾边。然而，也就是在这样的局部，上海显露出它的生动性。那一次，提提和老师乘地铁去长途车站，正是上班高峰，人流汹涌地灌满了通道，列车进站，报站声在穹顶下回荡，车门打开，涌出新的人流，人流和人流交汇贯通，涌向四面八方。人流是由无数男女组成，大多是年轻的，冷漠的脸，由于身在这城市的脉跳之中，而生出一种骄矜与自得。提提和老师这两个外乡人，走在人流中，却完全介入不进。这一次再走入地铁站，心情就不同了，提提觉着自己也是其中之一。她体会到这城市喷薄的活力，以快速的节律不间隙地运动。她就像走入这城市的心脏，被巨大血泵的活塞推动，身不由己，她这一滴细小到看不见的血珠子，也在被有力地吞吐着，不知道将汇入怎样的脉流里去。

　　她所就读的学校，在市中心的西南部，在近年的发展中，周遭已成商业区，繁荣同时也是纷沓。她们的宿舍则出了本部，在分校区的背面，站在宿舍后窗，正可看见一条庞杂的里弄。弄内有公寓小区，也有简易的公房，旁出去的支弄里甚至有平房，间插着一些铺面，不外是卖米卖蛋，修车修鞋,还有一架缝纫机,白天推出来,晚上推回去,专替打工的单身男人做补缀的活计,于是,弄堂里就川流着民工样式的人。这条里弄展示出的生活情景,与提提的家乡无大异。有一日晚上,提提一个人走过学校附近的临街绿地,树影处走出几个青年,喊提提"妹妹",要和"妹妹"玩一玩。提提自然不理睬,暗中不由一笑,她看见了这城市的软肋,是在某种程度上可以驾驭的。

八

简迟生对提提谈得上是爱,类似对宠物的爱,这光滑又茸茸的,柔软里有些硬扎的小东西。她对他大体上是驯顺的,时不时地要起毛,那挠人的小爪子也挺利,可是不伤人,他还挺喜欢,当成小乐子。提提搬到简迟生这里之后,售楼的工作不辞而别,换了装束。白领的职业装在她只是一出戏里的演出服,这一场结束,便卸了。她的头发重新留长,长到腰,但额发依然剪短,剪得很宽,从这边太阳穴到那边太阳穴,脸就显得更小,更尖,也真是像一种动物,獾还是什么的。她其实已经有了黑眼圈,但因为皮肤细腻,并不怎么显,反而觉得眼睛的幽深。她是挺奇异的,不是好看,不是狐媚,就是一种锐利,刀锋似地刺入人的感官。这是由一些痛楚的欲望形成的,这欲望栽种在娇嫩的身心里,撕裂了形表。但是,简迟生并不认识这个,或者说他没有太大的兴趣认识,他已经经历过许多,本能地避重就轻。他宁愿将提提当成个小娃娃,如呼玛丽说的,芭比娃娃。她的肌肤,脸蛋,身型,头发,还有时不时的小脾气,在他,都是如丝般的柔嫩,娇好。他忘了呼玛丽当年是否有这般的娇嫩柔滑了,那时候,他也是娇嫩柔滑的,另一种材质,不是如丝,而是金属,于是,彼此消融。

提提感受到简迟生对她的纵容,像父亲。每个女性潜意识里都有些恋父,包括呼玛丽,和那个香港的生意人,也是当半个父亲的。这里有一种对安全的期望,在遭受过挫伤之后,这样父爱式的慈悲令人安静。她就越发任性,简迟生几乎是鼓励她的任性。她闹得不可开交了,他也不过佯怒地喝停。提提是什么人?她总是能在接近极限之前收住,不至于过火。她也有些逗简迟生呢，看着他对自己手足无措，提提的心里很得意。就像老鼠戏猫，尤其是，这只猫不是猫，而是虎。

提提有一次闹气出走，这是任性的节目之一，她出走到哪里去呢？找子贡去。与子贡隔一张咖啡桌，桌上的烛光从颔下映上来，脸部留下几片阴影。提提诉说着怨艾，在子贡听来不过是调情，所以就任她说去，眼泪也任她流。心里不免有妒意生出，想着这世界上都是安排错了的，爱的人不能，能的人不爱。提提看见他走神，停下来问在想什么，子贡脱口道：简迟生。两人都静了静，停一下，提提说：假如让你用两个字来形容简迟生，是哪两个字？子贡又一次脱口：性感！提提的眉毛在额发里扬了扬，脸上的阴影移动了一下。子贡沉吟地说：简迟生具有男性这一种性别的最高美感，比如——提提问。子贡不接提提的问题，兀自说下去：有一句话叫"动若脱兔，静若处子"，你知道吗？一个男人美到极处，就只能用女性的词来表述了——静若处子，简迟生就是一个"处子"，当然，我不是指生物意义上的。我懂，提提说。你不懂，子贡反驳了她，你以为只有异性间才能感受性感，事实上，同性和同性之间，才能真正地深刻地感受，因为我们是同一类人。提提跳起来：我也懂，比如女模特儿，封面女郎，女明星，男性喜欢，女性更喜欢！子贡笑了：这不是一件事，你说的喜欢不叫喜欢，叫消费，偶像是没有性别的，美也罢，性感也罢，在了偶像，就都成了符号，而美和性感是生动的——那么你呢？你又是哪一种？提提不服气地说。我是大符号，一个大符号！子贡说，语气是自嘲的，又有点自得。

可是，不管怎么说，简迟生已经老了，提提说。这才是生命呢！子贡叹息地说。我真倒楣，得到的是凋敝的生命。那你就要充分地运用想象，爱就是想象，子贡说。你教育我？提提诘问。不，我是自言自语。提提体会到子贡的寂寞，同情地摸摸他握扶着玻璃杯的手，子贡让开了：动口不动手。两人共同想起一些相处中的片刻，不由都笑了。此时，提提也已经平静下来，东拉西扯了一会儿，子贡催她起身回去，她不回，子贡也不硬劝，就继续坐下去。提提又问：要是拿简迟生和潘索比呢？此时此刻，提提已经能够平静地谈论潘索了。子贡回答：简迟生更能激起想象。提提不服道：潘索难道不能？子贡说：潘索本身就是个想象。提提想起她说过潘索是个"大艺术"的话，觉得也对，又止不住地好笑。笑过后，提提再问：简迟生让你想象什么呢？子贡简单说了一个字：性。

子贡笑了一声，这一笑多少是猥亵，但也够直接的。而提提生性里也是有些下流的，这就竖起了耳朵：性？是的，性在想象里其实更有内容，事实却是简单的，你说是不是？提提想了想，要看从哪个方面说。就从性本身说，子贡回答。他们两个头都快碰在一起了，这样直露的兴趣，反变得天真。子贡用手比划了一下：不就是那么几个动作？提提说：可是快感无法形容。转瞬即逝，子贡的手在空气中一握，表示结束。回味无穷，提提说。子贡将手放回到桌面：可不是？这就是想象，而那一瞬则是畜类的。提提挣扎道：人是有动物性的。那是进化的残余部分——说到此，子贡的漂亮的脸抽搐起来，好像肉体的哪一个敏感部位受到了伤害。他的激动表情让提提不屑：简迟生进化得有那么彻底吗？子贡缓和下来：你我都不是简迟生的对手。提提没有和他辩，觉得他过于认真了。

他们又扯了会别的，这一回，提提自己说要走，子贡倒不舍了，留她再坐一会。提提说：那我去你那里怎么样？子贡无话可说了。提提的出走，总是在当日的午夜结束。分手时，提提站住脚，又提了这晚上最后一个问题：你说，谁是简迟生的对手？子贡说：有一个。提提追问：谁？自己猜去！子贡说。提提说：我用一个秘密换你的秘密，好不好？子贡不要她的秘密，提提非要给他：我告诉你，潘索的大老板是谁？是温州人。子贡还是不说，出租车来了。

这个人，其实他们彼此都知道，可是谁也不说出口。

提提和简迟生闹气，在恃宠之外，也有一种认真，就是由那个人，呼玛丽引起的。

呼玛丽从来没有介入过他们之间，有时在一众人聚会中，也和简迟生隔得远远的，甚至不大交谈。有一回，宴席中，说起一个话题，呼玛丽有些兴奋，搭上腔来，不料简迟生大怒，将手边的一个碟子掷了过去，呼玛丽一让，碟子飞到身后墙壁，落到地毯上，呼玛丽则哈哈大笑。这一怒一笑，一掷一让，很显然，他们之间并不像表面上那么疏离，而是有一种称得上默契的关系。并且，提提发现，所有的朋友，不是小朋友，而是老朋友，对这关系都是了解的。当晚，提提向简迟生打听呼玛丽，简迟生简单回了一句：一个老太婆。提提释然了。真的，有什么比青春更矫人的？提提的长发，帘幕般垂下，丝丝发亮，握在手里却是肉质的肥腴。倘不用手触摸，单是看，你是觉不出这小东西的丰饶。简迟生的宠爱滋养了她，在她单薄的紧贴了骨骼的肌肤之下，生出了脂肪。这层脂肪完全不足以使她增添一丝丝体积，只是稍稍隔离了骨骼，使肌肤发出牙白的光泽。简迟生拥她入怀，感觉到这纤细肢体的结实，任凭怎样挤压，亦只有瞬间的变形，一松手又回复原状。就像一个橡胶娃娃。与简迟生的感受相反，提提体会到的是他的衰老，是的，他还没有完全松弛，他还是结实的，结实的却是赘肉。潘索也是肉多，但是天真的，耍赖的，好像在说：你拿我怎么办？而简迟生，你能感觉到他的心劲，撑持着不坍塌下来。前者是个孩子，后者是霸王，一个衰老的霸王，即便有一日，身体分崩离析，那一股霸气也在。就是这气质，征服了提提，也让提提急于征服他。靠什么征服？青春。这是提提最富足的，尤其在简迟生，以及他的大朋友中间，提提具有的优势不消说了。简迟生又是个热爱青春的人，在他，所有的女性只分为两类，一类是小姑娘，一类是老太婆。但是，提提又觉得不够。

　　扔碟子的事情过去了一段时间，有一日，简迟生和子贡通电话，没什么要紧的事，只是说些闲话。陡然间，简迟生语气变得尖利，提提不由看他一眼，见他脸色严峻，又有怒意生起，她心里跳出一个名字：呼玛丽。她发现这名字始终潜伏在意识里，她并没有释怀。简迟生挂了电话，躺回到行军床上——这一具行军床，帆布与木架组合，流行在六十、七十年代，这城市住房局促，需要大量晚上放下早上收起的床铺——很奇怪地摆在沙发旁边，是简迟生的坐榻和卧榻。简迟生的房子近三百平米，装修得相当阔绰豪华，客厅沿墙一壁多宝阁，摆放着陶瓷器皿，都是新制，款式也不见其不凡，主要就是体量巨大，有一股迫人的气势。其他设施也是这样，都谈不上什么格调，就是超级大：可并排放下四个枕头的双人床；橡木大餐桌，桌腿有碗口粗；小池子般的澡盆；一面墙的投影电视，垂地的窗幔——这些规划与其说出自主人的爱好，不如说是满足了设计者的雄心，因简迟生最多的时间，是窝在这具行军床上，看电视和影碟，正应了一句老古话：家有千千屋，日卧三尺。他双手枕在脑后，看着前方，一面墙的屏幕的光，反射在他身上。光里的简迟生好像在另度空间，与提提咫尺天涯。

提提感到不安了，这个老太婆，呼玛丽，庞庞然的一大个，黑压压的，横陈在简迟生的历史上，投下阴影。在这阴影之下，提提的别扭和任性，就只是些小打小闹，不是同一个量级的。简迟生是宠她，还挺疼她，但是缺乏一种严肃性，而这种严肃性，她却在他对待呼玛丽的态度里看见了。幸好，这样流露的时候非常少，呼玛丽早已经退出简迟生的生活很远。这也是让提提疑惑的，因为呼玛丽不那么在意简迟生了，而她提提却很在意。不过，这总归是安全的，毕竟，简迟生日夜和她在一起。

如同前面说过的，简迟生已渐渐抽身退步，过着一种赋闲的生活。他和提提，每天睡到日中午，方才起来。所谓起来，亦不过是提提起来，简迟生则从卧室的床移到客厅的行军床。提提做了饭——应该算是早饭还是午饭呢？饭端到行军床边，简迟生起腻的时候，就要由提提一口口喂到嘴里，提提就成了个小妈妈。这顿饭结束，已是午后二三时了，所以，这顿饭就是午饭，早饭，他们通常是不吃的。简迟生总是看电视，提提在地上铺块小毯子，练瑜伽。她本来韧带柔软，又跟了老师，就可将身子扭曲成麻花。两人各做各的，都不说话，厅里充满了电视的音响。有一阵，两人都以为对方盹着了，抬头看一眼，原来都醒着。一个睁眼躺着，另一个盘在地上，也睁了眼。这互望的一眼，倒有些相依的意思，似乎茫茫人世中，只有他和她，共度寂寥的时光。虽然是闷的，可人生不就是闷的吗？也是安宁，许多挣扎最后都回归到这一刻。不过，话说回来，如果这时候有电话铃响，两个人都会振作一下，简迟生一转眸，提提则奋然而起。是谁的电话，谁就变得饶舌，饶过之后，复又静下来。这样，暮色渐渐起来了，厅里有些暗，反比大亮有暖意，挺温馨的，他们的精神头也起来了。

夜晚的帷幕将开未开时，有一股跃然的心情。提提开始梳洗更衣化妆，简迟生打着哈欠翻身下榻。电话铃响得繁密了，刚放下一个，又起来一个。他们也开始往外打电话，手机和座机同时进行。你可知道，不止是他两个，还有许多人，都是在这一时活跃起来，电信网络进入高峰时段。喧哗中，天也黑到底，开了灯，提提的被描画过的脸，格外清晰醒目，白昼里且是模糊的。简迟生修了脸，梳平头发，轮廓也出来了。他们身上还是有隔宿气，但已经让牙膏、香皂、剃须膏的薄荷味压下去大半，等出了门，风一吹，就全散了。现在，他们还要在屋里逗留一会儿，外面，正是下班的高峰，是上班族的天下。再收拾收拾，找检一番有无遗忘的东西，说几句玩笑，就可以出门了。

小区里黑着，简迟生等在路边吸一枝烟。不在室内吸烟，是提提的禁律，未见得限制得住简迟生，简迟生愿意服从，是当小孩子的游戏规则，他喜欢这类小孩子游戏。提提下车库开车，她考得了驾驶执照，以后开车的事就是她的了。她开的是一辆奔驰S600，大车身的，简迟生什么东西都是大的，惟有提提，小小的，是芭比娃娃。车静静地停在简迟生身边，等他上了车，从甬道上滑行过去，出了小区。

提提耳朵上挂着蓝牙耳机，手扶方向盘，灯的流萤从两边过去。她知道，在这静谧的马路下面是极大的喧哗，地铁在穿梭，脚步沓沓。而路面上，车流无声地行驶。这城市无论静和动，都是激越的，都是力量，现在，她汇入进来，是其中的一分子了。车在新区里行驶，像提提这样的新人，没有世俗的成见，她喜欢新区。因其新，没有垢，光滑闪亮。车在高架口有一时的拥堵，提提并不烦躁。在车阵里，前后左右都是各式各样的车，还有驾车的人，有男有女，隔了窗玻璃，一律是矜持的面目，其中也有提提的一张脸。车阵在动，缓缓地交互，有的进来，有的出去，错乱一阵，就好像水流穿过了漩涡，忽然又畅通起来。高架上行车又是一番景象，车流从高楼齐腰处过去，那些亮晶晶的窗格子几乎成扑面之势。车在空中盘旋，有时分流，有时合流——你一旦搭着脉，便纳入体系，跑不脱了。车下高架，市声涌起，犹如交响乐里的全奏，有一种浮浅的煽情。这时候的光和色，就有些俗丽了，也不是俗丽，而是旧式的繁荣，挤簇的、重叠的，鳞次栉比，是城市的考古层，这就是老城区了。车流可说穿心而过，破出一条路，光色飞溅。然后，他们就到了他们要去的地方。

如果不是呼玛丽，这样的日子，他们可以过一辈子。提提的小吵小闹，是小插曲，调剂着多少是单调的生活。静止的生活，本来也生不出什么争执的原由，但提提是活跃的性格，生气勃勃，无原由也要吵出原由来。简迟生也当作小孩子的游戏，陪小孩子做游戏，自己也变成小孩子了。仅此而已，不能玩过火，玩过火就没意思了，就变成真的似的。简迟生不想和提提动真格。所以，提提的吵闹中，他比较不喜欢的是出走这一个节目，倒不全是怕她走了不回，而是他不愿意生活乱了节奏。他怕乱，这一套生活的秩序他是经几十年动乱得失方才形成。他不喜欢出走这一出里的那种情绪：惦记，等待，担心，出走的人回来时免不了要有的缠绵和激动，这些近似于严肃的情绪波动，他早已感到乏味。这一点上，他和潘索不谋而合，但出发点不同。潘索是贪婪，嫌现实生活的量不足；简迟生则是透支了食欲，没多少胃纳了。这两人要是在一起谈谈，也许很好。他们先后在提提的人生里出场，却没有邂逅，是机缘的另一种。话说回来，好在，方才说过，提提出走的一幕总是在午夜结束，她的聪明足够明白，这把戏于简迟生无碍不说，反而于自己不利。她想起一个词，就是蚍蜉撼树。

还是那句话，如果不是呼玛丽，一切都好了。简迟生和提提之间，年龄，经验，价值观，荷尔蒙分泌，种种差异，在一个强有力的互补原则之下，自行往适应状态调节，可在一定的时间段内保持平衡。甚至，谁说得准呢？也许有一天，简迟生会和提提结婚。他的女儿，他第一次婚姻的产物，一个工科硕士生，一点不像他，惊人的理性，也许是父亲的性格与命运向她作出警示——遇见提提，两个几乎同龄的女孩经过短暂的对峙，克服了敌意以后，放松下来，保持着礼貌的冷淡，这多半是女儿的性格起作用。父女单独相对的时候，女儿对父亲建议，可以考虑结婚。她说，从现在开始磨合，一同进入老年，再晚就时间不够了。简迟生很诧异女儿二十四岁的年龄竟对人生有这样成熟的想法，多少是有些灰暗的，由此也想到提提。在提提年轻的表面之下，究竟有着一颗什么样的心呢？她还比女儿年长一岁呢。他简单回了女儿一句：我现在已经是老年了。可是，说不定，真的会有一天，他和提提成为夫妻。无论怎么说，随了年纪增进，到了人生的那一节，生活是更加简单了，而他们也终于磨合——他有时会想起女儿用的这个词，"磨合"，事实上就是，他与提提在"磨合"着。和呼玛丽，"磨合"想也别想，他和呼玛丽是淬火。烧红的铁和水相逢，钢火四溅。他们从来没有磨合过，只要是他和她，就是淬火，每经一次淬火，强度就增进一分，最后两败俱伤。

当提提问子贡谁是简迟生的对手的时候，是很胆怯听到回答的，子贡就像了解她的心事，没有说出口。提提宁愿处在蒙昧里，当作没有这个人。可越是当不存在，越是处处都在。那客厅壁上的陶瓷器皿，个个都是配呼玛丽的身量和气势，简迟生这个人也是配呼玛丽的身量气势——不仅在外形，更在内涵，他对呼玛丽流露出的严肃性，在提提从不曾有过，他与提提之间的一切都是轻松佻达。提提也想涉步深处，深处在哪里呢？而呼玛丽轻轻一揭，就揭开了。哪怕她与他只是隔了餐桌，幽暗的灯光下，稍一对视，那沉重感就呈现了。在那人为的，刻意的灯光布局下，人和物都变成道具一样，丧失了独立的性格，是画面的一部分，所有的脸都像面具，程式感极强。这是令人安全的，那些危险的性质，都消融在夸张的戏剧性里了。这一类后现代风格的装潢，就是取消人物的具体性的。然而，一旦呼玛丽和简迟生目光相接，真实感就迸发了，有关性格，遭际，命运，等等的暗示，在这一碰触中，崩裂开来。提提不由心惊了，于是，属于她的那一张面具上，也呈现出具体性。在一整个抽象画面上，它几乎看不出来，抽象的涵盖面那么大，将所有个别细节一网打尽，收入囊中。可还是有一些特别的眼睛，攫取了这细节。那是需要一定程度的同情心，从相近的经验和命运中出发。

呼玛丽知道这小东西在发怒了，怒容将芭比娃娃的小脸撑裂了，变成一张破碎的面具。她也有些惊讶，惊讶这芭比娃娃格式化的表面底下，竟有着人的性格，虽然这性格称不上是深刻，还只是一些儿小脾气——怪时代不好，在这个肤浅的时代里，什么样的性格都瓦解成小性子，但这点儿小性子，也够闹腾一时的。她看见简迟生在哄她，就像哄女儿，不，哄女儿不是这样，这是两种关系，这一种里有情欲，情欲将代际关系模糊了，代际关系里的尊严也模糊掉了。呼玛丽觉着这一幕的滑稽，她还没来得及笑，一个碟子就朝她飞过来了，是从提提手里飞出的。这一回可是击中了，击中她本能抬起抵挡的小臂上。她叫了一声，不像是疼痛引起，而是像喝彩，有一股子兴奋劲。她就喜欢这样的场面，可惜简迟生将提提抱住了。提提在简迟生手臂里挣着，挣出手抓了一下，简迟生的脸上便现出一道血痕。呼玛丽叫了声"好"，简迟生手下加了力，将提提拐小鸡一样拐走了。提提被他恼怒的动作弄疼，可她还是很清醒，这恼怒不是冲她来的。

　　下一日，当呼玛丽接到提提的电话——她从子贡那里问来呼玛丽的电话，提提约呼玛丽见面，不禁刮目相看，这小女人挺有火气的，竟和她单挑。呼玛丽对这场会面很抱兴趣，她提早来到约定的地点。下午时分，整条街都清寂着，一半酒廊闭门，入夜才开张营业。这一间酒吧兼餐馆上了有七成座，都是附近写字楼吃公司客餐的白领，更替很勤，服务生不停地翻桌子。呼玛丽占了靠窗的一张小咖啡桌，隔着窗外的餐座，看见一辆奔驰S600一个大转，停在人行道下的马路上，停得太急，向前冲了二三米，差点撞翻人行道上的花坛。服务生赶紧跑出去，车主从驾驶座欠过身子，是提提。交涉了一阵停车事项，按指示去到对面酒店的停车场。奔驰翘过车头，等待车流中的空当，好穿马路，尾灯一亮一亮，呼玛丽好像看见了一颗焦虑不安的心。奔驰终于插进车阵，到了对面，停一时，只见提提一个人过来了。

　　提提将头发别到顶上，好像长了鸡冠。一身本白麻布衣裙，上衣是无袖无领短衫，裙子是一整块布围腰一周半，系起来，风吹开裙裾，瘦小却结实的膝盖时隐时现。足下是一双麻编的平底凉鞋。看上去，就像雕像里的希腊少女。她手里握着车钥匙和钱包，另一手在眼前挡着阳光，一步一步走来了。呼玛丽有一时的怔忡，被眼前的美景镇住了。提提真说不上是绝色，可是年轻啊！有什么力量能挡住年轻？尤其此时此刻，被紧张煎熬得失措着，对这拥有浑然不觉，自己都不知道自己有什么。就这么横过马路的几十秒钟里,提提的性格趋于完成,当她站到了呼玛丽跟前,呼玛丽就看见了一个身处危机中的女性。她已经有几分憔悴,这憔悴并不征兆着衰老,而是表明激情。

请坐,呼玛丽说。提提负气地站着,僵了一会儿,然后又负气地拉开藤编扶手椅,坐下了。我要和你谈谈,她生硬地说,横下一条心的架式。呼玛丽作出聆听的姿态,她有一点点喜欢这小女人了。你,不要再来打扰简迟生,他恨你!提提说。她的两只手垂在膝盖上,紧紧握着车钥匙和小羊皮钱包,她发顶上的发卡,也是同色同质的羊皮发卡,一种染成蟹绿的羊皮。她这一身很精致,很昂贵,但还是有一股粗鄙,从芯子里膨胀出来,将外形撑变形,这就是活力所在。他真的是恨你!提提等不及呼玛丽的反应,急切地强调,你离开他远远的吧!呼玛丽这才吐出一句:他恨我与你何干?提提被问住了,但立即回嘴道:我不愿意他生气,我希望他平静,快乐!呼玛丽问提提:我有什么义务要照顾他的心情?他与我又何干?提提火了:你以为我不知道,你们俩有一腿,别装没事人一样!呼玛丽笑起来:我和他岂止一腿,有好几腿呢!我和他有一腿的时候,你不知道在什么地方呢!提提忍不住骂道:老妖婆!你知道简迟生怎么说你?老太婆!呼玛丽更笑了,简直乐不可支。老太婆,老妖婆!提提一迭声地骂,想骂痛她,她却越笑越厉害,她的笑很有感染力,提提不由也笑起来了。边上的人看这一老一小两个女人,母女不像母女,朋友不像朋友,不像交好,也不像交恶。

呼玛丽拭去笑出来的眼泪:你说,他恨一个老太婆犯得着吗?提提被她套进去,不笑了。你担心什么呢?呼玛丽问,看着提提的脸,她小小的纤巧的五官,经不得感情的太大摆布,有着枯萎的迹象。呼玛丽抬起手,怜惜地去摸提提的脸,被提提让开了。你像我——呼玛丽说,一个人,无论爱多少个人,他所爱的人,彼此间都是相像的;不要以为你有什么特质,其实你和他爱的前一个人差不多,甚至,可能还弱一些,因为他在衰竭;这没什么不好的,每一个生命都是由嫩到熟,由熟到衰,越是全力以赴,这个周期就越急促;所以,你和我,说不定就在什么地方相像着。她们两人对视着，双方眼睛里都涌起柔情，因为先后爱上同一个人，又被同一个人所爱。虽然，也许，爱的性质有所不同。呼玛丽继续说：不过，你没有我幸运，因为我是在他的全盛时期和他相爱，你看，我自己说出来了，我和他是有一腿，现在，他在走下坡路，而你，全面盛开，你不划算！

你在挑拨！提提笑了，表示出她不上当。就算挑拨吧！呼玛丽说，简迟生已经迟暮了。她用"迟暮"这两个字，通常是用在女性身上，她用于简迟生，也挺合适：简迟生要证明他还有能力爱，事实上，是重复，而且是机械的重复；我说他机械，是因为他重复的都是表面的性质；比如他爱你，是因为爱青春，他以为这就是青春——呼玛丽抚了一下提提的脸，这一回提提没躲，她抚到了如丝般柔滑的肌肤，柔滑到脆弱，顷刻之间就将破碎——其实他不知道青春有着易朽的性质，因为生长力太活跃了，就是这股子置生死不顾的劲头才是青春最叫人爱的，可他只能重复表面。你是说他对我的爱不会长久？提提有些不服。不，不！呼玛丽否定，我的意思是，他能让你满足吗？

你又在挑拨！提提说。呼玛丽得意地大笑，提提骂：老妖婆！她也有点喜欢她了，这个老妖婆，她说出了青春的真谛：易朽。而提提，毕竟还沉浸在青春里，美丽的，活跃的，息息相生的青春，就算有一天逝去，变成眼前这个老妖婆，也不坏！那又是多么久远的事情啊！她心情陡然开朗，可是呼玛丽的话又让她罩上了阴霾——在表面之下，那种真正的性质，已经扎进他心里，不是心里，而是身体的深处；就是身体，不要和我说什么灵魂之类的玄而又玄的话，就是身体里的疼痛，无论他怎么更新表面，这性质都在；他以为频繁地更新可以取消这性质，错了！因为表面与本质越离越远，最后两不相干！她就像个真正的巫婆一样，发出毒咒。可是——提提再一次辩解，在我的表面之下，也存在着本质，摄他的魂魄的本质。不错，遗憾的是，他没有能力了，他没有能力挖掘，本质是需要挖掘的，双方具有平等的腕力，甚过恨的爱，拼搏，较量，撕扯，开出血路，终于才能掘进到本质的深处；还要付出时间的代价，挖掘是用时间铺路的，而他没有时间，没有足够的时间；当时间流逝，改变了表面的形态，此时，就要经得起怀疑——在变异的表面底下，有没有永恒的本质！这一切条件在他已经丧失了，你只是他惊恐失措时抓到的一根稻草。你小看我！提提说。正好相反，我欣赏你！

提提的眼泪盈了眶，沮丧的又是兴奋的眼泪。许多缕头发从羊皮发卡底下散落，麻质衣服揉得一团皱，有些衣不蔽体的意思。和呼玛丽的谈话就像一场厮杀，女人和女人的厮杀，指甲，牙齿，什么都用上了。你这锅汤刚开滚，起了一周圈的沫，简迟生只剩些余烬了，怕煲不熟你！提提跳起来，指着呼玛丽鼻子说：你妒忌，妒忌简迟生爱的是我，我是他的心肝宝贝，你不是！说罢转身跑出去。用午餐的客人都走了，又没到下午茶的时间，服务生们偷闲去了，只有她们。提提消失在门口，余下呼玛丽一个人，她在心里念着提提方才说出的那个词，"心肝宝贝"，不错，呼玛丽从来不是简迟生的"心肝宝贝"，她只是，永远是，他的对手。她招呼服务生过来结了账，嘴里衔一枝烟，收拾起皮包，走了。走到门口时，她庞大的身形挡住了光线，餐馆内暗了暗，只一刹那，等她走出去，重又亮起来。

后来，提提还是离开了简迟生，倒也不是呼玛丽挑拨成功，他们的事，就是这样的命运。不知道提提去了什么地方，大概还是要子贡帮忙。这个城市里，她只有求子贡。这是个欲望城市，惟有她和子贡之间没有欲望可言，所以就能真心帮助。简迟生度过了一段失落的日子，又平静下来。他倒没有结识新女友，女儿那句告诫看起来有些道理：再晚时间就不够了！也许，提提是他最后一个机会，可惜没有抓住。有时候，女儿来看他，看着她那张平静的脸，他几乎有些悚然，似乎有千年万代从这脸上走过，女人真是不可思议的动物。他对付了她们一生，也没有了解她们。有一晚，一位公安局的朋友请大家玩，去一个新开张的娱乐城，名字叫"万紫千红"，规模之大，令人咋舌。总共有六层楼，占地几千平方，有洗浴，吃饭，按摩，理发，唱歌，表演等等。他们先洗浴，再吃饭，然后到歌厅唱歌。他们都不会唱歌，所以没有包K房，只在散座里点歌听歌。那些男女歌手都很年轻，在简迟生听来，唱得和那些当红的并没大差别，境遇却不能同日而语。他们卖力地唱和说,和听客拉拢感情。有几个显然是常客,专来捧场,捧的那歌手下了场子,便也离开了。简迟生一伙比较少来这样大众化的场所,这里有另一套规则,气氛是要粗鄙和喧哗,却有一股子热火劲,但到底不惯,少坐一时就出来了。在门口,看见那个方才唱完退场的女歌手正在台阶下面,她穿着雪白一身演出长裙,裙摆卷巴卷巴束在腰里,跨上一辆载客的摩托后座,摩托转了个头,她的脸就到了灯光的亮处,一张小脸扑着厚厚的粉,眉眼画得很粗,假睫毛像扇子张开在不大的眼睛上,垂在头盔下的发卷也像是假的,油黑油黑。摩托"嗖"地驶走了,是去赶场子。简迟生不由想起提提。第二天晚上,他一个人来到万紫千红,不吃饭,不洗浴,就在歌厅听歌。他也学着那些常客,在盘子上放了钱,点那女歌手的唱。他知道了女歌手的名字,叫豆官,觉得这名字很别致。有几次,豆官下场后,为表示谢意陪他坐一时,他夸她这名字有意思,她说,其实是她的小名。在她们家乡,女孩子的名字后面都要安一个"官"字,很土,可是,土到头不就雅起来了吗?简迟生问她家乡在哪里,她胡乱说了个地方,显然是假的,简迟生也不追究。这地方来多了,他也知道,这些人嘴里,套不出一句真话。很可能,"豆官"不过是从《红楼梦》上学的,贾府为元春省亲专设梨园,那唱戏的都叫作"官"。简迟生可是熟读《红楼梦》的。但这豆官也够聪明,确有一点提提的意思,而简迟生不知道,提提倒真有一个带"官"字的小名。

  后来,这豆官离开了万紫千红,据说,去里约热内卢发展了,简迟生却保持着这个习惯,每天晚上八时半到九时之间,去万紫千红歌厅听一会儿歌。无论他吃过饭,还是吃饭之前,赴朋友聚会,甚至朋友们在他家聚会——他招呼不打,自己出了门,下到车库,开出他的奔驰S600。车已经很旧了,可他没有换车,他不像年轻人那么爱帅。奔驰静静地驰出小区,驶上平滑如镜的路面,在空旷的静谧里行驶,直到万紫千红。那里就像开了锅似的,霓虹灯四射,把车钥匙交给门童去停车,他走进大堂。金碧辉煌,一股子俗俚的喜气,他进了歌厅,坐在他专有的座位上。歌台上的歌手直着嗓子,因为用力,纤弱的颈上迸出青筋,歌声在音响的混响中炸开着。歌手更换很频繁，无论是谁，都是年轻的，盛丽的，精力充沛，全力以赴，外乡来的女孩子，在简迟生的眼睛里，她们有一个共同的名字，就叫提提。

2008 年 6 月 18 日　上海

（原载《收获》2008 年第 5 期）

凤在上　龙在下
榛　子

一

　　五角场其实就是个五角形的转盘街，在城市的这个下只角地段，曾经是很闹忙的去处。沿街是一圈的商店、布店、服装店、浴室、照相馆、干洗店、饭店、药店、邮局……有那不熟悉的外地人，常在这一带转迷了。好不容易来趟上海，照张相吧。上海照相馆的服务态度之好，是全国出了名的。师傅说着好听的南方普通话，和蔼地摆布着你。照相用的布景也洋派，漂亮。"坐好啊，坐好，对，那位头再朝里歪一下，对，笑一笑……""咔嚓"，闪光灯一亮，妥了。而且上海师傅讲信用，你甩开双腿天南海北逛够了，回到家，上海寄来的照片早邮到了，在桌上等着你呢。拍完照，从照相馆乐呵呵地出来，沿街一家店一家店地逛，咦，这怎么又到了照相馆了，而且这么眼熟，好像是来过的。对啊，我是想在上海照张相来着，我照了吗？照了？没照？这儿怎么这么眼熟呢？

　　这就是晕场了。

　　常贵珍就碰到过晕场的人。刘阳跟她说过"晕场"这个字眼，她当时笑疯了，以为是刘阳杜撰出来糟践外地人的呢，笑过了没往心里去。这小子就会吹，吹牛不打草稿。天底下哪有那么笨的人，小小的五角场，不过十几家店，会转晕了场？

　　常贵珍高中毕业，很幸运地接了母亲的班儿，分配在五角场的一家服装店，叫做向阳服装店。那时候上海的服装生意好做啊，藏青色的中山装最好卖，全国人民都到上海来买中山装，呢的八十块钱一件，顶两个月的工资啊。那也好卖。常贵珍整天置身于藏青色中，那颜色多压抑啊，可是她没觉得，心情相当开朗。后来卖西服，西服也好卖。裤子也好卖。那些外地人拎着衣服裤子，在试衣镜前好歹一比量，就它了，买！刘阳看着高高兴兴满载而去的顾客，拉长声调说，多么富有而淳朴的阶级兄弟啊，欢迎你们常来。常贵珍就会仰着脸"咯咯"地笑。

刘阳算是常贵珍的师兄，其实才大她三岁模样。他眼神儿刁，顾客站在柜台前一看，他马上就瞧出人家喜欢什么，拿过来往柜台上一放，也不说话。哪像现在卖服装的，服务员比顾客都多，挤在店堂里嘻嘻哈哈聊天，顾客进来还没睁开眼呢，就给人家围上了，你也拉，她也扯，恨不得把人家撕碎了不可。零距离接触啊。而且刘阳拿衣服从来是一次性的，他早把对方的身量看准了。就这一手，连老师傅都佩服他。

那天刘阳休班儿，来了个东北顾客，女的，四十出头儿，面色黑红。她要给丈夫买件中山装，报了丈夫的身高胖瘦，给她拿了一件，没挑没拣地塞进包里就走，看样子还有事要办，而且对上海的服务态度相当信任。是常贵珍接待的她。过了十几分钟这女人又进来了，眼神儿有点发直，盯着一排排服装看，迟疑地指指中山装。常贵珍以为她喜欢上海货，又给她拿了一件。再过了十几分钟，这女人第三次进来，一屁股坐在店堂的椅子上，两眼盯着挂得严严实实的中山装，眼看着脸色就变白，汗水顺着脸淌下来。常贵珍当时还没反应过来是怎么回事，她还以为这女人买东西买累了。

还好刘阳来了。刘阳的家就在附近老弄堂，这小子休班儿喜欢到处逛，闲得慌他就到店里来。刘阳一看就说，这女人可能是晕场了。刘阳问常贵珍，她买了几件衣服？常贵珍说两件。刘阳又问，她来了几趟了？常贵珍说这是第三趟了。刘阳当时就说，晕场了，快给人家解释清楚，该退货退货。

一问之下，果然那女人是走晕了，她只想买一件中山装的。常贵珍这才相信"晕场"的说法。事后店领导表扬了常贵珍，说她年纪轻轻业务用心，还没出徒就看出顾客晕场了。这件事儿办得好，给大上海的商业赢得了信誉。常贵珍知道这事儿是刘阳给她赚了面子。这家伙就这样，嘴上怪话连篇的，事儿办得让人心里舒服。

张家临也是到店里买衣服认识的常贵珍。他陪外地的亲戚来买中山装，刘阳接待的他们。刘阳耐心地接待张家临的亲戚，张家临抽出空儿来东张西望，就把常贵珍看在眼里印在心里了。张家临住得不远，离五角场两站路。后来张家临一直说，幸亏那天我偷懒，没带亲戚到南京路去，而是来到了五角场的向阳服装店，否则我到啥地方找你去。

张家临从此借故常来店里，他有他的办法。他买了一件中山装，涤卡的，翻过来掉过去地检查纰点。常贵珍见怪不怪，上海男人都这样，买东西比女人还挑剔。张家临生得高大威猛，这种细心在他身上就有点别致。买这件衣服张家临差不多用了一顿饭的工夫。下一个休息日，张家临拿着这件衣服来了，要换，说是有一粒纽扣没钉好。换件衣服又用去半天。再下个休息日，张家临又来了，说是衣袋盖不平整，还要换。这件中山装算是把常贵珍套住了。

按刘阳的说法，常贵珍顶多算个中等小姑娘，不好看，也不算难看。常贵珍听了心里别扭，扭头冲撞他一句，你好看死来！当时引得同事们大笑。晚上回到家里，常贵珍好好地对着镜子照了自己，发现自己确实不算好看。从小到大也确实没有人夸过她好看。可是哪有当着众人面这样说人家的呢，也就是刘阳这个促狭鬼。不过曹师傅说过一句公道话。曹师傅是刘阳和常贵珍的师傅，苏北人，少小离家来到上海的服装店当学徒，思想还是比较淳朴的。他说，我们贵珍啥不好看，面色么红扑扑的，高挑身材。你们绕五角场寻一圈去，有比得上我们贵珍的小姑娘吗？刘阳就对常贵珍挤眼睛，意思是，这下你高兴了吧，得意了吧，到底是自家师傅，关键时刻知道护着徒弟。

常贵珍别过脸去不看他。

后来常贵珍就同张家临去看电影了。张家临是在家里养的。他妈怀他的时候是个店员，店就在家门口，因为要给一个买气球的小孩子吹起来，服务到位，一不当心动了胎气，把肚子里的他给吹下来了，来不及送到医院，所以取名叫张家临。张家临是工厂的牛刨组组长。牛刨同牛没有任何关系。牛刨是刨床的一种，大概某个部位像牛头，所以工人们叫它牛头刨。工厂在常贵珍眼里新鲜而有吸引力。她恨父母都不是工人，自己也没有顶替进厂的机会。

第一回进了电影院，常贵珍就朝小卖部看，她希望张家临给她买点零食。这是上海小青年中流行的时髦做法，吃不吃不要紧，关键是小姑娘有面子。张家临看出她的意思，小声说，吃的我已经买好了。常贵珍心里一感动，挽了他的胳膊就往里走。黑暗中常贵珍拈起张家临塞给她的吃食，软软的，湿津津的。是什么呢？不像话梅，也不像巧克力。放进嘴里一嚼，咸吱吱的，脆，怪怪的，还发出"咯啦咯啦"的声音。两个人一起"咯啦咯啦"就热闹了，引得前排都回头看他们。正是这"咯啦咯啦"让她想起来了，这是她父亲星期天下酒的东西，猪头肉。常贵珍没心思吃了，把猪头肉团放在手心，真是哭笑不得。张家临还劝她，吃呀，这个好吃，下酒最好了。

常贵珍没把这事儿跟任何人说，包括自己的父母。头一回约会看电影，男朋友给买的猪头肉，想想真不是个味道。常贵珍心里不痛快，推掉两次约会。可店里的同事们还是知道了这件事。刘阳俯在柜台边轻声问她，喂，怎么样，猪头肉的味道不错吧。常贵珍想一定是张家临对同事或家里人说了。真没想到这张家临嘴这么大，这点事儿都含不住漏出来。五角场还没个足球场大，厂里不少人住在附近。常贵珍气得头都昏了。下班之前张家临来找常贵珍，刘阳小声对她说，看，你的猪头肉来了。常贵珍恼着脸对着刘阳小声骂，滚开去！

走进店里的张家临没事儿一样，那神情活像接自家老婆回家吃饭。

曹师傅见常贵珍被这个张家临紧紧黏住，有点着急上火。老人家虽然做了大半世上海人了，还是有肥水不流外人田的旧思想。他认为三黄鸡哪能找只莱亨鸡踏蛋，常贵珍就应当和刘阳要好。这个张家临不正派，为了个小姑娘整天围着五角场转，连班儿都不好好上了，肯定不是什么好工人。

曹师傅正经和刘阳谈过这事儿。刘阳对谁都可以嬉皮笑脸，唯独对曹师傅不敢。曹师傅说，小刘，贵珍可是个好姑娘啊，放弃了太可惜啦。刘阳点点头说，是，常贵珍是蛮好的。曹师傅说，那你还犹豫啥，过日子呀，贵珍这种小姑娘最可靠啦。刘阳说，师傅，常贵珍是个过日子的人，可我不行，我自由散漫惯了，怕配不上她。曹师傅说，那正好啊，让她来管你，日子不就过下去了？你看看那个张什么临，配不上我们贵珍的，可惜啦。刘阳说，张家临这人不错的，在厂里还是班组长呢，有技术。师傅啊这种事么随缘的，随它去吧。

曹师傅也跟常贵珍谈过。他说贵珍啊，刘阳这人看上去油腔滑调，人是好的啊，聪明，心肠也热。小姑娘谈朋友头脑要清醒啊，有句老古话很有道理的，叫做男怕入错行，女怕嫁错郎噢。

常贵珍承认刘阳这人是好的，嘴坏只是他的表面。店里只有她和刘阳是年轻人，这两年可以说无话不谈。刘阳嘴坏，可是话常常能说到她心里，很过瘾，很长见识。只是曹师傅这么一点，她回味起自己和刘阳的关系，感觉有些说不清，似乎既像兄妹，又像情人。有两次和张家临出去玩，脑子里还会闪出刘阳的脸面。

常贵珍有点慌了。难道师傅比自己看得准？

刘阳没把曹师傅的话放在心里，还是那样没心没肺似的。他见常贵珍这几天少言寡语，以为她还为了猪头肉不高兴，就开导她，我看张家临是个大雅之人，由大俗达到大雅。巧克力是什么？是浪漫。浪漫能过日子吗？为什么现在婚外情多离婚的多？谈恋爱那会儿电影院里巧克力吃多了。猪头肉是什么？是实惠。实惠是什么？是过日子，是地久天长。

常贵珍看着他，想看明白他是真的还是假的。可是刘阳一脸的中性表情，她从中得不到任何信息。她只能叹上一口气，说，你啊，真拿你没办法。

二

常贵珍跟张家临商量婚事的时候，她的父母做出重大决定，要回乡养老，把房子让给常贵珍结婚。常贵珍听到老父亲说出这个决定，心里老过意不去，还是深深地舒了口气。想想实在幸福啊，父母只生了她一个女儿。

要是自己有四兄五弟，这房子就是锯开来也不够分，哪轮得到她这做女儿的。大上海这样的事还少吗？临走前一个晚上，父亲把常贵珍领到外面街上。老人指着他家的外墙说，女儿你好好看看，这墙有什么不一样？

夜风徐徐吹来，梧桐树叶在路灯映照下沙沙作响，常贵珍心里从未有过的轻松。她仔细看着，墙上有一大块颜色较深，大小相当一个窗户吧。她家是紧临街上的一户，斜对面就是五角场商业街，能看到她的店。父亲告诉她，当年他没有职业的时候，就在这里破墙开店，卖些香烟零食度日。父亲语重心长地说，孩子，这街面房可是宝啊，我怕你有一天日子难了，别怕，把这墙打开。

张家临是个粗中有细心灵手巧的家伙。他会理厨，拿手菜就是上海市民的当家菜：红烧肉、炒青菜。红烧肉烧得肥肉不腻不化，瘦肉酥烂；青菜上盘青盈饱满，香甜可口。常贵珍家的格局是一阁一底的。阁楼顶呈尖角形，勉强可以立直一个成年人。底层正房十几平方米，后有狭长的灶间，碗厨，煤球炉，尽头用木板拦出马桶间来，供人方便。前有狭长的客堂间，一张桌，两把椅子。筹办婚事布置新房的日子里，常贵珍父母就困在阁楼上，他们要吃了女儿的喜酒才好回乡下。常贵珍看着新房一天天像样了，觉得自己这样忙碌过来，已经提前进入了亢奋状态，非常疲劳。她允许张家临留宿，但不许他胡来。两个人并排睡在床上，劳累加上紧张，两个年轻人的身体是僵硬的，稍一翻动便惹得木床叫唤。两人都难以入睡，好像在搞睁眼比赛。常贵珍小声说，原来结婚的滋味是这样的。张家临问她，是怎样的呢？常贵珍说，累。张家临逞强，说累怕什么，我有的是力气。说着情不自禁地要抱她，常贵珍本能地一推床就叫了一下。两个人马上就分开了。阁楼上老人的翻身也弄得床响。老父亲在闷热的阁楼中摇着破蒲扇，奇怪地发出"咯吱咯吱"的轻响。夜逐渐深了，年轻人就在破蒲扇的轻响中睡去。

实际上相当简朴，一套家具、一台电视机、一台水仙牌洗衣机、一台双鹿单开门冰箱、几床新被，过日子的基本条件罢了。对了，还有一只木雕的落地式挂衣架，一架落地台灯。灯罩是大红的，晚上灯亮把屋里照满喜气。张家临在灶间打了个小壁橱摆放碗筷，小巧而实用。他还用细巧的不锈钢管焊了架子，把街上买来的玻璃板粘在上面，四方磨去棱角，成了式样相当新潮的茶几。这个玻璃茶几竟然让新婚小屋蓬荜生辉。

　　刘阳要送他们一把沙发。常贵珍吓了一跳，那要很贵的。刘阳说你别怕，我不花钱。刘阳这时已经不好好上班了。他在外头游荡，赚活络钱，听说还要想办法出国。同事都说刘阳啊，现在阿猫阿狗都出国了，留洋了，你刘阳不出国留洋有多么冤枉。刘阳在常贵珍的新房里抖着腿，说，好，蛮好，这里正好缺把沙发。交给我了。张家临说不可以的，我们领情了。常贵珍说除非你会变戏法。刘阳说戏法我不会变，但是我有个在家具厂做工的二哥。刘阳家里兄弟有五六个，职业称得上是五行八作。常贵珍说请你二哥帮我们打沙发吗，那面子也太大了。刘阳接过张家临给的香烟，点燃了喷着烟说，大老鼠会挖洞，小老鼠就会刨土，那不用教。我让你们入得洞房先坐在我刘阳打的沙发上酝酿感情。张家临"卟"地就笑了。常贵珍说你少来，吹牛没边，那些事轮不到你来想象。有些事刘阳是不跟人说的，比如他经常跟二哥出去干活赚钱，学了些手艺。刘阳说你这空当太大的放不下，双人沙发正好。张家临笑着任凭刘阳去胡说八道。常贵珍到底天真些，问，你是真的还是假的啊。

　　真正做起来就不那么简单。沙发的关键是弹簧要好，两块扶手的木料要结实，再就是绑弹簧的工夫了。常贵珍张家临眼看着刘阳一招一式绑好弹簧，绷上结实的布料，叮叮咣咣一顿敲，一堆木头转眼就变成了新沙发。常贵珍坐上去颠了又颠，天哪，比街上买来的还要好。

　　她叫着，明天我做个漂漂亮亮的沙发套！

　　酒水是在五角场的"正阳楼"办的，市民层次，淮扬菜为主。米粉肉，狮子头，松鼠黄鱼，口味偏咸，正合工友们的胃口，这顿酒席吃得声震五角场。席间常贵珍换套婚服出来，发现沈小琴一言不发，比较郁闷，手里一双筷子在盘子上转了落下，真是食之无味。曹师傅在酒席上就够低调的了，她比曹师傅还沉闷。常贵珍就留了心眼儿，因为沈小琴是张家临的师妹。敬第二轮酒的时候，常贵珍就用心了。她逼着沈小琴干了一大杯黄酒，又抽出一支烟送到她嘴上。沈小琴睁大了眼睛，晃了张家临一眼。工友们一声喝彩，沈小琴就把烟狠狠叼住，盯着常贵珍的手。常贵珍摁燃了打火机，沈小琴把烟一歪，表示拒绝。工友们就起哄：用自来火！一根火擦亮递到烟下，火苗晃了两晃眼看着就灭了，工友们喊一声好。第二根火又是如此。这个沈小琴还是闹酒席的高手呢。常贵珍稳稳擦燃第三根，她准备点光一盒火柴也不服输。沈小琴抬眼看看常贵珍，就在火头熄下的一瞬间，她把烟吸燃了，随着就是一阵咳嗽，眼里呛出泪来。

可是常贵珍觉得自己没有赢。

常贵珍的爹娘就在年轻人开心大闹的时候悄然退席了。他们从酒桌下拖出回乡的旅行包，要到五角场坐公交车去十六辅码头，乘晚班轮船回乡。女儿女婿把他们送到酒店门口，常贵珍这才感到真正的心酸。老爹说女儿啊好好过日子。老娘说等你们有了孩子，缺人手的话娘回来帮你们带。昨晚已经说好了的，爹娘不要她送，只要她把婚事办得开心就好。刘阳真够意思，把两个旅行包用条毛巾一扎，往肩上一搭，送老人去公交车站。

年轻人涌出酒店时夜灯灿烂，大家还要到常贵珍家闹新房。张家临一方年轻人多，个个兴致勃勃。常贵珍一方中年人多，都没了闹新房的兴致，纷纷告辞回家。刘阳打算回家了，作为师兄他不好闹常贵珍的新房。沈小琴站在马路边张望，看来是要到新房见识一下的。常贵珍突然就有了一丝失落，求助地拉了刘阳一把，说，你不要回去。

工友们挤满了小小新房。还好，没有那些俗套，大家吃着糖抽着烟，说些吉利的祝福的话，气氛很融洽。墙角立着新买的挂衣架，是那种木雕的，三条龙，三只凤，市面上流行的多是龙在上凤在下。他们这只衣架是常贵珍挑的，偏偏凤在上龙在下，三只凤头是第一层衣钩，三条翘着的凤尾是第二层衣钩，三条龙卧在下面三个撑脚上。当时常贵珍没多想，只是一时顽皮而已。此时不对了，这个凤在上龙在下的衣架特别显眼，工友们看了默不作声，在猜这衣架有别的什么意味。

有位工友替张家临捧场说，小常啊，张家临在厂里可是数一数二的哦，人品好技术也好，有多少小姑娘追他哪，想不到墙里开花墙外香，让你得了个大实惠。其他工友也趁机附和。常贵珍知道张家临嫁到她家不是什么光彩事,没办法,谁叫他家住不下呢。工友们说他的好话也是给她面子,常贵珍明白。可是一味地捧张家临也叫她不舒服,何况那个沈小琴一言不发,脸上的表情像是越来越懊悔。她又不好说什么,只能笑着,朝刘阳看了一眼。

刘阳本是低头抽烟的,像是有了感应般,他抬头说话了。你们不要搞错啊,张家临优秀,我们常贵珍差在哪里了,说一点给你们听听,怕是新郎官你都不知道,常贵珍是我们商业二局的脚铃皇后呢。常贵珍,你那张照片呢?拿出来给大家看看。工友们一听就起哄,说快拿出来,快,让我们开开眼,啥叫脚铃皇后。常贵珍没想到刘阳提起这件事,连她自己都忘个差不多了。她心里很受用,嘴上推却着,哎呀,什么年代的事了,不提了不提了。张家临的工友们不放她过门,连沈小琴的脸上都有了探究的兴趣。常贵珍故作不情愿,打开自己的小皮箱,把那照片翻出来。

事情出于偶然。常贵珍读初中的时候,音乐老师挑了六个女孩子,排了一出"脚铃舞"。常贵珍并不漂亮,可老师说她的眼神到位,东南亚舞蹈讲究的就是眼神。舞曲舒缓动作比较慢,要的是个舒展大方,小孩子完全可以。那次排练了两个月,在学校的活动中演了一次,上头就不让演了,说不革命。参加工作后商业二局团委搞活动,服装店女青年只有常贵珍一个,经理硬性规定她出个节目,唱啦跳啦朗诵啦什么都算交差。常贵珍还记得那套舞蹈动作,晚上在家偷偷练了几次,借了一盘音乐带、脚铃和服装,就上台了。这个脚铃舞倒把常贵珍弄得全局有名。身材修长的她动作舒展,眼神随着音乐左右灵动,再加上眉心上方的那点印度痣,演出非常成功。小小的商业二局能有多少人才,又是刚刚结束政治运动不久,很是轰动了一下。当时的局团委书记由此记住了她,几次三番要调她去团委。可是常贵珍不愿意。

现在这张照片就在人们手里传看。真的不错。她双手合十,右腿弯起勾出个好看的范式,脚铃在脚下闪着铜色光芒。在灯光下,拉长的睫毛和涂深的眼影把她的眸子衬映得极有魅力,那粒玫瑰色的印度痣使她面容妩媚。尽管她明白自己是个普通女人,这张照片此时还是让她异常满足。看见沈小琴故意不接照片,可又忍不住盯上一眼,她心里特别得意。

张家临很快就入睡了,呼噜打得震天响。这些天他也确实累了。可常贵珍睡不着。她把张家临摇醒,说,喂,今晚是新婚之夜啊,你就这么睡了?张家临说,有什么事吗?常贵珍说,你陪我说说话嘛。张家临坐起来点了支烟,他说,对不起,一迷糊就睡着了。常贵珍问他,你说船现在应该开到哪了?张家临问,什么船?常贵珍气恼了,你说什么船,你这个张家临还有良心没有?张家临恍然大悟,哎呀,船到啥地方我不知道,我只知道爸爸妈妈是好,以后我要好好待你。

常贵珍这才有空好好地想她的爹娘。娘在今天早上还不让她倒马桶,而明天一早,她将作为女主人,拎着臭兮兮的马桶去弄堂口倾倒,用竹刷把马桶刷得"哗啦哗啦"响。唉,新娘子的生活要从刷马桶开始,想不通。爹没有什么文化,可是从来没强迫她做什么事。没要她考大学,也没要她嫁个有钱人或者有权势的人。他们只是在喝了她的喜酒后,笑眯眯地带上行包乘公交车去了十六辅码头。爹说过,他十几岁来上海,就是打十六辅码头爬上来的。常贵珍要爹娘在她婚后住些天才走,他们不同意。这个日子是有意味的,爹娘要他们在新婚之夜好好享受,无所顾忌。可是她对不起爹娘,早就忍不住把那好事做过了,否则张家临今晚怎么肯放过她。

娘怕她伤心,还说将来给她带孩子。爹,娘,贵珍对你们不起。

张家临的呼噜又响了。常贵珍捶了他一下,说,猪,真是只猪。

三

好像只是一夜之间的事,中山装卖不动了。曹师傅想不通。多好的东西啊,式样好,做工好,料作也地道。中山装啊,民国的时候孙中山总理就穿,共和国了毛主席接着穿,又庄重,又大方,又体面,国服啊。呢的也好,涤卡的也好,哪一件不是挺挺括括板板正正的。难道全国人民都不要体面了吗?传统的西服也卖不动了,人们嫌颜色太深,式样太拘束,这叫什么话,没文化嘛。可是人们一夜之间都不要文化了。穿衣服讲究薄、透、露、浅，用料轻飘飘的，颜色淡而无味，那叫衣服吗？几个成本的东西呀，几百几百的就敢挂出来叫价。向阳服装店也改成了连锁店，出售时尚服装。这下就看出五角场不占地段优势了。要买时尚衣服，有钱的到南京路淮海路的名店去买名品，没钱的人家到青海路批发市场买便宜货。五角场是什么地段，下只角啊。下只角是什么地方，没钱人住的嘛。

连锁店到底跟服装店不同。老式的柜台拆了，笨重的挂衣架改成了轻盈的铝合金衣架。挂的衣服标的不是全毛就是全棉全麻，可是没人敢买。即将退休的曹师傅拈起一件在手里搓着，那是多么糟糕的手感啊，骗得了谁能骗过他吗？他的老脸就像误将砒霜当蜜露那么苦。曹师傅摇头叹道，作孽，作孽呀。刘阳劝他，师傅，这就是你的不对了，你落后啦。

曹师傅就气恼了，你说啥，我落后？五角场就这么大，别人不知道，你回家问问你爹。上海解放我到大街上欢迎解放军，抗美援朝捐飞机大炮我捐了一个月的工钱，"三反五反"我带头揭露资本家，"文化大革命"我第一个支持红卫兵，打倒"四人帮"大游行我擂大鼓，十一届三中全会是我在店门口点响第一个高升！我落后！曹师傅越说火越大，手里的一杯茶好像也给他的怒火煮沸了，水花抖动四溅。

常贵珍赶快接过他手里的茶杯，看看里面所剩不多，忙给他添水。刘阳赔着笑脸，扶他坐在账台边的转椅上。是那种新式的长脚转椅，布置新店的时候曹师傅就说，这种椅子是做生意用的吗，高高在上？他从来没坐过。现在坐上去一个歪身，连忙扶住账台，口中还在叫，生意人生意人，做生意先要做人，赚钱要赚良心钱！我是担心你们年轻人哪，以后这生意怎么做法！刘阳说你别动气，关键是心态，心态要好。曹师傅说，我啥个心态不好？我儿子是大学教授，我女儿嫁了个好人家，外孙都会叫"外公"了，我下个月就光荣退休，我一个老棺材，心态有什么不好？他拍着账台发脾气，不料转椅四脚是带轮子的，眼看一点点向衣架那边滑去。刘阳和常贵珍赶紧上去扶他，活像推着病人坐的轮椅。

刘阳和常贵珍只能忍着，店里的其他人可就笑翻了。

向阳服装店还算变得慢的。隔壁的理发店变成洗脚屋了。照相馆改卖游戏机了。药房干洗房打通合一改酒家了。浴室装修一新改歌厅了。饭店呢？饭店改房产中介了。还有布店，改建筑材料了。

只有邮政局还硬撑着，卖点邮票书报什么的，门口的邮筒绿漆都剥落光了。跟南京路比五角场夜市的霓虹灯够惨，把邮筒映照成过气的老市民。

五角场朝东走，是三官堂桥，桥塊那边是著名的鸡鸭市场。三官堂桥算沪西的大桥了，载重卡车开过，桥也跟着晃动。苏州河水就像城市的大揩布，乌脏浊臭的无声流动。吃水很深的拖轮迎面鸣笛开来，船首涌起一排白浪，"哗啦哗啦"拍打两岸。张家临关照常贵珍慢些走。自从她这两天胃口不好，他就拿她当孕妇对待。到了鸡鸭市场，张家临就扎到小贩堆里，同他们打成一片。他会做这些。会挑鸡，会讲价钱。常贵珍闻到鸡粪鸭污的味道就要呕，她走到一边躲清闲。那些鸡关在铁笼里还不安生，有两只雄鸡愤怒地格斗起来。一只是漂亮的锦毛鸡，黑中透绿的羽毛，喙子凶狠地啄着，尾巴像引箭待发的弓那样拉满。另一只是没长成的小雄鸡，冠子短而缺血，脖子上的毛稀稀拉拉不甘示弱地竖立。两只鸡头活像一根线牵扯着，一抖一惊，一进一退，忽然两下里跳起来用脚爪凌厉攻击。

常贵珍给这鸡的游戏吸引了，她希望那只小的会赢。

张家临拎了只童子鸡过来，拖着常贵珍就往外走。他嗔怪她，你怎么喜欢看这个，惨烈至极，残酷。我想要那小的赢。常贵珍说。张家临盯着常贵珍说，我发现你表面温柔，内心其实很激烈，看这个不心惊肉跳吗？常贵珍说我没想那么多，我只想那个小的赢。张家临说以后看东西要有所选择。常贵珍，怎么选择？张家临说，这叫困兽犹斗你知道吗？常贵珍说不知道，我在想男人就该这样。张家临说怎么样？常贵珍说，就这样，到什么时候也要有雄性。张家临笑了，看看四周没人才说，娘的鸡再有雄性管屁事，要我有雄性。常贵珍叫道你个下作胚哦。张家临说，真的，以后不要看这个，对肚子里的孩子不好。常贵珍说见你的大头鬼，我肚子里有什么，有一兜泡饭！

张家临扬了一下手上的鸡，童子鸡发出惨烈的叫声。常贵珍说你轻点，不要拧它的脖子。张家临说绝对童子鸡，烧出来绝对嫩，给你好好补补。

常贵珍说要买就买个大点的，这么小的东西你忍心吃吗？张家临说你不懂了吧，这样的才嫩才补呢。

还真给张家临说着了，常贵珍真就怀孕了。她个子高，所以不显身子。但她的动作显得迟缓，不似平时利落，同事们还是看出名堂来了。曹师傅退休了，局里的李副经理请大家吃顿饭，给曹师傅送行。李副经理是曹师傅的徒弟，别人退休想都不要想吃饭。曹师傅不肯接受店里留用，他说社会上多少年轻人都没事做，我还赖着干啥。大家纷纷说曹师傅有空多回店里看看。曹师傅脖子一梗说我不来，我怕过不了几天好好的店变成录像室洗脚屋！李副经理不说话，同事们也不好说什么。

李副经理对刘阳很看重。他给他敬酒：刘阳，这一向干得不坏，有前途，来，干杯。刘阳似笑非笑应道，谢谢经理，我干了，你随意。刘阳前些天进了一批廉价服装，式样老套，颜色俗透，遭到众人反对，就剩下个便宜。不料大受下只角居民和外地民工的欢迎，一抢而光。他又到附近小学校跑了几趟，揽了几桩校服生意，给店里带来不少效益。李副经理有意让刘阳做店经理，刘阳淡淡一笑：不瞒你经理，我做不长的，正想办法出国呢。

同事们听了一振奋，这是大家第一次听刘阳说要出国。

店里这一向沉闷得很。也是，生意冷落，店子就像火葬场一样。也不对，远不如火葬场闹忙。火葬场上午几场下午几场排都排不过来，有人哭有人嚎还有哀乐听呢。校服生意不是那么好揽的，廉价服装周围的店都在做。

刘阳也沉闷。曹师傅走了，大家都不快乐。

四

曹师傅退休后，常贵珍有个奇怪的感觉，似乎一个时代过去了，五角场让她陌生。街上的早点是外地人在做。水果是外地人在卖。盒饭是外地人来送。捡垃圾的是外地人。发廊里坐满了外地小姑娘。街头站满了装修的外地人。老板也是外地人来做。常贵珍想，上海的光环没有了，再也不会有人在五角场晕场了。外地人在上海如鱼得水,他们活得是那么快活。特别是那家建筑材料装潢店,一天到晚用电锯锯铝合金,锯地砖,刺耳的噪声让她五内欲裂,仿佛整个五角场都被肢解开来,割裂开来。她总是一下班就匆匆忙忙地往家里赶。

可晚上的家也让她厌气得不行。张家临吃过晚饭,唯一的爱好就是一杯茶一支烟,盯着电视机发呆。她想跟他说点什么,他老是"嗯""啊"地敷衍。电视里正播放足球赛实况。常贵珍知道,这种时候就是张家临的亲娘死了,也别指望他拔脚出门去奔丧。她洗好碗筷,擦干净手倚在门口。张家临看足球,她看着张家临。足球到底是个什么东西,让所有的男人都紧张。张家临盯着电视机,咬着牙骨,嘴巴一张一合,整个人都绷紧了。常贵珍笑了。这才是内心激烈呢,都激烈得扭曲了。管他呢,她要到外头走走。

常贵珍站在自家屋的外墙,看着那块窗户大小的深颜色。也许真该动它的脑筋了。张家临的厂里效益越来越差,已经有人下岗。她的店里每月的工资也越发越少。肚里的小宝宝常常用动作表达出世的愿望,生下来就要用钱哪。她向店的方向走。五角场灯火通明,外地口音盖过了本地口音。那家建筑材料装潢店的电锯还在叫着,可能需要它割裂的东西太多了。五角场已经让她不轻松,发廊里那些年轻的小姑娘分明让人感到城市女人日日在贬值。

一个人影围着五角场转圈子。他低着头,走得忽快忽慢的,转眼就是一圈,一会又是一圈。这是个什么人呢。是晕场的外地人?现在还会有晕场的人吗?常贵珍散步到了店门口,她发现店门半开着,里面亮着幽暗的灯。她吃了一惊,怕是有贼来偷。往里一张望,衣架上的衣服还都在。那个人影又转过来了,到了店门他一抬头,原来是刘阳。刘阳的脸在灯下显得苍白,眼睛无神。

刘阳说,是你,你怎么来了?常贵珍说我还要问你呢,店门开着你倒放心的,还有闲情逛夜市?什么时候了你还不回家?刘阳说我睡在这里三夜了,家里没我的地方。刘阳的哥哥们和父母挤住着,结了婚又生孩子,最近插队的哥哥也带着老婆回来了。家里的两间房一隔为四两隔为六，只给老夫妻留了张眠床。夜晚十几口人的呼吸声让刘阳透不过气来。常贵珍说，再挤还能没你的地方，你是家里最小的，又从没离开过父母。刘阳说不是没我的地方，是我嫌烦，唉，烦死了。刘阳蹲在店门口，点起一支烟。

常贵珍第一次看到平时满口戏话的刘阳发愁。她第一次同情他。常贵珍说，要么你到我家阁楼上睡，反正也空着。刘阳头都不抬，说，那不好的。常贵珍说有什么不好，那是我的家。刘阳抬起头来，已经是平时戏谑的笑容：哦，想起来了，你家是凤在上龙在下的。常贵珍给他气笑了，说见你的大头鬼，一家人还什么在上在下。说到这她不敢说了，太让人想入非非了。她怕刘阳再说下去，命令他，你快点关上店门呀，天这么晚了。

刘阳到店里关了灯，披了件厚衣服出来，准备锁店门。两个外地女人走过来，其中一个拖住刘阳的手叫，不许关，不许关门！弄得刘阳莫明其妙，问，怎么回事？外地女人叫道，就是他，警察同志就是他！一个警察打女人身后走出来，说，你先不要关门，把事情说清楚。外地女人快言快语：就是他，骗了我们的钱，还不止我们两个，那天有好多人上当的！造孽啊，我们带的那点血汗钱，都给他骗去了！另一个女人就嘤嘤地哭了。

常贵珍真是大为吃惊了。刘阳会不会骗人呢？她吃不准。世道变了人也会变。也许他住在店里就是为了躲避什么？警察问常贵珍，你们是什么关系？常贵珍说，同事。警察又问，他平时表现如何？常贵珍想了想说，好的。警察说，既然是同事，白天什么话不好说，晚上在这里做啥？常贵珍撒了个谎，他值班，看店。她边说边盯着刘阳看，几乎就要相信他骗了人家的钱。

她骗人！那个外地女人愤怒地叫道，这个不是店，三天前这里是个公司，招工的。现在他们把钱骗到手了，用我们的钱开了服装店！她扯着刘阳的衣领，说，你不要想逃，我在这里找你三天了！

常贵珍这才断定是两个外地女人搞错了。警察也笑了，说，你们再好好看看，到底是不是他。我告诉你们，这个服装店开了几十年了，比你们岁数都老，从来没变过。是不是你们转晕了，弄错了？嘤嘤哭着的女人抹了把泪,凑上前仔细看看刘阳,说,好像是,好像不是。那个凶的女人一下子泄了气,说,我是有点犯晕,这个转盘街每个店看上去都差不多。她放声大哭起来,天,怎么办,我们两天没吃饭啦。嘤嘤哭的那个干脆就坐在街上。刘阳在身上摸了半天,摸出两张十元旧票给她,说,我带的也不多,你们先去吃点东西吧。记住了,上海不比外地,以后要当心了。

走在路上刘阳苦笑,说,晦气,我算是倒霉到家了。明天整个五角场都会知道。常贵珍说你什么意思,难道我是那种大喇叭?刘阳说,刚才你的表情好像相信我是骗子了嘛。常贵珍说,我是给她们哭糊涂了,怕你真做坏事。刘阳说,别说你,那一刻我都糊涂了,在想,是不是我做的?常贵珍说别瞎说,你不会的。刘阳说,吃不准,挤在我家鸽笼里睡不着我就想,到哪去弄钱买房子呢?不瞒你说,连抢银行我都想过。

常贵珍生气了,说,不许你糟蹋自己。

五

刘阳极力鼓动他们开店做生意。他说,常贵珍啊张家临啊,你们这街面房是好运啊,财运!这么好的资源还不赶快挖掘,还等什么你们。也就是千把块的投资,要是没钱我借给你们好了。

他们给刘阳说得动了心。商量了半天,决定破墙开店,屋子里拦出个三四平米就够了,人住得挤点不要紧,生存是第一位的。小店就叫贵珍烟杂店,卖烟酒杂货之类。刘阳说错了,应该叫贵珍烟纸店。常贵珍说什么胭脂店,我又不卖胭脂口红,是烟杂店。刘阳说没文化了吧。张家临说是叫烟杂店嘛,跟文化有什么关系。刘阳说我问你们,现在满大街都是皮草行,是卖什么的?张家临说这还用问,卖皮货的嘛,皮夹克,皮背心,裘皮大衣。刘阳说错,人家港台的皮草行是冬卖皮货夏卖草席,这才叫皮草行。我们是知其然,不知其所以然,拿过来就用,有皮无草,有其名无其实。整个的没文化,还以为自己得道成仙了呢。大上海有自己的文化嘛,五十年前港台算什么?现在倒好,跟着小三子跑,还皮草行!话说回来,为什么要叫烟纸店?张家临问,为什么?刘阳说老辈人就这叫,因为这种街头小店一卖香烟,香烟甚至可以拆开论支卖,便民啊;二呢卖草纸,市民生活必需品嘛。

常贵珍嫌他卖弄,说好来好来就依你吧,叫贵珍烟纸店。刘阳说不是依我是依你呀。他抖动着腿,说做就做,趁我去日本打工之前有空,帮你们做些事。常贵珍问,原来你去日本是真的啊。刘阳说笑话,谁吃饱饭开自己的玩笑。张家临说你去哪里不好要去日本,娘的日本人最坏。刘阳说我怎么不知道日本人坏,我爹妈就不同意我去。可是去日本费用低啊,钱也好赚。常贵珍问他办得怎么样了,刘阳说快了,你们呢耐心等他几年,我刘阳衣锦还乡,不会忘了五角场的张家临和常贵珍同志。张家临说我们望你发财。常贵珍说有了钱赶快找个老婆是真的,我们是你什么人,要你心里念着?

刘阳说算了,空口说白话没意思,日里白说夜里瞎说。我落难是你们帮了我,我不会忘记你们。于是三个人破墙开店,弄货架,粉墙壁,写店牌,借了服装店的黄鱼车去进货。两个人在屋里摆货,一个人在窗外看,把个贵珍烟纸店弄得像那么回事。

正赶上商业局改革改制,服装店承包给了外地人,店员们愿意转店的转店,愿意待岗的回家,一个月拿几百元的活命钱。刘阳和常贵珍都选择了待岗。办好手续走出店门,常贵珍回过头依依不舍地看。刘阳说有什么好看的,这店不是我们的喽。以后你在自家小店里卖货,天天看得到这里,你就看着外地人发财吧。好好的店自己弄不好,要给外地人来承包,真搞不懂。

天气逐渐热了,啤酒从来没有这么好销过,市民们排着队抢。冷饮也好卖。常贵珍租了辆旧黄鱼车拉货。刘阳的护照还没下来,闲着也是闲着,张家临又要上班,他就把拉货的事包下来了。踏车踏了一头的汗。他把啤酒什么的搬进店里摆放好,然后赤裸着上身,在常贵珍门前的水斗里洗脸。常贵珍过意不去,也有点心疼他,用毛巾擦他后背的汗。刘阳说好了好了,我自己来,别弄得跟夫妻似的。常贵珍就红了脸骂,神经病,你倒是想得美。刘阳说我可是什么都没想过哦。常贵珍说你快点进去站会儿柜台,我要烧中饭了。

　　常贵珍忙着弄中午饭，心里头东想西想，脸面红一时白一时。叫刘阳来家住也是看他一时太难，现在住了这么多天，总归不大方便。张家临还好，一句话也没说过。好在刘阳马上要去日本了，邻居们爱怎么说就怎么说吧，管它。正往桌上摆着碗筷，听到柜台里"嘭"地一响，像是啤酒瓶炸了。急忙进去一看，刘阳蹲在地上，一手捂住右眼，地上真是炸了的啤酒瓶，碎玻璃和啤酒满地都是。常贵珍吓得腿都软了，颤声问道，刘阳，刘阳，你不要紧吧。刘阳的喉咙像给泪水咽住了，含糊着说，不好啊，碎玻璃把眼睛糊住了，疼啊。常贵珍凑上前，心跳得厉害，说，刘阳，刘阳，怎么没有血啊。刘阳说不流血才糟啊，我这个眼睛怕是保不住了。贵珍啊，看来我日本是去不成了，护照上是五官俱全，人呢变成了独眼龙，海关肯定不放行啊。常贵珍说什么时候了你还说戏话，快到医院去吧。快啊你，急死我了。

　　刘阳蹲着不动。常贵珍坐在客堂间流泪。好好的一个人，转眼就废了。她懊悔叫刘阳到家里来住，懊悔叫他帮忙做事。现在什么都晚了。刘阳从柜台走到客堂间，手捂着眼睛还有心情问，中饭吃什么啊？常贵珍哭了出来，快去医院吧，还吃什么饭！刘阳把手放下，眼睛周围湿的，溅了些啤酒而已，什么事都没有。常贵珍骂道，神经病，你不好这样欺负人的哦！刘阳笑着说，我看你反应太快，听到声音就冲进来，所以开个玩笑嘛。常贵珍擦着泪水骂，死人，这样的玩笑是随便开的吗？

　　晚上两个男人总要喝点啤酒。常贵珍吃好了，坐在一边听他们边喝边说话。张家临话不多。厂里效益不好，男人有一身的力气没处用，看上去很闷。刘阳话多，边说边朝张家临看。常贵珍感觉到刘阳经常看张家临，眼光还比较细腻。张家临说你看什么啊，我有什么好看的。刘阳掩饰地笑了一下，说，我看看你到底有什么魅力，把我们的脚铃皇后娶到手，我跟她同事几年了，也没这福气。张家临喝了口酒说，那是你竞争力不够。张家临就这样，话不多，说一句就很重。刘阳吃了口菜，说是啊是啊，我越看越发现，你真是很……他不说了，端起酒杯一饮而尽。

刘阳睡觉比较晚，他到外面去散步。张家临破例没开电视，倚在床上发呆。常贵珍跟他说了这几天的收入，看看他还是不开心，想可能厂里不痛快。张家临说，贵珍，一会儿沈小琴要来。常贵珍说来干啥，有什么事？张家临说要她下岗，小姑娘想不开了，白天哭了很久。常贵珍忽然想到，哎呀，要是刘阳不出国，介绍给沈小琴倒是不错。张家临说她哪看得上刘阳。常贵珍跟丈夫开玩笑，喂，你们在一起做生意，你怎么没跟她谈恋爱，怎么会看上我的？张家临说，说老实话贵珍，我们还真的谈过两年呢。常贵珍一听心里吃老醋，说，好啊，这个重大情况你婚前不交代的嘛。张家临说有什么好说的。常贵珍说，那后来怎么不谈了？张家临看着天花板说，后来你出现了，就没她的事了。常贵珍心里还是别扭，说，怪不得吃喜酒那天她不开心呢。现在呢，我么你也熟门熟路了，可以旧梦重温了啰。张家临说做人要通泰，不要七想八想。

常贵珍点着张家临的脑门问，说实话，叫刘阳暂时住我们家，你这里有没有障碍？张家临说有是有一点的，不过可以转化。常贵珍说怎么转化法？张家临看着她的眼睛说，譬如你娘家哥哥来住几天。常贵珍感动了，拉着他的手让摸摸肚里的孩子。张家临抚摸着说，贵珍，我娶了你就要相信你，你也不可以胡思乱想的。

正说着，沈小琴来了，脸色憔悴，常贵珍忙给她削苹果。张家临让她坐下，也不说什么。其实当初两个人谈得相当好，好到可以做任何事，偏偏都很珍重，连嘴都没亲过。可沈家父母不同意女儿找个工人，母亲到厂里出过女儿的丑，沈小琴的哥哥威胁过张家临。工友们怂恿他把生米煮成熟饭再说，张家临说这叫趁火打劫，不是男人做的事情。可惜最后还是一拍两散。

三个人坐着不知说什么好。沈小琴低着头，长长的眼睫毛一眨一眨的，常贵珍真怕她落泪。怀着同情心来看沈小琴，她承认她长得不错。幸好刘阳回来了，家里马上热闹。常贵珍说反正明天礼拜六，不如我们搓搓小麻将吧。张家临说好，沈小琴也不反对。四个人就在客堂间的方桌上摆开了牌，搓得"哗哗"的一片生气。只听柜台窗口有人叫道，老板，来包烟哪。

六

　　常贵珍的身子越来越显沉重，很快就要临盆了。张家临要她当心身体，少做事。刘阳的护照据说也快了，每天都要回家忙出国的准备。常贵珍因此比平素更忙。张家临的班头变了，很早出去上班，下午就回来，帮常贵珍打理店。或是上午在家，吃了午饭才上班，到很晚回来。常贵珍感到奇怪，从前他从没上过这样的班头。她感觉他有了什么变化，每天回家都似乎挟风裹尘，像个农夫劳作了一天，又像在货场扛了一天大包，没有了从前的干净和庄重。

　　那天夜里常贵珍在医院生下了女儿张田。常贵珍说就叫张田，长大了有钱赚钱，没钱回家乡种田。张家临说叫张田好，听着心里舒展。常贵珍娘家没人，是沈小琴在身边服侍了好多天。那些天刘阳成了家里的大厨务，因为四个人里只有他是闲人了。常贵珍没等满月就下了地，她自认是个没福气的女人。张田很乖，饿了的时候才哭，声音分外嘹亮，像她的爸爸一样中气十足。

　　张家临到家的第一件事，就是抱起女儿来贴脸。张田的脸面细嫩洁净，衬出张家临的面色粗糙黑亮。常贵珍觉得不对，张家临不是这种皮色。他的脸面不细腻，但绝不是这般粗黑的。她担心他得了什么病。这些天进货都是刘阳在跑，而且货款都是他垫的。常贵珍在心里算了算，也总在千把块左右了。她心里有数。晚上四个人就在客堂间里摆开牌局。张田躺在小摇床里，嘴咬着小手指，眼看着天花板。她也不闹大人，只是"嗯啊嗯啊"地自己开心。倒是刘阳常要跑到摇床前看她，逗她笑，且说，来，叫舅舅。

　　常贵珍问过张家临，你最近工作有什么变动吗？张家临说没有啊，我又没有文凭，又不懂外语，一个摇手柄的工人，靠什么去跳槽呢？常贵珍说那你有什么不适意吗？张家临说我挺好啊，浑身是力气，想你想得发疯哦，你什么时候才可以啊。

　　刘阳的护照到手那天，把它亮给常贵珍看。常贵珍拿在手里翻着，说，这本东西可以改变你的命运了。刘阳不说话，两眼发呆。常贵珍奇怪，说，怎么了你，像傻了一样，是不是舍不得什么人？刘阳的脸红了一红。常贵珍猜他是对沈小琴有意了，说，你要想想好哦，是人要紧还是事业要紧。

刘阳没理会她的话，说，常贵珍啊，我算服了你的张家临了，他是个真男人。常贵珍说废话。她想说不是真男人我们的张田哪来的，幸好脑子转得快，意识到这种话跟女人说可以，跟男人说就不可以。

刘阳说张家临可能下岗了。常贵珍疑惑地说不会吧，这么大的事他会不跟我说？但想想张家临这些天的变化，又有点吃不准。

刘阳说我也不敢相信这是真的。可是刚才我看到他了，在五角场北边的那个大十字路口，做交通协管员。辛苦啊，一天站下来，风要吃，雨也要吃，一脸的灰尘。红绿灯一变，哨子就要吹起来，旗子就要挥起来。可是他回到家像什么事都没发生。张家临不简单，常贵珍啊你有眼光。

常贵珍早就跑出去了，有刘阳在家里她不必担心张田。五角场北边有个大的十字路口，来往车辆很多。上下班的自行车、运货的汽车和出租车穿梭行驶，更有进城出城的外地车辆急速开过。常贵珍平时走过都特别当心，那里经常发生车祸。十字路口西边就是三官堂桥，车辆直冲下来很容易出事故。她不愿意张家临去做交通协管员，哪怕没事做也不要做这个。危险不说，辛苦不说，脸面上就过不去。她希望是刘阳看错人了，她的张家临还在车间做工人，哪怕是工资不多地位不高的工人，也强过交通协管员百倍。

张家临穿了件不知打哪搞来的迷彩服，脖子上围了厚围巾，臃肿地怪异地站在红绿灯下，指挥着来往的车辆行人。他嘴里的哨声短促有力，手中的小旗"呼呼"生风。他走到一辆超线的自行车前，用小旗和不容置疑的哨声逼着那人退到线后。他走到一个外地人面前，热心地指点方向，说得那人笑着点头。这个男人是她的张家临吗？常贵珍伤心了，她不可能在此时走到丈夫身边，只能转身走向五角场，走回家去。

晚饭刘阳没来吃，他可能是有意避开了这顿晚饭。常贵珍看着丈夫吃饭，看着他装作若无其事的样子。但她闻得出他身上的尘土味，他和汗毛孔里散发出来的疲惫和委屈不平。收拾好碗筷她烧开水，灌了四热水瓶又烧了一铜吊。搬出洗澡的大木盆，她把张家临从柜台边拖过来。张家临看着大盆热水问，干什么啦，给张田洗澡也用不到这么多水啊。常贵珍说以后你每天都要洗，人可以做不舒服的事，不可以过不干净的日子。张家临什么都明白了，他知道会有这么一天。他痛痛快快说，好，我洗。

常贵珍上铺板了，夜市有再好的生意今晚她也不做。接着她关上家门，谁来了她也不开。沈小琴来了不开，刘阳来了也不开。今晚只属于她和她的男人。这个夜晚她有太多的热情，远胜过他们的第一次。她恨不得和丈夫融化在一起。

刘阳走的那天，张家临弄了几个菜送行，把沈小琴也叫了来。刘阳笑呵呵地对沈小琴说，要不要我给你留心一下，找个日本男朋友啊？张家临说你能帮她办出国倒是真的。常贵珍说，日本男人不能嫁，上海小姑娘要吃苦头的。刘阳说错了，现在世道不对了，日本人吃不消上海小姑娘。我们弄堂里有个小姑娘，她爸爸是个厂长呢，中国人死活不嫁。后来经人介绍嫁到日本，一看傻了，男的老不说，还是个跷脚，也有钱，也有轿车，却是个农民。村子离大阪有多远？比到七宝还远，比到松江还远。小姑娘心里这个怨啊。上个月她的厂长爸爸到日本考察，顺路去看宝贝女儿，你们猜小姑娘在做什么？在和婆婆吵相骂，而且是翻着日汉辞典吵，翻一句骂一句啊，厉害吧。日本女人是讲尊敬的，尊公婆敬丈夫，哪见过这么厉害的媳妇啊。最后怎么样，公婆搬出去了，小姑娘成了一家之长。沈小琴幽幽地说，日本女人这么好，那你就讨一个回来好了，也给我们开开眼。

刘阳是下午的飞机，张家临送刘阳到车站去。沈小琴满含歉意对常贵珍说，师兄是为了我下的岗。本来下岗的是我，师兄跟头头吵翻了，最后一赌气，把岗位让给了我。是我拖累了师兄。

常贵珍一听是这么回事，心里起了波折，说出来的话不太好听，你师兄也没什么本事，没钱包养女人，也没权给你安排工作，说是帮了你，你还是个干粗活的。

沈小琴感到无味，走了。张家临回到家，常贵珍发了脾气。她说张家临，你要是有什么事瞒着我天打五雷轰。张家临说就这样，我如果做了对不起你的事任由雷公劈！常贵珍还是心理不平衡，她老觉得张家临和沈小琴之间有那么一种默契。现在刘阳走了，这种不平衡更加折磨她。

七

　　曹师傅骑了自行车来看常贵珍，他倒不见老，养得面色红红的。曹师傅说贵珍啊，听说你开了店我不相信，谁想你真的做老板啦。常贵珍说店里又不好，我又不想转店，有什么办法呢。开这个小店也就是找点事做，混混日子。曹师傅说要做就好好做，这个街面房好的，市口好。常贵珍说哪里，也就是赚一口饭吃。曹师傅说你不要急呀，做生意嘛要讲信用，假货次品不要卖，小本经营，薄利多销。

　　常贵珍说你倒还是这辆老坦克啊。曹师傅这辆车属于除了铃不响浑身哪都"稀里哗啦"那种，所以同事们都叫它老坦克。曹师傅说就它了，踏了一生一世扔不掉了，也不可以扔。现在的人你看，一世夫妻可以扔掉，亲生儿女可以扔掉，人心不古啦。

　　常贵珍说那你进来坐，中午在这里随便吃点，晚上张家临回来你们扳点小老酒，你们也长远没见了。曹师傅说看看你就好，我是来你这里买香烟的。现在假烟多得不得了，连我这老烟枪都分辨不出，老吃假冒伪劣。怎么样，我徒弟这里总是正宗的吧。来，你给我拿三条红双喜。

　　常贵珍知道曹师傅是来照顾她生意的。他在商业上做了一辈子，哪里会吃不到正牌香烟。从前香烟凭票的年代，店里同事还托他买香烟呢。常贵珍说烟么少吃点，对身体不好的。曹师傅说也是一世的老朋友了，不可以扔掉的。再说你知道我老酒不喜欢的，如果烟也戒了还做什么男人？常贵珍给他拿了香烟，收了钱习惯性地举到眼前，想想不对赶快放下，笑着给师傅找零。曹师傅也笑了，走出两步又回转来，自言自语说慢点走慢点走，看看家里还缺什么。他趴在柜台上看着指点，这大包的味精来一袋，那个花雕来两瓶，还有……

　　东西买好了曹师傅笑眯眯拍拍老坦克说，这次正式走了。常贵珍给他逗得心里快活，老头的心态挺好，比在店里好多了，变得可爱。常贵珍说还几时来玩？老头说下个月来，一天一包香烟，一个月抽三条，不多不少。常贵珍送他到街上，说路上慢慢脚踏噢。老头说没事的，我还踏着它到郊区钓鱼呢，贵珍你不要送。

走了两步他又转回来，问常贵珍，听说刘阳出国了？常贵珍说是的，那天在我家吃过饭走的，张家临送的他。曹师傅说也好，出去见见世面，赚点钱回来好讨老婆。本来你们两个啊……你们两个可惜了，否则都是店里的骨干，都有出息。不说了不说了，再说就是我真的老糊涂了。

他走出几步又转回来，说贵珍啊师傅给你说句要紧话。常贵珍说师傅你尽管讲。曹师傅说贵珍啊，不管有多大难处都不好怪政府哦，政府也有难处。常贵珍说我谁也不怪，要怪只怪自己命不好。曹师傅说命不好不要紧，只要做个好人，就会有好运的，叫做命不好运好。

曹师傅终于骑上车走了。常贵珍抱着张田坐在柜台前，张田把她的奶吸得很通畅。看出去整个五角场都在她眼里。刚才她没同师傅说起店承包给外地人的事，想必他早知道，故意不说起罢了。

五角场周围有不少发廊和洗脚屋，这种生意怎么会这么好呢？常贵珍搞不清楚。是我们小时候的年代不正常呢，还是现在的风气不正经？这是她无法解答的问题。那些外地小姑娘白天无所事事，站在街头晒太阳，个个养得又白又壮。或是坐在大玻璃窗里面，穿着低胸裸背的紧身上衣，很短的裤子，用健康的雪白的身体向城市示好。常贵珍并不笼统地鄙视她们。如果乡下有事给人家做，有钱给人家赚，谁愿意离乡背井跑到城市来。如果城市有体面的事给人家做，谁愿意做这种低三下四的行当。说来说去是男人太坏，可是好男人到哪去了。在车间里摇手柄的，在马路上摇旗子的，在店里卖货的，他们是好男人吗，是的话为什么好男人这么没用？

张田吃饱了睡得香甜。常贵珍放她到床上，自己泡了碗熟泡面充饥。一转眼爹娘回去很久了，只是写过信来，她呢寄过张田的满月照。常贵珍回想起爹在客堂间方桌上喝老酒的样子，娘从后灶间端出一碗炒螺蛳，那是爹最喜欢的下酒物。她呢伏在爹的对面做功课。爹静静地喝酒，"咂"地一下，然后"哈"的一声，一股酒香就飘到她鼻子里。她想是该装部电话了，听说街头小店有部电话好赚钱。有了电话，就可以和家乡的爹娘说话，可以听到他们的声音。想到这里她的眼睛就湿润了。

晚上张家临抱着张田看电视。常贵珍坐在柜台前，织着毛衣看五角场的夜景。夜市比从前热闹多了，灯火也亮，人声也涌。可是从前的热闹让人安静，心里有底气。现在的热闹让人感到上海小了，被包围了，被混杂了。

又有个人围着五角场转圈子。他低着头，极颓唐似的，极疲惫似的。常贵珍耐心地看着，确实是转圈子，已经转了三圈了。这是个什么人呢？是晕场的还是被人骗了的？她想起上次刘阳给人冤枉，那小子自己当时也呆了。这事她还没讲给张家临和沈小琴听过呢。

咦，不对啊，这个转圈子的人怎么这么像刘阳呢。

想到刘阳就想到沈小琴。常贵珍骂自己不该想到刘阳，可是没办法，这小子好笑的样子就是在她眼前晃。再望过去不对，那个人太像刘阳了，活脱似像。常贵珍叫张家临守住柜台，自己走出去要看个究竟。

常贵珍在五角场的霓虹灯光里穿行。刘阳站在从前的向阳服装店门前，似哭似笑地看着她，五彩灯光在他的脸上映出怪异的效果。常贵珍骂道刘阳你怎么回事，你是人还是鬼，你开的什么玩笑！

刘阳说我在找曹师傅。常贵珍说你有毛病，曹师傅退休了你找你个头。刘阳哭着脸面说我不找曹师傅我找谁去。我花了那么多钱买了张假护照，我连飞机场都没进去，我连娘的飞机什么样子都没看到！我回家我的窝没了。我有脸面见谁啊，我不找曹师傅我找谁？

常贵珍是又气又恨又痛。刘阳这个当上得太大了，可有什么办法，只好把他再领回家吧。她说曹师傅明天再找，我和你一起去找。现在你跟我回去，吃饭，睡觉。刘阳对着她喊，为什么又是你来帮我，为什么老是女人来帮我，我不要女人帮！常贵珍气恼极了，这时候我不帮你还有谁来帮你。她指着五角场的天空说，刘阳你抬头看好了，你看看五角场这片天，你看看天上一颗一颗亮着的星星，趁着月亮还没出来，你问问老天，有没有一个男人来帮你，有没有！

刘阳绝望地伸长脖子喊,有,张家临要是知道了就会帮我!

常贵珍给他气得"噗"地笑了,说你娘个冬菜,我帮你还不是张家临帮你,还不跟我回去!你还不动是吧,那么叫张家临来背你好吧,抱你回去好吧,你怎么不一下嗲死啊你!

回到家里一看,沈小琴正抱着张田哄她玩,张家临在看电视。桌上放着个新玩具,估计是沈小琴买给张田的。沈小琴说嫂嫂你回来了。常贵珍说好,很好,我变成嫂嫂了。嫂嫂也好哥哥也好,今天不说它。我给你看一个人,你另外一个哥哥。她对着门口说,你还不进来赖在外头做啥。

刘阳就灰头土脸走进屋里。张家临和沈小琴几乎同时失声叫道,刘阳?你怎么回事?

刘阳不说话,坐在沙发上点了支烟,抬起头来看看屋里的人,然后说张家临,才几天不见你瘦了。

沈小琴的脸都变色了,说你自己照照镜子吧,怎么弄得跟鬼一样。

八

刘阳做了个薄薄的小木箱,漆成漂亮的棕红色,横钉了一根带子,拎着在屋里走了几步,很满意。常贵珍说你搞什么名堂?刘阳说,我要出去工作了,这就是我的饭碗哪。常贵珍说干什么,倒买倒卖?刘阳说传统意识,我要充实流通渠道,弥补市场的薄弱环节。古话说行商坐贾,从前我们是坐在店里卖,现在我要走出去啦。由于本钱有限,先从小的做起。常贵珍说,说句真的,你看沈小琴怎么样?我看她好像对你印象不坏。刘阳说有可能,我还是比较有魅力的。常贵珍说那你抓紧追啊,都老大不小的了。刘阳说别急,等我有了一定的经济实力再说。

晚上刘阳拎着他的木箱回来了。同志们,他说,看看我的摊头吧。他把木箱挂在胸前,打开来一看,立着的里面别满了胸针,银白的金黄的琳琅满目;平着的里面大小两档,大档里是各色女丝袜,小档里是各式口红。常贵珍说好,你这个木箱好,让我看看里面的货色。

刘阳说照顾一下,成全我第一桩生意,来,他对张家临说,张家临同志，请给你爱人买双丝袜吧，店里这样的货色七元一双，我这里给你打个对折，三元五。再看这胸针……常贵珍说这胸针街上要卖二十元以上哦。刘阳说不错，有眼力，我给你打个对折再打个对折，七元五，怎么样？常贵珍说你哪里弄到的，什么价钱？刘阳说批发市场啊，你看，胸针外头卖到三十元，批发价二元五，利润可观吧。

常贵珍说你到哪去卖啊？刘阳说我游击队啊，商店门口一站，货比货价比价，外地女人不一定会买，上海女人门槛贼精，一定会买。工商不抓我，城管不追我。紧要关头箱子一盖一拎我走了。唉，以后我要辛苦啦同志们，主要是下午班和夜班。别等我吃饭，不过晚上要给我留门。常贵珍说你这些东西我这里也好卖的呀。刘阳说没问题，下次我多批点给你赚钱。

常贵珍这阵忙坏了。小店生意不错，她又要进货，又要摆货，又要站柜台，一天下来累得不知身处何方。幸亏张田不缠她。生意做久了认识不少人，其中有个李老板是老生意虫，给了她一些假烟和假味精。常贵珍不要。李老板说你傻哩，这些东西不要卖给附近住的，卖给过路客最妙，谁会为了一包假烟大老远地跑来找你。张家临说不好这样做的，我们不做亏心生意。

常贵珍发现沈小琴最近面色不对，粗糙，黑得发亮。常贵珍说小琴啊，你的面色怎么越来越像张家临了，不会也去做交通协管员了吧。沈小琴说嫂嫂是的，师兄没对你说起吗？常贵珍说那好啊，你们又做回师兄妹了。沈小琴说师兄他不做这个了。张家临真是没对常贵珍说。沈小琴到底还是下岗了，张家临就把吹哨挥旗的工作让给了她，自己去工程队开掘土机，是那种小型的。

怪不得这些天张家临不一样，眼睛也有神了，走路也挺直了。常贵珍问张家临，你怎么什么都不跟我说，还是沈小琴告诉我的。张家临说小得不得了的事有什么好说的。哎，你两次三番舍身救师妹，常贵珍说，心里是不是很美啊。张家临说你酸死我了。常贵珍说你这样弄得我很不舒服，你们两个很默契，我倒是个局外人，什么都蒙在鼓里。张家临心情愉快，他把一辆小抓斗开得很漂亮。那是城市修路队的车。那车的抓斗上有三颗铁牙,他把小抓斗一斗几用。他用三颗铁牙沿着街沿一搂,碎石旧土归堆了,整齐的街沿显出来。他的小抓斗抓起土石一次次转身,眨眼装满运渣车。铺新路之前路面需要平整,小抓斗抓起一堆旧土,凸起的路面刚好抓平,铁臂一旋往别处一倒,正好把一个凹膛填满。他把小抓斗勾起来,用抓斗的铁背砸实地面。铁臂就是他手臂的延伸,小抓斗就是他的大拳头。监工的外地师傅惊叹说,到底是上海师傅,我从来没见过这么漂亮的活儿,绝了。张家临心想你开眼吧,这就是上海工人,干什么像什么。心情愉快的张家临对常贵珍说,帮人家个忙用不着大惊小怪,就像你帮刘阳。常贵珍只好讪讪地说,怪不得你上个月工钱多了,来,再喝点酒。

　　张田长大了,也会走路,也会说话,她又长得胖壮。一张床三个人挤不下。张家临睡觉是摊手摊脚,张田也随她爸爸,一夜下来把常贵珍逼迫得不行。张家临看着熟睡的张田发愁。他说不行,我们要挖掘资源,你看我到阁楼上睡吧。常贵珍说你习惯吗?有什么不习惯,张家临说,又不是女人。常贵珍说张家临真对不起,家里挤成这样,让你跟我分开睡。张家临说没啥,帮人么就要帮到底。常贵珍说可这样也不是长久之计啊,我真头疼死了。张家临说别想那么多,你又没做错什么。张家临就夹了自己的被子,踩着木梯上了阁楼。这时刘阳还没回来。

　　后半夜常贵珍醒了,听到屋里有男人的呼吸。抬头一看,张家临蜷在沙发上,双腿搭在沙发扶手。常贵珍小声问怎么下来了你?张家临悄悄说给你说着了,不习惯。常贵珍把张田挪到床里,要他回到床上来。夫妻合盖了一条被,常贵珍问,他回来了吗?张家临说回来了。刘阳的呼噜声响了,张家临说他刚睡着。常贵珍想办那事,张家临摸着她说不行啊,等他不在家吧。

　　灯关上很久常贵珍都睡不着。她想这刘阳久住家里真的很麻烦,张家临确实像个男人,从不说什么,可她心里窝囊。是要想个办法了。张家临也没睡。刚才他在楼上已经睡着了,睁眼一看,刘阳不知道什么时候回来了,正在灯下看他,那眼光让他别扭。这不是头一回了,刘阳看他的眼光真的不对劲。以前他没理会,他不愿意误解别人。张家临坐起来说,哎呀对不起，以为你今晚不回来了。刘阳说没关系，你就睡这里好了，反正床也够大。张家临说不行不行，明天我要起早上班的。张家临想这个刘阳不会是变态吧。万一是的话，贵珍心里要呕死。其实他心里也够呕的，张家临转身抱紧妻子。

沈小琴买了电影票，要刘阳陪她去看，是外国电影。刘阳问张家临夫妻，我去不去？张家临说沈小琴不错的，人长得不坏人品也好，我最了解她了。常贵珍说看场电影呀，又不是要跟你订终身。刘阳就笑着说，那我给她买点什么吃，猪头肉？常贵珍说你买两只猪耳朵！张家临说沈小琴喜欢吃巧克力的，猪头肉不行。常贵珍烦刘阳的贫嘴，说你快点吧，人家等在电影院门口呢，你倒成了查尔斯王子了。

张家临沉着脸说刘阳你要当回事啊，男人嘛总要找个女人的，否则在社会上行不通的。刘阳低下头，说，那好吧，我试试看。常贵珍当然听不出两个男人话里的意思。张田走到刘阳面前，笑眯眯地叫了声"舅舅"。刘阳笑问什么事啊，是不是要和舅舅看电影去？张田有点难为情地点点小脑袋，张家临夫妇齐声说张田不可以的。刘阳不管他们，抱起张田出了门。

常贵珍叹口气说，这小子从前还不坏，怎么现在越来越没正经，也不知他整天想什么，我看沈小琴可是动了真的。张家临说随缘吧，急也急不成。沈小琴不容易，她父母给她找了个老板，人家也看中她。可是她不肯，就是要靠自己吃饭。常贵珍说我看她和刘阳不行，气质不一样，恐怕嫁给他也要吃苦头。张家临说女人哪个不吃苦头，你现在就吃我的苦头，如果我有钱你不会过这种日子。常贵珍出去关了门，回来抱着丈夫撒娇，说我就要过这种日子，有你的日子。张家临就出去上了铺板，回到屋里关上了灯。

办完事情静了片刻，常贵珍问他，你这一向是不是很累？张家临没说话，他确实觉得最近容易疲劳。又静了一会儿常贵珍说，你以后把衣服还是挂在衣架上，别到处乱丢。自从张田大了，她的衣服上了衣架，张家临的衣服就没处挂了。张家临还是沉默着。常贵珍又说，要挂你就挂在上头，你是男人呀。从前张家临总是把自己的衣服挂在第二层衣钩，让妻子的衣服挂在上头，常贵珍给他改不过来。张家临说我知道了。

九

沈小琴站在红绿灯下，像她的师兄一样，穿着迷彩服。常贵珍搞不懂她打哪弄来的。她还用一顶长檐迷彩帽盖住自己的头发。臃肿的迷彩服让人看不出沈小琴的身材。常贵珍承认沈小琴生得上品。常贵珍是特地来看她的。看到一个女人这样吃风沐尘赚辛苦钱，常贵珍心里的醋疙瘩解开不少。她对沈小琴说，以后你中饭到我家来吃，没有几步路。沈小琴不答应，说那要误事的。别人都是带的饭，就近找个背风处吃了。常贵珍说你不来我就给你送饭。沈小琴忙说不要，还是我来吃吧。

沈小琴摘下迷彩帽，甩出了长发。她的脸虽然晒黑了，但五官的俊秀是遮不住的。常贵珍给她端上热汤面，看她狼吞虎咽。沈小琴已经是个成熟女人，浑身上下凹凸有致散发着魅力。常贵珍问她，你和刘阳怎么样了？沈小琴微红了脸说，就那个样子。常贵珍说拉过手没有？沈小琴点点头。常贵珍又说亲过吗？沈小琴迟疑了一下，摇摇头。其实是亲过嘴了，在电影院的黑暗中，她主动的。她感觉刘阳的嘴唇很木，好像没感觉。她红了脸问常贵珍，亲嘴是怎样的感觉？常贵珍笑着说，想了吧，告诉你，如果男人喜爱你，他的嘴唇一定是很柔软的。沈小琴淡淡地说，哦，是这样。

沈小琴其实很恋张家临。他有男人气，肯帮她，但张家临明确地拒绝她。刘阳也不错，聪明热心，只是气质上弱些。不过很多上海男人都这样子。现在看来他对自己也未必动心。沈小琴内心还对刘阳与常贵珍的关系有疑问呢，这是常贵珍没想到的。

常贵珍小店的电话装好很久了，她跟家乡的爹娘通过话。这部电话真的很赚钱，多是附近的外地民工来打。这种街头长途别处一分钟一元，常贵珍不贪，只收八角，所以很有人缘。她的生意越做越杂，除去烟酒杂物，她还卖报纸，晨报，晚报，良友报，越是小报越好卖。还有什么饮用水，电话磁卡，反正她是街道特批的经营户。另外还兼做家里的"马大嫂"（买、汏、烧），这样她忙忙碌碌的一天天快得很。五角场在变，变高变样，很多老房在拆，住了一辈子的老居民都迁到城市的远端。常贵珍说不准自己的家会不会拆。她想住楼房，可不知手里的钱够不够，又怕自己没了这店。

一个中年男人走过来，手里拿着大哥大，叽里呱啦说完了往裤袋一塞，然后要用常贵珍店里的电话。常贵珍这样的事见多了也不奇怪。那男人黑粗的手指上戴着精致的铂金戒指，就像打铁汉穿了双尖头皮鞋。他身边跟了个年轻女人，脸搽得粉白的。中年男人提起电话就是高嗓门，小五啊，是我宝庆，喂，家里的棉花该收了吧，哈哈，那是啊我的地嘛怎么会忘，这样，你找人帮我收一下，我给你寄工钱，老规矩一工二十，好好，啊呀我忙啊，做生意嘛，哪里啊把裤子都赔光了，哈哈……

这个男人家里有一块棉花地，常贵珍的心思一下给他带远了。那是多么好啊，一块绿油油的棉花地，慢慢地生出青桃般的棉铃，太阳抖了一下绽出满地雪白的棉花。一个电话在常贵珍心里打开一幅憧憬。一个电话就把满地的棉花收获了。家里有一块棉花地还要跑到上海来做生意，还要在上海用大哥大，戴铂金戒指，还要带着个身份不明的年轻女人。常贵珍替张家临和刘阳抱不平，现在是五角场见了外地人要晕。那年轻女人见男人放下电话付好钱，就倚上身发嗲，好不啦带我到南京路去嘛，又不要你买什么啦就是逛逛嘛。男人跟常贵珍买了一条中华烟，笑呵呵地挎了年轻女人的胳膊，两人扭扭捏捏走远了。

在阳光下五角场是那么静。常贵珍看着五角场，五角场也看着她。五角场在她心里边轻了，自己这个小店也显得可有可无。常贵珍就那么呆呆地想着什么，又什么都没想起来。

黄昏时分她要烧饭又要顾店，是最忙乱的。来了个年轻的男人，倒是个上海人，打了个电话，然后要了一条红双喜。常贵珍把那张百元的票子举起来好好地看了，那人却说算了，对不起烟不买了，身上只带这一百元，还要到小菜场买鱼去，吃饭比吃烟要紧是吧。常贵珍见多了这种事，把钱还给他。刚要把烟收起来，那男人说哎呀算了还是买吧，鱼今晚可以不吃，没有烟不行。常贵珍把烟又丢给他，收了百元票子找给他二十五元。

做晚饭常贵珍还觉得好笑。上海小男人就是狗皮倒灶,买条红双喜还要颠三倒四反反复复,人家外地人买条中华烟连嚯都不打一个。晚上点钱才发现那张百元假钞,常贵珍的眼泪都流出来了。她仔细地回想,那个外地人的钱她验过,那个上海人的钱……那家伙用了个掉包计!一百元哪,她要卖多少包香烟才能赚回来?她流着泪骂,娘的上海小赤佬,骗谁不好你骗我一个上海女人,有本事你去骗外地人,骗他个一百万两百万!娘的这种小聪明小弯转只有上海赤佬想得出!

张田说妈妈你哭什么?常贵珍说妈妈给人家骗了。张田说妈妈他为啥要骗我们?常贵珍说他看我们没用,说着眼泪又流下来。张田说妈妈那我们也骗他。常贵珍说对。夜里张家临看到妻子把假烟假味精都翻了出来,说你要干什么啊?常贵珍说他做初一我做十五,不是我丧良心。张家临说贵珍不可以的,我们不好赚这种龌龊钞票。常贵珍哭着喊我不管那么多,不是我龌龊!

五角场的老弄堂真的是下只角,比石库门弄堂差得远。只有丈把宽,张家伸出一根晾衣竹竿会捅到对面李家客堂间里。太阳好的时候弄堂里屋檐上横满竹竿飘满衣物,你分不清是谁家晾出来的。常贵珍蹲在门前"吭哧吭哧"搓洗大盆的衣服,张家临照看店里的生意。张家临已经没有休息日了,今天因为修路队转场,他早回来一会儿。张家临要洗衣服,常贵珍不理他,知道他身体不如从前,面色不好,人也消瘦。过去只要张家临在家里,她干什么都是满身力气。可是现在她心情不顺,一声不吭洗得一头汗水。张田放学回来了,见到张家临在家扔下书包就扑上去,张家临笑着抱起女儿。张田长得大,随了父母的高身量。常贵珍扭头看到父女亲热地抱着,心里别扭有失落感,就骂张家临,女儿小时候叫你抱都不肯,现在女儿大了么来得个要抱,你个下作胚!

幸好边上没有邻居听到,否则要给人笑死。张田大大咧咧,没理会妈妈的话,做起了功课。张家临蹲下来,说贵珍你是不是累了,还是给我洗吧。贵珍说死开去,你又没有用。张家临说贵珍啊你心态不对了,是不是很烦?常贵珍说我烦什么,我开心,天天开心!这时柜台那边有人招呼生意，张家临就走了进去。

晚上张家临不看电视，他给常贵珍捏肩捶背。他也是灵机一动，想个办法安抚一下妻子。张家临不懂按摩，好在常贵珍是草本植物，不娇贵，他手上的力气还有一点，耐心更有许多，通常的捏捏捶捶就让她浑身通畅。常贵珍在为白天那句话忏悔。那是句什么话啊，多变态、多扭曲、多龌龊、多刻毒、多伤人，伤了张家临也伤了自己。说得出这种话的女人，怕是五脏六腑都黑烂了。她在想自己那句话是怎么说出来的，到底是怎么了？她懊悔，也为自己委屈，眼泪止不住地流个不停。

十

张家临日见消瘦，已经开不动他的小抓斗，换了一家公司做保安。看过专家门诊，做了各种化验，说不出个所以然。中医专家说这是很怪的病，只能靠调养，累不得，气不得，受不得刺激和惊吓。张家临说好，我成了国宝，嗲死了。做了保安班头固定，他可以有空帮常贵珍打理生意。

刘阳的踪迹神出鬼没，有时夜不归宿，也不知他去了哪里。每次回来常贵珍闻到他身上有股怪味儿。来了有饭就吃一碗，也会带些熟食回来。张田和刘阳最亲，他一回来"舅舅"叫个不停。刘阳也会哄她，说些着三不着两的话逗她"咯咯"大笑。常贵珍还不至于让刘阳在家里洗澡，她对刘阳说，你好到浑堂里洗洗了，身上是什么味道，怪得不得了。刘阳说是财运啊，洗不得洗不得，一洗就发不了财。

还是张田会哄刘阳。张田说舅舅你是帅哥呀，你像一个人呢。刘阳问我像谁啊？你像郭富城呀，张田笑嘻嘻地说。刘阳就笑了，说你骂我，郭富城有我帅吗？张田说你们两个一样帅啊，可是郭富城没有你身上的怪味儿，舅舅你去洗个澡吧，我等你回来。刘阳说好好好，我就去讲个卫生，不要影响我们田田的情绪。回来在五角场给你买点吃的，说吧，你要吃什么？张田说我家什么吃的都有，我只要你清清爽爽回来。

刘阳就夹了换洗衣服，乖乖地去浑堂洗澡。

张家临说怪了，张田小时候就这样，和刘阳特别投缘似的。

常贵珍还是闻到怪味，循迹找去，问题出在刘阳那个扁木箱里。打开一看，早不是什么胸针口红丝袜，是些陈旧纸张，外加早年的粮票、肥皂票、火柴票、肉票、糖票之类。夫妻两个看了好笑，说这些东西家家都有点，他收来做什么，能发财？常贵珍说你看他现在还这样不务正业，到底怎么办呢？张家临说或许他以为是正业呢，不要管他，说不定哪天他一觉睡醒了要做大事业，你拉都拉不住。常贵珍说你等着吧，我也指望他做大事业。

　　沈小琴告诉常贵珍，刘阳最近在跑废品站，钻进去就不出来，出来了浑身脏兮兮的跟废品差不多。常贵珍说他寻什么宝，会不会脑子出了问题？沈小琴说有人发了财的，寻到某名人的真迹，或是某名人的日记，某名人的档案，都可以卖大价钱。常贵珍叹了口气说，我看他也是痴子望天坍，名人有那么善良，躲在废品站里等他？我看他就像老年人说的，人拽不走鬼拽跑得快。

　　常贵珍问沈小琴，你们两个到底怎么样了，有戏没戏？沈小琴说没有，他的心思不在我这儿。常贵珍说唉，我还指望你们能成，他快点结婚搬出去呢。沈小琴说原来你是要我做鱼饵把他钓出去。常贵珍说我有什么办法，你看我家里挤的，张田眼看大了，三人挤在一起。沈小琴说你有没想过，万一我们谈成了，我家又没房子结婚，我也住到你家来呢，你怎么办？常贵珍说那就先去公证，搞清楚哪个男人是你的，哪个男人是我的。

　　两个女人咯咯咯疯笑起来。

　　刘阳不断把废旧纸张搬回来，在客堂间里细心翻拣，那股怪味直冲得常贵珍反胃。沈小琴也在一边看，她说刘阳啊，你弄这些东西有什么用，能发财？刘阳头也不抬地说，上海滩是宝地啊，等哪天我找到曹荻秋的日记、柯庆施的手稿，或是张春桥的谋反大纲，或是周信芳贺绿汀"文革"中的交代材料，那就有钱了。我就买上一幢三层别墅。沈小琴同志住一楼，张家临常贵珍同志带着张田住二楼，刘阳同志亲自住在三楼。

　　常贵珍说刘阳我好好劝你，像张家临那样先做个保安也好的，别做野神仙了。沈小琴说别的都是假的，你现在就是要想法多赚人民币。刘阳说人民没用了,现在只剩下币。常贵珍说怎么没用,五角场到处都是人民,都活得好好的。刘阳抬起头说,1949年政权初建,第一张大报叫什么,《人民日报》。第一家广播电台叫什么,中央人民广播电台。为什么,革命刚刚胜利,很多事情要人民来做。现在有了电视台怎么叫?中央电视台,上海电视台。人民没有了,可有可无了,还不是吗?

常贵珍恨铁不成钢,说你就是嚼文字游戏有本事,哪天能做点正经事啊。沈小琴说刘阳你不笨啊,又不缺手脚,人家外地人到上海来都能赚到钱,你做点什么不好,整天和垃圾打交道!刘阳一下没劲了,坐在地上说,其实我就是垃圾。沈小琴愣住了。常贵珍骂道你弄不好了,老是糟蹋自己。刘阳低着头嗫嚅着说,我说的是真的,我就是垃圾。

老房的拆迁在加快。常贵珍的弄堂接到正式通知,转年就要拆房。按老房面积补贴,老居民可以回迁,也可以迁到郊区,迁得越远房价越便宜,新房就越大。常贵珍和张家临两个算了又算,有一些积蓄,又可以贷款,迁到远郊要个两室一厅,还有余钱买间街面房继续开店。方案上报后街道通情达理,表示搬迁后可以给张家临就近联系一家公司,仍旧做保安。郊区的新房是现成的,常贵珍张家临特地去看过,很宽舒,很满意。办了手续交了款子,一串明晃晃的钥匙就到了手里。

时间已经将近年底,寒风裹着喜气在五角场盘旋。人们都穿着厚的衣裳,来来往往地赶年。张田梳了两条小辫子,穿着新衣蹦蹦跳跳,真像将来要种田的孩子。常贵珍给父母打了个电话,听声音爹苍老了许多。常贵珍说阿爸过了年我们要搬场了。爹说噢好啊。常贵珍说阿爸新房子老远的在郊区。爹说好噢空气新鲜。常贵珍说阿爸苏州河水清了,有鱼虾了。爹说不好噢,当心张田捉鱼虾落到水里。常贵珍说阿爸可惜我们看不到苏州河了。爹说不碍的,郊区山清水秀好得很。常贵珍突然就哽咽了,说阿爸妈妈过了年接你们来住新房。爹说好噢好噢,几时你们回家乡来玩。

小时候爹娘常说,老早的苏州河水是沙清的,可以摸到鱼虾。可是在常贵珍的经验里,这条河是乌脏的黑臭的。现在苏州河不知不觉变清了,她却要离开它,住到遥远的地方去。一家三口就在冬天的上午去看苏州河。

走在苏州河边,常贵珍同张家临商量刘阳怎么办。张家临说能怎么办,他家的老弄堂还没有拆,就是拆了他能分到多少,你总不能叫他睡到马路上去吧。张田说我不要刘阳舅舅走,我要他跟我们住在一起。常贵珍说叫他跟我们一起搬怎么算呢,他算我们的什么人?张田说他算我舅舅呀,我不让他走。

常贵珍又跟张家临商量年夜饭的事,她提议今年除夕到饭店吃。我们也腐败一回,她说,不过是自费的,吃不坏人。张田双手赞成几乎雀跃。张家临不同意,他说还是自己屋里弄几个菜,温馨又实惠,刘阳在,还有沈小琴。常贵珍说沈小琴刚找好老公会来吗?张家临说她就是要老公在我们家过个年呢。常贵珍说好啊,你们又商量好了。张家临笑了,说你还是这样,人家都有主了嘛。

张田撅起嘴说哼,糟蹋了小琴阿姨。

沈小琴找的老公是台商,六十几岁的人了,老婆死去三年,一直想在上海找个老婆。他为找到沈小琴这样的老婆兴奋得难以自持,为她和她的家花了很多钱。老头说要在上海过个值得纪念的春节,在最大的酒店。沈小琴要他到上海最普通的老弄堂过个年,反正她爸爸妈妈有她哥嫂陪着。

刘阳这些天精神振奋衣着整齐,他说今年的蛋饺包在我身上了。蛋饺是过年的主菜,往年是张家临来做。刘阳做得也不错,大家都知道超市卖的蛋饺是多么难吃。刘阳还做的一手好春卷。

张家临的病一发作就浑身无一点力气,他躺在床上说,贵珍你给我擦一下身上吧。常贵珍说你到浑堂去多好,热水里泡泡多舒服,要过年了呀。张家临说要过年了浑堂才不能去,人多得像下饺子我没力气去挤,擦一下吧。天冷,常贵珍先给他擦上半身。刘阳从阁楼上走下来。常贵珍擦得很慢很仔细,那么强壮的一个男人现在变得这样瘦弱,几乎只剩下一把骨头,她的心里酸酸的。柜台那边有人叫着要买货,张家临说贵珍你先去,钱来了不能不赚的。常贵珍就给他盖好出去卖货。春节生意好,买东西的人来了不止一两个。打点完了进来一看,刘阳正接着给张家临擦身。他擦得很轻柔很到位,手势像女人一样,脖子,腋窝,都擦到了。张家临把脸拧向一边，满脸的无奈。刘阳擦好了上身把脏水倒掉，叫常贵珍换盆新热水来。他说贵珍你回避一下，我给他擦擦下身。常贵珍想也好，小店的生意正忙不过来。又一想事情不对，张家临正看着她，眼神是哀求的，似乎有许多话要说。常贵珍上前夺过毛巾，叫刘阳去守柜台。

刘阳的脸一尴尬，讪讪地走开了。

十一

除夕上午刘阳做蛋饺。肉糜是他用心细细斩的，馅子调得也好。肉馅调拌着黏而不连，是最好的刀工。刘阳做这些很有耐心。把鸡蛋打了在大碗里搅匀。煤球炉搬到门口开小火，舀一勺蛋汁倒进锅里，烙成张张薄蛋饼。蛋饼必须熟而不焦呈嫩黄色。馅子放到蛋饼里一合拢，就是一只蛋饺。包蛋饺简直是一门手艺。饺子是靠折起面皮封口的，蛋饺封口则要用蛋汁了。

冬日的阳光下，刘阳围着厨裙坐在弄堂里家门口专心做蛋饺。常贵珍看了心里欢喜，这才是那个生气勃勃的刘阳啊。一大碗的蛋饺，从初一到十五的年里，只要炒把菠菜，放些粉丝，煮开锅以后投进几只蛋饺，就是一道好菜，绿的菠菜嫩黄的蛋饺白的粉丝，看着就开胃口。刘阳接着包春卷。肉糜是现成的，再切些韭黄拌了，用春卷皮子一卷，放到锅里文火煎烹，香味飘满弄堂。刘阳说来啊，大家都来尝尝，刘记春卷，先尝后买。一家人就吃着春卷垫垫饥，把好胃口留给年夜饭。

常贵珍把年夜饭的主料整理齐全，摆放整齐。吃工夫的整鸡整鸭都煮熟了，晚上一热就可上桌。鱼是一定要现做的。张家临干点不累的事，打扫屋子拖地。下午常贵珍和张家临到街上去看家具，小店交给了张田。张田算得上小掌柜了，什么东西卖什么价都清楚。她没有什么门槛，肯给人家打点折，反而讨顾客喜欢。刘阳把手洗了在厨裙上擦净，坐在门口抽支烟，眯起眼来看这条弄堂。

跑了几个家具市场，常贵珍夫妇看中一套中档的，交了押金，说好年后送货。张家临气色不错，两人上了公交车回家，一路上都是忙忙碌碌过年景象。常贵珍想起昨天的事,问丈夫,你好像很讨厌刘阳?张家临说哪有啊,其实他也蛮可怜的。那昨天他帮你擦身你好像很不耐烦,常贵珍说。张家临说不是啊,我讨厌我的病,发了一点力气都没有,连这种事都要人来帮。常贵珍说,家里的旧家具都不要了吧。张家临说能用的还是带上吧。常贵珍说那个木雕衣架坚决不要了。张家临问她为什么不要。那个不好,常贵珍说,凤在上龙在下不好,你不开心。张家临说你有没搞错,这个衣架当时是我挑中的。常贵珍给他搞糊涂了,说就算是你挑的吧,为什么挑这个?

张家临看着妻子说,凤在上龙在下,就是说男人要把女人捧在手上,放在心上,你说这衣架能丢吗?贫嘴。常贵珍把头倚在他身上,捶了他两下,心里却是美滋滋的。

回到家喘口气,沈小琴带着郁大金上门了。六十几岁的台商郁大金气色不错,银白的头发,手指上戴着硕大的绿玉板戒。他提了盒大蛋糕,进门就说拜年的话,然后给男人们敬烟。他对常贵珍说,对不起我可以到处看看吗?常贵珍望望张家临,张家临大方地说没关系,请随便看。郁大金看了屋子看灶间,看了灶间看阁楼,说啊,原来马桶啦煤球炉啦是这样的,好温馨好亲民哦。真像我小时候的家,我爸爸妈妈的家。我就像回到我爸爸的家一样。刘阳想娘的我要叫你爸爸了,好好的女人找这么一个老怪物。

郁大金摸着张田的头问,小妹妹叫什么名字啊?张田说我叫张田。好,郁大金说,甜甜蜜蜜的小女孩。张田说我不是甜蜜的甜,我是种田的田。郁大金说好,这个名字大气,来,伯伯送你一个红包。

大家就坐在客堂间喝茶叙谈。沈小琴还好,穿得不过分,也看不出喜兴。刘阳抖着腿说,郁老板来上海多年,对上海印象怎么样?郁大金说好,上海真好,一年一个样三年大变样。这个老滑头把大家逗笑了。郁大金说真的真的,最主要我在上海找到了妻子。他揽着沈小琴的肩,沈小琴的脸就微红了。感谢你们对她的关照,郁大金说,小琴很苦,我给她买了房子,给她父母哦不,是我的岳父岳母也买了房子。地段还可以的,离市中心不远。

刘阳说对不起郁先生，像你们这样远道而来的客人，就只能委屈一下住市中心了，郊区风景美空气好，要留给我们这些老上海人住。郁大金很奇怪，为什么这样子？刘阳笑着说，你刚才说一年一个样三年大变样，你知道以后上海是什么样的吗？郁大金颇感兴趣，是什么样子的呢？刘阳说，说句上海老百姓的远景规划给你听，将来的上海，内环，给外国老板和外地老板住，中环，给外地白领和上海白领住，外环是好地方，只能由我们这些老上海人来住了，谁让我们是这座城市的主人呢。郁大金不是傻瓜，哈哈笑着说玩笑了玩笑了，小琴就住在内环了嘛。

常贵珍打圆场，所以说小琴好福气嘛，时间差不多了，我们吃年夜饭吧。常贵珍把冷盆端上来。刘阳到灶间炒热菜。六个冷盆八个热炒一道大汤摆满大桌，大家热热闹闹开开心心围坐着吃年夜饭。郁大金吃口清炒虾仁，说啊呀好味道，不比酒家的差。酒是和酒，清醇而蕴和，郁大金是真的高兴，眼睛都笑眯起来，连说好好好，真正是小康生活。大家不要当我外人哦，我也是苦出身啦，苦打苦拼才有今天啊，所以我说要抓住机遇，吃得辛苦必有福报嘛。客堂间里蕴满酒气笑声。整个五角场今夜都蕴满酒气和笑声。

年夜饭吃了近两小时，撤桌后张田要看春节联欢晚会，大人们要搓麻将。郁大金说你们尽兴，我要和田田一道看晚会，我喜欢看赵本山，好好笑哦。于是一老一少坐到里面看春晚。

沈小琴坐下来就说今晚来大的。刘阳说来多大？沈小琴说五五块。常贵珍说不行不行，太大了。张家临看了沈小琴一眼，见她给酒染红了腮，眼神迷离。刘阳说你现在财大气粗了，不可以欺负我们小市民的。沈小琴不理他，只管摸牌。常贵珍心里不高兴，大年夜的也不好说什么。这五五块可不是闹着玩的。平时他们只来两两角，最多五五角。五五块什么概念，一夜可以输赢几万，这不是拿穷人开心吗？牌是哗啦啦地响着，常贵珍悬着心，刘阳也绷着脸。张家临虽说不动声色，估计心里也不轻松。沈小琴到底是嫁了有钱人，一边出牌一边哼着曲子。偏偏口气大的不发财，牌运不眷顾她，连着让人和了三副大牌，常贵珍刘阳张家临各有千把块进账。

有了好牌又不会打，闷在手里半天又给人捉冲。平时她打牌不要太精怪，今晚许是酒劲加上心劲吧。常贵珍见她面不改色，想到底有靠山了，有底气了，出手究竟不一样。人真的不可以有钱啊。刘阳心里不是味道，想你沈小琴什么路子，变得妖形怪状。

赵本山让张田和郁大金笑得上气不接下气。常贵珍赢了钱心里快活，骂道小鬼笑起来痴头怪脑。沈小琴点起支烟，把三个人都弄傻了。小琴柔声叫道大金，大金殷勤地跑出来问，什么事啊小琴？沈小琴盯着牌，一只软手伸向他，大金摸出大皮夹子塞到她手里。小琴对他莞尔一笑，打出张七索，下家的常贵珍把牌一摊，大叫一声和了！

时间接近子夜，沈小琴输了万把块钱，还是心不在焉似的。张家临了解他这个师妹，忽然明白她是存了心来给大家送钱的。张家临顿时索然无味，赢的一堆钱也变成了垃圾。他推了牌说不玩了吧，快敲年钟了，我们放鞭炮吧。

五角场的鞭炮响起来了。这里是鞭炮禁放区域，可是多年禁而不止。张家临今年买了五千响的电光鞭炮，他已经没有拎的力气。刘阳把它提到街上，剥去头上的红纸。常贵珍点燃了它，捂着耳朵躲到一边。五千响的电光鞭炮真是厉害，响声闷而震荡，光焰刺眼，像一条火蛇咆哮着抖落一身的红鳞。五角场所有人家的鞭炮都炸响了，蓝色的烟雾在天空迷漫，整个五角场都咆哮着，震动着，欢乐着。在这新旧交替的子夜，五角场接受着光和声和烟雾的洗礼。又有焰火升上天空，无数的焰火，各色的焰火，红白黄蓝绿紫的焰火，在夜空欢叫着展开着变幻着交织而过。地焰火吱吱叫着给五角场的老街镶上金边。刘阳给张田买的是多筒焰火，"嘭"一下窜出一个火球，在天空"叭"地绽开白花；"嘭"地又窜出一个火球，在天空"叭"地绽开红花……总共有二十一响，每响一次常贵珍就在心里许一个愿。让张家临明年好起来；让张田学习聪明身体康健；让爹娘长寿；让我的小店生意兴旺；让刘阳明年争气；让沈小琴得到真爱……张家临裹着大衣坐在街头前观看，他感到累了，刘阳把他背回家去。几个值夜的警察穿着大衣，手拿对讲机，警车上的警灯无声旋转。每个春节都是这样，禁放鞭炮的警察变成防火的卫士，只要没有火灾，他们就站在街头沉默旁观。常贵珍觉得除夕夜晚的警察最可爱。

郁大金、沈小琴坐出租回了酒店。刘阳对张家临说，我也要走了。张家临说这么晚了你到哪去？刘阳说回家看父母，大年夜呀。对了，以后我不来住了，我找到了工作。张家临、常贵珍，谢谢你们。常贵珍夫妇因意外而无话可说。刘阳低头走到门口，张家临把他叫回来，刘阳，不管什么时候，这个家都有你住的地方。贵珍，你送送刘阳。

五角场上空的硝烟还未散去。常贵珍和刘阳踩着满地的纸屑，走到向阳服装店的门前。常贵珍说，刘阳你真的找到工作了？刘阳笑了，他的眼里蒙着层光亮，他说是的。常贵珍问什么工作？刘阳说贵珍，还记得我们在这里的事吗？常贵珍看着他说，怎么不记得。刘阳说真快啊，我们都快四十岁了。常贵珍突然心里难过，又涌上一番爱怜，她说刘阳我冷，你抱我一下好吗？刘阳双手把住她的肩说，贵珍对不起，我真的办不到。

走出很远刘阳终于忍不住泪水。他原来对女孩子是有感觉的，起码对常贵珍有。认识张家临以后一切都错乱了，他发现了真正的自己，对女人再没有一点感觉。他知道张家临恶心他。常贵珍、沈小琴如果知道真相也会恶心他。他也慌乱，也惶惑，不知道是父母的错还是他的错。他明白张家临的好意，也想靠沈小琴来挽救自己，可是没有用。有了张家临，常贵珍的家变得温暖，然而唯一的选择只能是离开。

张家临和张田都睡熟了。常贵珍走上阁楼，在刘阳用了很久的床上躺下。她很快睡着了，梦见自己坐在新家的客厅，门打开着，好像是等待什么人来做客。刘阳从门前走过，向楼上走去。常贵珍想他到哪去呢？她跟着他走，一层楼又一层楼。好像是走到了楼顶，啊，这里有个屋顶花园，一片碧绿的植物。这是什么植物呢？常贵珍突然叫了一声"棉花"，太阳应了她的声音一抖，雪白的棉花遍地绽开。刘阳向棉花深处走去，回过头来向她招手。

（原载《大家》2009年第2期）

桃园春醒

阎连科

一

阳光烦乱，地上热暖，气候在悄着转变。说喝酒去吧？买了啤酒，都到村后林地，席地坐下，喝到醒醉，有人把酒瓶磕在地上，将拳头在半空挥了一下，说春天来了，我们该做些事了。做些啥儿事呢？索性都回去把老婆猛揍一顿吧。说完这话，彼此看了，都把目光落在张海脸上。张海思忖一阵，把拳头捏了一下，挥了一下，说好吧，我是老大，既然都听我的，今天就都回去把老婆揍了。说，谁不打不揍不是男人。谁不往死里去打去揍，就是兄弟们的孙子、重孙子。

听到这话，春天来了，林里的桃树散发着暖的润气，枯条忽地蓬勃，鼓出暗红苞儿，乔张造致，似要借酒放开。光亮层层叠叠，从镇西探头过来，把林地映出个彤红鲜艳。草芽在脚下蠕蠕动着，树根在地里扭着身子。有一股初春的腥气，呈着青色，在那林地弥弥漫漫。牛林、木森和豹子，都小着张海。他是兄长，大家对他，目光中自都含着敬意、惊异，问说真的打吗？

张海说，春天到了，打一顿吧。

牛林折一桃枝看看，把一朵桃花苞点咬在嘴里嚼了，又"呸"地吐出，说打就打，谁怕谁呀。然后喝酒。举起四个茶色酒瓶，碰在空中，砰砰响着，让春天的草绿气息，在那响声中惊着闪开。酒气碰着春气，半空里漫了燥发的味道，人便觉得极想做些事情。又都年轻，就决定回去把老婆打上一顿。酒喝完了，手里的空瓶掷了出去。或者，猛地砸在桃树身上，那泛红的青色树皮，沉默不语，却有汁水畅旺流淌。脚下的，早空的酒瓶，原都竖着，这时起脚一踢，滑向空中，风拧着瓶口朝里浇灌，哨出泛青的响音，而后落下，砰地炸了，世界便轰然宁静，可听见了桃枝发芽的细响。还有，阳光和桃芽、桃苞浅绿的呢喃。而后，他们走了，个个心里暴烈，神情庄重，队伍样，张海在前，牛林殿后。走出桃园时，回头一望，桃园中竟有了点点红色，极艳极新，仿佛世界忽然变了，陈旧中有了新意，酷冬也一下醒来，抖抖身子，春就来了。

春就到了。

春天了，人们不能不下力做些事情，就决定，先把老婆打上一顿。

张海说，你们记住没有？

说都记了，你放心，老大。

问，谁要不打呢？

说弟兄还要下咒起誓吗？弟兄们你不信着，你还相信谁呢？脸都红红青着，还有白的，各自表情，在黄昏里一筋一倔的僵着心情，在村口站了一会，也就分手分头，朝村里回了。脚步声响天彻地，砰砰亮堂，由远至近地到来，又由近至远地消失，只留桃园在后，有着生气，有着淡然悠闲中春天勃勃的力道与不安。

张海家，住在村子进口，新房，浑砖，是胡同里最早盖起的青砖瓦房。那房子当年的招摇，让全村人都为之刮目。十年前媳妇来村里相看，至胡同口抬头瞭望，那青的瓦屋，猛地映在眼里，便对张海敬了。

张海说，同意吗？

媳妇慌忙低头。

张海说，我可是要找个马上娶的。媳妇红脸，慢慢抬头，目光疑得异常浓密。张海说，我要去广州打工，走后娘要有人做伴，有人侍候。媳妇想了半响，点了头后，又说，得回去跟爹娘商量来着。而后，就结婚，入门，伴婆，侍奉张海。

张海回家，进门时脸是青色，朝门上踢了一脚，像那柳木大门，曾经是着仇家。媳妇在院里做饭洗菜，手在水里泡着，粉红着，两朵花样，听见门的暴响,慌乱抬头,问说你又喝了?张海不语,竖在院里,直直的,咬着嘴唇。媳妇看了,起身去屋里给他倒了茶水;出门时,还用唇儿试了水热,而后放在张海身边。喝吧,媳妇说,喝了醒酒。又说,晚上吃米饭,你在南方米饭惯了。还说,你有同学找你,商量春天到了,该做些啥儿事情,说饭后他再找来。张海坐在一条凳上,茶水摆在条凳那端。他不看茶水,只盯着自家媳妇。媳妇洗菜,手在水里,红红的,两朵花样。菜水边上,张海脚前,还有一条白鱼游在另一盆里,欢天喜地,自由自在,可它不知,在那水盆旁边,还放有一柄剪刀,不久就要用那剪刀,替它开膛破肚。那鱼以为无辜,自顾地游来走去,尾巴拍着水面,啪啪啪的,溅起的水珠,飞在了张海脸上。张海忽地起脚,把那鱼盆踢翻,让水流在地上。地是水泥地面,鱼在那地上水间,蹦高跳远,像是受了冤的孩子,在地上蹦着哭唤。

媳妇不知所措,惊得站起,痴痴地望着张海,怎么了?怎么了?她一连问着,拿手在胸前腰布上擦着水珠,脸上的僵黄,原是惊惊的不安。

张海反问,你说怎么了?!

媳妇说,不都好好嘛,你是怎么了?

又一脚踢了面前洗菜的盆水,踢了菜筐,张海抓起媳妇就打。左手揪了她的头发,右手掴着耳光;忙了一阵之后,又双手揪着媳妇的前胸,双脚轮流踢着媳妇的双腿。末了一拳,又把媳妇打出三尺开外,使她倒在地上,嘴里还不停地骂着,你她妈的,不过年,不过节,又吃米饭又吃鱼,你会不会过日子?!你是存心蓄意,要把这日子过得仓空屯泄,败家败财;存心蓄意,要把家里那点存钱花干弄净,分文不留不是?!

说我他妈的出门打工挣钱容易吗?

说我喝多了,你她妈的故意给我倒杯又滚又烫的水,是想把我烧死吗?

说孩子快放学了,你不去学校接她,一个下午你都在家干啥呀!

又打又说,又说又打,张海手脚不息,双唇不停。媳妇倒下时,他又追去朝她肚上猛踢,朝她腰上猛踢。朝她屁股上踢踢跺跺。开始时,媳妇先还一惊一疑,问着为什么要打?我有了什么错吗?及至明白了张海嘴里的扯话，媳妇不再辩说，只是闭着双唇，从地上爬将起来，用手和胳膊抱头护脸，蹲在院里的一棵树下，任由张海一下一下朝她身上踢着打着。任由他的，一掌一掌的耳光，朝着她护了脸的臂上掴着。任由任由的，直到在屋里看着电视的女儿跑到院里，突然扑在妈的怀里哭唤起来。任由任由的，直到在灶房切菜的婆婆跑将出来，先在院里惊怔一下，又突然冲来，梗在儿子和媳妇的世界，举起巴掌，一下一下朝张海的脸上打去，骂着说，你没事找事啊？想找事你到后山从崖上跳下去；想找事你到村里的井口跳下去；想找事你娘给你找来一根绳，你到哪儿上吊去！

张海不再打了。他看见从地上站起的媳妇，嘴角涌着鲜血。

竖在那，张海木头一样，任由母亲一掌一掌朝他脸上猛掴。并不疼，可他心里忤忤，担心母亲会因为用力打他，突然倒在院里。这当儿，有邻居耳了吵闹，风进来，群股着，一下把院子塞实挤满，都说打啥呀，打啥呀，多好的日子，有啥可吵可闹可打哩。就去拉母亲、劝母亲，把母亲抱在胸怀里。因为有人拉，所以还要打。媳妇便忙利地抹了嘴角鲜血，拢了乱发，和未曾被人打样，也过来把婆婆拉下，说娘，你合着跟他生气，他是喝了酒，心里怨暴，让他在我身上泄泄酒就醒了，人就好了。

说，张海，死男人，你让娘气了，还不给娘道个歉啊。

说，又喝酒、又喝酒，等你喝败了身子你就不喝了。

说，还不抱着女儿到门外去，站在这儿是光彩还是怕娘不生气？

张海木一会，有些短趣，有些无聊，心里惘惘的，海上的雾一样，宽得很、深得很，又都啥儿不清不明，只好从众邻的目光中，抱着三岁的女儿倔倔地走出门去。走过新盖的瓦门楼，站在门口的台阶上，隐隐的，模糊着，他听到别的地方里，一处两处，也有万马齐鸣的嘶叫，有战乱的争吵和打架。还有村人朝着某方向跑着的脚步声。他想跟过去，又当然没有动，脚像栽了样，根着地，根了土，心也根得很，盘错着，什么也思不开，想不动，只是把目光朝着黄昏里穿，就看见余晖中有着青颜色，春意着，仿佛还有花草的香味在街巷里走，如丝如线荡荡的。顺着那个荡，他的目光就又看到胡同那头的桃园了，一个角，几棵的树，点点的红，像夏夜凝在村外半空的萤。

村子大，消息也大。很快的，都知道有了几家，同时吵架和打架。牛林把媳妇胳膊打折了。豹子呢，本意是打打就算了，谁知媳妇要抗拒，举着剪刀作自卫。这样儿，豹子被激了，只能再打着。去夺媳妇手里的剪，却冷猛扎了自己的手。一见血，不能不怒了，便用剪子捅了媳妇的肚。缝了四针，红血浸在白纱外，桃花着，朵朵的红。

张海抱着女儿，立在门外，看见一群脚步风掣着驰往乡医院，先是一簇，拥着牛林媳妇，托了她的胳膊，小心的，脚下却风急。路上人见了，问说怎么了？村人就答道，男人打她，倒在台阶，胳膊跌折了。村人说，这男人，打折了，花钱治疗，不还是你自己家的钱。

接下，又有一群，拉了车子，车上堆了被子，豹子媳妇团在被里，车子被人拉着，跑得火车样。人们问，怎么了？怎么了？就急答，豹子打他媳妇，往媳妇肚上捅了一刀。人便惊在路边，脸色蜡白，半晌说不出话来。

木森家里住在另外胡同，张海没能看到景象。他和牛林、豹子，同在胡同住着，他们扎在深处，张海住在浅口，就都果真见了。人群簇簇，都往医院跑着，议论声风来雨去，见冷见热，全都听得清楚，寒暖在身，知道他们和他一样，都把媳妇打了，而且都是落手狠重，往死里昏里打去，不然不会动刀。不会折了人的胳膊。黄昏已经降临，落日宁静，粉刷在村头巷里，一路都是亮堂。烧饭的晚烟，飘飘的，升在空中。一时间，寂和繁乱，都不在了，只有麻雀的啁叫，水流样荡在檐下枝头，显着村落的安宁生气。张海立在胡同浅处，心里乱得压抑，总有一股不安，觉到对不住了兄弟，是自己说的回去了都把老婆狠命打了。可是自己，反倒不比别人打得狠重。还动了刀子。还折了胳膊。而自己，只是让老婆伤了皮肉，嘴角挂血，稍事一擦，也就净了，安然无事。

还那么立着，凝向炊烟，望着一阵，把女儿放在地上，狠狠说，回去吧。女儿不动，却是求着道，爸，你要去哪？张海瞪了一眼，丢下女儿，大步走了。先往胡同深处瞅瞅，继而往乡里医院走去，脚步间的快，犹如鬼在后边穷追。

医院距村十分短近，只二里，穿过街巷目光，就到了乡的医院。白墙红字，写着救死扶伤；还有铁门，十字，药房、大堂、急诊，和手术室。因为下班，大堂没人，急诊里有着进出，果真都是胡同邻人。张海过去，将目光越过门口的一片肩膀和头，看到里边一片白的忙乱，问说怎样儿？

人答，缝了四针。

又问，那个呢？

人答，骨折，拍了片子，正在骨科对呢。

立下一会，再问，牛林、豹子没来？

说，有脸来嘛，打老婆，也算能耐；有本事出去打架，出去打工挣钱，都窝在家里武横啥儿。

张海不再说啥，木一会儿，想进急诊看看问问，却又终是没有。犹豫后毅然回了，独自着，脚步更为快捷，生着风声，到医院门口，见着牛林媳妇的哥，二人瞪了一眼，擦肩而过。牛林的妻哥，又忽然回头，唤说张海，你站一下。他就站了，和人家几步相远，听人家教导，说你是牛林兄弟，排行比他大着，该说道说道牛林，春天来了，出去打工去吧，还要盖房，还要养家，在家闲着，无事生非，打老婆算啥儿本事。告诉他说，这次算了，若要再打，我可不会饶他。告诉他说，他媳妇娘家有三哥二弟，他可是个独子；我们弟兄每人一口唾沫，就能把他淹进黄河。说着瞟了张海，目光中很有别样味道。

说完去了，只留着张海，僵梗在黄昏世界，木木的，孤独着，虽然走时对着人家后影，恶恶喷了一口白痰，可自己都觉那痰吐得无力。觉得这时回去，没有比刚才脚下生风，快捷有力，似乎有些沉重，如石样坠着脚跟。抬头望那村口景象，看见黄昏尽了，最后一抹光亮，淡淡如绵地绸在那儿，光色中有树和线杆，还有人影。线杆枯着，电线横在半空，麻雀落在上边。树是榆树，碗样粗细，树皮皱得刀凿斧砍，可高高的枝条，已经不僵不硬，不似冬天那样枯无生气；已经垂了，柔韧着，挂了绿色，在那最后的光中，发出黄亮，如晨时的一抹光色。树下，站了牛林、豹子，都在等那张海。彼此见了，怔着一下，淡了步子，无话可说，只是默然而立。

默过许久，山高水长，牛林想起一句话儿，说哥，依你说的，我和豹子，都狠狠打了；确实打得不轻。

张海抬头，望望他们，说我去医院见了。

牛林问，你去医院，看我媳妇的胳膊……接上没？

张海冷他一眼。

牛林低下头去，笑笑说，我怕她残了，以后不能干活。

豹子也盯牛林一眼，直盯到他感着有愧做个男人，把头勾在胸间，而后豹子才又望着张海，等他说些什么。却是等得久长，默得久长，没有话说。弟兄三人，是站着三角，彼此相望，看见有人从身边走过。有人从家里端着饭碗出来，老远和别人说话，问你家做了啥饭？说我家炒了瓜菜，你去吃吧，炒得多呢。这时牛林觉得憋闷，终于又问，大哥，你把嫂子打得怎样？嫂子人好，就怕你下手和我同豹子一样狠歹。

张海望望他们，咬了自己嘴唇，不语着，又望了别处。

豹子听了这话，稍稍兴奋，也很关心地问着张海，就是呀，大哥，嫂子最是人好，你可别和我与老二一样狠手。又说，她也住在医院吗？还说，要么，我和老二，去医院看看嫂子？像是找到了去往医院的缘由，急要语落起脚。就等张海一句言语，一个眼神。可张海没有言语，没有眼神，忽然抬脚走了，偃偃的，脚步固执坚牢，如锤往地上砸着，不扭身回看后边，也不旁目左右，只是正前，拧着目光，硬着脖颈，闭了嘴唇，大步地往家里去了，丢掉牛林豹子，像从身上拔出两根刺儿扔了，所以走得力快，成竹在胸，要去实施一桩事情。

回到家，媳妇已把夜饭做好。还是那些青菜，那条炖鱼。白的米饭，盛在碗里，摆在桌上。筷子，汤碗，还有一碟等放鱼刺的小盘，搁在饭桌中心。筷子条理温顺，躺在饭桌四方的米碗下边，等着人去拿它。娘、媳妇、女儿，各守饭桌一侧，都在等着张海。堂屋灯已亮了。饭桌在那灯光以下，有着菜香鱼香，混了米饭的白味，五颜六色，弥在饭桌周围。张海回来，女儿喜着欢叫，我爸回来——我爸回来了。媳妇为了容让和谦，朝进门的男人红脸一笑,将本已摆好的凳子,又用手动了一下,示意了请的意思。那边的婆母,六十几岁,辈正威处,坐在上方先自端起饭碗,动了筷子,却并没有真正夹菜,只是望着儿子,说快吃饭吧,一家人都在等你。言辞动作,和家里没有发生过打骂一样,清沌浓烈的和睦,也同那菜香一样。

张海坐了。

坐在媳妇对面,瞟了媳妇,瞟了女儿,又看看母亲,脸上依旧忖着心思,仿佛有话要说,又只能不说,把话紧紧憋着。见家人都端起米碗,也就端了米碗。见家人都去夹菜,也就欲要夹菜。可欲要夹时,媳妇把鱼头夹起,送进了他的碗里,只好顺势瞟了一眼媳妇,在眼角深邃了什么,低头吃了一口米饭,放下碗去,说有水喝吗?

喝汤吧,媳妇说,紫菜蛋汤。放下自己的米碗去为男人盛汤。可是张海,却望望别处,又望望母亲脸色,说,我想喝碗白水。

媳妇又去倒水。把桌角的一个水瓶提在半空,旋了壶盖,倒下一杯。玻璃的杯,因着水烫,提了杯口才到了饭桌。放下。吹着自己的拇指食指。说刚烧开的,死烫,你等凉了再喝。说完坐下,又去给张海夹菜。张海拿手碰了一下杯壁,果然滚滚烫热。问说,刚烧的?

媳妇点头后,说你急喝吗?放在冷水碗里冰冰?

不用。张海脸上僵着硬色,在灯光中呈了苍黄,仿佛失血,还有微的汗珠冒出。只是因着灯光,因于忙着吃饭,家人没有在意。只是张海感到脸上有汗浸出,感到手上有些微颤。这个时候,屋里除却吃饭,没了别的声音。女儿直说鱼香,奶奶就往她碗里夹着鱼肉,还说吃鱼聪明,读书后会有好的考试成绩。媳妇见人说自己做的菜好,也在脸上淡有喜兴,又往婆婆碗里夹菜。可就在几双筷子舞错时候,张海终于又咬了自己嘴唇。终于的,又把目光,盯在了玻璃杯上,最后问道,刚烧的水吗?

媳妇再着点头,说真的死烫,你等会儿再喝。

张海扭回头来,盯着媳妇一瞬,轻声着,哎,算我张海,对不起你了。

媳妇一怔,眼角有了泪水。却是笑着说,打就打了,别再提啦,快吃饭吧。

张海说，把你的手，伸出来吧。

媳妇不解，放下筷子，望着张海。

张海说，左手吧，我看看左手。右手要用。

戏一样，演着似的，媳妇犹豫一阵，看看张海冷的目光，又放了左手米碗，将手伸在饭桌上方，红着脸道，我手好好的，没啥看呢。女儿笑了，看着父亲。母亲不解，也歇了筷子，望着屋里景况。可是这时，张海又复了一句，说算我张海，对不起你了。接下去，猛地抓起桌上滚热茶杯，忽地浇倒在了媳妇的左手心上，左手腕上。随着一声叫的尖烈，媳妇把左手在空中甩了几下，哭唤着，朝院里的水桶奔去。很快地，把手伸进桶的水里，双脚却是不停地因着手疼在地上跺着蹦着。

随后一时安静，女儿朝院里的母亲哭着追去。屋子里，张海突然蹲在地上，朝自己脸上掴着耳光。待娘明白了重又发生的事端，举起手里的碗，就朝儿子头上砸去。跟着又过来掴脸打骂，说张海，你个贼孽，你个贼孽！

屋里打着骂着，院里哭着唤着。一片的泼烦闹乱。一片的豪惊豪悔。

乱着时，张海却醒，对打着自己的母亲道，快别打了，你快领她去医院治治吧，她的手和胳膊，一定满是水烫的燎泡。母亲就从屋里出来，借着院里灯光，把媳妇的手从桶里拔出，果然的，满手满腕，一满世界，都是透亮燎泡，大的如桃，小的如豆，密麻着云集，亮如水球水珠，层峦叠嶂。慌忙着，就扯着媳妇孙女，快步地往医院跑去，还在嘴里道骂不停，惊了邻居，都陪着往医院里快步。

剩下张海在家，一下觉得，心和世界，都呼剌剌地宁静下来。

二

说那木森，原来回去竟歇手歇脚，丝毫没有打动自己老婆。

兄弟们知道这事，是着来日早上。日出时分，他媳妇去井上挑水，迎着朝阳，还哼了小调豫剧。弟兄四个，三个媳妇都在医院躺着，她没有，还挑水，还哼戏卖弄。早饭以后，牛林约了豹子，约了张海，都到村后桃园说事。昨天碎的酒瓶，都还醉在地上。昨天见红的几朵桃花，今天愤然红了，灿烂着，夺人眼目。别的枝条，原都淡青，隔夜后便都青红。豆似的花苞，一夜的春熏，再也含不住了红色，泄露出来，唇样的诱润。还有枝上的桃叶，片片的，黄里裹褐，褐黄一色，却又总统青绿。嫩得滴水，像那叶是浸在露里。牛林、豹子，还有张海，都立在一棵桃下，在昨天喝酒碎瓶那儿，全是一脸老怒，愤然嫉恨，青脸青眼，木木着，闷了许久，张海说，真的没打？

牛林道，我亲眼见她挑水，走路腰还扭呢。

张海乱了一下心事，拿脚朝地上踢了一下。

豹子问，咋办？大哥。

张海望着牛林。

牛林把拳头提捏一下，说文斗不武，这事让我处理。

说着就见木森来了，从村后胡同走来，似乎理短，走得很慢，脚步也软，快到桃林时，抬头看看前边景光，把头勾下，又把目光扭到别处，躲着景色，终于踢踏着走近。到了桃林，到大伙面前，瞟了三张脸色，自己先自软软地蹲了下来。嗓子干干咳了一下，请求什么似的。

张海问，你没动手？

木森嗯了一下，又看看大伙的闷烦和恼怒。

牛林问，为啥？

木森犹豫着嘟囔，我……下不去手。她还给孩子喂奶。万一，把奶打了回去，就让孩子饿了。

豹子说，我媳妇怀着孩子，几个月，我还往死里打她，用刀捅，让她缝了四针。

木森看了一眼豹子，求求的一脸哀色。然后，就都一阵重闷，谁都如被关在黑屋，彼此不看不语。光线明亮，从桃枝间倾泄过来，把每张脸都照出透青亮色。有风，微微的，从枝上掠过，响出蜂音。蚂蚱在草地上走跳。草是干草。干草间又许多绿色。春天了，初春。远处的山脉在宁静中活的一样，会缓缓晃动。细看，却又稳在那儿。下地的村人，荷了锄，从桃园那边路上走过，朝着这边望望，下力望着，像要探询他们似的，却是望着又独自去了。就这么闷着，闷到将要炸时，木森望了张海。张海又看牛林。牛林就说，今儿这事，大哥让我当家——杨木森，你昨儿耍了咱们弟兄，今儿你自己说，这事咋办？

木森姓杨。杨木森就蹲在地上半旋，双手放在两个膝上，脸是黄色，在日光中虚有汗水。他旋身过来望着牛林，目光中透着理屈，透着哀求，那目光像是污腐要烂的草绳，没光，也不再结实。仿佛，谁用手一拉，或用手去那腐绳上碰碰，那目光就会带着灰尘断下。就用那种枯腐望着，等着牛林说话。

牛林说了——你还打吗？

杨木森灰着脸色，咬着嘴唇，好像要把嘴唇咬出一个声音。

牛林说，不打也罢，你自己想个办法。

就又憋着，让空气死去，凝得不流。让日光活活动着，却是刀刃样割着木森的鼻眼。他鼻尖上的汗，血样的流疼。目光也被那日光逼到灰暗。就闷着，闷到极处，杨木森的脸上有了活色，是一种带了浅血的暗黄，在他灰白的脸上，浅浅游着。游着时，他抬起头来，试着道——

这样吧，我请哥和弟们吃饭。

豹子扭了一下身子，说我操，老三，吃饭能花几个破钱？

木森还要说啥，豹子还要说话，牛林却忽然说道，吃饭？行呀。到村口路边两层楼的小红酒家。说着，他不看张海的疑问，不看豹子的惊愕，过来笑着拿手在杨木森的头上拍拍——回去吧，多准备一些钱，我知道你去年在工地上挣了多少钱。

事就完了。虎头蛇尾。连杨木森都不敢相信天大一桩事情，解决起来，竟是这样快刀乱麻，镰和青草。走回去时，还又回头望望，说我多带几瓶好酒吧——用这句问话，去探寻身后有否变故。

其实着，身后没有变故，只是张海一脸淡然不屑。豹子怒怒地盯着牛林。牛林却是脸上隐着胸襟城府，挂了笑说，哥，弟，今儿都听我的，你们看我安顿。

小红酒家扎在村东最端，路边，楼屋，一层饭店，二层可以宿人。收拾得不算素洁干净，然在那儿，也算了朴实可人；饭菜也好，服务也好，生意闲中有忙。依着时间，牛林先自到了。随后豹子到了。随后木森到了。随后张海没来，说有些急事，让他们先点菜吃喝。木森来时，提了三瓶高度白酒，都是当地淳酿。因为时候尚早，不到午饭时辰，大堂里有些空旷，只有老二牛林，老四豹子，守着一张饭桌。牛林抽烟。豹子嗑着瓜子。还都喝着茶水。杨木森从外进来，彼此看了一眼，说大哥没到？牛林说马上。木森说要个雅间啊。牛林说钱带够没？杨木森昂然地拍了一下口袋。牛林便说跟我来吧。领着人即朝楼上走去。以为是讨要雅间，并无多忖思索，就都跟着去了。上了几步楼梯，见楼道有些暗黑清冷，如冬日的黄昏晚间。牛林在楼道口顿下脚步，咳了一声，随后有了灯亮应答，老板娘小红，就从一间屋里出来，四十几岁，一脸风尘诱笑，看看他们，说三个？牛林说叫人吧。中年小红，就朝另一间屋里唤了一下，呼啦啦，从那屋里风出四个女子，都还年轻，芳龄二十，或大或小。因为初春，乍暖还寒，都把棉衣和羽绒红袄团在胸前，或提在手里，显见她们是先还穿着，听见唤喝，慌慌脱了，露出一些裸光来，比如前胸，比如肩头，还有个小小姑娘，只穿一个小褂，竟然裸了肚脐眼儿。她们横成一排，脸上有些硬的艳笑，像是羞涩，又像是因为大白天做这号游戏，让人忍俊不禁，就都在脸上憋住那笑，如苞儿憋住不让花开。走道里有几个灯泡，一经亮堂，就亮堂到能看到人的发梢青黄，看到姑娘眼睫的真假，还有红唇膏的深浅差别。还有，她们身上的俗香艳味，各自大同小异，然那丝毫之差，也都能在灯下看得风清月明。

望着一行姑娘，老板娘小红说，经了精挑细选，都是南方人，都很周正卫生，你们来前我让她们重又洗了。

老板娘小红说，价格就按你们说的，大白天，我给你们优惠。

老板娘小红说，我不图一时生意，我想吃回头常客。她们谁服务不好，你们讲给我听。

老板娘小红说，她们四个，谁跟谁着，由你们自己挑着分配。

说这些话时，老板娘都是望着牛林。牛林脸上没有羞怯，反倒硬着一层事端正色，庄庄重重，肃肃穆穆，待老板娘话尽话毕，他回身望着身后的豹子、木森，看豹子脸上有些红黄惊诧，杨木森脸上厚着桃红意外，也并不给他们解释什么，只是对着眼前的木森庄严吩咐，说如果是弟兄，我们弟兄四个，今天就都在这儿那个；如果不是了可以走掉。看看他们，又看那排姑娘，说大哥过一会儿就来，年龄最小的留给大哥；其余三个，你俩挑吧。

牛林说，不挑不是？不挑了我就分了。

牛林说，今儿来的，其实都是精品，除了年龄，别的没啥差别。

牛林说，木森兄弟，知道你胆小，你到最里一间屋里，那里安全。这儿哪都安全——这个姑娘归你。

牛林说，豹子，知道你爱好肉多，这个胖白，多好的皮肤，云似的，归着你吧。这个丑的老的，今天归我。

牛林说，弟兄们一场，今天他妈的，生同生，死同死，有了意外我担着，可谁要不愿有这同生同死了，以后就再也别称兄道弟了。

由着牛林的吩咐，在杨木森还处着迷瞪时，老板娘就把一串钥匙提在手里了。分给木森的姑娘，款款娇娇地走过来，涎了笑，挎了木森的胳膊，用自己的肩膀推着他的肩，将他朝过道深里推将过去了。到了门口时，老板娘开了门，说了安全保险、祝福快活的客套话，杨木森却是在门口软着腿，脸上挂了羞怯和犹豫，缓过头来受刑样，看见豹子被姑娘领进紧邻自己的一间屋。看见牛林拉着那偏大姑娘的手，正要朝另外一间屋里去，他便有了退却闪场的意思了。就在这当口，牛林看见杨木森的意思了，把自己一半身子钳在门道里，头朝外扭着，脸上肃穆了庄严和郑重，青出一股紫色来，厉冷冷地道——

木森弟，今儿你怕花钱了我请客。

又道着，不想兄弟了，也还来得及。用话和目光逼视着，鄙觑着，直到杨木森慌着手脚和表情，说老二，你想哪去了，我是看看大哥来没有。

然后着，逃离一个世界样，跟着姑娘走进那间屋，把门关上了。老板娘小红在外边，为着若无其事的安全和责任，在外把那道门给锁上了。

过道里，除了灯光和安静，还有从楼外马路上过来的带着尘灰的汽车声，赶集人奔着生活的脚步声，还有老板娘成了生意的快活和情趣。可待她也锁了豹子进的门，走到牛林领着姑娘进的房间门口时，看那门却正大方圆猛开着，牛林竖在正屋吸着烟，姑娘在他身边穿着（不是脱）羽绒红袄系着扣。

老板娘说，怎么了？

姑娘道，他不要。

牛林将吸的香烟朝门墙框上拧了拧，把烟头扔在脚下踩一踩，微着声，狠着音，说小红，四个姑娘不管用不用，今儿一分不少都给你。说，你去把第二间我豹子兄弟的屋门打开来。

说愣啥呀，开门去，声音小一点。

将豹子进的屋门打开了。豹子和姑娘还没做事情。也许还没来及做事情呢。两个人都坐在床沿上，好像姑娘有些冷，披着袄，抱着胸，让她的乳房挤压着。而豹子，只是木木怔怔坐在床边上，拿手捏着姑娘的手。这时节，屋门悄着响开了，牛林轻脚竖在屋的空旷里，直至他和老板娘最终走进来，那空旷才似乎有木有草了，有春有冬了，屋里显着人气生气了。

豹子从床上弹起来，看见进来的是牛林，脸上的惊色退着成了浅白的红。

牛林说，豹子，你要和这姑娘真耍了，由我去把杨木森的媳妇叫过来。你要不想耍，你去把她叫过来。

豹子便怔着。

牛林说，你把剪子捅进媳妇肚里了，我把媳妇胳膊打折了，可他木森做了啥？

豹子还怔着。

牛林说，你要真爱这一口，那你在这和她耍，动作快一些，我去把木森的媳妇请过来。说着往外走，义无反顾的，脚步却轻着，可也决绝着。

从床边走到门口时,豹子仿佛洞觉什么了,轰然醒过来,狠狠说,二哥,我不爱好这一口,我去叫他木森的媳妇来。说话间,脚步灵明有力地走,在门口和牛林擦了肩,就朝过道和楼下里袭,还朝楼道最里的屋子探了一眼睛。然后着,人就风过一楼酒家的大堂,顺手顺嘴喝了半杯刚才喝剩的茶叶水,闪闪的,消化在了大街上和这世界里。

牛林轻着脚,和老板娘还有姑娘们,从楼上跟着豹子淡下来,扭头说,哎,去给我续上水,再给我取包烟。

事情就这么,简单呢,简单中也显着深阴和怪蹊。

杨木森媳妇就来了,怀里抱着几个月的娃,风火着,身后还跟来了十几个看热闹的孩子们。本来着,杨木森家距这也就半条胡同远,几十步的路,转眼就到了。转眼怨怒和凶狠就挂在他媳妇的脸面上。转眼间,她恼恼羞羞地闯进小红酒家里,看见牛林正襟危坐在厅里喝着茶,抽着烟,两个人目光对着时,牛林没有从凳上站起来,只是欠了一下身,说弟妹,你来了?

说木森在楼上最端头那间屋子里,你来得正是时候呢。

说上楼吧,也不全怪木森兄弟呢,那个姑娘浪骚得很,我每次来这吃饭她也勾引我。

说抓住了,你先给那姑娘两耳光。

木森媳妇是邻村人,高中生,有文化,头年考大学,只差一分就可录取了。来年考大学,复读成绩上了十几分,可大学录取也水涨船高十几分,结果着,还是差一分,也就不考了,胸怀委屈地嫁给了杨木森。她是瘦身条,高柳儿高,头发一辫儿独在脑后边。看上去,人不漂亮,可是有魂儿,有韵味,主见足。在乡村,她像独自立在世间的一棵风杨树。进得门,看了一楼餐厅的饭菜和闲客,又看了身后跟的一群人,脸青着,把怀里的孩子往一个熟客手里塞一下,独自健步地,就往厅角楼梯上踏。

咚咚响,脚步如男汉的脚锤样。

老板娘小红从哪冲出来,哎哎着唤,想去拦,牛林哼一下,把手里的茶杯往桌上猛一磕，老板娘竖着不动了。

木森媳妇冲到了楼梯上。

牛林说，你往东拐。

木森媳妇就往东去了。

牛林说，钥匙挂在门上哪。

木森媳妇便闪进过道里，在一楼瞅着不见人影了。而跟着追求闹热的孩子们，还有已经在厅桌上点了菜吃的客人们，明白不明白事情的原委与根由，但都明了有一桩好戏开幕了。世间里又有好看了。嗷嗷着，呵呵着，也都跟着朝那楼梯上拥。一时间，酒家仿佛庙会般，楼梯仿着戏台般，人头涌涌的，繁华着，鼎沸的人声如夏季潮暴落狂的雨，哇哇白白响。还有挂在大人、孩子门牙上的笑，如烂黄灿红的石榴花。牛林已经从那桌前立起了，他知道好戏开始了，他该退场了。退到一个安静的地方，躲着看，像黄雀躲后看那蛇蚌的斗。然就这当儿，火口上，风和油都已备下了，引子火也都烧下了，只待楼上最端里的门一开，戏就锣鼓喧天、惊天闹地开场着，真相大白着，明光与黑暗，万物与世事，都该水落与石出，让人们豁然开朗，认出端底时，杨木森的媳妇却又从那过道里折身回来了。

她都已经到了木森和那姑娘的门口又折身回来了。

已经见了挂在门上的钥匙又折着回来了。脸上原有青愤的颜色转成了白。咬着的唇，也不再死死咬下去，只是闭绷出一根线。像上台亮相样，走折回来时，到楼梯口淡了一下脚，若戏上的主角走了几圈台步后，到前台立下脚，掀着金银褂袍猛地昂一下头，打量一眼台下的观众般。木森媳妇就那样，淡了脚，抬昂了头，朝身下楼下瞟一眼，又不慌不忙从那楼梯上边下来了。脚音轻轻咚咚着，眼睛朝上看，在一片惊愕寂静中，下了楼，从那熟的女子怀里要过自家的娃，冷冷瞟了酒家的大堂和人群，竟就毅然决然地朝外走去了。

像不曾来过这个酒家样，如不屑这酒家里的人事样，从人群缝中挤出大门时，看见豹子、张海也在外边人群里，她立下看豹子，又对张海说，张海哥，春天了，你都领着他们出去干活吧，我死都不愿再在家里见到木森了。

说完后，走去了，让张海、牛林、豹子感到了自己的浅贱和无聊。

牛林从酒家走出来，追着木森媳妇的影，脸上挂着失落和败相，大声唤着说，我操，天下还有这女人，竟就不在乎自家男人跟鸡搞。

张海恶了牛林一眼睛，朝面前地上吐了一口痰。

豹子似乎弄不明白发生的事，望望木森媳妇快步的脚，又扭头回来望着面前一世界失望的脸，自己脸上的惘然也如这世界地上的灰。

三

入夜深，村落静默着，月光水在村里的房舍、街道和草草木木上。醒了春的夜，润润暖暖的清淡在各家院里、檐下走动和缠绕。听着春昧在夜里的流，像月光穿了林里的洒。都睡了。猫和狗都把眼给闭合了。老鼠们也回窝歇脚息神了。一世界的安宁和没有世界样。可是着，杨木森和他媳妇没有睡。他俩的孩子也睡了，团在床头上，酒窝在梦里时浅时深地笑。木森坐在窗口下的一张矮凳上，媳妇坐在床沿和他对着面，一步的遥，两个人的声音一出口，就能碰着对家的耳，却又似乎远得很，你说一句话，半晌后对家才会接着答，如那话必得翻山越岭方能飘至对家耳里。

媳妇说——

离了吧，别吵也别闹。

木森用力抬起头，望过去——

我压根就没碰那姑娘一指头。

媳妇默许久，用鼻子哼一下——

鬼才信。

木森抬起头，挺了胸，壮了自己的声——

不信咱去问问她，让她当面说。

媳妇扭身给孩子扯了被子角，盖了孩子伸在外面的手，才又转回脸——

去问？我恶心。

杨木森有些妥协地把头低下去，长时间后，重又用下力气抬起来——

反正我不离。

便都又默着。

木森想吸烟。原是会吸的，结了婚，媳妇泼烦时，便自戒去了。现在又想吸，去自己身上摸，扭头去身后窗台上七找八寻着看。记得那儿是扔着一包烟，像秋天在地上扔着一片叶。可是却没有，只好又回身坐进安静里。这时候，媳妇突然从床头那儿找了那包烟，丢过去，鼻子里又飘出细微一丝的哼。木森接了烟，听到了那丝哼，看看媳妇脸上冷冷的情，回身把烟扔在窗台上，站起来，到媳妇这端把自己的枕头拿到床那端，然后脱着鞋，不扭不看要睡了。可是媳妇看他屁股沾了床沿时，愣一下，自己从床上豁然离开了。

木森望着她。

媳妇说，你要睡床上，我和孩子睡到那间屋。

木森的手，僵在脱了半程的皮鞋上，犹豫着，再又穿上去，自己毅然地往外走，要去另间屋。到了界墙门口时，他回头用硬生生的口气道，我再跟你说一遍，我没碰那野鸡一指头，就是没碰她一指头。话很硬，有些破釜沉舟的样子，仿佛只有这样才能让对家信自己。说完就走了。出了屋，看院里有寒意，月光冰白在地上和院落空旷处，像冬野里的水，随缘自由地流，这儿一摊儿，那儿一摊儿，明白明净着。木森望着院里擎在半空的泡桐树，吸口院里树下的清明气，随手要关门走去时，听到身后有了脚步声，扭回头，看见媳妇跟在身后着，竖在门框后的月光里，脸上有着平静和熟虑，望了他，轻缓地说——

杨木森，算我求你了。离了吧，离了我今年还想再考一年学。我有个同学比我大一岁，比我学习差，可他离婚了，上年考到郑州了。

说完这几句，她没有了刚才占理得势的样，声音哀哀的，不再居高了，不再临下了，像现在是求着她的男人杨木森。木森就直在树下光影里，脸上斑驳着亮，想一会，用了刚才和她一样居高临下的腔势说，原来是想离了接着考学去奔前程哦。你前程那么大，那么重，压根就别和我结婚嘛，你和我结婚是为了毁我还是害我呀。

　　说完后，就走了。到对面一间屋子睡，把一世的沉静默然都留在院落里，留给媳妇着。接下去，有了一声关门声。又有了一声关门声。世界便往深处沉。彻底宁静着，月光在院落里的移，像春柳白絮在风中的飘。桐树下面动着的影，响着不见声的音。都睡了。整个人世也都渐着了梦。从村后飘过来的桃园的味，水红色，清浓的香，在村街上浅明哗哗的响。仿佛桃园那儿还有啥儿动物的叫，尖一声，糙一声，细滑粗砺地飘着闯进村子里，撞在木森的窗棂上。木森没有睡，他在院里靠西的厢厦里，那屋子原是给亲朋客友留着的，有被褥，有床桌。还有沉寂和死静。他躺在床上望着天花板，望着窗棂上的光，让时辰和泼烦从脑缝汩哗哗地流，淌过来，荡过去。淌着荡着时，像船撞在了岸上样，一猛然，他忽地从床上弹起来，愣一下，趿上鞋，到门口拉圆屋门迎着对面屋子唤——喂——你听着，要离咱俩离，可你别拿今儿酒家的光彩跟我说事儿。唤着说，声音大得能破天分海般，然后着，世界就彻底安静了，连一丝一毫的声息都没了。

　　对面屋子里，有了孩子的哭。

　　相随着，灯亮了。孩子不哭了。世界又静了。

　　果真是离了。戏一样，上场一完结，下一场的大幕转瞬拉开了。

　　快得很，来日就去乡政府。村子是乡政府的所在地。和转眼到了小红酒家样，转眼就到了乡政府的民政办公室。乡政府驻设在村街正中的一所大院里，民政办设在三层楼的二层里。楼房外迎阳一面镶了立地连天的大玻璃。走道梗在那玻璃后，日光折进来，如水从河流插进湖里去，无遮拦，通畅地流，然后聚着间，热暖烈烈着。在外还得穿薄袄或毛衣，在政府的楼道里，就可脱下这些了。外面树上将才发芽吐着了绿，玻璃后的盆盆草草便大红大紫了，如季节仲春大春般。

　　管民政的人四十几岁，爽朗又和蔼，脸上挂着笑，说我管民政十几年，操办结婚、离婚的事，多得如牛毛马毛和庄稼地里的草，可在咱们乡村的地界上，农民们，来离婚不打不闹着，商商量量着，不争孩子不争财，你们俩还是第一次。

管民政的说,要尊重那些第一个吃了螃蟹的人。今儿个,我就尊重你们俩。

管民政的说,你们俩,别站着,快坐呀。

管民政的说,最后给你俩几分钟,思想定了不再后悔了,我就给你们盖章了。盖了章那可就是法律不认你们再是夫妻了。

还又说,盖了啊。我真的盖了啊。

就把一个大红印压在了和结婚证一样鲜目亮眼的两个紫红皮小本上。手续费是三十元。管民政的说,你们两个谁缴手续费?按道理是各交十五元。收了钱,他把两个紫红皮小本一个给了杨木森。一个给了他媳妇。从接了那紫红皮小本儿,她就不再是他媳妇了。他也不是她的男人了。这是午时候,太阳浓得很,稠光密集地从头顶泄下来,如倾倒下来一柱一柱烫的雨。杨木森接了那小本,没有翻开看,卷握在他手里,瞟了一眼原媳妇。

媳妇翻开看了看,读了一遍内里的字,才抬头看了杨木森。然后,两个人前后跟脚出来了,媳妇文明着,还回身谢了管民政的人。木森没有谢,轻轻朝民政办的屋门框上踢一脚,而后下楼来。下了楼,看见楼下有三个和媳妇年龄相仿的乡村人,都是女性着,样儿如媳妇又似姑娘,高低着,胖瘦各异着,抱着他几个月的孩娃在楼下候着等。她们都是他媳妇的高中同学和朋友,都是高考落榜的复读生,有两个结过婚,却又都离了,动些隐匿的手脚就又可重新复读和考试;有一个,自着根儿没有谈朋友,发誓说考不上大学一辈子就不完婚了。木森看见她们时,明洞她们是商量着才都离婚的。商量彼此离婚后,都去再奔那考学前程的。便就对她们有了隐忍的恨,于是回头对着跟下的媳妇说,满意了吧,又可以复读考试了,可以考上大学进城了,还可以正正堂堂对人说,是我去找鸡你不得不离的。

媳妇立在楼角下,眼角垂了泪,说木森,算我对不起你,我只考两年,考上了我去上大学,再把孩子留给你;考不上,我抱着孩子回来复婚你还要我吗?

木森笑了笑,说你以为我家是旅店啊,谁敲门投宿我都给床屋?

然后就走了，大着步，跑过那三个候等的姑娘时，扭头看了自己的娃，想去摸，又没去，只是淡了脚，又男人气概地走掉了。到乡政府的大门口，再又扭回头，看见管民政的那干部，正隔着玻璃望着他们的影。他把目光收回来，对着随后跟来的四个准备复读复考的女子中抱着他女儿的原媳妇，扯撕着嗓子叫——我他妈的真后悔，结婚一年多，竟没有打过你一下，没有骂过你一句。

说完话，真走了，融进了日光下的街道里。这一天，是个逢集日，街上人影晃晃，繁华闹热，四邻八村的人都从冬天醒过来，奔着春集了。

杨木森也向着春集去奔着春事了。

正街距木森家里百来步的远。他到胡同口，看见正有邻居在门前说笑闲坐着，没回去，径直着走，到了村后去。看见桃园间，一片旺烈烈的红，像有火烧在村后里。原来桃树开花不是渐次缓缓的，而是在你的粗疏间，眼睛朝哪看一下，扭转来，它就轰轰隆隆盛开了。开盛了，每根枝条都挂红。每棵桃树都是一燃团团的火。桃园的树下有狗在追着。有喜鹊从这一枝头跃到另杆枝头上，一跳闪，就登向前方一树的另家枝头了，像上一树的枝条一弹射，把鸟射到了下树样。天蓝得很，透着桃红望出去，那蓝就蓝到碧绿含红的幽深里。

木森看见了他们喝完酒扔在桃树下的酒瓶儿，还是碎下一地界，醉了一世界，在日光下泛着蓝深的光。

木森想朝那酒瓶走过去。可是没有去，心里空，也似实到没有一丝缝隙儿。明明就离了，可觉得和媳妇依旧有关系。觉得没有离，可手里捏的紫红皮离婚证，都已经汗沾在了手窝里。感着奇，感着假，觉得事情太戏了，两页巴掌大的纸，空空洞洞三行字，其中一页盖了章，媳妇就不再是自己媳妇了，一年多日夜的劳作、说话、性事和生女儿时哭哭啼啼的唤，不拉着他的手，女儿就生不入世的样，都还历历挂目着，可却又似了前朝往年的事。恍惚间，木森想到了小红酒家里。想到昨天花了钱，与那姑娘厮守一个钟点他都没有碰她一指头。想到冤得很，没有碰摸她，媳妇倒因着这事把婚离掉了。

是她给了媳妇离婚的缘由和借口。

没有她，媳妇自然是不会离婚的。不会都做着母亲了，还要想那脱身考学的事。都已经到了这年月。

恨了她，就想去找她。

便去了，脚步噔噔地朝着人世里砸。义无反顾着，朝那街上走去时，似乎生怕有人看不见，招摇地晃着膀，摇摆着头。有人问，去哪儿？大声地说，小红酒家里。问，吃喝呀？大声地说，找姑娘。就把对方吓得不敢言语了。到了那酒家，压根不看门口的情景与热闹，直往里边奔。老板娘小红正在厅堂和厨师一道剥着葱，见了杨木森，一脸挂笑地问说吃些啥？像把昨天的事情忘了样。他不看老板娘，直说我找那个和我一间屋过的姓刘那姑娘。老板娘慌忙把他拉到楼梯下的一间小屋里，说了一些话，给了他一把白铁大钥匙，就让他上二楼他昨天呆过的那间屋。

那间屋朴素厚道，屋里摆了床，搁了桌，床上铺了红床单，桌上有茶盘，盘里有没灌水的空暖瓶，有被他用过的玻璃杯。走进去，杨木森再次如昨天一样细细看了那屋子，立在窗口前，竟猛地发现，原来在这窗口间，把目光从几院谁家的瓦屋缝里瞭过去，一样能看到村后的桃园林。因着远，因着是站在二楼窗口间，目光透了白玻璃，便看到村后的桃花如飘在半空的一雾红色的烟，悠悠着，袅袅的，不再是一树一团的红，而似飘淡淡的云，宛若落日前同时从各家灶房燃升半空的炊事儿。

木森就看着，听见门响了。

就看着，听见关门扣锁了。

就看着，听到脚步伴着浮笑走过来。

木森转过了身。果然还是昨天来的那一个。昨天她穿了一件红毛衣。今天她还穿了那件红毛衣。红毛衣把她的胸乳箍起来。胸乳也把毛衣扛起来。她是浑圆身，团圆脸，脸和乳房一样白，一样的鼓滑和润嫩。说不上她好看。也说不上她就不好看，只是一身的鼓胀诱着人。昨天他们呆在这间屋子里，陌生着，彼此傻呆呆地坐，她说你不碰我吗？他瞪了她一眼。

她有些羞涩地朝他笑了笑，说不碰可不是我不让你碰我，钱花冤枉了，你别怪我不愿侍候你。然后他冷恶她一眼，自己坐在床边喝了水瓶里最后留的水。接下去，闷一会儿，他听不到隔壁有动静，以为是豹子在那边悄悄行着事，待自己有心行事时，楼道有了媳妇的脚步声。

惊悔着，那脚步到门口站站又折转回去了。

后来就发生了一串的事。到今天，到这时，木森是决计不再冤枉自己了。既然是因着自己和这姑娘有事媳妇才要离婚的，那就果真有事吧。既然花钱了，那就乐受乐受吧。他盯着她朝他走过来。盯着她慢慢立下脚。盯着她脸上有些邪意洋洋的笑。她却笑了说，你忍不住又来找我了？

她说，就是哦，男人嘛，该享受了就享受。

她说，其实你长得好看你知道不知道？女的都爱你这样子你知道不知道？

她说，我洗过了，你也洗洗吧。

她说，哟，你怎么不说一句话？我没得罪你，你脸黑着干啥呢？

他便把目光从她黑亮的发上移到她的脸上去。从她的脸上移到她的高胸上。从她的胸上移到她平凸凸的小腹上。又从她的腹上移到她的腿上和脚上。她穿了一双棉拖鞋。竟是光着脚，没有穿袜子。想问她你是睡到现在才起床？想问她你今年有多大？干这营生多久了？一天能赚多少钱？可她忽然低头看了自己的脚，脚趾在拖鞋里玩耍着，指尖顶着拖鞋的面，像一双小兔在袋里挣着身子想要出来般，而后又笑着，抬了头，抢了话儿问他你不洗？

——真的不洗我脱吧？

——你把脸扭到一边去。

——刚初春，天还冷，让我先给你暖暖被窝吧。

说着也就脱了裤，又去脱毛衣。当毛衣从她胸上卷了头发卸下时，她的胸活蹦乱跳了，只留一个薄薄的小褂透在上半身。到这儿，她便打住了，不再往下脱了，诱他样，又似冷，把两条雪白的胳膊交在她胸前，不往床边走，而是朝他贴过来，脸上艳了笑，说我好看吗？

说我比你老婆性感吧。

说你老婆有我漂亮吗？

说上床吧，上了床你就知道我和你老婆谁好了。说着去拉他的手，还去他的腿间摸一下。忽然的，他像被她触怒了，从腿间把她的手扔到一边去，扬起胳膊来，一个耳光打在了她的脸面上，随着她的一声青紫艳红的叫，他又一把将她从面前推开来，便紧了双唇从屋里出来了。

楼下的，被楼上的惊叫呆着了。事情变得急，谁都不知为啥着，一律律把目光投到楼上去。他便撞着那墙似的目光和惊愕，不管人家问什么，丝毫不作答，横了身子和性情，从那目光里莽莽撞撞穿过去。走到大街上，匆匆望了天空和行人，看见有个十几岁的小姑娘，拿着一枝桃花从他面前跳着步子走。看了一眼睛，他朝着妻离子散的家里走去了。

四

豹子媳妇，并没回家着。

张海、牛林的媳妇，一并出院回家了，在医院住了三宿天，该回家营生什么营生什么了。可是她，住院七整天，拆了肚上的几针线，花了一笔钱，人却不见了。

黄昏时，豹子去了医院找，说我的媳妇呢？

医生道，早就出院说说笑笑了。

沉忖着，豹子没忖出结果来。回到家，见媳妇的哥坐在上房里，脸上挂有铁青色，娘给人家烧的一碗四圆荷包蛋，依旧雪白金黄地浮在瓷碗里。人家坐高凳，他娘缩在低凳上。人家手里捏了打火机，愤愤抽着烟，把黄昏的屋里雾成黑，娘手里拿着一方火柴盒，萎如跪相着，仿佛是要跪下给人家燃火点烟般。人家扬眉盯在屋门外，娘抬头仰视端端着人家的脸。豹子回来了，迎着景象怔了怔，淡在屋门口，叫声哥——你来了？人家灭了烟，起来竖直身，看看门外落日的黄，拿手摸了摸三间新房的黑门框，再抬头朝房顶、房梁瞅了瞅。那房是去年豹子结婚盖起的，有一半房钱是从媳妇哥的口袋出来的。人家就理直气壮的，看看这，摸摸那，最后了，用很轻很柔的嗓子问——

这房子没有走形变样吧？

豹子点着头——结实呢，哪能变样儿。

媳妇哥——住着舒服吧？

豹子疑一下，犹豫着，点了一下头。

人家又从檐下随手拿起一柄剪，白的亮，王麻子牌，翻转翻转看，又挂在檐下钉子上，拍了手上的灰。豹子媳妇就是用这柄剪子自卫的。豹子就是抢了这柄剪子捅进媳妇肚里的。现在时，那剪子挂在檐下钉儿上，微摇摇地摆，落日赶巧照了剪，有着光影在那门框上闪。

人家说，豹子，打狗还要看看主家哪。

豹子瞪了眼。

人家盯着他，把衣服撸起来，露出肚皮来——你厉害，也朝着我这捅上一剪吧。

豹子的目光软塌了。

人家又把衣服朝着上边撸——你捅呀，朝着心窝口上捅——我把妹妹嫁给你，把我家盖房的房梁送给你，砖瓦送给你，还把一个存折给你让你去着银行随手取——现在着，一年间，你朝我妹捅了一剪刀——捅就捅了吧，她住院七天你没去医院给她说声歉——没说没说吧，现在你还敢怒目瞪着我。那好吧，你索性也把剪刀朝我胸口捅了吧——你捅了我连一句疼和哀求都不叫。我要叫了我就不是男人了。就不再是了你的媳妇哥。

——你捅呀！

——你捅呀！！

——你捅还是不捅啊？！

天将黑下去。落日的红黄已经薄成纸，村里的炊事大都过去了。村街上有来东去西的脚步声。还有鸡回窝的愁。随后间，跟来的静，铺天盖地像是月色的染。豹子不敢再看媳妇哥，他把目光敛起来，低了头，勾下去，将本就不长的脖子努力着弓，直到看不见媳妇哥的黑亮皮鞋了。直到只能看见自己的脚尖和裤腿。直到看见娘嘴里说着啥，碎步拿了青菜、鸡蛋往着灶房忙做饭。至这时，豹子突然嘟囔了一句话——

算我错了吧。错了还不行？

媳妇哥把衣服放下来，哼一下，朝大门外边走。脚步上的力，有节奏，有气韵，仿佛不仅是胜者，还是再和豹子斗气就败了自己的显赫与身世。院落是三分地的院，有上房，还有偏的厢厦房。媳妇哥从厢厦前面走，没有扭头去看在灶房切菜烧饭的豹子娘。到了大门口，门楼下，立脚回着头，用很净很亮的嗓子对着豹子家院落间的一方空地说，今年也把那空地上的房子盖起吧，砖瓦、木材我都给你备下了，你只准备一些工钱就行了。

再前走，入了门楼内，又回头，大着声——你娘六十几岁了。人过六十就该想到她的百年了，去我家门前伐棵大的树，给你娘的棺材备下来。

又前走，出了门楼儿，站在大门外——以后不用跟着村人去外打工了。跟着我，挣的比去广东还要多。

就走了。最后的夕阳色，在媳妇哥身上镀了一层金，他走着，像一尊神像在静里朝着村外移。豹子把媳妇哥送到门外大远处。他是在人家将到门外才忖忖思着去送的。送了几十步，踏着村里的寂，脸上厚着土灰的僵，直到人家回头终于说——明天去把你媳妇接回来。他才立了脚，望着停在村口候了人家的一辆新卡车。

车响了。

他回了。

看见娘从灶房走出来，手里端了一盘刚炒好的菜，还有一盘馏热馏暄的白蒸馍，雪雪的，腾着气，可娘却在那蒸腾的气后苍黄着脸，眼上含了泪，手上的菜盘、馍盘颤巍巍地抖，像那菜和馍是偷着人家的，又被人家撞着了。豹子看见娘，没有怔，没有愧，只是过去接下娘手端的盘，对娘说——娘，放下心，我有一天会让他们一家老少都朝我们低着头，会让他们见了你就像见了他们祖奶奶。

日色豁然耗尽了。似乎还在村落和地野的哪儿里，响出一声脆的断裂来，像一根音弦绷断着。断后更是坠入大的沉静里，天便最终黑下来，世界又开始暗酿别的事情了。

翻越一脉山，也就到村了。

豹子媳妇娘家是山脉那边的一隅小村庄，叫宋庄。太阳升着时，豹子在娘的央求下，倔倔迟迟动了脚，到日将平南时，终于到了宋庄里。媳妇家在着宋庄是旺户，不仅族上人口多，媳妇哥还是一村长。叔伯哥有人在县上，有人在乡里，都为国家经营着事。还有几孔砖瓦窑。还有一新一旧两辆大卡车。还有别的生意和经营。家里的房子是楼房。院落的地上铺了水泥砖。院子浩大如着半个篮球场。她没父没母了，是哥把她带大的。哥能干，让她的人生比有父有母还俏贵。豹子就来了。村口上有冬醒的树林泛着绿。几家院落的杏树白出雪样的花。春香的浓，缘于靠了山脉和自然，浓得在天空化不开，像人失脚跌进了季节的油坊里。只是这香更清更纯着，没有油的腻。

豹子在村口立脚吸了一鼻子，看有人赶着耕牛过去了，才朝着媳妇哥的家里去。在村口，正路边，媳妇在替嫂子晒着洗的被单子。日光把那搭好的被单映成幕布的白。有着一股水浸碱的味，在那季节的暖里荡荡来去地飘。彼此见着了，媳妇黑了脸，豹子涎着笑说我来接你回去哩。

媳妇把最后一条单子往绳上草草搭上去，扭了头，不言语，就往哥的那方院落里走。

嫂在院里洗，感觉了，也笑道——他来了？

媳妇把衣盆往地上磕一下，豹子便竖在门口僵持着，大声地唤——嫂子，洗衣啊。

哥从屋里出来了，没有应，只朝大门口上瞟了瞟，就对妹子说，跟着豹子回去吧，他以后再敢这样儿，你扭头就往娘家回。

事情本就完结了。嫂子已经给豹子端了凳，还给豹子倒了水，媳妇也把准备回的衣物包裹提将出来了。可是欲走时，又来了一个人。是媳妇的一个叔伯哥，乡干部，管民政，曾经很城市地不用几分钟，不问几句话，就让杨木森和他媳妇文文明明离了婚。这时他回村里歇着星期了。他听说叔伯妹子被男人捅了一剪子。他在家里喝了一杯水，来看叔伯妹子了。进了门，见豹子提了媳妇的衣物包裹正要走，便竖在大门口儿上，横了路，拦着豹子说，你真的捅了我妹一剪刀？

——你也胆大了，是欺负我们宋家没人怎么着？

——如果是打是骂就算了，可你动了刀，犯了法，我打个电话公安局就会抓你知道吗？抓了你就会判刑知道吗？

——就这么简单就又想把我妹子接走吗？这么吧，我不难为你，你当着我的面，当着我妹子和哥嫂的面，就在这院里向我妹子写份检讨书，保证今后再也不打她、骂她好不好？

——写吧你。春天了，草木发芽了，人手人心也该思忖动动了。

果真把一枝钢笔递过来，还从自己提的包里撕来一页纸，合着伸到豹子面前去。太阳已是顶照了，亮得很，如头顶悬了发光的金。有左邻过来看热闹。又有右邻过来看，院里便云了许多人，十几个，仿佛是看老师体罚学生般。也像看一个干部在整修他管的百姓般。其实呢，也就是乡干部在管治他所辖所领的老百姓，可是又亲戚，事就复杂了，戏剧了，冲突得法情矛盾了。人们都盯着豹子看。媳妇也在看。手里拿的回婆家的东西似乎多余着，提不是，放了也不是。媳妇的哥嫂也在看，说算了吧，豹子一来就算向咱妹子道歉了。可乡里的干部哥，却是瞪了眼——啥子算了吧，这次动剪扎进妹子肚里去，下次他就敢动刀扎进妹子心脏里。事就僵持了。他不光是着乡干部，年龄还大着媳妇哥，他严肃，别人就不可嬉戏了。也就僵持着。豹子盯着干部伸过来的纸和笔，咬了下嘴唇，不知如何是好了。不知是该接那纸笔还是不接了。他都已经小学毕业了十二年。十二年他都没有动笔写过字。何况写检讨。微微眯着眼，瞟了媳妇还有媳妇哥，希望他们这时有话解开围，可豹子看见媳妇和媳妇哥也都看着他，似乎是希望接了那纸笔。希望他当众写下一份检讨来。

豹子心怒了，他把嘴唇咬得更紧着。

乡干部似乎也觉得这样僵持不为好，忽然从边上拉过一张凳子来，把纸笔拍在凳面上说，不写检讨也可以，我知道你文化浅，其实连小学都还没毕业，提笔写下通篇错字也丢我们宋家人。这样着，不写检讨你到屋里去，给我妹她爹妈跪下来，对着我叔婶的遗像磕三个头，对他们的在天之灵保证你以后不再打骂我妹妹，更不会动刀动剪伤害我妹妹。

干部说——两样你选一样，是跪下磕头还是写检讨？

干部说——豹子弟，你是一样不选是不是？

干部说——去磕吧，磕头简单呢。春天了，草木都发了，你也跪着动动膝盖和头了。跪下来动动你的嘴巴吧。

果然的，豹子去跪了。

他把手里的行李用力放在那摆了纸笔的凳面上，大着步，青色了脸，跨过人肩和院子，到妻哥家上房屋中央，没有看正屋桌上岳父岳母的遗像和牌位，呼啦啦猛地跪下来，砸着磕了三个头，没说话，起身扭头就走了。出屋时，他昂昂地瞟了院里的人，到乡干部的面前立下来，目光冷过去，说我跪了，头也磕掉了，还有啥儿让我做的吗？

乡干部说，你可以领着我妹走掉了。

没有看媳妇，也没有多看谁一眼，更没有去提凳上的行李包，如去跪着磕头样，豹子大踏步着朝外走去了。朝外走着时，他听到那些追着他的目光声，和哧哧笑的压抑声，还有似乎是媳妇在嫂的催促下，跟上来的脚步声。

可他没回头，也没再管顾啥儿声音和响动，径直着，沿着来路朝村外急步着走，仿佛想立马甩下媳妇、村落和那些宋庄人，如可以甩掉背上的一群瘤一样。

是午后，太阳温中有暴，看似和蔼，却在内里存了烈烈的秉性。豹子走在前，媳妇紧步儿跟在后。她的那包裹，蓝色，硕大，装了衣物，和从娘家那儿带的干果柿。还有，她在医院时的洗具和用品，沉沉重重，如一袋人生食粮样。可豹子，并不帮着她去提，而是洒脱着，由她提，由她左手和右手，不歇儿地更替着换。

她说，你不能走得慢一些？

他不理她，只是梗硬着身子向前走。

她说，你替我提一下包裹呀。

他捏一下手中的汗，淡了脚，忖会儿心，走得更快了，仿佛怕她随之跟上来。天空金黄，透亮澄澈，如一湖明净的水。人走在烫热里，不只是温热燥荡，还一心烦乱，一股恶念。山梁上除了日光、梁道、芽草和遥在远村的静寂，余结的，就是他们脚步落在土道上的闷响。有一股春时树木泛吐的绿，还有野草从土地间挣出来的腥，加之土地在日光中热暖暖的香，混成春天的浓重，在山野荡荡地波浪和漩涡，仿佛还有春气的涛花声。这些都让豹子感到周身的刺扎不舒服。他后悔自己来接了媳妇了。想不接，她也不能如何着。难道她哥敢把自己吞吃了？想她在乡里做着民政事业的那堂哥，敢真的把自己送上法庭去？尤其后悔着，自己竟真的在她家里跪下了，就是不跪着，又能怎个样？

能把自己杀了吗？

想到那杀字，豹子浑身一震颤，举起胳膊在天空旗一会，将拳头捏得铁硬，摇摇挥挥，咬着对牙，从牙缝就把那个——杀——字，唤将出来了，如双手扯着一根绳子，咬牙扯嗦，要把那绳子拽断样；且把那杀字，扯拽得韧长韧长，声嘶力竭，把媳妇吓得收住双脚，在后边怔怔地看着他，包袱在手里滑了一猛儿，差点落到地上去。

唤了完了后，回头看看不远处呆怔的人，脸上的惊愕色，愕成蜡白和黄苍，在阳光与土间泛了恍惚的亮，也便觉得有快意。有了复仇的舒畅和急切，便又从鼻孔轻哼一下子，才又朝着前边走。走去很远后，听到了媳妇跟来的脚步声。到这时，豹子不再快走了，脚步慢下来，循着自己的心事和思想，让思忖一直往前着，如心在一条胡同一直往前样。他唤了那杀字，也就存有恶念了，果真想要杀了媳妇去。起初时，想到那杀字，身上和心里，都还有着惊震和惶恐，可眼下，却是纯色平静了。想到回了家，一刀把她彻底捅掉去，由她亲哥与堂哥，看着自家妹的尸，哭唤后悔到苍天无奈那景象，该是何等快意的一桩事。又想等她吃饭时，在她的碗里下了药，让她只几口，忽然间肚疼打滚，碗落地上，人在地上拧着团着，大张嘴巴，一手捂肚，一手扬在半空，唤着救人——救人——可自己却是立在她面前，桩下来，盯着不动，只是对着她的苦痛，冷冷笑一下，或者对着她的死相，说出两个字——活该！或说——报应。是说活该，还是说报应，豹子拿不定主意了。也就犹豫着，慢下脚步，理不出活该和报应这词语间的差别。只是觉得，活该二字，日常一些；报应二字，书本一些。似乎别的，也都意思尽同。便就慢荡荡地走，低头看着脚下，沿着梁坡上的土道，车辙里因为深硬，像蜿蜒的沟渠，又窝聚了光亮，有金星在那车辙的沟里流。车辙外面，摆了常年的脚印，两边连着田野。泛绿的浅草，翠成亮黄亮碧，飘着那草的气息。田野里，冬醒的麦苗，一绿就绿成湖光，碧碧的，没有杂色，只有一片一片春腥春烈的苗气和田味，藤缠蜿蜒地绕在天空，又朝山脉外面拂动着。梁上的麻雀，引路一般，叫一阵走了，又荡在前路树上。豹子近了，它再飞再落。就这样，豹子跟着那麻雀翅膀，深着心事，忽快忽慢。媳妇跟在后边，以为快是快着，他也向来脚步就快；而他慢时，以为是为了等她，也便有了感动，追他几步，大声地唤——

豹子，你提一会儿行李。

——豹子，你倔啥儿脾气，捅我一剪，流血缝针，还不许我娘家人恶你几句？

——堂哥让你跪在我爹娘的像前保证，又不是让你跪在我的面前，你值当恨在心吗？

她的嗓音，有些锣的响彻。豹子听了，如不间断的电闪击在头顶。田野间，荒寂无际，果真前无古人，后无来者，如世界荒了，天地也都不再在了。前面飞的麻雀，忽地落在了路边一棵树上，啁啾鸣叫，像是说着什么。豹子抬头，看了麻雀，心里有了一声惊天轰鸣。那麻雀落的野树，是一棵长在崖头的野枣，刺枝都已泛青，在那青上，还有一层层蒙蒙的白色。野枣树胳膊粗细，下半身躲在崖下，上半身的青绿枝冠，蓬在崖的上空。这让豹子沿了树身，从上往下望到了崖下沟底，十几丈深浅，有呼呼的寒气，从那沟里卷将出来。

忽然想，该把媳妇推下这道沟底——

豹子的脚步缓慢下来。

忽然想，就那么一推，至多她有一声惊叫——

豹子又朝田野瞭眼望了一下。

忽然想，等沟底里无声无息，自己就可去了——

豹子站到了崖头路边，探头望了沟底的幽深静寂，见着有乌鸦在崖头的窝里嬉闹。又抬头望了天空，看日已过顶，明彻的光亮里有细微嗡嗡，然后，擦了额上和鼻尖的汗粒，轻声自语说，好热啊，歇歇吧。

就先自坐在了崖边的草上。

媳妇来了。

豹子首先看到她到的不是身影，而是一双大脚，穿了黑色半跟的皮鞋，布满尘灰，如在地上跳动的两块长形泥块。从下往上，再看裤腿，浅蓝裤子，有些肥胖，似乎还未及目光移动，也就见了腰身，竟就忽然意外，媳妇已经嫁来两年，同床共枕，居然没有发现她原是没有腰的。原是桶状，上下粗等。这让豹子想到在小红酒家营生身子的那个女孩，更是坚心要把媳妇推下沟去。竟也变得坦然平静，不做不休，只么用力一把而已。他盯着她一步一步靠近，像一个肉团朝他滚来。看见她新洗新剪过的头发上，日光挂着乌金色泽，在她发梢上行舞飞风，宛似阳光，在她的头上燃着跳跃。盯着她的脸和头发，想只要她到了近前，自己猛地起身，用力一推，也就龙飞凤舞，一了百了。

自就暗力等着。也就果真近了。蓝包袱在她腿间荡来晃去。可是近了，只是近着，并没有真的到他身边。

她一屁股坐在了他的对面。路的那边，两步之远，说——豹子，你走得太快了。

又望望头顶，说——好热啊，这哪像初春，像夏哩。

低下头去，跺一下脚灰，说——回到家，我们做啥饭吃呢？

豹子不接她的闲话，只是盯着她的团圆大脸，目光冷冷，咬了自己的下唇。放在膝上的双手，汗如雨注。他把双手从膝上拿下，搁在身子两边草上冰了一阵，目光又随之落在她脚前的包袱上，僵硬着说道，你把包袱递给我。

瞟他一眼，她没有起身去递，而是原封坐着，用力把那包袱抛了过来。

接了包袱，忖着心思，他又说，你也过来。

她看让她过去，脸上挂了绯红，人却羞羞的未动。

生冷僵硬地拍着身边的细草，豹子厉声又说——过来呀，坐在这里。

他说的这里，身后就是悬崖，只要把她上身朝后一推一仰，人就可以惊着滚进沟底。说完这些，豹子的目光中露了杀气，手也开始瑟瑟抖动，仿佛她再不过来，他就会去把她抱来扔进沟里。可是她，没有看见他的凶煞，微扬了头，目光被日光应对一下，就又绯红着脸，扭头看了四周，把头勾将下去，看着自己的鞋尖，半羞半笑道——

大白天的，别做那事，夜里再做好吗？

又说道，我哥嫂都说，其实你是好人，只是你那几个兄弟心深。

还说，今年要盖的那两间瓦屋，哥嫂表态，一分钱也不让你花，只要你对我人好。

媳妇说着这些，还如和他初面时一团羞色，人圆在地上，上身的大红夹袄，火成一蓬焰光。黑的头发，在那光焰里闪着润的泽亮。仿佛黑玉的女人头雕，溜了地面，搁在荒野山脉的光亮半空。豹子盯着媳妇凶看，目光的冷色，被日光和媳妇头顶的玉色撞着烤着，及至她话完了，他把双唇死死闭着，沉闷一阵，抬头朝田野的深远望了一眼，也便忽然起身，朝着面前包袱踢了一下，又空手朝梁下村落走去。

大踏步的，脚步声颤震着山脉世界。

媳妇起身随后，只是追着唤叫——

豹子——豹子——你把包袱提上呀。

五

桃园已经大红，海海洋洋，这一树，那一株，皆着淫旺狂放。春天也就来了，一片真实，惊天动地，不缠绕，不羞怯，轰轰烈烈地铺天盖地。一世界的树木，槐树榆树，还有河边路边的柳桐，先是浅绿，后就猛地深了。田野和山脉上的庄稼野草，一绿就无所顾忌，赤裸裸地绿得没有杂色。

牛羊欢了，在那绿色中，庆天喜地。村人也都彻底从冬里醒来，扛着锄锨，去田里锄草浇地，路上还哼歌唱调。年轻的小伙，还敢去邻居嫂的屁股上猛摸一把。

春醒了，或迟或缓，都已经彻底醒来。

张海、牛林、豹子和木森，他们看着下地的村人，村头领着孩子的老人，还有头顶飞着的野鸟，和脚下浓妆了的野草，围立在村后桃园里几棵树间的世界，看着十天之前，他们喝酒碎在地上的瓶片，说春天来了——做点事吧。

——做点事吧。

周围的几棵桃树，都有碗口粗细，八年的树龄，正值着壮年时辰，桃花烂漫，香味刺鼻，从桃枝间透来的日光，原是彻明，可过了桃树，染成了红的跳跃。红得让人不敢睁眼，只能默着闭目。桃园铺就在山坡以下，村的后边，一大片着连地扯天，一红百红，百红千红，就红得不着边际，一塌糊涂，无可收拾，如漫在天下的洪水雨涝。站在山坡上眺下，这红仿佛是海洋世界。站在桃园树下切近，就红得让人只能闭眼。可是他们，不怕这红，年年地，惯了这红，像养花的人，闻不到了花香。养鱼的人，嗅不着了鱼腥。就那么，竖在桃红下边，牛林手里折了桃枝，豹子把手插进裤的口袋，张海和木森，都是手里扶了一柄锨锄，彼此看了一阵，忖了一阵，便就说道——

做些事吧。

做些事吧。

目光也都聚在了张海身上，仿佛弟弟们读书，都要向着大哥讨要学费路费。张海先是扶锄勾头，后就忽然抬起，毅然决然地——这样吧，他说，广州、北京，哪都不再去了。每个人兑上五千块钱，哪怕借钱贷款，也要凑足两万，我去送到县上礼贿一下，设法承包县上修路的一段工程。

说完了，目光盯着大伙，仿佛征询意见，又像催着大伙交钱。就都彼此看看，默死一阵，豹子忽然惊震着，凑啥钱啊，我老婆的堂哥，是乡里民政干部你们知道的。他睡的屋里，藏着十万块钱你们谁都不信吧？可是我老婆亲眼见了。亲口跟我说的。不如我们今夜闯进他的屋里，把他捆起来，揍一顿，把那十万块钱逼出来。说了看着周围兄弟，还又瞟了一眼身后和头顶的桃花与日光，看其他三个还是默着沉着，只是似惊非惊地把目光投在他的脸上，便又补充道，十万块，逼他交出来，咱们四个每个两万五千块。两五万，值了呢。多大一个数啊。话之后，又将自己的目光，从杨木森和牛林的脸上，移到年龄最大的张海，问说大哥——干不干？千载难逢哦。

说那钱是那鸟人准备盖房用的，今夜不动手，怕他明天就走存银行了。

说这样吧，只要你们三个陪我，我捆他，我揍他，由我把钱给兄弟们逼出来。

最后看张海死口不语，豹子把目光落到了牛林脸上，似是求着牛林的鼎力。可是牛林，却也笑了，浅淡一抹，挂在嘴角，如一抹桃红挂在唇的两边。他笑着，看了身边的张海，又瞅了身子这边的豹子和木森，将目光走往远处的桃花枝上，歇了一息，盯着远处一枝红上的两只麻雀，待那麻雀飞了，桃园又归着花静，他把手里的那一桃红朝半空抛去，拍拍手，一胸成竹地说，都听我的吧，咱们写信到乡里、县里，诬告他村长修路时贪污强奸；告他村支书计划生育时不光超生，还在水里溺死过自己生的女婴。把他们告下来，我们弟兄来当村干部。说有了这村落大权，这村落就是我们弟兄的。我们让这桃树别开花，桃树他妈的也不敢开花结桃子。话到这，牛林有了兴奋，抬手擦了一把嘴角的白沫，又看了一眼大伙，拿脚在地上跺一下，说实话吧，如何告村长和支书我都想好了，状子我都写好了，就等你们几个按上手印了。说一冬天我为写状子，专门买了笔和纸，改了整八遍，村长和支书的罪状我给他们每人各列了十二条，每人写了十八页。有我写的告状信，不把他俩告下来，你们把我牛林的牛字从我的姓中抠下来，把你们的姓安到我牛林的名前去。

话完后，牛林得意动情地再瞅大伙儿，看每人脸上还是厚着沉默和不语，就又想想接着道，告下他们俩，大哥来当村支书，我来当村长，木森你当经委会主任和会计，掌握村里的财政和经济。豹子你当治保主任，专门负责村里的安全和治安，谁不服就揍到他妈的头上去。

　　以为有了分工和分配，各取名利会让几个兄弟动了心，然扭头去看时，张海还是扶着自己的锄把不动弹，只是将下巴搁在锄把头顶绷着嘴，如在思虑世界样。而豹子和木森，豹子似乎动了心，还问了治保主任能否让他兼管村里的水利、用电和树林。可那杨木森，却是自这次来了桃园后，始末都未说一句话，把一张下地用的铁锨在下颚顶一会儿，又将铁锨横在脚地上，一会儿站到锨把上，一会儿又蹲在锨把上，起落着，没有一刻的安宁和踏实。然却又只是听着别人说，自己终是紧着脸，不说话。直到这时候，直到牛林把目光移过来，说豹子兄弟同意我的意见了，木森你同意不同意？

　　可豹子却又忽然说，只要把我媳妇的堂哥揍一顿，让他交出十万块钱来，你们谁的意见我都同意哩——我都跟着干。

　　牛林乜了豹子一眼后，仍用目光逼着木森的答。

　　杨木森从地上站将起来了。他歪头看了面前的人，用脚把地上的铁锨挑起来，靠在一棵桃树上，不急不慌的，眯眼越过桃花看看天，脸上僵了笑，拍了手上的土，说真是的，春天了，这桃花开得和女人脸一样。

　　又把脸从桃花迎面转过来，看着谁，如是谁也没有看，目光瞄着一棵树身子。春天了，他又说，春天说来就来了；说春天来了咱们都给老婆买件衣服吧。

　　说女人们原本贱得很，过年给她买件衣服她能记你一年好；到春天该开胸露怀了，再给她买件衣服她能记你一辈子。

　　其余人就都盯着木森看，像他脸上有台女人唱的戏。像他浑身的神经皮肉都有病。就看着，牛林朝地上吐了痰，豹子嘟囔了一句野粗话，然后都把目光重又落在了张海脸上去，像学生持了作业等着老师的判。

　　张海也盯着木森看，笑着说，杨木森，你的脑里长了石头瘤。而后很不屑地扭回头，瞟了牛林和豹子，天公地正说，春天了，反正要做事，总不能同时去做四个人的事；就是做，也要一个一个做。说这样吧，抓阄儿，三个白阄儿，一个字阄儿，谁抓了字阄我们四个就都去做他说的那桩事。

便都想想同意了。

也就抓阄儿。

抓阄是张海主持的，他把一张烟盒纸一分为四着，在其中一片上写了一个"春"字儿。叠了都抓了，那写有"春"字的团阄儿，竟就睁眼落到张海自己手里去。这时大家都沉默，牛林却发现，张海在阄里耍着手脚的事，抱怨着，毁了约，议定接下来的公正应该是抽签。

抽签是牛林主持的，三短一长的签，说定长签谁抽了，四个人都去做那长签人的事。其结果，长签竟就落在牛林自己手里去。牛林得意着，说可以去诬告村长、支书了，大家马上可以政变上台了。可豹子，原是心粗事笨的人，却这次，事前戒了心，把大家扔的签重又捡起来，瞪眼发现牛林一只手中握着四枝一般长的签；另外一只手，藏了一枝更为长的签。就气了，动怒了，还脏口骂了一句侮爷辱奶的话。这一骂，事情就大了，沉默便深了，彼此盯着的眼，有了仇，有了恨，像要打架般。可终是缘于村间的情，没有动起手。牛林就有些嘲讽地，哼一下，朝着一棵桃树踢一脚，冷冷地对着豹子道——豹子弟，不就是你想借借弟兄们的手，到你老婆家坟上动动土。

说操，打人逼钱嘛，多大一桩事儿。

说你主持一桩手续吧，或抓阄，或抽签，哪怕也弄假，只要主阄主签落在你手里，我要不去你老婆家坟上挖个洞，我牛林就是你儿子。

话到这一分，豹子反倒无言了，只是盯着一棵桃树看。看那桃树上似有杨树上的疤痕眼，半圆大，牛眼一般着。张海和木森，分站他们两边，看着他们的僵持不知如何是好。太阳已经正着了顶，平南的光热和夏天一模样。没有风，只有桃花的艳红刺目耀眼在这个世界上。就那么僵持着，到了沉闷像石样压将下来时，木森忽然说话了。

木森说了句不可思议的话。

木森说，别僵了，让我说句天正地正的话，在这桃园里，脚下没有相等大小的卵石头，可这桃花每朵大小都一样，都摘一朵桃花朝着面前掷，看谁掷得最为远；谁掷得最远就照谁的意思做。说这样儿，谁也不能做手脚；你掷得远，天公又地平，就是让兄弟去杀人和放火，那也是老天安排的天经地义的事。

就都为木森的主意感着荒唐和嬉戏，有心怒了他，然张海想一会儿，哑笑一下子，竟又庄重同意了。

说，就这样，都掷桃花吧。

也便随之都默默认了这桩事儿。

就都摘一朵桃花朝着自家面前掷。张海、牛林、豹子掷的桃花都落在脚面前，可木森掷的那桃花，在清明寂静的日光里，如羽毛飞在黄昏般，飘飘的，滑在半空慢旋缓缓地飞，闪着一朵透明的亮，留着微细红的响，飘着飞，飘着飞，滑过头顶的阳光和桃枝，到面前几步远，才散着香味徐徐落下来。

便都惊了那朵桃花后，又都盯着木森看，想起木森的意愿淡得很，说是春天了，都回家给老婆买件衣服穿。

2009 年 2 月 17 日
于北京花乡 147 号园

（原载《收获》2009 年第 3 期）

黑白电影里的城市

陈　河

一

那是个夏天早上,李松开着一辆老式的大型吉普车离开地拉那,前往南方海滨城市吉诺卡斯特。吉普的副驾驶位置上坐着迪米特里·杨科,后排的座位和货箱里装载着五十箱上海第四制药厂生产的抗菌素注射针剂。山地的公路上坑坑洼洼,车上的东西装得又很重,所以吉普车一直摇摇晃晃速度不快。在一些黑白战争电影片里,人们经常看到一些吉普车像这个样子进入了敌人的埋伏圈。

迪米特里·杨科是个秃了头的老药剂师,当时的职务是阿尔巴尼亚国家药品检验局的副主任。前一天,杨科打电话要李松去他办公室见他。他告诉李松南方省份吉诺卡斯特出现流行性肺炎,急需大量的抗生素针剂。可是那里医院的库存已经用完,又没有经费去采购价格昂贵的欧美产的抗生素。迪米特里·杨科问李松是不是可以帮点忙,发送一部分青霉素针剂给吉诺卡斯特医院,货款过几个月等他们得到卫生部下拨的经费以后再还。李松那时在地拉那做药品生意已有三年,和杨科经常打交道,知道他是个老狐狸。他以前多次对李松说要帮助他把药品卖给地拉那国家总医院,事实上李松知道他和一家希腊的药品公司有合作,暗地里在打压李松进口的中国药品。可不管怎么样,人家是国家药品检验局的二把手,李松总得给点面子。再说吉诺卡斯特医院虽然远了一点,毕竟还是国家的医院,赊点账问题不会太大。所以李松说:"好吧,我仓库里还有三十箱青霉素,先给你拿去用吧!药品怎么发送?他们什么时候来拿?"杨科说:"事情紧急,明天你是否可以开车直接送过去?我要亲自跟着你的车子去一趟。"李松知道杨科是吉诺卡斯特人，心想莫非是他要回老家看老母亲，才编了个事儿让他开车送他回吉诺卡斯特去？他心里正嘀咕着，听得杨科说："你知道吉诺卡斯特医院药房主任是谁吗？是伊丽达。这些药是要交给她的，伊丽达会在那里等着我们的。"说这句话，让李松不吭声了，心里愉快了起来。第二天装车的时候，他装了三十箱青霉素后，又加装了十箱庆大霉素、十箱先锋霉素。

吉诺卡斯特在阿尔巴尼亚的最南端，紧挨着希腊边境，离地拉那有三百多公里。车子开过都拉斯港口之后，公路边就能看到蓝得刺眼的亚得里亚海的海面。阿尔巴尼亚中部平原的风景非常漂亮。田野上有丰饶的庄稼，有许许多多的果树园，而平原尽头的山峦则呈现一片光秃秃的褐色，不时会出现一座中世纪的石头城堡。李松沉浸在扑面而来的景色中。他还是第一次自己开车去南部阿尔巴尼亚，可对一路上的景物却有一种亲切的熟悉感。在他的少年时期，看过了许多阿尔巴尼亚故事片，电影里的风景和人物已经成为不可磨灭的记忆。李松心里一直还有一种甜甜的感觉，因为杨科说过伊丽达将会在那里等着他们。杨科一路上大部分时间都在睡觉。他的大秃脑袋耷拉着，睡得很沉，好像回故乡的路途让他感到特别的放松。过了很久，杨科醒了过来，问李松几点了？李松说一点钟了。杨科说刚才自己一直在做梦，梦见了自己和早已去世的父亲还有很多祖先在一起。杨科说这个梦逼真极了，好像真的一样。他说着说着又睡了过去。

下午五点钟左右，迪米特里·杨科又醒过来了，这个时候吉普车靠着海边开行，空气里都能闻得出海洋的气味。车子又转进了一条山路，漫山遍野是浓绿的橄榄树林，一条清澈又湍急的引水渠伴随着公路蜿蜒下山。杨科说这条引水渠是吉诺卡斯特的饮水水源。公路从山上一下来，就快到目的地了。果然，从山阴处转出来，就看到远方山谷中浮现出来的吉诺卡斯特城在夕阳照射下闪闪发光。也许是因为距离还比较远，这个城市看起来像是海市蜃楼一样虚幻。

吉诺卡斯特虽然已经可以看到了，可要开车进城里，却弯弯绕绕又走了好多路。一直到天完全黑了，李松才逼近了黑压压的城墙，终于看到城墙下的城门洞。没有城门，但是有一道路障，边上有几个背着冲锋枪的人在把守。李松看到一个人穿着警察的制服，还有一个却戴着德国鬼子的钢盔。戴钢盔的人举手让李松把车停了下来。李松把车窗放下来，那人伸过头来，一看见李松，吃了一惊，喊了起来："怎么是个中国人？"

杨科下了车，和他们说了一通话，他们看起来还是很友好的。他们把拦路杆抬了起来，让车子进去，但是却让他们在城门口内的小操场上停一下，接受检查。他们说前些日子对面山上边境那边一个极端民族主义的武装组织袭击了阿尔巴尼亚这边的村庄，所以最近这里戒备很严，进出车辆都要查。李松看到那个戴钢盔的人在打开吉普车后盖时摸着沉重的青霉素针剂的包装箱，说这么沉啊！里面不会是炸药吧？不过他明显是开玩笑，边上的人都笑嘻嘻的。检查过后，杨科问哪里可以打电话？警察说城门下边左侧那个咖啡店里有电话，在那里喝咖啡的话就可以免费打电话的。那个戴钢盔的人自告奋勇带他们去。他摘下钢盔后，原来也是个秃顶，头皮光溜程度和杨科差不多。

杨科的电话是打给伊丽达的，说已经到了，正在城门底下喝咖啡。伊丽达说自己马上来，让他们等她。李松在一边听到话筒里传出她的声音，只觉得阵阵激动。杨科和戴钢盔的人喝过一杯咖啡后，建议再来一杯葡萄烧酒。他们说得很投机，还要了好几个煮鸡蛋下酒。在两个秃头一起剥着和他们脑袋一样光溜的煮鸡蛋之际，李松独自走出了咖啡店，在外边的小广场踱着步。李松看着操场上那条通向城里的路，想着过不了很久，伊丽达就会从这里出现了。

城门口的小操场不是很大，地面上铺着鹅卵石。这个时候月亮已经升起，照得小操场发出银色的亮光。他看见操场中央部分出现了一个赭色的五芒星的图案，而在五芒星图案之上，还有一个人形的光影，呈现出一种非现实的景象。在地中海沿岸国家，五芒星是战争和死亡的象征，而这个神秘的月光人影又是怎么回事呢？李松穿过广场，因为对面有一棵高大的树引起了他的注意。那棵树叶亭亭如盖，树叶发出沙沙的响声。李松来到了树下，发现这是一棵阿尔巴尼亚常见的无花果树。只是这棵树特别的高大，而且很健壮。接着，李松看到了树下有一座雕像，是一座少女的雕像，五芒星上的神秘人影就是因为她挡住了月光投射而成的。由于天黑，李松看不出这是大理石的还是青铜的。他在雕像前呆了一会儿，瞳孔慢慢开大了些。他能看见了少女的头发被风吹起来，脸上带着坚毅的微笑，这个刹那间的印象立刻深深烙在了李松的心底。尽管他不懂雕塑，也没看得很清楚雕像的细部，不过他相信这不是古希腊的女神，而是一个现代的雕像。

当李松从操场回到咖啡店的时候，看到伊丽达已经来了，和杨科以及那个戴钢盔的警察坐在一起。伊丽达看到李松进来，眼睛发出了光彩。李松能感觉到她久别重逢后的那种欢快和伤感。她微笑着，用英语和李松说："想不到你会来这里，你还好吗？一路上开车很辛苦吧？"她和李松握手，但没有像亲热朋友那样拥抱他。

"还不错，你怎么样？我们有半年多没见面了吧？"李松说。

"有那么久吗？时间有那么快吗？"伊丽达说。

"要不是杨科说是你的药房急需药品，我不会自己开车把药送来的。"李松说。

"杨科真可爱，谢谢杨科。要不我不知还要过多久才能见到你呢。"伊丽达说。

他们在咖啡店里吃了一些东西，起身开车前往城里的旅馆。安排李松住下后，杨科被他的一个亲戚接走了。伊丽达说她也得走了。这个城市很小，什么事全城很快都会知道，所以她这么晚了不能陪他了。她说明天白天再来和他见面，他可以多睡一会儿，因为路上很辛苦。告别的时候，她飞快地在他的脸颊上吻了一下。

等他们都走了，李松才觉得这个旅馆有多么破败。旅馆的结构很高大，看起来没有什么客人来住，好多房间的玻璃窗都破了。他的房间里面有四张床铺，可上面都没有被褥。房间里没有洗手间。李松在走廊上找到一个木盆，端着木盆到楼下一个水池里打了一盆水擦脸洗脚。然后，他和衣躺在那张没有被褥的床上，可是越躺越觉得脑子很清醒，没有办法入睡。他起来走到阳台上，拖了一张椅子过去，点起了一根香烟。

这个旅馆所处的地形比较高。从阳台上望去的下方，应该就是城市了。但李松睁眼所见的只是几盏时隐时现的昏暗的灯火，因为这个时候起雾了。我现在是在哪里呢？是在一个陌生的阿尔巴尼亚城市里吗？李松自问着，这种时空迷失的感觉总是让他好奇。这个城市里住的是些什么人呢？他们是怎么生活的，他一点也不知道。他只知道伊丽达也在城内的某个屋子里。当然还有杨科。杨科现在一定在她老母亲的脚边听她讲他童年的故事吧？李松不会去多想杨科，他想的是伊丽达。过来的一路上他幻想着到了这里之后和伊丽达的相遇一定会很销魂的，可是他却被一个人抛在了这间破败的旅馆里。

　　他看着雾气中偶尔显出的昏黄的灯光，心想伊丽达是在哪盏灯下呢？也许她的房间里灯关了，也许她睡觉了，她会在睡着之前想起我吗？哦，要是她偷偷跑出来，来到这个阳台下面，对我吹一声口哨那该多好！可这是不可能的，完全不可能。这个时候也许她的身边睡着她的新男友，一个满身长着黑毛的家伙。李松的呼吸急促起来，把烟掐灭了。

　　这时他觉得肚子有点饿了，因而产生到外面走一走的冲动。他穿起了衣服，走出了旅馆。在他面前的这条路，左边是下坡，右边是上坡。他选择了上坡的路。可是走了一段之后，路没有了。前面是一条沿着石崖盘旋的石头台阶，借着月光，还能看得清光滑的石阶。他小心翼翼地走上了石头台阶，现在他终于看见了城市的内部。有许多高低不一样的石头房子建在狭窄的路边。这里没有路灯，偶尔有的店家门口点着一盏样式古老带灯罩的煤油灯，闪耀着中古时代的光芒。他在小街上走了一段，看着自己的影子慢慢地变长。前面有个老年人慢慢吞吞地走了过来。李松怕那个老人看见一个中国人会吃惊，就贴着墙的阴影快步走了过去。即便这样，他还是能感到那个老人在他走过去后，停下步子回过头来看着他。

　　他终于看见了一个小餐馆。这个餐馆做的烤鸡、芸豆汤同样有着中古时代的风味。那个戴着菊花帽藏在灯影里的老板娘极像是伦勃朗的一幅肖像人物。店里的青年侍者曾经在地拉那大学音乐系学吹长笛，不过这个晚上他好像对足球更有激情。当时正是世界杯足球赛前夕，他一再问李松喜欢哪个队，哪个队会得冠军。李松用英语和他聊了一些这个城市的历史，也说了一些中国的事情。青年侍者说很多年以前这里有过一些中国人。有一次中国国家足球队来了，在这里和阿尔巴尼亚国家队一起集训了一年多时间。

李松脑子里还记挂着城门口那个无花果树下的少女雕像。李松问他知不知道那是谁，他想了想，好像没把握。他过去到柜台那边问了那个伦勃朗画像里的菊花帽老板娘，然后回来告诉李松这个雕像是纪念一个少女游击队员的。这是二战时期的事，当时德军占领了吉诺卡斯特。这个少女地下游击队员是负责和地拉那方面联系的机要员。由于叛徒的出卖，她被德军逮捕。德军用尽所有的办法审讯她，她始终没有泄露一点机密。最后，德军就是在那棵无花果树上活活吊死了她。当时她才十八岁。那座雕像就是她，像座上的题字是霍查写的。后来霍查所有的东西都销毁了，只有这座雕像上的字，人们没有动手抹去它。

当天晚上，躺在这个空空荡荡、又冷又湿的旅馆里，李松睡得很不踏实，脑子里老是晃着那个少女雕像，并且和伊丽达的形象交织在一起。她在他不安的梦境里不是个石像，而是个一直在飞快跑动的战士。

经过一夜断断续续的梦，李松在天刚刚发亮时就醒来了。他走到了旅馆外边，城市从黑夜的面纱中显现出来了，他看到了就在不远处有一个高高的石头城堡。这个时候晨光弥漫，一头白色的母牛不声不响地从他面前走过。李松朝着城堡的方向走了一段路，看到有一条通向城池的陡峭的通道。当他登上城堡顶部，吉诺卡斯特城全部呈现在他的眼底。这是一个完全用白色石头建成的城市，坐落在巨大的环形山坡上。那些白色的屋顶有的是圆形的，有的带着尖顶，在晨光里闪闪发亮。李松呆呆地看着这个好似童话一样的城市，心里抑制不住地有一种熟悉的感觉，好像多年以前在什么地方见过这个城市。真的，当他环视四周，发现这个城楼的城堞和近处一个带拱顶的亭廊都是那么的熟悉。这怎么可能呢？他坐了下来，一群鸽子飞了起来，连这群鸽子看起来也是那样的熟悉，他确实在某个时间见过这群绕着城市飞行的鸟。

　　李松在城堡上呆了将近一个多小时，才回到了旅馆。这个时候伊丽达已经在旅馆门口等着他了。昨天晚上见到她是在昏暗的灯光下，还有那么多人在一起，所以她看起来很不真实。在这个阳光明媚的早晨，他看到她是那么富有生气。她金色的短发、典型的希腊式脸蛋和眼睛，在几千年前的希腊古瓶里都已经画下来了。不过她的身材并不是很好，这一点李松早就很清楚，她的腿不够长，背部也不是很直，好像小时营养不够，发育得不是很充分。但李松已经看习惯了，正因为这样她才是伊丽达。伊丽达穿了一条带黑点的白色衬衣，花布的长裙。这套衣服她以前经常穿，所以李松心里马上产生了极其亲切的感觉，他相信伊丽达是为了他才穿起了这套服装的。伊丽达在这天早上见面时轻轻地拥抱了他一下，她的气息钻进了他的心里面。她总是用英语和李松说话，尽管李松已经会说一点基本的阿尔巴尼亚语了。

　　伊丽达带来一个盖着毛巾的篮子，里面有烤得松软的面包和放在热茶壶里的咖啡。伊丽达把一条餐布摊在一个茶几上，把面包和咖啡放在茶几上，让李松趁热吃了。

　　"是你做的吗？"李松喝了一口滚烫的咖啡，心里有一种说不出的幸福感觉。

　　"不，是我妈做的。"伊丽达说。

　　"是这样的啊，你妈都还好吗？"李松说。他脑子里马上出现了一个头发斑白个子瘦小的阿尔巴尼亚妇人。伊丽达在他的公司上班的时候，她的母亲不时会来看看女儿。李松相信她的目的其实是要提醒他，不要碰她女儿。

　　"她很好。她知道你来了很高兴，说隔天要请你到家里来做客呢。"她说。

　　"是吗？她真是个好人。"李松说。

　　"你喜欢我们的城市吗？你这么早就起来在外面跑了。"伊丽达说。

　　"伊丽达，刚才我在城楼上看到了城市，好像我以前到过这个城市一样。那种感觉非常强烈。"李松说。

"是吗？那说明你喜欢上了这个城市。"伊丽达说。

"不是喜不喜欢的问题。我只是觉得这个感觉太逼真了。"

"也许，这是一种心灵的感应吧。有一现象叫 Deja-ve（视感），你会发现你所见到的事情事先在你意识里出现过的。"

"不知道，反正我觉得我是回到了一个我去过很多次的地方。"李松坚持着说。

吃好了早餐，李松从停车场开出了车，把车缓慢地开进了城市。路非常狭窄，又是上下起伏，路面是石头铺成的，已经磨得很光滑。当吉普车拐进一条很长很长的下坡路时，李松心里那种熟悉的感觉又来了。这真是太奇怪了，他甚至还出现幻觉，发现前面有一辆德国纳粹的军车，路的两边有两排端着冲锋枪的德国鬼子一步步走来。李松看着路边那些用层层重叠的石片作为屋顶的房子，突然眼前出现一个景象：一个女游击队员在屋顶上飞奔，子弹把她身边的石片打得飞溅起来，好像鹿一样踩着屋顶继续飞奔，李松只觉得心跳急促了起来。

"到了，停车吧。"伊丽达说。

"这是什么地方？"李松问。他显得神情紧张。

"这里是杨科的老家，我们得接他走的。"伊丽达说。

李松把车停了下来，他看到路边的屋前有一口水井。不是像中国那样的水井，是一种用唧筒提压的封闭水井。一个老人用陶质的水瓮来打水，几只公鸡气势汹汹走来，井边有几个妇女在绣花，李松知道有一种著名的阿尔巴尼亚十字绣花。连这样的场景，李松也觉得十分熟悉。杨科从里面出来。他的气色不很好，脸色灰白，腿瘸得比往常厉害了些。他说自己的腿越来越麻，脑里的血栓似乎很麻烦了。

带上了杨科之后，他们开车前往医院。医院在城市后面的山里，他们在一条砂石路上开了一阵，拐进了山洼，进入了一排带拱顶的建筑。这里有一个开放的园地，种植着一大片茂盛的石榴树，石榴树的花正疯狂地开着，血红血红的。医院的屋舍外墙粉刷成白色，和石榴树的色彩形成强烈反差。李松看到有很多人等在门外,有穿白衣的,有穿病员服的,也有穿普通衣服的。伊丽达说:"瞧!这么多人等着你的药品,人们是多么喜欢你啊。"

"他们是什么人?"李松问。

"这里的医生、病人,更多的是病人家属。医院的药用完了,他们在等着药呢。"

李松受到了英雄般的欢迎。他的吉普车被打开了,车上的药品被众人搬下来。马上有药剂师把普鲁卡因青霉素的箱子打开,把针剂分配到病房。这些上海第四制药厂生产的抗菌素很快被蒸馏水稀释,注入到阿尔巴尼亚肺炎病人的体内,在血液里循环,与病菌战斗。

李松被伊丽达带到了药房里。伊丽达已到换衣室换上了雪白的护士服,头上用别针别着白帽,看起来光彩照人。杨科被一个医生拉去了,他在这里有很多老朋友,所以这个时候只有伊丽达和李松呆在一起。伊丽达带着李松参观了药房,药房几乎是空的,很多东西都断档了。

"你看,我们有多么的困难,几乎什么药都没有了。"伊丽达说。

"没有药怎么治病呢?不是说世界卫生组织在帮助你们吗?"李松说。

"说是这么说,可是我们这里到现在还没收到一点药品呢。"

"其实你还是呆在地拉那好一点,那里至少不会这样缺药吧?而且这个医院有那么多肺病传染病人,你不觉得危险吗?"

"不,我想我回到这里是对的。你知道,我去过不少地方了,现在我还是喜欢回到自己家乡做点事。"

"也许你是对的。这里的风景很好,不仅是城市,你看,远处的山峰,还有更远的海,连外面的石榴树花园也非常漂亮。"李松说。

"李,你知道吗,我快要结婚了,我有真正的未婚夫了。这一回,你可不会再骂我是 Bitch 了。"她微笑着说。

"伊丽达,我早就向你道过歉了,为什么还记恨呢?"李松说。Bitch 的意思是母狗,即便在英语里也是一种最厉害的骂女人的话。那次是伊丽达自己告诉李松说早一天她又去见飞机场的那个修理技师了。在这之前,伊丽达曾对李松说过这个修飞机的技师是个变态的人，经常要伊丽达再找一个女人来三个人一起群交。伊丽达表示过自己不会再和他交往了，可她这天还是忍不住去看他了。李松问你和他做爱了吗？她说是的。李松愤然地骂了她一句："You are a bitch!"（你是一只母狗！）自从他这样骂了她，她就伤心得再也不理李松了。

"李，我没有记恨。其实我想，也许你说得对的，我那时真是一只Bitch，太放纵了。可我现在不是了，我已经在筹备婚礼了。你可一定要送我一些礼物哦。"

"礼物我倒是带来了。不过告诉我那小子是谁，我可要和他决斗了。"李松用开玩笑的口气说。

"他是一个外科医生，是我们医院的。小心哦，你可打不过他，他手里有很锋利的手术刀的。"伊丽达说。

"伊丽达，你现在看起来真是太迷人了。我要是一个阿尔巴尼亚人的话，我一定要娶你为妻的。"

"李，你又逗我开心了。不过，我还是从最深的内心感谢你为我做的一切。你对我真的很好，从来没有一个人像你这样对我好。"伊丽达说。这样的话她以前也说过，但这一次，李松觉得心里酸酸的。他知道自己并没有真的爱上伊丽达，但他还是无法中断对她的想念。

这个时候外面的树林里有个白色的人影在晃动。伊丽达说："我的未婚夫来了。"说着，一个瘦削、胡茬发青的年轻人走进来了。李松对这个人的印象还不坏，只是觉得他是个妒忌的人，他的眼睛看起来十分紧张。他和伊丽达说了一些话，还很可笑地给了她一个苹果，让人想起伊甸园创世纪的故事。然后就走了。

中午时分，杨科不知从哪里又出现了，带着浓重的烧酒气味。他说吉诺卡斯特的市长要在市政厅见李松。李松说他为什么要见我啊？伊丽达说反正也没事了，去见见他也无妨。

于是李松开起了吉普车前往市政厅，车上坐着杨科、伊丽达。当车子进入了城内时，那种似曾相识的感觉又回到了李松的意识里。他几乎不用伊丽达指路就准确地穿过了好几条街。

"伊丽达，这里转过一个弯，是不是有一个铺着石板的大广场？"

"是呀，那就是市政厅广场了。你来过这里啊？"

"没有。我是第一次到吉诺卡斯特。可我好像来过这里一样，真是奇怪。"李松说。

车子转了个弯，进入了市政厅广场。那种熟悉的感觉愈加强烈了。李松甚至能记得在广场左边有很多的小贩在叫卖："卖糖卖糖卖巧克力糖！"右边的台阶上有一支铜管乐队在吹奏乐曲。

进入了市政厅，穿过了长长的走廊，看到胖胖的市长坐在一张巨大的桌子后面。他叫斯坎德尔，胸前横挎着一条表示权力的绶带。他紧紧拥抱了李松，说："我就相信中国同志是最可靠的朋友。我们现在需要抗菌素，毛泽东同志就赠送给我们了。"

李松赶紧对伊丽达说："请告诉市长同志，毛泽东同志已经不在了，现在中国的领导人是邓小平同志。这些药品不是赠送的，是我卖给你们医院的。等你们卫生部拨下了经费你们就要付钱给我的。"

伊丽达抿着嘴在笑。她把李松的话用阿语说给了市长，市长听了直摇头。他说："不，不！中国同志帮助我们从来是不要付钱的。你看这个城里的输电设备是中国人建的，地下的自来水管是中国人给的，山上的电视塔也是中国人建的，我们从来没付过钱。只是这些东西都老旧了，用了二十多年了。我正要找中国同志来帮助建设新的呢！"

这个说着梦话的市长十分的热情，邀请李松参观吉诺卡斯特的历史展厅。由于那时阿尔巴尼亚所有产业都休克了，市政府没有了经费，工作人员都溜走了，只留下斯坎德尔一个人还呆在市政厅里。他一手拿着鸡毛掸子，带着他们进入了尘封已久的展览室，一边用鸡毛掸子掸着灰尘，一边讲解了吉诺卡斯特的历史。这个城市最初是拜占庭时代一个土耳其帕夏的行宫，后来不断扩建，曾是巴尔干半岛十分辉煌的城堡。然后讲到了二战时期德军占领时代。李松看到了昨天晚上他在城门口看到的那个无花果树下的少女雕像照片，他觉得是那样亲切，他已经知道那个少女的故事，她是被德国人吊死在头顶上那棵无花果树上的。接下去斯坎德尔先生说到一部电影。他用鸡毛掸子的柄指着一张被装在玻璃镜框内的黑白电影海报，李松的心像是被电猛击了一下。他看到了电影海报上的那个少女，那个永远让他无法忘怀的米拉！伊丽达用英语翻译这部电影的名字是 Never Surrender（决不投降），但是不用她翻译，李松知道这部电影中文名字叫《宁死不屈》。斯坎德尔告诉李松，电影的故事完全是真实的，米拉·格拉尼就是那个被吊死在无花果树下的女学生的真实名字，她死于一九四四年八月六号！二十五年后，她的故事被拍成电影，拍摄的背景就是这座城市。

哦，米拉！他在整个少年时期深深暗恋的对象。那时李松一次又一次看着这个电影，像一条鱼一样潜游在电影的细节里面，对每个镜头每一句台词都熟透了，所以他到了这个城市会有曾经来过的感觉。他看见了玻璃陈列柜里有一把吉他，他认出就是电影里那把吉他。泪花漫上了他的眼睛，李松的脑子里立即浮现出米拉露着肩膀换药的情景，他看见她长着一颗黑痣的脸，看见那个德国军官把一朵白花扔进了她背后的墓坑，看见她面带微笑走向了绞索……赶快上山吧勇士们，我们在春天加入游击队，敌人的末日即将来临，我们的战斗生活像诗篇……吉他伴奏的歌声如潮水一样在他耳边响起来。

二

卖糖！卖糖！卖巧克力糖！李松的脑子里一次又一次想着《宁死不屈》的这句台词。但叫喊的不是电影里的人，而是一个女童的声音。那是二十多年前的声音，他们的班级去解放电影院看过学生场的《宁死不屈》之后，那个叫孙谦的女同学在班级里学着电影里这句台词。李松的南方老家使用着一种古怪的瓯越土语，普通话还没在学校普及，所以这个女同学银铃般的普通话叫卖声让李松觉得奇妙而高贵，并对她产生了儿童版的爱慕之情。这个叫孙谦的女生不是本地人，她的父母在兰州防疫站工作，她只是寄养在外婆家里，所以她会说与众不同的标准普通话。李松现在还能回忆得起她十岁时的模样，她的脸又大又圆，很白，鼻子很平的，但是眼睛很亮。

李松那个时候很愤慨班里的一些同学给她起了外号叫"兔子头",可他心里也承认孙谦的确有点像一只小白兔。后来,在小学四年级的时候,孙谦离开了南方,回到了兰州。李松一直写信给她,她也有回信,到了十八岁那年,李松收到了她最后一封信,她说我们两个人之间儿童时代的友谊应该结束了。这个时候孙谦还在兰州边上的永登县农村里插队,而李松则入伍了,刚好还在新兵连。那个晚上部队的操场上刚好在放电影,正是《宁死不屈》。

现在想起来,孙谦那封最后的信是在一九七八年收到的,竟然也过了十八九年了。孙谦后来的情况如何,他一点也不知道。他自己在部队里当了几年的兵,退伍回来在一个贸易公司从科员开始干到了经理。很多人梦寐以求的职务他没费很大劲就得到了,可他越来越觉得这种生活没劲。他在第二年辞了职,独自去了新西兰,在那里他剪了半年的羊毛,又飞到了捷克的布拉格,在那里做起了贸易。后来有一次,为了追讨一笔债务,他开着车沿欧洲75公路下来,经过斯洛文尼亚,经过贝尔格莱德,从黑山共和国进入了阿尔巴尼亚北部城市斯库台。然后他沿着水势湍急的德林河,南下到了地拉那。

那个时候是一九九三年的春天,阿尔巴尼亚政局动荡,物质匮缺,到处是断壁残垣。李松在一个当地的翻译帮助下,根据那个债务人留下的地址去寻找那个人。他找到了那个地方,住在里面的人却告知他要找的那个人已经搬到另一个地方住了,并给了李松新的地址。可李松去了新的地址,同样的事又重复发生一次。在这个过程中,李松发现地拉那的城市内部是那么破败,很多住宅公寓都是粗制滥造的,红砖的外墙上没经过粉刷,水泥梁上露出了钢筋头。遍地的垃圾没人处理,大群无家可归的猫和狗徘徊其间。李松感到十分失望,脑子里那么美好的阿尔巴尼亚原来是这样的。几天过去了,他发现无望找到那个债务人,而且看来即使找到了也不会要到钱。他决定离开,回布拉格去。

在最后一个傍晚,他走上街头,去喝一杯咖啡。这里是地拉那大学街,轴心线上有民族英雄斯坎德佩立马扬刀的铜像。他在前一天早上来过这里,只见行人零落，毫无意趣。但是这个黄昏的景象完全不同。他发现街上尽是闲逛的人们。大部分是青年人，有很多漂亮的姑娘，她们看起来无所事事，脸上满是幸福而神秘的笑容。那是一种十分奇特的现象，在自然界也有这种现象，比如在一场大雨后会有很多蜻蜓飞来飞去；黄昏时在原野上会有大群的鸟欢乐地一起飞出来，在天上打着盘旋。这些人群看起来和漫舞的虫鸟相似，纯粹是因为内心的喜悦和好奇来到黄昏的街头，漫无目的地闲逛。他们有的会在路边的咖啡店坐下来喝一杯，有的就是不停地走着。地拉那有足够大的地方给黄昏的人们散步，从斯坎德佩广场到地拉那大学那一段路的路边布满了各种风情的咖啡店，而在南面那一大片街区，有一个巨大的花园，到处是欧洲夹竹桃的浓阴。浓阴下布满了情欲满怀的人群。李松有点犹豫了，原来地拉那还有另外一幅景象啊！他把离开这里的时间往后推了一天。

第二天黄昏，他又来到了大学街的那个露天咖啡店，在台子上搁了一包三五牌香烟，慢慢喝着浓黑的意大利咖啡。他怀着安静的心情慢慢注视着大街，有时看看来往的行人，好像在等待着一个约会。

大概八点钟的时候，一个头发又长又黑的阿尔巴尼亚女人来到了他的桌边，她用纯正的伦敦英语说："对不起，你是日本人吗？"

"不，我是中国人。"李松说。他看到这个女人的眼睛也是黑色的。

"我可不可以抽你一根三五牌的香烟？"头发又黑又长的女人说。

"好的，没问题。"李松打开三五牌香烟的硬纸盒，递给她。李松发现这个女人并不是那种流落街头的落魄女子。他说："如果你愿意的话，我很荣幸请你坐下来喝一杯咖啡，我有好几天没有和人说过话了。"

"好吧。"那女人坐了下来，显得慵懒，都没看李松。她沉醉在香烟的感觉里。她深深吸了一口，屏住气，微闭着眼睛，像是捕捉什么感觉，然后把烟轻轻地优雅地吐了出来。

"刚才我在你的桌子旁边走过来走过去，走了三次了。我一直被你的三五牌香烟所吸引。"她说。

"你身边没带香烟吗？"李松问。

"不，我带了。"她从口袋里掏出一包 L&M 牌香烟放在桌上，"有很多年的时间，我只抽三五牌香烟，可是从去年开始，我再也搞不到这种香烟了。"

"是的，我看到这里买不到三五牌香烟。我的香烟是从布拉格带来的。"

"是的，这里买不到，其实以前也是买不到的。我可以再抽一根吗？"

"当然可以。"

"你知道，我是在英国读书时开始抽三五的，后来我就一直抽这个牌子。我说过，这个牌子这里一直买不到的。阿尔巴尼亚有很长时间，市场上供应的东西都是东欧或者本国生产的。只有我们这些人能搞到西方的东西：香烟、威士忌、名牌服装香水。"

"那你看来有点来历的。"李松问。

"我的父亲是以前政府的 PARLIAMENT（议会）主席。"她说，她的眼睛被燃烧的烟头映得发亮。

议会主席？李松一想，阿尔巴尼亚议会相当于中国的人大常委会。李松一惊，屁股收紧了，腰板也挺直了些，遇见身份高的人他就会流露出恭敬来。

"我的父亲是最早的革命者，一个老游击队员。他已经死了五年了，他的老家有一座他的巨大的铜像纪念碑。"她说。李松看着她的脸，觉得她不像是欧洲人，更像是小亚细亚人。除了她的头发又密又黑，她的眼睛也又大又黑，而且眼眶上有浓浓的黑圈。她的脸上已有皱纹，但是遮掩不住她神情中的贵气，她无疑是一个过去时代的公主。

她的名字叫阿达·皮察。她有一个儿子一个女儿，丈夫是个医生。她现在没工作，但是她有药剂师执照。以前她在英国学的就是药剂师专业。她说当初她的父亲让她学药剂师她还不愿意，觉得自己不可能去干这些具体的事情。现在才知父亲是对的。现在，她已沦为平民，有药剂师执照，才有希望找到一个谋生的职业。她正在学习做一个平民。

"阿达，我是为了追讨一笔债务来到这里，可我发现那个欠我钱的人是一个狐狸，我根本无法找到他。本来今天我就离开这里回布拉格，旅馆的账都已结好了，可不知怎么的我没有走。"李松说。

"是啊，你没有走，所以还坐在这里喝咖啡。"阿达说。

"你这样说像是在谈论哲学问题。"李松说，"我不知道自己今天为什么没有走。而且现在，坐在这里，看着夜色里有那么多的人心情愉快地走来走去，我可能明天还不会走。"

"你在布拉格做什么事情呢？"阿达说。

"我在那里做一点小生意。"

"那你为什么不在这里做生意呢？"

"我不知道这里有什么生意可以做。"

"有啊，这里现在什么东西都缺，什么都要进口。你可以进口药品吗？"

"可以啊。什么药品我都可以做。"

"我不会做生意。可是我有很多朋友在医院、在卫生部。他们会帮助你的。"阿达情绪高涨地说。

因为遇见了阿达，李松留在了阿尔巴尼亚。阿达带他到了卫生部，到了中心药检管理局，见到了很多人，其中包括迪米特里·杨科。不久后，李松注册了药品进口公司。就这样，他在阿尔巴尼亚一晃就过了四年。

上午，伊丽达打电话到旅馆。看门人把李松喊起来到楼下接电话。伊丽达说杨科昨夜突然中风了，半身瘫痪，已经住到了医院。李松对这个消息倒不特别意外，因为他知道杨科高血压的毛病已经很重了。他开车去了吉诺卡斯特医院，看见杨科躺在病床上，鼻子里插着氧气管，身上吊着好几瓶输液。杨科看见李松，眼睛眨了一下，他的神志还很清醒。

李松坐在他的身边，看到他曾经像是西瓜一样油亮的大脑袋现在皱了皮，像是脱了水似的，一下子成了真正的老人。但是李松从他眨巴着的眼睛看出，杨科的心情还似乎很不错，甚至还带着一种魔术师一样的快乐。李松向他做了个喝酒的手势，他看到杨科的一只眼睛里出现了赞许的光辉。

"杨科，来点伏特加？"李松说。

杨科轻轻摇摇头。

"来点威士忌？"

杨科还是摇摇头。

"康涅克 XO 怎么样？"李松说。

杨科不动了，看得出他的眼睛在微笑。李松想，这个家伙总是爱喝这种最贵的酒，只要不是他自己掏钱。他第一次在阿达的牵线下和他在酒吧见面时，他一连喝了五杯康涅克。

"他就是喜欢喝一点酒。他就是因为爱喝酒才会得高血压。"伊丽达对李松说。

"杨科给我讲过一个最具人生真理的笑话。他说以前有两个喝酒的朋友，一个为了省钱把酒戒掉了。过了五年两个人碰到了，戒了酒的朋友买了自行车，喝酒的那个什么也没有。又过了五年，戒了酒的那个骑上了摩托车，喝酒的那个还是醉醺醺的什么也没有。十年过去他们再次相逢，喝酒的那个开起了汽车，戒了酒的那个还是骑摩托。他问喝酒的你哪来的钱买汽车啊？喝酒的说我把这十年喝掉的空酒瓶卖了，换了一台汽车。"

在听到最后一句话时，伊丽达笑了起来。她说很奇怪，杨科是她大学里的老师，又是在检验局的领导，从来没有和她讲过这故事。

"伊丽达，你还记得我那次去检验中心找杨科，你给我指路的事吗？"李松想起了那天在环形走廊里转来转去找不到杨科，突然见到了伊丽达时那种惊艳的感觉。

"记得。可我不知道给你指了路，后来就会成为你的药剂师的。"伊丽达说。

是啊，伊丽达，你永远是我亲爱的药剂师。李松在心里说，感到亲切无比。但他嘴里还在争辩："你不是我的药剂师，你是我唯一的阿尔巴尼亚 Girl friend（女友）。"

伊丽达的眼睛出现了温柔的光辉，可她还是把李松打过来的球挡了回去。她说："别乱说，杨科听了会笑话的。"

杨科的鼻子嘴巴罩在氧气罩里。他的眼神有点发直，像个孩童似的。

"他的神志还很清醒，他其实是个热爱生活的人。"伊丽达说。

"也许，应该把他送回到地拉那去治疗。"李松说。

"不，地拉那的医院情况不好。杨科这回来这里，本来就准备到希腊的萨洛尼卡去看病，他有一个老朋友在那里当医生，是专家，要给他做手术的。我们已经和他联系，也许很快就可以把杨科送到希腊去。"伊丽达说。

"那就好。"李松说。他的心情有点发沉。本来他是准备在吉诺卡斯特呆两天就走，可现在两天过去了，他还在这里。杨科又生病了，他不知什么时候才能回地拉那。不过想起有机会能和伊丽达在一起多呆一点时间，他的心里还是觉得快活。

中午时分，杨科家族里很多人来了，好些是从周围的山地里来的，挤得病房都站不下人。伊丽达对李松说今天她休班，她母亲让她带李松到家里去，母亲要给他做饭吃。李松开着吉普车，和伊丽达一起前往她的家。她的家在城北，在一条溪流旁边，看得见远处的雪山，还有亚德里亚海湾。那是一座石头房子，旁边也长着几棵特别茂盛的石榴树。伊丽达的母亲在门口等候。这个头发斑白个子瘦小的女人，看起来很温和，微笑着，但透露着坚强。不知为何，李松在见到她时，还是会觉得有点难为情，总觉得她早已看穿了他的心思。

伊丽达的母亲没有看错，从某种意义上讲，李松的确像是一只狼，觊觎着她的女儿。那天他和阿达一起去国家药品实验室找杨科，在接待室等候的时候阿达被一个熟人拉去喝咖啡抽烟去了。李松后来独自在环形的走廊里寻找杨科办公室而迷失了方向，突然从一个房间里出来一个金色头发的姑娘。李松当时就被她的美貌镇住了。这个穿着白衣的金发美女药剂师显得亲切热情，问李松需要帮忙吗？李松说要去杨科办公室。她说那我带你去吧。她把李松领到楼上杨科的办公室，开了门让他进去。李松问杨科刚才这姑娘叫什么名字，杨科说她叫伊丽达。杨科问李松你问她名字干什么？李松笑笑没回答。他记住了伊丽达的名字。

阿达是他的第一个药剂师。可是阿达这个昔日权贵的女儿，外表依然美丽精神却已经被摧毁了。她十分的懒散，总是不能准时上班，来上班了也只是坐在桌子前面，不停地一根接一根抽着一种刺鼻的香烟，然后发出阵阵剧烈的咳嗽。更多的时候，她干脆不来上班，让李松大伤脑筋。这段时间里，李松和伊丽达有了来往，他偶尔会付给一笔让她惊喜的报酬请她给他做点药剂师的事情。后来，伊丽达辞了国家药检室的工作，去了意大利。半年之后，李松在地拉那一家破旧的私人小药店意外看见了伊丽达在这里当药剂师，她受不了在意大利的屈辱生活回来了。李松说："伊丽达，做我的药剂师吧，你会得到很好的报酬的。"

以前在地拉那，每次伊丽达母亲来找女儿时，她的神色总是温顺中带着紧张。她的恭顺而坚强的笑脸让李松明白了伊丽达处于她的有力保护之下。但是今天，在她自己的地盘里，伊丽达的母亲看到李松时显出了真诚的快乐，她对李松以往给予伊丽达的优厚照顾心怀感激。她把李松迎进了屋子。在屋子的中间摆着许多吃的东西。按照阿尔巴尼亚人的习俗，先要上一杯叫"阿拉契"的葡萄白酒，而后再是一杯带渣子的土耳其咖啡。桌上摆满了蜜饯饼干之类的食物。

伊丽达母亲做了很多好吃的东西，有烤小羊肉、奶豆腐炖牛肝、洋葱无花果饼，还有好多说不清的东西。她像中国过去的妇女一样，忙着做饭菜，自己不愿入座，只是站在一边看着他们吃。这让李松觉得不很自在。他这时想起一部名叫《地下游击队》的阿尔巴尼亚电影里一个镜头：一个名叫阿戈龙的游击队员在一个老大娘家里，老大娘给他端来一个盖着餐巾的盘子，他摇摇头说自己没有胃口。大娘说你至少把餐巾打开看一看。阿戈龙掀起餐巾，看见盘子里是他被上级收缴的手枪。

由于比较局促，李松只是机械地吃着，吃了很多，他把伊丽达母亲做的东西都吃光了。这让她感到很高兴。这个时候，发生了一件让李松如释重负的事，伊丽达的母亲披上了头巾，说要出去到教堂去参加唱诗班练习了。在她自己的家里，她对李松一点戒备都没有了。李松从窗口看见她沿着小溪边的小路，提着裙裾，过了小桥（有一下看起来她差点掉下桥去），急急忙忙迈着碎步走去。

哦，伊丽达，我们又能够在一起了。李松心里有个声音说着，他觉得一阵慌乱的心跳。

母亲一走，伊丽达起身。她系上一条绣花的围裙，把盘子收拾起来清洗。李松看着她灵活挪动的身体，她在劳动时自然迸发出来的那种快乐和热情，让他觉得是那样的愉快。

他想起伊丽达在他那里当药剂师的时候，经常这样给办公室做卫生。她常常用一个大木盆盛上水擦洗门窗，尽管这些事不是她的职责。她一边洗，一边用英语给李松讲普希金那个金鱼和渔夫的故事。当渔夫贪心的婆娘最后惹怒了金鱼，她已拥有的所有财富被波涛卷走，唯一留下的只是一个木盆。伊丽达说这个故事里的木盆就是她现在用的这个木盆。她干完了杂活，李松会给她一个奖励，那就是放一支她喜欢的歌。开始的时候是玛丽亚·凯丽，后来是麦克·鲍顿，后来还有巴西的 Boney M。而且，李松还会不声不响倒一杯马蒂尼甜酒放在桌上，伊丽达会像一只爱喝牛奶的猫一样忍不住把酒喝了。喝完了还用舌头舔着酒杯。喝了酒她会变得风情万种，浑身散发着女人的香气。李松有一天把酒杯偷偷换大了一号，但是他的阴谋总是会被伊丽达的母亲粉碎。她会像个超人一样准时出现在门口，给女儿送来一把雨伞，尽管这天阳光普照，没有下雨的可能。可谁能说天一定不会下雨呢。

在这个阳光明媚的中午，伊丽达的母亲沿着溪边的小路远去了。伊丽达洗好了盘子，把围裙解了下来，她穿着紧身汗衫的丰满身材一览无遗地展现了出来。每当这个时候，李松会想起一个电影的名字《远山的呼唤》，日本片，高仓健演的。那个远山是伊丽达的乳峰的联想。现在他又感到了两座高山的呼唤，但他为了抑制这种冲动，把目光离开了，眺望远方真正的山峦。屋外的那两棵石榴树开得如火如荼，李松昨天在医院看到了那片石榴树之后，老是想着希腊诗人埃利蒂斯那首诗，此刻诗句浮现了出来：在那些刷白的庭院中，当南风，吹过那带拱顶的走廊，告诉我，是那疯狂的石榴树，在阳光中洒着果实累累的笑声？当草地上那些赤身裸体的姑娘们醒了，用白皙的双手采摘青青的三叶草，告诉我，是那疯狂的石榴树，随意用阳光把她们的篮子装满？

"伊丽达，看我给你带来了什么？"李松说。他从那个放礼物的袋子里拿出了一对中国的青花瓷花瓶。

"哇,这是什么?"伊丽达吃惊地喊起来。

"我答应过送给你的,最漂亮的中国陶瓷。上个月到北京的时候特地给你买的。我还以为不会有机会送你了呢。"李松说。

"天哪,亲爱的李,你真是个好人!"伊丽达激动得脸孔发红。

"我还有一件东西呢。"李松说,他拿出了一瓶意大利产的马蒂尼甜酒,曾经充满了阴谋的酒。

"哦,李,你真是我的甜心。"伊丽达把酒瓶贴在心口,吻了一下酒瓶。她把酒瓶放下来,在一部CD音乐播放机上摆弄了一下,音乐起来了,是麦克·鲍顿的那首Soul Provider。这盘CD原来是李松的,伊丽达走的时候,李松送给了她。

"每次我听这个歌,我就会想起你给我倒马蒂尼酒。没有马蒂尼酒这个歌就不好听了。"伊丽达说。

"伊丽达,我来给你倒一杯马蒂尼酒好不好?"李松说。他的欲望开始燃烧,每回给她倒马蒂尼,总会让他产生有机可乘的希望。

"好啊,给我倒一杯。"她显得很干渴,把酒喝了一大口。她的胸脯起伏着。

"伊丽达,我爱你。"李松说。

"不,不,你是在开玩笑。"伊丽达吃吃地笑着。

"I can't living without you."李松说。意思是我不能没有你而活着。

"得了,这句话是玛丽亚·凯丽的歌词,谁都会唱。"伊丽达说。

"不是这样的,伊丽达,在你离开了地拉那后,有很长的时间我都很不快活。我知道这算不上是爱情,可我想起和你在一起的时候真的很有意思。"

"你真的想起过我吗?那你为什么不来看我?"伊丽达说。

"对我来说,你的家乡是个神秘的地方,不只是遥远,而且觉得你家乡的人一定很凶悍,不会接受一个中国人来探望一个城里美丽的姑娘。"

"哈哈,你不是一个骑士。故事里的勇士为了一个美丽的姑娘,从来不怕路途遥远，也不怕城堡里的妖魔多么厉害的。"伊丽达说。

"可我现在不是来了吗？我找到你了。可是你以前答应我的事却没有给我。"李松说。

"我答应你什么了？"其实她心里知道李松会怎么说，她是喜欢听他再说一次。

"你答应和我做一次爱。"李松说。

"你说的是真的吗？我怎么忘记了？"她辩解说。她看着李松，眼睛里燃烧着情欲。

李松闻到她的身体发出了一种气味。那是一种与中国女人不同的气味，这个信号告诉他可以进入下一步了，他可以吻她的脸，可以抚摸她的上身，但只能仅仅在衣服外面。如果他的手想伸进衣服里面则马上会被挡开，他们之间的这种游戏以前做过好几次，每次到这里就到尽头了。

在这个温暖的中午，李松和伊丽达长久地相拥在一起。比起过去，李松并没取得什么进展，但是还是感觉到了她的身体不像过去那样紧张充满防卫性，而是像海浪一样起伏着。

李松呆到了下午，在她母亲回来之前和她一起离开了。李松送她回医院值下午班，自己回到旅馆，倒头便睡，很快进入深沉的梦乡。

傍晚时分李松睡醒了，觉得心情愉快精神饱满。他起身出门，又走上那个巍峨的城堡。落日照耀之下，城市一片金色。

和他刚来那天的清晨不同，他现在清楚知道他看到的就是《宁死不屈》里呈现的城市。他已经想起来了，他所站立的城堡在电影里是个监狱，那个纳粹军官把关在黑屋里的米拉带到了屋顶，让她去看阳光中盘旋的鸽群。那个纳粹军官喝着白兰地，对助手说："看，她马上要哭了。"这个时候闪烁着雪花的黑白银幕上慢速摇过了城市的全景，米拉的头发被风吹起，银幕上黑云中出现了一道光线，照耀着米拉心潮起伏的脸庞。米拉的脸上慢慢露出沉思忧郁的微笑，她转过身，看着纳粹军官，慢慢走了过来。她站住了，平静而坚决地说："刽子手！"

李松坚信,他现在所在的位置正是当年米拉站立的位置。他记得那个电影是一九六九年拍摄的,现在是一九九七年。二十八年前,几个装扮成德国军官的男人和一个扮演米拉的女演员在几盏聚光灯的照耀下拍下了那一段镜头。不,还不是这样,这个电影拍摄的是一个真实的故事,电影里的米拉不过是个演员,真正的米拉就是城门口小操场上那个石头的雕像,她被吊死的时间是一九四四年,超过五十年了。虽然时间消逝,可李松对二战胜利之前死去的真正米拉和一九六九年演员米拉都感到那样的亲切,似乎还能感受到她们的血肉之躯的温暖。他在几个小时前和伊丽达接吻的感觉还在,对伊丽达的渴望在他的意识深处和对米拉的记忆混杂在一起了,好像有一根导线,把这三个不同历史年代的姑娘连接上了。

　　天渐渐黑了下来,城堡上的风大了起来,景物变得模糊了。李松走下了城堡,进入了城市里。现在他对这城市感到熟悉极了,好像在这里住了几十年似的。他行经一个石块铺成的长坡,前面有几个女孩在向前走,她们的背影让他想起米拉和她的两个女同学走过长坡的镜头。这个时候他又开始想念伊丽达。他的心里很是沮丧,刚刚和她分手,现在又开始了对她强烈的思念。他知道这算不上是爱情,也不仅仅只是性爱。因为米拉,他对她的思念加深了,也似乎给他自己找到了一个思念她的借口。伊丽达很快要结婚了,要成为人家的新娘,而他还在想和她亲热,这似乎是一个危险和不光彩的行为。但道德的谴责此时不起作用,对伊丽达的思念和欲望一波波高涨。

　　李松又来到第一天来过的那个小酒店,那个戴着菊花帽的妇人还坐在黑暗的灯影里。他走进来,坐下来。长笛手侍者走了过来,问他这几天过得怎么样,李松说还不错。侍者说,有一个人想见见他,在这里等了好几天了。李松说:"什么人啊?让他过来吧。"

　　一个戴着礼帽的阿尔巴尼亚小老头走了过来,他用生硬的中国话说:"同志!你好吗?"

　　"我还好啦。"李松说。

　　"好得厉害吗?"他说。

"好得很厉害，非常厉害，Very 厉害。"李松回答，心里奇怪老头这古怪的问候从哪里学来的。

这个小老头就会说这一两句中文，接下来全是山地口音很重的阿尔巴尼亚话了。李松听不大懂，还得借那个侍者的英语翻译。李松问他这几句中文是从哪里学来的？他说六十年代中国的专家在吉诺卡斯特工作的时候，他给他们做过清理卫生的杂活，跟他们学了几句中文。他报出了好几个中国专家的名字，可发音不清，李松根本听不清楚是些什么人，即使听清楚了对他来说也没意义。老头真正要说的是另一件事。他说在吉诺卡斯特城市后面的那座高山上，埋葬着一个中国的年轻人。这个人是来参加建设吉诺卡斯特电视台的工程师，在安装高架发射塔的时候从高空坠下死亡的。李松问是哪一年死的？老头说大概是一九六八年吧，他的坟墓修建的时间要晚一点。

老头说，坟墓修好以后，市政府让他兼差做守墓人，每月还给他一点钱做津贴。七十年代初的几年里，经常会有一些中国人专门从地拉那过来，到山上去给死者献花扫墓。后来，慢慢地没有人过来了。再后来，这里的市政府也忘了他是守墓人这件事，不再给他发津贴了。老头说，他现在已经老了，不可能再到山上了。他说自己老是梦见有一个中国人会来寻找这个坟墓，他一直在等待着，现在终于等到了。李松连忙说，他对这件事一点没兴趣，他根本不是为了这事来的。老头说，不管怎样，他无法再等待了。他说他早已画下了那个坟墓的位置和路线，按照这个地图，就可以在高山上找到那个坟墓。老头把那卷地图打开来，在结实的羊皮纸上，墨水笔画的，像一幅故事里的藏宝图。老头不管李松答应不答应，起身快步走了。李松只得把地图收起来。

杨科第二天早上要被送往希腊萨洛尼卡医院，李松前往送行。

在一排墙壁刷得雪白的病房外边，石榴花盛开。天空上有一只秃鹰在盘旋，无声地上升到了天庭。从希腊来的救护车已经停在车场，两个穿着雪白护士服戴着白头巾的姑娘慢慢推出了帆布担架床，上面躺着杨科。杨科的眼睛被阳光和湛蓝的天空刺得睁不开。伊丽达推着担架床,她的眼里含着眼泪,她的未婚夫穿着白色的医生大褂站在她的身边。李松对杨科偷偷做了个喝酒的动作,他看到杨科的眼睛里又流露出快活的光辉。杨科的担架被推上了救护车,车门被重重关上了。那车里的女护士是希腊医院的人,鼻子很高,神情冷漠。车子开动了,李松看到天上那只秃鹰也远远飞去了。

三

就在这天下午,李松正寻思着是否要在明天回地拉那的时候,他听到城里响起了枪声。枪声开始是稀稀拉拉的,后来渐渐密集,听起来好像是中国人大年除夕全城都在放鞭炮似的。李松伸头到外面一看,只听得子弹的呼啸声,可就是看不见开枪的人。突然,他看见一个持枪的人出现了,就在旅馆对面的马路中间,拿着一支冲锋枪向天扫射,然后另一个人过来了,手里有一支步枪,也向空中开枪。李松赶紧离开了窗边,这么密集的枪声,弄不好就会有流弹打进来的。

李松感到一定是发生了重大的事情。他现在唯一能做的是把房间里那台黑白电视打开。这台破旧的电视机屏幕上全是闪耀的雪花和噪音,李松用手掌猛烈地击打着机箱,随着显像管的温度提高,渐渐在雪花中浮出一些人影和声音。他把调纽扳到英语的欧洲新闻频道 EURONEWS,那里正在现场直播地拉那的骚乱。大批汽车被推翻燃烧,商铺被抢掠。

对于电视上说的骚乱,李松心里倒不觉得意外,因为地拉那近几个月局势一直紧张。从去年开始,一种高息集资运动在阿尔巴尼亚盛行,利息高得惊人。这种金字塔式的骗人把戏必须不断扩大吸收新的入股者才能保持资金链运转。阿尔巴尼亚人还没见过这种把戏,以为是上帝给他们的生财之道。近几个月这种狂热的集资达到了高潮,很多人变卖了房产把钱投了进去。但是最近,很多集资公司资金链中断派不出利息了。李松出发之前,地拉那的人们已在排队提款,人心慌慌。李松想不到仅仅过了几天,这件事会演变成这样一场内乱。美国和西欧国家已经开始紧急撤离侨民。

电视镜头上播出美国海军陆战队的大力神直升机在使馆官邸区接走了家属。

李松开始往地拉那拨电话，可是一点信号也没有，他在地拉那的仓库里还有大量的药品，真不知会不会被人抢掠一空呢。

这个时候，伊丽达打电话过来，问他还好吗？李松说他没有事，他已经知道了地拉那的情况，可不明白吉诺卡斯特发生了什么，为什么这么多人在打枪，是谁和谁在战斗？伊丽达说现在城里的枪声不是战斗，人们开枪是向空中打的，是表示他们对在集资骗局中失去财产的愤怒。伊丽达说，他住的旅馆附近的城堡下面的地道通向一个军火仓库，现在已被人打开了，全城的人都跑过来拿武器，所以这一带枪声特别密集。过一会儿有一辆车子会载着医院这边的人前往军火库，她也要跟着来。在进入军火库之前，她会先来旅馆看他。

果然，不到半个小时，伊丽达匆匆忙忙跑进了旅馆，一进房间就紧紧拥抱了李松。李松能感觉到她的胸脯挤压着他的身体，战乱时候人们变得亲密了许多。伊丽达的打扮也变了，穿着山地民族的服装，头上包着一块黑头巾，裙子一角掖在腰带上，很像法国七月革命时期那幅著名的油画里那个带领人民起义的自由女神。李松问她为什么也来拿武器，她说每家每户都有了武装，她们家也得有。李松说那你的未婚夫为何不来帮你拿？她说他是个追求理性的人，不喜欢暴力，所以没来。伊丽达说现在她得走了，还问李松呆会儿是否也给他顺便捎两个手榴弹来？李松突然产生一个想法，捉住了伊丽达的肩膀，说：

"伊丽达，我也想和你一起去军火库拿武器。"

"你也要去？可你是外国人啊，恐怕不大好吧。"伊丽达说。

"不，一定要去。我刚才突然感到，我一直在等待着这一个时刻，这是很早在看你们的黑白电影时就决定的事情，真的，对于今天的事情我有说不出的兴奋。"李松说。

"李，我有办法了。刚才我来的时候，看到有的人戴着黑色的面罩，只能看见他的眼睛。你可以用我的黑头巾蒙住面孔，这样人家就认不出你是中国人了。"伊丽达说。她把头巾解了开来，她的金色的头发顿时散了开来,看起来动人极了。

李松用她的黑色丝绸头巾绑在鼻梁上,只露出眼睛,他跟着伊丽达出了旅馆,向着城堡方向跑去。

城堡在暗红色的天空映衬下显得巨大无比。城市的每个角落都在响着枪声,子弹的光芒把天空映红了,不时有曳光弹如流星闪过。通向城堡的石头甬道不宽,现在已挤满了人。人群在慢慢地前行,脸上有一种古怪的表情。伊丽达牵着李松的手,生怕他会走失,或者被人认出来。要是有人想和李松说话,伊丽达赶紧抢过话头,替他回答。

他们终于走到了城堡地下军火库的入口处。这里以前重兵把守,现在官兵都自动解散,回家不干了。电力供应已被切断,没有灯光照明,外边一只大油桶燃烧着,发出亮光。从地下军火库出来的人都打着火把,肩上挂满了枪支。进军火库的人先要自己制作火把。门口有一些木棒,有一些擦机器的油棉纱。李松把油棉纱缠在木棒上,蘸上了柴油,点上了火,就成了一个非常明亮的火把。

他和伊丽达打着火把走进军火库,李松心里发怵,弹药库里烧着这么多火把真是太危险。但集体的行为让人胆子变大,什么也不怕了,高举着火把只管往里面走。军火库里面很宽大,隔成很多的空间,李松见到旁边的一些库房里有一架架高射炮,在火光照耀下像是史前的恐龙化石一样无声无息。在洞穴深处的库房,他看到地上撒满了黄灿灿的子弹,好多子弹箱被打翻在地,绿色的木箱上清楚地印着中国制造的字样。五六式冲锋枪、班用轻机枪、半自动步枪一排排摆在枪架上。还有手榴弹、地雷、火箭筒、喷火器。李松问伊丽达喜欢什么枪,伊丽达说自己也不知道,她从来没摸过枪。李松说我给你拿一支冲锋枪,外加两百发子弹。他自己则扛了一挺班用轻机枪,捎带着还捡了支五四手枪揣在了兜里。

从军火库出来,扛着沉重的枪支,打着火把,伊丽达和李松随着人群走向了城里。现在城里的枪声开始冷落下来,整个城市到处闪耀着火把。拿起了武器的人游逛在街上,令李松奇怪的是,很多人包括伊丽达都穿着古老的传统粗布衣服。和电视上地拉那的人群完全不一样,这里的人非常的冷静,他们没有去抢劫商铺,也没去焚烧汽车。他们只是把自己武装起来,举着火把在黑夜里慢慢等候着。到后半夜的时候,人们开始打着火把集中到了市政府广场,好些人在发射彩色的信号弹,好像节日的焰火。一支铜管军乐队吹奏着雄壮的进行曲开进了广场,李松惊喜地看到那个餐馆里的青年侍者在第一排吹着长笛。广场上情绪高涨,在一个临时搭建的指挥台上,一个戴钢盔的人挥舞着手臂开始演讲,李松认出他就是那个在城门口检查他的车辆的那个钢盔秃头,他演讲时的姿态像巴顿将军。伊丽达在一边低声给他翻译着,说现在南方的城市已经联合起来,他们将准备北上进攻地拉那。

闹腾了整整一夜,天快亮的时候李松才回到旅馆睡觉。第二天醒来的时候,太阳已升得很高。他睡得很不安稳,做着乱七八糟的梦,以致醒来之后他觉得昨夜的经历只是梦的一部分。可是他摸到枕头底下那支被他的体温烘得热乎乎的手枪,探头看看床下,那挺轻机枪还躺在地上,让他相信昨夜那些事都是真的。他起来,看看外面的街面,外面很安静。

他穿好了衣服,洗漱完毕,要出去到那个小酒店吃早餐。他临走的时候犹豫了一下,还是把那支五四手枪别进了腰头。他沿着石头斜坡走下去,上了石级,看到街路上没有行人。经过昨夜的一夜兴奋,城市现在还没醒过来。他进入了小酒店,戴菊花帽的妇人坐在灯影里一动不动,那个长笛手青年侍者不在了。李松要了一点面包和咖啡,一边吃,一边看着店里的那台彩色电视。这里的电视信号很清楚,他们收看的是边境对面的希腊电视。

电视上的英文节目还在滚动播报地拉那的动乱消息。报道说南北的民兵可能会在地拉那展开激战,欧盟和北约组织已严重关切事态的发展。报道上有一段专题,是中国使馆大规模撤离华人的情况。李松看得头颈都直了。电视上报道中国南昌公司在地拉那的大型建筑工地被抢,几百个工人被洗劫一空,全部躲到了大使馆;好多家中国商店也遭到洗劫焚烧。由于地拉那机场早已关闭,中国政府委托意大利政府派军舰来接待撤的中国侨民,中国政府派专机到意大利罗马机场接人。镜头还追到了军舰,李松看到好几个地拉那的熟人，还看到认识的一个青田女人在一个意大利水兵的帮助下攀上了甲板，她的怀里是刚出生不久的孩子。李松知道现在所有的中国人都走了，只有他被抛掷到这个地方。

回到旅馆百无聊赖呆了一阵，李松把前日那个阿尔巴尼亚老头给他的那张山上中国人坟墓的地图摊开看了。过了一会儿，他揣着沉甸甸的手枪又出来了，他已经喜欢上了这种口袋沉甸甸的感觉。这回他不是往城市里面走，而是沿着一条石级一直往上，离开了城市，走向后面那座绕着云雾的高山，去寻找那座中国人的坟墓。他走了一段路之后，已高高在城市之上了，云雾漫住了他脚下的山路，城市若隐若现，他感到自己好像在云雾中自动上升着。

在山顶接近永久积雪的山坡上走过一条布满蜘蛛巢的小径，李松在一片荒草中找到了这个中国人的坟墓。这里开满了野生的铃兰花，几只岩羊在山崖上啃着植被，远处的亚德里亚海湾闪闪发光。李松把坟墓周围的野草清除了，看到了一座小小的石碑，上面镶嵌着一块陶瓷的头像，是一个剪着平头的年轻中国人。石碑上面刻有中文：

赵国保，河北石家庄人，生于一九四二年。一九六八年七月在建设吉诺卡斯特电视台的施工任务中因事故光荣牺牲。

李松坐在草坡上，抽着烟，望着远处的海湾。他想着这个叫赵国保的年轻人死的时候才二十六岁，一九六八年，李松刚好开始上学，而他已经死了。他死了一年之后，《宁死不屈》的电影开始拍了。后来，又过了几年，在一九七三年，有一支中国的足球队来到了这里。之后，又过了这么多年，他来到了这里，不知是为了挣几十箱抗菌素针剂的利润，还是因为对伊丽达的思念，来到这里并陷入了奇怪的境遇。他把手枪掏出来，对着不远处一棵松树的枝干开了一枪。枪声在山谷间久久回荡。他以前在部队是榴弹炮兵，发射过很多的炮弹，对轻武器使用得反而比较少。他打过几次冲锋枪、半自动步枪，手枪则从来没打过。他瞄准着一颗松果开了两枪，都没打中。然后他学电影里枪手的样子双手持枪又击发了几次,把弹匣里的子弹打完了。他一边装上新的弹匣,一边对着那个坟墓说:"赵国保兄弟,听到枪声了吗?我看你来了。现在就只有你和我还呆在阿尔巴尼亚了。"

这天晚上,李松获悉杨科的手术没有成功,死在了萨洛尼卡医院的手术台上。这件事真是难以置信,这么一个不是很大的手术竟然会让杨科死去。据说手术当中一切都很顺利,快结束时杨科的血压突然急剧下降,医生用尽了办法无法使他的血压升回去,就这样,他在全身麻醉的情况下无痛苦地死去了。杨科的尸体很快被运回到了吉诺卡斯特。本来这个时候边境已经封闭,因为是一个死人,希腊海关才让杨科通过了。

杨科的尸体摆放在吉诺卡斯特的一个小教堂里,他的灵柩边上摆着很多石榴花。天气挺热,有几台电风扇对着他吹。李松来到教堂,足足等了一个多小时还没轮到他进去。他看到很多人聚集在教堂外边,身上都背着枪支。李松不明白杨科这个地拉那的药剂师会在老家受到这样英雄般的待遇。他后来进入了教堂,看到了杨科的几个亲友守在尸体边上,伊丽达也在其中,她看起来特别悲伤。杨科的脸因中风而拧歪了,看起来有点不高兴的样子。李松觉得他要是对杨科说一句来杯康涅克酒怎么样,也许杨科马上会睁开眼睛爬起来的。但是李松心里想的是另一件事,杨科死了,那五十箱的抗菌素针剂的货款可能会变得很麻烦。他要是现在对杨科说我的货款向谁要啊?那么杨科一定会装作什么也听不见而不起来。小礼堂里很热,除了充满石榴花的香气,还有一种隐隐的尸体气味,这味道让李松明白杨科真的已经死了。李松浑身冒汗,他看到伊丽达一直在哭泣,她那个未婚夫一直在她身边。

后来看到杨科的棺材盖子盖上了,他老是觉得杨科在里面闷不住了,会敲打着起来。然后人们抬着棺材到了教堂的墓地,一个大坑已经挖好了。有人放起枪来,大家都开始朝天开枪,结果引起全城的枪声。当杨科的灵柩放入墓穴时,李松看到伊丽达将一大把红石榴花撒进了土里。几分钟后,李松终于有机会站到了伊丽达的身边。伊丽达在人们不注意的时候，捏了一下他的手，贴着他的耳朵说，她已经决定和那个未婚夫结婚了，婚礼就在下一周。

在这天夜里，李松辗转反侧怎么也睡不着。尽管知道伊丽达有了未婚夫，可现在得知她马上要结婚了，还是有一种说不出的难过。杨科真是一个魔术师一样的家伙，在他下葬的时刻，让伊丽达对他宣布了结婚的决定，弄得他此刻不得安宁。到半夜时分有人轻轻敲门，他十分紧张，贴着门问外面是谁。是伊丽达的声音。接下去的事情好像是李松还没有开门，伊丽达就已经穿墙而过进入了屋内，一下子扑入了他的怀里。李松问她怎么来了，发生什么事了吗？她说没有什么，杨科死了，她心里难受极了。今夜她无法独自呆着。房间里没有窗帘，李松把灯关了。可是窗外夜空的星光还是照进来，照亮了伊丽达空洞而燃烧得发亮的大眼睛。李松小心地吻吻她的脸，她的嘴唇移了过来，和他对接了。李松抱住她抚摸着她的背和臀部。当他把手伸进衣内，意外地发现没有抵抗，李松心里一阵战栗，把手移到她胸前。从掀开的衣内喷发出浓烈的白种女人的身体气味，李松把脸埋在她的胸脯上。

经过数次潮汐般的起落，他们最后变得筋疲力尽，相互拥抱着，进入了沉沉的梦乡。

在他们的梦境之外，这个时候轰轰隆隆的战争机器的声音从边境那边传来。公路上爬满了坦克和装甲车，低沉的发动机声音使得旅馆的房子震动着。夜空上有一架架武装直升机缓缓飞过，探照灯光扫过地面，一度穿过没有窗帘的旅馆窗户照射到了他们赤裸的身体。在他们做爱的时候，北约的多国联合维和部队越过了边境，进入了阿尔巴尼亚的领土。而军队进入吉诺卡斯特的时候，他们已经睡着了，现在，他们还沉浸在海洋一样深沉的睡梦里。

四

吉诺卡斯特成了多国部队的桥头堡。一支德国维和军队迅速占领了城市,并宣布了宵禁令。他们毫不迟疑地把指挥部设在了城堡上,在城堡上头飘起了德国的军旗。李松这天早晨走出旅馆时,发现了街上站满了戴着钢盔端着冲锋枪神情冷漠个头庞大的德国士兵。他们在城堡的城池上,垒起沙包,架着重机枪,李松心里不禁冷笑了起来,这一切和《宁死不屈》多么相似。

他走上了街头,他试着说服自己是回到了电影里的年代。街头上不时有巡逻的德国士兵端着冲锋枪走过。商铺都开门了,小商贩在大声叫卖,卖土豆、卖活鸡、卖鱼的都有。那些女学生三三两两走过了上坡路,男孩子在一边搭讪着。李松在这里住了好几天了,很多附近的商铺都认得他了,向他喊:"KINEZ(中国人),早上好!"好多男人坐在路边咖啡店里,交头接耳。这些人前几个晚上搞到了武器,现在他们不动声色,变成了平民坐在这里观察。李松知道他们的秘密,觉得自己是和他们站在一起的。他们的枪就藏在附近什么地方,随时都可以拿出来。李松也有枪,一只短枪就揣在兜里,还有一挺班用轻机枪藏在旅馆的床底下。

他在广场上一个露天的咖啡店坐下,看着广场上阳光明媚,小孩在嬉戏,有小狗跑来跑去。不时有漂亮的女人走过。广场的一角停着一辆披着伪装网的德国坦克,上面的坦克手十分威武。很多市民围着坦克参观,还有的人爬上了坦克和士兵合影,而那些坦克手也都傻笑着摆出姿势对着相机。李松知道这只是假象。这些在这里无所事事的人都是枪手,他们在秘密地交换着眼神,这个秘密的力量他也在其中。和伊丽达亲热的余波还在他身体内荡漾,让他感到心旷神怡,同时又带着点感伤。这件事让他觉得自己和阿尔巴尼亚更接近了。现在他觉得自己真的爱上伊丽达了。伊丽达,你这个让我不得安宁的女人!李松在心底呻吟着。

现在想来,那一次在国家药检局环形走廊里第一次看见伊丽达的时候,他就觉得这个姑娘会让他无法忘怀的。然而他真正接触到伊丽达内心的那次,是在她从意大利回来之后。在那个偏僻小街的小药店里,李松看见伊丽达站在柜台里面,她的脸色苍白眼睛无神,一副饱经沧桑的模样。当她看见了李松,眼睛里浮出了泪水。那个晚上,李松和她一起吃饭,听她讲述在意大利的事情。她说自己这回去意大利是想和未婚夫结婚的，可是到了那里之后，未婚夫家里的人却不让她住在家里，把她送到海边一个瘫痪的老妇人家里当护理保姆。那个瘫痪的老妇人要她每天把所有房间的地板擦一遍，要用手工擦。那时是冬天，她整天跪在地上，不停地擦呀擦呀，她的泪水一串串滴在地板上。后来她明白自己不能过这样的生活，就和那个未婚夫吹了，回到了地拉那。她在国家药检中心的工作丢了，现在只得在小药店里当药剂师了。李松说伊丽达你是一个药剂师怎么可以跪在地上擦地板呢？我的公司虽然不大可是我会给你最好的待遇的。从那以后，伊丽达和他一起工作了。那是一段美好的时光。然而只有一年时间，伊丽达就和她的母亲一起回到了故乡吉诺卡斯特。

李松知道伊丽达很快要举行婚礼，他不可以再去找她，不能给她添麻烦。所以他只是整天坐在咖啡店里，不停地抽着烟，看着广场上来来往往的人出神。

大概是在他们分手两天之后的下午，李松突然远远看到伊丽达出现在广场上。她好像在寻找着什么，在一个个咖啡店之间巡视着。李松明白她一定在找他，于是站起来向她招手，她马上快步走了过来。

"我刚才去旅馆找过你。"伊丽达说。

"你怎么知道我在这里？"李松说。

"我找了很多地方才找到这里。要是再找不到你，我一定会哭了，我会以为你回地拉那了。"

"是啊，要是不戒严的话，我想我真的得回地拉那了。"李松说。

"李，我想喝点酒，给我点一杯马蒂尼甜酒好吗？"伊丽达说。

"Waiter！来杯意大利马蒂尼酒。"李松向侍者喊道。

"李，你真好。我想你一整天了。"伊丽达说。

"伊丽达，你看起来脸色不好。发生什么事了吗？"李松说。

"是的，我遇见麻烦事了。你还记得我在地拉那的时候那个飞机场的技师吗？昨天他到吉诺卡斯特找我来了。"伊丽达说。

"他来找你干什么？"李松说。他记得那个变态的家伙，曾经好几次来他的办公室门口等候伊丽达下班。

"他说他还爱着我,要我继续和他保持关系。"

"这个流氓。你怎么回答他的?"李松说。

"我告诉他,这绝对不可能,我马上要结婚了。"

"他怎么说?"

"他说我不可以结婚的。如果我不继续做他的情妇他就要呆在这里不走。"伊丽达说。

"这个讨厌的家伙,当初我第一次看到他就知道不是好东西。"李松说。

"我母亲也早看出他品质不好。你知道吗,后来我为什么会离开地拉那?其实是我母亲知道这个人可能会毁了我,才带我回来的。"

"也许你得把事情告诉你的未婚夫,让他出面对付那个家伙。"

"这个肯定不行。我的未婚夫是个十分妒忌的人。他要是知道,一定不愿意和我结婚了。我现在最怕的就是让他知道这件事情。"

"那么,没有别的办法了。让我来会会这个人吧。"李松说。

"李,你得小心,他是个危险的人。"

这天晚上,李松在一个黑暗的小酒吧里见到了这个修飞机的技师,他的名字叫雅尼。他的脸上长满了胡子,眼睛布满了血丝,看得出他处境潦倒。

"你好雅尼。我们以前见过面的。"李松用阿语和他交谈。

"是的,过去你是伊丽达的老板。"

"地拉那怎么样了?我一点消息都没有。听说道路都不通了,你怎么能走到这里来呢?"李松问。

"是啊,公路全被封锁了。我是走小路爬山过来的。"

"地拉那到这里有好几百公里啊!你真的是步行过来啊?"李松说。

"是的,我不停地走了四天时间,才走到这里。"雅尼说。

"可你为什么要冒着危险这么辛苦步行过来呢?为什么以前道路畅通的时候不来,或者为什么不等以后再来?"李松说。

"我已经完蛋了,所以我才会来这里。"雅尼说着,把杯里的酒喝完。

李松让侍者再来一杯。

"你知道,伊丽达离开地拉那之后,我就完蛋了。从那以后我就一点精神都没有,整天喝酒。很快,我在飞机场的工作丢掉了。不过后来,我把房子卖掉了,把钱交给了集资公司,每月都会领到一大笔利息。我想这样过过日子也算了吧。可是我被骗了,集资公司倒了,我什么也没有了。"雅尼说。

"很多人都一无所有了,你并不是最不幸的。"李松说。

"不,他们只是失去了钱财,我失去了伊丽达,我失去了灵魂。"雅尼说。

"你来到这里找伊丽达又有什么用呢?据我所知,她很快要结婚了。"

"不,她不能结婚。她是我的。伊丽达是我的女人。我不会让她和别人结婚的。"

"可是你有什么办法阻止人家呢?这里是她的家乡,很多人会站在她的一边,你只是个外乡人。"李松说。

"你看,我带了这个。"雅尼说着,把一支勃郎宁手枪放在了桌子上。

"这算什么,连我都有了。"李松从裤腰里把五四大手枪掏出来放在他的小手枪旁边,"你看,我的枪都比你的大。伊丽达家族的武器可能像一支部队一样了,你的枪算什么。"李松说。

"不,我不怕他们。我会赢的。"雅尼的脸上透出古怪的微笑。

李松心里打了一个寒噤,这个人的决心让他害怕。他知道自己根本无法影响这个绝望的人的想法,但是为了伊丽达,他还想继续和他保持接触。他和雅尼说好,明天他们再到这里一起喝一杯。

但是在第二天早晨,李松被城内的德国军队逮捕了。

在多国联军控制了阿尔巴尼亚之后,立即发布收缴武器的命令,主动交回武器的不追究责任,如果不主动交回,将会面临审判。电视上几天来一直在播着收枪通知,还播着有人交回武器的画面。但是交回武器的人数量很少,大部分人不予理睬。李松起先有点害怕,想把枪交回去。可是他想北约军队对于一个中国人会不会有另外的处置办法?也许这会变成一个很麻烦的事情。他打消了主动交枪的主意。

这天上午，李松出门之前犹豫了一下，是否要把手枪留在房间里。可是他想不会有事的，他就只是去附近吃点东西，再说他有点习惯了有把沉甸甸的手枪别在裤腰里，这让他有安全的感觉。于是他出门了，出门后看看左右，没见什么异常情况。他的手插在上衣口袋里，口袋里布已撕开，他可以摸到裤腰里的枪，他吹着口哨，缩着头颈向上坡方向走去。当时他的心情还不坏，正想着要吃点什么东西，是牛肉饼呢，还是烤鸡？

转过街角，进入了一条笔直的下坡路，路边的中世纪石板磨得十分光滑。李松突然看到了对面方向有两个德国巡逻兵走过来，他们的皮靴咯噔咯噔踩着石板发出响声。李松心里一惊，下意识地在口袋里把枪握紧了。他硬着头皮向前，小路不宽，当他和德国士兵交会时几乎肩头都擦到了。李松看到那两个德国人在看着他，眼神里有点惊奇。李松和他们点点头，走了过去。他手心里全是冷汗，虽然和德国人擦肩而过了，可是他觉得好像自己的背影还在被人盯着看。他紧张地走了五十来米，觉得那两个德国人应该拐弯了，忍不住转头回望了一下。他这个动作犯下了错误，那两个德国士兵还停在路上，在看着他，当他回头望时，他们转身跟着他走来了。李松听到了他们的皮靴声越来越紧。他知道这下坏了，他们一定是要跟踪他了。李松紧走了几步，看到路边有一条小巷子。他闪了进去，贴住墙壁。他听到德国人的脚步跑过来了。德国人在喊：

"Freeze（站住）！不许动！"

李松又犯了一个错误，飞快地跑起来。他印象里这条小路是可以通到另一条路的，可是跑了一段，只见是个死胡同。路边虽然有一些门户，但都紧闭着，不像电影里一样会让他进去藏起来。当他想折回来时，那两个德国人已经逼近，冲锋枪瞄着他。

"不许动！"德国人又叫喊着。李松知道，如果他再作出反应，有可能被射杀。他于是举起双手，面对着墙壁贴住，充分和德国人配合。

一个德国人用枪顶住他，另一个对他进行了搜身。手枪被搜了出来。李松看到又有很多德国人增援过来了。他被铐上了手铐，带上了一辆军车。

他的身边左右坐着一个德国兵,像夹板一样夹住了他。

车子在窄小的街路上缓缓开行。从两边的车窗可以看到城市的景象一一闪过。熟悉的感觉又在李松的心里浮现了出来:那个黑白电影里米拉和另一个女游击队员被捕后也是这样坐在车上,望着车窗外的城市出神。李松还能记得米拉当时的表情:苦闷的微笑,忧郁的眼神。他想试着也在自己脸上模仿出同样的表情,可这样的结果是自己在心里骂了一声:真他妈见鬼,怎么会出这样的事情。

车子开始爬坡了,发动机的声音变得低沉。李松看见城堡就在眼前,车子正开向城堡。他想:干吗带我去城堡啊?一个顿悟电光一样闪出:他要被关在城堡内的监狱,就像一九四四年的米拉一样!

车子停下。李松被提溜了下来。这里是位置很高的城楼一角,阳光特别强烈。一扇铁门哐当一声打开了,李松被带到了里面。里面很黑,他在强光下呆过的眼睛一下子还没适应。过了几分钟,他看到了两边都是监室,好多阿尔巴尼亚人的手和脸巴在铁栏上。看到了李松,他们大声兴奋地喊着:"KINEZ! KINEZ!(中国人!中国人!)"

李松被解开手铐,再次被搜身,然后被关进一个监室。监室的屋顶有一盏微弱的灯光。有一张小小的木床。

李松坐在木床上,靠着墙壁,心情很平静。他打起盹来,大概睡了一个多小时,醒来后觉得精神饱满。这时有人送吃的来了。是一个夹肉的面包,还有一瓶水,两个无花果。

李松坐到了地上,把食物放在木床上,一边吃,一边想着。

他想着伊丽达现在一定满心欢喜地在筹备婚礼。过几天她就要做新娘了。她穿上婚纱的样子一定很漂亮吧。他的感觉被放大了,好像她的婚礼是在天堂里举行,美丽辉煌。但是他的心里又有一个黑色的影子飘了过来。那个雅尼会怎么样呢?今天晚上他本来是要和他再次见面的,如果雅尼见不到他,会对伊丽达做出什么举动呢?李松担忧着,可他根本想不到,伊丽达这个时候即将死去。

李松被捕后的当天下午，伊丽达正在药房上班。她一点也不知道李松被德国人抓起来的消息。在这天上午，她还去旅馆找过他，后来又找遍了附近的酒吧咖啡店，一直不见他的踪影。她又折回旅馆，看见李松的吉普车还在那里，知道他不会走太远。伊丽达写了张纸条，说自己来过了，晚上还会再来，请他等着她。十点钟的时候，她赶到医院去上班。一路上遇见的人都向她祝贺很快就要结婚。李松把药品送来之后，很多肺炎病人都治愈出院了。医院里传说李松的药品是伊丽达争取来的。

如果不是前几天雅尼突然出现在药房外面的花园里的话，伊丽达应该是个十分幸福的人了。但是现在她的幸福感觉已经给毁了。她一直在注意着窗外的石榴树林，雅尼第一次就是从石榴树中间出现的。短短两天，雅尼已经拦截了她五六次，在药房，医院门口，在她家附近。当他出现在医院内外的时候，伊丽达感到一种末日到来似的恐惧。她最担心的是她的未婚夫会看见雅尼。伊丽达的心里还在想着李松，指望着他会帮助她。因为上午一直没有找到他，她更加心神不宁。

大概四点钟左右，伊丽达把晚上病房用的药配好了，正想喝一杯咖啡休息一下，她看见从石榴树中间的小径上又出现了雅尼的身影。她的心猛一下就揪紧了。他还是来了，伊丽达想。然而看到他越来越近，伊丽达反而镇定了。该发生的事总要发生，你无法回避。当雅尼进入药房时，伊丽达的助理药剂师也在现场，她目睹了接下去发生的一切。

"伊丽达，今天下午你下班了跟我一起走。"雅尼对伊丽达说。他当时刚进门，站在柜台外面，伊丽达在柜台里面。

"我去哪里？"伊丽达说。

"我们一起去吃饭，然后到我住的地方去。今夜我们要在一起过夜。"

"我跟你说过，这是不可能的事。"

"伊丽达，相信我，只要你和我在一起，我会变好的，我会让你幸福的。"

"不，我对你的感情早就结束了。我不想再过那种生活。"

"伊丽达，不要逼我。你知道我现在生不如死。不要让我们去死。"雅尼说着,他把手枪拿了出来。

"你想干什么?"伊丽达说。

"跟我走吧,伊丽达!求你了!"雅尼把手枪抬起来,顶住了伊丽达的眉心。

"不!我不会跟你走的。"伊丽达平静地把话说完。雅尼手里的枪响了。

那个助理药剂师后来向人描述了当时的情景。她说枪声响过之后,她看到伊丽达的眉心有个黑洞。她的眼睛还张着,脸上的表情好像是受到了震惊。她站立在那里,大概有几秒钟时间。然后她好像叹了一口气,脸上出现了痛苦的表情,仰面倒下了。雅尼在她倒下之后,随即举枪顶住太阳穴,扣动扳机把自己的脑袋打穿了,趴在了柜台上。

伊丽达的灵魂脱离躯壳慢慢升上天庭之际,李松正在城堡内的石头监室艰难地吃着难吃的食物。很奇怪的是,他这个时候觉得心里说不出的平静。他看着监室黑黝黝的石头屋顶和墙壁。他知道这里是城堡的内部,屋顶上方和墙壁外边还是厚厚的石头。他很奇怪这个古老的城堡会造得这么精致结实,那个名叫斯坎德尔的市长曾经解说过这个城堡在建成后一个重要功能就是用作监狱,这个说法要是真的,那么这些石室里也许监禁过古罗马时期的犯人。有一件事毫无疑问,那就是一九四四年的时候真正的米拉就是被德国人监禁在这里。而一九六九年一群演员和电影工作者在这里所做的只是把一段历史凝固到了一盘盘黑白的胶片中。现在,他也被德国人关在了这里,说不定,这就是某种神秘的意志。

夜深了,凉气从一个看不见的通气孔里钻进来。他缩成一团。他后来慢慢睡着了。

不知过了多久,他被铁门打开的声音惊醒了。他赶紧坐了起来。两个戴着钢盔端着冲锋枪的德国士兵走了进来,让李松站起来,给他上了手铐,示意他走出监室。李松想,现在我会去哪里呢?大概会是去接受审讯吧?我得让他们通知伊丽达,只有她才会证明我的清白。

他走出了监室,在黑暗的通道里慢慢向前。他又看到了两边监室里的犯人,他们这会儿都一声不响望着他,眼睛里闪着光芒。李松看见通道的尽头发着耀眼的亮光，那是外部的城市天空。李松再次想起了那部黑白电影最后的场面：米拉和女游击队员被德国鬼子押着从这条石头的通道里走出来。在那棵生长在城门口的无花果树上，绞索已准备在那里，她们正从容走向死亡。音乐在李松心里再次升起：赶快上山吧勇士们，我们在春天加入游击队，敌人的末日即将来临，我们的战斗生活像诗篇……李松泪流满面，一阵对时间的悲喜交集的感动在心里汹涌成潮。

（原载《人民文学》2009 年第 5 期）

长江为何如此远

林 白

一 黄冈

"为什么长江在那么远?"今红问。她来到黄冈赤壁,没有看到苏东坡词里的"惊涛裂岸卷起千堆雪",岩石下面是一片平坡,红黄的泥土间窝着几摊草,有一些树,瘦而矮,稍远处有一排平房,墙上似乎还刷着标语。

本来认为长江就应该在赤壁的脚底下,周围应该奇绝阔远。其实很多年前她来过一次,但当年的记忆禁不住乱七八糟的东西反复冲刷,二三十年下来,复又觉得,到了赤壁肯定就会看到惊涛裂岸的壮阔景象。

很多年前似乎,她突然想起,多年前,她似乎也问过同样的话。"为什么长江在那么远那边?"她那时扎着两根羊角辫,她伸直胳膊,伸出食指指向江水的方向。那时候,大学已经上了三年多了,今红身上还是一股子乡下女孩的土拙气。"为什么长江会在那么远?"今红听见林南下回答她:因为长江已经多次改道了呀!林南下浅浅一笑,她脸上的梨涡随即现了出来。大群大群的燕子在两人的面前飞来飞去。

对今红来说,大学简直就是一笔糊涂账,灰秃秃的一片,一眼望去,既琐碎又凌乱,看不到什么轮廓,想起来,只有跟南下去黄冈赤壁是有头有尾记得的。

多年前。大三。是最后一个国庆,人人都拚着要去玩。三五成群。日子还没到,走道、自习教室、寝室、食堂和食堂外面的法国梧桐树下,到处都有兴冲冲的男生或女生,脸上一副奔走相告的样子,嘴里"庐山"长"庐山"短的。而庐山也确是激动人心,李白"飞流直下三千尺",毛泽东

"乱云飞渡仍从容"。还有蒋介石的"美庐",宋美龄,一生奢华的女人,风华绝代臭名昭著,用牛奶洗澡。想到美庐的浴缸里满满一缸牛奶,使人又愤慨又兴奋。

寝室里整日嗡嗡响着"庐山""庐山",如何去,乘火车或坐轮船,要不要在九江住一晚,一共要玩多少天,大概要带多少钱,等等。她们并不邀今红一起去。生性孤僻,别扭。况且她拿着助学金交伙食费,也不会有去庐山的闲钱。她们在兴头上,想不到要体谅今红的心情。几个人从早到晚眉飞色舞。

林南下去过两次庐山,她家在上海,高考前在鄂州的一家工厂。得知高考恢复的时候,已经怀孕七个月。生孩子,断奶,复习,考试,艰苦卓绝。

南下喜欢跟小她十岁的今红在一起。春天入学,树枝上有残留的樱花,林荫道的尽头有一轮又圆又大的月亮,金黄色的满月异常动人,路灯只有一盏,在远处。润泽的月光直接照在南下的脸上,她的眼睛像藏着某种可燃物质,明亮深邃,而且激情,而且单纯。她生完孩子身材没完全恢复,但脸是清瘦的,有着某种精神性,又不失女性的柔美,同时她又有一种骄傲,但这种骄傲没有攻击性,不伤害他人,它并不指向具体的人和事,而是一种对自己的高度确认。即使不在月光下,今红也认为林南下是她们班三十多个女生中最好看的。她不同凡响。月光下的树影中,她的声音断断续续,念头,上大学,超龄,太不甘心,最后的机会,写了一个晚上的信,招生的人,长信,十页信纸!

今红不明白南下。她比南下小整整十岁呢,还是从乡下来的,她怎么会跟今红,说这些掏心窝的话。"给招生的人写了一封长信",这太不符合林南下的骄傲了。

四年间,南下总是找今红听她说话。校园在湖光山色中,樱树、桃树、法国梧桐、银杏树、枫树、槐树、柳树和紫荆树的枝叶掩映间,南下跟今红说了她准备申请入党,认为这是改造社会的一条有效途径,很快她又痛苦地告诉今红,她决定放弃入党。这是在大一。大二那年,她父亲去世,今红陪她在校园里走了大半夜,她反复说:他才六十岁,才六十岁,还很年轻啊！今红像回声似的应道：是啊是啊很年轻。其实她不太明白，六十岁怎么还年轻呢？南下说她爸爸刚刚获得"解放"，去年他还专门到江西，看那个他"文革"期间被关押了三年的监狱。而她之所以叫南下，就是母亲在解放军南下的行军路上生的，她在母亲的肚子里一路从北到南。到了大三，南下的话题变成了考研究生，到了最近，则是考公费留学生。她们在校园一圈圈地走着，草间的泥土小路、砖石甬道、水泥林荫道，依山的<u>重重叠叠</u>的阶梯，从澡堂回来的路上，她被蒸汽蒸红的脸和天然卷曲的短发，直至紫色和绿色的琉璃瓦屋顶，这一切往昔的事物现在越过了很多很多年的光阴，来到黄冈，来到了东坡赤壁。

林南下仔细地给同屋们的庐山之行提了建议，"三天就够了，其实两天也是可以的，完全没有必要在九江停一夜"。她那么肯定，那么胸有成竹，那么见多识广。快熄灯了今红还在盥洗室洗袜子，她磨磨蹭蹭地不想睡觉，直到南下来刷牙。南下说国庆几天她要回鄂州看看，今红不如跟她一起去，还可以到东坡赤壁看看，去庐山的人很多，赤壁向来没什么人去的。今红骤然高兴起来，大江东去浪淘尽千古风流人物，再也没有比这更令人心胸开阔的了。

她们从武昌站乘短途列车去鄂州。绿色的皮革，九十度笔直的靠背，整列火车都是硬座，人并不挤，都有座位，她们也很快找到两个挨在一起的位置，是三人座靠近过道的一头。对面座是一个打扮有点奇怪的妇女，她年龄看来不小了，却还像今红那样扎着两根羊角小辫，辫子也编得不利索，有几缕是散的，显得她的脸有点脏，像是有两天没洗，她穿着一件男式的旧工作服，袖口磨得稀薄并且脱了线。她漠然地看了坐下的南下和今红，立即就扭头对着窗外。另外还有两个老头，一黑一白，黑的那个很瘦，眼睛是红的。两个都不讨人喜欢。

如同在任何地方，今红跟着南下心里就不慌张。即使去集体澡堂洗澡，也是因为南下才算闯过了心理关。在众目睽睽之下脱光衣服，同样在众目睽睽之下和几名赤身裸体的女人抢着用一个喷头冲洗身上隐秘的地方。滑腻腻的身体要碰到另一个同样滑腻的身体，真是让人心惊胆颤，蒸汽腾腾，头发湿淋淋地贴在脸上和眼睛上，气都喘不过来，像一只鸟掉进了水塘，翅膀又湿又重，怎么扑腾都飞不起来，脚下也滑，时不常就一趔趄，额头上弄不清是汗还是水。这时候南下的声音出现在岸边，她伸出一根树枝，树枝温暖地微笑：今红今红。今红循声而去，绝处逢生。

对面那个穿男式旧工作服的妇女坐得很不安，还不停咳嗽，她皱着眉头，既焦灼又茫然。火车在徐家棚站刚刚停稳，她忽地就站了起来，她双手揪着自己衣服的前襟，摇摇晃晃地往车门走去。今红说：这个人走路的样子真奇怪！忽然她听见有人喊道："摔倒了！"又有人惊呼："快看血！"一阵骚动。今红站起身往窗口张望，有人正在把那妇女抬到站台的一张椅子上，她身下有一摊血。有人在站台上跑来跑去地喊着什么，而火车很快就开了。

黑肤红眼老头连说晦气，他的呸呸骂声在座位上飞来飞去像黄昏的乌鸦在盘旋。今红发现，在她的对面，刚刚那妇女坐的位置上有一摊血，像红油漆那样，黏稠、发亮。今红觉得一阵恶心。听见南下说，流产，宫外孕，没有人保护。今红惊着木着，腿是软的。真正成摊的血只是小时候看见过。武斗，十字路口，几截砖头和几摊血，很久很久以前。

今红坐了一会儿，起身到别的车厢找位置。没找着只好又回来。那个黑老头用脚蹭着报纸擦那摊子血。报纸被蹭得很脏，鲜红色的血衬着座位的绿色，看起来是暗红的，有一只苍蝇叮在上面，老头一边蹭一边骂道：他娘的，真不要脸！倒了八代霉。

到了鄂州，她们先到南下原先工作的工厂。因是节日，宿舍区里有不少闲散的人，三三两两的，四个五个的，门廊有人围着打扑克，球场有人在投篮，篮球气打得很足，在水泥地上弹得"咚咚"响，房前的空地牵了绳子，上面晾着鲜艳的床单和白色的蚊帐，都还滴着水，江风吹过来，湿床单"猎猎"地响，孩子们在帐幔间追跑雀跃，水龙头边的空地上还有人在洗衣服，一只大木盆里堆着颜色混杂的衣服，女人坐在矮凳上半抬着屁股，一下一下地把力气用在搓衣板上，饱满的泡沫溢到地上，变得稀烂，她踩在脏水里浑然不觉。

南下管这女人叫小陆，小陆眉眼清秀，轮廓分明，笑起来很俏。南下问她：你们陈陆奇呢？小陆大声说：跟他老子玩呢！一边伸起脖子四面巡睃，她亮起嗓子喝道：陈大路！过来！一个五短身材的男人应声就跑到了跟前，他刚和南下打完招呼，小陆又命他把陈陆奇带过来。一会儿，一个三四岁的男孩慢吞吞地过来了，他一只手拿着饼干啃，另一只手抱着一只绿皮的橘子。小陆很满意地看着这一大一小，和南下扯了几句闲话。

她们往宿舍区深处走，南下断断续续说这小陆。广西桂林人，在茶场采茶的农工，陈大路，厂里的采购员，两人南北隔着千把里。火车上认识，竟真的结了婚。全厂上下，人人称奇，说一朵鲜花不远万里来到鄂州，插到陈大路这样一堆牛粪上，真是不可思议。陈大路三十二岁，老大难，全厂爱管闲事的妇女，张罗过一个班的对象，统统都吹了。这下好了，生了一个儿子，叫陈陆奇，意思是两个人的奇迹。

今红并不认为这事有多少奇迹，它的戏剧性比林南下本人还差得远呢！在妈妈肚子里，解放军的大木船，炮火连天，船帆上的弹洞，渡江的滚滚浪涛，上岸时的冲锋号，像电影一样。今红见过南下上中学时的一张照片，她划着一艘单人赛艇，这种奇怪的船又窄又长，窄得不合比例，长也长得不合比例，两头是尖的，南下坐在中间，她那时真年轻，意气风发，脸上是一副以天下为己任的神态。然后，她去了北大荒，难以想象的地方。无比的遥远，无比的荒凉，超乎寻常的艰苦和严酷，零下四十度，吐一口唾沫就会结成冰，也许有狼、火灾、意外的伤亡，更多的是绝望。这些都像某种神秘的东西，被今红揣测着，成为南下魅力中最有重量感的那部分。然后，她竟然又到了鄂州这样的地方，这样一个庞大的工厂，她竟然会开机床呢！她怀了孩子，却又参加高考，成了她们班除老顾之外年龄最大的女生。

她还见过陈学昭，那个在现代文学史里深埋着的传奇女作家。那时陈学昭住在杭州，妈妈带南下去看她，一个偌大的房间，正中放着一张桌子，四面都是空的。陈学昭皮肤白皙细腻，穿着一件藏青色双排扣列宁装，南下觉得这种颜色的列宁装特别有气派，而她妈妈的列宁装是灰色的。她说了什么呢，南下的妈妈名字里有一个昭字，陈学昭说，我就是学你嘛，学昭。

当然，类似的奇迹在她们班比比皆是，由于平均年龄全校最大，所以班里集中了全校最多复杂经历的大龄学生，这些不同凡响的同窗们入学前曾经是：医生、翻译、记者、裁缝、泥瓦匠，此外还有众多工人众多知青，若干军人，真正的应届毕业生只有小郑一个，小郑刚满十七岁，从甘肃农村考来，他的脸总是红彤彤的，嘴唇鲜艳，唇红齿白，头发浓黑，他天真纯朴地走在通往饭堂的小路上，他的裤腿总是短一截的，他还在长个呢！学长学姐们凝视少年小郑，目光既羡慕又慈祥。同窗中的医生虽是街道医院的，但她出身于医学世家；翻译也是自学，却懂得六门外语：英语、日语、俄语、越南语、朝鲜语，还有一门是世界语，外号"博士"；记者，是在一家有着上万人的大型企业的内部报纸供职；那个来自成都的裁缝，他文理兼修，读的书比谁都多，他瘦高、驼背，戴着深度近视眼镜，寡言，一旦开口，话说得不知有多犀利，外号"思想家"。其余各人，从工厂来的，就有当了车间主任的，从农村来，也有当大队党支部副书记的，从部队来的老高，居然是副营级！有孩子的有七八人，从部队转业又到工厂当了车间主任的老魏，是一儿一女两个，从孝感农村来的老刘，是两女一男三个！班上简直应该办一个幼儿园。

比今红大四岁的励宪，她会微笑着问：小今红，一九七三年你在哪呢？今红答道：我刚刚上高中啊。励宪说：这年我插队都四年了。她的微笑比刚才更动人了，她说：我再问你，一九七五年你在干什么？今红答：高中毕业我就下乡插队了呢。励宪说：你看，你当学生的时候我是知青，你当知青的时候我是当带队干部，七五年，我从工厂抽去带知青。她笑得露出了几颗整齐洁白的牙齿。正因为如此，今红的所有缺点都会得到原谅，她做错的事，性格上的毛病，她的不懂事、自私、乖张、别扭，一律受到温和对待。她们最多只是有点忧虑地看着她，从来不说半句责备的话。她们更多的是微笑。

这个世界有如此多的悲哀和烦忧，她们为什么能常常微笑？

今红感到，这都是一些优秀的人，是世界坚硬的骨头，经得起风雨磨损的时间，所以她们即使比今红大了十岁，她们的朝气和劲头也远胜过这个"小孩"。

老顾，顾彬彬，她比南下还大一岁。开学已经半个多月，有一天，忽然听说班里又来了一个年纪大的女生，她三十一岁，但没有孩子。果然第二天课堂上就看到了本人，额发梳得很光，眼窝深而颧骨高，嘴唇是薄薄的一细溜。她锐利勇猛，让人想到居里夫人。

她果真是厉害的，她勇往直前，每门功课都要拿第一，连文献编目这样无聊的课她都不放弃，课堂上大多数人在背英语单词或看小说，只有少数人埋头记录。老顾的笔记整齐全面，细细密密的小字，看得出心力和功夫。碰到世界通史、逻辑学、计算机这样的课程，一到课间休息，顾彬彬总是在第一时间走上前跟老师交流，她站在讲台的台阶下，微仰着头。老师很愿意跟她交流，如果是老教授，她就歪着头听，边听边点头，如果是年轻教师，不用说，都是工农兵学员毕业留校的，那就成了她讲，对方边听边点头。顾彬彬，她连体育都要争第一，跳高跳远，八百米，她身轻如燕。

她比南下风头更健，在任何地方她都是虎虎生风的，她的身体是一台神秘的永动机，永不生病，永不疲惫，风把她刮到半空中，任何人，一抬头，或不抬头，都能感到她高高飘荡的身体。

今红跟南下从不议论顾彬彬，老顾现在天天去法语系学法语，准备报考赴法留学生。一共有多少名额，谁也不知道，究竟是赴法赴德还是赴日，也是隔十天半月就有新的传闻。今红预感到，南下是拼不过老顾的。

她们走在工厂宿舍区宽阔的空地上，一排排的灰砖平房很有样子，门前都有砖砌的廊柱，她们路过一个水泥球场，球场的一头有舞台，四面有台阶，外围还种了几棵橘树，树顶上还挂着一两只青绿的橘子，近地面的橘子已经被小孩揪光了，地上散落了一些叶子，有两个小孩正在比赛谁跳得高。今红跟在南下身后，东看西看的，她看到一排水龙头很矮，只有膝盖那么高；她还看到路中间的变压器特别大，似乎正是这个庞大的工厂大气派的一个组成部分。还有饭堂,也是大的,门口贴了一大幅红色的标语,"庆祝国庆"几个字是用闪亮的蜡光纸剪了贴上去的,饭堂的门大开着,有一个人在扫地。她们又经过了图书室,门是关着的,南下冲紧闭的门张望了一下,她说,今天休息呢,怪不得。

拐进一排平房,横着竖着又拐了一两次,她们终于到了。也是一排平房中的一间,门口空地也是牵了绳子晒衣服,但这家晾的衣物特别多,不少是婴儿的尿片,还有几件小小的和尚服,那上面的小带子怪有趣地垂下来。两根绳子都晾满了,底下一个大木盆还泡着几块尿片,门口一张竹椅上搭了一张婴儿的小花被子。

房间里有一张大床,床跟前的地上摆着一只大大的竹筛子,就像今红乡下家里用来晒红薯条的那种竹筛,走到跟前才看到里面躺着一个婴儿,脸红扑扑的睡得正香。这家的女人叫小肖,年龄和南下相仿,她们叽里呱啦地说着上海话,今红一句都听不懂。

南下跟小肖说了句什么,小肖就给今红拿了一本《朝霞》,让她看着解闷。《朝霞》是旧杂志,今红有一搭没一搭地翻着,一边歪着头听她们说话,竭力想听懂片言只语。小肖手上打着毛线,话讲得飞快,手指也动得飞快,手上的活儿一点不耽误。房间里有一个新打的大衣柜,另有一只光板木箱一只皮箱几只纸箱垒在角落里,挨着箱子有一只三层的简易书架,上面放着不少书。今红望望南下,她正和小肖说得起劲,今红便自说自话起身到书架跟前。

书放得杂乱,逐格看过去,有颜色发暗的旧课本,《代数》、《几何》、《历史》、《地理》,有一本《资本论》,有一本京剧《沙家浜》,还有几本《朝霞》和几本十六开本的《文艺报》,在今红看来,最像样的书是《光荣与梦想》和《宇宙之谜》,但不知为什么,这两本书都放在最下一格,而且所有的书都落了一层灰尘。

抽出《宇宙之谜》,翻开扉页,只见上有一行字:罗少新,一九七五年五月购于上海。这个罗少新是谁呢?翻开一页,题记:辽阔的世界,宏伟的人生,/长年累月,真诚勤奋,/不断探索,不断创新,/常常周而复始,从不停顿；/既忠于守旧，/又乐于近新，/心情舒畅，目标纯正，/啊，这样又会前进一程！歌德，《上帝和世界》，在"辽阔的世界，宏伟的人生"下面有铅笔划上了道道，今红接着翻这书，看到用铅笔划了道道的还有不少，"我们的太阳是无数个会毁灭的天体中的一个；我们的地球是为数甚多的围绕太阳运转的会毁灭的行星中的一个"、"一个人在会毁灭的有机的自然界里只不过是一粒极其渺小的原生质"、"爱虚荣的人类往往误入迷途"、"对经验的片面的过高估价，如同对思辨的片面估价一样，都是很危险的谬误"。这些句子被铅笔选中，从一片黑色整齐的铅字中浮出来，显得格外精彩。

今红正看得起劲，忽然婴儿哭了，"啊哈啊哈"嫩嫩的奶声，小肖看了它一眼，也不起身，只用脚在大竹筛的顶头蹬了几下，竹筛左右摇晃起来，今红这才意识到，这原来是一个摇篮。今红从来没有见过摇篮，老家的妇女都是用背带把孩子背在身上，不背的时候就把孩子放在大床上，她想象中的摇篮，是一个藤编的椭圆形浅筐，用一根粗绳子悬挂在屋梁上，轻轻一碰它就颤悠摇晃。今红端详这只竹筛，发现它的底部有一根碗口粗的木棒，小肖就是蹬这根木棒使竹筛摇晃起来。这种摇晃硬邦邦的，"咯噔咯噔"的两头撞击，这能使婴儿安静吗？就像应验今红的想法，婴儿又闹起来，这次哭得更响了，声音又委屈又娇嫩。小肖只得停了手上的活儿，她探过身去一摸，说，怪不得，尿了，人家不舒服。她便给婴儿换尿片。

从小肖家出来中午都过了。她们这才动身去渡口，准备过江到南岸的黄冈赤壁。

工厂就在长江边，她们沿江步行去渡口。是多云天气，不晒，也不热，两人都是穿着一件长袖单衣，南下挎了一只帆布挎包，里面装着她的海鸥牌相机。到了户外，今红身上轻快起来，话也多了，东问西问的。还问到了那个"罗少新"，南下说他是小肖以前的男朋友，后来回了上海，两人散了。

走上通往渡轮的铁板时，今红想起两年前她也乘过一次渡轮，是从武昌过江到汉口。那次是去武汉展览馆看星星画展，大学二年级，著名的星星画展来了，那时学校里各种学生社团风起云涌，校外活动也来来去去，一阵呼啸接另一阵呼啸，班里总会有人跳出来当领头，召集班中同好，事先把票弄到手，再让制作假票的高手紧急作业，这件事在她们班早就轻车熟路，墨水、刻版用的萝卜、稍厚些的纸，如果颜色不够地道，就用烟熏一下。每次都百发百中，今红就用这种票去洪山礼堂看过几场内部电影，《解放》、《山本五十六》、《啊，海军》，以及，那部《狐狸的故事》。还在李德伦来学校讲过怎样欣赏交响乐之后，到省歌剧院听了下半场贝多芬《命运交响曲》。但星星画展，没有人出面招呼大家去看，汉口太远了。南下对星星画展没兴趣，是同宿舍的汉口女生，约了今红，逃了下午的课。

  那次乘轮渡真是难受啊，春天，穿得有点多，燥热，晕船得很，好像还吐了几口。孤帆远影碧空尽，惟见长江天际流的长江没看见，只记得脚下摇晃着，头很重，近处看到的长江，不过是一片叠一片的黄黄的浊水，"跟黄河一样"。

  不像这次，这里的长江最像长江了，两岸开阔，没有一幢高楼，要知道，在这样天远地宽处建一幢高楼是最丑陋不过，生生会毁了那个潮平两岸阔，月涌大江流。水虽浊，却不黄，厚厚的从远处涌来，再连绵不断地向远处奔去。江面真是辽阔啊！风也从远处吹来，是浩荡之气。到了江心，今红看到远处有几只白色的水鸟在江面上飞翔，一会儿高，一会儿低，斜着掠下去，再猛地腾起来，既灵活又很有力量的。今红就想起了海燕，"这都是些什么鸟呢？"她问南下。

  "江鸥为什么不停地飞？"她又问。

  "嗯，它们大概，把飞翔当成了故乡。"南下用了这句近似诗歌的语言来回答今红的提问。那是一个诗歌的年代，南下从来不写诗，但她像所有老三届的人一样，熟读普希金和莱蒙托夫。

  渡轮斜斜地向对岸驶去，它破开连绵的江面，尾部翻滚着两道厚厚的浪花。对岸有一片柳树，远远望去是低矮浓密的，但渐渐它就显得高些了。柳树下面是土质的江滩，有零星的绿色，是一丛一丛的草和低矮的灌木，有几只水牛在吃草。

到了长江北岸的黄冈，步行了大概二三十分钟，她们来到一处小山岗跟前，土是红的，一面有石壁，山上有房子和树。她们沿着台阶往上爬，一侧是高高的砖墙，墙脚往上三分之二都刷成灰色，再刻了长方形的大格子，墙的上部三分之一刷的是石灰，陈旧的灰白色墙体水痕斑驳。接近墙头有几方很精致的墙窗，灰白色的砖花组成的透孔上再压上一个深灰色的砖花，这一深一浅的两组砖花的摆放也很讲究，是花插着的，一个是凹进去的菱形，相邻的另一个就是凸的方形。墙头上方半尺高有一溜墙檐，搭着密密的灰瓦。南下停下来看了一会儿，说，这墙窗的砖花有灰有白，跟这面墙是呼应的呢！就是太文人气了。

墙脚有一层暗绿的青苔，脚下的台阶时凹时凸的，虽是下午，但天是阴的，也没有什么游人，一停下来就感到森森的凉意。她们几分钟就到了一个有拱顶的门，上方镶着的大石板刻了两个篆体字，今红没注意，她看到门头上还有几尺砖壁，壁上有飞檐，像浅浮雕似的，浅浅地从门头壁上的几重砖雕上飞出来，檐头细细尖尖的往上翘。

一个过路的山门也这样讲究，今红感到有些新奇。她们跨过门，眼前一下开阔许多，左边是一溜围栏，可以看到山下伸展的野地、低矮的树木和零星的房屋，有一只山羊在啃草，几只燕子在近处盘旋，空气中聚集着雨意。今红催南下快走，说要抓紧时间到赤壁去，不然就下雨了。

南下一听就笑了，说，这里就是赤壁啊，东坡赤壁就是这里，那个三国时火烧的赤壁是在嘉鱼，离这远着呢，武昌还要再过去。那一个就武赤壁，这一个叫文赤壁。听说这就是南下带她来看的赤壁，今红大大失了望。她认为赤壁应该像苏轼词中所写的，乱石崩云惊涛裂岸卷起千堆雪，高高的绝壁，赭红的岩石。站在壁前，长江就在脚下，江面应该很宽，像大海一样，不然哪会有力气卷起崩云的大浪！而那裂岸惊涛必定是有几层楼那么高，从无边的江面一路卷过来，到了红色的绝壁跟前呼啸着扑过来，发出隆隆的撞击声，然后厚厚的水浪被岩石撞得粉身碎骨，撞成一片碎玉，它们挤在江面沙沙地退去。多么壮观激烈。而现在，不过一个小土山，哪里有什么乱石崩云，甚至连长江都看不见。

今红委屈地问道：那长江在哪里呢？南下让她看远处，只看到了野地、树木和零星的房屋，南下便指着地平线那边，让她注意看一道几指宽的白色的水流，说那就是长江。

闷闷的。懒懒地跟着南下走到山的后面，在山顶的亭子里呆了片刻，又在一块刻着《赤壁怀古》的石壁旁看了看，一路闷头闷脑的。南下觉得好笑，便和她说话，说宋代范成大早就说过，赤壁是个小赤土山，无所谓乱石穿空（注：此词有不同版本，今红取乱石崩云，南下取乱石穿空），是苏东坡太夸张。今红这才说话了，她委屈地问道：为什么长江在那么远那边？

燕子来来去去地盘旋，似乎比刚才更多了，天也阴了一成，空气中雨意更浓。南下觉得这种光线拍照不会好，但她前后看了看，还是让今红站在刻有赤壁字样的门的下方，因为除此之外，再也没有别的地方能从画面上看出来是赤壁。

今红站在门阶前，她的身后是墙、墙窗、墙檐、门和门楣上的飞檐，没有石壁，也看不到山，透过门口只看到几棵挺矮的灌木，但是今红笑了，露出了一口整齐的白牙齿。不管怎样，她都是很喜欢照相的。

然后她们下山，仍乘轮渡过江回到长江南岸。回到南下的厂子时已经快五点了，返程车是晚上八点多的，剩下的时间还够在厂里再转转。南下决定再去看一个熟人。

再次穿过宿舍区一排又一排的房子，走进一间窗台摆着吊兰的房间。这屋子显得很大很空，地面似乎还有些下陷，光线也暗，四周简单的家具也都一并暗淡。屋里有一个女人，脸特别白，眼窝很深，显得眼睛又黑又大，穿着一件竖领的藕荷色的衣服，有点怪，却又是好看的。今红觉得她一点都不像工厂里的人，不光不像厂里人，更奇怪的是，她也不像这个时代的人。像哪个时代的人呢？

南下管她叫杜大姐。问她在干什么。杜说，还能干什么，还不是看看《红楼梦》。今红看到桌上正搁着一本被看得很旧的大开本的《红楼梦》，书页翻开着。端详房间四周，床是一张单人床，一桌一椅，干干净净，整整齐齐的，却未免让人觉得清汤寡水。墙上也同样干净，不见有照片。

略坐了一时杜就送她们出来了。走到工厂礼堂门口，杜说：今晚上厂里放电影呢，别走了你们。南下和今红互相望望，杜又说，吃了晚饭，看完电影，住一夜，明天再走吧。她的话说得有些哀，让人不忍。南下小心说，明天还要上课，还是要回去的，杜就不再留。三个人在礼堂门口站着，南下不动，今红也默着。过了一会儿，杜说，本来以为电影能把你们留下来，看来留不住你们了。你们走吧，天快黑了。

南下和今红就走了。南下在路上和今红说，杜的身世很惨，解放前她在一家国立中学念书，因为人长得漂亮，被一个国民党军官看中了，中学没毕业就被这军官讨去当姨太太，结果不出一年，全国解放，国民党军官下落不明。"文革"，她被整得很惨，也没有工作。后来在报纸上看到一份特赦名单，那个军官的名字就在其中。她去找，人早就死了，七折八转，安排进工厂的图书室当管理员。一个很好的女人，就这样，一辈子。

长江为什么在那么远？今红听见自己多年前的声音。几乎也是在同样的石板地，也是阴天，也是快下雨了，也是燕子飞来飞去。就这样，南下，连同她的额头，连同她脸上的梨涡，连同多年前的樱花和槐花，绿色的琉璃瓦、蒸汽腾腾的澡堂、走廊上的煤油炉，连衣裙圆窗口生物系的大食堂小操场，等等等等，一切，在黄冈这个土坡，一阵一阵掠过。而江风自远方吹来。

二　四年间

南下的脸首先，从槐花中浮现出来，真是奇怪。大学以樱花著称，槐花是躲在哪一个角落里的呢？今红使劲想，却怎么都想不起来了。

这种白得像象牙的花竟然能做成包子，那么高的槐树，大团大团的槐花，一点也闻不到香味，只看到它是高的，高而远，天是蓝的，耳朵里传来星期天的声音，闲而静，忽然喧闹，然后又有唱歌声。是谁这么三八，或者斗志昂扬？那个政治经济系的女生，剪着很短的短发，宽脸，黑肤，她在水房洗床单。她唱得不错，但不招人待见。听说她也有三十岁了。

摘了一串串的槐花。

掉到地上的不要。

是用竹竿的一头夹下来的,就像小时候,用竹竿夹屋后的龙眼。洗干净。清水冲刷着白色的花,混合了政治经济系女生的歌声。她唱道:我的家,在东北松花江上。她又唱:我们走在大路上。还唱道:红星闪闪亮,照我去战斗。它们都混合在那一堆星期天的槐花里了。

像盐一样。

那只带盖的饭盒,是南下从工厂带过来的,它盛满了槐花,在书桌的一头。书桌的另一头她用来揉面。没有可笑的案板,那是家庭、厨房、日常生活的东西。在大学宿舍里,在书桌上做菜包子,真是奇怪。

什么都没垫,书桌是新的,半年前才刷过油漆,暗红色。光可鉴人。

面粉洒在那上面。很奇怪。

她不说话,一声不吭,她脸上的梨涡浅浅地跳动。这种北方妇女的活她是在哪里学会的?一团面,本来是在一只小脸盆里,面粉,是在脸盆里,放一点点水,用手抓,手上沾满了白面粉。然后,一团面到了书桌上。忽然想起北大荒。她的一双会干活的手是从那里来的,一双脚也是。

她安静,梨涡也是安静的。一只只包子围成了圆圈,在暗红色的书桌上,槐花在包子里,槐花的象牙白和微青和紧闭的花瓣和难以觉察的清香和微涩,那我所不能理解的一切都在包子里。

煤油炉,一只铝锅,水蒸气扑扑地上升,弥漫了整个楼道。煤油的气味也弥漫。中午一点多,太阳有一点犯困,政治经济系的女生也不唱歌了,她的床单已经晾在两棵树之间的绳子上,是一棵枫树和一棵苦楝树,我们的槐树在哪里呢我还是想不起来。这边的宿舍没有老斋舍好,那绿色的琉璃瓦屋顶,像布达拉宫那样依山而建的台阶直到山顶连接图书馆的宫殿和落地大玻璃窗前开着大朵白色花朵的树木。老斋舍的楼顶栏杆能晒床单和被子,我们的被子从前就是那样晒在老斋舍的阳光下。

槐花包子分发给大家,人人都欣喜呢人人都没吃过槐花包子人人都说没听说过槐花还能做包子馅。她给我拿了一只最大的,我立即就咬了一大口，咬到嘴里的槐花馅很古怪。是软的，又疲又塌又衰，有一点滑，却又有一种涩，味道是淡的，难道没有放盐吗没有放盐怎么能吃，轻微的怪味完全压倒了清香，那想象中的槐花的清幽它们一簇簇在枝头上迎风招展的绮旎和它们含蓄的小花瓣都到哪里去了？它们死得很难看，它们死在包子里是黄色的皱得不能再皱。

大声说难吃死了太难吃了真是太难吃了。

一个人的不懂事是无可救药的。

不知道自己为什么会如此，为什么会不停地说太难吃了像猪潲一样让人想吐。你就是这样一个莫名其妙的人。

听见南下说：够了，不能这么说话！南下，我现在还听见你责怪的声音，它们像蒸汽一样，扑进我的眼睛堵在我的鼻孔里。事实上，这种语调是家长式的，恨铁不成钢锤炼摔打修正。在责怪中是一种难以觉察的亲人般的语调。

在潜意识里我肯定也是把你当成家长的。因为从来没有家长。像野草般疯长完全没有章法毫无教养是一个野孩子，问题儿童问题少年问题青年。这样一个人你挺身而出一开始你就挺身而出，一开始，在布达拉宫似的老斋舍，在樱花大道的上方，在那个有一只圆形窗口的大房间。我靠近那只圆形窗口，是下铺我不喜欢。我任性地说我不喜欢这个下铺我睡不着而且，这只窗口没有窗玻璃只有一面红旗挡着，这样怪诞的窗形和红旗让我不安，我又说这窗口进来的雨都刮到我的床上全宿舍的雨都到我一个人的床上我不想在这个铺位。我的话刚刚说完你就说：我来跟你换好了。

像床单一样安静。像蚊帐一样自然。

像书籍一样整齐。

你的梨涡也一样安静自然，因为它们知道那个李今红是一个顽劣的孩子，它们毫不见怪。

一天晚上生物系火光冲天浓烟滚滚今红你在呼呼大睡，南下把你叫起来赶去救火，她又摸你的头又拍你的脸，最后她还揪了你的小辫子。我从睡梦中睁开眼看到电筒的光柱在飞，它们在黑暗的宿舍里像捣乱的闪电飞来飞去撞到圆形窗口的红旗上像是火光已经到了床跟前。脸盆、桶、拖鞋互相碰响的声音急促杂沓好像大火已经烧到了床跟前。南下喊道今红今红，我迷糊着穿上衣服拿起自己的脸盆跟在南下后面出了门。台阶连着台阶树底下的路比平时要硬，空气是一片一片的凉一片一片的扑到脸上。在黑暗中人人都是灰黑色的南下也是灰黑色的她灰黑色地在我面前半步急急地走，我跟在她身后。人很多，前后的人都很多，有很多人从我们身边赶过去，碰到我们的脸盆和肩膀。闻到烟味了，像生产队砖瓦窑的气味。越过一棵悬铃木就看到了滚滚浓烟从生物系两层楼顶冲上天空，而我们班的王劲他高大的身影和高大的声音从烟的方向传过来。

要从两百米远的宿舍接水来灭火要排队接力传脸盆，不要拥挤要排队王劲的东北口音和李迎风的细细的娃娃嗓混合在一起他们两个人是恋人。我端着一脸盆水跟在南下后面她也端着一盆水，我走得踉跄水泼出来淋到我的鞋子上我走几步就要放到地上歇一歇我连连喊道等等我，我担心南下在人堆里消失。

有半盆水可以用来救火但火已经不用救了。

火灭了。

一层层的人站着，我们站在人堆中。意犹未尽人人都意犹未尽，因为火灭了。其实火早就灭了，黑色的浓烟滚滚。

在深夜走在樱花大道上，滚滚的浓烟在身后，我们的老斋舍，我们的布达拉宫，它在深夜里身影巍峨层层叠叠直伸到天空，天上是一轮满月，圆满丰润，月亮的光芒覆盖大地，洒在樱树的枝叶上，樱花早已开尽，但月光之下层层枝叶是如此轻盈。

这样的世界早已不存在而我们走在樱花大道上。在深夜。

我们拿着脸盆，鞋子是湿的。

脸盆是在洪山供销社买的，盆底有一只红色的圆灯笼和一只红色的双喜，像是乡下结婚的物件。南下的脸盆底是一只天鹅，盆边是淡淡的蓝色。两只脸盆在四月份樱花开的时候扣在一起用一条行军绑带绑着里面装着锅碗瓢盆和筷子一路上叮当作响，四月份，校园里的樱花有点谢了枝头零落但听说磨山的樱花和桃花正盛。四月份。

磨山的桃花正旺老三届的兄长大姐们人人脸上盛开着，老三届人人都是浪漫主义者我跟随着他们一路渡过东湖去磨山，东湖浩大豁朗它的水浪汹涌直到山脚的桃花，我们坐在小木船上脸朝着磨山而阳光洒满全身连同我们的脸盆，湖水荡一下船就荡一下脸盆里的碗筷就唰啦一下，我们宿舍八个人的饭碗和调羹或筷子都在脸盆里它们互相碰得叮叮响。

水浪汹涌直到山脚的桃花，在山坡的草地上挖了一个土灶干树枝在灶里燃烧烟很大，灶和锅都烧黑了因为捡来的树枝还不够干但水开了饺子被南下赶进了沸水里。

野炊这样的事情只有大同学才能干成。老三届。

他们在泥里滚过了在火里蹚过了所以泥土和火都听他们的，他们走着辽远的道路从北大荒或者部队工厂席地坐着和我们围成一圈。

野外的饺子热气腾腾。

同窗共读每天挎着挎包走在校园里上坡下坡理学院阶梯教室数学楼203文科楼102，全校的文科生挤在礼堂人人选修令人激动的美学课原来美学是哲学的一个分支。刘纪纲老师桃李满天下。

体育课都是女老师她们都又黑又瘦像是来自中越边境，夏天学游泳在东湖里扑腾南下托着我的肚子我还是一再喝水。大四学舞剑，木剑挥舞姿态古怪在大操场上高龄的女生三十岁坐盘反撩。

两个大操场一个小操场和一个体育馆在悬铃木的环绕中。下雨了我们就在体育馆上课馆内有高高的圆顶，雨落在圆顶上是灰色的湿漉漉的深灰色。图书馆也是圆顶。

所有叫做馆的建筑都是圆顶的。图书馆门口有两株树有巴掌大的树叶和鸽子一样的大花，飞翔的白鸽停在树上就不再飞走它们放下翅膀仿佛沉睡多时。它离我们的宿舍最近，台阶下的空地走一百步再下几级台阶就是我们圆形窗口的宿舍，而它的落地玻璃来自一九一几年或者一九二几年总之是世所罕见，这座校园里的一切包括它的湖光山色都是世所罕见。

而南下在深处。

图书馆是如此辽阔一排一排的人头黑色的头发，高背有扶手的暗红木椅富丽堂皇。年深日久的包浆。校园里的名人同坐一室诗人高伐林坐在斜对面哲学系的赵林在靠窗那边他是著名演说家永远具有煽动性。而南下在深处，她低着头写一封长信她的字细长有力却又娟秀。信封上总是写着上海襄阳路某某号，那是一幢楼的门牌号么？

为什么南下没有参加校内的学生社团。

为什么我也没参加。

有的社团声势浩大葱茏蓊郁文学社请来了著名诗人舒婷礼堂满头大汗，爱乐社请来了李德伦呈示部发展部命运的敲门声而美术社，他们过江去看星星画展然后在饭堂眉飞色舞。小型的兴趣小组我们也没有参加他们研究陈独秀或者巴黎公社或者文化大革命。当然还有马克思恩格斯研究小组《共产党宣言》、《反杜林论》、《路易·波拿巴的雾月十八日》、《德意志意识形态》以及专门的《资本论》研究小组。当然也有毛泽东思想研究小组。

什么小组我都不去，不张望不打听。

但你为什么也不去。

有一次她专门把我叫到寝室外的小树林里说要告诉我一件事是关于张志新，她说张志新张志新，她的声音有点颤抖她都是这么大的人了她要专门告诉我这件事，她说张志新，在她被割断喉管之前，她被强暴了。强暴凌辱。还被割断喉管。南下的声音在黑夜的树林里变得我认不出来，就好像，是她本人，而不是远在天边的张志新，遭受凌辱。

她在宿舍里有时会说一说《伤痕》、《爱的权利》，我肯定她也蕴酿一个小说而最终没有写，喜欢俄罗斯文学，托尔斯泰的像在她的笔记本里，还和我谈过文学的倾向性问题。但谈不下去因为我不懂。那些歌漫流在圆形窗口十二个大寝室几乎人人会唱除我之外，《山楂树》是女声《三套车》是男声。茫茫大草原路途多遥远，有个马车夫将死在草原。一条小路曲曲弯弯细又长一直通向迷雾的远方。真是又悲又凉在骨头里的凉。共青团员集合起来踏上征途万众一心保卫国家我们再见了亲爱的妈妈请你吻别你的儿子吧再见吧妈妈别难过莫悲伤祝福我们一路平安吧。

这些歌全都像雨一样。

如果有一场暴晒那就是《年轻的朋友来相会》，合唱，比赛，小操场的舞台，年轻的朋友们，今天来相会，伟大的祖国该有多么美，天也新，地也新，光荣属于八十年代的新一辈。一百瓦的灯光，冒汗的脸。在集体的合唱中有亢奋。

同窗共读就是相互招呼着，挎着挎包上台阶下台阶走小路穿树林从一幢楼到另一幢，宿舍教室图书馆食堂操场，樱树、桃树、悬铃木、银杏树、枫树、槐树和柳树和紫荆树，草间的泥土小路、砖石甬道、水泥林荫道，依山的重重叠叠的阶梯，讲义教材笔记本参考书油墨的气味在寝室和教室弥漫。

在无趣的课程中她带来许多神奇的事物，小小的发卡一种奇怪的笔漂亮的本子它们来自上海，一开学她就会送我小礼物。还有吃的。它们集合在一起犹如光芒升起在灰色的课本上。

光芒升起来，是苹果酱蟹酱小泥螺这些吃的东西，连同别出心裁的槐花包子甚至面条和猪油，甚至酱油和绿色的葱花，有多少吃的东西我想了起来，现在我才知道，它们都不是你们这些三十多岁的人的正常食品。而当年，简直称得上是惊艳，每一样都从你手上生出来源源不断。

枣红色的苹果酱我第一次看见，她从旅行袋里拿出来说这是苹果酱我就吃惊地问道苹果怎么能做成酱呢，我的家乡没有苹果只有黄豆能做成酱，朝鲜电影《摘苹果的时候》里有苹果它们像仙女一样脸蛋红红的在阳光下，为什么要把它们做成酱呢？它在我的舌尖上是酸甜酸甜的。蟹酱也是把蟹捣成酱真是一件恶心的事亏了有人想得出来，闻着是又咸又腥的我坚决不尝。面条和猪油是多么亲切它们升起在我的味蕾上使我看到寝室外的宿舍走廊，当时我们已经搬到了行政大楼的后面，走廊尽头有一扇大窗并不那么黑，水沸了在煤油炉的锅里，挂面和猪油和盐，也都一一在锅里，它们合在一起翻滚，合在一起散发出面香气，然后落在我的碗里面香沁人。

忽然想起螃蟹，一定是东湖里长的那么大那么肥深褐的蟹螯用稻草捆着，是在哪里买到的我不知道。南下喜气洋洋地她宣布要蒸螃蟹给大家吃，星期天，三只螃蟹在她的脸盆里，她蓝边的脸盆里有一只天鹅三只螃蟹就趴在天鹅上，从没有见过这么大的螃蟹有拳头那么大，我们广西乡下的螃蟹比蜘蛛大不了多少它们在稻田的烂泥塝里，或者水沟的旁边或者泥塘里，我蹲在脸盆边端详那三只螃蟹不明白它们怎么能吃，如此坚硬的铠甲怎么咬得开呢，除非你是狮子。

　　我跟着脸盆到盥洗室，她解开稻草抓住蟹钳让我用刷子刷遍螃蟹的全身，肚子的鱼肚白爪子间的缝隙连同它小小的眼睛和金黄色的毛发。姜末和醋混合在一起发出的气味让我咽口水，而我们家乡的醋都是白色的这种醋好生奇怪。每一个步骤我都要看得仔仔细细，我要知道一只螃蟹是怎样变得可以吃到肚子里的。她说很简单很简单她把三只螃蟹放进碗里，锅里放了水就盖上盖蒸起来煤油炉的煤油依旧，火柴一划就点着了它们，走廊依旧，窗口照进来的平行四边形的阳光依旧，煤油炉上的铝锅依旧蒸汽依旧，但蒸汽上升的时候碗底的卟卟声越来越大，螃蟹就在蒸汽中。

　　她说：好了。她把锅盖一揭，浓白的蒸汽迎着我们的脸，迎着我的眼睛鼻孔和嘴扑过来，我往后一仰，再低下头时那三只螃蟹不见了，它们变成了橙红色因而我认不出。冒着热气鲜艳的橙色亮晃晃的在锅里，吹着气来到书桌上，三四个人围着坐好，大家都不知道该怎么办，而她细密的牙齿咬开了坚硬的铠甲是那样斯文，细壳套进大壳里像魔术一样完整的蟹肉整根脱了出来。

　　在这样的星期天总是有电影，下雨也有电影，小操场体察人心，即使露天它也是体察人心的，四周的阶梯一级又一级一直伸到树梢，高大的悬铃木环绕抬头可以望见星星，学校发的小板凳是方的，每人一把我们坐在环阶上。下雨了雨伞一片，越过伞柄的缝隙银幕那头是黑白的远去的年代，那些人，那些遥远的地方，那些硝烟战火，或者，虚幻的浪漫和激情，在那一块大幕上。而雨水打在伞上溅到脚背，雨声时大时小打在雨伞上。如果下雪也一样，下大雪也一样。双脚埋在雪里，雪花飘过银幕。黑白片，巨大的冰山迎面撞过来，好像脸上一片冰冷，脚是木的双脚陷在雪里雪花在飘，幕上的轮船无可挽回，它要沉没在冰海里，船舱内外一片混乱脚步杂沓天空漆黑,一个男子在甲板上拉小提琴,琴声飘到雪花上纷纷扬扬声音是有脚的,而船在下沉海水已经淹到了拉琴人的脚。她泪光闪闪。

一个三十多岁的人总是这样容易落泪,而顾彬彬不会哭,她像一块石头,足够坚硬和冷静。

那些不同寻常的事物还包括连衣裙,那件布做的连衣裙,白底,布满棕色的V字形图案,她陪我到小东门买的布,十二路公共汽车,斜坡窄路摇晃着。花色实在太少,好看的没有,但这块布是最好看的。裙子不知所终,不知它现在到底在哪里。大学毕业前的最后一个夏天我总是穿着它,而她自己不穿连衣裙只穿半截裙,她说今红你喜欢连衣裙吗我来给你做一条,她的剪刀不知是从哪来的,她的尺子也是,剪刀铰在布上发出嗞嗞的声音十分悦耳,缝纫机是哪里的我一点都想不起来了,难道是学生会的?我到过一次那个小屋的角落里堆满了红旗,红旗堆中有一台落满了灰尘的缝纫机么我一点都想不起来了。总之,她踩着缝纫机的踏板抿着嘴,一连串轧轧轧轧的声音连衣裙就做成了。

整整一个夏天我都穿着这条裙子。放暑假我仍穿着它穿到南宁我姑姑的工厂,红砖房子阔大的车间数个食堂篮球场一排排水龙头,我穿着这条裙子出没在红砖平房的生活区里。之后我回到乡下和我外婆到小镇上合影她坐着我站着仍然穿着这条布裙子。

算起来这是你的第一条连衣裙,没有好好留着。深情厚谊过了很多年才能重新想起。一个人过度关注自己,四年都没有从自己的壳里钻出来,四年完完全全白过了。跟谁都不爱说话。跟人隔着一层雾,跟整个世界都隔着一层雾,而你整个人也都在雾中,这雾怎么都拨不开你根本也不去拨它。也就等于隔着山隔着水你谁都看不见,好像什么事情也都跟你没有关系。

整个大学生活就像冬天澡堂里的蒸汽,她的脸从蒸腾的水汽中露出来,她们少数几个人的脸影影绰绰地露出来,很快又消失在蒸汽中,简直没有完整的事件,没有故事,支离破碎,灰秃秃的就像你留下来的全部大学时代的照片,洗印粗劣更兼保管不善,白的地方是灰的,黑的地方也是灰的,照片新的时候是浅灰，隔了三十年变成了灰黄。校园里的湖光山色也都跟随着，灰成了一片。春天樱花开得烂漫，却也是灰色的，春天的紫荆秋天的枫叶，一统笼都是灰的，倒是冬天，整个寒假屋顶白雪不化，图书馆行政楼教学楼宿舍食堂所有的屋顶都积了雪，厚厚的一层，檐头滴成冰柱，笋节嶙嶙，如同溶洞里的万年钟乳石，所以雪地里拍的照片倒不是灰的，白得简洁，寒冷，比起灰色爽目，却也仍有另一番萧索。

站在一棵大树的旁边，穿着姑姑的穿旧的皮棉鞋，全身臃肿，阔大的棉裤，裹成粽子的棉衣，棉衣外面套了一件深绿格子的呢外套，是新的，姑姑专门买了寄来，挡寒实用，式样难看，但比学校发给困难学生的棉衣要合身一些。深蓝色的棉外罩，肩很宽，袖长超过中指，在宿舍看书自习可以披着，只有一床棉被特别冷，所以又可以压在被子上面，沉甸甸的相当于另一床棉被。

床上的褥垫学校都配发，是稻草编织。班里统一领回，人人都有，不论贫富。稻草的气味宛如家乡，冬天稻田里伫立的稻草人星罗棋布，干得发白，或者，淋着雨冒着烟是深黄的颜色。家乡的稻草垫也是这样编织的，一握一握，用辫子编得紧紧的，一根都抖不下来，铺在床板上，再铺上草席，坐上去，厚实暖和富有弹性。一个好的大学就是这样。

最冷的时候总是坐在床上，穿着棉衣坐在床上盖着被子。冰天雪地，屋子里没有阳光。寒假从来没有回过家，每年的旧历年都在学校过，寝室里只剩下独自一人，走廊是空的，盥洗房、厕所、开水房、澡堂，鼎沸的人气消散了，水槽是干的，打饭不用排队，你一直走，两旁的树枝压满了雪，通往食堂的小路边也是厚厚的雪，路中间踩出来窄窄的一小溜。一勺饭一勺菜叮叮两下拍进碗里，最好是站在饭堂里吃。路上飘着微薄的热气，回到宿舍就凉了。

大年三十，在通往食堂的雪地上连连打滑，上二楼又上三楼，楼道都是黑的，把两只碗放在地上，开门，拉亮灯，雪白的日光灯照亮了空无一人的寝室，又到门口的地上端起饭碗放到书桌上。而这时候，南下给你的明信片正在路上，风雨兼程火车隆隆，而你不知道。

那张明信片，贴着的邮票是一朵红色的莲花，佛座莲，一大朵莲花两张墨绿色的大荷叶，多少年后你还记得。落款写着你熟悉但至今没有去过的"上海襄阳路某某号"，正月初二，它迢迢而来，而天空晴朗湛蓝，校园银装闪闪。

然后七点半！电影就要开场了！

在小棉袄的外面套上学校发的大棉袄，围上大围巾。小板凳抓在手上直奔小操场，连着放两部好片子，入口的小门，黄色的灯光也洇着一层雾气，四面都有人拥来，人人嘴里哈出的白气都聚到了门口。原来有许多人都没有回家过年。刚下过雪，没有风，地上的雪是硬的，前面已经有人踩过了，板凳放在雪地上。双脚搁在雪地上。

穿着小叶借的翻毛皮棉靴，小叶说今红你不回家过年我的靴子留给你穿。她戴着眼镜沉潜深流，部队子弟但不知道是什么地方什么部队，她寒假是回郑州还是西安还是南京？哪都是很冷的她为什么不穿着她的皮棉靴。隔着一层雪想起小叶而电影开始了，是新闻简报鲜亮的彩色从后脑勺直射过去。

同学都是好的。一个初三来，另一个就初四来。初四来的是曾觉之，她拎着一只饭盒，用几层毛巾裹住，花生炖排骨连汤带肉还冒着热气，她说我担心凉了呢一路赶着，学校又没处可热汤。要趁热吃，她满意地坐在一边，你大吃，排骨是炖烂的花生是面的汤正浓味正醇，你大口大口毫不斯文，而觉之坐在一旁。她还带来《莎士比亚全集》第某卷，她总是带来书给你她说，寒假寝室没人，冬夜拥衾读书是人生一大快事啊。这些话真是熨帖让人不由欣悦，人万不可自怜，不可自怨自艾，在空旷的校园一层层沉下来。初五去了励宪家，和她全家玩成语接龙。初六李迎风，她带来了内部电影票，下午两点，搭上公交车，去洪山礼堂。

同学都是好的。学校也是好的。是你不好。

你为什么不好，你不知道。

食堂的角落里忽然出现一堆新鲜的灯笼椒。形状像小小的长灯笼，肉厚，不辣，当年极少看见。这样新鲜的菜蔬让人精神一振，它们被卸在食堂大门的背后，深绿色的，饱满的，有一两只破了皮，发出微微的鲜辣。

它们是伙食中花枝招展的客人。是日常伙食平凡的汪洋大海之上的一艘船，日常伙食是连绵不断的红菜苔炖肉片和莲藕炖肉片，此外还有什么再也想不起来，是不是还有大白菜和土豆，总之统统都是炖一大锅炖得烂烂的它们连绵不断。而绿色的光芒升起在食堂的门背后，那么多那么饱满，鲜艳紧致，它们何以出现在这里？什么时候能到我们的饭碗里？千万不要炖一大锅，千万要一镬一镬地炒，还要配多一点猪肉和酱油，把镬底烧得旺旺的，绿色的椒片和金黄色的猪肉片均匀混合，相互辉映，自个儿亮晶晶的把对方也照得晶亮，两方的香气混合，从镬里升起，漫过窗口和食堂，跟随饭碗去到宿舍。

灯笼椒，它果真是稀罕的，南下说，肯定是用来做毕业聚餐的菜。

不由得提前想那顿最后的晚餐，饭厅，圆形的饭桌横的竖的都整整齐齐，这是当然，因为圆桌子折叠起来，就摆在饭厅的两侧。上一届的毕业餐就是这样的，仿佛还铺了白色的桌布，仿佛有许多大灯亮如白昼，仿佛一圈圈的玻璃杯里透明的酒液都纷纷发出清脆的声音，杯子互相碰着，人人的脸都红着，发着光，有人哭，有人笑，有人默着。毕业的盛宴就会是这样，它隆隆地开过来，让人感动又难以想象，我们平凡的食堂，平凡的饭厅，积满灰尘的桌子，难道就要与那辉煌的盛宴迎面相遇了么？

小组鉴定做过了。分配方案宣布了。大龄同学在毕业前结婚，大龄的女生，她忽然穿着臃肿的棉裤，给大家发糖果，说登记了。又邀请大家去她的新房，是借的一间宿舍，四面刷了石灰，白得明亮，有一张双人床，床单是粉的，枕头也是粉的，棉被叠得整齐，是大红的缎子面。房里有一桌一椅一柜，此外几乎是空的，窗上贴了一对红色的喜字。同学含着笑，请大家坐在床上。大家都说好，说简单是最好的，最大气不过。新郎很是普通，与今红预期的不一样，不高大英俊也不才华横溢，而且家是在县城。女同学生在教授的家庭，天天注意保养，总是要用温水洗脸，再用冷水拍脸。每天早晨看见她往脸盆里倒上一点开水，脸盆飘着热气，她也飘着，一路从走廊的这头飘到走廊的那头，飘进水房。

结婚是庸俗的事情。吃喜糖、一个眉目不清的男人、柴米油盐酱醋、粉色的床单和枕头也都是庸俗的。心里并不替同学欢喜。但听见励宪说，又听见南下说，她们都说，人生的一个重要阶段就走进去了，稳稳的开始新生活，也不惊慌也不埋怨，总是好事情。八十年代初，一个禁欲时代尚未真正结束，个个都是谨慎的。临到毕业，地下的一对一对都到了地上，各人的对象也都从各处赶来，分配在即，都怕被分到遥远的边疆。

生命的真相仿佛哗的一下揭开，露出了许多未曾料想的东西。男生的女朋友，来了就住在女生宿舍，女生的男朋友，来了自然是住男生宿舍。差三隔四的，走廊寝室，进出着生面孔。武汉本地的同学，也常常不在学校住。床是空的。

惊异地感到新鲜，但人是呆的，懵懂。一直都是懵懂。在书里明白，一不在书里就糊涂。书本就像榨汁机，把今红榨得不识人间烟火。

懵懂着忽然听说下午就是毕业大餐。但是奇怪，中午到食堂打饭时却不见端倪，大圆桌仍是靠墙摆着，连灰尘都未掸掉，屋顶也不见多拉一根电线多安一盏灯。只是，仅仅是，门背后的那堆灯笼椒，真的不见了。而且，伙房里人气沸腾，有炸鱼的香气传出。一辆小型货车，停在了食堂的后门，一箱箱的啤酒被卸在空地上。

在寝室里大家招呼着要把书桌拼起来，今红问拼桌子做什么用，大家就笑，南下说今红你这个糊涂虫，晚饭是毕业餐呢，大家要好好吃一顿。今红就更糊涂了，难道要在寝室？这么郑重的晚餐。

天空中像焰火一样明亮的晚宴，一百瓦的大灯，一排排的圆桌子，白色的桌布透明的酒杯叮叮响成一片的风光，一样都没有出现。全班聚餐都没有，连小组聚餐都没有，男生女生不在同一幢楼，这顿重要的晚餐，是在各自的寝室。

多么扫兴。

黯淡。不像样。但人人都懂事，都是生活千锤百炼过的呢，不怨。大家帮学校找理由，一个说，上届工农兵学员，人少，食堂当然能装下。另一个就说，七七级人多，就算有大饭堂，也找不到那么多的桌子椅子。大家心平气和，拿了各自的饭碗饭盒，穿梭般地走在食堂和宿舍间的小路上。平日用来下面条的锅，本地同学从家里带来的大盆小盆，统统出动了，盛着炸鱼、粉蒸肉、排骨、红烧肉、烧鸡块、炸丸子。还有那稀罕的灯笼椒，果然是炒得亮晶晶香喷喷的。还有汤呢，是骨头炖藕，还有米饭，给北方同学准备了白面馒头。拼起来的书桌都摆满了，又通知说每人还发一瓶啤酒。

人人都在路上穿梭，这么多菜一次运不了，有人来回三次，有人来回四次，最少的也去了两次。把相同的菜归齐在一处，饭碗空出来，倒啤酒，或者用漱口的搪瓷缸，大的小的，花的白的脱了漆的，乱糟糟地碰杯，声音难听。寝室里仅八人，吃了一时就没了气氛。各人端上自个的搪瓷缸串门找人说话道别，也有人约着到男生宿舍那边。书桌上的七碗八盆才吃了小半，菜凉了，汤也是凉的，面上结了一层凝油。寝室里只剩了南下和今红，南下说，把喜欢吃的菜夹到碗里，我给你倒上滚烫的开水烫一烫就热了。

寝室里静得像平常的星期天，女生宿舍，没听见有什么闹酒的嘈杂声。隔了两三个房间，听见传来哭声，是那个爱在水房大声唱歌的短发女生，政治经济系的。楼道里有人轻声议论，说她被分回老家，一家地区工厂的政工科。南下分回了上海，今红分回了广西。有十几个人分到了北京，十几个人留在了武汉。先前有风声说有青海和新疆的名额，后来又取消了，因为年龄大了，能照顾就照顾，几乎人人都分在了省会城市，京沪穗，南京昆明西安长春，人人都心平气和的。老顾考上了公费留学生，如愿以偿。曾觉之则考上了本校的研究生。

学校很快就空了。宿舍食堂，操场走廊，图书馆，日见寥落。寝室七零八乱的，人人都在打包，捆的捆，扎的扎。每个人都去买了一捆麻绳，纸箱和木箱，也都从各处找了来。书籍码进箱子，被褥塞进帆布袋，用毛笔写了姓名地址。李迎风从部队要了一辆军车，全班的行李都运到火车站办了托运。

今红走的时候是顾彬彬励宪等一干人送到火车站。老顾向来是独往独来，这次毕业送站却来了好几次，样样事情她都是做到十全十美，令人叹服。

不论亲疏，能抽身的都来送行，大家纷纷说，这下一别，一辈子可能就见不着了，这话一说，引得人人想哭。挥手告别。火车缓缓开动，乱纷纷的只听见喊道：写信啊记得啊路上自己小心啊。

是在一月，空气冷而湿，探出的头缩回车厢，一阵风扑进来，声音就远了。

南下没有考研究生，最后关头放弃了。她说孩子都四岁了，一直放在上海奶奶家并不好。话虽如此说着，南下却变得沉默起来，吃得也很少。人瘦了，像一个失意的人。今红没头没脑找话，说这个专业太无聊，送给她研究生也不读。

毕业餐一吃过，南下就先走了，因为妈妈病重。临走，南下跟今红告别。她说，今红你什么时候到上海来玩，我带你逛淮海路，你要去看看外滩，那一片建筑很漂亮的，像欧洲。

今红把南下送到公共汽车站，临上车时南下又说，一定会到南宁看她。车很快就来了，人不多。上了车，南下从窗口向今红招手，"肯定还会再见面的。"她脸上的梨涡露出来，很肯定地说。今红也招着手说道"肯定肯定"，今红认为，即使别的同窗今后见不着，南下是肯定可以再见到的。车身一晃就开了，两旁是高大的悬铃木，冬天的树枝光秃秃的。车子缓慢地向着光秃秃的远处驶去。

三　樱花

已经是四月中旬，樱花掉得差不多了。虽说过了三十年，但樱花每年都是不早不晚，到了四月初就开出来。老斋舍跟前的樱花总是开得繁盛，一片一片的，层层叠叠，有多远的枝就有多远的花朵。从这头望向那头，真是像密实的云层，一层浅红一层粉白，既是密的，又是轻的。再想想别的花，梅花疏落，桃花太实，牡丹呢，太张扬富贵。玫瑰好是好，但每家花店都摆着一大堆，不论春夏秋冬，一年三百六十五天。再好的美色也被耗损掉了。只有樱花，经得起回味。尤其是夜晚，满月，一轮金黄色的大月亮垂着，不高也不低，一树繁盛的樱花浸满了月光，温润、神秘、难以企及。而你站在老斋舍的台阶下。然后，在记忆中，层层花瓣微微翕动，分泌着月光。跳荡、起伏，花朵汹涌。

樱花说谢就谢，一阵风吹过，或者一场小雨，没什么声息的，花瓣就落了一地。你哪怕仰酸了脖子，也不会找到一叉树枝有超过五朵花的。短得就像一场梦。

本来说好在樱花开的时候回母校聚会，班里的组织同学给每人发了电邮，邮件的标题是"樱花时节又逢君"，主题是"相识三十年大聚会"，为了耸人听闻，又说是最后一次大聚会，因为全班五十四人，大的已经六十岁，小的也接近五十，在单位里有点小权能利用，也就这一两年。不料邮件发出没多久，组织的同学单位遇上要紧事，只好往后延了一个星期。

就变成"落花时节又逢君"。

四月多雨，却忽然又会停了出太阳。厚外套。冲锋衣。自然要穿户外活动鞋。徒步鞋有点重，跑步鞋虽是耐克的，却是网面，不防雨。应该再买一双户外休闲鞋。裤子，深蓝，铁灰，或者干脆就是军绿。

二十多年跟任何人不联系。开头两年，写信。写信是好的。南下那笔娟秀的字如同她浅浅的梨涡。她总是写满两页纸。她无论多少岁都是那样年轻。她在上海买过一双鞋让人捎来。圆头，半高跟，鞋面是浅灰色的很奇怪。她好像能看见你身穿连衣裙脚穿浅灰皮鞋的样子。与那件她亲手做的裙子配得像姐妹。每天都穿着。南宁漫长的夏天，黄昏，星期天，民族广场，新华街，民主路，建政路，七星路，桃源路。老友面，炒米粉，酸笋，炒田螺。新华书店展览馆露天电影场艺术学院的红男绿女，人民公园后门的菜地有微臭的大粪味，棕榈树宽大坚硬的长树叶和木菠萝丑陋的牛肚果纷纷从身旁边掠过，而你骑在自行车上。

不如意。无方向。涣散。寡淡。学业无长进。更糟的是恋爱谈得一败涂地，弄得对自己也百般嫌弃。谁都不想见。而南下她忽然说要来南宁开会。说她来看你来了。你竟然躲回乡下老家，说是病了。连她都不见，她几乎是专门从上海来，本来她不要来开这样的会。完全不通情理。

她来了，又走了。仍然写信。温润而娟秀的手书，仍然是密密的，荡漾着。是人间不变的温暖。她还说，去南宁没见着你，你到上海来玩吧，我带你逛淮海路。上海有许多好看的皮鞋，并不贵。你那双，估计磨得差不多了。

没有去不知道为什么不去日月流转一年又一年。忽然收到一封信，信封是生的，上面的字亦从未见过。信从上海寄出。地址也并不是熟悉的"上海襄阳路某某号"，难道出事了？拆开信见到一帧照片，天很蓝，红色的墙，浓绿的树，她笑着，面容明亮，阳光在跳荡。很短的头发，天然微卷。穿着裙子很有风度，手里搭着一件米白色的风衣。照片背后写着字，是美国某地某大学。有两页信，她特有的字形，密密荡漾，一行又一行。夏日的绿荫令人心安。

她说信是托她妹妹转寄的，她到美国有一段时间了，还没安定下来，请按照新的地址给她写信，多告诉她一些事情，她很想念老同学。她改了名，去掉了"下"字，叫林南，因为不愿跟不相干的人解释这个词。她已经四十多岁了为什么还要去美国真是奇怪。而且名字都改了。人世深不可测。她在那边过得怎样。照地址回了信，却长久没有信来。从此音讯断绝。

今红再也没有收到南下的信。她跟班里同学也断了联系。咬紧牙关谋求发展。换了专业，跳槽若干次。从一个城市到另一个，从南方到北方，又从北方回到南方，最后居然又回到了武汉。辗转下来，面目全非，心肠亦不复原来的心肠。二十六年下来，全班五十多名同窗，不但早就没了联系，平日里连想都想不到。大学四年，也都一并忘得差不多了。

直到去了一次黄冈，今红才忽然怀疑自己是不是变成了混凝土，那样坚硬，针插不进。江水一样的日常生活，川流不息，泥沙俱下挡也挡不住。寸草不生。为了拔掉自己内心深处的自卑感、不安、别扭、戾气，把存贮在生命中的那些有水分的东西，那些不够漂亮的东西，那些既非灌木更非乔木，那些野草，连根拔起。生命变得光秃秃的，看上去光鲜，内里却是碎的。那些绿色的植物，它们在谁的手里呢？

黄冈赤壁，如同一块烧红的木炭咝咝冒烟，烟里冒出庐山、鄂州、工厂，工厂宿舍区的灰砖平房，空地上滴水的床单，肥皂泡，大木盆里的脏水。巨大的变压器，篮球场，门口贴着"庆祝国庆"的食堂，图书馆锁着的门，婴儿尿片，用脚蹬的摇篮，小陆，奔跑的男孩，落满灰尘的书架，《宇宙之谜》，韶华已逝的女人，苍白的脸，光线暗淡的房间，翻开一半的《红楼梦》。还有，林南下，她带着你，汽车火车江轮，她穿着细格子的衬衫。渡轮斜斜地穿过江面，江风浩荡。江鸥为什么不停地飞？

在黄冈，今红重新看到了整个大学时代，本来以为是一笔糊涂账，却忽然历历在目。嘴里有槐花的青涩味，眼前是月光下一层层的樱花。老斋舍、圆形的窗口和红旗、煤油的气味、走廊、小铝锅、面条、书桌上的面粉和螃蟹、大操场和小操场，电影、游泳、栏杆上晒的棉被、堆在食堂墙角的灯笼椒、小叶的翻毛皮棉靴曾觉之的花生莲藕汤李迎风的洪山礼堂电影票，碎了一地的暖水壶内胆，闪着亮光在老斋舍的台阶上，而励宪笑着招呼：小今红，不要光站着不动好不好。今红你像木头人一样至今我还看见你像木头人一样，眼看着同学摔倒了还像木头人一样，而励宪就在你跟前。她忍住笑，教导你。她忍着笑说，你来帮帮忙好不好？你来安慰安慰同学好不好？

四年间的无理自私真是难以计数，时而懵懂，时而倚小卖小，混沌难开，无孔无窍。她们站在台阶下，她们一个个的都站在台阶下隔着空气。仰着头侧着头你看见她们。

夜里一直下雨，到天亮，街上积了水，东一摊西一摊的。穿了深棕色的徒步鞋，军绿色的登山裤，深红色功能齐全的冲锋衣（防风防雨防寒加上自重很轻），总而言之，这副打扮不像这种年龄的妇女，倒像是赴南极的科考队员，或者，一名户外摄影师。今红想起有一年她在云南登高黎贡时遇见的一名女摄影家，漫天大雪，她一身大红的冲锋衣裤。神采奕奕，虽然据说有六十多岁了，但你绝对不能把她称为老太太。

想到马上就要五十岁，感叹时间正如闪电，不由得心里一惊。但比较班里的大龄同学，又觉得自己还算有活力，也还算年轻，不禁有点自得。

哼着曲子，步履轻快，同时又立即意识到自得是一种低下的情感。她一边批判自己一边下楼。

从黄冈回来后她变得喜欢自我反省。

拖着一只九成新的小旅行箱到大街上打出租车。本来准备背一只背包，临了还是觉得箱子方便。可以装上应付更冷一点（晚上、郊区、户外）和热起来（太阳一出，一晒一蒸，马上会又热又闷，只能穿单衣）的各色衣服。

打车不太顺利，下雨总是这样。耐心等了将近二十分钟。从汉口到武昌那边的大学，绝不能算近，的士单程价格在五十元左右，但对今红，一个毕业二十几年没跟同学联系的别扭的人，这点距离简直就是咫尺之遥。这么近，却从不找任何同窗。简直匪夷所思。

直到从黄冈回来，今红才主动联系了班里同学。同学说这么多年都没有你的消息，毕业二十周年大聚会，到处找你都找不到，这下你自己冒出来真是好。隔了几天，正好有一个男同学从青海来，大家趁机聚一次。洪山广场附近的一个酒楼，八九个人。到得早的，在打拖拉机。今红看到了大伙，想要表现出兴奋，但她又拘谨又忸怩，不知说些什么好。隔膜得厉害。四年间把生人变成熟人，二十多年又把熟人变成半生半熟的人。青海的男生在业内很有成就，红光满面的，还带来了女儿，女儿已经大学毕业，要考母校母系的研究生。今红放松了自己，坐在一个活泼的女同学旁边。她想说说这女同学的发型和衣服，却不料，一开口就问起了林南下。

林南下的事，你怎么会不知道？

同学侧过脸问。今红听了，只感到胸口往里缩，喉咙也开始发紧。只听同学又问：你跟她不是一直有联系的吗？没见今红答话，同学便说：你真的不知道吗，南下不在了。

今红看着同学的嘴，似乎不太明白这个意思，只觉得光线暗了一成，她嚅着嘴唇呜噜呜噜的，也不知自己说了句什么。又感到有点头晕口渴。她打算给自己倒点果汁，端起了瓶子，却又忘了。听见同学小声地陆续说，好几年前的事了……美国，生了病……什么病不知道，可能是太累……才四十多岁……如果不去美国……网上……主页，悼诗悼文……以为你……谁都没想到，最先走的是她……好多年了，不在差不多十年了，九年。同学的声音很小，今红听到耳里，字字都像是震着的。

有人在饭桌的那头说话，嗡嗡地似乎提议干杯，一桌人纷纷站起，今红觉得自己也站了起来，但她立即又坐下了。她看到大家在说什么，但是声音奇怪地在很远的地方，一圈人的脸在灯下发着光，有的红有的白，他们关切地看着她，她不明白，想说句什么，嘴角咧了咧，没说出来。只是觉得，这望着她的一圈人愈来愈陌生。

不在世已经九年。今红坐在出租车里驶过长江二桥，她透过这斜拉桥的粗钢缆看到低远处的江水，浑浊、滞重、挟带着大量泥沙，从她的右侧流过桥底再流向左侧。

"为什么长江在那么远？"今红无端想起自己在黄冈赤壁问过的话。将近三十年前的声音，从雨中一阵阵灌过来，雨的气味缭绕着，南下的面容一时近一时远。而她不在已有九年。

出租车直接开进学校，老斋舍前的樱花果然稀疏了，一小簇一小簇的仍剩在枝头，也有三五人在照相。雨几乎停了。车子一直开到后山的半坡上，跟前就是学校的宾馆，原来叫招待所，现在叫山庄。

一进门就看见了两个同学，在大堂摆了两张桌子用来签到。大多数人前一天就到了，青海甘肃陕西，云南贵州湖南，北京广州深圳，正所谓全国各地五湖四海。大堂静悄悄的，房间里也似乎没有几个人。怅怅地微笑，想着没有南下。签到，交钱，领了日程表和名录，也是用一个纸袋子装着，里面照样有塑料文件夹、纸笔等，跟任何别的会议一样正规。问了一串名字，那些叮叮当当的名字，又繁华又素净又伶俐又平实的，也都一个个的到了嘴边。心里渐渐满了，人也不那么别扭。

雨完全停了，今红放了东西也出来走走。据同学说，大伙都在校园里逛着呢，估计不是在图书馆那边就是在行政大楼跟前。绿色的琉璃瓦，布达拉宫，紫色的琉璃瓦，灰色的圆顶，理学院，生物标本楼，大操场小操场，高大的悬铃木，上坡下坡，上台阶下台阶，和二十多年前一样。也有几处生的，图书馆新楼和别的什么新楼，路愈扩到外围愈认不出，怎么也想不起来转到了什么地方。一直走到后山，从前没有路的地方现在不但有了路，而且是宽平好走的。

突然看到小路尽头的拐弯处有两树樱花，不但没有谢，反倒是异常的繁茂，粉色的花开得密密挨挨的，连同硬朗的树枝伸到小路中间。树下有人在照相。今红一边想着"晚樱""大山樱""关山"之类一知半解的樱花品种名，一边快步往前走。快到跟前时看见排成一排照相的几位女士，她突然站住了。

她们没有注意到她，正忙着轮换组合，双人的，三人的，有人脱了外套，有人帮着拿提包。是她们，没错，老了一点，但好像也没老多少，有的胖了一点，但好像也没胖多少。总之，时间不像是过去了二十六年，只是像才过了七八年或者三五年。她站着看，又往前蹭了一点，忽然她们停下来，望着她迟疑了几秒钟，然后，双方大叫着互相扑过去。云南的小苗甚至跳着噢噢噢的喊起来，还举着手用掌心拍了拍。小苗永远都是孩子，其余各人，从前拘谨的现在仍拘谨，活泼的自然也仍活泼，爱张罗事的也还爱张罗事。所以说，谁都没有变。

又开始一轮照相留念。三三两两组合。忽然有人发现，这六个人里有五个是在老斋舍的时候同一个宿舍，就是那间正对着图书馆的大屋子，墙上有一只圆形窗口的。而从前，这几个也似乎是这样地在樱花树下合了影呢，真是太巧了！一伙人吱吱喳喳着，小叶低着头，从她的提包里拿出了一张旧照片。黑白，三寸左右，照片洗得不太好，是男生在宿舍洗印的，他们收了一点工本费，特别便宜。

几个人头挤头看这照片，一时静默。

林南下，她微笑着站在这照片的中间，她们在她的两边站成了一排，头顶樱花正盛，阳光洒在身上。那时候每个人都是那么年轻，最大的南下也不过三十岁，今红只有十九岁，扎着两只羊角辫，站相又傻又骄傲。都穿着那时的一字领衣服，脸上盛开，真是像花一样。看了照片才能明白，时间不是才过去了三五年或者七八年，而是确凿的二十六年。人生的大半其实已经过去。而过去的时间在照片里,再也不能回来。林南下,那么美好的人,她也永不能再回来。

小风吹过,落了一片水滴。众人无语。小叶又从提包里拿出一幅照片,是彩色的南下单人照。她笑着,面容明亮,蓝天红墙绿树,阳光跳荡。很短的头发,天然微鬈。穿着西服裙,手里搭着一件米白色的风衣。虽然不太年轻,却也仍然风华正茂。十几年前,今红也收到了这样的一张照片,搬了几次家,就不知放在哪里了。

有人提议按当年的队形再拍一幅照片。立即就站好了,南下的位置空着。小叶便把手里的照片举起来,正面朝向镜头。五个人,加上照片上的南下,一起站成了一排。头顶是樱花,南下在小小的照片里笑着,其余的人,肃穆着站得笔直。

就这样照了相。

中午在东湖边上的餐馆吃饭,竹子架起来的水榭,顶上有茅草,檐下挂着一只一只的红灯笼。大家都到了,坐了五桌。多年不见,互相认着握手,说笑喧腾,闹得像马蜂炸了窝。点了人数,有十余人未到。曾觉之在美国,已经是业内顶尖权威,常年在世界各地巡回讲座。在美国的还有顾彬彬等好几个,但老顾无论如何也联系不到了,当年她是公费留学,之后没回来。班上能折腾的有不少,李迎风成了律师,当年的"思想家"是一家上市的高科技集团的老总,入学时就懂六门外语的"博士"则编成了好几本辞典出版,在部队的老高,升了将军的军衔。有人成了书法家,有人任了纪委的要职。最凑巧的是宋姓男生,一毕业就去了德国,二十六年杳无音信,三一四闹"藏独",他忽然就在凤凰卫视上冒出来了,是访谈节目的嘉宾,身份为德国某大学政治学教授兼中国问题专家。大家觉得自豪,纷纷说,这家伙,想不到。班里最能折腾的是毕和平,毕业留校,又辞职去海南,复转战深圳,再回来,拥有一个集地产和旅游文化于一体的集团,底下有好几个公司,规模甚大,常常出现在本地的报纸电台上。只是被认为最有前途的王劲,病重没来,大家觉得极可惜,大学毕业没几年,他就在高校搞改革,上过《光明日报》头版头条。风头正健的人,不知怎么就病了。

　　日程安排得紧凑，汇报、恳谈，现任校系领导、当年的老师、在校学生代表，能来的都来了。都老了，也都不服老，说要好好锻炼身体，争取四十周年的时候再见面。热泪盈眶，老少都受了感动。去东湖磨山，湖面开阔，草青着，树上开着花，大家说起当年在此野炊。过了二三十年，人人长了人生的阅历，该闯的关，闯过来了，该吃的苦，都吃完了，孩子也都长大了，有的出国，有的读研，有一个，考上了博士不去读，却偏要当外国航空公司的空姐，长得又高又漂亮，大家赞叹着传看照片。总而言之，只要身体健康，好日子还有的是。

　　大家从容地在湖中间的堤道上走着，两边都是水，一边是划艇队在训练，划桨一起一落，小艇在湖面的微波中滑行。另一边是游船，木的，船肚够宽，放了小茶几和椅子，两边的船檐也挂了红灯笼。闲闲的，看了这边望那边，踏青的大学生一伙一伙地穿插着越过这群中年人。

　　又去省博物馆，汉风建筑气势恢弘，镇馆之宝眼花缭乱。战国时期的越王勾践剑在玻璃罩里越过两千多年的光阴闪着菱形的光，曾侯乙墓的编钟听说是仿制的，好动的就拿了木槌当当敲响。又去了长江大桥，江滩雕塑，火车隆隆地从桥上开过，抬头望去，一缕白色的蒸汽从龟山蹿着就到了蛇山。一众人坐着毕和平集团的大巴，一日之中过了长江大桥和二桥，又过了红色的汉阳桥。过汉阳是参观琴台大剧院，辽阔的面积，一组像琴台的大建筑，又抽象又具象，又气派又别致，莫非就是建筑中的未来主义？最绝的是隔着一片一两百米的泱泱大水，对面设计了露天观众席，夏天夜晚，天上繁星或圆月，水中亦然，人在水天之间，与星月成一体。大家惊叹，北京的同学纷纷说，这比国家大剧院和央视新楼更有创意呢，把一个古琴台的魂魄弄得出神入化。

　　所有的人都心情很好，只有今红不好，也不是不好，只是不兴奋。她闷闷地，身体发紧着，夹在一帮人里面，前后左右都搭不上话似的。也没有说话的兴致。她感到自己仍像当年那样别扭拘谨，这么多年过去了，在人群中的孤独感不但没有减弱，反倒莫名其妙地加强了。每到一处合影，她总是站在最旁边，瞪着眼闭着嘴，不管是叫"茄子"还是叫"田七"，她都一概不出声。江滩的雕塑，是古代传说神如何镇河妖治水，毕和平起劲讲解，妙语迭出，大家挤着听他。今红避开人堆，自己从头到尾走了一遍就坐在了石凳上。江水浩大却听不见水声，今红心里沉沉的，一会儿想到林南下，一会儿又想到孔子的子在川上曰逝者如斯夫。心里一时是空的，一时又是沉的。

在去蔡甸的路上下起了雨，雾也起来了，先是一阵一阵的，渐渐就浓了，路边的水塘芦苇，大片的田野都已完全隐在雾中，窗外是洇洇的白色大雾，前方仅二三十米可见，车开了前灯。蔡甸有一个毕和平新开发的旅游项目叫"高山流水"，毕是一个有大把想法的人，一套一套的说辞，能把死人说活。蔡甸的这片地叫钟家山，也就是传说中砍柴的钟子期听俞伯牙弹琴的地方。峨峨兮若泰山，洋洋兮若江河。毕和平在这里搞了高档酒店，又配套搞了茶园竹园水榭，亭台楼阁加上拱桥。他请大家来玩。

车开得慢，后面的轿车都跟丢了，又停下来等。且雾且雨的，天完全黑了，又冷又饿，十点多才总算到了。毕和平的人马一直等着，人一到，立即敲锣打鼓，在毛毛细雨中还起劲地舞起了狮子。停车的空地没有点灯。狮子在黑暗中扭动腾挪，踩着响亮的鼓点。从车上走下，腿麻着头昏着的人，一时全都振奋起来。

雨竟停了。露天的烧烤，炭火在夜雾中通红，有火光明灭，有烟。空气中有烤肉的香气。空地边上搭了几溜窄篷，篷下是连着的一溜案桌，上面摆满了各式洗净的蔬菜水果调料，烤好的肉和未烤的生肉，有的在盘子里，有的串在了铁钎上。而空地中间堆着几截碗口粗的枯木。烤炉的炭火哗哗剥剥响，火星乱飞。有风过来了，雾似乎在远处退去。吃了烤肉和蔬菜，又有鱼和虾，又有用豆子焖的米饭，还有热腾腾的汤呢。身上暖了，人也精神。看了表，已经十二点，篝火却刚刚开始点。

一个人把几根细小的干树枝架在中间，把几团揉皱的报纸塞进去，他先是趴着，然后是跪着。唰的一下划着了火柴，火光忽地照亮了他的脸。脸是棕红的特别厚凹凸不平似的，定是乡下的农人呢。火苗从纸团上四处窜开，被风赶到架着的树枝。然后，纸团熄灭了，风把黑色的灰烬吹起来，一片一片的。一根树枝上有一点小小的火苗跳了起来，又一点，又一点。火苗连起来，一根树枝烧着了！几根树枝都着了！火光照亮了农人的全身，他穿着一双解放鞋，在明亮的火光中能看见他鞋底沾着厚厚的烂泥巴。他手脚利索地、专注地把那几根大枯树干架起来，火焰仗着风势，哔哔剥剥地燃上去。

每个人的脸都照亮了。

空地上没有灯，在篝火跳荡的亮光中主持人说，现在请我们的小安唱一首歌。小安，班里最安静的女生，多年来她在遵义的一所专科学校工作，从未动过。她不慌不忙地站起，镇定地走到篝火下风处。听见她用细细的声音说：我来唱一首歌，献给林南下。一时都静了。她又说了句什么，大家没听清。主持的同学大声说，这支歌是我们小安自己作词作曲的，叫《对你说》。小安站得直直的，一动不动地唱，她微仰着头，脸上看不出表情。细细的歌声被风吹得一阵一阵的，在空旷中很快挥发掉了。火向上摆动，火焰连同黑色的烟红色的火星，向着下风的方向斜斜地扭着。

轮到朗读。当年和今红逃学去看星星画展的汉口女生，她念一首诗。这么多人中，变化最大的就是她。班里的才女，当年的倨傲已经消失不见，多年独身，听说到瑞士去了半年又回来了。是什么使她变得谦卑、内敛和沉潜？她有时写诗，从未听说过发表，也不拿到网上乱贴。她念的诗叫《彼岸的樱花》。

她的声音也在风中远去了。

有人提议不如大家唱一首歌，说了几个歌名，最后确定唱《冰山上的来客》中的《怀念战友》。一个男生以经过训练的美声开了头：天山脚下是我可爱的家乡，当我离开它的时候，好像那哈密瓜断了瓜秧……今红也细声跟着唱了起来……当我永别了战友的时候，好像那雪崩飞滚万丈，啊，亲爱的战友，我再不能看见……泪水突然涌上她的眼眶，并且顺着右边的脸流到了嘴里。她摸到了口袋里的纸巾，但她没有拿出来。她用食指按着脸上的泪痕，一边深呼吸。但眼泪还是没有止住。她不知道自己为什么会哭，仿佛是为了什么，但又好像什么都不为。眼泪滴到她的膝盖上，她感到绷紧的身体松开了，重浊的胸腔也变得清新起来。

木头快燃尽了，火势弱下来。几截炭木通红，还保留着原来木头的形状。浓雾已经完全散尽，露出了澄澈的天空。星星也出来了，这么多的星星难得看到，有的微红，有的金黄，有的则闪着白光，一直到树梢和远处的坡顶，简直漫天都是。今红觉得，这深夜的天空并不是完全漆黑的，而是有一点点蓝，非常非常深的蓝，深得深不可测、深得无限的蓝。在弱下去的火焰中，今红感到自己看见了重重叠叠的樱花花瓣纷纷扬扬，向着高远的星空飞旋，越飞越高，变得透明。这一景象是如此不可思议，以至今红的眼里再次充满了泪水。

2009年2月14日手写完成

4月21日抄于东四十条

（原载《收获》2010年第2期）

沿河村纪事

魏 微

1

十五年前，我曾走访过一个小山村，那时我还是个在校大学生，暑期跟随两个师兄去做社会调查。这个小山村位于广西境内，依山傍水，风景秀丽。

这个名叫"沿河"的小山村在中国社会发展史上曾暴得大名，这得益于我导师汤东林先生。汤先生曾在1937、1946、1964、1978年四次光临该村，见证了我国社会发展不同时期在这个小山村的缩影，成就了著名的《沿河村调查》一书，此书无争议地被视为国内社会学的奠基作之一。

汤先生对沿河村很有感情，把它视为第二故乡，只可惜他当时已垂垂老矣，无法履行他的第五次出行计划，我们的走访，正是在他的授意下进行的。"过去看看——"他这样嘱咐我们，"不要带什么目的，我当年也是这样，就是过去玩儿，随便看看，若有可能的话，跟他们做做朋友。"他报了几个人的名字——其中一个王寡妇——若是还活着，叫我们代他问声好，"你们就说，汤某人很想念他们！"老先生大声嚷道。

他那天非常兴奋，躺在床上给我们画沿河村的线路图，我们明知几十年间沧海桑田，他的那些线路对我们未必有用处，可是也只能由他如此。老先生天性开朗，心思单纯，到了晚年尤盛，我们几个学生受他影响，亦都相当有"个性"，再加上当时年轻气盛，自恃有老先生的保护，常常会做些出格之举，这都是后来我们参与沿河村一系列事变的前提；汤先生似乎也略有预感，提醒我们说："现在外面很乱的，你们当心点！尤其是你——"他指指我说，"花花裙子什么的就不要穿了。"说得我们三人都笑起来。

据汤先生介绍,该村"怪有意思的",和我们想象中的小山村一样,它历史悠久,民风淳朴;只因地处边地,村民们有尚武之风,三百年间,该村出过两个武状元,十六个军阀匪首,还有数以万计的虾兵小喽啰。总而言之,这是个盛产好汉的地方,血性、浪漫、勇猛……凡此种种,皆见于当地的史料记载,以及村老们的坊间传唱。

当然这一切,汤先生也未能有幸目睹,即便在他最早抵达该村的1937年(此时战争还未波及南方),他对该村的"骁勇善战"也未能有丝毫体察。他看到的只是一个贫乏安静的村庄:农田,水牛,炊烟,村舍。村头一棵老榕树,一条小河从村中潺潺流过……和内地任何一个小村落一样,这里驯顺而守旧,是一个成熟、完整的农村宗法社会。村民们拘礼,乐天,懒惰——虽然一样是日出而作、日落而息,可是在汤先生看来,他们近乎在打盹。

"这帮猴儿们萎了,"村里一个老人告诉汤先生,"他们过不了安生日子;除了干些偷鸡摸狗的营生,身上哪儿还有一点祖先的血脉!"

汤先生一住三个月,此间不通音讯,恍若天上人间,待他走出沿河村的时候,才知世界已生大乱,所以数年以后当他旧地重游,得知当年"喝酒聊天"的伙伴们多半已战死沙场,他一点都不感到奇怪。

"作战才是他们的职业——"汤先生后来总结道,"可惜他们多数生不逢时,到了你们这一代啊——"老先生摇了摇头说,"更难了,现在到处搞经济,哪儿有他们的用武之地!"

他还嘱咐我们,过去给他们支支招,教他们赚点小钱,"可怜那个穷的!"但不可介入太深,"村里的那些个经济啊,政治啊,人事啊,碰都碰不得!记住你们的身份,只是旁观者,交交朋友那是可以的。"

"哈哈,交朋友——"老头儿得意洋洋地说,"我是最擅长的了,我在当地有很多朋友,你们随便打听——"他从眼镜上方看了我们一眼,嘴角漫出微笑来,"但是也不要乱打听噢,该知道的知道,不该知道的就算啦。"

老头儿喜欢耍嚷头,我们早已习惯了。不过我也略略有些好奇,就是他提及的那个王寡妇。王寡妇是何许人也，这是我们在南下的火车上一直津津乐道的话题。可是谁能料到呢，在到达沿河村不久，我们就撇开了王寡妇，很快投身到另一段生活里去了。我们忘了先生的嘱咐：要做一个旁观者；而记住了他的另一嘱咐：生活是重要的，学问只是附带。

我顺带说一句，我们在沿河村发生的一切，跟导师没有任何关系。这些年，我只是有感于他的谆谆教诲，以及他对于我们人品、性格、生活所形成的巨大影响，才决定写下这些，作为他"沿河村调查"的一个后续性花絮，并以此来纪念他。我导师卒于2004年，享年八十六岁，其时距离我们沿河之行正好十年。

2

沿河村地处山洼，四周群山环绕，交通颇为不便。我们一路辗转到了镇上，不得已拦了一辆手扶拖拉机才得以进入。路是沙石小道，平时人来车往尚可通行，一旦逢上雨天，则整个村寨的交通即陷于瘫痪。车主也是沿河村人，是个二十多岁的小伙子，名叫胡性来——这名字起得怪异，我和两师兄都忍不住笑起来。

胡性来也笑，"你们别乱想，我这人从来不乱来的。"他从驾驶座上转过头来，有点不好意思，"我们乡下人，名字都是乱起的，后来到了部队上——"

"你也当过兵？"

"当过啊。我们村里，半数以上都当过兵，不过现在也不容易了，还得走后门，所以现在当兵的也少了。"

"那你们现在干什么？"

"干什么？——"他展颜一笑，"到了就知道了。"

胡性来非常热情，为了陪我们说话，他把车速降下来，一路上给我们介绍沿河村的风土人情，口气甚是谦卑，"我们乡下人""我们穷地方"之类不绝于耳，我听了，心里难免有些感慨；对照先前他给我们描述的他在军中的种种奇闻趣事——那讲起来真是眉飞色舞，神采飞扬；心想这才几年时间，当年那个走南闯北、见多识广的激昂士兵就已蜕变成一个朴实憨厚的农民！是啊，除非有意外发生，否则他将永远固守这片土地，忠实于他的农民身份，老实巴交，不作任何幻想。

而他的周遭，是肥硕浓密的棕榈、芭蕉，各种不知名的热带植物互相缠绕——再也走不尽的崇山峻岭，密密丛林。车从其间驶过，突然变得很小很小，而马达声轰然如雷，阳光却点点滴滴，更见幽深；间或路边有三五行人经过，也都生得和胡性来一样，黑瘦短小，眼窝深凹，口鼻粗重……有马来人之态。我们突然有些目眩，坐在拖拉机的车斗里，左观右望，有种置身"异域"的恍惚迷离感。事实上，这"迷离感"自南宁以降，深入山区，已经把我们搞得晕头转向，直到这天我们在丛林里碰上了军车。

当然了，碰上几辆军车也说明不了什么，可问题是，我们已有很多年不再见到这物什了——以前虽曾见过，但也仅限于电影里——我们三人都来自北方，平时生活中连军人都难得碰上，更何况车队？车队迤逦而行，绵延不绝，突然一两声汽笛响，只惊得鸟雀四起，枝叶摇晃，带着阳光也"扑腾扑腾"的，一时间竟是天昏地暗，地动山摇。我们惊骇之余，也感新奇，难道边疆有战事发生？

胡性来笃定地摇了摇头，告诉我们"没的事"，不过是摆点小阵势，吓唬吓唬"那边的人"。——那边的人？越南人？我们不得而知，心里却越发惴惴然，担心自己的安危，怕再也走不出这片丛林；同时又有些莫名亢奋，想象被子弹击中，永远倒在这土地……啊，该来的都来吧，在这天高皇帝远的边地，也许一切皆有可能！

此时，胡性来已泊车让道，我们几个坐在车斗里，看着一车一车的士兵，都身穿迷彩服，荷枪实弹；阳光照着他们年轻的头脸，那头脸上有丛林的阴影。他们突然鲜活起来了，车厢里一阵骚动，原来是，他们看见路边的我们——我们中有一女子——竟喜得不知如何是好，只好你推推我，我推推你；他们吹长长的唿哨，朝我们打"V"形手势，叽叽哇哇对着胡性来挤眉弄眼，一边笑得嘎嘎的。

我看明白了，他们是拿我和胡性来开玩笑。

我也笑。心里想，此地是边镇，他们大约很难见到像我这样的学生妹；又想，既是边镇，那么兵来将往，军民杂处，原是极正常的事儿，哪儿就扯上了战争！

3

胡性来直接把拖拉机开到了村公所，先领我们到村长办公室，又各个房间张张，且丢下我们，去找村长。村公所地处高地，几间旧瓦房连成一个"L"形走廊。走廊前的一块空地上，泊有一辆旧货车。村公所下面，高高低低都是人家；对面山脚下一整片梯田，其间沟沟渠渠，阡陌纵横，似种有蔬菜、瓜果之类，远观也不甚清楚。

村长是个四十多岁的中年汉子，名叫胡道宽，身材不高，体格健壮；一张黑红脸膛，五官倒还端方。他说话行事有股慎思笃定的派头，看上去颇为稳重，符合我们对于一个村官的正面想象。普通话说得较为顺溜，至少我们都听得懂，交流起来不需要辅以手势。后来才知他在北方行伍多年，后以团长一职转业。至于为什么不在城里讨个一官半职，我们后来推测，大概是他不愿虚与委蛇，巴结逢迎，况且他在村里根深叶茂（他祖、父辈都做过村长），各种人际通行无阻，所以便"宁做鸡头，不作凤尾"，回乡屈就村官。

他在村长任上十多年，致力于本村经济建设，然终因条件所限，收效甚微。第一要紧的便是交通，其时村里不通公路，在我们抵达前一两年，曾有两批港台商人来此地考察，意欲投资办厂开矿，皆因路况、水电问题而未能达成协议。

这是最叫村长痛心的一件事情。"我×他妈，"他用北方的一句粗口恰当地表达了他的惋惜之情，"眼看着白花花的银子就是进不来，你说急不急？"他坐在办公室一张破旧的桌子前，叙过寒暄之后，跟我们略谈了谈村里的情况，看上去愁眉不展，心事重重。

"你们来得正好，"他抬头看了我们一眼，勉强笑道，"汤先生是我们沿河村的朋友，我也不怕跟你们兜老底，我现在是一点法子都没有了，要不然我也不会去搞什么蔬菜运输。"

"什么蔬菜运输？"我们有些好奇。

"那儿——"他向户外指了指那辆旧货车，"走，出去看看去。"说着便把我们领到那货车前。

那货车大约有六七成新，原是村长托关系从县城一家运输公司搞来的淘汰货，"买不起新的，只能这个凑合用——"他围着货车转了一圈，随手在车身上拍拍打打，"不瞒你们说，就连这笔钱村里都出不起，家家户户凑一些，另外又从乡信用社贷了一些。"

他长长地吁了口气，"再看看那儿——"又指了指对面山脚下的那块菜田，"看到没有？长势多好！去年搞起来的，本来满心打算能挣一些，结果——唉，出了一档子事！"

不待我们追问，村长就骂骂咧咧地道出了实情。原来，该村的"蔬菜运输"堪称一项工程，其耗资之大，跋路途之远，费人力之苦，均大大超出了我们的想象——他们不是在本省交易，而是翻山越岭把蔬菜送往广州！这使我们颇感意外，我们虽知从来两广是一家，却也没想到一个小山村竟会跨省做生意！况且当时粤人财大气粗，富可敌国，直令全国上下都要抖三抖！

村长告诉我们，问题就出在这里，蔬菜必须运往广东才能挣钱，而车至广东，又须经过层层关卡，缴足费用；起先他们还能对付，无奈近一段时间，关卡竟越设越多，各地公安、工商、交通、税务……家家都想搞创收，因此瞒天过海、巧设名目；这样一来，他们的"蔬菜运输"非但不能挣钱，反而要赔钱。

好在"群众的智慧是无穷的"，不久，该村也效仿其他车辆，昼伏夜出，跟关卡打起了"敌退我进、敌进我退"的"游击战术"，这样支撑了一段时间，对方自然有所察觉，随之也增派人员，日夜守岗。

事情既到了这副田地，全村上下竟都一筹莫展了。这期间他们也曾尝试过"偷袭"，所谓偷袭，就是夜间趁值勤人员困倦之际，突发马力硬闯关卡（当时多不设路障），在前有堵截，后有追兵的情况下，尚能一路狂奔数十里，这其中的惊心动魄、险象环生颇有点像港片里的"警匪大战"……此种景象，我们简直是闻所未闻，村民们（此时，屋里已陆续踅进来一些人）讲起来更是眉飞色舞，激情万丈。大概他们觉得很有趣？或是很认同自己在这场虚构游戏中所扮演的"匪徒"角色？

最不可思议的是关卡的态度，车辆既能"偷袭"，关卡也就将计就计，先放它们过去，再一路苦追围剿，待把违章车辆逼到路边，也不过是煞有介事地多开几张罚单、口头警告一下而已，据说态度还非常客气。

"从来没打过你们吗？"我们问。

"没有。"

"也没有没收车辆？或是把你们关进局子里？"

"他们敢吗？——"一个村民轻蔑一笑，"第一，他们也是违章；第二，他们主要为了这个——"拿大拇指捏了捏食指中指，做了个点钞的动作，"有什么大不了的，不就为几个钱吗？他们敢用枪支弹药，我们就不会造土枪土炮？"

"什么？你们在造土炮？——"我吓了一跳，话还没完，早引得屋子里一片哂笑。他们笑什么？是笑我见的世面太少？

村长朝人群瞪了一眼道："你们不要乱讲，什么土枪土炮，传出去那是要杀头的——"又转头向我们解释道："别听他们胡扯，他们就喜欢开玩笑！"他一脸诚恳，把手掌搓来搓去的，一副心神不宁的样子。

他这样一副形貌，反使我两位师兄也坐不住了。其中一位狐疑地问道："怎么听着跟真的似的？"

"没有，没有，"村长连忙否认，"确实是开玩笑。"

"那枪炮的事？——"

"他们放的是空枪，"村长无奈地承认道，"这种事你们也当真的？我们偷袭，他们开枪，都是闹着玩的，还不是为找点乐子，图个快活！唉，关键不在这个！"

是啊，关键在偷袭之后的那笔"追加罚款"上，不难想象，那笔罚款自是数目惊人，比平常费用高出十数倍不止。既是这样，我们又问：为什么还要偷袭呢？

得到的回答是：十之二三他们是能闯过去的，这于他们就有侥幸心，于关卡则说不清，也许是偶有两次佯追不得，兵法里所谓"欲擒故纵"计？

总之，在这场"猫捉老鼠，斗智斗勇"的游戏里，双方都心照不宣，乐此不疲；关键是成本问题，村会计算了一笔账，发现半年来他们挣少赔多，若再不悬崖勒马，全村经济将面临崩盘的危险；况且不久前村里刚遭过一次重创，被罚巨款五千元——主持罚事的是关卡里两个面生的年轻人，大概初来乍到，还不知其中游戏规则；这使得村民们一下子心灰意冷，觉得"这帮孙子太狠，陪不起"，因此一怒之下，单方面宣布退出这场游戏，"不跟他们玩了"。

我们的到来正是在这一时期，整个村子偃旗息鼓，休养生息。村民们无所事事，情绪低落；村长更是心力交瘁，他已经三天三夜没合眼了！

是啊，形势确实不容乐观：蔬菜疯长，瓜熟蒂落，许多果实已经烂在菜田里，以至于那天我们坐在村公所里，隐隐约约总闻见一股馊腐的气息，那气息似有若无，远兜近转，先是充塞于我们的鼻腔、口腔、胸腔；后来日渐变浓、变臭——浸入我们的身体：每一寸肌肤、每一个毛孔，直至最后直冲脑门，盘旋于我们的大脑……我们初来乍到，自是不觉得，但住下来不久，便觉精神恍惚，多疑易躁，看人待事总有一种梦幻色彩，情绪时而萎靡，时而亢奋——这种症状在医学上怎么说？大脑皮层失控？

而在此之前，听说村里一部分"少壮派"的态度也尤为激烈，责怪村长无能，责怪村长的忍气吞声实为"村耻"，况且不跟关卡玩"飙车大战"已有多天，直令他们心手俱痒，怒气冲天……我们后来知道，这才是村长真正担心的：村民们心中有风暴，稍有不慎，后果将不堪设想！

而这种内心的风暴，又岂是村长所能控制的？那天在村公所里，他跟我们诉苦，言及村官难当，言及在这蛮荒之地，民风蒙昧，得个由头就生事，——"改革开放，经济搞活"谈何容易！关键是，他外出闯荡多年，也算是见过一番世面的，"有些事情我不能做！"

我们便问什么事不能做，他摇了摇头，似有难言之隐。

他只告诉我们，现在村里的情况就是这样，家家顿顿吃瓜果蔬菜，并且说"这是一道命令，人畜不得例外"。

"什么，畜牲也吃这玩意儿？"

"是啊——"村长苦着脸说，"这是村里最不值钱的东西了。再加上现在情况紧急，我们必须能省则省，以防将来万一……"

见我们露出惊讶的神色，他指了指自己的脸色说，"难道你们没看出来吗？"

"看出什么？"

"一脸菜色！"他严肃地说。

"啊，难道你们不吃粮食？"

村长叹了口气，颇为悲壮地告诉我们，他已经有好多天不沾米粒了，吃饭对他来说就像一场梦；然而现在"村难"时期，他必须以身作则，跟村民们共渡难关；况且家家户户的粮食都已收归公有，就是想吃也没的吃了。

"什么？"我们再次惊讶地叫出声来，"这是谁的命令？是你吗？"

"当然不是！"村长扬声说道，"我怎么会做出这种荒唐事来呢！我受党的教育多年，最起码知道人民享有吃饭权。现在都什么时代了——"他声音沙哑，神情悲愤，"他们这样做是犯法的！"

"他们是谁？"

"激进派。"他低声地咕哝了一句。

他说得如此煞有介事，我和两位师兄互相看了看，突然如坠五里雾中；而就当时的情形而言，有一点是真的，村长的权力被架空了，民间有一股新生力量正在生成，与他对峙，逼他就范。我们也似乎预感到了什么，这预感直令我们浑身颤抖，血脉贲张！

而此时，屋里屋外已挤满了数圈村民，他们定然地站在那儿，多是面黄肌瘦，神色庄严，他们在干什么？难道是在"请战"？下午的阳光照得屋子里明晃晃的，也不知是否因背光而立，使得那一具具矮小壮实的身躯，落在地上是人影幢幢，落在眼里则显得面目模糊。那一瞬间，我突然有种亦真亦幻的感觉，似乎我眼中所见，并不是现时代的村民，而是古战场的勇士。

我的心紧锣密鼓地跳了几下，几乎近于窒息。难道一场"战争"即将爆发？难道汤先生在战乱时期也未能目睹的场面，将在我们这个时代被模拟复制？一想到这里，我便感到喉咙紧涩，血液沸腾。是啊，那时我们多年轻，青春，狂想，热血，革命……从来都是同一个词汇，而这个词汇，某种意义上又是和沿河村紧密相连的。

4

晚餐之后，我们三人到寨子里转了转，发现整个村寨规划整齐，有欣欣向荣之气：村舍，猪圈，农田，水渠……有两户殷实人家已住上了小楼，实现了机械化——拥有像手扶拖拉机、电动三轮车等货运工具——想必这就是所谓"先富起来的那部分人"？

村里有一所小学，几间旧教舍，外墙上刷有"改革开放好！好！好！""一胎生，二胎扎，三胎四胎杀杀杀！！！"等标语口号；村民们忙忙碌碌，看不大出异样；或见一两村童光着身子跑来跑去，肤色黑亮，闪着油光，身形上很像我小时候见过的泥鳅；其眼窝深陷，神情灵异，乍一看又如同小动物。

我们一路走来，想起下午在村公所的一幕，又对照眼前的村寨风光，如何能衔接得上？难道村公所一幕是我们旅途劳累产生的幻觉？但何至于三人都有同样的幻觉？难道村公所一幕，是我们夸大了某些细节而作出的误判？

走至一口古井旁，见一妇人正在冲凉，光着上身，奶子瘪瘪长长；两位师兄相视一笑，慌忙逃走；而村民们却熟视无睹，经过她身边时竟不忘打个招呼；我一旁看着，简直傻掉，想着是否要为我们的文明感到羞愧，想了半天，也没有得出结论。

我们被安排住在村公所里，晚上冲完凉，便坐在屋前乘凉，坐小竹椅，摇芭蕉扇，抬头看满天繁星，似乎又回到了小时候，那童话一般纯净简朴的年代，那时夜更黑，星星更亮，四周静得人发慌，只听得一片片蝉声蛙鸣，使黑夜越发漫长……多少年过去了，这一幕早已消逝不再，不想今夜却在村寨的上空复活，怎能不叫人身心荡漾，忍不住跳起来，对着茫茫夜空发一声长啸！

我们正在说笑，却见一束手电筒的光芒从远处射过来，那光芒摇摇晃晃，左冲右突，恰如鬼魅一般。我们都愣了一下，正在狐疑，却听得一阵杂沓的脚步声正爬上坡来，星光中也来不及辨认，只见得黑影团团，总有三四人不止；那光芒越逼越近，走至身边突然熄掉，跟着是一阵呵呵笑声，原来却是胡性来。

胡性来先领几个人进了屋，点上煤油灯（其时村里还没通电灯），作了一番安置之后，出来和我们聊天，他坐在走廊牙子上，手里把玩着一串钥匙，不停地颠上颠下。

我们问："你们这是干什么？"

他回头看了看那间屋子，里头传来甩扑克的声音，笑道："还能干什么？斗地主呗！"

"我们不是问这个！"

"那你们想问什么？"他伸手接住钥匙，看了我们一眼，说，"有些事不要知道得太多，真的，这对你们不好！"他说得蹊跷，我们反而不知如何作答了。

隔了一会儿，他又幽幽地说道："知道得太多，我怕你们走不出这个村子了。"

"有这么严重吗？"我突然觉得一阵阴风飕飕的，也许是夜深人静的缘故？

"现在村里的情况非常复杂，"胡性来收起钥匙，点上一支烟，沉吟了一会儿，说，"我们是来站岗的。"

"站岗？站什么岗？"

他朝十米开外的地方努努嘴，那儿泊着那辆旧货车，"有人想抢去当战车用——"我们三人面面相觑，下午村长办公室的一幕又回来了，似真？

似幻?远远传来几声狗吠,隐隐约约又是几声鸡鸣,才晚上九十点钟光景,乡村的夜显得更加寂静。

"他们想袭警。"胡性来淡淡地说。

我们"噢"了一声,这才恍然大悟,"你们是村长的人?"

胡性来摇摇头,一本正经地说:"我们是主和派。"

我们越发好奇,"难道村长不是主和派?"

"他?"胡性来冷笑一声,"他是骑墙派!"

我们三人"扑哧"笑了,顿感兴味十足;看来当前的局势确实十分混乱,战争还未打响,内乱已经来临;而作为一村之长的胡道宽同志,其态度摇摆软弱,直令全村上下都不满意!

"到底怎样,你也放个屁,吱一声,"胡性来抱怨道,"可他倒好,整天忙着调停!老实说,这事是你能调停的么?"

"村长不想打——"我们说。

"那当然,也不能打!"胡性来抢过话头,说,"他要是连这点都看不清,还当什么村长!你们看——"他把双肘支在膝盖上,跟我们分析当前的经济形势,"打下去怎么办?还要不要改革开放?还要不要奔小康?当然了,有人不在乎,他们穷得叮当响,他们是赤脚不怕穿鞋的,可是我们就完了!"

我们都点头称是。确实,战争从来多由穷人发起,而胡性来是村子里的富户,是少数几户拥有手扶拖拉机的人家之一,所以,谁发动战争,他就跟谁玩命。他把钥匙串掏出来,再次颠上颠下的,左手抛,右手接,跟小孩儿玩杂技似的,一边说:"人在车在,想在我的眼皮子底下把车弄走,确实不容易,我们现在是二十四小时轮班站岗!"

原来几天前,"主战派"的几员干将曾对该车实施过抢劫,出此下策实在是迫不得已;村长既已指望不上,他们就想跳过村长的授权,独自发动战争,本来这是可行的,他们人多势众,有雄厚的群众基础,有舆论,有纲领,有明确的战争口号:"为名誉而战,为生存而战";某种程度上控制了村政权,对全村实行军事化管理:粮食收归公有;禁止夜间赌博;禁止打架斗殴；备战备荒；全村十四岁以上男子必须加强体格训练……总之"万事俱全，只欠东风"：他们现在急需一辆车，否则就无从发动战争！

"当心你的手扶拖拉机！"两位师兄提醒道。

胡性来笃定地笑了笑，原来他早有防备：现在村子里的富户早已团结在一起，他们保村护车，俨然成了一家人；再加上他们的七姑八姨，外县的，邻村的……都纷纷加入到这个利益共同体里来，站在村口，把持关隘，成了阻碍战争发生的强大力量……所以胡性来说："我不是一个人在战斗！"

我们大开眼界，这才知道，战争从来不是孤立的存在，越来越多的人将被卷入其中，到末了变成一场混战！而且战争也改变了村里的人际格局，原来的朋友反目成仇，原来的敌人变成了战友……或许，真是验证了那句古话：这世上只有永恒的利益，没有永恒的敌友？

就连我们这些外围看热闹的，此时也身不由己地搅和其中。第一，我们反对内战；第二，作为村长和胡性来的朋友，我们将随时准备就"两派关系"进行斡旋，商量和平解决的途径，尽量保持中立，做到客观公正……事后想想，这想法虚妄得很；战争期间，非敌即友，我们即便有中立之心，最终怕也被归入进"统一战线"，成为村长和胡性来的说客！由此得知，人活一世，做到公正谈何容易！

我们正在讨论，却听得身边几声"蝈蝈"叫，正在纳闷，见胡性来站起来，从腰间摸出对讲机，一路"哼哼哈哈"的，踱步到几米开外的地方；我们看着他的背影，但见他虎背熊腰，一手叉腰，其阔气豪迈颇像老板手拿"大哥大"——那时普天之下还没几个老板能拿上"大哥大"！胡性来说："好！好！我知道了！"他挂掉对讲机，直奔"棋牌室"，还未至门口，便听他一声令下："弟兄们，准备开会！"

两位师兄跟在他身后，一路惊问："什么会？"

胡性来只简单地回了句"支部会"，便背着双手，在走廊上踱来踱去；偶尔他也会倚着廊柱，抬头遥望灿烂的星空，小眼睛一眨一眨的，看上去很是焦虑。原来，这场"支部会"是在"主战派"的胁迫下召开的（支部里多是他们的人），这正是胡性来感到疑惑的：这些人到底想干什么？难不成会有一场阴谋？

此时，几位牌友已把胡性来团团围住，在走廊上，正紧锣密鼓地商量着什么（方言听不太懂）。胡性来点头，挥了挥手，牌友们立即兵分几路，向寨下奔去，想必是去搬兵或发动群众。我们情急之下也跟着他们走，却被胡性来一声喝住："干什么去！"

我们一下子懵了，半天不能反应：怎么一刹那就换了副腔调？难道是怕我们当叛徒？突然明白现在形势危急，胡性来也不再是个普通农民，俨然成了一方将领；少不得踅回身来，跟他请示：我们想去看个究竟，希望他能批准！

胡性来这才认出是我们，拍了拍脑门笑道："我真是糊涂了！"他再次挥了挥手，声音温柔，"夜太黑，路上当心安全！"很像一副长官的口吻。那一瞬间，我们心里头那个热乎，差点错把自己当成他的下官！

我们跟着一个牌友进了村，发现整个村寨已倾巢出动，村民们手持火把、铁锹、锅铲、大刀，正你推我搡往村公所方向跑；一时也分不清哪个派别的，也来不及问什么。挨家挨户地砸门，开门的或有老人，或有孩童，叽叽哇哇说上几句，也听不懂说什么……如此一来，大约半小时以后，我们才赶回村公所，发现坡上坡下早已人头攒动，直把周围一里地围得水泄不通！待挤进会场，发现里面更是乱成了一锅粥，屋子里济济一堂，各自分成几个片区，有站着，坐着，蹲着……总有几十口人，互相嚷得不可开交——也有拍桌打板的，也有哭爹骂娘的；一时也没闹明白，这到底是什么名目的会议：支部会？干部会？党员大会？村民代表大会？

会议由村长主持（他在村里是党政一肩挑，也兼任书记），议程很长，议项很多，概而言之可归为一条：论目前沿河村经济发展与安定团结之辩证关系……我们饶有趣味地听了一会，发现一个有趣的现象：村长正在装佯！

此刻，他正坐在一张桌子旁，昏黄的煤油灯底下，很分明看见他的脸，双眉紧锁，神情凝重，他一会看看这个片区，一会听听那个片区，不时在本子上记着什么。他装得很像，一脸忠厚，貌似无辜；是啊，不装佯他又能干什么？在目前的形势下，他是既不能战，也不能和，手里没几个兵力，因而也不敢"安内"，只能采取一个方式：拖！他是能拖一刻是一刻，拖不下去怎么办，那就只有天知道了。

也正是在这样的场合里，我们得以见识了"主战派"的风姿，他们个个都是勇士，前退伍军人出身，血统高贵，剽悍异常，领头的是一个名叫胡道广的年轻人，村长的堂弟，此刻正闲适地倚着墙角，双手抱胸，面带微笑，很悠然地看着沸腾的会场，我心里一动，觉得大人物就该是这副模样，一时怀疑自己是否爱上了他。

这胡道广生得黑瘦精干，浓眉杏眼，一看就知是条好汉。他是前消防队员，身手敏捷，体魄健壮，曾因救死扶伤受过某武警消防支队的嘉奖，以至于退伍多年，仍沉浸在过去的荣光里不能自拔；他深得村长器重，委以民兵营长一职——村里的体制颇有些怪异，有不少是沿袭了"文革"的设置，也许这里是边地，军防之外还需民防？这胡道广手里既握有军权，务农之余便不忘带兵操练，然而和平时期毕竟不同于战时，上面既不拨经费，他们也就无从配备服装军备，因此练来练去还是农民。而与此同时，村民们多忙于发财致富，一年年眼看有些人家已经当上了"万元户"，而他则穷得娶不上媳妇，怎能不叫人气闷！

若不是这场意外，道广也就是村子里一普通的农民，种田，带兵，怨天尤人，他将含恨终老于街巷，为找不着自己的身份；然而谁能想到呢，当下时势突变，属于道广的时代终于来临——村长临战畏缩，而人民需要领袖；道广振臂一呼，就这样成了救世主。

今晚这个会，是"主战派"蓄谋已久的，这是他们最后的机会了：不惜一切代价逼促村长抗战。手段包括：软禁村长；武装夺取村政权；打倒"主和派"；消灭一切"地富反坏右"……具体怎样，还要视会场情况而定——会场细节，种种可能性，临场应变措施，早在几天前就已密谋就绪。可是道广却谋而不断，迟迟拿不定主意是否真的要对他的村长堂兄下手——两人关系一向极睦。他这才知道，革命是要付出代价的，道义的，情感的……革命不是请客吃饭！

开会前两小时，道广还在自家的院子里转圈；他的身旁，乌压压站了一地的好汉，双手握拳，志在必得；篱笆墙外，是自发来参战的村民……道广很知道，事已至此，已经由不得他做主了——革命的火种既已播下，即成"星火燎原"之势，倘若他逆历史潮流，胆敢说个"不"字，则这火首先扑的就是他！

道广是个聪明人，最会应变；况且在短暂的领袖生涯中，他已经尝到了一呼百应的好处，这好处带给他尊严，信心，勇气，谋略……"说穿了，它就是权力。"道广后来告诉我。

临出发前，道广抬头看了一眼遥远的星空（像胡性来一样，他也看不到今晚"会议"的结果），轻轻地吐了口气，以他一贯的寡言少语，说一句"走吧"——那一刻，没有人知道他作为领袖的孤独、彷徨。

所以那天晚上，我在会场上看到的道广并不是真实的道广，——真实的道广，他慈悲，悲壮，他站在他堂兄的对立面，胸怀牺牲精神，今晚"不是他死，就是我亡"，因而对于家庭而言，无论如何都显得悲凉。而且他看到了，他的队伍受控于某种情绪，越发变得疯狂，会场内外，不时听到"打倒反革命""打倒胡道宽"的口号……道广不喜欢这些，可是又无能为力，他感到自己很小很小，突然意识到，历史是由人民创造的，而不是他胡道广。他觉得悲凉。

而与此同时，胡性来一派也在摩拳擦掌、暗中布派；可怜的村长还在演戏，至少这一刻，他还是名义上的会议主持人，该履行他的职责。听，革命的号角已经吹响；看，内战的风云正写在每个人的脸上！可是村长临危不惧，他看了看会场，知道今晚"战和两派"必有火并，搞不好甚至会出人命！至于他自己，那就兵来将挡，由它去了！但是有一点他心知肚明，就是宁愿引起内乱，他也不能答应战争！

"你们说是不是这个理？我担不了这责任！"那天晚上，我们刚进会场，便挤过去嘱咐他两句，他表态说，他有数，他还没昏到那程度！

然而谁能想到呢，后来情势突变，战和两派并没有火拼，而村长的表现也够让人吃惊的！不过我们都佩服他的镇定，在情势一触即发的情况下，他犹能装作一副懵懂无知状,把会议主持得像模像样,指指一个正在奶孩子的妇女说:"你,起来说说看,当前的局势是要抗战还是要安定?"

"安定你个头!"那妇女懵懵懂懂地说,"我是出来上厕所的,听说这儿有宵夜吃,现在宵夜在哪儿,什么时候开吃?"

全屋子的人都笑了,我们也跟着笑,心里却不由得犯嘀咕:这样下去该如何收场,村长能控制得了局面吗?再看道广,此刻正眼波流转,在对身边的马仔使眼色,也许他觉得时机已成熟,擒贼先擒王,是到了该对村长下手的时候了?

我们情急之下,正待上前交涉;然而村长何等人也,何须我们出手!他眼观四路,耳听八方,那一刻,但见他脸色铁青,腮上的肉"骨嘟骨嘟"在跳!他突然拍案而起,发表了一通慷慨激昂的演说,大意是:现在外敌当前,全村人民更加要团结一致,万众一心!他作为一村之长、村支部书记,现在代表全村人民宣誓——打倒关卡!誓死不屈!

全场一片哗然,接着是一阵震耳欲聋的欢呼声——可能连"主战派"自己也没料到,形势竟扶摇直上,变得一片大好,甚至都没等他们来造反!

我们也瞠目结舌,没想到村长突然转向,这就是说,要开战了?

我们眼前一黑;深知这仗打不得,以弱敌强,以寡敌众,最后的结果必将是灾难性的!奈何民众的激情已经燃烧,那恰如黄河决堤,一泻千里,使得一向稳妥、坚强的村长,最终没能顶住压力,屈从了民意,由理性走向疯狂。

那么胡性来呢,胡性来在哪儿?直到这时,我们才想起他,把他视为沿河村最后的希望!我们转头找了半天,好不容易才在人群里看见他:哥儿几个正缩在墙角,面色仓皇,交头接耳;只见他微皱眉头,原本机灵的小眼睛呆呆地看着村长,一边听群众意见,一边摇头,摇头,再摇头。

我们一阵绝望,难道事态已经没救了?

然而就在这节骨眼上,却见胡性来拨开人群,向村长走去;那一瞬间,我的心突然停止了跳动:胡性来想干什么?他可不能冲动!留给"主和派"的时间不多了,我们三人脑子里一片空白,确实不知道下面该怎么弄!

胡性来走至中途突然停下，原来村长又一次发表演讲，开始"战前总动员"，他把手心朝下压了压，示意大家安静！

我们趁机挤到胡性来身边，跟他握了握手，发现他手心冰凉，微微颤抖；他朝我们惨然一笑，一副豁出去的样子，又反过来安慰我们："没的事，我有办法让他收回命令。先听听他嚼什么蛆！"

原来，所谓的"战前总动员"，不过是排兵布阵，论功行赏；而他胡道宽，"作为一村之长、这次战争的总指挥"——

胡性来听了，从鼻子里哼了一声："听听，狗尾巴翘起来了！就知道这人靠不住，心心念念只想保住他的官位！我以前说他是墙头草没错吧？哪边风大，他就跟着哪边跑！"

我们一听也对，思前想后，觉得胡性来的说法也许更靠谱：村长屈从的并不是民意，而是他的领袖地位。或者这两者本来就是一回事？

胡性来又说："他下面就要封官了。"

我们侧耳听了一会，差点没笑出声来！果然，作为这次战争的总指挥，村长正式宣布，把全村定为团级编制（他倒不贪大），从此，村长摇身一变为团长（跟他在军中的职位相同），下面政委、副团……均是原村委会的核心成员；应该说，作为老练的政客，村长成功安抚了老部下，重新稳住了局面。

稍微头疼的是胡道广，不难推测，村长恨他的堂弟！但既已掌握了政权而手里又没有军权，他决定既往不咎，以大业为重，人才该用还得用！最后他宣布：任命胡道广为一营营长，任命胡道阔为二营营长，任命胡方善为三营营长——他顿了一下，抬眼扫视全场，以一种更加坚决、肯定的语气：任命胡性来为四营营长！

会场再次哗然；我们也吓了一大跳，初以为自己听错了；别人尚可，胡性来是地道的"反战派"，这事跟他有什么关系？

转头欲问胡性来，他大约也吃惊不小，脸上顿现惊愕的神情，慢慢的，却是眉眼舒展，嘴角上翘，他突然笑了——这是今天晚上他第一次露出笑容，愉快，神秘，微妙——堪称蒙娜丽莎微笑之男性版！

唉，经过这一天一夜的周折，我们已经长了见识，所以对胡性来那一副喜悦陶醉的神情，后来也就不以为怪，反报以同情和理解。是啊，位高权重谁不爱？换位想想，假若我们是胡性来，一个普通的前士兵，一个现任的老百姓——虽是"主和派"将领，毕竟未经官方认可，算不得数——现在突被委以重任：由草根变精英，由民间入主流，我们会怎样？就一定比胡性来做得更漂亮？

同时对村长也愈加佩服：此人深谙人性，善于平衡各方关系，且又反应机敏，以一己之力，当机立断，终得以把沿河村从内战的边缘拖了回来！可是这样一来，又回到了老问题上了：和关卡的战争！

突然想起半小时之前，胡性来留下的那个悬念：他有办法让村长收回决定！——他能有什么办法呢？转头看他，却见他半痴半傻，仍在微笑；推他一下，也是半天没有反应；我们三人一声长叹，知道沿河村完了，这最后一根救命稻草已被招安，此刻得了魔怔！

正一筹莫展时，却听得胡性来转过头来，问："什么事？"

我们说："真的要打呀？"

胡性来把眼睛眯成一条线，沉思良久；他慢慢地摇了摇头，半晌才道："打不得——"他朝会场看了一眼，"有人会要我命的！"

我们看过去，果然，"主和派"那边早已群情激奋，几双眼睛正盯着胡性来，虎视眈眈，面呈怒色！我们叹了口气，看来内乱远没有结束，现在"主和派"内部又出现矛盾——领袖既被招安，手下却没得到惠处——如此分配不公，怎能不引起仇恨！

我们看了一眼胡性来，苦笑道："你现在麻烦了，一旦接受军职，他们第一就革你的命！"

胡性来"唉"了一声，"所以说呢，基层工作最难搞！哪个都不能得罪！"

"那下面怎么办？打还是不打？"

"现在不是打不打的问题，"胡性来说，"现在是打也流血，不打也流血！"

"那怎么办？推翻村长的决定重来？"

胡性来摇了摇头，"来不及了，看能不能修改一下？"

"啊？修改？"

"是的，修改！"胡性来点点头，"要改到所有人都满意，要照顾方方面面的利益，你的，我的，一切人的！这是避免流血冲突的唯一路子了！"

"这怎么可能？"我们提出质疑。

"没别的法子了，"胡性来叹了口气，"你们也一块想想吧，救救这帮狗娘养的！"他把眼睛看了一眼会场，低声骂道："全是一群蠢猪，疯狗！成天就知道打打杀杀，逞一时之气，各打各的小九九，全不看后果！——"说到这里，他声音打颤，满怀悲愤，"而这就是人民！"

"人民？"我们都愣了一下，这是哪朝哪代的词汇？听来新鲜得很！

"也包括我在内！"胡性来嘀咕了这一句，便扭头看向窗外，大概致力于他挽救沿河村的伟大构想里去了。

那一刻，我们三人都非常感动，且心里五味杂全，感慨丛生。是啊，这才是我们熟悉的胡性来——相识虽短，相知却深——可爱，真实，也有自己的小算盘；虽一介平民，却肩负责任，现在，他首先要避免流血事件，而后要照顾方方面面！

作为一个前军人，一个彻底的和平主义者，一个万元户，一个新任不久的四营营长，他正在想一个万全之计：拥有这一切！他要满足所有人的愿望：主战派，主和派；他要恢复村里的秩序，维持安定团结的局面，坚持改革开放不动摇！他要当官的当官，发财的发财，他要让军人回到战场，重新找回热血和尊严——那风驰电掣般的酥麻感！

现在，他仍在发痴发呆，把眼睛看向虚空的某个地方，偶尔也会眨一眨；他脸色潮红，汗流满面，神秘的微笑挂在嘴边；突然，他把右手握成拳状，朝左掌心猛地一撞——惊得我们一身冷汗！难道他已经得计了？

他摇了摇头，轻轻地吐了口气，似乎在考量这个修订版的决定是否具有可操作性；然后，他朝我们看了一眼，目光遥远而坚定，像个赴死的烈士；我们急忙问道："有了？"

他点了点头,还不待我们说什么,便拨开人群,向村长走去。那一瞬间,我看见他做了个小动作,把右手放在胸前,划了个"十"字!——天啊,他竟需要神的祈福!毋庸置疑,这是个疯狂的创意,估计能把一些老弱病残给吓死!

首先是村长,他的反应让我们感到很紧张,他呆呆地看着胡性来,好像没怎么听明白。胡性来再次凑近他耳下,村长的脸色开始泛白、泛青,有了红晕,直至满脸涨红;他突然推开胡性来,把他打量了一番。

此时,屋子里早已安静了下来,大家都意识到,沿河村的命运将再次转向,是"战"是"和"还说不定!

胡性来说:"决定权在你!"

村长擦了擦汗说:"太冒险了!"

胡性来说:"试试看吧,除非你不想搞经济!"

村长把眼睛眨了眨,看上去很是动心,——"搞经济"是他的至爱!作为一个紧跟形势的基层干部,他懂得这个词在当前的意义!他把手指不停地磕着桌面,似乎仍拿不定主意,看着胡性来,似笑非笑地问道:"你是说化装?"

安静的屋子一下子炸开了,大家都不明白怎么回事,却又预感这件事一定比战争更带劲儿!"主战派"那边首先沸腾了,自然,他们脑子里闪过的第一个念头是化装成军人——平时,他们只敢想着和关卡去拚命,却从不敢奢望有一天他们还会返回头去再做军人!——而这,正是他们的梦想和目的地!

那久违的青春年代:营地、男子气、驳壳枪、野战训练……此刻,全都连在一起了,记忆开始苏醒,神经突然受刺激,人群中有人在嚎叫,有人开始哭泣!即便冷静如胡道广,此时也一阵头晕目眩,需把双手扶着墙壁!他看着疯狂的人群,才知道自己这些天来的努力,并不为别的,只为重温往昔那峥嵘岁月稠,为当一个士兵,哪怕仅仅看上去像个士兵!

"主和派"这边也稍稍安了心,第一,他们的领袖不受名利的利诱,关键时刻挺身而出,想出这等馊主意,无论如何,替他们争取了和平,使他们可以继续做点小生意；而且化装嘛，假扮的，非男子汉所为！可怜"主战派"一腔热血，现被玩弄至此却不自知——他们笑了，为自己的胜利，因而也开始大喊大叫，击掌庆贺！

村长很受鼓舞，他环视全场，看群魔乱舞，听"化装"一词像鼓点一样在人群中有节奏地响起，从"主战派"到"主和派"，从屋里到屋外，这个词可谓异口同声，从不同的嘴巴里吐出来，形成一股热浪，掠过人群，飘出窗外，震荡在村寨的上方，直至响彻云霄和山谷！

而此时，天就要亮了，一颗启明星遥挂夜空，闪烁，迷离，从窗口便可看得见——村长的眼里突然浸满了泪水：是的，漫长的黑夜过去了，黎明即将来临！现在，沿河村的村民们又重新站在一起，载歌载舞，单纯如初民……此情此景，纵是石头见了也难免动情！

村长决定顺从民意（天地良心，这次是真的），采纳这个"化装版"的修订方案，于是再次把手心朝下压了压，示意大家安静，可是村民们早已陷入狂欢之中，——究竟连"化装"是怎么一回事他们也没搞明白的。

村长喃喃地骂了一句粗口，手搭桌面，只纵身一跃，便站到了桌子上，这个漂亮的动作非但没能使人群安静，反而把狂欢送进了高潮，于是他不得不手持喇叭状，用尽平生力气喊出了几句话——我们立即挤过去，也只听得几个关键词：军人，军车，关卡，免费……连起来便是：军车进出关卡无需交费！

一下子明白了，胡性来的"化装"正是利用了这一点：村民扮成军人，货车改为军车，这样既做回了士兵，又避免了战争，既报复了关卡，蔬菜运输也得以通行无阻！

那一瞬间，我们三人再也憋不住了，加入了狂欢的人群。村长再次纵身一跃，向人群扑去；胡性来索性躺倒在地，作昏倒状，直到被人群架起来，把他和村长一起扔向空中！我们一群人自动围成一个圈，对着他们大声喊叫："化装！化装！化装！"

伟大的胡性来，他今天晚上立功了，——他立功了！伟大的沿河村村民，他继承了中国农民的光荣的传统！他超越了人智的极限，挽救了沿河村，他把人民从一种疯狂带进另一种疯狂，他是全村人民的大救星！

这个化装对于关卡而言，是一个绝对理论上的绝杀，一个点球，一个死角！沿河村村民从此站起来了！"伟大的胡性来万岁！"——人群中有人开始喊口号，其歇斯底里、神魂附体堪称很多年后黄健翔在世界杯赛场上的预演！确实，这次胜利来之不易，它属于沿河村，属于村长，属于"主战派"和"主和派"，属于所有"被侮辱和被损害的"中国农民！

我们仨也激动得彻夜不眠，除了跟村民们一起狂欢，还不忘自己的责任所在，想着要给这次化装命名，以期让人们记住这一天，这个地点，这个人，这件事，所以它的命名分别是："7·23事变"，"村公所事变"，"胡性来方案"或"胡性来决议"，"和平演变"。

5

接下来的几天里，村子里一片混乱，我们也由此见证了一个村庄在改制为兵团的过程中所经历的艰难、曲折、迂回、纷扰。首先是村民们，他们需要恢复体力，是啊，"狂欢"消耗了人们太多的激情，他们得歇一歇，透透气。

而且随着"化装行动"的筹备，"军管"结束了，粮食又分还给村民，家家户户可以吃上米饭、腊肉——堆得满满的一海碗——蹲在家门口，站在村路旁，见人就打招呼："吃了吗？来家吃一会？"这场景不啻于过年。

我们眼见得村民们如此自足，个个脸色红润，神情愉悦，不像是要有行动的样子，整个村子洋溢着一股祥和、饱闷、慵懒的气息，难道他们已经忘了化装这回事？

两位师兄认为这是有可能的，想来这是人民群众的特点：盲从，健忘，行止具有即时性。

胡道广也唉声叹气，悔不该答应村长先把粮食分还给村民，"都是吃饭惹的祸，"那天他跑过来找我们聊天，商量下一步该怎么走。现在村里的情况是，村民们已经失去了斗志，米饭和腊肉使得他们心满意足。

"不管怎么说，得让他们饿一饿，"那天道广坐在门槛上，若有所思地说,"你们说奇怪不奇怪,一旦有吃有喝,他们就全指望不上了!"

两位师兄笑了起来。本来嘛,饱暖思淫欲——他们告诉道广,群众的力量并不来自吃饱喝足,而是来自饥饿,来自有人承诺他们摆脱饥饿、走向吃饱喝足的过程中。

道广想了想,问:"你们的意思是发动群众?"

"你已经错过机会了。"两位师兄坦诚相告。

道广摇了摇头,他认为问题不在这里,发动群众方面他可是高手,——问题在于"上层的某些领导"现在又开始犹豫了!

"这事怎么能犹豫呢?"道广在屋子里踱了两步,试图向我们说明一个道理,凡事都需要一点冲动,从决定、动员、化装、出发,各个环节都得趁热打铁,不能深思熟虑。道广的意思是,思想是可怕的,一旦有时间思来想去,"化装"的荒谬性就显示了——虽然它本来就是荒谬的。

道广的原话是这样说的:"你们不觉得这事很荒唐吗?"

——是的,我们有时这样觉得。

"我也是,"道广指了指脑子,"这就是想出来的结果。"

我们都叹了口气。说什么好呢?时局呈现了太多的复杂性,试想,连道广这样的一介武夫都在"思考",得出一个荒唐的结果,更何况村长?一夜狂欢之后,村长很快就醒了,第二天跑过来找我们商量,问这事能不能做?我们也如梦初醒,觉得此事不妥,可问题是,决议既出,而且兵团的编制已经宣布了——

"我可以不认账的,"村长把手抚着桌面,看得出他有点激动,那只粗糙的大手在微微颤抖,"我就说这是闹着玩的,这是在开玩笑!看他们能把我怎么着!"他看了我们一眼,狡黠地笑了。

村长自然可以不认账,群众也不能把他怎么着!——想来,出尔反尔是他这一行的职业要求,无关乎他的人品道德,因为在后来的兵团生涯中,我们将会看到另一个村长,——届时是团长,他一言九鼎,奖罚分明,军靴踩得叭叭响,他友善、严厉,强调纪律和秩序,当然这是后话了,总之他把团长做得很像,跟现在的村长不是一个人。

这是一个很奇怪的现象。

是什么造就了这种奇怪的现象？老实说，我们也不知道。

总之，在村长还是村长的这两天——只剩下两天了，村子里乱糟糟的，大家都晕头转向，谁也看不到沿河村未来的走向。在经过一番艰难、困苦、惊险的讨价还价之后，谁都以为事情解决了，可是一觉醒来，原来它只是开玩笑！

而且事后回想，整个改制过程也是一笔糊涂账，直到那天黄昏，村民们点燃了一支炮仗，在震耳欲聋的鞭炮声中，几个民兵腼腆地换上军装，一边嘻嘻哈哈、打打闹闹；直到他们跳上军车，紧一紧捆菜的绳子，然后"呜"的一声汽笛响，十几个小孩跟着车屁股跑；直到村民们手搭凉篷，看着军车和孩子们消失在漫天尘土和黄昏中——直到这一刻，村民们仍半信半疑，"这么说，现在我们是当兵的了？"

村长在走廊上来回踱步，又是不安，又是激动——无法表达这复杂的感情，他只好搓了搓手，骂了一句："狗娘养的，这下玩大发了！"

就是说，全村上下，只有村长知道这意味着什么，——意味着他们迈上了一条不归路；全村上下，只有村长还没有发疯，虽然局势早已失控，以至最后连他自己也没搞明白，军车怎么就上了路。就是说，一切都是在混乱之下发生的，村长一直坚持到最后。

村长该对这起"化装事件"负责吗？说不太好，这是一个谜语。我们一方面认为他半推半就，一方面也理解他的苦楚，——后来当他回首往事，也觉得他在村长任上的最后几天不堪回首，像一场噩梦。

他的意思是，他这村官当得很辛苦，首先他要平衡各方关系，上有经济指标，下有利益诉求，"我顾哪头？"问题还在于，他一个人说了根本不算数，村民们动不动就跟他要民主，鸡一嘴鸭一句的，反不及他当团长来得干脆利落。

"我还算个讲民主的人吧？"他认真地问。

我们都点了点头。确实，他性格妥帖、稳当，为人也还算厚道，平时很注意照顾村民的情绪——生怕出纰漏——干群关系算是处理得不错的。

"可是我告诉你们,坏就坏在这里!"他把手一挥,在团部(原村长办公室)踱了两步,"结果怎么样?结果失控了,变成团部了!"

团长说错了吗?没有。很多年后,我还记得他给我们上的这堂"民主生活课",他痛心疾首地说:"这东西没用处,误事不说,而且没一点效率。"——很多年后我都记得他这句话,很多年后,每当有人大谈民主的时候,我一般是不说话的,因为我到过基层,我知道他们的难处。

总之那两天,我从来没见过像村长那样痛苦焦灼的人,一方面"化装行动"正在紧锣密鼓地筹备,一方面他又不分昼夜地找我们开会,论证这事是否存在哪怕一点点"政治上的正确性"——当然没有,这一点他比我们更清楚!他只是需要信心和帮助,尤其是我们三个人,两个硕士,一个博士,在他看来就是"知识分子"了,不用说"脑子够用"。

村长说:"再想想看,找出一点我就干!"

我们搜肠刮肚,根据自己所掌握的不多的一点经济学常识,以及对当前局势的判断,告诉他"冒险也许是必要的",毕竟发展是硬道理,至于如何发展,上面也莫衷一是。两位师兄又举例说明,目前珠三角、长三角也都在摸石头过河,胆子大得很,总之犯错误是难免的——不犯错误如何搞得了"市场经济",只能去搞"社会主义"!

村长茫然地问:"难道它们有那么矛盾?"

两位师兄摆摆手,告诉村长,"姓社姓资"那是上边的事,目前正在讨论,会有人给出标准答案的,我们现在要做的是发展经济,让村民们过上好日子——

村长怯弱地说:"可是我不能去触底线。"

"你不试怎么知道那是底线?"

"那还用试?假冒军人那是犯法的事。"

"那你就等着村民们发动一场战争?!"

村长把头抵着墙壁,痛苦地摇来晃去,"我只是想搞经济——"这时一阵微风吹过,送来瓜果蔬菜腐烂的气息,浓郁得直使我们打喷嚏。

"谁不想搞经济?"两位师兄沉痛地说,"关卡也要生存,也讲效益。"

村长抬起头来，拍了拍脑门，说："我这里乱得很——"

两位师兄叹了口气："所以凡事不能深想，——"这也是胡道广的观点，不过两位把它说得上了一个层次，"我们这个时代尤其是，充满了各式各样的矛盾，它不支持深度思考！要紧的是先做起来，化装是唯一的一条折衷之路，虽然它不妥当。"

村长把两位师兄看了看，开始对他们五体投地，他赞叹道："到底是知识分子，胆子大，有见识。"

而与此同时，我的脑子早已一片浆糊，各种观念厮杀相抵，以至很多年后也没理清其中的头绪，只记得它的惊心动魄，那是怎样的时代啊，纷繁，热烈，激荡，真是"乱花渐欲迷人眼"，至今想起来仍觉得头晕目眩，手心盗汗。我跟两位师兄讨论，我承认他们理论上是对的，但是若把他们的理论付诸实践，则肯定是错的——

"那就先犯错，"他们激动地说，"让别人纠正去！"

村长一拍大腿站了起来，说："好，我听你们的，杀头不过风吹帽——"

我吓了一大跳，突然想起导师的紧箍咒，汤老师一直不赞成学生参政预政，他并不是所谓的书呆子，可是坚持认为，要把知识限在一定的范围内，"否则准会出乱子"。有一次他告诫我们："做你们分内的事，你们要是掺乎到政治里去，先不说别的，政治首先就乱了套。"

我及时把这一点提醒两位师兄，他们烦躁得在屋子里走来走去，似乎不得已也在进行某种"深度思考"，最后无奈地告诉村长，这事再容他们想一想，毕竟"心急吃不得热豆腐"。

村长愣了一下，笑了笑，"我就知道！什么话都让你们说了，横竖都有个道道儿。"

那一瞬间，我们三人都有点尴尬，接下来便觉无地自容，这才反思自己这些天来的表现，其实并不比任何一个村民更有判断力，我们犹疑，彷徨，既天真又世故，既软弱又激进，总之翻手云，覆手雨——是怕承担责任吗？说不清楚。恐怕这一切的背后，皆是脑瓜子转不动，思想苍白紊乱，因而少立场，少决断。

尤其是我，毫不夸张地说，这世上就没有我不能理解的事，我一忽儿同情村长，反对"多数人的暴政"，一忽儿站在村民一边，认为村长是官僚，反正不管怎样，我总能找到说辞——也许玩文字游戏是我这一行的专长？

这是困扰我至今的一个问题。

总之，村长用他的微笑使我们看到了自己：分析问题头头是道，处理实际却摇摆晃荡！以至很多年后，我仍不能忘记他那微笑，淡淡的，优越的，高高在上的，很有涵养，也许他心里在说：知识分子就该打倒？

正胡思乱想时，胡性来跑进来了，汇报这两天化装的筹备情况，原来他刚从百里之外的军营考察回来，"情况不太好，"他说，"军车和军服都搞不到。"

村长看了他一眼，不置可否。

胡性来挠了挠头，"那就实施第二套方案？"

村长还是不言语。

胡性来只好继续汇报："道广已去镇上买油漆了，旧军服村里总可以找到，不过样式跟现在的不一样，但是夜里嘛——"

我急忙问："油漆是怎么回事？把货车漆成军绿色？"

"正是！"胡性来朝我们伸了伸舌头，调皮地笑了。看得出他现在放松至极，完全是在帮忙；他最大的责任是避免了一场流血事件，至于军车是否上路，想必不是他关心的事！

村长点了点头，说："知道了，有情况及时汇报——"他朝胡性来挥了挥手，转头跟我们解释道："让他们搞去吧，实在不行再漆回来，你们说呢？"

我们无奈地笑了，跟村长一样，开始抱着一副听天由命的态度，又含而糊之地聊了些沿河村各阶层的分布状况，诸如胡道广、胡性来等派别的立场，再次把村长佩服得五体投地，他直夸说得精辟："嗯，这倒是你们擅长的。"

6

现在来介绍一下兵团的情况,严格地说,它跟村寨只是名称上的区别,这是一场不彻底的改革,混合着妥协,旧习惯,新希望,一路蹒跚走来,走得破绽百出,那叫一个惊心动魄!

然而有一点却毋庸讳言,兵团成立之初,确实给村寨带了可观的变化,这变化首先是秩序上的,也不知是否是错觉,从军车上路的第一天起,村里就洋溢着一股简洁、硬朗的气息,在经过短暂的混乱迷茫之后,村里的一切开始上头绪了,变得井井有条了,而且节奏明快,雷厉风行,到处充满了旺盛和生机。

就连空气也焕然一新,清新得使人无端想放声歌唱;庄稼也长势喜人,瓜果蔬菜绿油油的,微风吹拂之下,保持着挺拔矫健的姿势。

在团长的默许下,几个营长开始带兵训练,从走路、站姿、说话、神情,务必要保持军人的体面和神气;常常在小学校的操场上,我们看见村民们在练习"正步走",他们是那样的新奇,兴致勃勃,夕阳的余晖照着他们年轻的脸孔,那脸孔上混合着阳光、汗水、尘土,使得他们看上去越发有生气。一样都是黝黑的五官,眼窝深凹,高颧粗唇,看得我们某一瞬间竟会生出一种幻觉,难道这是一群邻国的士兵?

个中或有忍俊不禁的,或有调皮捣蛋的,被营长一声断喝,不由分说走上前去,一脚踢出队列罚站去。士兵们都愣了一下,余下的继续正步走,呐喊声也越发嘹亮。

就是说,村民们变得听话了,守纪律了,较之从前的懒散饶舌,完全是脱胎换骨,重新做人!是的,他们放弃了平等自由,若自由只使人散漫、抱怨、萎靡不振,那么他们宁可选择被约束!说到底,这里头有艰难的取舍:平等诚可贵,自由价更高,若为健旺故,两者皆可抛!现在他们朝气蓬勃,对未来重又燃起信心和希望,这才是一切。

这里尤其要说说道广,自兵团成立以后,他整个人就像打了激素似的,浑身就有使不完的劲儿,连走路都要带小跑。我最喜欢看他指挥大合唱,总是在清晨，似醒非醒的时候，我的耳边就响起了那悠扬美妙的曲调："东方红，太阳升……"这不是村里的小喇叭在广播，我知道，这是道广军训结束了，正领着他的士兵们在歌唱！

这时候，我就会从床上一跃而起，脸都来不及洗，我要去看看道广，看他怎样打拍子、领头唱，看朝阳怎样映红了他的面庞，——那年轻的、充满朝气的面庞！看他唱到投入处，怎样闭上眼睛，看他把眼睛突然睁开，朝倚在树下的我微微一笑！我要走到近处，亲眼看，亲耳听，我要让歌声整个把我环绕，我也要微微闭上眼睛，整个人突然挺拔，有一股向上、向上、腾空而起的力量。

道广的拍子打得非常漂亮，手里拿着一根小树枝，权当指挥棒；他把身子轻轻摇晃，偶尔会跷起脚，两只手这边一按，那边一抬，歌声便在他的手指间起伏；有时，他会把手臂收拢、上抬，我看明白了，他是在托起心中的红太阳；突然，他把身子整个提起来了，手臂疯子一样挥舞，这是暴风雨来了，人类在和自然作搏斗，几番摔倒，爬起，再爬起，最后，道广把手臂猛地一收，小树枝高高戳向天空，他脸色苍白，汗渍淋漓，歌声结束了，人类站在风雨之上。

所以你就不难想象，那阵子我为什么不睡懒觉，因为道广的歌声总催我起床；你也不难想象，当我倚在小学校的一棵老树旁，一边看他们，听他们，身心一阵痉挛般的激荡；当沉郁的《国际歌》在我耳畔响起，当我跟着他们一块唱："起来，饥寒交迫的奴隶；起来，全世界受苦的人，满腔的热血已经沸腾……"我竟泪流满面。

我浑身簌簌发抖，只好蹲下来，怕肉身再撑不起心中新生的力量——"这是最后的斗争，团结起来到明天，英特纳雄耐尔一定要实现！"——我一边唱，一边扭头看向朝阳，霞光中不得不眯起眼睛，这时我看到了一个女学生的形象，跃然于霞光之上，她一头飒爽短发，长得有点像罗莎·卢森堡，神情平静，目光坚定。

这是我理想中的自己，一个女神的形象。她生在一个很遥远的年代，全世界都污垢不堪，她却出淤泥而不染。她天生负有使命，追求进步、光明，愿为理想而献身。她看到世间有太多的不公正，因此越发相信真理、公义、进化论、理想国！她一点都不怀疑！

你看她也在唱："是谁创造了人类世界，是我们劳动群众！"——她面带微笑，那样的自信昂扬，年轻的脸上熠熠闪金光。我把脸捂起来了，不敢再看她。有什么办法呢？时代不一样了，现在我再做不到她那样纯洁、无私、正大，我内心有太多的人类的蝇营狗苟、小情小调，我也不敢回头看道广，——我怀疑自己是爱上这家伙了。

确实，这是道广最好的时光，在他的指挥下，整个村寨都被歌声所环绕，村民们沉浸在一种乐天、向上的氛围里，他们情绪饱满，热情高涨，不唱歌的时候心里也有歌声。大家被一种看不见的东西所引领，穿梭于菜田和果园间，浇水的、施肥的、喷农药的、采摘的……各有分工，有条不紊。他们的动作是那样的灵活，富有节奏，充满舞蹈的韵律！与此同时，军车每隔两天就上路，满载果蔬发往广州！

我和两位师兄惊叹不已，对此不能作出合理的解释，因为那阵子，我们自己也神魂颠倒，一头砸进村寨的建设中，而且生怕落后，跟着村民奋起直追！两位师兄成了团长的左右臂，定规划、作统计，整天忙得昏天黑地；闲暇之余，他们又加入我所在的宣传队，帮忙写横幅，刷标语，诸如"时间就是金钱""大干快上""一万年太久，只争朝夕""向深圳看齐"……都是我们的手笔，字写得也许不漂亮，可是每当看见自己的劳动成果，充斥于村寨的各个角落，挂在树杈间，刷在墙壁上……我们是多么自豪啊！

团长更是意气风发，恨不能"一个身子掰开八瓣用"！他说话高声亮语，看见人就远远地打招呼，而且那阵子，他最喜欢跟人握手——其实多此一举，因为都是熟人；但是作为一种情绪的表达，我们都心有同感。不拘看见谁，他便大踏步地走上前去，捉过人家的双手便摇来摇去，一边不忘鼓励加油："同志，好好干！"他因声如洪钟，那口气就像咆哮。说完这一句，他也不及停留，再次大踏步地甩开膀子跑远了，他的手臂漂亮地摆动，步履是那样的坚实、有弹性，既像一个训练有素的军人，也像长跑运动员。

就连万元户胡性来也受到了感召，置他的小作坊于不顾，加入集体生活里来了。有一天，他急匆匆地跑来找我们，嘴里嚷着"再也不能这样活了"，——原来是，他太孤独了！是啊，此情此境，再心系自己的一亩三分地是可耻的，他要跟大家共同致富，若做不到这一点，那就宁可回头再当一个穷人，总之，他要跟村民们在一起，成为他们中的一分子，一荣俱荣，一损俱损！那天说到动情处，性来竟然眼泪涟涟，哭得跟个小孩儿似的，他不放心地问："我是不是回来得太迟了？他们会不会接纳我？"

两位师兄给予了肯定的答复："浪子回头金不换啊，性来同志，欢迎你回到穷人的队伍里来，带领大家共同致富！"

我一旁看着，感动得一句话也说不出来，只在心里嘟囔了一句："多好的同志啊，他有着一颗金子般的心灵！"我看到他对穷人充满了感情，富裕并不是罪，可是他却为此而忏悔！有一瞬间，我怀疑他是不是爱上了贫困，也许他爱上的是贫困背后的东西：集体主义、向心力、对美好生活的向往、未被污染的干净纯洁的心灵！

总之那阵子，整个村寨都有点疯疯癫癫，每个人都纯洁得要命，患上了和胡性来一样的相思病：身处贫困中，却对贫困怀有一种不可遏止的激情！只在夜深人静的时候，我和两位师兄才敢承认这一点，把这现象拿来讨论。——你看，我们的老毛病又犯了，我们凡事喜欢讨论，对一切都要怀疑。

我们最大的怀疑是对自己：村民们倒也罢了，他们无知无识，为何我们三个人，既是外来者，又是读书人，却也身陷这场"热病"中而高烧不止？问题还在于，这到底是不是一场热病？激情之于村寨建设是否是必要的，它在多大程度上是可靠的？这种对自己的审视有价值吗？我们的怀疑是否是适时的、正确的？它对村寨的经济建设有何帮助？

可想而知，这种追问是不可能有什么结果的，除了给我们带来难堪和痛苦。

我们的谈话又是那样的小心，因而显得喊喊喳喳，鬼鬼祟祟：第一，这样的谈话与村寨整体气氛不相符，某种意义上，它是对村寨精神的背叛；

第二，谈话即便被允许，于我们的内心也是一种折磨。

怎么不是折磨？我们看到了身心分裂的自己：相信美好的事物，却对一切美好的事物怀有警惕和不信任；晚上这般否定自己，一俟白天，却又投身热火朝天的劳动场面，干得比谁都带劲儿！

我跟两位师兄说："你们说说看，这到底是怎么一回事？"

其中一位想了想，说："也许是赎罪心理吧。"

我说："我们何罪之有？"

另一个无奈地回答："思想不纯，信仰不够坚定！"听得出他口气里的内疚。

我叹了口气，一时无言以对；抬头看了看深邃的星空，此时村民们已经睡去了，村子里万籁俱寂，不远处的小树林里，偶尔能听见几声猫头鹰的叫声……多么美好、安宁的夜啊！我却焦灼、痛苦得想哭泣，为我们三个孤魂野鬼，为我们自造的、今生再也不能突围的困境！这是我们的宿命吗？

我说："这样的怀疑有意义吗？"

两位师兄摇了摇头，给出了否定的答复。

我突然心灰意冷，把身子往小竹椅上缩了缩，以为这样自己就小了，小到无，如空气可以忽略不计！生命对于我这一类的人而言，该是一场浪费吧？即便闭上眼睛，我也能看见那个可怜、可悲、可叹的自己，从那天晚上起，我知道世上有这么一类不幸的人，——所有不幸中最不幸者：他们清醒地活着，意识到自己的无能、无用、于事无补；他们痛苦地活着，因为他们孤独、摇摆、无所依傍！

这是一种气质性的不幸，没有谁可以解救他们！这也是后天的不幸，我怀疑，跟我们所从事的专业和身份紧密相联。

说到底，我并不为自己感到羞愧，这是命运所带来的不公正，平静地接受它，不躲避，不改变，我以为这是尊严。

我只是有一点点自卑，尤其是心系道广的时候，那天晚上，我无数次的欲言又止，只是想在嘴里哑一下这个人的名字，但是我以惊人的毅力克制了自己，我不能在两位师兄面前露出一点破绽：我爱上了另一个阶级的人。这注定是一场无望的爱情，在四目交汇的一瞬间，什么都发生了，只是在心里。

只有一次，当两位师兄试图讨论，是什么造就了目前村寨的这场"大跃进"？

我忍不住说了一句："是歌声。"

"是什么？"他们没听清楚。

我笑了笑，我不会再说第二遍了。把手拍了拍自己的小腿肚子，心里满足得要命。

我当然不会傻到，以为几首歌就能把村庄唱进共产主义，但是这些耳熟能详的歌儿，像《红星照我去战斗》、《在希望的田野上》、《打靶归来》、《团结就是力量》……确实节奏明快，风格昂扬，很恰当地体现了村寨的精神状态。

我不知道是歌声找对了地方，还是村寨选对了它的形式，总之在无垠的时间的荒野里，不更早一步，也不更晚一步，它们碰上了，产生了一场化学反应。

最关键的是，这些歌声是由道广而引起，——啊，亲爱的人儿！我把眼睛闭了闭，两位笨师兄怎会知晓我的心意，我再次面露微笑，在黑暗中，他们谁也看不见。

那两天，我拚命追寻道广的足迹，我走遍了村寨的各个角落，各个角落里都充斥着歌声、劳动的号角、村民们笑逐颜开的脸，他们在田间劳作的身影……我今生所能见到的最动人的一幕全在这里了，在这里，又岂能缺少爱情！

我开始发足狂奔，风吹进了我的眼睛里、鼓荡在我的头发和衣裳里，老实说，我并不在乎能否见上道广一面，我知道他在某个地方，与我共此时，我要把我的爱情转化成对这片土地的浓情蜜意。

有一天我做了个梦，梦见我和道广漫步于北方的一个风沙小城，这城里有一座山，山上有一座塔，塔下有一条河，这一天，我和道广就沿着河边走。我们两人都背着手,打着绑腿,那样子既像是恋人,也像是革命同志。那许是傍晚时分,河面上波光闪烁,古塔的倒影落在河中心。偶尔我们会驻足河边,当道广抬头凝视河对岸的古塔,我则侧头看着道广,我的眼里突然汪满了泪水,因为道广与古塔是连在一起的,我却与道广隔着很遥远的距离。

我慢慢地转过身子,为的是让风儿拭干我的眼泪,我不想让道广知道我的心理,他会说:这是小资产阶级思想在作祟。

在爱上道广的那些日子,我确实苦头吃尽,我把自己从头到尾否定了个遍,思来想去,觉得自己难以配上这位淳朴、纯洁的男子,是啊,我的灵魂布满污垢,既不健康,而且多疑,难道所谓的"洗澡"就能把我洗干净?好在不久,我便走出这种沮丧、自责的心理,许是出于某种安全考虑,团长作了一次人事变动,安排我和两位师兄轮流押车上路。

"你们也跟一跟吧,"有一天他诚恳地发出请求,"你们都走南闯北,省城里总有些同学关系,万一路上碰上什么事,还能有个照应,唉——"他叹了口气,"这些天我担心受怕,右眼总跳个不停,只担心会出什么事!"

我们欣然领命,从此以后,我和两位师兄踏上征程,把自己扮成一个兵,到外面闯花花世界去了。即便很多年后的今天,我也记得我第一次穿上军装、离开村寨的那个傍晚,我们在路上走了一夜,于第二天凌晨到达位于广州郊外的一个农贸集散市场,又谨守昼伏夜出的规定,在广州消磨一个白天,直到夜幕降临,这才月黑风高地赶回沿河村。这一趟少说也需三十多个小时。

这是怎样的三十多小时啊!惊险,刺激,节外生枝,虎口脱险……就好比一场蹦极体验,从此以后,我们知道了什么叫欲仙欲死。每次上路,我们都把它当作最后一次,那是置死地而后生的心理;每次上路,又都是第一次,因为险境各有不同,经验于我们全没用。

尤其是我们三个"知书达理"的人,自踏进村寨的第一天起,就再也没有出过门,全身心地把自己献给了这个小环境:革命、改制、理想主义精神……一时竟丧失了现实感,全然不知身外事。

所以不难想象，当我们第一次踏上军车，奔赴前线，沿途所见的荒诞场景，非但使我们瞧着新鲜，对我们的智商也造成了一定的压力，需要应付以"脑筋急转弯"一类的游戏。

我还记得两位师兄第一次凯旋的情景，那是一个早晨，天刚蒙蒙亮，道广指挥的大合唱已经开始了，我应声而起，打开了门，却见其中一位正痴痴傻傻地坐在走廊牙子上，看上去像是进入了魔幻状态。

我上前招呼了一声："你回来啦？"

他皱了皱眉头，咕哝了一句："你听，这歌声！"

我没有说话，察言观色也知道，此兄定是碰上了社会形态上的难题，这一趟该是"村寨一日，人间十年"吧，两相对比，怎能不使他产生信仰危机，生出一种"梦里不知身是客"的时空错综感？但是我对他并不担心，以他的冰雪聪明，相信不久的将来，他必会放弃沉思，以一种活泼的姿态适应我们这个大时代，就像小鱼儿游进了大海里。

另一位师兄则是激动得要命，他是我们中第一个当兵的人。那是在更早些时候，也是清晨，我尚在睡梦中，便被他的砸门声吵醒，他实在等不及了，急于要我们分享他的奇妙心情。他先是爆两句粗口，简洁有力地代替了感叹词，然后一屁股坐在行军床上，把大腿一拍："过瘾啊！无与伦比！"

他表达力如此之差，急得我们直问："到底发生了什么事？"

他只是摇头咂嘴："我算是长见识了！"

原来这一趟，他把关卡摸了个遍！后来，及至我自己也上路了，这才明白是怎么回事，同时也心有释然：也许我们并没做错，只有"化装"才能自救！否则凭一辆民用货车，如何能走完那三里一关、五里一哨的漫漫长途？那该是我一生中走过的最破敝、壮观的旅途了：关卡之密，有些甚至够得上说话唠嗑！

这些关卡多设在桥头、路边、荒郊野岭、繁华小镇的十字路口……装置也不一而足，有亭舍，茅屋，也有就地取材的——专门守在路边的小吃店、洗浴房，一番吃喝玩乐以后，便来到马路上罚罚款，散散心。

更绝的是,他们有时会化装成便衣,踩着摩托车踏板,抖得像个二流子;或者躲在某个阴暗角落里,眼神炯炯有如夜光灯,看准了一个目标物,冷不防一个箭步冲上前去,亮出身份,直把司机吓得一声尖叫,来一个紧急刹车。

司机虽不明就里,却跳下车来,一阵作揖打揖,好话说尽,那些关卡人员也不理会,不由分说,便掏出纸笔开罚单,或有几百,或有数千,数目全凭他们一时高兴。倘若有人问起名目,——是啊,罚款是为哪一出呢?

那关卡人员便看了他一眼,心想此人该是个二愣子,不知"欲加其罪,何患无词"吗?他们笑了笑,回答简短而有力,一般都是两个字:"超载""超速""违章"不等。

倘若司机继续纠缠,他们便撅撅屁股,意思是少废话,家伙全在后面藏着呢,这时他们的大盖帽也戴上了,那徽章里自有威严。

当然,也有一些关卡人员还是比较客气的,他们会跟"主顾们"称兄道弟,讨价还价,拍拍人家的肩膀,说一声:"哥们,公家的吧?"

原来这里是有说项的,分公家、私人、开收据、不开收据、要回扣、不要回扣不等,其中有一个复杂的计算体系,恕不一一列出了。

接着他们就开始大倒苦水,"你以为这钱就归了我个人?深更半夜的,谁不想在家搂着老婆孩子睡觉?——"伸出一只手来,手心朝上,意思是给钱吧,"你也犯不着心疼,反正都是国家的,换了个部门而已。"听上去似乎也不无道理。

有一次,我们正行驶在一条城郊马路,看见前方有几个穿制服的人正在晃悠,他们双手叉腰,腰束皮带,路旁停着几辆摩托车,还有一辆已经开到了路中心,悠闲自在地正在兜圈自娱,一边回头打量着我们,一边举了举手。

司机骂了一句:"瞎了眼的东西!什么车都敢拦!"并转头征求领队胡性来的意见,"怎么样?下来聊一聊?"

胡性来懒得罗唣,说了一声:"理他呢,往前走!"

军车一声怒吼,把车身抖了抖,拚足老命往前冲去,一时我耳边只听得呼呼的风声，几声怪叫，以及摩托车引擎发动的声音……我把头探出窗外，这一看吃惊不小：他们追上来了，他们越来越近，他们贴紧了我们……我还来不及反应，却是一个趔趄，整个人已经摔到车头上！军车既已停下，四五个民兵不由分说，匕首、短棍、绳索早已插到了裤腰上，他们兴奋得简直要发抖。

胡性来理智地阻止了他们，先是作了一番部署，几个人这才跳下车来，一边颠着腿，一边把对手看来看去。

双方先是交换了证件，——叫我吃惊的是，这事竟由我方先提议！敌人大约也是没想到，拿着手电筒朝本子上晃了晃：竟是军方！那手电转了个向，在车身上又照了照，还有什么好说的呢？认栽吧！

胡性来也认真地接过对方的小本本，看了又看，照了照人，他把本本往脑后一扔，微微一笑："化装的吧？"

"什么？"敌人露出惊讶的神色。

胡性来并不计较，拍拍那人的肩膀，叹了口气："干什么不好，偏干这个！——"又伸手把那人的皮带扶扶正："怎么可以把制服穿成这样！"

他朝几个士兵努努嘴，示意他们先上车，临行前又不忘一番教育，"回去好好做点小本生意！碰上老子今天心情好，先饶过你们一回，下次再让我见着，先抽几个大嘴巴再说！哼，正经关卡还需让我三分，别说你们几个！"

后来我也问过性来，这几人的成色到底如何？难道真是我们的同道？

性来拿不准地说："有点像。"

原来类似的事情，他们已遭遇过不止一起，试想，既然执法人员能化装成便衣，那么，平民为何就不能弄来几套制服穿上，站在马路边拦车收钱？

性来苦恼地说："关卡倒没什么，怕就怕这帮人渣，全没了王法了！"说这话时，他俨然是真把自己当成现役军人了。

而作为军人，我们经过关卡时，确实颇受待见：一条军车专道，关卡人员朝我们点头微笑，没有路障，不交款项！

我们自然心情舒畅,原来,人是可以被这样对待的!不自觉的,连身子都抬高了许多,腰板挺得笔直,双手放在膝盖上,眼睛齐刷刷地转向关卡,投之以僵硬、多情的微笑。——乍一学做人,简直学不像!

再看那边,一辆辆民用货车被叫停路边,排起了长龙,司机大佬们围着交警,又是敬烟,又是哈腰,一边大声嚷嚷,又是委屈又是微笑——表情拿捏得丰富微妙!就连肢体也用上了,或是拉拉扯扯,或是摊手耸肩……我们一旁看着,只觉得怜惜,也深为自己脱离了这一阶层而感到庆幸。

直到今天,我也不知道关卡为什么就不睁亮眼睛,把我们打量一下:有太多的破绽,连我们自己都觉得不像话,尤其是在道广治下,他手下的兵向来胆大,又喜欢场面堂皇,能把"行军曲"唱得震天响,一路"轰隆隆"地蹚过关卡——因为是破车,速度上不能带来飙飞的快感,但是你看:他们一脚踏着车踏板,一手扶着车窗,那姿势好一个潇洒!在经过关卡的那一瞬间,他们还不忘抬了抬右手,致关卡以一个军人的敬礼!

关卡人员简直觉得莫名其妙,追出来,跟着军车跑了几步,一边笑着骂道:"我丢你老母,什么意思啊,一群疯狗!"

士兵们也不理会,回身跟他打飞吻。

有一次,在两广交界地带,我们被一个关卡拦下了,其时场面极度混乱,几十个警察全副武装,把枪口对准了四面八方;一时间只听得警笛长鸣,警犬狂吠,远方零零落落几声枪响,原来,三个越狱者劫持了一辆警车,在周遭的丛林里转圈,方圆数百里地正处在戒严中。

我们简直要昏倒,一时车里慌作一团,哪儿还有什么主张?司机把车开往路边,一路抖抖索索向前滑了十几米,道广脸色煞白地说:"停吧,注意别把油门当刹车踩!要刹要刚由人说了算!"他还不及开门下车,三四个警察早已扑上前来,把他堵在门口,只说了一句:"快,抄小道走!上车再说!"

道广也软弱地跟了一句:"快,抄小道走!"

军车顺着小径一路狂奔,我紧张得汗毛直竖,几乎要窒息,非常奇怪的,在这样的时刻,我竟然还会生出一个念头:我们追捕的可是一辆警车啊！——这一念，只使我头晕目眩：历史正在发生惊人的倒错，而现实却不管不顾，只管自己往前走。

我的意思是，我们并没有分明的快意恩仇，也早忘却了自己的不法身份，只把警方当作自己人，希望老天能保佑我们不要出什么差错。

可是警察却禁不住一阵狐疑，其中一位把我看了看，咦了一声："怎么还有个女的？"

道广顺势拍了拍我的头，亲热地说："我女朋友，是战友。"

警察笑了笑，不再言语。

我不由得浑身瘫软，心里想，他若是再看我一眼，我一定会崩溃！

也许我早就崩溃了，面上肌肉痉挛，心里想呕吐；也许从上车的那一刻起，他就嗅出这车里的气味不对，但是他并不介意，这不是他的管辖范围，而且事有轻重缓急，总之，我们有惊无险地渡过这一关，至今想来仍觉得不可思议。

后来他们终于下车了，沿途拦了几辆警摩，在匆忙跳下车的那一瞬，他们还不忘跟道广握了握手："谢啦，兄弟！一路好自为之！"说完便扬长而去。

我们都松了一口气。

没想到他们走了几步，却又停下了，回头打趣道："回去跟你们首长反映一下，这身军装都换了，还有这车，不像样啊！"

道广向他们抱了抱拳头，龇牙咧嘴，脸露难堪的笑容。

谁知另一个人也来了兴致，和蔼地说："找个地方歇着吧，今夜你们过不去！生活不容易啊！——"一脸意味深长的笑容，"有些事我们也看不惯，可是又能怎么办呢，互相将就着吧。"

道广简直无所适从，直至这几辆警摩消失在远方，他这才一头磕在车身上。

因为这次意外，我们抵达广州比平常晚了两个多小时，也正是这次意外，连带我发现了另一件事，这件事带给我的冲击不亚于警察上了我们的车。

平时，我们在广州的时间是这样安排的：上午睡觉，下午进城闲逛，顺带干点私活儿，捎些衣帽鞋袜、打火机、太阳镜一类的回去倒卖；我极少跟他们一起活动，也许是出于性别考虑，只把自己安置在驾驶室里，从没有光顾过他们的落脚点；这天清晨，在办完果蔬交易之后，我跟道广说："我跟你们一块过去！找个地方好好补一觉！"

道广"啊"了一声，懵懵懂懂地说："你去那儿干吗？"

我再次强调：我要去睡觉，我现在身子骨都快散架了！

道广其实很老实，这是很多男人的特性，坏事照做，可是又不会撒谎；他完全可以敷衍我的，把我稳在汽车里睡觉，或是另找个地方，可是他偏不干，他直统统地说："你不能去！那不是你呆的地方！"

这下我不干了，凭什么我不能去啊，"除非你们有事瞒着我！"

道广软弱地笑了，"也没有啊，"他搔了搔头皮，"他们在掷骰子，都是男的，还有外人——"

我越发好奇了，铁下心来要去看个究竟。

就这样，道广在前面带路，我跟在后面大踏步；他越走越快，我不得不跑起来，七弯八拐来到了一片居民区里，这一带都是些老房子，虽拥挤破落，却是独家独院，两三层小楼，自住兼开小旅馆。道广一阵风似的冲进一户人家，不由分说就往楼上跑，一边回头笑道："你在这等着，他们可能在洗澡。"

我急于要抓现行，三步并作两步赶到他前面，一边笑道："我不在这儿等，我到门口等。"

道广叹了口气，无奈地把我领到了三〇一房。

其实房间里很正常，四张上下床铺，也有躺着睡觉的，也有围着小方桌打牌的，屋子里吵吵嚷嚷，烟头扔了一地，也有两个年轻女人，身穿家常裙衫，收拾得干干净净，与我想象中的娼妓不是一回事。此刻，她们正坐在一群男人堆里，凑首看牌，看见我跟道广走进屋来，勾头把我看了又看，跟道广说："你女朋友？"

道广瓮声瓮气地说："不是，一块卖菜的。"

另一个说:"不像哎,——"又问我,"要不要喝茶嚟?"

我拘谨地摇了摇头,把自己安置在床铺边,我不好意思看他们,只把眼睛看向水泥地,屋子里乌烟瘴气,熏得我眼睛疼。十分钟以后,我便告辞了。确实,这不是我呆的地方,他们也很不自在,我看得出来。

我重新回到了军车里,脑子昏昏沉沉,一时心里五味杂陈:有新鲜,也有失望,我应该感慨吗?我那年二十四岁,还没正式踏上社会,娼妓这件事,虽略有耳闻,却不在我概念里。我不知道当时的人们怎么看这件事,也许是,没经历过的想跃跃欲试,经历过的也就那么回事,反正在广州,这事确实"也就那么回事了"。

后来,道广追过来解释,"你都看到了吧?什么事也没有!"

我说:"我看到什么了?那两女的是干什么的?"

道广支吾了半天,"搞不清楚,邻居吧?不太熟。"

我说:"怎么可能是邻居,一口湖北话!"

见他不吱声了,我又笑道:"你别装了,真的,我早看出来了,你心里虚着呢!"

道广一拳砸在方向盘上,骂了一声:"妈的!你怎么什么都知道?"——如释重负地吐了口气。

我眼前一黑,这一下真是铁板钉钉了!没想到他这样禁不起问,几句话一套,就全出来了!——这些可都是我出生入死的革命同志啊,大家一块经历了多少事?!把几十年的中国历史照搬过来演了个遍,而且特别入戏,不惜牺牲,胸怀理想,为的是什么?为的是生活得更美好,不是为了叫他去嫖!

"这是两码事!"道广急得直嚷嚷,他现在思想开放,俨然一个现代人士——他来广州这才几次?他也许觉得,眼前这个女的简直不可理喻,需要给我洗洗脑,于是便从头说起:"喏,首先你要这样想,她们是做生意的,她们需要有主顾,要不她们就得挨饿!这个你听明白了吗?"

我似乎是听进去了,勉强点了点头。

"那好,第二条,"道广点了支烟,"你以后不要用那个字,嫖不嫖的,这说明你心理有问题、太肮脏！大家都是人，职业无贵贱，人品有区分，你要学会尊重她们。再说了，嫖怎么了？嫖也就嫖了，嫖完就忘了，所以等于没嫖。"

这个我没听明白，一下子又自卑了，我跟道广说："你看，我真的转不过弯来，我刚从小山寨里走出来——"

道广叹了口气，"你在那儿才呆了几天？现在时代不同了，出来就是一个新天地！你怎么就不能与时俱进？——"他把眼睛眯向空气中，沉吟了一会，"这么跟你说吧，好比一个人正在睡觉，外面来了一个人也想睡觉，那么大家就一块睡啰，虽然他们是一男一女。"

我也学着他的样子，把眼睛眯向空气中，尽量以一个男人的视角来思考：好像真是这么回事儿！于是我便问："你们都是这么想的？"

道广说："都这么想，包括你两位师兄！"

"什么？"我一声惊叫，我把这两人给忘了，我不能想象他们也会！前天我们还在一起长聊，他们是那样的纯洁忧伤！

道广耸了耸肩，嘀咕道："又不影响的，他们现在也纯洁忧伤，呵呵，他们忧伤得要命，巴不得天天来广州！"

"不是，不是，"我把手扶住脑门，一时语无伦次，"你听我说，他们都有女朋友，她们是我的好朋友，他们特相爱，他们快要结婚了——"

道广都懒得看我，一脸不屑的神情。

"他们还自称理想主义，他们整天把它挂在嘴边！"

"不要跟我讲什么主义！——"道广大喝一声，他终于不耐烦了，"我不懂那玩意儿！我只懂男人，男人你明白吗？我发现你这人满脑子浆糊，真是要命！理想主义就不能嫖？嫖完照样还是理想主义！"

我把头靠在车窗上，我想应该结束这场谈话了。确实，男女之事讲不清，很多年后的今天，我对这类事早已见怪不怪，口头上也表示了这层意思，——正如道广所言：它不是个事儿！但是在心里，我始终认为它是个事儿，以一个女性的视角，它是个天大的事儿！

因此，我把这一节记在这里，作为对人性的一个存疑，以供探讨。

7

后来,我们便离开了沿河村,重返学校做回了学生;直到几年以后再返回,我们三人都已毕业分配,两位师兄,一位留校任教,一位去了某科研机构,我则被分配到一家晚报,负责跑跑新闻会场。

这几年,我们的社会生活发生多大的变化啊,真可谓"日新月异"!

这几年,我们与沿河村也保持着紧密的联系,得知在我们离开半年以后,军车就停开了,原因是风险太大,村民们也多没有长性,主要是他们没的蔬菜可卖了,村里的一个大户包下了菜地,在上面办起了木材加工厂。这大户也姓胡,兄弟两个,做木材生意已有些年头了,正是在他们的影响下,村民们陆陆续续改了向。

后来,我们又被告知,村里的电通上了,路也拓宽了。

再后来,我们的联系就不靠写信了,而是电话。

有一天,留校任教的那位师兄接到团长的邀请,希望我们过去看一看:"奇迹啊,你们来了就知道了!这两年,我们在县里连续夺了几个第一:GDP第一,先进工作者,优秀党员,精神文明示范村……这些就不说了!不容易啊,尤其是这个时代,人人都向钱看,我们还在搞精神文明!"

这位师兄也是好奇,而且又是他的专业范围,因此便约我们一起同行,是啊,我们三人早就盼着这一天了,这可是我们心心念念的沿河村啊,我们在其中投入了太多的感情。

这次,我们是直飞南宁,团长派车来接我们,从机场出发,一路高速,穿过丛林,我至今还记得丛林里的阳光,恍惚得很,阳光底下也有军车绵延,士兵们身穿迷彩服,夕阳的光影落在他们的眼睛里……我一时犯迷糊,心里想,可知是我们从前见过的那一茬人?

团长早早地迎接在村口,一身军便装,裤脚卷起来,他张开双臂,以一个军人的豪爽拥抱了两位师兄,并跟我握了握手,笑声朗朗。

他先领我们去看了看军车,军车被安置在村公所隔壁的一个角落里,经过几年的日晒雨淋,它老了,报废了,可是团长告诉我们,村民们仍对它心存感激，想着将来有条件的话，要给它盖一间房子，做一个展览馆，以便告诉子孙后代，他们的祖先在走向工业化、现代化的过程中，经历过怎样的无奈、荒唐！

团长深情地踹了踹车轮，说："靠着它，我完成了资本的原始积累。"

我们也都叹了口气：是啊，军车完成了它的历史使命，它的这一页算是翻过去了。

团长又领我们爬上一块高地，鸟瞰全村，我们顺着他的指点，发现村寨确实气象大变，哪儿还有一点传统乡村的迹象，俨然一个现代小镇：小桥，流水，别墅，工厂的烟囱在排放废气，轿车、货车、商务车川流不息……这不是我们见过的最富裕的村庄，这是我们见过的用最短的时间走向富裕的村庄！

那天晚上，团长做东欢迎我们，村公所的干部们都到齐了，我们很奇怪地发现，这里头没有性来、道广他们，于是便问："几位营长呢？"

团长似乎困惑不已，一时竟没有反应。

"营长？"他想了半天，突然拍拍脑瓜子，"天哪，你们说的是道广几个吧？哈哈，他们早不是什么营长了！喏，这是我的新班子——"指了指在座的几位，给我们一一作了介绍。

"道广他们？——"

"他们现在好得很！"团长想了想，斟词酌句地说，"个个都是工厂主，我已经好长时间没见到他们了！"

我们便不好再问什么了。

那天晚上，席间觥筹交错，一派欢声笑语，可是我们只觉得落寞，是啊，铁打的营盘流水的兵，团长的干将已经换了一批啦！遥想性来几人，当年何其英气勃发，一路过关斩将、出生入死，直把团长送到今天，可是今天又怎么样呢，听团长的口气便知道了！

难道性来几人也落到和军车一样的命运，完成了他们的历史使命，又恢复了平民身份？可是，军车尚有建展览馆的一天，性来几人却是连"叨陪末座"的资格都没有！心里不由得"格登"一下：团长和性来他们该有矛盾，后者又岂是省油的灯！难道团长邀请我们，是另有用意？否则便不能解释他的热情过度，一连好几个电话相催，并早早替我们定了飞机票。

天哪，但愿不要再闹事了，我们是再不想蹚这浑水了。

那天晚上，我们刚回宾馆不久，性来几人便兴冲冲地找上门来，大家一阵狂呼乱抱，性来说：“怎么事先也不招呼一声，我们刚听说。”

道广坐在沙发上，一拍大腿说："来得正好！正想给你们打电话呢！倒叫他抢了个先！"

"怎么样？"研究所的那位师兄问道，"听说营长被撸了？"

性来两人笑道："不是一天两天的事了，老实说我们也不在乎，狗东西最近太张狂了，我们一琢磨，想一并解决算了。"

我们一时没听明白：解决？解决什么？

道广朗朗有声："推翻兵团体制，恢复村寨民主！"

我们一听跳了起来：又来了，搞什么搞？！

道广摇了摇头："闹得不像话了，现在大权在握，谁的话都听不进去了，他是真把自己当团长了，全村人全忘了这回事，只有他记得牢牢的！"

我笑道："这可是你们逼出来的！他当初是一万个不愿意！"

性来说："我们逼他，是为了叫他搞经济，不是叫他玩独裁！现在军车既已停开，兵团还有什么存在的必要！他凭什么还要当团长，回去给我当村长去！"

原来，在我们离开的这几年，团长利用兵团的名义，一步步地将权力收归己有，这其中包括政权、财权、军权……从前他在这方面栽过跟头！又鉴于道广几人从旧村寨带过来的坏传统，动辄喜欢提意见，发牢骚，讲民主，又不听管束，又居功自傲，况且手里又握有兵权……因此，在军车停开不久，团长就找了个由头，把这几人开掉了。

起先，道广几人也闹过一阵，但无奈群众不合作，那一阵子，家家户户都像疯了似的，纷纷办起了木材厂、家具厂、运输队……狂奔于发财致富的康庄大道，道广纵有天大本事，也使唤他们不得！无奈之下，道广也只好跟着他们一块跑，没想到，这一跑竟跑到前面去了，这几年来，道广几人成了村子里响当当的富户，五六家厂子创造了全村五六十家厂子百分之七十的利润！

我说："这不是挺好的？"

"好什么好？"道广叹了口气，他觉得问题就出在这里：他到顶了！当然他还可以更有钱，把他的厂子开到县里、省城、首都、世界各地，可是那又有什么意思呢？财富原是无止境的，但财富的目的只有两个，一是舒适，二是为了体面尊严。现在他都满足了。

我说："你也可以到更大地方满足的。"

他笑道："没那个必要，我又不认识他们。"

是啊，沿河村才是他的根，生于斯，长于斯，也将葬于斯——他的体面尊严的最终指向，原是他的父老乡亲。他说："我这人本来就没什么志向，下半生也就是维持一下厂子，养活一拨穷弟兄，我自己能用几个钱？走哪儿算哪儿吧，老实说，我对赚钱没多大兴致，引不起我激情。"

我们便问，什么东西能够引起他激情？

"斗争！"坐在灯影里的道广轻轻哼了一声，他的声音是那样的平静，平静而有力，"是时候了，钱我是挣足了，下面要跟村民们挣点权益！"

我一听，坏了，沿河村怕真是没安宁日子了，一拨有产阶级正在崛起，以群众的名义跟团长要权力！

且说团长这边，自从铲除了道广等异己，又安置了自己的一批亲信，做起事来真是如虎添翼，他把这些亲信派上村寨的各条战线：政治，经济，思想，纪检，治安，工会……这些人也确实尽心尽力，协同作战，以部队的标准严格要求自己，这样一来，村寨越发像兵团了。

较之于道广时代，现在的兵团更加紧凑，务实，不搞形式主义，他们诚心竭力地服务于村寨的经济建设，前沿的，后勤保障的……把各种力量拧成一股绳，叫村民们的精气神更加旺盛，不断地提醒他们：挣钱，挣钱，挣钱！

诚然，现在村里再听不到歌声了，因为领唱的那个人歇了，自己也成了生意人！再也没有军训、号角，再也看不见身着旧军装的半吊子士兵在晃荡，就连团长的几员干将也从不以军人自居，但是在我们看来，他们比军人更像军人，那就是无私、正直、勇敢，他们常常西装革履，一阵风似的从我们身边掠过，他们到哪里去？他们到群众需要的地方去！

私下里，我们也问过团长，他是怎么带兵的？

团长笑了笑，秘而不宣，只说了一句："现在正是村里最好的时候，一切都上头绪了！"

那两天，团长领着我们在村子里转了转，工厂，商铺，街市……无一不给我们留下深刻的印象，这印象就是民众激情的借尸还魂：到处都是人来车往，机声隆隆，人们在大太阳底下挥汗如雨，所不同的是，从前是在菜田里，现在多站在机器旁。无论是老板，工人，小商小贩，个个都像喝了鸡血似的，面泛红光，精神抖擞！

对此，我们并不感到奇怪，反觉得踏实，因为这一切的背后，原是利益的驱动，而不是什么精神的鼓舞。

我们稍稍奇怪的是，在经济发展如火如荼的今天，村民们还保留一种近乎清教徒的气息，这里没有贪污、腐化、堕落，没有偷盗抢劫，没有夜总会，一俟晚上，整个村子就静悄悄的，偶尔能听到几声狼狗的狂吠，——这是村里的巡逻队在行动，他们站在村子的各个要道口，或是挨家挨户地走过，看看可有哪家丈夫彻夜不归、哪个老板在做假账、哪些在行贿受贿、哪个在渎职，可有欺贫现象？工人工资拖欠了没有？……他们一天二十四小时在行动，杜绝一切犯罪现象，别说村外的那几个"飞车党"，单说村民们或有路上捡到钱包的，也不好意思不上交！

两位师兄也能一觉睡到天亮，因为宾馆里没有小姐骚扰，五楼倒是有一间按摩房，有一天晚上，我们三人实在无聊，便过去泡泡脚。小姐们个个神色端庄，不苟言笑，两位师兄躺在床上，不由得要跟她们开两句玩笑，谁知她们竟柳眉倒竖，怒声呵斥道："先生，请您放尊重点，这儿不是你胡作非为的地方！"

我忍不住要笑，可怜两位师兄，这些年也是经过一番灯红酒绿的，哪儿见过这种阵势？又想，在物欲横流的今天，村民们却单单把欲望用在挣钱上，别的路径全堵上了。挣了钱干什么呢？又不嫖，又不赌，没个出处呀，把它放在家里收着？很是困惑。

金钱带来了它该带来的东西：感官享乐，人心叵测，浮躁沉沦……这是铁律，我们讨厌这样的铁律：心找不着归宿！可是一旦进的这个小山村，却发现这里一尘不染，清心寡欲，似乎也叫人亲近不得！

是啊，这世上从来就没有完美的生活，怎么样都是错的。在跟团长一席谈话之后，我们决定抛弃道广，支持团长实行专政！——这是他痛定思痛的结果：把权力收回自己手中，带领沿河村走向繁荣富强！

那天晚上，团长到宾馆找我们，直言不讳地聊起了他和道广几人的矛盾，他困惑地说："我错了吗？换位想想，你们会怎么样？"

两位师兄诚恳地说："换位想想，我们会跟你一样！"

"就是！"团长笑了笑，"我必须拿掉他们，因为我有前车之鉴！其实每走一步，我都在问自己，我是出于公心还是私心？这样一问，我心里就敞亮了！"

我们解释说，道广几人也未必就是私心——

"说得好！"团长笑了笑，"但中国的事情你们也知道，往往出发点都是好的，但搞到最后，就变成个人之间搞来搞去！"

我们一时沉默了。

"积怨太深了！"团长长叹一声，"找你们来也就是这个意思，是到该解决的时候了，要不成天净搅事儿！你说我怎么弄？哄着他们？跟他们斗？我没那么多精力呀！我给你们丢个底，解决他们，但我并不想把事情搞大！"

我们不知道团长的解决是指什么，可能他自己也不知道。

"成天说我搞独裁，玩专政！也不看看我治下都是些什么人！——"指的是全体村民："哪个是歪种？嘀，个个都是好汉哪！先祖的血正在他们身上淌着呢！要搁以前，这些都是抻刺刀、堵枪眼的主儿！对付这帮王八蛋，我跟他们讲民主？——"说到这里，团长又好气、又好笑，"难道我会跟他们说：胡性来，我派你去炸碉堡好不好？——"弯下身子，声音是温柔的、探寻的；接着口气一转，变成了娘娘腔，身子扭来扭去，"嗯，不嘛！"其实胡性来也不是这模样。

我们都笑起来。

接着团长继续表演，"那么我只好去找胡道广，我说道广，你看，兄弟我遇上麻烦了，你今天去把这阵地给我拿下！你猜道广怎么说：滚你妈的蛋！这下我不让了，我得有个团长的样子呀，于是我把桌子一拍——"果真把桌子一拍，"来人哪，把他拉出去给我毙了！"学得惟妙惟肖，末一句话，是扁着嗓子、一字一字从牙缝里蹦出来的。

"当然我不会这么做，这只是打个比方！我只能自己冲锋陷阵，我把手一挥，回头说：弟兄们，跟我上，冲啊！——"说到这里，团长顿了顿，竖出三个手指头，正色说道，"三年！"

"三年啊！"他大发感慨，"我把一个穷山沟带到今天这个样！谁能做得到？我应该进吉尼斯世界纪录，因为我做到了别人三十年做不到的事！为什么？——"他站起身来，背着手在屋子里踱了两步，突然回身，攥了攥拳头。

我不知道他这拳头是什么意思，强权？专政？

他放下拳头，一边低首踱步，一边自言自语："三年来，我每天都在打仗！"他突然停下，跺了跺地板，看定我们说，"我把这儿当作战场！明白我说什么了吗？这儿从来就是战场，以前是，现在是，永远是！"

他又踱回窗边，一下子落在椅子上，架起腿颠了颠，问："知道我这三年是怎么过来的？"

我和两位师兄都不说话，完全被他吸引了。

"三年来，我就没睡过一次安稳觉！因为我身后跟着一只老虎，这老虎每天都在吼叫：效益，效益！那好，我也不管三七二十一了，我身先士卒，带领弟兄们就上！什么招没用上？军车就是一例子！好了，等到我把效益搞上去了，这老虎又改口了，他说他要公平！"说到这里，团长朝我们眨了眨眼睛，他被自己的这番演讲给搞笑了。

他朝我们摊了摊手，说："难道我不知道这两样此消彼长，就不能放一块扯？但是没办法，服从是军人的天职！于是我又不管三七二十一，带领一班弟兄们就上，我干什么呢？我组织了一支特别行动队，简称别动队！"

"什么？"我们吓了一跳，又禁不住想笑。

"别吓着，"团长摆摆手，说，"也就是你们见到的巡逻队！这帮兄弟可是惨啰！又要管治安，又要防腐败！他们是什么都得管呀！没办法，现在人心这样坏，大伙儿愣是看什么都不顺眼！——"他把手越过头顶，反手推开窗户，"可是我这村子，却是全县最干净的地方，吃喝嫖赌全没有，贪污腐化死光光！"

"为什么？"团长开始设问，他的声音是那样的铿锵、有力、富有韵律，"因为我自己做得好，我不贪，不嫖，不赌！因为我是当家的，我得带头做个榜样！因为我有理想，我要把沿河村领到一个繁荣、干净的地方！"

我第一次知道，团长的口才竟这样好，声音并不大，但字正腔圆，语速张弛有度，再兼表情丰富，或诚恳，或诙谐，极富有感染力。

接着他把话题绕回来了，——兜了个圈还没转向，"这别动队是干什么的？这别动队可不是个玩意儿！他们不光要抓小偷、贪官、淫妇，他们的设立本是为了维护工人阶级的利益！这么说吧，我这边命令老板拚命剥削工人，那边命令别动队反对老板剥削工人！这就是我现在干的活儿！我拿我的矛攻我的盾！"说到这儿，团长笑了笑，既无奈又轻佻。

"那么好了，"他站起身来，一脚踢开椅子，面向窗口，那姿势就像将军站在他的前沿阵地，长长地叹了口气，说，"等到我把这些都搞定了，精神的，物质的，效益的，公平的，我受到了县里的表彰，忽然又有一个声音响起——"

他转过身来，问："什么声音？"

我们摇了摇头。

他尖着嗓子说："有人说我侵犯了人权！嘀，他们要搞什么民主！——"说到这里，他弯了弯腰，拿眼睛觑着我们，颇有点舞台作风，我想他是不是入戏太深了？这是晚上，而且房间里的灯光也不是太明亮，他极有可能振臂一呼，喊一句"打倒胡道广""反对资产阶级自由化"什么的，就像当年人们对待他一样。

好在他适时地控制了自己，只平静地问了一句："你们说吧，我该怎么弄？让位给他们搞民主，叫村子乱得像无政府？或是跟他们斗一斗？"

那天晚上，我们三人又是一个彻夜不眠，商量了一个结果：站在团长一边，支持他实行威权统治！这是一个冒险的结果：哪怕像团长这样一个品行端正的人，权力一旦发作且不受约束，它将长成何等怪物？也正因此，这也是一个无奈的、权衡利弊的结果：沿河村再禁不起折腾了！

那几天，我们走访了一些村户，想听听他们的意见。没想到村民们困惑得厉害，半天没明白怎么回事。我们只好直话直说："你们支持哪一边吧，是兵团还是村寨？"

"兵团？什么兵团？有这回事？"

我们大吃一惊：难道这是我们在做梦？还是他们记性太坏？

突然想起了一个物证，于是便提醒他们："军车呀，村公所大楼旁的那辆军车呀！"

他们确乎想起了什么，笑道："有冇搞错？那不是什么军车！你以为屎克螂穿上马甲就变成了乌龟？哈哈，那不过是辆绿色货车！"

两位师兄摆摆手，示意我不要再纠缠这问题了，他们问："村长和道广他们有矛盾，你们总知道吧？"

这下他们听明白了，"嘻，说的是这个呀，干吗绕来绕去？都是整顿引起的！——"并且高屋建瓴地给出了总结，"官商矛盾，不足稀奇！由他们闹去吧，我们只挣自己的小钱！"我不由得放下心来，群众不参与，看道广几人怎么和村长斗！

我们又问：那他们可有倾向性？如果一定要站队，他们站在哪一边？

他们是这样回答的：站什么队？两边都不是好东西！

我们很是头疼：可怜村长鞠躬尽瘁，先人后己，三年来把全村引向小康路，到头来却仍不落好，弄了一身不是！我们不明白是怎么回事。

村民们暧昧地笑了，"你们当然不明白了！管得太宽了，什么都弄得干干净净！"

其中一个直言不讳,"又不让嫖,又不让赌,就连搞个婚外情都不允许,现在男男女女都压抑得要命!"

我和两位师兄忍不住笑起来,原来这么回事!

那么道广呢?道广几人可正在想方设法为他们争取权益啊!没想到村民们更来气了,"别跟我提这个人的名字!一听就上火!这个吸血鬼!暴发户!他的钱哪儿来的?那是榨取我们的血汗得来的!三年来,他剥我们的皮,抽我们的筋!叫我们加班加点,还不涨工资!现在还说给我们争取什么权益,谁稀罕!我们现在好得很,我们不需要权益,我们需要的是钞票!"

另一个挥挥手说:"叫他们搞去吧,最好两败俱伤才好!——"歪头想了想,似乎不对,恨资本家更多一点,于是便说,"我是支持村长的,早该下手了,最好把他们的钱没收了,拿来大家分一分才好!"

后来我们又找到道广等人,还没说上几句,道广跳起来便骂:"这帮小人、愚众!我好心好意为他们着想,倒落了这个下场!这绝对是仇富心理!我可以告诉你们,哪天我一高兴,我千金散尽,我出家做和尚去!你看我做不做得出来!但这事得我自愿,谁要是逼迫我,动我一个子儿,我跟他拚个鱼死网破!——"冷笑一声,"我明白了,肯定有人在调唆劳资矛盾,好掩饰他的独裁统治!"

我们只是摇头,沿河村要出事啦!一个唾沫星都能引起一场大火!有一天,我们正在跟团长商量对策,几个别动队员闯进来报告:道广正在发动群众搞民主测评,想把团长给搞下去。

团长不介意地笑笑,"叫他们搞好了!群众会听他的?不自量力!还以为这是从前哪!"

别动队员说:"他们正在花钱买选票,一百块一张!"

我们一听"啊"了一声:这招太损了,能成事儿!

团长激动得一蹦三尺高,"好,好!狗娘养的,跟我玩这套!来人哪,去把他们给我铐了!就说聚众闹事,妨碍生产!"

正说着,另一批别动队员又跑进来报告:道广的厂子已经被封了,正待停业整顿!

我们吃了一惊,怎么团长事先不知会我们一声?这等于是,两边同时出手了!

还来不及问什么,突听楼下一阵吵嚷,我们扑到窗前:浩浩荡荡的游行示威已经开始了!领头的举着标语横幅,上写"失业工人大联盟""我们要吃饭""打倒独裁"等字样,一路直奔村公所而来。而楼下已是人山人海,有站着,坐着,有喊口号的,有往楼上冲的,有爬上电线杆的,就连军车上都站满了人。

先前的两个别动队员又跑回来了,团长问:"道广呢?铐了没有?"

回答是:"人没了,找不着了。"

团长掉头就往楼下跑,被别动队员一把拉住,"这边走!"

我们也跟着他们跑,楼道里的人越来越多,推推搡搡竟然也下了楼,回身一看,团长没了,周围全是人,挤进挤出都不可能了!再往上看,整个村公所大楼都被占领了:各个楼层都站满了人,或交头接耳,或东张西望,也有人手扶阳台栏杆作领袖状的,挥挥手说:"同志们好!"楼下也一阵狂呼乱叫:"首长好!"有人搭着人梯爬阳台,阳台上的人把他们往下推!顶楼的平台上,有人摇着小红旗在四处奔跑!没有人关心结果会怎样,全民狂欢的场景又开始了。

我们急得团团转,拉住几个人问了问,什么说法都有,有说团长被绑架了,又有说道广、性来被制伏了,又有说三人都在村公所里,被群众给包围了!

后来才知,三个人都不在村公所。最先出现的是性来,也不知怎么就在人群里遇上了,彼此都很惊讶。性来汗渍淋漓,一问三不知,只说:"那个人跑了,找不着了。"那人是谁?团长?

又问:"道广呢?"也不知道,走丢了。

"那你哪儿来的?"也不知道,被挤到这儿来的。

直到这时,性来还不当个事儿,四下里看看,笑道:"乖,瞧他们高兴的!一帮无政府主义!"一边还安慰我们,"没事儿,他们堂兄弟一家人,道广这人也不好，性子太急，太耿！"

又议论团长，"玩得确实过分了点，这几年尤其厉害，整一个暗无天日！但这种事也别太认真，他人不坏的，又没什么私心——"我们很感动于性来如此宽宏、体谅，谁知他话锋一转，"搞搞他也可以的，给他提个醒！"

正说着，人群那边一阵骚动，原来道广出现了。道广不知怎么已经站到了一张桌子上，正鹤立鸡群对着群众喊话，他一手放在腮边做扩音器，一手紧握拳头，——隔得远，我们听不见，有人立马给我们传话，喊的是：打倒独裁者！民主村寨回归了！

我们一阵茫然：就这么回归了？

还不及明白怎么回事，那边又是一阵狂欢。

我们急问：又说了什么？

那个传说的人也勾过头去问，总之，一传十，十传百，传到我们这儿的是：以后自由啦！可以吃喝嫖赌、乱搞男女关系啦！

性来上前把那人踹了一脚，笑骂道："我叫你胡说！他会说出这种话！"

我们也直笑，怎么也搞不明白，政治运动怎么就变成了一场娱乐！

最精彩的是团长的出现，团长的出现引来了万民欢腾，那是帝王一般的待遇，首先出现的是两列威风凛凛的别动队员，他们手持棍棒，硬生生地从人群里拚出一道御道来，我们都屏住呼吸，在翘首企盼的那一刹那，有人熬不住了，一个嘶哑的声音开始呼号："胡道宽，我爱你！"

话音未落，整个广场开始地动山摇，有跺脚的，有尖叫的，有竖起拳头喊口号的："胡道宽万岁！""打倒资本家！"……团长就是在这样的场合闪亮登场的，他一身旧军装，脚蹬解放鞋，整个人神采奕奕，仿佛刚冲过澡！他一边大踏步，一边向群众挥手致意，妇女们开始掩脸哭泣，广场一片如痴如狂！

很多年后我都在想，团长的情绪也许是从这时飞起来的，他进入了忘我的状态，步伐一纵一纵的，像是在飘，当看见道广还戳在人群中的时候，他愣了一下，喝令别动队："去！把竖着的那个人给我绑了！"说完便沿着御道走向村公所。

我们愣了一下，赶紧挤过去，跟上了他。

团长踏上二楼，此时，整幢大楼没什么人了，别动队员已把人群撵了干净，各楼层正在实行戒严！团长把双手搭在阳台栏杆上，开始了一场即兴演讲，"是的，同志们，民主村寨确实回归了，因为我又回来了！从来就没有什么兵团，这是臆想的产物！一小撮别有用心的人阴谋推翻村政府，逼着我成立兵团，但是我拒绝了！"

楼下传来道广的怒骂声："我操你八辈子祖宗，胡道宽！我跟你没完！"

我们回过头去，却见道广已被绑架上楼，趔趔趄趄地停在楼梯口。

团长侧身把他看了看，笑道："我看你还是免了吧，那也是你的祖宗！"

这时发生了一点小意外，已被架往三楼的道广突然挣脱了别动队员的手臂，转身往楼下跑，他踏着跨栏运动员的步伐，三步并作两步，飞身扑向团长，我们一声惊叫，道广已经架住了团长的脖子，手里攥着一匕首，两个人在走廊上扭了几回，十几个别动队员围着他们转，只是不敢近身。

道广架着团长面向群众，一边说："这些年你翻了天了，无法无天！看整个村子被你弄成什么样，谁还敢说一句话？动不动就封厂，你还让不让人活？"

团长气喘吁吁地说："你别逼我啊，我当兵出身，可是什么事都做得出来的！"

道广笑了笑，"我这身手，从前飞檐走壁，可真叫一个了得！哈，现在权当练练手！"

团长一反手，把道广的匕首给打落了，两人抱成一团，滚到了地上。别动队员这才一窝蜂地跑上来，按住了道广，团长一下子跳将起来，撸了一下头发。

团长围着躺在地上的道广直转圈，他脸红脖粗，我想他这时可能已经晕了，身子踉踉跄跄，步伐也不稳，他弯下腰来，把眼睛睨着道广，瞄了又瞄，突然直起身来，发出了我这一生所能听见的最歇斯底里的一声呐喊："把他拉去给我毙了！"

我们大惊失色，原先狂欢的人群突然安静了，此时天色已近黄昏，路灯还没有亮，一阵微风吹过，我浑身抖了抖，很分明的，感到四周有一股苍凉、肃杀的气氛，那是团长在剥夺一个犯了错误的士兵的生命！不远处能看见几户人家，灰色屋顶，平台上晾着夏天的衣服，一只老猫走在灰色的屋檐上，也有炊烟……这些都是生命，都慢慢隐于夜色里了。

别动队员站着不动，远远看上去就像雕塑。

我慢慢地蹲下身来，把脑门磕在膝盖上，虽然头晕目眩，其实也知道，这是和平年代，我身处的这个边疆小寨正在热火朝天地奔向现代化。

两位师兄走上前去，拿手碰了碰团长。

团长像触了电似的，再次跳起来，挥起手臂，一连串地嚷："毙了，毙了，把他们拉出去统统给我毙了！"

广场上的人群一下子作鸟兽散，团长扭头看了看他们，静静地笑了，他笑了好长一会儿，只是不出声，然后他把身子前倾，膝盖一软，磕到了地上，他一直跪在那儿，即便在黑暗里，我也能看见他那散淡的目光，有如夜游……

不久，我们便离开了沿河村，而且走得很不体面，等于是不辞而别，于这个村庄而言是消失得无影无踪。这件事对我们打击之大，以后再也没有回去过。我们后悔当初的选择吗？老实说，不！我说过，这世上没有完美的生活，无论选择谁都是错的。

很多年后的今天，我们三人都已隐遁于生活中，只做一个看客。偶尔，我们还能听到这个村庄的一点消息，村长、道广、性来也总有电话过来，抱怨各自的苦闷和烦恼，我们听着，也只是笑。

（原载《收获》2010 第 4 期）